Après avoir vécu dans les montagnes Rocheuses, Katherine Neville abandonne une carrière de mannequin et devient consultante internationale en informatique à New York. Dans les années 1970, elle est mutée en Algérie au moment de l'embargo de l'OPEP. De retour d'Afrique du Nord, elle travaille comme photographe dans le Colorado. Grâce à son expérience dans le domaine énergétique, Katherine Neville est sollicitée dans l'Idaho pour participer à la recherche sur l'énergie nucléaire et développer, dans le désert, des méthodes pour identifier et contrôler les matériaux toxiques et dangereux.

En 1980, elle déménage à San Francisco où elle est vice-présidente de la Bank of America durant dix ans. À l'âge de quarante ans, elle s'installe en Europe avec son ami le docteur Karl Pribram, un scientifique mondialement connu. Après quelques années à l'étranger, le couple emménage dans les montagnes Blue Ridge en Virginie.

Les divers métiers et expériences de Katherine Neville fournissent la matière de son premier roman, *Le Huit*, best-seller traduit dans une vingtaine de langues, et du *Cercle magique*. Son deuxième roman, *Un risque calculé*, a été publié en France en 2005 aux éditions du Cherche Midi.

La suite du *Huit*, *Le feu sacré*, vient de paraître.

# LE FEU SACRÉ

DU MÊME AUTEUR
*CHEZ POCKET*

LE HUIT
LE CERCLE MAGIQUE
UN RISQUE CALCULÉ
LE FEU SACRÉ

KATHERINE NEVILLE

# LE FEU SACRÉ

*Traduit de l'anglais (États-Unis)*
*par Édith Ochs*

LE CHERCHE MIDI

Titre original :
*THE FIRE*

Le papier de cet ouvrage est composé de fibres naturelles, renouvelables, recyclables et fabriquées à partir de bois provenant de forêts plantées et cultivées durablement pour la fabrication du papier.


ISBN : 978-2-266-17411-4

*En l'an 782 après J.-C., l'empereur Charlemagne reçut d'Ibn al-Arabi, le gouverneur maure de Barcelone, un fabuleux présent : un jeu d'échecs en or et en argent, incrusté de pierreries, que nous appelons aujourd'hui le jeu d'échecs de Montglane. Ce jeu était censé posséder le secret d'un pouvoir obscur, mystérieux. Tous ceux qui avaient l'obsession du pouvoir étaient résolus à s'en approprier les pièces. Afin de les en empêcher, le jeu de Montglane fut enseveli pendant près de mille ans.*

*En 1790, à l'aube de la Révolution française, ce jeu fut tiré de sa cachette, l'abbaye de Montglane au Pays basque, et les pièces furent dispersées à travers le globe.*

*Ce coup relança le Grand Jeu. C'était un jeu dangereux. Un Jeu qui, aujourd'hui encore, menace d'allumer l'étincelle qui va embraser le monde...*

# FIN DE PARTIE

*Les échecs ont un seul et unique but : démontrer sa supériorité sur l'autre. Et la supériorité la plus importante, la plus absolue, est celle de l'esprit. L'adversaire doit être anéanti. Totalement réduit à néant.*

Le grand maître Garry KASPAROV,
champion du monde d'échecs

MONASTÈRE DE ZAGORSK, RUSSIE
AUTOMNE 1993

Solarin tenait fermement serrée la main de sa petite fille dans sa moufle. Il entendait la neige crisser sous ses bottes et voyait son souffle s'élever en volutes argentées pendant qu'ils traversaient ensemble le parc de Zagorsk entouré d'une enceinte imprenable : *Troitse-Serguiev Lavra*, la laure de la Trinité-Saint-Serge de Radonège, le saint patron de la Russie, son fondateur. Ils étaient tous les deux emmitouflés jusqu'aux oreilles dans des vêtements qu'ils avaient réussi à dénicher – épaisses écharpes de laine, toques de fourrure, manteaux – pour résister à cette attaque inattendue de l'hiver au milieu de ce qui aurait dû être *zhensheena lieta*, l'été des femmes. Mais le vent cinglant vous pénétrait jusqu'à la moelle.

Pourquoi l'avait-il amenée ici en Russie, une terre qui conservait pour lui tant d'amers souvenirs du passé ? Quand il n'était encore qu'un enfant, sous le règne de Staline, n'avait-il pas assisté à la destruction de sa propre famille au cœur de la nuit ? Il n'avait réussi à survivre au terrible régime disciplinaire de l'orphelinat où on l'avait abandonné en Géorgie et à ces longues années sinistres au Palais des Jeunes Pionniers que parce qu'ils avaient compris que le jeune garçon, Alexander Solarin, était un as aux échecs.

Cat l'avait supplié de ne pas prendre le risque de revenir, de ne pas emmener leur enfant jusqu'ici. La Russie était un endroit dangereux, avait-elle insisté, et Solarin lui-même n'était pas revenu dans son pays natal depuis vingt ans. Cependant la plus grande crainte de sa femme avait été non pas la Russie, mais le Jeu. Le Jeu qui leur avait coûté si cher à tous les deux. Le Jeu qui, plus d'une fois, avait failli emporter leur couple.

Solarin était venu pour disputer une partie d'échecs, une partie décisive qui clôturait une semaine de compétition. Et il savait que le fait que la finale ait été brusquement transplantée en cet endroit précis, si loin de la capitale, n'augurait rien de bon.

Zagorsk, qui avait conservé son nom soviétique, possédait la plus ancienne des *lavras* – laures ou saints monastères – qui formaient un cercle de monastères forteresses, lesquels avaient défendu Moscou six siècles durant, depuis le Moyen Âge où ils avaient repoussé les hordes mongoles avec la bénédiction de saint Serge. Mais aujourd'hui, la ville était plus riche et plus puissante que jamais. Ses musées et ses églises regorgeaient d'icônes rares et de reliquaires chargés de pierreries, ses coffres étaient bourrés d'or. Malgré sa richesse, ou peut-être à cause d'elle, l'Église de Moscou semblait avoir des ennemis partout.

Deux ans seulement s'étaient écoulés depuis que le lugubre Empire soviétique s'était effondré d'un coup, deux ans de glasnost et de perestroïka et de troubles. Mais l'Église orthodoxe de Moscou, comme revenue à la vie, se relevait tel le phénix qui renaît de ses cendres. *Bogiskatelstvo* – « la quête de Dieu » – était sur les lèvres de tous. Un chant médiéval. Toutes les cathédrales, les églises et les basiliques autour de Moscou s'étaient vu octroyer une nouvelle vie, tandis que l'argent pleuvait de toutes parts en même temps qu'une nouvelle couche de peinture.

Même à Sergueiv Upassad, situé dans la campagne à environ quatre-vingts kilomètres de Moscou, le vaste parc de Zagorsk possédait une myriade d'édifices récemment remis à neuf, les tourelles et les bulbes des dômes laqués de riches couleurs telles des pierres précieuses, bleu, cassis et vert, parsemés d'étoiles d'or. C'était, pensa Solarin, comme si soixante-quinze années de refoulement refusaient d'être contenues plus longtemps et explosaient brusquement en confettis de couleurs violentes. Mais à l'intérieur de l'enceinte de ces bastions, il le savait, les ténèbres demeuraient.

C'étaient des ténèbres que Solarin ne connaissait que trop bien, même si elles s'étaient nuancées. Comme pour renforcer cette vérité, des gardes étaient postés tous les quelques mètres le long des hauts remparts et à l'intérieur du périmètre des murailles, chacun équipé d'un blouson de cuir noir à col montant et de lunettes miroitantes, d'un pistolet en bandoulière saillant sous le bras, et d'un talkie-walkie à la main. Ces hommes ne changeaient pas, peu importait l'époque : ils étaient pareils à ceux du KGB omniprésent qui escortaient Solarin partout à l'époque où il était un des plus prestigieux grands maîtres soviétiques.

Mais ceux-là, Solarin le savait, relevaient des tristement célèbres services secrets qui appartenaient à la « mafia des moines de Moscou », comme on les appelait dans toute la Russie. Le bruit courait que l'Église russe avait formé une alliance pas sainte du tout avec des mécontents du KGB, de l'Armée rouge et d'autres mouvements « nationalistes ». En fait, la grande peur de Solarin était là : c'était précisément les moines de Zagorsk qui avaient organisé cette dernière partie.

Comme ils dépassaient l'église du Saint-Esprit et traversaient l'espace dégagé en direction de la sacristie, où la partie devait bientôt commencer, Solarin jeta un coup d'œil à sa fille, Alexandra – la petite Xie –, dont la menotte serrait toujours sa main. Elle lui sourit, ses yeux verts pleins de confiance, et le cœur de Solarin faillit éclater devant tant de beauté. Comment Catherine et lui avaient-ils pu donner naissance à une telle créature ?

Solarin n'avait jamais connu la peur, la vraie, pas avant d'avoir un enfant à lui. En cet instant, il essaya de ne plus penser aux gardes armés avec leurs airs de gangster qui les toisaient du haut de chaque muraille. Il savait qu'il se précipitait, avec son enfant, dans la gueule du loup et cette pensée le rendit malade. Mais il savait que c'était inévitable.

Les échecs étaient tout pour elle. Sans les échecs, elle était tel un poisson hors de l'eau. Peut-être cela était-il aussi sa faute à lui, peut-être était-ce dans ses gènes. Et bien que tout le monde s'y fût opposé – sa mère la première –, il savait que pour Xie, ce serait sûrement le tournoi le plus important de sa jeune vie.

Durant toute la durée de la rencontre, et malgré une semaine d'un froid calamiteux, avec neige et grésil, l'affreuse nourriture du tournoi – pain noir, thé noir et gruau –, Xie était restée stoïque. Elle semblait ne rien remarquer en dehors des limites de l'échiquier. Toute la semaine, elle avait joué en stakhanoviste, ramassant vaillamment un point après l'autre dans une partie après l'autre, tel un maçon transportant une brique après l'autre. En une semaine, elle n'avait perdu qu'un seul match. Ils savaient l'un et l'autre qu'elle ne pouvait plus se permettre de perdre.

Il fallait qu'il l'amène ici, non ? C'était lors de ce tournoi – ici, à Zagorsk, aujourd'hui, où le dernier match aurait lieu – que se jouerait l'avenir de sa petite fille. Elle devait la gagner, cette finale à Zagorsk. Car ils savaient tous les deux que c'était cette partie-là qui ferait d'Alexandra Solarin, dite « Xie », qui n'avait pas encore douze ans, le plus jeune grand maître, homme ou femme, de toute l'histoire des échecs.

Xie tira sur la main de son père et défit son cache-nez pour pouvoir parler.

— Ne t'en fais pas, papa. Je vais le battre, cette fois.

Elle faisait allusion à Vartan Azov, le jeune champion d'échecs ukrainien, d'un an seulement son aîné et jusque-là le seul joueur du tournoi à l'avoir fait plier. Mais il n'avait pas vraiment battu Xie ; celle-ci avait perdu toute seule.

Contre le jeune Azov, elle avait joué la défense indienne du Roi, une de ses ouvertures préférées comme le savait Solarin, car il permettait au vaillant cavalier noir (sous couvert de son père et mentor) de bondir sur le front par-dessus la tête des autres pièces et de prendre le commandement. Après le sacrifice d'une reine téméraire qui souleva des murmures dans l'assistance et lui assura le contrôle du centre du plateau, il apparut que la petite guerrière offensive de Solarin n'avait pas froid aux yeux et allait – pour le moins – se précipiter dans les chutes de Reichenbach en emportant le jeune professeur Azov dans une étreinte mortelle. Mais il n'en fut rien.

Cela portait un nom : *amaurosis scacchistica*. L'aveuglement aux échecs, le trou noir. Chaque joueur a vécu cela une fois dans sa carrière. On préfère parler de « gaffe », le fait de ne pas avoir vu un danger qui crève les yeux. Solarin avait connu cela une fois, quand il était vraiment jeune. Dans son souvenir, on avait l'impression de tomber dans un puits sans fond, de plonger en chute libre sans savoir si on avait la tête en haut ou en bas.

Dans toutes les parties que Xie avait disputées, cela ne lui était arrivé qu'une seule fois. Mais *deux fois*, comme le savait Solarin, était une fois de trop pour une faute de cette nature. Cela ne devait pas se reproduire ce jour-là.

Avant qu'ils ne parviennent à la sacristie où le match devait avoir lieu, Solarin et Xie se heurtèrent à un barrage humain inattendu. Une longue file de femmes ternes, enveloppées de vêtements élimés et de fichus, qui avaient fait la queue dans la neige pour assister à l'office quotidien des morts, un service permanent qui avait lieu devant le sarcophage de la célèbre Troitsky

Sobor, la cathédrale de la Sainte-Trinité, où les ossements du saint étaient ensevelis. Ces pitoyables créatures, au nombre de cinquante ou soixante, se signaient automatiquement à la manière orthodoxe, comme saisies d'une frénésie religieuse collective, quand elles levaient les yeux vers le portrait de Notre Sauveur là-haut, sur le mur extérieur de l'église.

Ces femmes, qui gémissaient et psalmodiaient dans la neige tourbillonnante, formaient une barrière presque aussi infranchissable que les gardes armés postés tout en haut des parapets. Et dans la vieille tradition soviétique, elles refusaient de bouger ou d'ouvrir les rangs pour laisser quelqu'un traverser la queue. Solarin avait hâte de passer son chemin.

Comme il accélérait l'allure pour contourner la longue file, par-dessus la tête des femmes, il entrevit la façade du musée d'Art et, juste au-delà, la sacristie et le trésor, où se tenait la partie d'échecs.

La façade du musée avait été décorée d'une grande banderole aux couleurs vives représentant une peinture et des mots tracés à la main qui annonçaient, en cyrillique et en anglais : *SOIXANTE-QUINZE ANS D'ART SOVIÉTIQUE À PALEKH.*

L'art de Palekh, c'était ces peintures sur laque qui représentaient en général des personnages de contes de fées et autres scènes de la vie champêtre. Elles avaient été longtemps le seul art primitif ou « superstitieux » toléré par le régime communiste et elles décoraient tout en Russie, depuis les boîtes miniatures en papier mâché jusqu'aux murs du Palais des Pionniers, où Solarin – avec cinquante autres garçons – avait travaillé pendant plus de douze ans ses défenses et contre-attaques. Comme il n'avait pas, durant toute cette époque, la possibilité de voir des livres d'histoires, des bandes dessinées ou des films, les illustrations de Palekh sorties de ces vieux contes étaient pour le jeune Alexander la seule porte ouverte sur le royaume de l'imaginaire.

La peinture sur cette banderole lui était connue, elle était célèbre. Elle lui rappelait quelque chose d'important. Il l'examina d'un œil attentif tandis qu'avec Xie, il contournait l'enfilade de femmes qui priaient avec zèle.

C'était l'illustration du conte russe le plus populaire, l'histoire de l'Oiseau de feu. Il y avait de multiples versions qui avaient inspiré l'art, la littérature et la musique, de Pouchkine à Stravinski. Le dessin sur la banderole représentait la scène où le prince Ivan, après s'être caché toute la nuit dans les jardins de son père le tsar, voit enfin l'oiseau lumineux qui avait mangé les pommes d'or de son père et tente de le capturer. L'Oiseau de feu s'enfuit en laissant seulement entre les mains d'Ivan une de ses plumes magiques.

C'était l'œuvre célèbre d'Alexander Kotukhin qui était accrochée au Palais des Pionniers. Il faisait partie de la première génération des artistes de Palekh des années trente et il affirmait avoir dissimulé des messages secrets parmi les symboles qu'il utilisait dans ses peintures, messages que la censure officielle ne réussissait pas toujours à décrypter… contrairement aux paysans illettrés. Solarin se demandait ce que ce message vieux de plusieurs décennies avait voulu dire, et pour qui.

Finalement, ils parvinrent au bout de la longue file d'attente. Comme Solarin et Xie contournaient le groupe pour revenir vers la sacristie, une vieille femme courbée en fichu et tricot élimé, et portant un seau en fer-blanc, quitta sa place dans la queue et les frôla en passant tandis qu'elle se signait encore avec ferveur. Elle se cogna contre Xie, s'inclina pour s'excuser et poursuivit son chemin à travers la cour.

Quand elle fut passée, Solarin sentit Xie lui tirer la main. Il baissa les yeux et vit sa fille sortir de sa poche une affichette cartonnée avec un décor en relief, peut-être un ticket ou une carte d'entrée pour l'exposition de Palekh, car elle portait la même image que la banderole.

— D'où tu tiens ça ? demanda-t-il bien qu'il craignît de connaître la réponse.

Il jeta un coup d'œil en direction de la femme, mais elle avait disparu de l'autre côté du parc.

— Cette dame me l'a mis dans ma poche, répondit Xie.

Quand il baissa de nouveau les yeux, sa fille avait retourné le carton et Solarin le lui arracha d'un geste vif. Au dos était collée la petite illustration d'un oiseau en vol placée à l'intérieur d'une étoile islamique à huit branches, avec trois mots imprimés en russe :

## ОПАСИО БЕРЕЧБСЯ ПОЖАР

En lisant ces mots, Solarin sentit le sang battre contre ses tempes. Il jeta de nouveau un coup d'œil rapide dans la direction où la vieille femme était partie, mais elle semblait s'être volatilisée. Puis il vit une ombre trembloter à l'extrême périphérie des remparts ; se détachant des troncs morts, elle disparaissait en tournant au coin des appartements du tsar… à plus d'une centaine de pas déjà.

Juste avant de disparaître, elle se retourna pour regarder Solarin par-dessus son épaule, lequel – il était sur le point de la suivre – fut figé sur place. Malgré la distance, il devinait les yeux bleu délavé, la mèche de cheveux blond cendré s'échappant de son fichu. Ce n'était pas une vieille toupie, mais une femme d'une grande beauté et d'un infini mystère.

Et davantage encore. C'était un visage familier. Un visage qu'il avait cru ne jamais revoir de sa vie.

L'instant d'après, elle n'était plus là.

Il s'entendit dire :

— Cela ne se peut pas.

Comment cela se *pouvait*-il ? Les gens ne se relèvent pas d'entre les morts. Et s'ils le faisaient, ils n'auraient pas l'air inchangés après cinquante ans.

— Tu connais cette dame, papa ? l'interrogea Xie dans un souffle pour que personne ne l'entende.

Solarin tomba sur un genou dans la neige à côté de sa fille et jeta les bras autour d'elle, plongeant le visage dans son cache-nez. Il avait envie de pleurer.

— Sur le coup, elle m'a rappelé quelqu'un, dit-il à Xie. Mais je suis sûr que je me trompe.

Il la serra plus fort, comme s'il voulait la broyer. Au cours de toutes ces années, il n'avait jamais menti à sa fille. Jusqu'à ce jour. Mais que pouvait-il lui dire ?

— Et qu'est-ce qui est écrit sur la carte ? chuchota Xie à son oreille. Là où il y a l'oiseau en vol ?

— *Apahsnah* : ça veut dire « danger », répondit Solarin en essayant de se ressaisir.

Au nom du Ciel, à quoi pensait-il ? C'était un fantasme causé par une semaine de stress, de mauvaise nourriture et d'un froid glacial. Il devait être fort. Il se remit debout et étreignit l'épaule de la fillette entre ses doigts.

— Mais peut-être que le seul danger ici, c'est que toi, tu négliges ton jeu !

Il lui adressa un sourire qu'elle ne lui rendit pas.

— Que disent les autres mots ? demanda-t-elle.

— *Byrihgyees pahzhar*, dit-il. Je crois que c'est simplement une allusion à l'oiseau de feu ou au phénix sur cette image, là. (Solarin s'interrompit et la regarda.)

En anglais, ça veut dire : « Prends garde au feu. » (Il respira à fond.) Allons, entrons maintenant, ajouta-t-il en changeant de ton, pour que tu fasses mordre la poussière à ce *patzer*[1] ukrainien !

Dès l'instant où ils pénétrèrent dans la sacristie de la laure Saint-Serge, Solarin sentit que quelque chose clochait. Les murs étaient froids et humides, déprimants comme tout le reste de ce prétendu été des femmes. Il songea au message sur le carton. Qu'est-ce que cela voulait dire ?

Taras Petrossian, le fringant organisateur du tournoi et nouveau capitaliste, dans son costume italien hors de prix, donnait une grosse liasse de roubles en pourboire à un moine rachitique ployant sous un énorme trousseau de clés et qui avait ouvert les portes du bâtiment pour la circonstance. Petrossian, disait-on, avait fait fortune à coups de dessous-de-table dans les divers restaurants et boîtes de nuit design dont il était propriétaire. Il y avait pour cela une expression courante en russe : *blat*. Le piston.

Les malfrats armés avaient déjà investi le sanctuaire. Ils rôdaient partout dans la sacristie, s'adossant aux murs avec ostentation et pas seulement pour avoir chaud. Entre autres choses, cet édifice bas, trapu, quelconque, servait de coffre-fort au monastère.

La profusion d'or et de joyaux de l'église médiévale était exposée sur des socles dans des vitrines vivement

1. En allemand, « faible joueur ». *(N.d.T.)*

éclairées sur le pourtour. Il serait difficile de se concentrer sur les échecs, songea Solarin, avec toute cette quincaillerie aveuglante. Mais le jeune Vartan Azov était là, déjà assis à côté de l'échiquier, ses grands yeux sombres fixés sur eux quand ils entrèrent dans la salle. Xie lâcha son père et alla le saluer. Solarin se dit – une fois de plus – qu'il aimerait bien voir Xie faire mordre la poussière à ce sale môme.

Il devait effacer ce message de son esprit. Que voulait dire cette femme ? Un danger ? *Prends garde au feu ?* Et ce visage qu'il ne pourrait jamais oublier, un visage issu de ses rêves les plus sombres, de ses cauchemars, ses pires horreurs…

C'est alors qu'il aperçut l'objet. Dans une vitrine à l'autre bout de la salle.

Solarin avança comme dans un rêve sur le sol dégagé de la sacristie et se tint debout, le regard baissé sur la large vitrine.

À l'intérieur se trouvait une figurine qu'il avait cru ne jamais revoir, elle non plus, et cette vision était aussi invraisemblable et inquiétante que le visage de la femme qu'il avait entrevu au-dehors. Une chose qui avait été ensevelie, il y a très longtemps et très loin d'ici. Et cependant, cette chose était ici, devant lui.

C'était une statuette en or massif, couverte de pierreries. Elle représentait un personnage vêtu d'une longue robe, assis dans un petit pavillon aux tentures écartées.

— La Reine noire, chuchota une voix juste derrière lui.

Solarin aperçut alors les yeux sombres et les cheveux bouclés de Vartan Azov.

— On ne l'a découverte que récemment, poursuivit le jeune garçon. Dans les caves de l'Hermitage à Pétersbourg… avec le Trésor de Troie d'Heinrich Schliemann.

On dit qu'elle a jadis appartenu à Charlemagne et qu'elle est restée cachée… peut-être depuis la Révolution française. Elle a pu appartenir à la Grande Catherine de Russie. C'est la première fois qu'on la montre en public depuis qu'on l'a retrouvée. (Vartan s'interrompit.) On l'a apportée ici à l'occasion de cette dernière partie.

Solarin était aveuglé par la terreur. Il ne put en entendre davantage. Ils devaient partir sur-le-champ. Car cette pièce, la Reine noire, était à eux… c'était la plus importante de toutes celles qu'ils avaient réussi à prendre et à enterrer. Comment pouvait-elle refaire surface ici en Russie, alors qu'ils l'avaient ensevelie vingt ans plus tôt, à des milliers de kilomètres ?

*Danger, prends garde au feu ?* Solarin devait sortir d'ici et prendre l'air, il devait s'enfuir avec Xie immédiatement, cette partie était maudite. Cat avait raison depuis le début, mais il n'avait pas encore une vue d'ensemble… pour le moment, il n'arrivait pas à distinguer les pièces de l'échiquier.

Solarin adressa un signe de tête poli à Vartan Azov et traversa la salle en quelques enjambées rapides. Il prit Xie par la main et fila vers la porte.

— Papa, demanda Xie, désemparée. Où va-t-on ?

— Voir cette dame, dit-il, laconique. Celle qui t'a donné la carte.

— Mais la finale ?

On considérerait qu'elle déclarait forfait si elle n'était pas là quand ils feraient démarrer la pendule. Elle perdrait le bénéfice de tous leurs efforts. Mais il fallait qu'il sache. Il fit un pas au-dehors, sa main dans la sienne.

Du haut des marches de la sacristie, il l'aperçut, à l'autre extrémité du parc. La femme se tenait près des grilles, regardant Solarin de loin avec amour et compréhension. Il ne s'était pas trompé. Mais alors, le regard de la femme changea et exprima la terreur, tandis qu'elle levait les yeux vers le haut des remparts.

Il ne fallut à Solarin qu'un instant à peine pour suivre son regard, et il vit le garde, perché tout là-haut sur le mur d'enceinte, le fusil à la main. Sans réfléchir, Solarin fit passer Xie derrière lui pour la protéger et il regarda la femme.

— Maman, prononça-t-il.

Et ce qu'il vit ensuite, ce fut le feu dans sa tête.

# PREMIÈRE PARTIE

## *L'Albedo*

*Au commencement de toute réalisation spirituelle se trouve la mort, en tant que « mourir au monde »... Au début de l'Œuvre, [« l'Albédo » ou « la Blancheur »] la matière la plus précieuse que produit l'alchimiste est la cendre...*

Titus BURCKHARDT, *Alchimie*

*Il faut que tu veuilles te brûler dans ta propre flamme : comment voudrais-tu te renouveler sans t'être d'abord réduit en cendres*[1] *!*

Friedrich NIETZSCHE,
*Ainsi parlait Zarathoustra*

1. Trad. Henri Albert, Société du Mercure de France, 1898. *(N.d.T.)*

# LA TERRE BLANCHE

*Prie Allah, mais entrave ton chameau.*

Proverbe soufi

JANINA, ALBANIE
JANVIER 1822

Les odalisques, ou servantes, du harem d'Ali Pacha traversaient la passerelle gelée qui enjambait les marais quand les premiers cris leur parvinrent.

Haidée, la fille du pacha âgée de douze ans, se cramponna à la main de la plus proche de ses trois compagnes dont aucune n'avait plus de quinze ans, et ensemble elles fouillèrent les ténèbres, trop effrayées pour parler ou même respirer. En face d'elles, sur le vaste lac de Pamvotis, elles distinguaient les torches tremblotantes sur l'autre rive, et rien d'autre.

Les cris leur arrivaient plus vite, plus forts à présent, rauques, haletants, faisant penser à des animaux sauvages dont les aboiements se répondaient dans la forêt. Cependant c'étaient des cris humains, et non pas ceux des chasseurs, mais du gibier. Des voix d'hommes, qui hurlaient de peur, survolaient le lac.

Sans prévenir, une crécerelle solitaire s'éleva des joncs rigides en battant des ailes devant les jeunes filles blotties les unes contre les autres et les dépassa en silence, poursuivant sa proie dans la lumière grise du point du jour, puis les cris et les torches s'évanouirent, comme happés par le brouillard. Le lac obscur s'étendait dans un silence argenté, un silence plus inquiétant que les cris qui s'étaient échappés plus tôt.

Cela avait-il commencé ?

Debout sur le pont de bois flottant, protégées seulement par l'épaisse végétation du marais qui les enveloppait, les odalisques et leur jeune pupille hésitaient sur la voie à suivre : revenir sur leurs pas jusqu'au harem perché sur son minuscule îlot, ou poursuivre à travers les marais jusqu'au hammam, cet édifice au bord du rivage dans lequel elles avaient reçu l'ordre impérieux, sous peine d'un châtiment sévère, de conduire la fille du pacha avant l'aube. Une escorte l'attendait à proximité pour l'amener – à cheval, à la faveur de l'obscurité – auprès de son père.

Le pacha n'avait encore jamais donné un tel ordre. Il ne saurait être question de s'y soustraire. Haidée était vêtue en conséquence d'un pantalon bouffant épais en cachemire et de bottes fourrées. Mais ses odalisques, figées dans l'indécision sur la passerelle, incapables d'avancer, tremblaient plus de peur que de froid. Si protégée qu'elle l'eût été jusqu'à ce jour, la jeune Haidée se rendait compte que ces jeunes paysannes ignorantes auraient volontiers opté pour la chaleur et la sécurité relative du harem, au milieu des autres esclaves et des concubines, plutôt que pour ce lac d'hiver gelé avec ses dangers obscurs et inconnus. En vérité, elle aussi.

Haidée pria en silence pour recevoir un signe de ce que ces hurlements de peur signifiaient.

Puis, comme en réponse à sa question muette, à travers le sombre brouillard matinal qui couvrait le lac, elle parvint à discerner le feu qui brûlait comme un phare et illuminait la forme massive du palais du pacha. Se reflétant dans le lac sur la petite langue de terre, ses murailles de granit blanc crénelées et ses minarets pointés chatoyant dans le brouillard, il semblait surgir des flots : Demir Kule, le château de Fer. Il faisait partie d'un palais fortifié, le Castro, à l'entrée du lac de dix kilomètres, et il avait été bâti pour contenir l'assaut de dix mille soldats. Au cours des deux dernières années du siège par les Ottomans, il s'était révélé imprenable.

Tout aussi imprenable était cette bande de terre montagneuse et escarpée, Shquiperia, le pays des Aigles, un lieu sauvage et invincible, habité par un peuple sauvage et invincible, qui se donnait à lui-même le nom de Tosque – « rude » – d'après la pierre ponce rugueuse, volcanique qui avait formé ces monts tumultueux. Les Turcs et les Grecs l'appelaient Albanie – la Terre blanche – en raison des formidables cimes déchiquetées, couronnées de neige, qui la protégeaient de toute attaque par terre ou par mer. Ses habitants, la plus ancienne race de la Méditerranée orientale, parlaient encore l'ancienne langue, appelée « chimera », une langue infiniment plus ancienne que l'illyrien, le macédonien ou le grec, et comprise par aucun autre peuple sur terre.

Et le plus sauvage et le plus chimérique de tous était le père de Haidée, Ali Pacha le Roux, Arslan, « le lion », comme on l'appelait depuis qu'à quatorze ans, il avait vengé dans une vendetta sanglante, un *ghak*, avec sa mère et la bande de brigands qu'elle tenait sous son autorité, la mort de son père afin de reprendre la ville de Tebelen. De nombreuses autres victoires impitoyables allaient suivre.

Près de soixante-dix ans plus tard, Ali de Tepelen, *vali* de Rumelia, pacha de Janina, était devenu une puissance maritime capable de rivaliser avec Alger, et avait fait main basse sur toutes les villes côtières jusqu'à Parga, jadis possession de l'Empire vénitien. Il ne craignait aucune puissance, d'Orient ni d'Occident. Il possédait l'armée la plus puissante du vaste Empire ottoman, après le sultan à Constantinople. *Trop* puissant, en fait. C'était tout le problème.

Depuis des semaines, Ali Pacha était séquestré avec une petite escorte, douze de ses plus fidèles partisans et Vasiliki, la mère de Haidée et la favorite du pacha, dans une forteresse au milieu de l'énorme lac. Il attendait son pardon du sultan, Mahmoud II, de Constantinople, un firman qui avait déjà huit jours de retard. La vie du pacha ne tenait qu'à la solidité des murailles de Demir Kule, une réalité dure comme le roc. L'édifice, défendu par six batteries de mortier, était également bourré de vingt mille livres d'explosifs venus de France. Le pacha avait menacé de les détruire, de se faire sauter jusqu'au ciel, avec tous ses trésors et la vie de ceux qui l'entouraient, si le firman promis par le sultan n'arrivait pas.

Haidée comprenait que c'était sans doute la raison pour laquelle le pacha avait ordonné qu'on la conduise, à la faveur de l'obscurité, en cette heure ultime, jusqu'à lui. Son père avait besoin d'elle. Elle se jura de museler sa peur.

Mais alors, dans le silence de mort, Haidée et ses esclaves perçurent un bruit. Ce n'était qu'un léger bruissement, mais absolument terrifiant. Un bruit tout proche, à seulement quelques mètres de l'endroit où elles se trouvaient, à l'abri des hautes herbes.

Un bruit de rames plongeant dans les flots.

Comme mues par une seule pensée, les jeunes filles retinrent leur souffle et se concentrèrent sur le clapotis. Elles pouvaient presque en toucher la source.

À travers le brouillard dense, argenté, elles devinèrent la forme de trois minces embarcations qui les dépassèrent en fendant la surface des eaux. Chaque caïque élancé était manœuvré par des rameurs noyés dans l'ombre, dix ou douze par bateau, plus d'une trentaine d'hommes en tout. Leurs silhouettes tanguaient en cadence.

Horrifiée, Haidée savait qu'on ne pouvait se méprendre sur leur destination. Une seule chose se trouvait au-delà des marais, là-bas au milieu du vaste lac. Ces bateaux et leurs rameurs clandestins se dirigeaient vers l'île des Pins, où se dressait le monastère : l'île refuge d'Ali Pacha.

Elle comprit qu'elle devait atteindre le hammam au plus vite – elle devait atteindre le littoral, où le cavalier du pacha attendait. Elle savait exactement ce qu'elle devait penser de ces cris terrifiés, du silence et du petit feu pareil à un phare qui avaient suivi. C'était des avertissements destinés à ceux qui attendaient l'aube, ceux qui attendaient sur cette île de l'autre côté du lac. Des avertissements adressés par ceux qui avaient dû risquer leur vie uniquement pour allumer ce feu. Des avertissements adressés à son père.

Cela signifiait que l'inexpugnable Demir Kule était tombée sans coup férir. Les braves défenseurs albanais qui la tenaient depuis deux ans avaient été vaincus, par la ruse ou par la trahison, au cœur de la nuit.

Et Haidée comprenait ce que cela signifiait : ces embarcations élancées qui l'avaient dépassée en silence n'étaient pas des caïques quelconques.

C'étaient des caïques turcs.

Quelqu'un avait trahi Ali Pacha, son père.

Mehmet Effendi se tenait dans le noir, perché en haut du clocher du monastère de Saint-Pantaléon sur l'île des Pins. Il tenait sa lunette d'approche et attendait la première lueur de l'aube avec une anxiété et une agitation inaccoutumées.

Une pareille anxiété était inaccoutumée chez Mehmet Effendi du fait qu'il avait toujours su ce que chaque aube, dans une longue succession d'aubes, lui réservait. Il connaissait ces choses – le déroulement des événements à venir – avec une extrême précision. En fait, il pouvait d'ordinaire les situer au plus juste. C'était parce que Mehmet Effendi n'occupait pas seulement les fonctions de Premier ministre d'Ali Pacha, il était aussi son principal astrologue. Mehmet Effendi ne s'était jamais trompé en prédisant l'issue d'une manœuvre ou d'une bataille.

Les étoiles n'étaient pas visibles la nuit dernière, et il n'y avait pas eu de lune pour se repérer, mais il n'avait guère besoin de celles-ci. Car au cours des quelques semaines et jours passés, les présages avaient été plus clairs que jamais. Seule leur interprétation, en ce moment, le faisait hésiter. Mais pourquoi donc ? se réprimandait-il. Finalement, tout était à sa place, n'est-ce pas ? Tout allait se passer conformément à ce qui avait été prédit.

Les douze étaient là, non ? Au complet, pas seulement le général, mais les cheikhs, les *mürsits*[1] de

1. Guide spirituel des dignitaires religieux chez les Alévis en Anatolie. *(N.d.T.)*

l'ordre, même le grand Baba, transporté jusqu'ici pratiquement sur son lit de mort par des porteurs de litière qui avaient franchi la chaîne de montagnes du Pinde pour assister à l'événement. C'était l'événement qui était attendu depuis plus de mille ans, depuis l'époque des califes al-Mahdi et Haroun al-Rachid. Tous les intéressés étaient prêts, et les augures aussi. Comment cela pourrait-il aller de travers ?

Aux côtés d'Effendi attendait, silencieux, le général Athanasi Vaya, chef des armées du pacha, dont les stratégies brillantes avaient tenu en échec pendant deux ans les armées du sultan Mahmoud.

Pour y parvenir, Vaya avait recruté des *klephtes*, des bandits qui se livraient au pillage pour défendre les hauts cols montagneux contre toute intrusion. Puis les troupes des fameux *palikhari* albanais d'Ali Pacha avaient mené une guerre de guérilla et de sabotage. À la fin du dernier ramadan, par exemple, quand les officiers du sultan Mahmoud se trouvaient à l'intérieur de la mosquée Blanche de Janina en train de faire la prière du *Baïram*, Vaya avait donné l'ordre aux palikhari de raser l'édifice au canon. Les officiers ottomans de même que la mosquée avaient été réduits en cendres. Mais le vrai coup de génie de Vaya concerna la garde personnelle du sultan, les janissaires.

Les sultans ottomans dégénérés, qui se prélassaient dans la Cage dorée du harem du palais de Topkapi à Constantinople, avaient toujours levé des armées en réquisitionnant le *Devshirme*, l'« impôt sur les enfants », dans les provinces chrétiennes les plus isolées. Chaque année, un garçon chrétien sur cinq était enlevé à son village, puis conduit à Constantinople, converti à l'islam et enrôlé dans les armées du sultan. Malgré les injonctions du Coran contre la conversion forcée à l'islam, ou contre la réduction en esclavage de musulmans, le *Devshirme* existait depuis cinq cents ans.

Ces garçons, leurs successeurs et leurs descendants étaient devenus une force puissante, implacable, que même la Sublime Porte à Constantinople ne pouvait plus contenir. Le corps des janissaires, quand il n'était pas employé autrement, ne craignait pas d'allumer des incendies dans la capitale, de détrousser les passants dans les rues, voire de renverser les sultans. Les deux prédécesseurs du sultan Mahmoud avaient succombé aux troubles fomentés par ces janissaires. Il avait décidé qu'il était temps d'y mettre un terme.

Mais il y avait un grain de sable qui dérangeait le cours des événements, et il se situait exactement ici, sur la Terre blanche. C'était pour cette raison précise que le sultan Mahmoud avait envoyé ses armées par-delà les montagnes, qu'elles avaient fait le siège de ces terres pendant deux ans. C'était pourquoi ses puissantes armées avaient attendu devant le Castro pour bombarder la citadelle de Demir Kyle. Mais ce petit grain de sable expliquait aussi pourquoi ils n'avaient pas encore réussi, pourquoi les janissaires n'avaient pas démoli la citadelle. Et c'était le même grain de sable qui rendait au Premier ministre Mehmet Effendi et à son compagnon une certaine confiance ce soir-là, tandis que, debout, ils veillaient au sommet du clocher de Saint-Pantaléon dans la lueur de l'aube.

Les janissaires tout-puissants vénéraient sincèrement une seule chose sur terre, et ils n'avaient cessé de la révérer depuis les cinq cents ans d'existence de leur corps d'armée. C'était la mémoire de Hadji Betach Veli, le fondateur de l'ordre mystique soufi des Bektachis. Hadji Betach était le *pîr* des janissaires, autrement dit leur saint.

C'était en vérité pourquoi le sultan craignait autant sa propre armée. Et pourquoi il était obligé de réapprovisionner les forces qui se battaient ici avec des mercenaires pris dans d'autres *pachaliks*, d'autres territoires de son vaste Empire.

Les janissaires étaient devenus une véritable menace pour l'Empire. Pareils à des fanatiques religieux, ils prêtaient un serment d'allégeance qu'ils masquaient sous des codes mystiques secrets. Pis, ils juraient allégeance uniquement à leur *pîr* et non à la maison des Osman ou à son sultan, piégé dans sa cage dorée sur la Corne d'Or.

*J'ai placé ma foi en Dieu...*, ainsi commençait le serment des janissaires.

*Nous sommes les croyants du temps jadis. Nous proclamons l'unité de la réalité. Nous avons offert notre tête dans ce but. Nous avons un prophète. Depuis le temps des Saints mystiques, nous sommes les enivrés. Nous sommes les phalènes dans le feu divin. Nous sommes une compagnie de derviches errant en ce monde. Nous ne pouvons être comptés sur les doigts ; nous ne pouvons être éliminés par la défaite. Personne en dehors de nous ne connaît notre état.*

*Les Douze Imams, les Douze Voies, nous les avons tous soutenus : les Trois, les Sept, les Quarante, la lumière du Prophète, la miséricorde d'Ali, notre* pîr... *le sultan en chef, Hadji Betach Veli...*

C'était un soulagement pour Mehmet Effendi et le général Vaya de savoir que le *Dede*, le plus vieux Baba, qui était le plus grand représentant des Bektachis sur terre, avait franchi les montagnes pour être ici ce soir, afin d'assister aux événements qu'ils attendaient tous. Le Baba, qui seul connaissait les vrais mystères et ce que les présages annonçaient.

Et pourtant, malgré tous les présages, il semblait que quelque chose avait mal tourné.

Le Premier ministre Effendi s'adressa au général Vaya dans le clocher obscur du monastère.

— Voilà un présage que je ne comprends pas, déclara-t-il, perplexe.

— Voulez-vous parler des étoiles ? s'étonna le général Vaya. Mais mon ami, vous nous avez assuré que tout allait bien de ce côté. Nous avons suivi au plus près vos recommandations. C'est ce vous dites toujours : *con-sidérer* signifie « *avec* les astres » ; *dés-astre* signifie « *contre* » eux.

« En outre, poursuivit le général, même si vos prédictions étaient complètement fausses… si le Castro est détruit, avec tous ses joyaux et ses milliers de barils de poudre, comme vous le savez, nous sommes tous des Bektachis ici, y compris le pacha ! Ils ont eu beau remplacer les chefs par des hommes du sultan, ceux-ci n'ont pas encore osé nous détruire, et ils n'essaieront pas tant que le pacha tiendra la « clé » qu'ils convoitent tous. Et n'oubliez pas… nous avons aussi une manœuvre de sortie !

— Je n'ai pas peur, affirma Mehmet Effendi en tendant sa lunette au général. Je ne puis l'expliquer, mais il semble qu'il soit arrivé quelque chose. Il n'y a pas eu d'explosion. L'aube va poindre. Et un petit feu de joie brûle, tel un fanal, sur la rive opposée du lac.

« Arslan » Ali Pacha, le Lion de Janina, arpentait le sol froid, carrelé de ses appartements dans le monastère. Il n'avait jamais été aussi terrifié de sa vie, mais certes pas pour lui-même. Il n'avait aucune illusion sur ce qui l'attendait. Après tout, c'était des Turcs de l'autre côté du lac. Il ne connaissait que trop bien leurs méthodes.

Allons, il savait ce qui l'attendait : sa tête au bout d'une pique, comme ça avait été le cas pour ses deux malheureux fils, qui avaient eu la naïveté de croire la parole du sultan. Sa tête serait emballée dans le sel en vue de la longue traversée en mer, puis apportée à Constantinople pour donner un avertissement aux autres pachas qui n'avaient pas su rester à leur place. Sa tête, comme les leurs, serait plantée sur les pointes en fer des grilles du palais de Topkapi – le portail monumental, la fameuse « Sublime Porte » – afin de dissuader d'autres infidèles de se rebeller.

Mais il n'était pas un infidèle. Loin de là, même si sa femme était une chrétienne. Il était terrifié pour sa Vasiliki adorée et pour la petite Haidée. Il n'arrivait pas même à concevoir ce qui allait leur arriver dès l'instant où il serait mort. Son épouse favorite et la fille de celle-ci… les Turcs avaient à leur portée le moyen de le torturer, peut-être même jusque dans l'au-delà.

Il se rappelait le jour où il avait fait la connaissance de Vasiliki, ce récit était l'objet de bien des légendes. Elle avait alors l'âge de Haidée aujourd'hui, douze ans. Il y avait bien des années de cela, le pacha était entré dans la ville de la jeune fille, caracolant sur son étalon albanais tout caparaçonné, Derviche. Ali était entouré de ses *palikari*, de farouches combattants descendus des montagnes, large poitrail, cheveux longs, yeux gris, dans leurs vestes aux broderies multicolores, leur capote de peau de mouton hirsute, armés de dagues et de pistolets damasquinés glissés dans la large bande d'étoffe qui leur ceignait la taille. Ils menaient une expédition punitive contre le village, sous les ordres de la Porte.

Le pacha lui-même, à soixante-quatre ans, avait fière allure, son yatagan constellé de rubis à la main et, accroché dans son dos, le fameux mousquet incrusté de nacre et d'argent, présent de l'empereur Napoléon. Ce jour-là – y avait-il dix-sept ans déjà ? – la jeune Vasiliki avait supplié le pacha de lui laisser la vie sauve ainsi qu'à sa famille. Il l'avait adoptée et conduite ici, à Janina.

Elle avait grandi dans la splendeur de ses palais, leurs cours bruissant du chant des fontaines de marbre, leurs parcs ombragés de platanes, orangers, grenadiers, citronniers et figuiers, leurs salles somptueuses remplies de tapis des Gobelins, de porcelaines de Sèvres et de chandeliers en verre de Venise. Il avait élevé Vasiliki comme sa propre fille et l'avait aimée mieux qu'aucun de ses enfants. Quand Vasiliki avait eu dix-huit ans et qu'elle était déjà grosse de Haidée, Ali Pacha l'avait épousée. Il n'avait jamais regretté cette décision… avant ce jour.

Ce jour où il devait, enfin, lui dire la vérité.

Vasia, Vasia ! Comment avait-il pu se fourvoyer à ce point ? Seul son âge pouvait expliquer une pareille erreur. Quel âge avait-il au juste ? Il ne le savait même pas. Quatre-vingts ans bien sonnés, sans doute ? Ses jours léonins étaient enfuis. Il ne ploierait pas davantage sous le poids des ans. De cela, il en avait acquis la certitude. Il était trop tard pour sauver sa bien-aimée ou lui-même.

Mais il y avait autre chose, une chose qui ne devait pas tomber entre les griffes des Turcs, une chose cruciale, un trésor plus précieux que la vie et la mort. C'était pourquoi le Baba avait parcouru ce long, très long chemin.

Et c'était pourquoi Ali Pacha avait diligenté le garçon au hammam pour qu'il aille à la rencontre de Haidée. Le jeune Kauri, le janissaire – un *pemptos*, un « cinquième » –, un des garçons du *Devshirme*, ces enfants chrétiens dont un sur cinq était réquisitionné chaque année depuis cinq cents ans afin de regarnir les rangs du corps d'élite des janissaires.

Cependant Kauri n'était pas chrétien. Il était musulman par la naissance. En fait, d'après Mehmet Effendi, Kauri pouvait faire partie de la prédiction. Peut-être était-il le seul auquel il pût s'en remettre pour mener à bien, malgré les périls, cette mission de la dernière chance.

Ali Pacha priait Allah pour qu'il ne fût pas trop tard.

Kauri, plein d'effroi, l'espérait aussi.

Il avançait sur la rive obscure du lac en fouettant le grand étalon noir, tandis que Haidée se cramponnait étroitement à lui par-derrière. Il avait reçu l'ordre de la conduire dans l'île à la faveur de la nuit en restant le plus discret possible.

Mais quand la fille du pacha et ses servantes effrayées lui avaient parlé, en arrivant au hammam, des embarcations qui avaient déjà traversé le lac – des bateaux turcs –, Kauri avait jeté toutes ses précautions aux quatre vents. Il avait vite compris qu'à compter de cet instant, quels que fussent les ordres qu'il avait reçus, les règles avaient certainement changé.

Les intrus avançaient lentement, en s'appliquant à garder le silence, lui avaient expliqué les jeunes filles. Pour atteindre l'île, les Turcs devaient traverser six bons kilomètres d'eau, se dit Kauri. En contournant le lac à cheval jusqu'à l'endroit où Kauri avait attaché la petite barque parmi les joncs à l'autre bout, ils mettraient deux fois moins de temps. Exactement ce qu'il leur fallait.

Kauri devait parvenir le premier au monastère, avant les Turcs, pour avertir Ali Pacha.

À l'autre extrémité des vastes cuisines du monastère, les charbons rougeoyaient dans l'*oçak*, le feu rituel qui brûlait sous le chaudron sacré de l'ordre. Sur l'autel, à droite, les douze chandelles avaient été allumées et, au centre, la chandelle secrète. Chaque personne qui entrait dans la pièce franchissait le seuil sacré sans toucher les piliers ni le sol.

Au milieu de la salle, Ali Pacha, le plus puissant dirigeant de l'Empire ottoman, était prosterné, le visage tourné vers le bas, sur le tapis de prière, couché sur la pierre froide. Devant lui, sur une pile de coussins, se tenait Shemimi Baba, qui avait initié le pacha bien des années auparavant. Il était le *Pirimugan*, le Guide Parfait de tous les Bektachis à travers le monde. Le visage flétri du Baba, tanné et ridé comme une baie séchée, était baigné d'une antique sagesse acquise après bien des années à suivre la Voie. On disait que Shemimi Baba avait plus de cent ans.

Le Baba, encore revêtu du *hirka* pour plus de chaleur, était posé sur sa pile de coussins telle une feuille fragile, desséchée, tombée du ciel. Il portait le traditionnel *Elifi tac*, le couvre-chef à douze plis donné à l'ordre cinq cents ans plus tôt, disait-on, par Hadji Betachi Veli en personne. Dans sa main gauche, le Baba tenait le rituel bâton de mûrier surmonté par le *Palihenk*, la large pierre d'opaline sacrée à douze facettes. Sa main droite était posée sur la tête du pacha gisant.

Le regard du Baba fit le tour de la salle, se posant sur ceux qui étaient agenouillés par terre autour de lui. Le général Vaya, le ministre Effendi, et Vasiliki, les soldats, les cheikhs et les *mürsits* de l'ordre soufi des Bektachis, de même que plusieurs moines de l'Église grecque orthodoxe, qui étaient les amis du pacha et les guides spirituels de Vasiliki… de même qu'ils avaient été leurs hôtes, durant ces longues semaines sur l'île.

D'un côté étaient assis Kauri, le jeune janissaire, et Haidée, la fille du pacha, porteurs des nouvelles qui avaient incité le Baba à organiser cette assemblée. Ils avaient retiré leurs manteaux de voyage crottés et, comme les autres, avaient effectué les ablutions rituelles avant d'entrer dans l'espace sacré près du saint Baba.

Le Baba retira sa main de la tête d'Ali Pacha et acheva la bénédiction. Alors le pacha se leva, s'inclina profondément et baisa l'ourlet du froc du Baba. Puis il s'agenouilla avec les autres dans le cercle qu'ils formaient autour du grand saint. Tous comprenaient la gravité de la situation et tendirent l'oreille pour ne perdre aucune des paroles cruciales de Shemimi Baba.

— *Nice sirlar vardir sirlardan içli*, commença le Baba. (Il y a beaucoup de mystères, des mystères dans les mystères.)

C'était la fameuse doctrine du *mürsit*, l'idée qu'on ne doit pas posséder seulement un *cheikh*, ou maître de la loi, mais aussi un *mürshid*, ou guide spirituel, grâce au *nasip*, l'initiation, et aux « Quatre Portes » qui s'ensuivent et conduisent à la Réalité Divine.

Kauri songea, l'esprit troublé : Comment pouvait-on imaginer de pareilles choses en ce moment, alors que les Turcs allaient débarquer dans l'île d'un instant à l'autre ? Il lança un coup d'œil furtif à Haidée, juste à côté de lui.

Comme si le Baba avait lu dans ses pensées secrètes, le vieil homme éclata d'un rire bruyant : un caquètement. Tous ceux qui formaient le cercle autour de lui levèrent les yeux, surpris, mais une autre surprise les attendait. Le Baba avait planté, avec beaucoup d'efforts, sa canne de mûrier dans la pile de coussins et s'était hissé prestement sur ses pieds. Ali Pacha se releva d'un bond et se précipita pour aider son vieux mentor, mais il fut chassé d'un revers de main tremblotant.

— Vous vous demandez peut-être pourquoi nous parlons de pareils mystères quand les infidèles et les loups sont presque à notre porte ! s'exclama-t-il. Il n'y a qu'un seul mystère dont il nous faut nous entretenir en cet instant, juste avant l'aube. C'est le mystère sur lequel Ali Pacha a su veiller pour nous pendant si longtemps. C'est le mystère qui a placé notre pacha sur ce roc, le même mystère qui conduit jusqu'ici les loups voraces. Il est de mon devoir de vous dire ce que c'est… et pourquoi il doit être défendu par nous tous, à tout prix. Bien que ceux d'entre nous ici présents puissent connaître des sorts différents avant la fin du jour – certains se battront jusqu'à la mort ou seront capturés par les Turcs pour subir un sort pire que la mort –, il n'y a qu'une seule personne, dans cette salle, qui soit en mesure de sauver ce trésor. Et grâce à notre jeune guerrier, Kauri, elle est arrivée juste à temps.

Le Baba adressa un sourire à Haidée, tandis que tous les autres se tournaient pour la regarder. Tous, sauf sa mère, Vasiliki, à vrai dire elle ne quittait pas Ali Pacha des yeux, avec un air qui semblait exprimer un mélange d'amour, d'agitation et de peur.

— Je dois vous raconter une histoire, annonça Shemimi Baba. Il s'agit d'un mystère qui a été transmis et protégé pendant des siècles. Je suis le dernier guide d'une longue, très longue chaîne de guides qui ont transmis ce mystère de génération en génération. Je dois vous faire un récit rapide et succinct, mais je dois le faire... avant que les assassins du sultan n'arrivent. Vous devez tous comprendre l'importance de notre combat et pourquoi ce mystère doit être protégé, fût-ce jusqu'à la mort.

« Vous connaissez tous un des célèbres *hadith*, les dits et gestes du Prophète, leur expliqua le Baba. Ces célèbres maximes, qui sont gravées au-dessus du seuil de nombreux châteaux bektachis, sont des paroles qu'on attribue à Allah Lui-même.

> *J'étais un trésor caché et j'ai voulu être connu.*
> *Alors j'ai créé les créatures afin d'être connu par*
> *[elles...*

« Le récit que je vais vous faire maintenant concerne un autre trésor caché, un trésor de grande valeur, mais aussi de grand péril, un trésor qui a été recherché depuis plus de mille ans. Seuls les guides spirituels, au fil des ans, ont connu la vraie source et la véritable signification de ce trésor. Aujourd'hui je vais le partager avec vous.

Tout le monde dans la pièce hocha la tête. Ils comprenaient l'importance du message que le Baba allait leur transmettre, l'importance même d'être présent. Personne ne parla tandis que le vieil homme retirait le *Elifi tac* sacré de sa tête, le posait entre les coussins et retirait son long manteau de peau de mouton. Il se tenait là, debout au milieu des coussins, vêtu de son simple kaftan de laine. Et appuyé sur son bâton de mûrier, le Baba commença son récit…

## Le récit du guide

Dans l'année 138 de l'Hégire ou, d'après le calendrier chrétien, en l'an 755 après J.-C., vivait à Koufa, près de Bagdad, al-Jabbir ibn Hayyan de Khorassan, le grand mathématicien et chimiste soufi.

Au cours de son long séjour à Koufa, al-Jabbir rédigea nombre de traités savants. Parmi ceux-ci figuraient *Les Livres de l'Équilibre*, l'œuvre qui établit son grand renom en tant que père de l'alchimie arabe.

Ce qui est moins connu, c'est le fait que notre ami al-Jabbir était aussi le fidèle disciple d'un autre habitant de Koufa, Jafar al-Sadiq, le sixième imam de la branche chiite de l'islam depuis la mort du Prophète, et un descendant direct de Mahomet par Fatima, la fille du prophète.

Les chiites de cette secte n'acceptaient pas alors davantage qu'aujourd'hui la légitimité des califes formant la secte sunnite de l'islam, c'est-à-dire ceux qui étaient des amis, des compagnons ou des parents du Prophète, mais pas ses descendants directs.

La ville de Koufa était demeurée, des siècles durant après la mort du Prophète, un foyer d'agitation et de rébellion contre les deux dynasties sunnites successives qui, entre-temps, avaient conquis une bonne partie du monde.

Bien que les califes de la proche Bagdad fussent sunnites, al-Jabbir dédicaça ouvertement et courageusement – certains disent sottement – *Les Livres de l'Équilibre*, son traité d'alchimie mystique, à son célèbre guide, Jafar al-Sadiq, le sixième imam. Al-Jabbir alla encore plus loin ! Dans la dédicace du livre, il exprima qu'il n'était qu'un porte-parole de la sagesse d'al-Sadiq, son *mürshid* lui ayant appris tout le *ta'wil*, l'herméneutique spirituelle qui permet l'interprétation symbolique d'un sens caché du Coran.

Ces propos auraient dû suffire à anéantir al-Jabbir aux yeux de l'orthodoxie dominante de son époque. Mais dix ans plus tard, en l'an 765, le danger se fit encore plus précis : le sixième imam, al-Sadiq, mourut. Al-Jabbir, chimiste réputé, fut conduit à la cour de Bagdad pour en devenir le chimiste officiel, d'abord sous le calife al-Mansour, puis celui de ses successeurs al-Mahdi et Haroun al-Rachid, que l'on connaît pour son rôle dans *Les Mille et Une Nuits*.

Le califat sunnite orthodoxe était connu pour récupérer et détruire les textes de toutes sortes qui pouvaient ne serait-ce que suggérer qu'il y avait une autre interprétation de la loi, qu'il pouvait y avoir une autre transmission séparée, mystique du sens ou de l'interprétation des paroles du Prophète ou du Coran.

Dès l'instant de son arrivée à Bagdad, en tant que chimiste et soufi, al-Jabbir ibn Hayyan vécut dans la peur que son savoir secret ne disparaisse dès qu'il ne serait plus en vie pour le protéger et le partager. Il chercha de tous côtés une solution plus permanente, une façon imperméable de transmettre l'ancienne sagesse sous une forme qui ne pourrait être facilement reconnue par le non-initié ni facilement détruite.

Le célèbre chimiste trouva bientôt exactement ce qu'il cherchait, d'une façon parfaitement étrange et inattendue.

Le calife al-Mansour avait un passe-temps favori, qui avait été introduit dans le monde arabe au temps de la conquête de la Perse par les musulmans, un siècle plus tôt. C'était le jeu d'échecs.

Al-Mansour demanda à son célèbre alchimiste d'inventer un jeu d'échecs forgé exclusivement dans des métaux transformés et des composés qui ne pouvaient être produits que par le truchement des mystères de la science alchimiste, et de couvrir ce jeu de pierres et de symboles qui pourraient n'avoir de signification que pour ceux qui avaient connaissance de son art.

Cette commande était comme un présent pour al-Jabbir, un don venu directement de l'archange Gabriel, car elle lui permettait d'exécuter les ordres du calife et, en même temps, de transmettre l'ancienne sagesse défendue au nez et à la barbe du califat.

Le jeu d'échecs, dont la réalisation demanda dix ans et le savoir-faire de centaines d'habiles artisans, fut achevé et présenté au calife lors de la fête de Baïram en l'an 158 de l'Hégire, ou 775 après J.-C., dix ans après la mort de l'imam qui lui avait donné son sens.

Le jeu était une splendeur. L'échiquier mesurait un mètre de côté, les cases étaient composées de ce qui semblait être de l'or et de l'argent étincelants, inaltérables, constellés de pierreries, dont certaines étaient grosses comme des œufs de caille. Tous ceux qui étaient à la cour de la dynastie abbaside de Bagdad restèrent ébahis devant un tel prodige. Mais à leur insu, le chimiste de la cour avait dissimulé dans sa création un grand secret, qui devait rester secret et l'est demeuré à ce jour.

Parmi les mystères qu'al-Jabbir avait introduits dans le jeu se trouvaient, par exemple, les nombres sacrés trente-deux et vingt-huit.

Trente-deux représente le nombre de lettres de l'alphabet persan, qui étaient des codes qu'al-Jabbir avait enchâssés dans les trente-deux pions et pièces en argent et en or du jeu. Vingt-huit, le nombre de lettres de l'alphabet arabe, était représenté par des codes qui étaient gravés dans les vingt-huit cases sur le pourtour de l'échiquier. C'étaient là deux des nombreuses clés utilisées par le père de l'alchimie, lesquelles étaient à transmettre aux initiés de chaque époque ultérieure. Et chacun de ces indices représentait une clé d'une partie du mystère.

Al-Jabbir donna un nom à son chef-d'œuvre. Il l'appela le Jeu de la Tariqa, autrement dit c'était la clé de la Voie Secrète.

Le Baba parut las quand il eut achevé son récit, mais il demeura la tête haute.

— Le jeu dont j'ai parlé existe toujours. Le calife al-Mansour s'est rendu compte qu'il renfermait un pouvoir mystérieux, car nombre de batailles éclatèrent autour du jeu, dont certaines à la cour des abbassides à Bagdad. Au cours des vingt années suivantes, le jeu changea de mains à plusieurs reprises, mais c'est une autre histoire, plus longue. Finalement, il a conservé son secret car il est resté enseveli pendant un millier d'années, jusqu'à ces temps derniers.

« Puis, il y a seulement trente ans, à l'aube de la Révolution française, le jeu a refait surface au Pays basque. Il est maintenant disséminé à travers le monde et ses secrets sont à découvert. C'est notre mission, mes enfants, de restituer ce grand chef-d'œuvre d'initiation à ses propriétaires légitimes, ceux auxquels il fut destiné à l'origine et à qui ses secrets étaient destinés. Ce jeu était conçu pour les soufis, car nous sommes les gardiens de la flamme.

Ali Pacha se leva et aida le Baba à reprendre place au milieu des profonds coussins.

— Le Baba a parlé, mais il est fatigué, dit le pacha à l'assistance.

Puis il tendit les mains à la petite Haidée et à Kauri qui était assis à côté d'elle. Les deux jeunes gens vinrent se placer devant le Baba, qui les fit se mettre à genoux. Puis il souffla sur leurs têtes, l'une après l'autre : « Hou-Hou-Hou. » Le *üfürük cülük*, la bénédiction du souffle.

— À l'époque d'al-Jabbir, reprit le Baba, ceux qui étaient impliqués dans la quête alchimique s'appelaient les Souffleurs et les Charbonniers, car c'était les parties secrètes de leur art sacré. C'est aussi l'origine de nombre des termes qui sont les nôtres, dans notre art sacré aujourd'hui. Nous vous envoyons, par une route secrète, à nos amis dans un autre pays, ils s'appellent aussi les Charbonniers. Mais à présent, le temps est essentiel, et nous avons un objet de valeur à envoyer par vos soins, un objet qu'Ali Pacha a protégé pendant trente ans…

Il s'interrompit car des cris leur parvenaient du dessus, en provenance des salles supérieures scellées du monastère. Le général Vaya et les soldats se précipitèrent sur la porte conduisant à l'escalier.

— Mais je vois, conclut le Baba, le temps nous manque.

Le pacha avait plongé la main promptement dans sa tunique et, à présent, il tendait au Baba une chose qui avait l'air d'un gros morceau de charbon de bois noir pesant. Le Baba tendit celui-ci à Haidée, mais ce fut à Kauri, son jeune disciple, qu'il s'adressa.

— Il existe une route souterraine pour sortir de cet édifice, elle te conduira près de ton esquif, lui expliqua-t-il. Tu peux être repéré par d'autres, mais comme vous êtes des enfants, il est peu probable qu'on vous arrête. Vous franchirez les montagnes par une route spéciale, jusqu'à la côte, où un bateau attendra votre arrivée. Vous voyagerez vers le nord en suivant les directives que je te donne, vous chercherez un homme qui vous mènera à ceux qui vous protégeront. Cet homme connaît bien le pacha, depuis fort longtemps, et il te fera confiance… c'est-à-dire quand tu lui auras donné le code secret que lui seul comprendra.

— Et quel est le code ? s'enquit Kauri, impatient de partir, comme le bruit des coups et du bois qu'on fend leur parvenait de l'étage supérieur.

Mais le pacha l'interrompit. Il avait attiré Vasiliki à ses côtés et avait passé un bras protecteur autour de ses épaules. Vasiliki avait les yeux baignés de larmes.

— Haidée devra révéler à cet homme qui elle est réellement, leur annonça le pacha.

— Qui *je* suis ? répéta Haidée, en considérant ses parents d'un air effaré.

Vasiliki parla pour la première fois. Elle semblait éprouver de la souffrance. Elle prit dans les siennes les deux mains de sa fille, qui tenaient le gros morceau de charbon de bois.

— Mon enfant, dit-elle à Haidée, nous avons gardé ce secret pendant de nombreuses années, mais à présent, comme l'a expliqué le Baba, c'est notre unique espoir, de même que le tien.

Elle s'interrompit car sa gorge s'était nouée sur ces derniers mots. Il semblait qu'elle ne pourrait poursuivre, de sorte que le pacha intervint une nouvelle fois.

— Ce que Vasia entend te dire, ma chérie, c'est que je ne suis pas ton vrai père. (Quand il vit l'expression d'horreur sur le visage de Haidée, il se hâta d'ajouter :) J'ai épousé ta mère en raison de mon grand amour pour elle, presque comme si elle était ma fille, car je suis grandement son aîné et chargé d'ans. Mais quand nous nous sommes mariés, Vasia était déjà grosse de toi… grosse d'un autre homme. Il était impossible à celui-ci de l'épouser, et il en est de même aujourd'hui. Je connais cet homme. Je l'aime et lui fais confiance, et ta mère aussi, de même que le Baba. Cela est resté secret, un secret que nous avons tous conservé d'un commun accord… en redoutant le jour où il serait nécessaire de le révéler au grand jour.

Kauri avait saisi le bras de Haidée avec une grande force, car il semblait qu'elle allait s'évanouir.

— Ton véritable père est un homme qui possède la fortune et le pouvoir, poursuivit le pacha. Il te protégera… et protégera également ceci, quand tu lui montreras ce que tu lui apportes.

Haidée se sentit en proie à une douzaine d'émotions qui s'affrontaient en elle. Le pacha n'était-il pas son père ? Comment cela se pouvait-il ? Elle voulait hurler, s'arracher les cheveux, pleurer… mais sa mère, qui baignait ses mains de larmes, secouait aussi la tête.

— Mais si le pacha n'est pas… alors qui est mon père ? Et où est-il ? Et quel est cet objet que nous lui apportons ?

Une soudaine colère l'aidait à recouvrer un semblant de forces.

— Ton père est un grand lord anglais, expliqua Vasiliki. Je l'ai bien connu et je l'ai aimé… il vivait ici avec nous à Janina, dans l'année qui a précédé ta naissance.

Elle ne put poursuivre de sorte qu'encore une fois, le pacha reprit :

— Comme te l'a dit le Baba, il est notre ami et est lié à ceux qui sont nos amis. Il vit sur le Grand Canal à Venise. Tu peux le rejoindre par la mer en quelques jours. Tu trouveras facilement son palais… il s'appelle George Gordon, Lord Byron.

« Tu lui apporteras l'objet que tu tiens dans tes mains et il le protégera au péril de sa vie s'il le faut. Il est recouvert de charbon, mais dessous se trouve la pièce d'échecs la plus précieuse de l'ancien jeu de la Tariqa créé par al-Jabbir ibn Hayyan. Cette pièce précise est la véritable clé de la Voie Secrète. C'est la pièce que nous appelons aujourd'hui la Reine noire.

# LA TERRE NOIRE

*Wyrd of nereth unfaegne eorl, ponne his ellen deah.*
(À moins qu'il ne soit déjà perdu, la fortune favorisera l'homme qui garde son courage.)

*Beowulf*[1]

## Mesa Verde, Colorado
## Printemps 2003

Avant même d'arriver à la maison, je savais que quelque chose ne tournait pas rond. Mais vraiment pas rond. Même si, en apparence, tout semblait être l'image de la perfection.

Le large tournant en pente abrupte de l'allée était profondément enfoui sous la neige et bordé de rangées majestueuses d'imposantes épinettes bleues du Colorado. Leurs branches enneigées étincelaient comme du quartz rose dans la lumière matinale. En haut de la montée, là où la route formait un terre-plein et s'élar-

1. Poème épique anglais, anonyme, daté entre le VIIIe et le XIe siècle. *(N.d.T.)*

gissait pour le parking, je garai ma Land Rover de location devant le chalet.

Une boucle de fumée gris-bleu sortait langoureusement de la cheminée moussue posée au milieu du toit. La riche senteur de la fumée de pin se répandait dans l'air vif, ce qui voulait dire que, même si je n'espérais pas être accueillie avec des cris de joie après une si longue absence, au moins, j'étais attendue.

À l'appui de cela, je remarquai que le camion et la jeep de ma mère étaient garés côte à côte dans l'ancienne écurie, en bordure du parking. Mais il me parut curieux néanmoins que l'allée n'ait pas été dégagée et qu'il n'y ait pas de traces de pneus. Si j'étais attendue, quelqu'un n'aurait-il pas dû déblayer un chemin ?

Maintenant que j'étais enfin arrivée, dans le seul lieu que j'eusse jamais appelé la maison, on aurait pu penser que j'allais enfin pouvoir souffler. Pourtant, c'était comme une idée fixe : quelque chose clochait.

Notre chalet familial avait été construit il y a une centaine d'années par des tribus voisines pour mon arrière-arrière-grand-mère, une jeune montagnarde à l'esprit intrépide. De pierre taillée à la main et de troncs d'arbres massifs fendus, c'était une énorme bâtisse en rondins de forme octogonale, bâtie sur le modèle d'une cabane indienne ou d'une hutte de sudation, avec des fenêtres à petits carreaux donnant sur chaque direction cardinale, telle une vaste rose des vents architecturale.

Chacune de ses descendantes avait vécu ici à un moment ou à un autre, y compris ma mère et moi. Alors quel était mon problème ? Pourquoi ne pouvais-je venir ici sans avoir l'impression d'un sort funeste imminent ? Je savais pourquoi, bien sûr. De même que ma mère. C'était la chose dont nous ne parlions jamais. C'est pourquoi, quand j'en étais venue à quitter la maison pour de bon, ma mère l'avait compris. Elle n'avait jamais insisté, contrairement aux autres mères, pour que je vienne lui rendre visite.

Enfin, pas jusqu'à ce jour.

Cela dit, ma présence aujourd'hui ne répondait pas exactement à une invitation. C'était davantage une sommation, un message cryptique que ma mère avait laissé sur mon répondeur téléphonique chez moi à Washington, alors qu'elle savait parfaitement que j'étais au travail.

Elle m'invitait, disait-elle, à fêter son anniversaire. Et cela, bien sûr, faisait partie du problème.

Vous voyez, ma mère n'avait pas de date d'anniversaire. Elle n'avait jamais fêté son anniversaire.

Je ne veux pas dire qu'elle avait peur de vieillir ou s'inquiétait de son apparence ou souhaitait mentir sur son âge. En fait, elle paraissait plus jeune chaque année.

Mais l'étrange vérité, c'était qu'elle ne voulait pas que quiconque en dehors de la famille sache ne serait-ce que la *date* de son anniversaire.

Ce secret, ajouté à quelques autres excentricité telles que le fait qu'elle vivait dans une retraite d'ermite au sommet de cette montagne depuis vingt ans, depuis… la chose dont nous ne parlions jamais, tout contribuait à expliquer pourquoi certains auraient pu percevoir ma mère, Catherine Velis, comme un drôle d'oiseau.

L'autre partie de mon problème actuel était que je n'avais pas réussi à joindre ma mère pour avoir une explication sur cette brusque révélation. Elle n'avait répondu à aucun de mes appels ni aux messages que je lui avais laissés ici au chalet. Le numéro de rechange qu'elle m'avait donné n'était manifestement pas bon, il lui manquait les derniers chiffres.

Avec déjà la vague idée que ça ne tournait pas rond, je pris quelques jours de congé au travail, achetai un billet, attrapai, dans tous mes états, le dernier vol pour Cortez, Colorado, et louai le dernier 4 × 4 à l'aéroport.

À présent, je laissais tourner le moteur pendant que je restais assise et laissais mon regard se repaître du panorama époustouflant. Je n'étais pas revenue depuis plus de quatre ans. Et à chaque fois que je le revoyais, il me coupait le souffle.

Je descendis de la Land Rover dans la neige jusqu'aux genoux sans couper le contact.

Du haut de la montagne, à plus de quatre mille mètres au-dessus du plateau du Colorado, je voyais un océan vaste, ondulant, de sommets de cinq mille mètres, effleurés par l'aurore aux doigts de rose. Par un temps clair comme celui-ci, on voyait jusqu'au mont Hesperus, que les Diné[1] appelaient Dibé Nitsaa, montagne Noire, une des quatre montagnes sacrées créées par « Premier Homme » et « Première Femme ».

Avec Sisnaajinii (montagne Blanche, ou mont Blanca) à l'est, Tzoodzill (montagne Bleue, ou mont Taylor) au sud, et Dook'o'osliid (montagne Jaune, ou San Francisco Peaks) à l'ouest, ces quatre sommets marquent les quatre coins de Dinétah, la « maison des Diné », nom que les Navajos se donnent à eux-mêmes.

Et ils soulignaient aussi le haut plateau sur lequel je me tenais, « Four Corners », les Quatre Coins, seul point des États-Unis où quatre États – Colorado, Utah, Nouveau-Mexique et Arizona – se rejoignent à angle droit pour former une croix.

1. Nom générique des populations navajos du Colorado. *(N.d.T.)*

Bien avant que quiconque songe à tracer des lignes en pointillé sur une carte, cette terre était sacrée pour quiconque la foulait. Si ma mère devait fêter pour la toute première fois son anniversaire depuis près de vingt-deux ans que je la connaissais, je pouvais comprendre pourquoi elle voulait que ce fût ici. Indépendamment du nombre d'années qu'elle avait vécues à l'étranger ou loin d'ici, comme toutes les femmes de notre famille, elle appartenait à cette terre.

Pour quelque raison, je savais que ce rapport avec la terre était important. Je savais que c'était pourquoi elle avait laissé un message si étrange pour m'attirer ici.

Et je savais autre chose encore, même si personne d'autre ne le savait. Je savais pourquoi elle avait insisté pour que je vienne en ce jour. Car aujourd'hui, le 4 avril, c'était réellement l'anniversaire de ma mère, Cat Velis.

Je sortis la clé de contact, attrapai sur le siège du passager mon sac de voyage que j'avais bouclé à la hâte et me forai laborieusement un chemin dans la neige jusqu'à notre porte d'entrée centenaire. Ces énormes battants, deux plaques massives de trois mètres de haut taillées dans le cœur de pins séculaires, étaient décorés de deux animaux en bas-relief qui semblaient vous foncer droit dessus. À gauche, un aigle royal s'élançait sur votre tête. Et du battant de droite, une ourse dressée, en colère, vous chargeait.

Malgré l'œuvre des intempéries, ces sculptures avaient une allure assez réaliste avec des yeux de verre et de vraies griffes. Le début du XX$^{e}$ siècle avait adoré ces inventions habiles, et celle-ci était unique en son genre. Si vous tiriez sur la patte de l'ourse, la mâchoire tombait pour laisser apparaître des crocs tout à fait réels et impressionnants. Si vous aviez le cran de mettre la main dans sa gueule, vous pouviez tourner le carillon à l'ancienne pour alerter de votre présence les habitants des lieux.

Je fis les deux et attendis. Mais au bout de quelques instants, il n'y eut pas de réponse. Pourtant, il devait y avoir quelqu'un à l'intérieur, puisque la cheminée était allumée. Et je savais d'expérience que pour alimenter l'énorme foyer, il fallait passer des heures à fendre le bois et une force herculéenne pour le traîner à l'intérieur. Mais avec notre cheminée qui pouvait recevoir une bûche de cinquante centimètres de diamètre, le feu pouvait avoir été préparé plusieurs jours auparavant et continuer à se consumer.

Et brusquement, je pris conscience de ma situation. Après avoir parcouru quelques milliers de kilomètres en avion et par la route, je me tenais dans la neige au sommet d'une montagne, essayant d'entrer chez moi, ignorant si quelqu'un se trouvait à l'intérieur. Mais je n'avais pas de clé.

L'autre possibilité qui s'offrait à moi – patauger dans quelques arpents de neige pour glisser un œil par une fenêtre – me semblait être une mauvaise idée. Que gagnerais-je à me mouiller davantage si, au bout du compte, je ne pouvais pas entrer ? Et si j'entrais alors qu'il n'y avait personne à l'intérieur ? Aucune trace de pneu ni de ski, pas même de cerf, à proximité de la maison.

Je fis donc la seule chose intelligente qui me vînt à l'esprit : je sortis mon téléphone portable de ma poche et composai le numéro de ma mère, ici même sur le seuil du chalet. Je fus soulagée quand son répondeur téléphonique se déclencha après six sonneries, croyant qu'elle avait peut-être laissé un indice sur l'endroit où elle se trouvait. Mais quand la voix enregistrée se fit entendre, le cœur me manqua :

« On peut me joindre à… » et elle débita le même numéro que celui qu'elle m'avait laissé sur mon répondeur à Washington, et auquel il manquait toujours les derniers numéros ! Je restai debout devant la porte, mouillée et gelée, et rageai en silence, à la fois dépitée et démontée. Qu'est-ce que j'étais censée faire ?

C'est alors que je me souvins du jeu.

Slava, mon oncle préféré, n'était autre que Ladislaus Nim, éminent expert et auteur à la renommée mondiale. Il avait été mon meilleur ami dans mon enfance, et même si cela faisait des années que je ne l'avais pas revu, je savais qu'il l'était toujours. Slava détestait le téléphone et il s'était juré de ne jamais en avoir chez lui. Le téléphone, surtout pas… mais oncle Slava adorait inventer des jeux de logique. Il avait écrit plusieurs livres sur la question. Dans mon enfance, si quelqu'un recevait un message de Slava avec un numéro de téléphone où on pouvait le joindre, on savait toujours qu'il ne fallait pas le prendre au pied de la lettre… c'était une sorte de message codé. Cela le mettait en joie.

Cependant, il semblait peu probable que ma mère se soit servie d'une pareille technique pour communiquer avec moi. D'une part, elle n'était pas très bonne pour déchiffrer elle-même ces messages et sa vie dût-elle en dépendre, elle aurait été incapable d'en inventer.

L'idée que Slava avait inventé ce message pour elle était encore plus invraisemblable. Pour autant que je sache, elle n'avait pas parlé à mon oncle depuis des années. Pas depuis… la chose dont nous ne parlions jamais.

Cependant, j'étais sûre que c'était un message.

Je bondis dans la Land Rover et mis le contact. Décrypter un message codé pour retrouver ma mère l'emporta sans mal sur les autres possibilités qui s'offraient à moi : enfoncer la porte d'une maison abandonnée, ou reprendre l'avion pour Washington sans savoir où était passée ma mère.

Je rappelai le répondeur. Je griffonnai le numéro qu'elle y avait laissé à la disposition de tous. Si elle avait véritablement des ennuis et essayait de me contacter, je priai le ciel d'être la première à trouver la solution.

« On peut me trouver au 615-263-94... », annonçait la voix enregistrée de ma mère.

Ma main tremblait pendant que je notais les chiffres sur mon calepin.

Huit chiffres avaient été énoncés au lieu des dix nécessaires pour faire un appel à distance. Mais comme dans les énigmes de l'oncle Slava, je suspectais que cela n'avait rien à voir avec le téléphone. C'était un code à dix chiffres, dont les deux derniers numéros manquaient. Ces deux numéros étaient précisément mon message secret.

Il me fallut dix minutes pour résoudre le mystère, nettement plus que lorsque j'étais au coude à coude avec mon oncle fou et génial. Si on divisait la chaîne des chiffres par groupes de deux (comme indice : il manquait les deux derniers chiffres), on obtenait : 61 – 52 – 63 – 94.

Si on inversait les nombres, comme je ne tardai pas à m'en apercevoir, on avait un nombre carré à deux chiffres, en commençant par le carré de quatre. Autrement dit, le produit de quatre, de cinq, de six et de sept quand on les multiplie par eux-mêmes. Ce qui donnait : 16 – 25 – 36 – 49.

Le nombre suivant dans la séquence, qui était aussi le nombre manquant, était donc le 8. Ainsi les deux chiffres de la série étaient le carré de 8, autrement dit 64. Dans une véritable énigme mathématique, bien sûr, si on avait inversé le nombre, la réponse aurait été 46. Mais ce n'était pas ça.

Je savais, de même que ma mère, que 64 avait une autre signification dans mon cas. C'était le nombre de cases sur l'échiquier, huit de chaque côté.

En un mot, *la* chose dont nous ne parlions jamais.

Effondrée et intraitable, ma mère avait toujours refusé ne serait-ce que de parler du jeu d'échecs, le jeu même était banni de notre toit. Depuis la mort de mon père (l'autre chose dont nous ne parlions jamais), il m'était interdit de jamais rejouer aux échecs, la seule chose où j'étais bonne, la seule chose qui m'aidait à rester en contact avec le monde qui m'entourait. Autant me condamner, à l'âge de douze ans, à devenir autiste !

Ma mère était totalement opposée, de toutes les façons possibles et imaginables, à l'idée des échecs. Bien que je n'eusse jamais été capable de comprendre sa logique, et pour autant qu'il y eût de la logique là-dedans, dans l'esprit de ma mère, les échecs seraient aussi dangereux pour moi qu'ils l'avaient été pour mon père.

Cependant, il semblait qu'en me faisant revenir ici pour son anniversaire, en me laissant cette phrase sibylline avec ce message codé, c'était elle qui me faisait entrer dans la partie.

Je calculai : il m'avait fallu vingt-sept minutes et, comme j'avais laissé tourner le moteur, quatre litres d'essence pour ce glouton qui s'empiffrait, avant d'arriver à comprendre comment entrer à l'intérieur.

Entre-temps, quiconque doté d'un demi-cerveau aurait deviné que ces nombres à deux chiffres étaient également des combinaisons sur une gorge de serrure. Mais il n'y avait pas de serrure dans la maison. Sauf qu'il y en avait effectivement une dans la grange. Sur un coffre de sécurité. C'est là qu'on rangeait les clés de voiture.

Serais-je en droit de dire : « Trop fort ? »

Je coupai le contact, pataugeai dans la neige jusqu'à la grange, et *voilà**[1] ! Des éléments bougèrent à l'intérieur du pêne, le couvercle du coffre s'ouvrit, et la clé de l'entrée apparut sur une chaîne. De retour devant la maison, il me fallut un moment pour me rappeler quelle clé s'insérait dans la griffe gauche de l'aigle. Les portes s'entrouvrirent en grognant.

Je grattai mes bottes sur la vieille grille de cheminée rouillée que nous gardions à côté de l'entrée, poussai les lourdes portes du chalet et les claquai derrière moi, ce qui fit danser une rafale de flocons étincelants dans la lumière oblique du matin.

À l'intérieur de la chiche lumière du sas de l'entrée, guère plus grand qu'un confessionnal mais qui avait le

1. Les mots et expressions en italique suivis d'un astérisque sont en français dans le texte original.

mérite d'arrêter le vent glacial, je me débarrassai de mes bottes trempées et enfilai une paire de bottillons fourrés en mouton retourné qui se trouvaient toujours posés sur notre congélateur. Quand j'eus accroché ma parka, j'ouvris les portes intérieures et pénétrai dans le vaste octogone, dont la chaleur était entretenue par la bûche gigantesque qui brûlait dans la cheminée centrale.

La salle octogonale mesurait une trentaine de mètres de diamètre et une dizaine de haut. Le foyer, qui occupait le centre, était coiffé d'une hotte en cuivre à laquelle pendaient des casseroles et qui montait jusqu'au conduit de pierre moussue qui crachait la fumée vers le ciel. L'endroit faisait penser à un énorme tipi, si l'on ne tenait pas compte des meubles rustiques dispersés partout alentour. Ma mère avait toujours eu en horreur toutes les pièces de mobilier destinées à s'asseoir, mais il y avait notre piano à queue en ébène, un buffet, un choix de bureaux, des tables de travail et des bibliothèques pivotantes, ainsi qu'une table de billard sur laquelle personne n'avait jamais joué.

À l'étage supérieur, une galerie octogonale surplombait la salle. Elle donnait dans des petites chambres où les gens pouvaient dormir et parfois même prendre un bain.

La lumière en fusion coulait à flots de tous côtés par les fenêtres inférieures, scintillant à travers la poussière qui voilait l'acajou. Par les lucarnes du plafond, la lueur rosée du matin filtrait, soulignant les traits des totems d'animaux rehaussés de couleurs vives qui étaient sculptés dans les énormes poutres soutenant le balcon : ours, loup, aigle, cerf, bison, bouc, couguar, bélier. Du haut de leur poste d'observation, à près de sept mètres du sol, ils semblaient flotter dans l'espace, intemporels. Tout paraissait figé dans le temps. Le seul bruit était, par moments, le crépitement du feu dans la bûche.

Je fis le tour du périmètre, d'une fenêtre à l'autre, en scrutant la neige. À part mes pas, aucune empreinte n'était visible. Je montai l'escalier en spirale jusqu'à la galerie et vérifiai chaque espace cloisonné. Pas la moindre trace.

Comment s'y était-elle pris ?

Ma mère, Cat Velis, s'était volatilisée.

Un bruit discordant déchira le silence. Un téléphone sonnait. Je dégringolai l'escalier raide et arrachai le récepteur posé sur le secrétaire de campagne de ma mère, juste avant que le répondeur ne se déclenche.

— Bon sang, à quoi pensais-tu, ma chérie, quand tu as choisi ce trou paumé ? me demanda la voix voilée, teintée d'une once d'accent british, d'une femme que je ne connaissais que trop bien. Et d'ailleurs, où es-tu exactement ? J'ai l'impression que ça fait des *jours* que nous tournons en rond dans la nature !

Il y eut une pause, pendant qu'elle paraissait parler à quelqu'un à ses côtés.

— Tante Lily ? demandai-je.

Car c'était elle, forcément, ma tante, Lily Rad, mon premier mentor aux échecs et encore aujourd'hui, un des meilleurs grands maîtres féminins au jeu d'échecs. Elle avait été autrefois la meilleure amie de ma mère, mais elles n'étaient plus en contact depuis des années. Mais qu'est-ce qui lui prenait d'appeler ici maintenant ? Et elle tournait en rond… ? De quoi diable parlait-elle ?

— Alexandra, c'est toi ? s'écria-t-elle, interloquée. Je croyais parler à ta mère. Mais qu'est-ce que tu fabriques ici ? Je croyais qu'elle et toi… vous n'étiez pas au mieux ?

— On s'est réconciliées, concédai-je à la hâte, ne voulant pas rouvrir la boîte de Pandore. Mais on dirait que maman s'est absentée pour le moment. Et toi, tu es où exactement ?

— Quoi ? Elle n'est pas *là* ? Tu plaisantes ! protesta-t-elle, furieuse. J'arrive de Londres exprès pour la voir. Elle a tellement insisté ! Pour fêter un anniversaire, je crois… va savoir de quoi il retourne exactement. Quant à dire où je me trouve en ce moment, comment je le saurais ? Le système de positionnement par satellite sur ma voiture affirme que je suis dans un endroit qui s'appelle Purgatory… et tout me porte à croire qu'il ne se trompe pas. Nous n'avons rien vu qui ressemble à la civilisation depuis des heures.

— Tu es ici ? À Purgatory ? m'exclamai-je, incrédule. C'est une station de ski à, disons, moins d'une heure d'ici. (Ça paraissait dément : le premier grand maître féminin du jeu d'échecs était venu de Londres à Purgatory, Colorado, pour fêter un anniversaire ?) Quand ma mère t'a-t-elle invitée ?

— Ce n'est pas tant une invitation qu'un décret, reconnut Lily. Elle m'a laissé un message sur mon portable sans possibilité de répondre. (Il y eut une pause, puis Lily ajouta :) J'adore ta mère… tu le sais, Alexandra. Mais je ne pourrais jamais accepter que…

— Moi non plus, la coupai-je. Laissons tomber. Alors comment tu as fait pour la trouver ?

— *Mais je n'en savais fichtre rien, et bon sang de bon sang, je n'en sais TOUJOURS rien !* Ma voiture est sur le bas-côté de la route quelque part près d'une ville qui prétend être le dernier arrêt avant l'enfer. Il n'y a rien à se mettre sous la dent. Mon chauffeur refuse de bouger si on ne lui sert pas une pinte de vodka. Mon chien a disparu dans une… *dune* de neige… à la poursuite d'un rongeur local… Et je dois ajouter que j'ai eu plus de mal à joindre ta mère par *téléphone* cette dernière semaine que le Mossad n'en a eu à retrouver la piste du docteur Mengele en Amérique du Sud !

Elle était état d'hyperventilation. Je considérai qu'il était temps d'intervenir.

— Entendu, tante Lily, affirmai-je. On va y arriver. Pour ce qui est de manger, je vais te concocter un bon repas. Il y a toujours des quantités de provisions ici, et je prépare la vodka pour ton chauffeur… on peut le loger aussi, si tu veux. Je suis trop loin, ça me prendrait trop de temps d'aller jusqu'à toi. Mais si tu me donnes tes coordonnées satellite, je connais quelqu'un qui est dans tes parages et peut te montrer le chemin jusqu'au chalet.

— Peu importe qui c'est, qu'il en soit remercié mille fois ! s'exclama ma tante Lily, qui était d'une nature peu encline à la gratitude.

— C'est une femme, précisai-je. Elle s'appelle Key. Elle sera là dans une demi-heure.

Je notai le numéro du portable de Lily et laissai un message à l'aérodrome pour que Key puisse aller la récupérer. Key était mon amie d'enfance, mais elle serait plus que surprise d'apprendre que j'étais rentrée au bercail sans la prévenir après tout ce temps.

Comme je raccrochais le téléphone, j'aperçus quelque chose à l'autre bout de la pièce que je n'avais pas remarqué jusque-là. Le dessus du piano à queue de ma mère, toujours relevé pour le cas où elle éprouverait une soudaine envie de jouer, était rabattu. Sur sa surface d'ébène se trouvait un bout de papier avec un presse-papiers rond et noir, posé dessus. Je m'en approchai pour regarder et sentis le sang me monter au cerveau.

Le presse-papiers en question ne risquait pas de m'échapper. Posée sur un anneau de porte-clés en métal pour l'empêcher de rouler se trouvait la bille huit de notre billard, la noire. Quant au message, il ne pouvait provenir que de ma mère ; le code était si simpliste que personne d'autre n'aurait osé l'inventer. Je me rendais compte du mal qu'elle s'était donné pour communiquer au moyen d'un code, visiblement sans aide.

Le billet disait en gros caractères d'imprimerie :

WASHINGTON
LUXURY CAR
VIRGIN ISLES
ELVIS LIVES[1]
CE QUI EST EN HAUT EST COMME
CE QUI EST EN BAS[2]

Le passage concernant Elvis était évident. C'était le nom de famille de ma mère – Velis – écrit de deux façons différentes pour montrer que le message venait bien d'elle. Comme si j'avais besoin d'un indice pour me mettre sur la voie. Le reste était nettement plus inquiétant. Et pas à cause du code.

Washington, correspondait, bien sûr, à « DC » ; Luxury Car, à « LX » ; Virgin Isles donnait « VI ».

1. Litt : Washington. Voiture de luxe. Îles Vierges. Elvis vit. *(N.d.T.)*
2. Célèbre formule extraite de *La Table d'émeraude*, attribuée à Hermès Trismégiste. *(N.d.T.)*

Ensemble, en chiffres romains (ce que c'était manifestement), leur valeur numérique s'établissait comme suit :

D = 500
C = 100
L = 50
X = 10
V = 5
I = 1

Vous additionnez et cela vous donne « 666 », le chiffre de la bête de l'Apocalypse.

Ce n'était pas tant la bête qui m'inquiétait – il n'en manquait pas pour nous protéger, disséminées à travers la maison sous forme de totems. Mais pour la première fois, je commençais à m'inquiéter vraiment pour ma mère. Pourquoi avait-elle usé de ce cliché archi-éculé et pseudo-millénaire pour attirer mon attention ? Et que penser du presse-papiers posé en évidence pour dire « derrière la huit », autre foutaise courante du jeu de billard pour dire en anglais qu'on file un mauvais coton ? Que diable *cela* voulait-il dire ?

Et que penser de ce vieux radotage d'alchimiste : *« Ce qui est en haut est comme ce qui est en bas »* ?

Et là, bien sûr, je compris. Je retirai la bille et le bout de papier, les posai sur le lutrin du piano et soulevai le couvercle. Avant que j'aie pu mettre en place le support, je faillis lâcher l'abattant.

À l'intérieur du corps creux de l'instrument, je voyais quelque chose que je croyais ne jamais, jamais revoir dans la maison de ma mère aussi longtemps qu'elle vivrait.

Un jeu d'échecs.

Pas seulement un échiquier, mais un échiquier avec les pièces placées dessus, celles d'une partie en cours. Il y avait aussi des pièces qui avaient été retirées du plateau et disposées sur les cordes du clavier à l'autre bout… noires ou blanches.

La première chose que je remarquai fut qu'il manquait la Reine noire. Je me tournai vers la table de billard – enfin quoi, maman, faut pas déconner ! – et vis que la dame manquante était disposée dans le triangle à la place que la bille huit aurait dû occuper.

J'eus l'impression d'être emportée dans un tourbillon. Je commençais à avoir une idée de la partie en cours. Seigneur, comme cela m'avait manqué ! Comment avais-je pu ainsi tourner la page ? Cela n'avait rien d'une drogue, contrairement à ce que certains prétendent parfois. Pour moi, c'était une perfusion sanguine.

J'oubliai les pièces retirées du jeu ou derrière la bille huit. Je pouvais tout reconstruire à partir des schémas qui se trouvaient sous mes yeux. Pendant un long moment, j'oubliai ma mère absente, ma tante Lily perdue à Purgatory avec son chauffeur, son chien et sa voiture. J'oubliai tout ce que j'avais sacrifié, ce que ma vie était devenue malgré moi. J'oubliai tout à part la partie devant moi… la partie dissimulée tel un obscur secret dans les entrailles de ce piano.

Mais tandis que je reconstituais les coups, l'aube se leva derrière les hautes fenêtres, au moment où une idée me vint qui me figea sur place. Je ne pouvais pas arrêter cette horrible partie. Comment aurais-je pu l'arrêter alors que je n'avais cessé de la jouer et rejouer dans ma tête depuis dix ans ?

Car je connaissais parfaitement cette partie.

C'était celle qui avait tué mon père.

# LE FOYER

*Mozart : Confutatis maledictis*[1]*... comment traduiriez-vous cela ?*
*Salieri : « Voués aux flammes atroces. »*
*Mozart : Croyez-vous en cela ?*
*Salieri : Quoi ?*
*Mozart : Le feu qui ne meurt jamais et vous consume pour l'éternité.*
*Salieri : Certes oui !*

Peter SHAFFER, *Amadeus*

Tout au fond du foyer, le feu se répandait sur les côtés de la bûche géante comme de la chaleur liquide. J'étais assise sur le rebord moussu de la cheminée, et je baissais les yeux sans réfléchir. J'étais complètement sonnée et m'efforçais de ne pas me souvenir.

Mais comment aurais-je pu oublier ?

1. *Confutatis maledictis/Flammis acribus addictis/Voca me cum benedictis* : Les maudits, convaincus (de leurs crimes), Ayant été voués aux flammes atroces/Appelle-moi avec les bénis.

Extrait de *Dies Iræ*. *(N.d.T.)*

Dix ans. Dix ans s'étaient écoulés, dix années pendant lesquelles je croyais avoir réussi à refouler, camoufler, enterrer un sentiment qui m'avait presque enterrée vivante, moi. Un sentiment qui avait surgi dans la fraction de seconde juste avant que la chose ne se produise. Ce fragment figé dans le temps, quand on croit encore avoir toute sa vie devant soi, son avenir, ses espérances, quand on s'imagine encore – comment dirait mon amie Key ? – que « le monde nous appartient ». Et qu'il ne nous jettera jamais dehors.

C'est alors qu'on voit la main qui tient l'arme. Alors la chose arrive. Alors c'est fini. Alors il n'y a plus de présent… seulement le passé et le futur, seulement avant et après. Seulement « alors », et… et après, quoi ?

Voilà. C'était la chose dont nous ne parlions jamais. C'était la chose à laquelle je ne pensais jamais. Maintenant que ma mère, Cat, s'était envolée, maintenant qu'elle avait laissé ce message assassin logé dans les entrailles de son piano chéri, je comprenais son langage muet, haut et clair : tu dois réfléchir à tout cela.

Mais voici la question que je me posais : comment repenser à soi quand on a à peine douze ans, et qu'on se trouve sur ces marches de marbre glacées, dans ce pays étranger, froid et dur ? Comment penser à soi, piégée à l'intérieur des murailles de pierre d'un monastère russe, à des kilomètres de Moscou et à des milliers de kilomètres d'un endroit ou d'une personne que l'on connaît ? Comment peut-on penser à son père, abattu par une balle d'un tireur isolé ? Une balle qui vous était peut-être destinée ? Une balle dont votre mère a toujours cru qu'elle vous était destinée ?

Comment pouvez-vous repenser à votre père qui s'effondre dans une mare de sang, du sang que vous regardez avec horreur tandis qu'il imprègne la neige sale à laquelle il se mélange ? Comment repenser au corps étendu sur les marches, le corps de votre père dont la vie s'échappe, avec ses doigts gantés encore serrés autour de votre petite main dans sa moufle ?

La vérité incontournable, c'est que mon père n'était pas le seul à avoir perdu son avenir et la vie ce jour-là, dix ans plus tôt. La vérité incontournable, c'est que j'avais perdu aussi la mienne. À l'âge de onze ans, la vie m'avait prise en traître : *amaurosis scacchistica*… autrement dit, les risques du métier.

Ainsi je devais bien admettre quelle était réellement cette vérité : ce n'était pas la mort de mon père ni les craintes de ma mère qui m'avaient fait renoncer aux échecs. La vérité, c'était…

Cool. *Revenons sur terre !*

La vérité, c'est que je n'avais pas besoin de la vérité. La vérité, c'est que je ne pouvais pas me permettre un examen de conscience, en ce moment. J'essayai d'écrabouiller sous mon talon la poussée d'adrénaline que faisait toujours surgir ce coup d'œil rapide, si fugitif fût-il, sur mon passé. La vérité, c'est que mon père était mort et que ma mère avait disparu et qu'un jeu d'échecs qu'une main avait fourré à l'intérieur de notre piano donnait à penser que tout cela avait un rapport avec moi.

Je ne connaissais que trop bien la terrible partie qui était embusquée là, qui continuait de compter le temps comme une pendule, elle était davantage pour moi qu'un tas de pions et de pièces. C'était *la* partie. La *finale*. Celle qui avait tué mon père.

Peu importe ce que sa mystérieuse réapparition aujourd'hui impliquait, cette partie resterait à jamais gravée à l'acide dans ma mémoire. Si j'avais gagné, ce jour-là à Moscou, il y a dix ans, j'aurais emporté ce tournoi russe, j'aurais pu monter en grade, j'aurais été le plus jeune grand maître de l'histoire. Comme mon père l'avait voulu. Comme il l'avait toujours attendu de moi.

Si j'avais gagné la partie à Moscou, nous n'aurions pas eu besoin d'aller à Zagorsk pour ce round final, cette partie de « prolongation », une partie qui, en raison des « tragiques circonstances », était destinée à ne jamais avoir lieu.

Sa présence aujourd'hui était manifestement porteuse d'un message, de même que l'étaient les autres indices laissés par ma mère. Un message que je savais devoir déchiffrer avant quiconque.

Mais il y avait une chose que je savais déjà, pardessus tout. Quoi qu'il en fût, ce n'était pas un jeu.

Je respirai à fond et me remis debout en me cognant presque le crâne contre la marmite en cuivre pendue à la crémaillère. Je la décrochai et la flanquai sur le buffet situé à proximité. Puis m'approchant du piano, j'ouvris la fermeture Éclair du coussin de la banquette, rassemblai toutes les pièces et les pions posés entre les cordes du piano et les fourrai dans l'enveloppe du coussin avec l'échiquier. Je laissai le couvercle du piano relevé comme il l'était d'ordinaire. Je refermai la fermeture Éclair du coussin tout bosselé et le planquai à l'intérieur du buffet.

J'avais presque oublié la Reine noire « manquante ». Je la récupérai parmi les billes en paquet sur la table de billard et remis la huit à sa place. Le triangle de boules colorées me rappelait quelque chose, mais sur le coup, je ne pus retrouver quoi. Et peut-être était-ce mon imagination, mais la reine semblait légèrement plus lourde que les autres pièces, bien que le cercle de feutre à la base parût assez solide. Alors même que je m'apprêtais à le gratter avec l'ongle du pouce, le téléphone retentit. Me souvenant que ma tante Lily n'allait pas tarder à débarquer avec chauffeur et petit chien jappeur à la traîne, je glissai la reine dans ma poche avec le bout de papier contenant le « codage » de ma mère, fonçai sur le bureau et décrochai à la troisième sonnerie.

— Tu as des secrets pour moi, maintenant ? claironna la voix liquide de Nokomis Key, ma meilleure amie depuis l'enfance.

Le soulagement m'envahit. Bien que nous ne nous soyons pas parlé depuis des années, Key était dans mon esprit la seule personne qui pouvait trouver le moyen de résoudre le dilemme dans lequel je me trouvais en cet instant. Rien ne semblait jamais hérisser le poil de Key. En pleine crise, elle était capable de résoudre les problèmes avec la même ingéniosité et la même ironie désabusée que Br'er Rabbit[1]. En cet instant, j'espérais qu'elle pourrait tirer ce lapin-là du chapeau ou, pour le moins, du fossé. C'est pourquoi je lui avais demandé d'aller chercher Lily et de la conduire jusqu'à la maison.

— Où tu es ? demandai-je à Key. On t'a transmis mon message ?

1. Brother Rabbit est un lapin, héros des histoires pour enfants écrites à la fin du XIXe siècle par Joel Chandler Harris. Le « bébé de goudron » et le « buisson de ronces », qui faisaient partie de ses ruses, ont donné naissance à des expressions populaires. *(N.d.T.)*

— Tu ne m'avais jamais parlé de ta tata, rétorqua-t-elle. Et sacrément roulée, la nana !

« Je l'ai trouvée sur le bord de la route, accompagnée d'un chien d'origine indéterminée, entourée de piles de bagages griffés, et dissimulée sous une congère dans une voiture d'un quart de million de dollars sur laquelle James Bond n'aurait pas craché. Sans parler de son jeune « compagnon » qui a l'air de pouvoir en rafler autant chaque semaine rien qu'en se montrant en string sur la plage.

— Tu veux parler du chauffeur de Lili ? demandai-je, étonnée.

— C'est comme ça qu'on les appelle de nos jours ? dit Key en pouffant.

— Un gigolo ? Ça ne m'a pas l'air d'être le genre de Lily, remarquai-je.

Et ça n'avait rien de commun avec la longue procession de chauffeurs on ne peut plus protocolaires que ma tante avait toujours employés. Sans compter que la Lily Rad que je connaissais depuis mon enfance était infiniment trop préoccupée par son image internationale de Reine des échecs pour gaspiller son temps, son énergie ou sa fortune à entretenir un homme. Cependant, je dois reconnaître que le reste du scénario – la voiture, le chien et les bagages de luxe – tout cela sonnait juste.

— Crois-moi, poursuivait Key avec son assurance coutumière. Ce mec est tellement torride qu'il a de la fumée qui lui sort par les naseaux. Et comme tu sais, « il n'y a pas de fumée sans feu ». Sauf que ta tante, on dirait qu'elle a eu son compte, pour elle, c'est la Berezina.

La passion immodérée de Key pour les slogans et les clichés n'était dépassée que par son sujet de prédilection : le métal lourd, celui qui se pilote.

— Mais cette bagnole dans la congère, poursuivit-elle, presque pantelante, c'est carrément une *Vanquish*... une édition limitée de luxe d'Aston Martin. (Elle commença à me débiter des chiffres, des poids, à me vanter l'embrayage et les valves avant de se reprendre et de se rappeler à qui elle parlait. Simplifiant son propos pour la diminuée que je suis question mécanique, elle ajouta :) Ce monstre fait du 300 à l'heure sans un pli ! Assez de chevaux pour transporter Ophelia d'ici jusqu'en Chine !

Il s'agissait d'Ophelia Otter, le chouchou de ses avions de brousse, et le seul engin auquel elle se fiât pour s'aventurer dans les lieux reculés où la conduisait sa profession. Mais connaissant Key, si on ne la retenait pas, elle était capable de parler de chevaux-vapeur pendant des heures. Je devais lui serrer la bride, et vite.

— Et où ils sont maintenant, nos joyeux duettistes et leur bolide ? la pressai-je avec une certaine raideur. La dernière fois que j'ai entendu parler de Lily, elle était en route pour venir assister à un anniversaire. Ça devait être il y a une heure. Où elle est passée ?

— Ils mouraient de faim. Alors, pendant que mon équipe sortait leur super turbo de la neige, ta tante et son pote sont allés se refaire une santé à Mother Lode, m'annonça Key.

Il s'agissait d'un restaurant à côté de la piste, qui avait pour spécialité le gibier, et je connaissais bien l'endroit. Il y avait tellement de cornes, bois et autres excroissances frontales accrochées aux murs que traverser la salle sans faire attention était aussi dangereux que les courses de taureaux de Pampelune.

— Déconne pas, dis-je en laissant percer mon impatience. Tu me l'amènes ici, c'est tout.

— Je te les amène dans une heure, promit Key. Pour le moment, ils donnent à boire au chien-chien et ils finissent leur verre. La voiture, c'est une autre paire de manches, cela dit : il faudra l'expédier à Denver pour la faire réparer. Pour le moment, je suis au bar et ils sont toujours à table, ils s'entendent comme larrons en foire, et ils parlent tout bas en picolant de la vodka.

Key m'envoya un éclat de rire enroué dans l'oreille.

— Pourquoi tu te marres ? demandai-je, irritée par ce nouveau retard.

Pourquoi Lily, qui ne buvait pas d'alcool, avait-elle besoin de s'imbiber à dix heures du matin ? Et ce chauffeur ? Encore que, en toute justice, il semblât être mis au chômage technique si la voiture était dans l'état qu'elle m'avait indiqué. Je dois avouer que j'avais du mal à m'imaginer la grande joueuse d'échecs extravagante qu'était ma tante, manucure et vêtements exotiques de rigueur, en train de prendre un brunch sur le sol incrusté de coquilles de cacahouètes et imbibé de bière de Mother Lode, en grignotant les spécialités du lieu, à savoir ragoût d'opossum, steak de serpent à sonnette et huîtres des Rocheuses – un euphémisme du Colorado pour désigner les couilles de taureaux sautées. L'image suffisait à vous tétaniser.

— Je ne pige pas, ajouta-t-elle à mi-voix comme si elle lisait dans mes pensées. Enfin quoi, je ne veux rien dire contre ta tante… écoute, ce type est super sexy, une vraie star de cinéma italien. Le personnel et les clients se sont tous arrêtés de parler dès qu'ils l'ont vu entrer et la serveuse en bave encore sur son plastron. Il croule sous autant de fourrures que ta tante Lily, sans parler des fringues sur mesure qui sortent de chez un grand couturier. Ce type pourrait emballer n'importe quelle poupée. Alors, pardonne-moi…

peux-tu m'expliquer… exactement ce qui l'attire chez ta tante ?

— Je pense que tu as raison de bout en bout, convins-je en riant. Il est attiré par son poids. (Comme Key restait muette, j'ajoutai :) Cinquante millions.

Je raccrochai pour échapper à ses grognements.

Je m'aperçus que je connaissais Lily Rad sans doute mieux que quiconque pouvait connaître une personnalité aussi excentrique. Malgré notre différence d'âge, nous avions beaucoup en commun. Pour commencer, je savais que je lui devais tout. C'était Lily, par exemple, qui avait découvert la première mon don pour les échecs quand je n'avais que trois ans. Et qui avait convaincu mon père et mon oncle que ces penchants devaient être développés et exploités, en dépit des objections irritées, voire furibondes, de ma mère.

C'était ce lien avec Lily qui rendait aussi curieuse ma conversation téléphonique avec Key. Même si je n'avais pas vu ma tante depuis quelques années, et qu'elle aussi avait quitté le monde échiquéen, je trouvais dur à avaler que quelqu'un qui avait été pour moi une sœur aînée en plus d'un mentor et d'une mère, puisse être soudain lobotomisée par ses hormones à cause d'un beau mâle. Non, ça ne collait pas. Ce n'était pas le genre de Lily.

Lily Rad avait longtemps eu la réputation d'être la Elizabeth Taylor des échecs. Avec ses formes voluptueuses, ses bijoux, ses fourrures, ses voitures de luxe et sa prodigalité proche de l'indécence, Lily avait apporté du glamour dans le monde des échecs professionnels ; elle avait rempli l'énorme trou noir de lassitude de l'époque soviétique. Tout ce qui restait dans les années soixante-dix, après que Bobby Fisher eut quitté la scène.

Mais Lily, ce n'était pas que du panache et du bling-bling. Les foules s'étaient pressées à ses parties, et pas seulement pour admirer son décolleté. Il y a trente ans, quand elle était à l'apogée de son art échiquéen, ma tante Lily pouvait se vanter d'avoir réalisé une performance ELO proche de celle des sœurs Polgar, les plus récents phénomènes hongrois de l'échiquier. Et pendant vingt ans, le meilleur ami de Lily et son entraîneur avait été… mon père, Alexander Solarin, lequel avait affûté ses brillantes défenses et l'avait aidée à faire en sorte que son étoile continuât de briller au sommet de l'empyrée échiquéen.

Après la mort de mon père, Lily était retournée à son ancien entraîneur et mentor, le brillant analyste du jeu d'échecs et historien du noble art, Mordecai Rad, qui était son grand-père et sa seule famille encore en vie.

Mais au matin de ses cinquante ans, les lumières s'éteignirent, d'une façon brutale et surprenante, au fronton échiquéen de Lily.

Le matin de son anniversaire, à ce que l'on raconte, Lily était arrivée un peu en retard à son rendez-vous pour le petit déjeuner avec son grand-père. Son chauffeur avait piloté la limousine depuis son immeuble jusqu'à Central Park South en se faufilant adroitement dans la circulation dense, et descendu West Side Highway. Il venait juste de franchir Canal Street quand, là-haut dans le ciel, ils avaient vu le premier avion frapper la première tour.

Des milliers de voitures pilèrent en faisant crisser leurs pneus, formant instantanément un immense bouchon. Tous les automobilistes avaient les yeux fixés sur le long panache de fumée sombre qui se déroulait telle la queue d'un gros oiseau noir, un présage silencieux.

Sur le siège arrière de la limousine, Lily, affolée, essayait désespérément de régler sa télévision sur les informations, n'importe lesquelles, mais elle passa en revue toutes les chaînes, en vain. Partout, l'image était fixe. Elle devenait folle.

Son grand-père était au sommet du building. Ils avaient rendez-vous à neuf heures ce matin-là, au restaurant appelé Windows on the World. Et Mordecai avait une surprise pour Lily, une surprise qu'il voulait révéler à sa seule descendante en ce jour spécial, le jour de ses cinquante ans, le 11 septembre 2001.

D'une certaine manière, Lily et moi étions toutes deux orphelines. Nous avions perdu notre plus proche parent, celui qui avait le plus fait pour nous former dans notre terrain d'élection. Je n'avais jamais demandé à Lily pourquoi elle avait condamné son vaste appartement sur Central Park South la semaine même de la mort de son grand-père, pourquoi elle avait fait son sac – comme elle me l'écrivit plus tard – et s'était envolée pour l'Angleterre. Bien qu'elle ne portât pas un amour excessif aux Anglais, Lily était née dans cette île, et comme sa défunte mère était anglaise, elle possédait la double nationalité. Elle ne pouvait plus supporter New

York. J'avais à peine eu de ses nouvelles depuis. Jusqu'à ce jour.

Mais en cet instant, je savais que la seule personne que j'avais désespérément besoin de voir, la seule peut-être qui connût tous les acteurs de nos vies, la seule aussi qui pouvait détenir la clé de la disparition de ma mère, peut-être même de ces messages sibyllins qui semblaient curieusement liés à la mort de mon père, cette personne était Lily Rad.

J'entendis le téléphone sonner.

Il me fallut un moment pour comprendre que, cette fois, ce n'était pas le combiné posé sur le bureau, mais le portable dans la poche de mon pantalon. Je fus surprise qu'il marche dans cette région reculée du Colorado. En fait, j'avais donné ce numéro à seulement une poignée de gens.

J'extirpai l'appareil de ma poche et lus l'identification de mon correspondant : Rodolfo Boujaron, mon boss à Washington. Rodo venait probablement d'arriver à son fameux restaurant, le Sutalde, et découvert que l'oiseau censé assurer l'équipe de nuit avait quitté la cage.

Mais en toute justice, si j'avais demandé à mon patron sa permission, il ne m'aurait sans doute jamais accordé de congé. Rodo était un drogué du boulot qui croyait que tout le monde devait être comme lui. Il aimait avoir l'œil sur ses employés vingt-quatre heures sur vingt-quatre, sept jours sur sept, parce que « le feu doit toujours être *entretenou* », comme il disait avec son accent à couper au couteau.

Cependant, à cet instant, j'étais d'humeur à entendre les récriminations de Rodo, de sorte que j'attendis de voir le signe « message vocal » s'afficher sur mon écran, puis j'écoutai ce qu'il avait enregistré :

*« Bonjour*, neskato geldo ! »*

C'était le surnom que Rodo m'avait attribué dans sa langue basque natale, « petite Cendrillon », une référence à mon emploi d'oiseau de feu, étant celle qui entretient le feu.

« Alors ! On s'éclipse en pleine nuit et on me laisse découvrir "le Cygne" ce matin à sa place ! J'espère qu'elle ne va pas faire un... *aruatza*. Comment vous dites ? L'*œuf* ? Si elle fait cette connerie, ce sera à toi de nettoyer ! Tu abandonnes ton poste sans prévenir... pour une *boum d'anniversaire**, d'après ce que m'a dit le Cygne. Très bien. Mais il faut ABSOLUMENT que tu sois de retour aux fourneaux avant lundi, pour rallumer le feu. Quelle ingratitude ! Et tâche de ne pas oublier, je te prie, pourquoi tu as un emploi et que c'est moi qui t'ai tirée des griffes de la CIA ! »

Sur quoi, Rodo raccrocha ; il était en train de piquer une de ses crises homériques en franco-hispano-basque. Mais ses élucubrations n'étaient pas aussi saugrenues qu'il y paraissait une fois qu'on avait appris à déchiffrer son jargon polyglotte.

« Le Cygne », dont il prétendait qu'elle risquait de faire des bêtises pendant le service de nuit en mon absence, était ma collègue, Leda la Lesbienne, qui avait volontiers accepté de me remplacer au pied levé et assurerait mon service, au besoin, jusqu'à mon retour.

Pour ce qui était d'alimenter ces énormes fourneaux à bois qui faisaient la réputation du Sutalde (son nom en basque signifiait « Le Foyer »), malgré ses airs glamour quand elle paradait (ce qu'elle faisait souvent), Leda n'était pas manchote aux cuisines, loin de là. Elle savait super bien manier la pelle ; elle connaissait la différence entre les cendres chaudes et les braises. Et elle préférait faire mon numéro en solo le vendredi soir et assurer la nuit plutôt que son service habituel dans la salle à l'heure de l'apéritif où les « lobbyistes de K Street », des jeunes mâles survoltés et surpayés, n'arrêtaient pas de la draguer.

Quant aux prétentions de Rodo à ma reconnaissance éternelle, la « CIA » à laquelle il faisait allusion n'avait rien à voir avec les services secrets du gouvernement américain. C'était seulement le *Culinary Institute of America*, un cours de cuisine perdu en pleine campagne, au nord de l'État de New York, un terrain d'entraînement pour les grands chefs et la seule école dont j'aie jamais été virée. J'y avais passé six mois stériles en sortant du lycée. Quand j'avais été incapable de dire quelles études me plairaient à l'université, mon oncle Slava avait jugé que je devrais apprendre à travailler dans le seul domaine que je connaissais en dehors des échecs, un art que Nim m'avait lui-même enseigné quand j'étais petite. Faire la cuisine.

En bref, j'avais trouvé l'atmosphère au CIA assez proche d'un camp d'entraînement pour troupes de combat : des cours de comptabilité et de gestion d'entreprise à n'en plus finir, mémoriser de vastes répertoires de mots, une terminologie plutôt que de la pratique. Quand j'avais abandonné l'école, avec l'impression que j'avais toujours tout raté dans ma vie, Slava m'avait conseillé vivement de prendre un apprentissage sous-payé – finies, les études qu'on abandonne, et la glandouille, la débrouille, la vadrouille – dans le seul établissement quatre étoiles au monde dont la spécialité exclusive était de faire la cuisine sur feu de bois dans une cheminée : c'est-à-dire cuisiner sur du vrai charbon de bois, avec de la braise, de la cendre et du feu.

Mais au bout de presque quatre ans sur les cinq que comportait mon contrat, si je me regardais sérieusement dans la glace, je devais reconnaître que j'étais devenue un loup solitaire, alors que j'habitais en plein cœur de notre belle capitale. Tout autant que ma mère dans son ermitage en haut de sa montagne du Colorado.

Dans mon cas, cela s'expliquait aisément. Après tout, j'étais liée par contrat aux horaires de *monsieur** Rodolfo Boujaron, négrier maniaque et restaurateur-chef d'entreprise, qui était mon patron, mon mentor et même le propriétaire de mon appartement. Avec Rodo sur le dos ces quatre dernières années pour faire claquer la cravache, je n'avais pas eu une minute pour les mondanités.

En fait, mon job dévorant au Sutalde, où mon oncle avait eu la prudence de m'enfermer, m'apportait exactement la même structure – l'exercice, la tension, des horaires stricts – que celle qui avait si tragiquement fait défaut dans ma vie depuis que mon père était mort et que j'avais dû abandonner les échecs. Avoir la mission de préparer et d'entretenir le feu pendant toute une semaine aux cuisines, et cela chaque semaine, exigeait autant de zèle que la garde d'un enfant ou la surveillance d'un troupeau de jeunes animaux. Il ne fallait pas cligner des yeux une seconde.

Mais si le miroir me disait sur moi-même une vraie vérité, je devais reconnaître que mon travail, depuis quatre ans, m'avait apporté beaucoup plus qu'une structure, du zèle ou de la discipline. Vivre avec le feu comme je le faisais, observer ces flammes et ces braises jour après jour afin de pouvoir en maîtriser la hauteur et la chaleur et la force, m'avait appris une nouvelle façon de *voir* les choses. Et grâce aux récentes vociférations de Rodo, je venais de m'apercevoir d'autre chose. J'avais vu que ma mère m'avait laissé un autre indice, que j'aurais dû remarquer dès l'instant où j'avais franchi le seuil.

Le feu. Compte tenu des circonstances, comment pouvait-il y avoir du feu ?

Je m'accroupis près du foyer pour mieux observer la bûche dans l'âtre. C'était du sapin blanc séché d'une trentaine de centimètres de diamètre, une bûche qui se consumait plus vite qu'un bois de feuillu plus dense. Bien qu'il fût clair que ma mère, une montagnarde, savait parfaitement construire des feux, comment aurait-elle pu allumer celui-là sans s'être organisée à l'avance, et surtout sans bénéficier d'aucune aide ?

Depuis une heure environ que j'étais arrivée, je n'avais pas eu besoin d'ajouter du petit bois, ni de raviver les braises avec un soufflet, rien pour accélérer l'intensité de la chaleur. Cependant le feu ne venait pas de démarrer, il avait des flammes d'une quinzaine de centimètres de haut, ce qui voulait dire qu'il devait brûler depuis trois heures. Étant donné l'aspect stable, égal de la flamme, quelqu'un était resté dans les parages pour s'en occuper pendant une bonne heure avant qu'il soit vraiment installé.

Je vérifiai ma montre. Cela voulait dire que ma mère, Cat Velis, avait dû quitter le chalet depuis moins longtemps encore que je ne l'avais cru à première vue, peut-être seulement une demi-heure avant mon arrivée. Mais dans ce cas, elle était partie pour aller où ? Et était-elle seule ? Et si elle – ou ils – étaient partis par une porte ou une fenêtre, pourquoi n'y avait-il pas de traces de pneus, à part les miennes dans la neige ?

Ma tête me faisait mal à cause de cette cacophonie d'indices qui semblaient ne mener nulle part mais bruissaient en sourdine. C'est alors qu'une autre idée déplaisante me vint à l'esprit : comment mon patron, Rodo, avait-il su que j'étais partie pour assister à une *boum** d'anniversaire, comme il disait ? Étant donné la réticence de toujours de ma mère à mentionner seulement sa date de naissance, je n'avais dit à personne la raison de mon départ ni où j'allais. Pas même à Leda le Cygne, contrairement à ce que Rodo prétendait. Peu importe les contradictions, je savais qu'il devait y avoir un *motif* à la disparition de ma mère et que celui-ci était caché quelque part. Il restait un endroit que je n'avais pas encore exploré.

Je plongeai la main dans ma poche et pris la dame en bois du jeu d'échecs que j'avais récupérée sur le billard. Avec l'ongle du pouce, je grattai la pastille de feutre à la base. Je voyais qu'un objet ferme et dur avait été inséré à l'intérieur du corps évidé. Je le crochetai, un bout de carton minuscule en sortit. Je le mis à la lumière de la fenêtre et le dépliai prudemment. Quand je lus les trois mots imprimés là, je faillis défaillir.

ОПАСИО БЕРЕЧБСЯ ПОЖАР

À côté se trouvaient les traces effacées du phénix, exactement tel que je me le rappelais, ce jour sinistre, funeste, à Zagorsk. Je me souvenais que j'avais trouvé le bout de carton dans ma poche. L'oiseau semblait monter vers le ciel, inséré dans une étoile à huit branches.

J'arrivais à peine à respirer. Mais avant que je puisse résoudre le problème, avant que je puisse seulement concevoir quel sens cela pouvait avoir, un coup de klaxon me parvint.

Je regardai par la fenêtre et aperçus la Toyota de Key qui se garait sur le parking enneigé, juste derrière ma voiture. Key sortit du côté du chauffeur, suivie – depuis le siège arrière – par un homme emmitouflé dans des fourrures qui aida ma tante Lily, accoutrée de même, à mettre pied à terre. Ils s'avancèrent tous les trois vers la porte d'entrée.

Affolée, je fourrai le bout de carton dans ma poche de même que la pièce du jeu et fonçai dans le sas. Les portes extérieures étaient juste en train de s'ouvrir, laissant passer le « gigolo » de ma tante Lily.

Comme il franchissait le seuil, il secoua la neige dispersée sur le haut col de fourrure de son manteau. Son regard croisa le mien et il sourit, un sourire impénétrable, un sourire rempli de danger. Il ne fallut qu'un instant avant que je comprenne pourquoi.

Dans le refuge isolé de ma mère se tenait devant moi, comme si nous étions complètement seuls dans le temps et l'espace, celui qui avait tué mon père.

Vartan Azov. Le garçon qui avait gagné la partie.

# NOIR ET BLANC

*C'est ici que le symbolisme du noir et du blanc, déjà présent dans les cases de l'échiquier, prend toute sa valeur : l'armée blanche est celle de la lumière, l'armée noire est celle des ténèbres... chacune combat au nom d'un principe, ou de l'esprit et des ténèbres en l'homme ; ce sont les deux formes de la « guerre sainte » : la « petite guerre sainte » et la « grande guerre sainte », d'après une maxime du prophète Mahomet...*
*Dans une guerre sainte, il est possible que chacun des adversaires se considère légitimement comme le protagoniste de la Lumière combattant les ténèbres. Cela aussi est la conséquence du double sens de chaque symbole : ce qui est, pour l'un, l'expression de l'Esprit, peut être l'image de la « matière » obscure aux yeux de l'autre.*

Titus BURCKHARDT, *Le Symbolisme des échecs*

*Tout paraît pire en noir et blanc.*

Paul SIMON, *Kodachrome*

Le temps était suspendu. J'étais perdue.

Mes yeux étaient rivés à ceux de Vartan Azov, violets, presque noirs, et pareils à un puits sans fond. Je revoyais ces yeux fixés sur moi, de l'autre côté de l'échiquier. Quand j'étais une enfant de onze ans, ses yeux ne me faisaient pas peur. Pourquoi me terrifiaient-ils aujourd'hui ?

Cependant, je me sentais tomber, une espèce de vertige, comme si je glissais dans un trou profond et noir, un trou sans issue. Comme ce que j'avais éprouvé, il y avait des années, en cet horrible instant du jeu où j'avais compris ce que j'avais fait. Je sentais alors le regard de mon père qui était dans la salle, tandis que je plongeais lentement dans cet « espace du dedans », incapable de me maîtriser, tombant encore et encore, comme ce garçon dont les ailes avaient fondu parce qu'il s'était approché trop près du soleil.

Les yeux de Vartan Azov ne cillaient pas, ils ne cillaient jamais, tandis que, debout dans l'entrée, par-dessus la tête de Lily et de Nokomis, il me dévisageait comme si nous étions complètement seuls, comme si nous étions seuls au monde, en train de faire un étrange pas de deux. Avec les cases noires et blanches de l'échiquier entre nous. À quel jeu avions-nous joué jadis ? À quel jeu jouions-nous à présent ?

— Tu sais ce qu'on dit, déclara Nokomis, rompant le charme en hochant la tête en direction de Vartan et Lily. La politique, c'est l'alliance de la carpe et du lapin.

Elle se débarrassa de ses bottes, envoya promener sa parka, arracha son bonnet, délivrant une cascade de cheveux noirs qui lui dégringolaient jusqu'à la taille, et elle sortit du sas seulement chaussée de ses bas. Elle se laissa tomber sur la banquette en pierre de la cheminée et me décocha un sourire narquois.

— À moins que ce ne soit la devise de la marine américaine ? ajouta-t-elle.

— « Beaucoup d'appelés mais peu d'élus » ? tentai-je hardiment, connaissant le goût obsessionnel de mon amie pour les formules toutes faites.

Pour une fois, je me sentis vraiment soulagée de jouer à son jeu. Mais elle pouvait voir à ma tête que je n'étais pas dans mon assiette.

— Non, dit-elle en haussant le sourcil. On cherche seulement quelques hommes de bonne volonté, comme on dit.

— De quoi diable parlez-vous, toutes les deux ? demanda Lily en entrant dans la pièce.

Elle portait un vêtement de ski moulant, qui épousait chacune de ses courbes.

— On fraye avec l'ennemi, avançai-je en indiquant Vartan. (J'attrapai Lily par le bras, la pris à part, et sifflai entre mes dents :) Tu as complètement effacé le passé ? À quoi tu penses en l'amenant ici ? En plus, il aurait l'âge d'être ton fils !

— Le grand maître Azov est mon protégé, s'indigna Lily.

— Alors c'est comme ça que ça s'appelle de nos jours ? dis-je en reprenant à mon compte la réflexion de Key.

C'était assez improbable, puisque nous savions, Lily et moi, que la performance ELO d'Azov faisait deux cents points de plus que ce que Lily avait jamais réalisé.

— C'est un grand maître ? s'enquit Key. Grand maître de quoi ?

Je laissai passer, puisque ma mère avait éradiqué toute mention des échecs sous le toit familial. Lily ne se laissa pas démonter, bien qu'elle fût sur le point de livrer d'autres informations inattendues à mon cerveau en état de surcharge.

— Ne me reproche pas, à moi, la présence de Vartan, me dit-elle calmement. Après tout, c'est ta mère qui l'a invité ! Tout ce que j'ai fait, moi, c'est lui offrir une place dans mon automobile.

Alors même que je me remettais de ce coup, une espèce de petit rongeur humide – dix centimètres sur pattes et coiffé de coquets petits nœuds fuchsia détrempés – déboula dans la pièce. La dégoûtante bestiole décolla pour atterrir dans les bras tendus de tante Lily. Elle lui lécha le visage avec une langue d'un rose tout aussi criard.

— Ma Zsa-Zsa chérie, roucoula ma tante. Tu n'as pas été présentée à Alexandra ! Elle qui aimerait tant te tenir un instant, n'est-ce pas ?

Et avant que j'aie pu protester, elle me refila la chose gigotante.

— Je dois reconnaître à regret que je n'ai pas encore trouvé de formule pour celle-là, remarqua Key en observant d'un œil amusé notre curieux numéro de chien-chien.

— Et pourquoi pas « La familiarité engendre le mépris » ? lançai-je.

Mais j'aurais mieux fait de ne pas desserrer les lèvres, car l'affreux toutou en profita pour essayer de glisser la langue entre mes dents. Je le retournai à Lily avec dégoût.

Le temps que nous ayons fini toutes les trois de nous refiler ladite patate chaude, ma superbête noire Vartan Azov avait également fini de retirer ses fourrures et pénétrait dans la pièce. Il était tout de noir vêtu, avec un pull à col roulé et un pantalon bien coupé, et une simple chaîne en or qui coûtait davantage que n'en rapportait aucun tournoi d'échecs à ma connaissance. Il passa une main dans sa crinière de boucles brunes indisciplinées tandis que son regard faisait le tour des totems sculptés et survolait la grande salle de notre chalet familial.

Je comprenais sans mal pourquoi son allure avait arrêté la circulation à Mother Lode. Visiblement, au cours de la dernière décennie, mon adversaire d'autrefois n'avait pas entraîné que sa matière grise. Mais après tout, un beau mec, c'est un beau mec, point barre ! comme aurait dit Key. Sa beauté ne rendait pas sa présence – surtout dans ces circonstances – plus à mon goût. Pourquoi diable ma mère aurait-elle invité ici l'homme dont la dernière apparition dans nos vies avait sonné la fin de ma carrière aux échecs et abouti à la mort de mon père ?

Vartan Azov traversait la pièce en droite ligne vers l'endroit où je me trouvais à côté du feu. Il semblait ne pas y avoir de route d'évasion.

— C'est une habitation remarquable, dit-il avec son doux accent ukrainien et cette voix qui m'avait paru tellement sinistre quand nous étions enfants. (Il leva les yeux vers les lucarnes inondées d'une lumière rosée.) Je n'ai jamais rien vu de comparable. La porte d'entrée… la maçonnerie, et ces animaux sculptés qui vous regardent d'en haut. Qui a construit tout ça ?

Nokomis répondit ; tout le monde connaissait l'histoire dans ces parages.

— C'est un endroit légendaire, dit-elle. Ça a été le dernier projet en commun, pour ne pas dire le seul, entre les Diné et les Hopi. Depuis, ils se font des guerres de territoire pour le bétail en liberté et les prospecteurs indésirables. Ce chalet a été construit pour l'aïeule d'Alexandra. On dit que c'était la première guérisseuse métis.

— Il s'agit de l'arrière-grand-mère de ma mère, précisai-je. Un vrai personnage, à tout point de vue. Elle est née dans un chariot bâché et elle a décidé d'étudier la pharmacopée locale.

Lily roula des yeux vers moi comme pour dire qu'à en croire le décor, la pharmacopée en question devait comporter principalement des champignons hallucinogènes.

— C'est inouï ! s'exclama ma tante. Comment Cat a-t-elle pu se terrer ici pendant toutes ces années ? Le charme rustique est une chose, mais on a besoin d'avoir ses aises, tout de même. (Elle fit le tour de la grande salle avec Zsa-Zsa qui se tortillait sous son bras et d'un ongle laqué de rouge sang, elle laissa une trace dans la poussière des meubles.) Je parle des questions importantes, bien sûr. Où est l'institut de beauté le plus proche ? Qui vient vous prendre la lessive et la rapporte ?

— Sans parler qu'on ne sait pas où est sa prétendue cuisine ! renchéris-je en abandonnant le coin du feu. Maman n'est pas tout à fait prête à recevoir.

Ce qui ne faisait que rendre cette fête d'autant plus incongrue.

— Je n'ai jamais rencontré votre mère, remarqua Vartan, bien que, naturellement, j'aie été un grand admirateur de votre père. Je ne voulais pas m'imposer, mais j'ai été si honoré quand elle m'a invité à venir chez elle…

— À venir ? dis-je, en m'étranglant manifestement avec les mots.

— Cat a tenu à ce qu'on habite sur place, dans la maison, confirma Lily. Elle a dit qu'il y avait assez de place pour tout le monde et qu'il n'y avait pas d'hôtel correct dans les parages.

Ce qui était exact dans les deux cas... malheureusement pour moi. Mais il y avait un autre problème, comme Lily le souligna sans tarder.

— On dirait que Cat n'est toujours pas rentrée de son excursion. Ça ne lui ressemble pas, remarqua-t-elle. Après tout, nous avons tout abandonné pour venir. A-t-elle laissé une vague indication qui pourrait expliquer pourquoi elle nous a tous invités pendant qu'elle s'éclipsait ?

— Rien d'évident, dis-je, évasive.

Que pouvais-je dire d'autre ?

Dieu merci, j'avais eu la présence d'esprit de planquer le jeu fatal dans l'enveloppe du coussin avant que Vartan Azov atterrisse sur le seuil de la maison. Mais le message codé de ma mère sur le piano, avec la dame noire au corps creux et son contenu, continuaient de brûler à l'intérieur de ma poche. Sans parler de mon cerveau.

Comment un morceau de carton pouvait-il refaire surface ici alors que, pour autant que je sache, il n'avait été vu que par mon père et moi il y a dix ans et à des milliers de kilomètres de là ? Dans le remue-ménage qui avait suivi la mort de mon père à Zagorsk, j'étais si bouleversée que je n'avais guère repensé à cette étrange femme et au message qu'elle m'avait glissé dans la poche avant le match. Puis, plus tard, j'avais supposé que la carte avait disparu, comme elle. Jusqu'à ce jour.

J'avais besoin de me débarrasser de Vartan Azov, et vite, pour pouvoir aborder certaines de ces questions avec ma tante. Mais avant que je puisse y réfléchir, Lily s'arrêta devant le secrétaire de ma mère et posa Zsa-Zsa par terre. Elle suivait du bout des doigts un cordon qui reliait le téléphone à un trou sur le côté du bureau. Elle tira sur le tiroir, mais sans résultat.

— Ces foutus tiroirs se coincent toujours, lui dis-je depuis l'autre bout de la pièce.

Mais j'avais de nouveau le cœur qui se serrait. Comment n'y avais-je pas pensé la première alors que c'était tellement flagrant ? À l'intérieur du tiroir était rangé l'antique répondeur de ma mère. Je m'approchai pendant que Lily tentait de forcer le tiroir avec un coupe-papier. J'aurais sans doute préféré un autre public pour écouter les messages personnels de ma mère, mais à quoi bon aboyer quand on ne peut pas mordre ? aurait dit Key.

Lily me lança un coup d'œil et poussa le bouton *Play*. Vartan et Nokomis vinrent nous rejoindre près du bureau.

Il y avait les deux messages que j'avais laissés de Washington, puis quelques-uns de tante Lily – dans son cas, pour se plaindre de devoir faire une expédition au « fin fond du désert », comme elle appelait le refuge isolé de ma mère. Je devais m'attendre à quelques désagréables surprises supplémentaires, à commencer par un autre invité pour cet « anniversaire ». Une voix que, malheureusement, je ne connaissais que trop bien.

« *Catherine, ma* chérie », susurrait la voix maniérée et chichiteuse de Rosemary Livingston, notre plus proche voisine (ce qui laisse vingt kilomètres carrés entre nous), la voix encore plus râpeuse que d'habitude à cause de la bande éraillée.

« Je suis absolument désolée de rater votre DÉLICIEUSE *soirée** ! minaudait-elle. Malheureusement nous serons absents, Basil et moi. Mais Sage est folle de joie à l'idée de venir… prête à faire la folle ! Et notre nouveau voisin me dit de vous faire savoir qu'il peut venir aussi. *Ciao !* »

Il n'y avait pas pire perspective que l'idée de passer une soirée en compagnie du milliardaire Basil Livingston, un raseur de première qui se mêlait de tout, et de sa femme Rosemary, un vrai Rastignac en jupons, si ce n'est celle de supporter ne serait-ce qu'un instant leur prétentieux rejeton, Sage, l'éternelle reine du bal de fin d'année et présidente émérite du club des majorettes, qui m'avait déjà torturée durant six années de collège et de lycée. Et plus spécialement une Sage, comme l'avait précisé Rosemary, « prête à faire la folle ».

Mais au moins, il semblait que nous avions un bref répit avant qu'elle ne nous tombe dessus si la fête était programmée dans la soirée au lieu d'être prévue en matinée.

À vrai dire, ma grande question était : pourquoi les Livingston étaient-ils invités, compte tenu de la répugnance très prononcée de ma mère pour la façon dont Basil Livingston avait amassé son immense fortune ? Principalement aux dépens de la civilisation.

En bref, ayant été un des premiers spécialistes du capital à risque, Basil avait profité du contrôle qu'il pouvait exercer sur l'« argent des autres » pour acquérir d'énormes morceaux du plateau du Colorado et l'ouvrir au développement pétrolier. Y compris les terres qui étaient considérées comme sacrées et, à ce titre, contestées par les tribus indiennes locales. C'était là certaines des guerres de territoire auxquelles Key avait fait allusion.

Quant à inviter ce « nouveau voisin » que Rosemary avait mentionné, à quoi diable avait pensé ma mère ? Elle n'avait jamais fraternisé avec les gens du cru. Ce raout ressemblait de plus en plus à une fête dans *Alice au pays des merveilles* : n'importe quelle bestiole pouvait sortir de dessous la première tasse de thé venue.

Et le message suivant – la voix inhabituelle d'un homme à l'accent allemand – ne fit que confirmer mes pires frayeurs.

« *Grüss Gott, mein Liebchen*, disait l'interlocuteur. *Ich bedauere sehr... Ja...* je te prie d'excuser... mon anglais n'est pas très *bien*. J'espère que tu comprendras tous les sens que je te dis. C'est ton vieil ami, le professeur Wittgenstein de Vienne. Je suis très surpris d'apprendre que tu donnes une fête. Quand as-tu décidé cela ? J'espère que tu recevras à temps le cadeau que je t'ai envoyé pour le grand jour. Ouvre-le dès que tu le reçois pour que le contenu ne s'abîme pas. Je regrette de ne pas pouvoir venir... un vrai sacrifice. Pour mon absence, ma seule défense est que je dois assister au Tournoi d'échecs du Roi en Inde... »

Je ressentis de nouveau le même signal d'alarme, tandis que j'appuyais sur le bouton *Pause* de la machine et levais les yeux vers Lily. Heureusement, elle semblait, à cet instant, complètement larguée. Mais il était clair pour moi qu'il y avait quelques mots clés de trop disséminés au passage, le plus évident étant, bien sûr, l'allusion aux échecs.

Quant au mystérieux « professeur Wittgenstein de Vienne », je ne savais pas combien de temps il avait fallu à ma mère pour capter, ni à quelle allure Lily allait piger. Mais, avec ou sans accent, il m'avait fallu, à moi, exactement douze secondes pour comprendre « tous les sens » auxquels il faisait allusion. Y compris qui était réellement cet étrange interlocuteur.

Le véritable Ludwig Wittgenstein, l'éminent philosophe viennois, était mort depuis plus de cinquante ans. Il était célèbre pour ses œuvres incompréhensibles, tel le *Tractatus*. Mais plus en rapport avec ce message, il y avait deux textes obscurs que Wittgenstein avait rédigés et dictés à ses étudiants à l'université de Cambridge. Ils étaient reliés dans deux petits cahiers avec des couvertures – l'une marron et l'autre bleue – qui furent toujours appelés par la suite « Le Cahier bleu » et « Le Cahier brun ». Le thème principal de ces cahiers était les jeux du langage.

Lily et moi connaissions fort bien, en effet, quelqu'un qui était un fanatique absolu de ces jeux et qui avait lui-même commis un tractatus ou deux, dont un consacré aux fameux écrits de Wittgenstein. Argument ultime, ce personnage était également né avec une particularité génétique non négligeable : il avait un œil bleu et l'autre brun. C'était mon oncle Slava, le docteur Ladislaus Nim.

Ce message téléphonique articulé avec raideur d'une voix déguisée par un oncle qui ne se servait jamais du téléphone devait donner un indice capital, que probablement seule ma mère pouvait comprendre. C'était peut-être ce qui l'avait incitée à prendre la clé des champs avant que ses invités multiples et divers ne débarquent.

Mais si cela l'avait contrariée à ce point, voire inquiétée, pourquoi avait-elle laissé le message sur la bande au lieu de l'effacer ? En outre, pourquoi Nim faisait-il allusion aux échecs, un jeu que ma mère méprisait ? Un jeu dont elle ignorait tout ? Étant donné les indices qu'il avait laissés, que pouvait-il signifier d'autre ? Il semblait que ce message ne fût pas exclusivement destiné à ma mère. Il devait me concerner, moi aussi.

Avant que je puisse réfléchir plus avant, Lily avait de nouveau appuyé sur *Play*, et je reçus ma réponse.

« Mais pour ce qui est d'allumer les bougies sur ton gâteau, disait la voix dont je savais à présent qu'elle était celle de Nim, avec son accent viennois qui vous glaçait, je dirais qu'il est temps que tu transmettes l'allumette enflammée à quelqu'un d'autre. Quand le phénix se relève de ses cendres, prends garde, sinon tu pourrais te brûler. »

« BIP ! BIIIIP ! FIN DES MESSAGES ! » couina l'appareil vieillot.

Et tant mieux, car je n'aurais pas supporté d'en entendre davantage.

Il ne pouvait y avoir d'erreur. La passion de mon oncle pour les « jeux du langage », énigmes, rébus et autres charades, tous ces mots codés habilement calibrés tels que « sacrifice », « le Tournoi du Roi », « Inde » et « défense »… Oui, ce message était inextricablement associé à ce qui se déroulait ici aujourd'hui. Et passer à côté risquait d'avoir des conséquences aussi définitives, aussi irrévocables qu'un mouvement désastreux au cours d'une partie d'échecs. Je devais me débarrasser de cette bande immédiatement, avant que Vartan Azov, qui se tenait à côté de moi, ou quelqu'un d'autre, ne saisisse le rapport.

Je retirai la cassette du répondeur, m'approchai du feu et la jetai dedans. Tandis que je regardais le film de Mylar et son enveloppe en plastique bouillonner et fondre dans les flammes, l'adrénaline recommença à cogner derrière mes yeux, avec une douleur chaude, palpitante, comme si regarder le feu était trop éblouissant.

Je serrai les paupières. C'était mieux pour voir en dedans.

La dernière partie que j'avais disputée en Russie, cette partie abominable dont ma mère m'avait déposé la réplique, il y avait quelques heures seulement, entre les cordes de son piano, était une variante universellement connue dans le monde échiquéen de la Défense indienne du Roi. Si j'avais perdu la partie, dix ans plus tôt, c'est parce que j'avais commis une gaffe après avoir pris un risque beaucoup plus tôt dans la partie. Un risque que je n'aurais jamais dû prendre, puisque je ne pouvais pas savoir toutes les répercussions que ce geste entraînerait.

Quel était le risque que j'avais pris au cours de cette partie ? J'avais sacrifié ma Reine noire.

Et à présent, je savais sans l'ombre d'un doute que, quel que fût celui ou ce qui avait assassiné mon père il y a dix ans, le sacrifice de ma Reine noire en début de partie, ce gambit, avait joué un rôle déterminant. C'était un message qui revenait nous hanter aujourd'hui. À cet instant, quelque chose m'apparut aussi clairement que les cases noires et blanches de l'échiquier.

Ma mère était en grand danger, peut-être autant que mon père il y a dix ans. Et elle venait tout juste de me transmettre l'allumette enflammée.

## LES CHARBONNIERS

*Comme toutes les autres associations, les* Carbonari, *ou brûleurs de charbon de bois, se réclament d'une très haute antiquité... Des sociétés secrètes similaires sont apparues dans de nombreuses régions montagneuses et elles s'entouraient de ce mysticisme dont nous avons vu de nombreux exemples. Leur fidélité les uns aux autres et à la société était si grande qu'elle a donné en Italie une expression proverbiale, « Sur la foi d'un* carbonaro... » *Afin d'éviter tout soupçon d'association criminelle, ils s'employaient à couper le bois et à faire du charbon... ils se reconnaissaient par des signes secrets, par le toucher et par les mots.*

Charles William HECKETHORN,
*Les Sociétés secrètes de tous temps et de tous pays*

*Parmi les sociétés secrètes de l'Italie, aucune n'avait des objectifs politiques aussi vastes que celle des* Carbonari. *Au début des années 1820, ils représentaient davantage qu'un simple pouvoir dans les campagnes, et pouvaient se vanter d'avoir des branches et des ramifications dans des régions aussi éloignées que la Pologne, la France et l'Allemagne. L'histoire de ces « brûleurs de charbon de bois », d'après eux, a commencé en Écosse.*

Arkon DARAUL, *Une histoire des sociétés secrètes*

*Mais je suis né à moitié écossais*
*et fus élevé comme l'étant tout à fait.*

Lord BYRON, *Don Juan, chant X*

VIAREGGIO, ITALIE
15 AOÛT 1822

C'était la canicule. Sous le soleil ardent de Toscane, sur ce rivage isolé de la côte ligurienne, la plage de galets était d'une chaleur si intense qu'au milieu de la matinée déjà, on aurait pu cuire du pain à la surface. Dans le lointain au-dessus des flots, l'île d'Elbe, Capri et la petite Gorgone se dressaient telles des apparitions miroitantes sorties de la mer.

Au centre du croissant de la plage ceinte des hautes montagnes environnantes, un petit groupe d'hommes étaient rassemblés. Leurs chevaux ne pouvant supporter le sable brûlant, ils les avaient laissés dans un boqueteau à proximité.

George Gordon, Lord Byron, attendait à l'écart. Il s'était assis sur un gros rocher noir où clapotaient les vagues, se tenant visiblement de façon que son célèbre profil romantique, immortalisé sur tant de tableaux, se détachât à son avantage sur la toile de fond de la mer étincelante. Mais en fait, son pied-bot, une difformité de naissance qu'il cachait, avait failli l'empêcher, ce matin-là, de descendre de voiture. Sa peau blafarde, qui le faisait surnommer « Alba », était à l'ombre d'un large chapeau de paille.

De cet endroit, malheureusement, il occupait une position stratégique pour ne perdre aucun détail de l'horrible scène qui se déroulait sur la plage. Le capitaine Roberts, qui commandait le *Bolivar*, le bateau de Byron, lequel était au mouillage dans la baie, surveillait les préparatifs tandis que ses marins construisaient un grand feu de joie. Edward John Trelawney, l'*aide de camp** de Byron, appelé « le pirate » en raison de sa beauté sombre et sauvage et de ses passions excentriques, avait installé la cage métallique qui servait de fourneau.

La demi-douzaine de soldats lucquois qui leur apportaient leurs services avaient exhumé le corps de sa tombe provisoire, puisqu'on l'avait enseveli à la hâte là où la mer l'avait rejeté. Le cadavre avait à peine apparence humaine. Le visage avait été nettoyé par les poissons et les chairs putréfiées étaient maculées d'une sombre et affreuse couleur indigo. L'identification avait été rendue possible grâce à une courte veste qu'on lui connaissait avec le petit volume de poésie dans la poche.

Ils déposèrent le corps sur la cage du brasier, au-dessus de branches de balsamier séché et de bois flotté qu'ils avaient glanés sur la plage. L'encadrement militaire était une présence nécessaire lors de pareilles exhumations, avait-on fait savoir à Byron, pour s'assurer qu'on avait respecté à la lettre les procédures de crémation contre la fièvre jaune venue des Amériques qui ravageait la côte.

Byron regardait pendant que Trelawney versait du vin, des sels et de l'huile sur le cadavre. Les flammes rugissantes s'élançaient tel un pilier divin biblique vers le ciel vif du matin. Une unique mouette tournait haut au-dessus de la colonne de fumée et les hommes essayaient de la chasser avec des cris en agitant leurs chemises en l'air.

La chaleur du sable, attisée par le brasier, rendait l'atmosphère autour de Byron irréelle. Les sels avaient donné aux flammes des couleurs étranges, surnaturelles. Même l'air était frémissant et onduleux. Il se sentait vraiment mal. Mais pour une raison qu'il ne pouvait comprendre, il était incapable de partir.

Byron fixait les flammes, dégoûté, pendant que le corps éclatait sous l'intensité de la chaleur et que le cerveau, pressé contre les barreaux rougis de la cage de fer, frémissait, faisait des bulles, bouillonnait, comme dans un chaudron. Cela aurait pu être une carcasse de mouton, se dit-il. Quelle vision écœurante et dégradante ! La réalité terrestre de son tendre ami partait en cendres blanches sous ses yeux.

C'était donc cela, la mort.

*Nous sommes tous morts à présent, d'une façon ou de l'autre*, songea-t-il avec amertume. Mais Percy Shelley n'avait-il pas goûté dans sa vie aux obscures passions de la mort ?

Depuis six ans, au fil de toutes leurs pérégrinations, les vies des deux célèbres poètes avaient été inextricablement liées. À commencer par leur exil volontaire d'Angleterre, entrepris le même mois de la même année, si ce n'était pour les mêmes raisons, et pour toute la durée de leur séjour en Suisse. Puis à Venise, que Byron avait quittée deux ans plus tôt. Et maintenant, son grand *palazzo*, ici, près de Pise, que Shelley avait quitté seulement quelques heures avant sa mort. Ils étaient tous les deux traqués par la mort, traqués et hantés, presque aspirés par le long, cruel maelström qui s'était mis en mouvement dans le sillage de leur fuite d'Albion.

Il y avait eu le suicide de Harriet, la première femme de Shelley, six ans plus tôt, après que Shelley s'était enfui sur le continent avec Mary Godwin, âgée de seize ans et devenue à présent sa femme. Puis le suicide de Fanny, la demi-sœur de Mary, qui avait été abandonnée à Londres avec sa cruelle belle-mère quand les amoureux avaient pris la fuite. Ce coup avait été suivi par la mort de William, le fils de Percy et Mary. Et en février dernier seulement, la disparition à Rome de l'ami et idole de Shelley, « Adonais », le jeune John Keats, emporté par la phtisie.

Byron lui-même était encore ébranlé par la mort d'Allegra, sa fille de cinq ans, son enfant « naturelle » qu'il avait eue avec Clare, la belle-sœur de Mary Shelley. Quelques semaines avant de se noyer, Shelley avait dit à Byron qu'il avait eu une apparition. Percy avait cru voir la petite fille morte de Byron qui lui faisait signe depuis la mer, lui faisait signe de venir la rejoindre sous les flots. Et maintenant cette fin abominable pour le pauvre Shelley.

D'abord la mort par l'eau. Puis la mort par le feu.

Malgré la chaleur suffocante, Byron sentait un froid terrible l'envahir tandis qu'il repassait dans sa tête la scène des dernières heures de son ami.

En fin d'après-midi, ce 8 juillet, Shelley avait quitté le grand Palazzo Lanfranchi à Pise et filé rejoindre son petit bateau, l'*Ariel*, qui mouillait en bas de la côte. En dépit des avis et de tout bon sens, sans prévenir personne, il avait largué les amarres et pris la mer pour aller droit dans le ventre obscur de la tempête qui s'annonçait. Pourquoi ? se demandait Byron. À moins qu'il ne fût poursuivi ? Mais par qui ? Et à quelle fin ?

Avec le recul, cela semblait être la seule explication plausible, comme Byron le comprenait à présent pour la première fois, et seulement ce matin. Il voyait subitement, dans un éclair, ce qu'il aurait dû comprendre immédiatement. La mort de Percy Shelley n'était pas un accident. Il y avait eu quelque chose ou quelqu'un à bord de ce bateau qui n'y était pas étranger. Byron ne doutait plus à présent que, lorsqu'on retirerait l'*Ariel* de sa tombe liquide, comme cela ne saurait tarder, ils verraient que son flanc avait été éperonné par une felouque ou un autre bâtiment plus gros, dans l'intention de l'arraisonner. Mais il devinait aussi que l'objet convoité n'avait pas été trouvé.

Car, comme Byron s'en était rendu compte ce matin-là seulement, Percy Shelley, qui n'avait jamais cru en l'immortalité, avait néanmoins réussi à envoyer un dernier message par-delà la tombe.

Byron se tourna vers la mer afin que les autres, préoccupés par le feu, ne remarquent rien quand il sortit de son portefeuille le mince volume dont il avait réussi à s'emparer. Les derniers poèmes de Keats, publiés peu de temps avant sa mort à Rome, recopiés par la main de Shelley.

Ce livre imbibé d'eau salée avait été trouvé sur le corps, exactement comme Shelley l'avait laissé : fourré dans la poche de sa veste d'écolier, courte et mal taillée. Il était encore ouvert et portait la marque du poème de Keats que Shelley préférait, *La Chute d'Hypérion*, à propos du combat mythologique entre les Titans et les nouveaux dieux menés par Zeus, qui allaient bientôt les remplacer. Après la fameuse bataille mythologique, que tout écolier connaissait, seul Hypérion, le Dieu Soleil et le dernier des Titans, arrive à survivre.

C'était un poème que Byron n'avait jamais beaucoup aimé, et que Keats lui-même n'avait pas aimé suffisamment pour finir de l'écrire. Mais Byron trouvait important que Percy se soit donné la peine de le garder sur lui jusqu'au moment de sa mort. Il avait sûrement marqué ce passage pour quelque raison :

*Sitôt accourut l'éclatant Hypérion ;*
*Sa robe de flammes flottait sur ses talons*
*Et rugissait, comme faite de feu terrestre...*
*Il s'enflamma...*

À la fin prématurée de ce poème qui était destiné à rester à jamais inachevé, le Dieu Soleil paraît s'embraser et tomber dans l'oubli en formant une boule incandescente... ou plutôt comme un phénix. Plutôt comme le pauvre Percy, immolé ici sur le bûcher.

Mais ce qui était plus important que tout et qu'aucun des autres ne semblait avoir remarqué quand on avait retrouvé le livre : à l'endroit même où Keats avait reposé sa plume, Shelley avait pris la sienne et soigneusement tracé une petite marque à l'intérieur de la page, une sorte d'intaille, avec des lettres majuscules à l'intérieur. L'encre était très délavée du fait de son séjour prolongé dans l'eau de mer, mais Byron était sûr d'arriver à la déchiffrer en l'examinant de plus près. C'était pourquoi il avait apporté le livre ce matin.

Ayant arraché la page du livre, Byron fit à nouveau disparaître le volume et examina attentivement le petit dessin que son ami avait tracé dans la marge. Shelley avait dessiné un triangle, qui entourait trois minuscules cercles ou boules, chacun dans une encre de couleur différente.

Byron connaissait très bien ces couleurs pour plusieurs raisons. Premièrement, c'étaient les siennes, les couleurs de sa famille maternelle écossaise, qui remontaient à l'époque de la conquête normande. Même si cela n'était que le hasard de sa naissance, le fait que Lord Byron avait toujours fièrement arboré ces couleurs sur son énorme voiture, un véhicule construit sur le modèle de celui de l'ancien empereur Napoléon Bonaparte, qui avait été détrôné avant sa mort en exil, n'avait certainement pas été favorable à son séjour en Italie. Car comme Byron devait le savoir mieux que quiconque, dans le langage secret ou ésotérique, ces couleurs particulières signifiaient bien davantage.

Les trois cercles que Shelley avaient dessinées dans le triangle étaient colorées en noir, bleu et rouge. La noire représentait le charbon, ce qui signifiait la « Foi ». Le bleu symbolisait la fumée, autrement dit l'« Espoir ». Et le rouge était la flamme, pour la « Charité ». Ensemble, les trois couleurs décrivaient le cycle de vie du feu. Et en outre, représentés comme ils l'étaient, à l'intérieur d'un triangle, le symbole universel du Feu, ces cercles symbolisaient la destruction par le feu du vieux monde, comme le prédisait saint Jean dans l'Apocalypse, et annonçaient la venue d'un ordre nouveau.

Ce symbole même – ces cercles tricolores à l'intérieur d'un triangle équilatéral – avait également été choisi comme l'insigne secret d'un groupe clandestin qui comptait apporter la révolution, au moins ici, en Italie. Ils s'appelaient eux-mêmes les *Carbonari*, les Charbonniers.

Après vingt-cinq ans de révolution française, la terreur et la conquête qui avaient presque anéanti l'Europe, une seule chose pouvait engendrer plus de peur que des rumeurs de guerre. C'était la rumeur d'une insurrection, d'un soulèvement de l'intérieur. Un mouvement pour réclamer l'indépendance nationale et le refus de tous les souverains étrangers, de tout règlement imposé.

Au cours des deux dernières années, George Gordon, Lord Byron, avait partagé le toit de sa maîtresse vénitienne, Teresa Guiccioli, une femme deux fois plus jeune que lui, qui avait été exilée de Venise avec son frère, son cousin et son père. Mais sans son mari cocu.

Ils étaient les fameux Gambas, ou « Gambitti », comme les surnommait la presse populaire, des membres haut placés de la *Carbonaria*, le groupe qui avait juré une haine éternelle à toute forme de tyrannie. Et pourtant, sa tentative de coup d'État pour chasser les dirigeants autrichiens du nord de l'Italie, lors du carnaval de l'année précédente, avait échoué. Au contraire, les Gambas avaient été chassés tour à tour de trois villes italiennes. Et Byron les avait suivis sur chaque nouveau campement.

C'était la raison pour laquelle chaque échange de Byron, que ce fût en personne ou par écrit, était scrupuleusement suivi et transmis aux maîtres officiels des trois parties de l'Italie : les Habsbourg d'Autriche au nord, les Bourbons d'Espagne au sud, et au Vatican, dans les États du Pape, au centre.

Lord Byron était le chef des *Cacciatori mericani*, les « Américains », surnom de la branche populaire de la société secrète. Il avait financé sur ses fonds personnels les armes, les balles et la poudre de la récente insurrection avortée des *Carbonari*… et plus encore.

Il avait fourni à son ami Ali Pacha la nouvelle arme secrète pour sa rébellion contre les Turcs, le fusil à répétition que Byron avait fait mettre au point en Amérique pour son propre usage.

Et à présent, Byron finançait la *Filikí Etería*, dite aussi Hétairie des amis, une société secrète dont le but principal était de chasser les Turcs ottomans de Grèce.

Les dragons avides de conquête ne pouvaient que redouter Lord Byron, implacable ennemi des tyrans et de leurs règnes. Les puissances comprenaient qu'il était exactement le ferment qui manquait à cette insurrection. Et il était assez riche pour pouvoir aussi, au besoin, l'arroser de l'eau de son propre puits.

Mais au cours de l'année passée, chacune des trois insurrections naissantes avait été brutalement réprimée, la jugulaire tranchée, parfois littéralement. En fait, après la mort d'Ali Pacha sept mois plus tôt, disait-on, il avait été enterré en deux lieux différents : son corps à Janina, sa tête à Constantinople. Sept mois. Pourquoi lui avait-il fallu si longtemps pour le réaliser ? Jusqu'à ce matin-là.

Presque sept mois s'étaient écoulés depuis la mort d'Ali Pacha et toujours pas un mot, pas un signe… Au début, Byron avait cru que les plans avaient été changés. Après tout, il y avait eu beaucoup de changements au cours des deux dernières années pendant qu'Ali était isolé à Janina. Mais le pacha avait toujours juré que si sa vie était en danger, il trouverait le moyen d'entrer en contact avec Byron par le truchement de ses services secrets, qui étaient, après tout, les plus vastes et les plus puissants que ce type d'organisation eût jamais mis sur pied dans l'histoire.

Si cela devait se révéler impossible, dans ses dernières heures sur terre, le pacha se supprimerait à l'intérieur de la grande citadelle de Demir Kule, de même que son trésor, ses partisans et sa belle et tendre Vasiliki, plutôt que de laisser quiconque tomber entre les mains des Turcs.

À présent Ali Pacha était mort et, d'après tous les rapports, la citadelle de Demir Kule était tombée intacte. Malgré les tentatives répétées de Byron pour savoir quel avait été le sort de Vasiliki et des autres, qui avaient été conduits à Constantinople, l'on ne savait toujours rien. Et Byron n'avait toujours pas reçu l'objet dont les *Carbonari* et lui-même devaient assurer la protection.

Le recueil de poèmes de Percy semblait contenir le seul indice. Si Byron n'avait pas fait d'erreur, le triangle qu'il avait dessiné ne correspondait qu'à la moitié du message. L'autre moitié était le poème lui-même : le passage que Percy avait coché dans *La Chute d'Hypérion*, de Keats. En rapprochant ces deux éléments, le message donnait :

*L'antique dieu solaire sera détruit par une flamme plus dangereuse... une flamme éternelle.*

Si tel était message, Byron devait comprendre qu'il était celui qui avait le plus à craindre. Il devait agir, et vite. Car si Ali Pacha était mort sans l'emphase promise, s'il n'avait aucune nouvelle des survivants qui avaient été le plus proches de lui (Vasiliki, les conseillers du Pacha, ses services secrets, les cheikhs bektachis...), si Percy avait été pourchassé depuis le palais pisan de Byron et conduit à la mort à travers la tempête, tout cela ne pouvait signifier qu'une chose. Ils étaient tous convaincus que la pièce du jeu d'échecs était parvenue à la destination convenue, que Byron l'avait reçue. Tous, en fait, sauf celui ou celle qui avait réussi à s'enfuir de Janina.

Alors qu'était-il advenu de la Reine noire disparue ?

Byron avait besoin de s'éloigner pour réfléchir et établir un plan avant que les autres ne montent à bord de son bateau avec les cendres de Percy. Peut-être était-il déjà trop tard.

Byron froissa dans sa main la page contenant le message. Affichant le même air blasé qu'à l'accoutumée, il quitta son siège et traversa en boitant péniblement le sable brûlant pour rejoindre Trelawney qui s'activait encore autour du brasier. Avec ses traits sombres et farouches noircis par la suie du bûcher, ses dents blanches étincelantes et ses moustaches retroussées, le « corsaire cockney » apparaissait plus qu'un peu fou. Byron frissonna tandis qu'il jetait d'un geste négligent le papier froissé dans les flammes. Il s'assura que le papier avait pris et s'était consumé avant de se tourner vers les autres pour leur parler.

— Ne répétez pas cette farce pour moi, dit-il. Laissez ma carcasse pourrir à l'endroit où elle sera tombée. Ce péan païen pour un poète mort, je dois l'avouer, m'a quelque peu défait… j'ai besoin d'un intermède marin pour me nettoyer l'esprit de cette horreur.

Il retourna sur la plage et, avec un signe rapide vers le capitaine Roberts pour confirmer leur accord antérieur de se retrouver plus tard à bord, Byron jeta sur le côté son chapeau à large bord, retira sa chemise et plongea dans la mer, fendant les vagues avec des gestes robustes et puissants. L'eau était déjà aussi chaude que le sang en ce milieu de matinée ; le soleil brûlait la peau claire d'« Alba ». Il savait qu'il y aurait un bon kilomètre de nage jusqu'au *Bolivar*, une bagatelle pour un homme qui avait traversé l'Hellespont, mais suffisante pour lui permettre de recouvrer ses esprits et réfléchir. Cependant, même si la cadence régulière de ses mouvements et l'eau salée clapotant sur ses épaules l'aidaient à calmer son agitation, ses pensées ne cessaient de revenir à une chose : quels que fussent ses efforts – et si fou que cela paraisse –, il ne voyait qu'une seule personne à laquelle le message de Percy Shelley pouvait se référer, une seule personne qui pouvait détenir l'indice crucial sur le destin du trésor disparu d'Ali Pacha. Byron ne l'avait encore jamais rencontrée, mais sa réputation la précédait.

C'était une riche veuve, italienne de naissance. Comparée à l'immense fortune de cette femme, celle de Byron, considérable au demeurant, était éclipsée. Elle avait joui jadis d'une renommée universelle, bien qu'elle vécût à présent dans un demi-isolement ici, à Rome. Mais il se disait que, dans sa jeunesse, elle avait combattu bravement à cheval et au fusil pour libérer son pays des puissances étrangères, comme Byron et les *Carbonari* essayaient de le faire maintenant.

Et malgré son combat personnel en faveur de la cause de la liberté, c'était cette femme qui avait donné naissance au dernier « dieu solaire » de la lignée des Titans, comme l'appelait Keats. Son fils avait été un tyran impérial dont le règne de courte durée avait terrorisé toute l'Europe avant de se réduire très vite en cendres. Tel Percy Shelley. En fin de compte, son fils n'avait réussi qu'à replanter avec davantage de force la graine virulente de la monarchie dans le monde. Il était mort depuis à peine un an, dans l'angoisse et l'obscurité.

Comme Byron sentait le soleil lui brûler la peau, il nagea avec plus de vigueur dans les eaux grouillantes pour rejoindre son bateau. S'il avait vu juste, il n'avait pas de temps à perdre pour mettre son plan en action.

Et comme par hasard, si le fils de la veuve romaine avait vécu, ce jour-là, le 15 août, eût été son anniversaire. Un anniversaire célébré dans toute l'Europe ces quinze dernières années et jusqu'à sa mort.

Cette femme dont Lord Byron pensait qu'elle pouvait détenir la clé qui permettrait de situer la Reine noire disparue d'Ali Pacha était Letizia Ramolino Bonaparte, la mère de Napoléon.

PALAZZO RINUCCINI, ROME
8 SEPTEMBRE 1822

> *Ici [en Italie] il n'y a encore que les étincelles du volcan, mais le sol est chaud et l'air est lourd... L'esprit des gens est en grand émoi, et nul ne sait où cela conduira... Les « jours du roi » sont bien finis. Du sang coulera comme de l'eau et des larmes comme le brouillard ; mais à la fin, les peuples vaincront. Je ne vivrai pas assez longtemps pour le voir, mais je le prédis.*
>
> Lord BYRON

C'était un matin chaud et parfumé, mais Madame Mère avait donné des ordres pour que le feu crépite dans toutes les cheminées du *palazzo* et que les bougies éclairent toutes les pièces. Les précieux tapis d'Aubusson avaient été brossés, les sculptures de ses célèbres enfants par Antonio Canova avaient été époussetées. Les serviteurs de Madame avaient revêtu leur livrée d'apparat vert et or et son demi-frère, le cardinal Joseph Fesh, allait bientôt arriver pour l'aider à accueillir les invités auxquels elle ouvrait ses portes chaque année à cette date. Car c'était une date importante du calendrier chrétien, une date que Madame

Mère avait juré de toujours célébrer et honorer : la Fête de la Vierge.

Elle avait accompli ce rituel pendant plus de cinquante ans, depuis qu'elle en avait fait le vœu. Après tout, son fils préféré n'était-il pas né le jour de l'Assomption de la Sainte Vierge ? Ce petit enfant chétif dont la naissance était advenue de façon si prématurée et soudaine, quand elle, encore si jeune, tout juste dix-huit ans, avait déjà perdu deux bébés. Aussi avait-elle ce jour-là promis à la Vierge d'honorer sans faute le jour de Sa naissance et de consacrer ses enfants à Marie.

Bien que le père de l'enfant ait tenu à nommer le nouveau-né Neapolus, d'après un obscur martyr égyptien, plutôt que Carlo Maria, comme Letizia le souhaitait, elle avait veillé à ce que toutes ses filles reçoivent à leur baptême le nom de Marie : Maria Ana, qui par la suite se fera appeler Elisa, grande-duchesse de Toscane ; Maria Paula, devenue Pauline, la princesse Borghese ; et Maria Annunziata, qui deviendra Caroline, reine de Naples. Et elle, on l'appelait Madame Mère… Notre Mère.

La reine céleste avait accordé à toutes ses filles santé et beauté, tandis que leur frère, devenu plus tard Napoléon, leur avait donné la fortune et le pouvoir. Mais rien de tout cela ne devait durer. Ces dons s'étaient tous dissipés, tels ces brouillards tourbillonnants dont elle se souvenait encore et qui enveloppaient sa Corse natale.

À présent, comme Madame Mère déambulait à travers les pièces remplies de fleurs et de bougies de son vaste palais romain, elle savait que ce monde ne durerait pas non plus. Madame Mère savait, le cœur palpitant, que ce tribut à la Vierge aujourd'hui serait probablement le dernier avant très longtemps. Elle était une vieille femme, presque seule désormais, dont tous les enfants étaient morts ou dispersés, perpétuellement en habit de deuil et vivant dans un environnement qui lui était étranger, entourée seulement de choses éphémères : la richesse, les biens, les souvenirs.

Mais un de ces souvenirs semblait brusquement revenir la hanter.

Car ce matin-là, Letizia avait reçu un message, une note manuscrite de quelqu'un qu'elle n'avait pas vu depuis bien des années, dont elle était restée sans nouvelles durant la grandeur et décadence de l'Empire napoléonien. Sans nouvelles depuis que Letizia et sa famille avaient quitté les montagnes sauvages de son île corse, il y avait près de trente ans. Quelqu'un que Letizia avait tenu pour mort.

Letizia retira le billet du corsage de sa robe de deuil et le relut, peut-être pour la vingtième fois depuis qu'elle l'avait reçu. Il n'était pas signé, mais il ne pouvait y avoir de doute concernant l'expéditeur. Il était rédigé dans l'antique alphabet *tifinagh*, la langue tamasheq des Touaregs du fin fond du Sahara. Cette langue avait toujours été un code secret utilisé par une seule personne pour communiquer avec la famille de sa mère.

C'est pourquoi Madame Mère avait envoyé d'urgence chercher son frère le cardinal pour qu'il vienne avant l'arrivée des autres invités. Et pour qu'il emmène avec lui la femme anglaise, cette autre Maria qui avait tout récemment regagné Rome. Eux seuls pourraient peut-être aider Letizia dans cette terrible passe.

Car si cet homme qu'on appelait le Faucon s'était effectivement relevé d'entre les morts, Letizia savait précisément ce qu'on attendait d'elle.

Malgré les nombreux feux qui brûlaient dans ses appartements, Letizia ressentit ce frisson trop familier monter des profondeurs de son passé tandis qu'elle relisait une fois de plus les funestes lignes.

*L'Oiseau de feu s'est relevé. Le Huit revient.*

TASSILI N'AGGER AU SAHARA
ÉQUINOXE D'AUTOMNE, 1822

*Nous sommes immortels et, ne l'oublie pas,*
*Nous sommes éternels – pour nous, le passé*
*Est, comme l'avenir, présent.*

Lord BYRON, *Manfred*

Debout sur le haut plateau, Charlot embrassait du regard le sable rouge du désert. Son burnous blanc claquait autour de lui dans la brise comme les ailes d'un grand oiseau. Ses longs cheveux, de la couleur cuivrée du sable qui s'étalait à ses pieds, flottaient librement. Nulle part sur terre il n'existait un désert de cette couleur. La couleur du sang. La couleur de la vie.

Ce lieu inhospitalier, situé en haut d'une falaise abrupte au cœur du Sahara, un lieu où seuls vivaient les chèvres sauvages et les aigles. Il n'en avait pas toujours été ainsi. Derrière lui, sur les parois légendaires du Tassili se trouvaient des roches gravées et peintes il y a quelque cinq mille ans – ocre jaune, ocre violacé, brun foncé, blanc, noir –, des peintures qui racontaient l'histoire de ce désert et de ceux qui l'avaient peuplé dans la nuit des temps, une histoire qui continuait de se dérouler.

C'était sa terre natale, ce que les Arabes appelaient le *watar*, la patrie, même s'il n'était qu'un nourrisson la dernière fois où il était venu ici. C'était là que sa vie avait commencé, songea Charlot. Il était né du Grand Jeu. Et c'était là que, peut-être, le Grand Jeu finirait, quand il aurait résolu le mystère. C'est pourquoi il était revenu dans cet antique désert, tapisserie de lumière éclatante et d'obscurs secrets. Pour découvrir la vérité.

Les Berbères du désert croyaient que le destin l'avait choisi pour cela. Une prédiction avait annoncé sa naissance. La vieille légende berbère parlait d'un enfant né avant son temps, un enfant aux yeux bleus et aux cheveux roux, qui posséderait le don de seconde vue. Charlot ferma les yeux et huma l'odeur des lieux, le sable, et le sel, et le cinabre, retournant en lui-même pour y puiser ses plus anciens souvenirs physiques.

Il avait été projeté prématurément dans le monde, rouge, à vif et criant. Mireille, sa mère, une orpheline de seize ans, avait fui son couvent du Pays basque et traversé deux continents pour parvenir en ce lieu, au cœur du désert, afin de protéger un dangereux secret. Elle était ce qu'on appelait une *thayyib*, une femme qui avait connu un homme une fois, le père de Charlot. Sa naissance, ici, sur le plateau rocheux du Tassili, se fit avec, pour sage-femme, un prince berbère voilé d'indigo et à la peau teintée de bleu, un de ces « hommes bleus » appartenant aux Touaregs Kel Rela. C'était Shahin, le faucon du désert, qui devait servir de parent, de parrain et de tuteur à l'enfant élu.

À travers l'immense solitude qui s'étendait devant lui, aussi loin que portait le regard, le sable rouge silencieux se mouvait comme il l'avait fait pendant des siècles innombrables, se déplaçait sans cesse, chose vivante, qui respire, ce sable qui semblait faire partie intégrante de son être, ce sable qui effaçait toute mémoire…

Sauf la sienne, à vrai dire. Le redoutable don de réminiscence ne l'avait pas quitté, y compris la mémoire des choses qui ne s'étaient pas encore produites. Quand il était enfant, on l'appelait le Petit Prophète. Il avait prédit la grandeur et la chute d'empires, l'avenir de grands hommes, tels que Napoléon et Alexandre de Russie, ou celui de son véritable père, qu'il n'avait rencontré qu'une fois, le prince Charles-Maurice de Talleyrand.

Le souvenir de l'avenir chez Charlot avait toujours été comme une source intarissable. Il pouvait le prédire, mais n'était pas capable de le changer. Bien sûr, le plus grand don peut aussi se révéler une malédiction.

Pour lui, le monde était comme une partie d'échecs, où chaque coup effectué pouvait déclencher une myriade de coups potentiels, et en même temps, il révélait une stratégie sous-jacente, aussi implacable que le destin, qui vous poussait sans cesse de l'avant. Comme le jeu d'échecs, comme les fresques sur le rocher, comme le sable éternel, pour lui, le passé et l'avenir étaient toujours présents.

Car Charlot était né, comme cela avait été prédit, sous le regard de l'antique déesse, la Reine blanche, dont l'image était peinte dans le creux de la grande paroi rocheuse. Elle était connue de toutes les cultures et de tous temps. Elle planait au-dessus de lui comme un ange vengeur, gravé à même la roche de la falaise. Les Touaregs appelaient Q'ar, « l'aurige ».

C'était elle, disaient-ils, qui avait parsemé d'un cortège d'étoiles scintillantes le ciel nocturne. Et elle aussi qui avait la première imposé au Grand Jeu son cours inflexible. Charlot avait accompli ce voyage et traversé la mer afin de poser à nouveau les yeux sur elle, pour la première fois depuis sa naissance. Elle seule, disait-on, pouvait révéler, et peut-être seulement à l'élu, le secret derrière le Grand Jeu.

Charlot se réveilla avant l'aube et repoussa la djellaba de laine qui lui avait servi de couverture contre l'air nocturne. Quelque chose le tourmentait, bien qu'il fût encore incapable de percevoir ce que c'était.

En ce lieu, après quatre jours d'une marche difficile sur un terrain accidenté depuis la vallée en contrebas, il savait qu'il était à l'abri. Mais il ne pouvait se cacher le fait que quelque chose allait de travers.

Il quitta sa couche de fortune pour mieux voir. Au loin vers l'est, en direction de La Mecque, il pouvait deviner un mince ruban de rouge qui soulignait l'horizon, annonçant le soleil. Mais il n'avait pas encore assez de lumière pour distinguer ce qui l'entourait. Comme il se tenait debout dans le silence sur le plateau, il entendit un bruit, à seulement quelques mètres de lui. D'abord le bruit léger d'un pied sur le gravier, puis celui d'une respiration humaine.

Il était terrifié à l'idée de faire un faux pas, voire de bouger.

— Al-Kalim… c'est moi, chuchota quelqu'un, bien qu'il n'y eût personne à des kilomètres à la ronde.

Un seul homme l'appelait Al-Kalim, le Voyant.

— Shahin ! s'écria Charlot. (Il sentit des mains fortes, fermes, lui serrer les poignets, les mains de l'homme qui avait toujours représenté son père et sa mère, son frère et son guide.) Mais comment m'as-tu trouvé ?

Et pourquoi Shahin avait-il risqué sa vie pour traverser les mers et le désert ? Pour franchir de nuit cette gorge périlleuse ? Pour arriver ici avant l'aube ? Ce qui l'avait conduit en ce lieu devait être d'une urgence qui dépassait l'imagination.

Mais, par-dessus tout : pourquoi Charlot ne l'avait-il pas prévu ?

Le soleil surgit au-dessus de l'horizon et souligna d'une chaude lueur rose les dunes onduleuses dans le lointain. Les mains de Shahin enserraient solidement celles de Charlot, comme s'il ne pouvait le lâcher. Cependant, ce qu'il voyait sur ce visage l'effrayait. Au cours des vingt-neuf ans de sa vie, Charlot n'avait jamais vu son mentor trahir une émotion, en quelque circonstance que ce fût, et moins encore celle que Charlot voyait s'afficher en cet instant sur le visage de Shahin et qui le terrifia : la souffrance.

*Pourquoi Charlot ne pouvait-il toujours pas voir en dedans ?*

Mais Shahin faisait un effort pour parler.

— Mon fils..., prononça-t-il, en s'étranglant presque d'émotion.

Bien que Charlot ait toujours pensé à Shahin comme à son père, c'était la première fois que le vieil homme l'appelait ainsi.

— Al-Kalim, poursuivit Shahin. Je ne te demanderais pas de faire usage de ce don exceptionnel que t'a accordé Allah, le don de la Vision, si ce n'était une question de la plus haute importance. Une crise s'est déclarée, qui m'a conduit à franchir la mer depuis la France. Un objet de grande valeur peut être tombé entre des mains malfaisantes, et je ne l'ai appris que ces derniers mois.

La peur lui étreignant le cœur, Charlot comprit que si Shahin était venu le chercher jusqu'ici dans le désert avec ce sentiment d'urgence, la crise devait être en effet très grave. Mais les paroles de Shahin qui suivirent le bouleversèrent encore davantage.

— Cela concerne mon fils, ajouta-t-il.

— Ton… *fils* ? répéta Charlot, qui ne pouvait en croire ses oreilles.

— Oui, j'ai un fils. Un fils que je chéris grandement, dit-il. Et comme toi, il a été choisi pour une vie qu'il ne nous appartient pas de remettre en question. Depuis ses plus tendres années, il a été initié à un Ordre secret. Ses années de formation sont presque achevées… plus tôt que prévu, car il n'a que quatorze ans. Il y a six mois, nous avons entendu dire qu'une crise menaçait. Mon fils s'est vu confier une mission importante par le plus grand cheikh – le pîr de son ordre – pour tenter de parer la crise. Mais il semble que le garçon ne soit pas arrivé à destination.

— Quelle était sa mission ? Et quelle était la destination prévue ? demanda Charlot, qui se rendit compte, dans la panique, que c'était la première fois qu'il était contraint de poser ce genre de question. *Pourquoi ne connaissait-il pas lui-même la réponse ?*

— Mon fils et la personne qui l'accompagne dans cette mission se rendaient à Venise, répondit Shahin, bien qu'il considérât Charlot d'un air étrange, comme si la même question l'avait frappé. *Comment se faisait-il que Charlot ne sût pas la réponse ?*

— Nous avons lieu de craindre que mon fils, Kauri, et la personne qui l'accompagne n'aient été enlevés. (Il fit une pause avant de reprendre :) J'ai appris qu'ils avaient en leur possession une pièce importante du Jeu de Montglane.

# LA DÉFENSE INDIENNE DU ROI

*[La défense indienne du Roi] est généralement considérée comme la plus complexe et la plus intéressante de toutes les défenses indiennes... En théorie, les Blancs doivent avoir l'avantage car leur position est plus libre. Mais celle des Noirs est solide et pleine de ressources. Un joueur tenace peut accomplir des miracles avec cette défense.*

Fred REINFELD,
*Le livre complet des ouvertures au jeu d'échecs*

*Les Noirs... permettront aux Blancs de former un centre de pions solide et lui donneront l'assaut. D'autres caractéristiques courantes consistent pour les Noirs à tenter d'ouvrir une brèche dans la longue diagonale de cases noires et à lancer une attaque en règle avec les pions noirs de l'aile Roi.*

Edward R. BRACE,
*Une histoire illustrée des échecs*

Le silence fut rompu par le bruit du bois qu'on fend. Je regardai de l'autre côté de la salle depuis l'endroit où je me tenais près de la cheminée et vis que Lily avait débranché le répondeur téléphonique de ma mère et retiré du tiroir les fils en tire-bouchon ; ils étaient étalés en éventail sur le bureau de campagne. Sous l'œil curieux de Key et de Vartan, elle utilisait le coupe-papier en forme de dague pour faire céder le tiroir qui restait bloqué. À en juger par le bruit, elle était en train de démolir le meuble.

— Tu fais quoi ? m'exclamai-je avec inquiétude. Ce bureau est une antiquité !

— Je m'en veux de détruire un authentique souvenir de la guerre coloniale britannique, cela doit avoir une telle valeur pour toi, me lança ma tante par-dessus son épaule. Cependant, ta mère et moi avons trouvé un jour des objets d'une valeur incommensurable cachés dans des tiroirs qui étaient bloqués exactement comme celui-ci. Elle a dû savoir que ce meuble ne manquerait pas de me rappeler des choses.

Elle continua à massacrer l'objet avec dépit.

— Ce bureau de campagne est affreusement peu solide pour y mettre un objet de valeur, soulignai-je. (Ce n'était guère qu'un léger bloc de tiroirs avec des pieds pliants, ou chevalets, le genre que les officiers anglais accrochaient au flanc des mules de bât pour franchir les montagnes périlleuses entre la passe de Khyber et le Cachemire.) De plus, d'aussi loin que je me souvienne, ce tiroir a toujours été coincé.

— Raison de plus pour le décoincer, s'entêta Lily.

— Je suis d'accord, renchérit Key en attrapant le lourd presse-papiers en pierre posé sur le bureau et en le tendant à Lily. Vous savez ce qu'on dit : mieux vaut tard que jamais.

Lily attrapa la pierre et flanqua un bon coup sur le tiroir. J'entendis le bois tendre partir en éclats, mais il refusa malgré tout de s'ouvrir complètement.

Zsa-Zsa, affolée par le bruit et l'agitation, piaillait avec frénésie et bondissait autour des jambes de tout le monde. On aurait cru une colonie de rats fuyant vers la mer. Je la ramassai et la fourrai sous mon bras, la réduisant temporairement au silence.

— Vous permettez ? s'enquit Vartan poliment en prenant les outils des mains de Lily.

Il planta le coupe-papier entre la paroi du bureau et le côté du tiroir et tapa avec le presse-papiers pour le crocheter jusqu'à ce que le bois se fende et lâche la base du tiroir. Lily donna un dernier coup sur la poignée et le tiroir fut libéré.

Vartan tenait le tiroir abîmé entre ses mains et en examinait les côtés et le fond, tandis que Key s'agenouillait par terre et tendait les bras dans l'ouverture béante aussi loin qu'elle pouvait aller. Elle tâta le pourtour.

— Je ne sens rien de spécial, dit-elle en basculant sur son derrière. Mais mon bras n'arrive pas jusqu'au fond.

— Vous permettez ? répéta Vartan, qui posa le tiroir et s'accroupit à côté d'elle pour faire glisser sa main dans la cavité du bureau.

Il parut prendre beaucoup de temps à tâtonner. À la fin, il retira le bras et leva vers nous un regard inexpressif tandis que nous étions dans l'expectative.

— Je ne trouve rien dans le fond, constata Vartan qui se redressa en époussetant sa manche.

Peut-être était-ce ma méfiance naturelle ou simplement mes nerfs à vif, mais je ne le crus pas. Lily avait raison. Un objet pouvait être caché là. Après tout, même si ces bureaux de campagne devaient être légers pour être transportés, ils devaient aussi être sûrs. Pendant des décennies, ils avaient servi à transporter des plans de bataille et des stratégies, des messages avec des codes secrets entre l'état-major, les unités sur le terrain et les espions.

Je refilai de nouveau Zsa-Zsa à Lily et tirai sur l'autre tiroir du bureau, fouillai à l'intérieur jusqu'à ce que je trouve la torche que nous y rangions. Repoussant Key et Vartan sur le côté, je me penchai en avant et projetai le faisceau lumineux pour explorer l'intérieur du bureau. Mais Vartan avait raison, il n'y avait rien là-dedans. Alors pourquoi ce tiroir refusait-il de s'ouvrir depuis des lustres ?

Je ramassai le tiroir abîmé là où Vartan l'avait laissé et l'examinai à mon tour. Même si rien n'avait l'air de clocher, j'écartai le répondeur et les outils, et posai le tiroir sur le bureau en sortant l'autre tiroir dont je renversai le contenu. En comparant les deux côte à côte, il semblait que la paroi du fond du tiroir endommagé fût légèrement plus haute que celle de l'autre.

Je jetai un œil à Lily, avec Zsa Zsa encore en train de se tortiller. Elle hocha la tête comme pour confirmer qu'elle l'avait toujours su. Puis je me tournai pour affronter Vartan Azov.

— On dirait qu'il y a un compartiment secret ici, remarquai-je.

— Je sais, dit-il doucement. Je l'avais remarqué, mais j'ai préféré ne rien dire.

Il parlait d'une voix polie, mais le sourire glacial était revenu. Un sourire comme un avertissement.

— Ne rien *dire* ? répétai-je, incrédule.

— Comme vous l'avez remarqué vous-même, ce tiroir a été, comme vous dites, « coincé » ?… depuis très longtemps. Nous ne savons pas ce qui est caché là, ajouta-t-il, un brin sarcastique. Peut-être une chose précieuse, comme des plans de bataille de la guerre de Crimée.

Ce n'était pas totalement invraisemblable, puisque mon père avait effectivement grandi en Crimée soviétique, mais hautement improbable. Ce n'était même pas son bureau. Et même si j'avais un trac terrible à l'idée de regarder à l'intérieur du compartiment secret, la logique arrogante et les regards d'acier de M. Vartan Azov commençaient à me taper sur les nerfs. Je tournai les talons et me dirigeai vers la porte.

— Où allez-vous ? me lança Vartan d'une voix qui m'atteignit comme une balle de fusil.

— Chercher la scie à métaux, lançai-je par-dessus mon épaule sans me retourner.

Après tout, me dis-je, je n'étais pas obligée d'y aller à coups de pierre comme Lily. Même si le contenu n'avait rien à voir avec ma mère, il pouvait y avoir un objet fragile caché sous ce panneau.

Mais Vartan avait déjà traversé la salle d'un pas rapide et silencieux, et se trouvait brusquement à mon côté, la main sur mon bras, me propulsant par la porte qui donnait dans le sas. Quand nous fûmes cloîtrés dans le réduit, il claqua les portes intérieures et s'appuya contre elles, m'interdisant tout espoir de sortie.

Nous étions entassés dans l'espace exigu entre le placard à provisions et les patères qui étaient tellement chargées de fourrures et de parkas garnies de duvet que je sentais l'électricité statique me coller les cheveux contre le mur. Mais avant que j'aie pu contester ses droits de préemption, il m'empoigna les épaules. Il parlait vite, à voix basse pour que personne à l'extérieur ne puisse l'entendre.

— Alexandra, vous devez m'écouter, c'est extrêmement important, chuchota-t-il. Je sais des choses que vous avez besoin de savoir. Des choses fondamentales. Nous devons parler… tout de suite… avant que vous continuiez à ouvrir encore des placards ou des tiroirs dans cette maison.

— Nous n'avons rien à nous dire, repartis-je sèchement avec une aigreur qui me surprit. (Je me dégageai de son emprise.) Je ne sais pas ce que vous fichez ici… ni pourquoi ma mère vous a seulement invité !

— Mais moi, je le sais, me coupa-t-il. Même si je ne lui ai jamais parlé, il n'était pas nécessaire qu'elle me le dise. Elle avait besoin d'informations… et vous aussi. J'étais la seule personne présente là-bas ce jour-là qui puisse les lui fournir.

Je n'avais pas besoin de lui demander ce qu'il entendait par « là-bas », ni de quel jour il voulait parler. Cela dit, je ne m'attendais pas pour autant à ce qui allait suivre.

— Xie, dit-il, vous ne comprenez pas ? Nous devons parler du meurtre de votre père.

J'eus l'impression qu'on me flanquait un coup à l'estomac. Pendant un moment, j'eus le souffle coupé. Personne ne m'avait appelée Xie – le surnom que mon père aimait me donner, le diminutif d'Alexie – depuis dix ans, depuis mon enfance échiquéene. L'entendre maintenant, en même temps que les mots « le meurtre de votre père », me laissa complètement désarmée.

Et voilà, elle était de retour, cette chose dont nous ne parlions jamais, la chose à laquelle je ne pensais jamais. Mon passé refoulé avait réussi à pénétrer en force dans l'espace oppressant, suffocant du sas, et me regardait en pleine figure avec ce hideux sang-froid ukrainien. Comme toujours, je me réfugiai dans un déni total.

— Son meurtre ? répétai-je, secouant la tête, incrédule, comme si cela allait calmer le jeu. Mais les autorités russes ont juré à l'époque que mon père avait été tué par accident, que le garde sur le toit l'avait abattu par erreur en croyant que quelqu'un prenait la fuite avec un objet précieux.

Vartan Azov me dévisagea subitement avec attention. Une étrange lueur mauve brûlait au fond de ses yeux noirs, tel un feu qu'on ranime.

— Peut-être que votre père fuyait effectivement le Trésor avec une chose de grande valeur, prononça-t-il lentement, comme s'il venait de repérer un coup qu'il n'avait pas remarqué, une ouverture de flanc qu'il avait jusque-là négligée. Peut-être que votre père s'en allait avec quelque chose dont il n'a saisi la valeur qu'à cet instant précis. Mais peu importe ce qui est arrivé ce jour-là, Alexandra, je suis absolument certain que votre mère ne m'aurait pas demandé de parcourir une pareille distance aujourd'hui… jusqu'à cet endroit reculé, de même qu'à Lily Rad et vous… si elle n'avait cru, tout comme moi, que la mort de votre père il y a dix ans est sans doute directement liée à l'assassinat de Taras Petrossian, il y a deux semaines à Londres.

— Taras Petrossian ! m'exclamai-je bien que Vartan m'invitât à baisser la voix avec un regard rapide vers les portes intérieures.

Taras Petrossian était le richissime homme d'affaires qui, il y a dix ans, avait organisé notre tournoi d'échecs en Russie ! Il était là, ce fameux jour à Zagorsk. Je n'en connaissais guère plus au sujet de cet homme.

Mais à cet instant, Vartan Azov, qu'il fût ou non une enflure, s'était brusquement acquis toute mon attention.

— Comment Petrossian a-t-il été tué ? demandai-je. Et pourquoi ? Et qu'est-ce qu'il fabriquait à Londres ?

— Il organisait une grande manifestation échiquéenne, avec des grands maîtres de tous les pays, m'expliqua Vartan, le sourcil légèrement haussé comme s'il s'était imaginé que j'étais déjà au courant. Petrossian s'était enfui depuis plusieurs années en Angleterre avec énormément d'argent quand les oligarques corrompus qu'il avait à sa solde en Russie avaient été arrêtés, avec d'autres, par l'État. Mais il ne leur avait pas totalement échappé, contrairement à ce qu'il avait pu croire. Il y a juste deux semaines, Petrossian a été retrouvé mort dans son lit, dans son hôtel huppé de Mayfair. On croit savoir qu'il a été empoisonné, une méthode russe éprouvée. Petrossian avait souvent pris position contre les *siloviki*. Mais le bras de cette puissante organisation porte très loin pour ceux qu'ils veulent réduire au silence…

Comme je paraissais embarrassée par le terme, Vartan précisa :

— En Russie, cela veut dire à peu près « les hommes forts ». Ce sont eux qui ont remplacé le KGB juste après la chute de l'Union soviétique. Aujourd'hui, ils s'appellent le FSB, le Service fédéral de sécurité de la Fédération de Russie. Leurs membres et leurs méthodes restent les mêmes, seul le nom a changé. Ils sont infiniment plus puissants que le KGB ne l'a jamais été, véritablement un État dans l'État, sans contrôle extérieur. Je crois que ce sont ces *siloviki* qui sont responsables de la mort de votre père… après tout, le garde qui l'a abattu était sûrement à leur service.

Ce qu'il laissait entendre était fou. Des tireurs d'élite du KGB qui avaient plus d'un tour dans leur sac. Mais je sentais de nouveau cet affreux frisson de reconnaissance qui me parcourait l'échine. C'était bien Taras Petrossian, comme je m'en souvenais, qui avait déplacé notre dernière rencontre à Zagorsk, à l'extérieur de Moscou. S'il venait d'être assassiné, cela pouvait ajouter foi aux craintes de ma mère tout au long de ces années. Sans parler de sa propre disparition et des indices qu'elle avait semés, lesquels faisaient tous référence à cette funeste partie. Peut-être avait-elle eu raison de se méfier durant tout ce temps. Comme l'aurait dit Key : « Même si tu es parano, ça ne veut pas dire que quelqu'un ne veut pas ta peau. »

Mais autre chose m'intriguait, qui ne semblait pas logique.

— Que vouliez-vous dire tout à l'heure ? demandai-je à Vartan. Quand vous avez dit que mon père a peut-être voulu « s'évader du Trésor avec un objet de grande valeur »… qu'il était le seul à pouvoir comprendre ?

Vartan eut un sourire énigmatique, comme si je venais de passer un examen important d'ordre ésotérique.

— Je ne l'ai compris moi-même, reconnut-il, que lorsque vous avez mentionné la version « officielle » de la mort de votre père. Il me paraît probable que votre père quittait le bâtiment ce matin-là avec un objet d'une énorme valeur, que les autres pouvaient seulement subodorer qu'il avait cet objet en sa possession, sans qu'ils puissent le voir. (Comme j'avais l'air médusé, il ajouta :) Je soupçonne qu'il quittait les lieux ce matin-là avec une *information*.

— Une information ? m'insurgeai-je. Quelle sorte d'information pouvait avoir suffisamment de valeur pour qu'on veuille sa mort ?

— Peu importe, me dit-il, mais ce devait être quelque chose qu'il ne devait pas, apparemment, transmettre à quelqu'un d'autre.

— À supposer que mon père ait eu cette information sur une chose aussi dangereuse que ce que vous insinuez, comment aurait-il pu l'apprendre si vite, là-bas, au Trésor de Zagorsk ? Comme vous le savez vous-même, on n'a passé que quelques minutes à l'intérieur du bâtiment, lui rappelai-je. Et pendant tout ce temps, mon père n'a parlé à personne qui aurait pu lui donner une pareille information.

— Peut-être n'a-t-il parlé à personne, convint-il. Mais quelqu'un lui a parlé.

Une image de ce matin-là, longtemps refoulée, commença à se former dans mon esprit. Mon père m'avait quittée un instant, ce matin-là, au Trésor. *Il avait traversé la salle pour regarder à l'intérieur d'une grande vitrine. Et alors quelqu'un s'était approché et l'avait rejoint...*

— Vous avez parlé à mon père ! m'écriai-je.

Cette fois, il n'essaya pas de me faire taire. Il hocha simplement la tête.

— Oui, dit-il. Je me suis approché et suis resté à côté de lui pendant qu'il regardait une grande vitrine. À l'intérieur, il y avait une pièce d'échecs en or recouverte de pierreries. Je lui ai dit qu'elle avait été redécouverte récemment dans les caves de l'Hermitage à Pétersbourg, en même temps que le Trésor de Troie de Schliemann. On a dit que la pièce avait appartenu à Charlemagne et peut-être à la Grande Catherine. J'ai expliqué à votre père qu'elle avait été apportée à Zagorsk et exposée spécialement en l'honneur de cette dernière partie. C'est à ce moment-là que votre père a brusquement fait demi-tour, qu'il vous a prise par la main et que vous avez quitté les lieux.

*Nous avions fui dehors sur les marches du Trésor, où mon père avait trouvé la mort.*

Vartan m'observait attentivement tandis que je faisais de mon mieux pour ne pas trahir les émotions obscures et longtemps refoulées qui, à mon grand regret, faisaient surface. Mais ça ne collait pas.

— Ça n'est pas logique, dis-je à Vartan. Pourquoi aurait-on voulu tuer mon père juste pour l'empêcher de faire passer une information dangereuse, quand tout le monde semblait tout savoir sur cette pièce d'échecs rare et son histoire… vous compris ?

Mais à peine ces mots m'eurent-ils échappé que je connaissais la réponse.

— Parce que cette pièce d'échecs devait avoir une signification totalement différente pour *lui*, expliqua Vartan dans un mouvement d'ardeur. Peu importe ce que votre père a reconnu quand il a vu cette pièce, ceux qui l'observaient ne s'attendaient sûrement pas à cette réaction, sinon ils ne l'auraient sûrement pas exposée à cet endroit. Même s'ils n'ont peut-être pas compris ce que votre père avait découvert, il fallait l'arrêter avant qu'il puisse en parler à quiconque !

Les pièces et les pions avaient bien l'air de se regrouper au centre de l'échiquier. Vartan semblait être sur une piste. Mais je n'arrivais pas à distinguer l'arbre de la forêt.

— Ma mère a toujours cru que la mort de mon père n'était pas accidentelle, admis-je en passant sous silence un détail mineur, le fait qu'elle s'était mis en tête que c'était à moi que la balle était destinée. Et elle a toujours cru que les échecs avaient quelque chose à y voir. Mais si vous avez raison, et si la mort de mon père a un rapport quelconque avec celle de Taras Petrossian, quel lien y aurait-il entre ces deux morts et la pièce d'échecs à Zagorsk ?

— Je n'en sais rien… mais il doit y en avoir un, affirma Vartan. Je me souviens encore de l'expression sur le visage de votre père, ce matin-là, tandis qu'il avait les yeux fixés sur la vitrine de cette pièce… presque comme s'il n'entendait pas un mot de ce que je disais. Et quand il s'est tourné pour partir, il n'avait plus rien d'un homme qui pensait à une partie d'échecs.

— Il avait l'air de quoi ? demandai-je avec insistance.

Mais Vartan me considérait comme s'il essayait lui-même de comprendre.

— Je dirais qu'il avait peur, me répondit-il. Plus que ça. Il était terrifié. Terrifié, même s'il s'est empressé de me le cacher.

— Terrifié ?

Qu'est-ce qui avait pu effrayer à ce point mon père, quelques instants à peine après avoir pénétré à l'intérieur du Trésor de Zagorsk ? Mais quand j'entendis la suite, ce fut comme si quelqu'un avait plongé une lame glacée dans mon cœur.

— Je ne peux pas l'expliquer moi-même, reconnut-il. À moins que, pour une raison quelconque, le fait que cette pièce était la Reine noire n'ait eu une signification spéciale pour votre père.

Vartan ouvrit les portes et je pus réintégrer l'octogone. Il m'était difficile de dire à Vartan ce que la Reine noire représentait pour *moi*. Je savais que si tout ce qu'il venait de me dire était vrai, la disparition de ma mère pouvait bien avoir un rapport avec la mort de mon père et celle de Petrossian. Nous étions tous en danger. Mais avant que j'aie fait trois pas, je m'arrêtai net. J'avais été à ce point sidérée par les révélations personnelles de Vartan que j'avais complètement oublié Lily et Key.

Elles se trouvaient toutes les deux par terre devant le bureau de campagne avec le tiroir vide entre elles, pendant que Zsa-Zsa bavait sur le tapis persan. Lily venait de dire quelques mots à l'oreille de Key, et elles se redressèrent toutes les deux quand elles nous virent rentrer. Lily se cramponnait à ce qui semblait être une lime à ongles métallique pointue. Je vis des éclats de bois éparpillés sur le sol.

— Le temps n'attend pas, déclara Key. Pendant que vous étiez enfermés là-dedans à vous faire des confidences ou je ne sais quoi, regardez ce qu'on a trouvé.

Elle agitait en l'air ce qui semblait être un vieux bout de papier froissé. Comme nous nous approchions, Lily me considéra avec gravité. Ses yeux gris semblaient curieusement voilés, presque comme un avertissement.

— Tu peux regarder, me prévint-elle. Mais je t'en prie, ne touche à rien. Assez de tes impulsions extravagantes avec le feu. Si ce que nous venons de découvrir dans ce tiroir est bien ce que je pense, c'est extrêmement rare, comme ta mère le confirmerait sûrement si elle était ici. En fait, je soupçonne que ce document pourrait être la véritable raison de son absence.

Key ouvrit prudemment le papier friable et le leva devant nos yeux.

Vartan et moi nous penchâmes en avant pour mieux voir. Après examen, cela semblait être un bout de tissu

– si vieux et sali qu'il était durci par l'âge comme un parchemin – sur lequel un dessin avait été tracé avec une sorte de solution de couleur rouille qui avait bavé sur le tissu par endroits en laissant des taches sombres, bien qu'on pût encore deviner les motifs. Il représentait un échiquier de soixante-quatre cases dont chacune était occupée par un symbole étrange et différent d'aspect ésotérique. Pour moi, ce que je voyais n'avait ni queue ni tête.

Mais Lily allait vite éclairer notre lanterne.

— J'ignore comment et quand ta mère a pu se procurer ce dessin, dit-elle, mais si mes soupçons sont corrects, ce bout de tissu est la troisième et dernière pièce d'un puzzle qui avait disparu depuis trente ans.

— Le morceau de quel puzzle ?

— As-tu déjà entendu parler du Jeu de Montglane ? demanda Lily.

Lily avait une histoire à nous raconter, dit-elle. Mais afin de nous la raconter avant l'arrivée des autres invités, elle me supplia de ne poser aucune question avant qu'elle ait fini, sans disgressions ni interruptions. Et pour ce faire, elle nous informa qu'elle avait besoin de s'asseoir sur autre chose que le sol ou un muret en maçonnerie... ce qui semblait être les seuls sièges disponibles dans notre chalet encombré mais dépourvu de chaises.

Key et Vartan montèrent et descendirent l'escalier à vis, transportant des coussins, des ottomanes et des bancs jusqu'à ce que Lily se trouve bien calée avec Zsa-Zsa dans une pile de coussins joufflus près de la cheminée, Key perchée sur la banquette du piano et Vartan juché sur un haut tabouret de la bibliothèque, prêts à l'écouter.

Entre-temps, j'avais pris en charge ce dont je m'acquittais le mieux, la cuisine. Cela m'aidait toujours à m'éclaircir les idées et, au moins, nous aurions quelque chose à nous mettre sous la dent si les autres se manifestaient comme promis. Je surveillais donc le chaudron en cuivre posé sur le feu, rempli avec des pleines poignées d'aliments congelés et lyophilisés que j'avais dénichés en fouillant dans le garde-manger de l'entrée (échalotes, céleris, carottes, chanterelles et bouillon en cube) qui gonflaient dans le bouillon de viande, le vin rouge saturé, relevé de sauce Worcester, jus de citron, cognac et additionné de persil, de laurier et de thym : le *bœuf bourguignon** au feu de bois d'Alexandra, un plat qui a fait ses preuves.

Le laisser réduire une ou deux heures pendant que je mijotais moi-même dans mon jus, me dis-je, pouvait être la recette *ad hoc* du moment. Je reconnais que j'avais eu ma dose d'émotions ce matin-là, assez pour que cela me dure jusqu'au souper. Mais les aveux de Lily allaient être la cerise sur le gâteau.

— Il y a une trentaine d'années, commença Lily, nous avons tous juré solennellement à ta mère que nous ne reparlerions plus jamais du Grand Jeu. Mais là, avec ce tiroir, je sais que je *dois* te raconter l'histoire. Je pense que c'est ce que ta mère voulait, ajouta-t-elle, sinon elle n'aurait jamais caché quelque chose d'une importance aussi capitale ici, dans cet idiot de tiroir. Et bien que je me demande ce qui lui a pris de lancer toutes ces autres invitations aujourd'hui, elle n'aurait jamais invité pour une date aussi importante que son anniversaire quelqu'un qui n'aurait pas de rapport avec le Grand Jeu.

— Le *Grand Jeu* ?

Vartan me retirait les mots de la bouche.

Même si je découvrais avec surprise que l'obsession de ma mère concernant son anniversaire avait un rapport avec les échecs, je m'imaginais encore naïvement que, s'il remontait à trente ans, ce jeu ne pouvait avoir assassiné mon père. C'est alors que ça me vint à l'esprit.

— Peu importe à propos de quel jeu tu as juré de garder le silence, dis-je à Lily, est-ce la raison pour laquelle ma mère a voulu me tenir à l'écart des échecs ?

C'est alors que je me rappelai qu'en dehors de mes proches, personne n'avait jamais su que j'avais été une vraie championne d'échecs, et encore moins qu'il y avait eu d'interminables disputes familiales sur la question. Key, le sourcil haussé, essaya de ne pas laisser paraître son étonnement.

— Alexandra, reprit Lily, tu t'es méprise sur les motivations de ta mère durant toutes ces années. Mais ce n'est pas ta faute. Je dois t'avouer à mon grand regret que nous étions tous d'accord, Ladislaus Nim et moi, même ton père, pour dire qu'il valait mieux te garder dans l'ombre. Nous avions la conviction qu'une fois que nous aurions enterré les pièces, quand elles seraient cachées là où personne ne pourrait les retrouver, une fois que l'autre équipe serait détruite, le Grand Jeu serait mort et enterré pour très longtemps, voire pour toujours. Quand tu es née et que nous avons découvert ta passion et tes dons précoces, il s'était écoulé tellement d'années que nous étions sûrs que tu pouvais jouer aux échecs sans courir de risque. Ta mère était la seule à savoir ce qu'il en était vraiment, semble-t-il.

Lily fit une pause et ajouta doucement, presque comme si elle se parlait à elle-même :

— Ce n'était pas le jeu d'échecs que Cat craignait, mais bien un tout autre Jeu. Un Grand Jeu qui a détruit ma famille et a peut-être tué ton père. Le Jeu le plus dangereux qui se puisse imaginer.

— Mais c'était quoi, ce Grand Jeu ? m'exclamai-je. Et quelle sorte de pièces avez-vous enterrées ?

— Un jeu ancien, répondit Lily, posément. Il repose sur un jeu d'échecs mésopotamien très précieux, incrusté de pierreries, qui a jadis appartenu à Charlemagne. Il était censé posséder des pouvoirs maléfiques et faire l'objet d'une malédiction.

Assis à côté de moi, Vartan s'était emparé de mon coude. Je ressentis cette brusque sensation de déjà-vu, qui se réveillait dans le tréfonds de mon esprit. Mais Lily n'en avait pas fini.

— Les pièces et l'échiquier sont restés enterrés pendant mille ans dans une forteresse des Pyrénées, poursuivit-elle. Une forteresse qui est devenue plus tard l'abbaye de Montglane. Puis, pendant la Révolution française, ce jeu d'échecs, entre-temps baptisé le Jeu de Montglane, fut exhumé par les religieuses et disséminé par mesure de prudence. Il disparut pendant presque deux siècles. Beaucoup se lancèrent à sa recherche, car on croyait que lorsque ses pièces seraient rassemblées, le Jeu déchaînerait sur le monde une puissance aussi incontrôlable qu'une force de la nature, une force qui pourrait déterminer la grandeur et la décadence des civilisations.

« Pour finir, précisa-t-elle, une bonne partie du jeu a été rassemblée : vingt-six pièces sur les trente-deux d'origine, de même que le tissu brodé rehaussé de pierres qui recouvrait l'échiquier à l'origine. Il ne manquait plus que six pièces et l'échiquier.

Lily s'interrompit pour regarder tour à tour chacun de nous, et ses yeux gris se posèrent finalement sur moi.

— La personne qui réussit, après deux cents ans, la terrible mission de rassembler le Jeu de Montglane en battant l'équipe adverse est également celle qui a réussi à l'enterrer de nouveau, il y a trente ans, quand nous avons cru que le Grand Jeu était fini. Cette personne était ta mère.

— Ma mère ?

C'est tout ce que j'arrivai à articuler.

Lilly confirma d'un signe de tête.

— La disparition de Cat aujourd'hui ne peut vouloir dire qu'une chose : je m'en suis doutée dès que j'ai entendu son message téléphonique m'invitant à venir ici. Il apparaît maintenant que c'était seulement le premier pas pour nous attirer tous ici au centre de l'échiquier. Maintenant je crains que mes soupçons ne se trouvent justifiés. La partie a recommencé.

— Mais si le Grand Jeu a vraiment existé, s'il était si dangereux, protestai-je, pourquoi ma mère prendrait-elle le risque de le relancer, comme tu le dis, en nous invitant ici ?

— Elle n'avait pas le choix, dit Lily. Comme dans toutes les parties d'échecs, ce sont les Blancs qui doivent prendre l'initiative. Les Noirs ne peuvent que contrer. Peut-être que son coup sera l'apparition soudaine de la troisième partie de l'énigme qu'on cherche depuis longtemps et que ta mère a laissée ici pour que nous la trouvions. Peut-être allons-nous découvrir des indices différents sur sa stratégie et sa tactique…

— Mais ma mère n'a jamais joué aux échecs de sa vie ! Elle déteste les échecs, protestai-je.

— Alexandra, me reprit Lily. Aujourd'hui, c'est l'anniversaire de Cat, le quatrième jour du quatrième mois… une date importante dans l'histoire du Jeu. Ta mère est la Reine noire.

Le récit de Lily commençait par un tournoi d'échecs auquel elle avait assisté avec ma mère trente ans plus tôt, le jour où elles firent la connaissance de mon père, Alexander Solarin. Lors d'une suspension durant cette rencontre, l'adversaire de mon père trouva la mort dans des circonstances mystérieuses, et on découvrit plus tard seulement qu'il avait été assassiné. Cet événement apparemment isolé, une mort en pleine partie d'échecs, allait être le premier d'une longue série qui allait bientôt emporter Lily et ma mère dans le tourbillon du Jeu.

Pendant des heures, tandis que nous écoutions en silence tous les trois, Lily raconta une histoire complexe, que je ne puis que résumer ici.

## Le récit du grand maître

Un mois après ce tournoi au Metropolitan Club, Cat Velis quitta New York pour se rendre comme consultante en Afrique du Nord, un voyage prévu de longue date pour sa société. Quelques mois plus tard, Mordecai, mon grand-père et entraîneur d'échecs, m'envoya à Alger la rejoindre.

Cat et moi ne savions rien de ce jeu dangereux entre tous, dans lequel nous n'étions guère que des pions, comme nous n'allions pas tarder à le découvrir. Mais Mordecai y participait depuis toujours. Il savait que Cat avait été choisie pour une plus haute mission et que, passé les grandes manœuvres, elle risquait fort d'avoir besoin de mon aide.

Dans la casbah d'Alger, nous fîmes la connaissance, Cat et moi, d'une femme mystérieuse, qui vivait en recluse, Minnie Renselaas, veuve d'un ancien consul hollandais en Algérie et amie de mon grand-père. La Reine noire. Elle nous remit un journal tenu par une religieuse pendant la Révolution française, qui racontait l'histoire du Jeu de Montglane et le rôle qui avait été celui de cette religieuse, Mireille. Le journal de Mireille se révéla essentiel, par la suite, pour comprendre la nature du Grand Jeu.

Minnie Renselaas nous recruta, Cat et moi, pour nous envoyer dans le désert jusqu'aux montagnes du Tassili, dont nous devions rapporter huit pièces qu'elle y avait ensevelies. Nous avons bravé les tempêtes de sable du Sahara, avec la police secrète à nos trousses de même qu'un adversaire retors surnommé le « Vieil Homme de la montagne », un Arabe nommé El-Marad qui, comme nous allions bientôt le découvrir, était le Roi blanc. Mais finalement, nous avons trouvé les pièces de Minnie, dissimulées dans une grotte du Tassili protégée par des chauves-souris. Nous avons gratté dans la rocaille pour en retirer les huit pièces.

Je n'oublierai jamais le moment où j'ai vu, pour la première fois, leur lueur mystérieuse : un Roi et une Reine, plusieurs pions, un Cavalier et un chameau, fabriqués dans un or étrange ou un matériau argenté, et couverts de pierres brutes dans un arc-en-ciel de couleurs. Elles avaient quelque chose de surnaturel.

Après bien des mésaventures, nous sommes enfin rentrées avec les pièces. Nous avons réussi à gagner un port non loin d'Alger, mais seulement pour être capturées par les mêmes forces obscures qui étaient toujours à notre poursuite. El-Marad et ses brutes m'ont kidnappée, mais ta mère a appelé des renforts à la rescousse ; elle a assommé El-Marad avec sa lourde sacoche de pièces d'échecs. Nous nous sommes évadées et avons rapporté le sac à Minnie Renselaas, dans la casbah. Mais nos aventures étaient loin d'être terminées.

Comme nous fuyions, Cat et moi avec Alexander Solarin, l'Algérie par la mer, poursuivis par le sirocco, une affreuse tempête faillit détruire notre embarcation. Au cours des mois que nous avons dû passer sur une île pour réparer notre bateau, nous avons lu le journal de sœur Mireille, ce qui nous a permis de résoudre en partie l'énigme du Jeu de Montglane. Quand notre bateau a pu enfin reprendre la mer, nous avons traversé l'Atlantique et débarqué tous les trois à New York.

Nous avons alors découvert que nous n'avions pas laissé tous les méchants derrière nous en Algérie, comme nous l'espérions. Une partie de la bande nous attendait… avec ma mère et mon oncle parmi eux ! Et six autres pièces étaient cachées dans les tiroirs bloqués d'un secrétaire dans l'appartement familial. Nous avons battu le reste de l'équipe des Blancs et capturé ces six autres pièces.

Nous nous sommes tous retrouvés chez mon grand-père, dans le quartier des diamantaires à Manhattan : Cat Velis, Alexander Solarin, Ladislaus Nim… tous des joueurs de l'équipe des Noirs. Seule manquait à l'appel Minnie Renselaas, la Reine noire.

Minnie avait abandonné la partie. Mais elle avait laissé à Cat en cadeau d'adieu les dernières pages du journal de sœur Mireille, qui révélait le secret du merveilleux jeu d'échecs. C'était une formule qui, une fois résolue, avait un pouvoir beaucoup plus grand que faire naître ou détruire des civilisations. Elle pouvait transformer l'énergie et la matière et infiniment plus encore.

En effet, dans son journal, Mireille déclarait avoir elle-même travaillé côte à côte avec Fourier, le fameux physicien, à Grenoble pour résoudre elle-même la formule et elle affirmait y être parvenue en 1830, au bout de près de trente ans de recherche. Elle possédait dix-sept pièces – plus que la moitié du jeu – de même que l'étoffe, brodée de symboles, qui avait jadis recouvert l'échiquier. Le plateau lui-même, incrusté de pierres, avait été découpé en quatre morceaux et enterré en Russie par la Grande Catherine. Mais l'abbesse de Montglane, emprisonnée peu après en Russie, avait secrètement dessiné cela de mémoire avec son propre sang sur la doublure de sa robe abbatiale. Dessin que, désormais, Mireille possédait également.

Mais si Mireille n'avait en sa possession que dix-sept pièces du Jeu de Montglane à cette époque, nous en possédions à présent vingt-six, y compris celles de l'équipe adverse et d'autres qui étaient restées enterrées pendant des années, de même que le tissu qui recouvrait l'échiquier… peut-être suffisamment pour résoudre la formule, en dépit des dangers qui menaçaient. Il ne nous manquait que six pièces et l'échiquier. Cat croyait qu'en cachant les pièces une fois pour toutes, là où personne ne les retrouverait jamais, nous pourrions mettre fin à ce jeu dangereux.

Il est clair aujourd'hui qu'elle se trompait.

Quand Lily eut fini son histoire, elle avait l'air épuisée. Elle se leva, abandonnant Zsa-Zsa comme une vieille chaussette dans la pile de coussins, et traversa la salle jusqu'au bureau où le bout de tissu souillé était étalé pour déployer le dessin de l'échiquier, une peinture dont nous comprenions à présent qu'elle avait été dessinée près de deux siècles plus tôt, avec le sang de l'abbesse. Lily passa les doigts sur l'étrange arrangement de symboles.

L'air dans la pièce embaumait les riches effluves du bœuf et du vin qui mijotaient. On entendait la bûche crépiter de temps à autre. Pendant un long moment, tout le monde se tut.

Enfin, ce fut Vartan qui brisa le silence.

— Mon Dieu, dit-il à voix basse, ce que ce Jeu vous a coûté à tous ! Il est difficile d'imaginer qu'une pareille chose ait jamais existé… ou que ça a réellement recommencé. Mais je ne comprends pas une chose. Si ce que vous dites est vrai… si ce jeu d'échecs est si dangereux, si la mère d'Alexandra possède déjà autant de pièces du puzzle, si le Jeu a recommencé et que les Blancs ont effectué leur premier mouvement, mais que personne ne sait qui sont les joueurs… à quoi cela lui sert-il d'inviter tous ces gens ici aujourd'hui ? Et savez-vous quelle est cette formule dont elle parle ?

Key me considéra d'un air qui laissait entendre qu'elle le savait déjà.

— Je crois que la réponse nous crève les yeux, répondit Key, prenant pour la première fois la parole.

Nous nous tournâmes vers elle, qui était assise à côté du piano.

— Ou du moins, notre dîner est en train de mijoter dessus, se reprit-elle avec un sourire. Je ne pige rien aux échecs, mais j'en connais un rayon sur les calories.

— Les calories ? répéta Lily, ébahie. Du genre de ce qu'on *mange* ?

— Les calories, ça n'existe pas, affirmai-je.

Je croyais comprendre où Key voulait en venir.

— Alors là, je regrette, mais permets-moi de ne pas être de ton avis, s'exclama Lily en se tapotant la taille. J'ai stocké une certaine quantité de ces « choses » inexistantes dans ma vie.

— Je crains de ne pas comprendre, intervint Vartan. On parlait d'une dangereuse partie d'échecs où des gens se sont fait tuer. Maintenant nous parlons nourriture ?

— Les calories ne se mangent pas, objectai-je. C'est une unité de mesure thermique. Et je crois que Key vient peut-être de résoudre un problème important. Ma mère sait que Nokomis Key est ma seule amie dans la vallée et que si jamais j'avais un problème, ce serait vers elle d'abord et uniquement que je me tournerais pour chercher de l'aide. Les calories, c'est le boulot de Key, elle est calorimétricienne. Elle vole dans des régions reculées et étudie les propriétés thermiques depuis les geysers jusqu'aux volcans. Je crois que Key a raison. C'est pourquoi ma mère a construit ce feu : c'est un gros, un énorme indice bourré de calories.

— Excusez-moi, dit Lily. (L'air exténuée, elle s'approcha et poussa Key sur le côté.) J'ai besoin de me reposer un instant sur une partie de mes propriétés thermiques. De quoi diable êtes-vous en train de parler ?

Vartan aussi paraissait avoir perdu le fil.

— Je dis que ma mère est derrière cette bûche… ou, du moins, elle l'a été, leur dis-je. Elle a dû faire transporter ce tronc il y a des mois, sur un support escamotable, de sorte que, lorsqu'elle serait prête, elle puisse sortir par le conduit d'aération en pierre sous le sol et allumer le feu par en dessous. Je pense que le conduit doit mener à une grotte au pied de la côte.

— N'est-ce pas une sortie un peu faustienne ? s'enquit Lily. Et en quoi cela concerne-t-il le Jeu de Montglane ou une partie d'échecs ?

— Ça n'a *rien* à voir, répliquai-je. Il ne s'agit pas d'une partie d'échecs… tout est là, d'ailleurs, tu ne vois pas ?

— C'est la formule qui est en jeu, insista Key avec un sourire. (C'était, après tout, son terrain d'élection.) Vous savez, cette formule sur laquelle sœur Mireille est censée avoir travaillé à Grenoble avec Jean-Baptiste Joseph Fourier. Fourier qui était aussi l'auteur de *La Théorie analytique de la chaleur*.

Quand nos deux brillants grands maîtres restèrent ébahis sur leur séant, nous fixant d'un regard vide, je me dis qu'il était temps de leur apporter quelques éclaircissements.

— Ma mère ne nous a pas invités pour nous planter là parce qu'elle essayait de trouver une superdéfense dans une partie d'échecs, leur dis-je. Comme l'a dit Lily, elle a déjà joué *son* coup en nous faisant venir ici et en laissant ce morceau d'étoffe exactement à l'endroit où elle espérait que Lily le trouverait.

Je m'interrompis et échangeai un regard avec Key. Elle avait vu juste, on avait du pain sur la planche, et tous ces indices que ma mère avait semés semblaient à présent se mettre en place.

— Ma mère nous a invités ici, dis-je, parce qu'elle voulait que nous rassemblions les pièces et que nous arrivions à résoudre la formule du Jeu de Montglane.

— Avez-vous jamais découvert quelle était la formule ? demanda Key comme l'avait fait Vartan.

— Oui, en un sens… bien que je n'y aie jamais cru moi-même, expliqua Lily. Les parents d'Alexandra et son oncle semblaient croire qu'elle pouvait être juste. Vous pouvez en juger vous-mêmes d'après ce que je vous ai déjà dit. Minnie Renselaas affirmait qu'elle était juste. Elle assurait qu'elle quittait le Jeu à cause de la formule créée il y a deux cents ans. Elle disait qu'elle était elle-même la sœur Mireille de Rémy qui avait résolu la formule de l'élixir de vie.

# LE VASE

Hexagramme 50 : le vase

*Le vase signifie fabriquer et utiliser des symboles comme le feu utilise le bois. Offrez quelque chose aux esprits en le faisant cuire... Cela avive la compréhension de l'oreille et de l'œil et vous laisse voir des choses invisibles.*

Stephen KARCHER, *Yi-King*

Je cachai le dessin de l'échiquier à l'intérieur du piano et refermai le couvercle en attendant que nous ayons trouvé quoi en faire. Mes compagnons déchargeaient les bagages de la voiture de Key et Lily venait d'emmener Zsa-Zsa faire sa promenade dans la neige. Je restai à l'intérieur pour finir de préparer le dîner. Et pour réfléchir.

J'avais ratissé les cendres et fourré un supplément de petit bois sous l'énorme bûche. Quand je remuais le *bœuf bourguignon**, le liquide s'évaporait dans le chaudron pendu à son crochet au-dessus du feu. J'ajoutai une rasade de bourgogne et du bouillon pour clarifier.

Ça mijotait aussi dans ma tête, je dois dire. Mais au lieu de clarifier le bouillon dans mon récipient mental, le ragoût semblait s'être figé en une masse informe au fond du pot. Après avoir entendu le récit de Lily et sa conclusion, je savais que j'avais trop d'ingrédients qui réagissaient les uns aux autres. Et chaque nouvelle idée semblait faire fuser d'autres questions.

Par exemple, s'il existait réellement une formule aussi puissante que cet élixir de longue vie qu'une religieuse avait réussi à trouver il y avait près de deux siècles, pourquoi quelqu'un d'autre ne l'avait-il pas fabriqué depuis, à savoir mes parents ? Alors que Lily avait indiqué qu'elle n'avait jamais cru à toute cette histoire, elle affirmait que les autres y croyaient, eux. Mais l'oncle Slava et mes parents étaient des scientifiques de formation. Si leur équipe avait rassemblé autant de pièces de l'énigme, pourquoi les cacheraient-ils au lieu d'essayer de résoudre eux-mêmes le mystère ?

Mais il semble, comme nous l'avait dit Lily, que personne ne savait où les pièces du Jeu de Montglane avaient été enterrées et qui les avait enterrées. En tant que Reine noire, ma mère était la seule à savoir auquel des quatre elle avait confié telle ou telle pièce à cacher. Et seul mon père, avec sa prodigieuse mémoire aux échecs, avait été autorisé par elle à savoir où les pièces étaient cachées. Maintenant que mon père était mort et que ma mère avait disparu, la piste était froide. Les pièces pouvaient ne plus jamais réapparaître.

Ce qui amenait ma question suivante : si ma mère voulait vraiment que nous résolvions cette formule, trente ans plus tard – et si elle me transmettait le flambeau, comme tous les indices semblaient l'indiquer –, pourquoi avait-elle caché toutes les pièces afin que personne ne puisse les retrouver ? Pourquoi avait-elle omis d'y inclure une sorte de plan ?

Un plan.

D'un autre côté, peut-être que ma mère avait *bien* laissé un plan, me dis-je, sous la forme du dessin de cet échiquier ou de ces autres messages que j'avais déjà récupérés. Je touchai la pièce qui se trouvait toujours cachée dans ma poche, la Reine noire. Trop d'éléments pointaient en direction de cette pièce. En particulier, l'histoire de Lily. D'une certaine façon, elle devait tout relier ensemble. Mais comment ? Je devais poser à Lily une question absolument essentielle…

J'entendis des bruits de pas et des voix dans le sas de l'entrée. J'accrochai ma louche et allai aider pour les bagages. Je regrettai aussitôt mon geste.

Lily avait ramassé Zsa-Zsa dans la neige, mais ne pouvait plus passer. Key n'avait pas exagéré quand elle avait évoqué, au téléphone, la pile de bagages de marque de ma tante. Les valises étaient empilées partout et bloquaient même la porte intérieure. Comment avaient-ils pu entrer dans une Aston Martin ?

— Comment vous avez fait pour transporter tout ça de Londres ? Par le *Queen Mary* ? demanda Key à Lily.

— Certains ne passeront pas par l'escalier à vis, signalai-je. Mais on ne peut pas les laisser ici.

Vartan et Key convinrent de hisser en haut des marches ceux que Lily considérait comme d'une nécessité incontournable. Ils déplaceraient l'excédent de bagages à l'endroit que j'indiquerais, c'est-à-dire sous la table de billard, là où personne ne se prendrait les pieds dedans.

Dès qu'ils eurent sorti du sas le premier chargement, j'escaladai le reste du monticule, tirai Lily et Zsa-Zsa à l'intérieur, et refermai les portes.

— Tante Lily, dis-je. Tu nous as raconté que personne à part mon père ne savait où les pièces étaient cachées. Mais nous connaissons quelques éléments. Tu sais quelles pièces tu as enterrées ou cachées toi-même, et oncle Slava le sait aussi pour les siennes. Si tu pouvais te souvenir quelles pièces manquaient finalement à ton équipe, il ne nous resterait qu'à trouver quelles parts du puzzle avaient mes parents.

— Je n'ai eu que deux pièces à cacher moi-même, reconnut Lily. Cela en laisse vingt-quatre pour les autres. Mais seule ta mère sait s'ils en ont reçu huit chacun. Pour les six pièces manquantes, je ne suis pas sûre, après toutes ces années, que ma mémoire soit infaillible. Mais je crois me souvenir qu'il nous manquait quatre pièces des Blancs : deux pions en argent, un Cavalier et le Roi. Et les deux pièces noires étaient un pion et un Fou en or.

Je fis une pause, n'étant pas sûre d'avoir bien entendu.

— Alors… les pièces que maman a réussi à prendre et que vous avez enterrées ou cachées, elles comprenaient tout le reste en dehors de ces six-là ?

Si l'histoire de Vartan était vraie, il y avait une pièce qui devait avoir disparu de la cachette où ils l'avaient ensevelie trente ans plus tôt. Il l'avait vue, aux côtés de mon père, à Zagorsk. Exact ?

Vartan et Key redescendaient l'escalier en colimaçon à l'extrémité de la salle. Je ne pouvais attendre. il fallait que je sache.

— Votre équipe possédait la Reine noire ? demandai-je à brûle-pourpoint.

— Absolument, c'est la pièce la plus importante de toutes, d'après le journal de Mireille, m'assura Lily. L'abbesse de Montglane l'a emportée elle-même en

Russie, de même que l'échiquier qu'elle avait découpé en morceaux. La Reine noire a été en possession de la Grande Catherine, puis son fils Paul s'en est emparé à la mort de l'impératrice. Finalement, elle a été remise à Mireille par le petit-fils de Catherine, l'empereur Alexandre de Russie. Cat et moi l'avons trouvée au fond de la cachette de Minnie, dans une grotte du Tassili.

— Tu en es sûre ? demandai-je d'une voix plus faible à mesure que je saisissais la situation.

— Comment pourrais-je oublier avec toutes ces chauves-souris partout ? demanda Lily. La mémoire peut me manquer pour les pièces que nous n'avions pas, mais j'ai tenu la Reine noire entre mes mains. Elle était tellement importante que je suis sûre que ta mère l'a enterrée de ses propres mains.

De nouveau, le sang cognait contre mes tempes, et je ressentis le même tourbillon dans mon estomac. Mais Key et Vartan étaient de retour pour prendre un autre stock de bagages.

— On dirait que tu viens de voir un revenant, dit Key en me regardant d'un air bizarre.

Et comment ! Sauf qu'il était bien réel. C'était le fantôme de mon père mort à Zagorsk. Mes soupçons me revinrent à toute allure. Comment les versions de Vartan et de Lily sur la Reine noire pouvaient-elles être vraies toutes les deux ? Cela faisait-il partie du message de ma mère ? Une seule chose était sûre. La Reine noire dans ma poche n'était pas la seule « derrière la bille huit ».

Tandis que je méditais cela, mes oreilles furent assaillies par la clameur assourdissante de la sirène à incendie au-dessus de la porte d'entrée. Vartan posa dessus un regard horrifié. Un visiteur, nullement effarouché à l'idée d'être mordu par l'ours dehors, avait plongé la main dans sa gueule et tiré sur la sonnette de la porte d'entrée.

Zsa-Zsa se mit aussitôt à japper de façon hystérique. Lily se retira avec elle dans les profondeurs du chalet.

Je tirai à l'intérieur quelques valises et me mis sur la pointe des pieds pour regarder par les globes oculaires en verre de l'aigle. Sur le pas de la porte se pressaient un troupeau de gens en parkas à capuche et fourrures. Même si je ne pouvais distinguer leurs visages, leurs identités n'allaient pas rester longtemps un mystère. Le cœur me manqua quand, de l'autre côté du terre-plein couvert de neige, j'aperçus la BMW garée juste à côté de ma voiture. Elle arborait une plaque d'immatriculation personnalisée qui disait : SAGESSE.

Debout derrière moi, Vartan me chuchota à l'oreille :

— C'est quelqu'un que vous connaissez ?

Comme si on pouvait se traîner jusqu'ici sans nous connaître ?

— J'aurais préféré *oublier* que je la connais, dis-je à mi-voix. Mais à ce qu'il paraît, ces gens-là ont été invités.

Sage Livingston n'était pas du genre à battre la semelle sur le pas de la porte, surtout si elle était entourée de sa cour. Avec un soupir résigné, j'ouvris les portes. Je ne savais pas ce qui m'attendait.

Key me retira les mots de la bouche.

— Oh, non ! Le jardin botanique.

Elle voulait parler des Livingston, tous dotés de prénoms bucoliques, Basil, Rosemary et Sage[1], une spécificité qui mettait Key en joie.

1. Litt. : basilic, romarin et sauge. *(N.d.T.)*

— S'ils avaient eu d'autres gosses, tu crois qu'ils les auraient appelés Thym et Laurier ?

Sauf quand j'étais plus jeune, je ne les avais jamais trouvés marrants. Ce jour-là, ils représentaient une énigme de plus sur la liste des invités de ma mère.

— Ma chérie ! Mais ça fait une *éternité* ! roucoula Rosemary en s'élançant avant les autres dans le sas exigu.

Arborant des lunettes noires et emmitouflée dans son extravagante cape de lynx à capuche, la mère de Sage avait l'air encore plus juvénile que dans mon souvenir. Elle m'enveloppa brièvement dans son nuage de peaux de bête en voie de disparition et m'étreignit en embrassant le vide.

Elle était suivie par ma pire ennemie de toujours, sa fille Sage à la chevelure blond cendré, d'une perfection sans faille. Basil, le père de Sage, en raison de l'étranglement visible de notre vestibule placard à balais, s'attardait devant la porte avec un autre homme, vraisemblablement notre « nouveau voisin », un type au visage taillé à la serpe, buriné, en jeans, veste en peau de mouton, bottes de western et Stetson collé à la main. À côté du hautain Basil avec ses favoris argentés et ses femmes *haute couture**, notre nouveau venu semblait quelque peu décalé à ce bal.

— Tu ne nous invites pas à entrer ? gloussa Sage en guise de joyeuse salutation alors qu'on ne s'était pas revues depuis des années.

Elle jeta un œil par-dessus l'épaule de sa mère vers les portes intérieures, où Key se tenait, et haussa un sourcil parfaitement épilé comme si elle était étonnée de la trouver là. Il n'y avait pas eu beaucoup d'atomes crochus au cours des années passées entre Nokomis

Key et Sage Livingston, et ce pour une multitude de raisons.

Aucun ne semblait prêt à retirer ses fringues mouillées, ni à me présenter à notre invité de dernière minute. Varian traversa la muraille de manteaux et de fourrures, enjamba les bagages et s'adressa à Rosemary avec un charme dont je ne savais pas que les joueurs d'échecs étaient capables.

— Permettez-moi de vous débarrasser de votre vêtement, proposa-t-il de cette voix suave que j'avais toujours jugée sinistre.

Dans cet espace réduit, je me rendis compte qu'elle pouvait sonner différemment en tête à tête.

Amateur de grands couturiers autant que de leurs créations, Sage lança à Vartan un regard entendu qui aurait pu mettre un éléphant mâle sur les genoux. Il parut ne rien remarquer mais proposa de la débarrasser également de son manteau. Je fis les présentations. Puis je me faufilai entre le trio qui avait déjà fait connaissance pour accueillir les deux hommes restés à l'extérieur. J'échangeai une poignée de main avec Basil.

— Je croyais que vous étiez absents et que vous ne pourriez pas venir, Rosemary et vous, remarquai-je.

— Nous avons modifié nos plans, rétorqua Basil avec un sourire. Pour rien au monde nous n'aurions manqué la première fête d'anniversaire de votre mère.

*Et comment était-il au courant de ça ?*

— Excusez-nous, il semble que nous soyons arrivés en avance, dit le compagnon de Basil quand son regard tomba sur le méli-mélo de bagages et de manteaux agglutinés devant la porte du sas.

Il avait une voix rauque et était beaucoup plus jeune que Basil, peut-être dans les trente-cinq ans. Il retira ses gants de cuir qu'il coinça sous son bras et prit ma main dans les siennes. Ses paumes étaient fermes et rendues calleuses par le travail.

— Je suis Galen March, votre nouveau voisin, déclara-t-il. C'est votre mère qui m'a convaincu d'acheter Sky Ranch. Et vous devez être Alexandra. Je suis tellement heureux que Cat m'ait invité aujourd'hui pour que je fasse votre connaissance. Elle m'a énormément parlé de vous.

*Et moi, je ne sais strictement rien de vous*, me dis-je.

Je le remerciai et allai aider à dégager le passage pour les nouveaux arrivants.

Les choses devenaient de plus en plus étranges. Je connaissais bien Sky Ranch. Assez pour m'étonner que quelqu'un puisse avoir envie de l'acheter. C'était la dernière et la seule parcelle privée dans le coin. Près de dix mille hectares, avec une mise à prix d'au moins quinze millions de dollars, elle s'étendait sur les sommets entre les réserves, la forêt nationale et nos terres familiales. Mais il n'y avait que du rocher nu surplombant la lisière de la forêt, pas d'eau, et l'oxygène y était si rare qu'on ne pouvait espérer y faire de l'élevage ou de l'agriculture. La terre était restée en friche pendant tant de décennies que les gens du cru l'appelaient le « ranch fantôme ». Les seuls acheteurs qui pouvaient se l'offrir de nos jours étaient ceux qui pourraient l'exploiter autrement : les sports d'hiver ou les droits miniers. Ce qui n'était pas précisément le genre de personnes que ma mère aurait souhaité dans son voisinage, et moins encore pour son anniversaire.

L'histoire de M. Galen March méritait une enquête, mais pas sur-le-champ. Puisque je ne pouvais pas reculer interminablement l'inévitable, j'invitai Basil et Galen à entrer. Avec les hommes sur mes talons, je me frayai un passage dans le sas malgré la présence de Vartan Azov et des dames Livingston en extase, empoignai quelques valises supplémentaires pour que Key les planque sous le billard, et retournai près de la cheminée pour tourner mon ragoût.

À peine avais-je posé le pied à l'intérieur que je fus prise à partie par Lily.

— Comment connais-tu ces gens ? Pourquoi sont-ils là ? siffla-t-elle entre ses dents.

— Ils ont été invités, lui rappelai-je, sidérée par son air fermé. Ce sont nos voisins, les Livingston. Je ne m'attendais à voir que leur fille, Sage… tu as entendu le message. Ils faisaient partie du gratin quand ils habitaient dans l'Est, mais ça fait maintenant des lustres qu'ils vivent ici. Ils possèdent Redlands, leur ranch est tout près d'ici sur le plateau du Colorado.

— Ils possèdent bien plus que ça, articula-t-elle à mi-voix.

Mais Basil Livingston venait de nous rejoindre. J'étais sur le point de le lui présenter quand il me surprit en se penchant sur la main de Lily. Quand il se releva, son visage distingué semblait également porter un masque tendu.

— Bonjour, Basil, dit ma tante. Qu'est-ce qui vous amène si loin de Londres ? Comme vous le voyez, nous avons dû partir assez précipitamment nous-mêmes, Vartan et moi. Mais dites-moi, avez-vous pu poursuivre le tournoi d'échecs malgré la fin terrible de votre comparse, Taras Petrossian ?

# UNE POSITION FERMÉE

*Une position avec une longue chaîne de pions bloqués et peu de place pour manœuvrer les pièces. La plupart des hommes seront néanmoins sur l'échiquier et la plupart des pièces seront derrière les pions, créant une situation d'encombrement avec des possibilités d'échanges limitées.*

Edward R. BRACE,
*Un dictionnaire illustré du jeu d'échecs*

Le soleil se couche tôt en montagne. Le temps de faire entrer les invités et leurs bagages, une lueur argentée était tout ce qui filtrait encore par les lucarnes d'en haut, prêtant aux animaux sculptés au-dessus de nos têtes une apparence sinistre.

Dès le premier instant, Galen March avait paru emballé par Key. Il proposa de l'aider et la suivit partout, mettant la main à la pâte pendant qu'elle allumait les lampes autour de l'octogone, jeta une nappe propre sur le billard et tira des tabourets et des bancs tout autour de celui-ci.

Lily expliqua aux nouveaux venus l'absence de ma mère en invoquant un problème familial, ce qui, en théorie, n'était pas faux. Elle prétendit froidement que Cat avait téléphoné pour s'excuser en espérant que nous passerions une bonne soirée malgré son absence.

Comme nous manquions de verres à vin, Vartan remplit les tasses à thé avec la vodka posée sur le plateau de la desserte et les grandes tasses à café avec un vin rouge généreux. Quelques gorgées parurent détendre un peu l'atmosphère.

Tandis que nous prenions place autour de la table, il parut clair que nous avions trop de joueurs pour nous y retrouver. Une partie à huit : Key, Lily et Vartan, les trois Livingston, Galen March et moi. L'air un peu emprunté, nous levâmes nos tasses et verres à la santé de notre hôtesse absente.

Notre seul point commun semblait être l'invitation de ma mère. Mais je savais bien, par mon expérience des échecs, qu'il ne fallait pas se fier aux apparences.

Ainsi, Basil Livingston s'était montré d'un flou peu convaincant avec Lily concernant le rôle qu'il avait joué tout récemment dans le tournoi d'échecs à Londres. Il n'était que le bailleur de fonds, à l'en croire. À peine connaissait-il le défunt organisateur du tournoi, Taras Petrossian.

Mais Basil semblait à tu et à toi avec Lily et Vartan Azov. À quel point les connaissait-il, ces deux-là ? Était-il vraisemblable qu'ils se soient trouvés par hasard tous les quatre, y compris Rosemary, à Mayfair deux semaines plus tôt, justement le jour où Taras Petrossian avait été assassiné ?

— Et vous, aimez-vous les échecs ? demanda Vartan à Sage Livingston, qui s'était assise aussi près de lui que possible.

Sage secoua la tête et était sur le point de répondre quand je me levai d'un bond en proposant de servir le dîner. Le fait est qu'à part Vartan et Lily, personne ici ne connaissait mon passé de petite reine des échecs. Ni pourquoi je l'avais abandonné.

Je m'affairai autour de notre table de fortune, distribuant à la ronde des pommes de terre bouillies, des petits pois et le *bœuf bourguignon**. Ce poste d'observation me convenait parfaitement. Tandis que je faisais le tour de la table, je pouvais écouter et déchiffrer les expressions des uns et des autres sans attirer l'attention sur moi.

Compte tenu des circonstances, cela semblait une absolue nécessité. Après tout, c'était ma mère qui les avait invités chez elle ce soir-là. Ce serait peut-être ma seule chance de les observer ensemble tous les sept. Et si ne serait-ce qu'une parcelle des révélations de Vartan était vraie, quelqu'un ici avait pu prêter la main à la disparition de ma mère, la mort de mon père ou le meurtre de Taras Petrossian.

— Vous financez donc des tournois d'échecs ? demanda Galen March à Basil de l'autre côté de la table. Un passe-temps peu courant. Vous devez aimer le jeu.

Un choix de mots intéressant, me dis-je tout en vidant une louche de ragoût dans l'assiette de Basil.

— Pas vraiment, répondit celui-ci. C'est ce Petrossian qui a organisé le match. Je le connaissais par le biais de ma société de capital-risque, basée à Washington. Nous finançons toutes sortes d'entreprises partout dans le monde. Quand le mur de Berlin est tombé, nous avons aidé les anciens habitants de l'autre côté du rideau de fer – justement des hommes d'affaires comme Petrossian – à se mettre sur pied. Pendant la glasnost et la perestroïka, il était propriétaire d'une chaîne de restaurants et de boîtes. Il s'est servi des échecs pour se faire de la publicité, je pense. Quand les troupes de Poutine ont fait main basse sur les capitalistes – les oligarques, comme ils disent –, nous l'avons aidé à transférer ses affaires plus à l'ouest. Aussi simple que ça.

Basil prit une bouchée de *bœuf bourguignon** tandis que je passais à l'assiette de Sage.

— Vous voulez dire que ce qui l'a tué, laissa tomber Lily, l'air de rien, c'est en réalité le fait que Petrossian s'intéressait à *Das Kapital* et non au Grand Jeu.

— La police a dit que ces rumeurs étaient tout à fait infondées, repartit Basil sans se préoccuper des autres sous-entendus. Le rapport officiel a dit que Petrossian était mort d'un arrêt du cœur. Mais vous connaissez la presse britannique avec ses théories conspirationnistes, ajouta-t-il en trempant les lèvres dans son vin. Les journalistes n'arrêteront sans doute jamais de remettre en doute la mort de la princesse Diana.

À la mention du « rapport officiel », Vartan m'avait coulé un regard en biais. Je n'avais pas besoin de chercher ce qu'il pensait. Je versai une louche de petits pois dans son assiette et passai à Lily, au moment où Galen March revenait à la charge.

— Vous dites que votre compagnie a son siège à Washington ? demanda-t-il à Basil. Ce n'est pas un trajet un peu long pour aller le matin au boulot ? Ou pour aller de là-bas à Londres ou en Russie ?

Basil sourit avec une condescendance à peine dissimulée.

— Certaines affaires marchent toutes seules. Nous passons souvent par Washington après avoir fait du shopping ou être allés au théâtre à Londres, et Rosemary, ma femme, se rend très souvent dans la capitale pour ses propres engagements. Quant à moi, je préfère rester ici, à Redlands, où je peux jouer au cow-boy.

La très glamour Rosemary Livingston roula des yeux vers son mari, puis adressa un sourire éblouissant à Galen March.

— Vous connaissez la blague : comment faire une petite fortune avec un ranch ? (Galen eut l'air de sécher.) Commencez avec une *grosse* !

Tout le monde rit poliment et retourna vers son assiette et son voisin pendant que je rejoignais ma place à côté de Key et me servais de quoi me sustenter. Mais je savais que Rosemary ne plaisantait pas. La fortune de Basil Livingston, sans parler de son poids dans les affaires, était légendaire dans la contrée.

J'en connaissais nécessairement un rayon. Il exerçait fondamentalement dans le même domaine que mes parents, de même que Key : l'énergie. La seule différence ? Tout ce qu'ils étudiaient et défendaient, Basil l'exploitait.

Par exemple, le ranch des Livingston à Redlands – plus de quinze mille hectares sur le plateau – n'était pas seulement un pâturage pour mettre les troupeaux et recevoir des P.D.-G ou des chefs d'État. Redlands se trouvait également au-dessus de la plus vaste cachette connue d'uranium de qualité industrielle.

En outre, à Washington, non loin de l'endroit où j'habitais au bord de l'eau, Basil occupait un immeuble bourré jusqu'à la gueule de ses propres « lobbyistes de K Street ». Ils avaient réussi à faire passer le genre de lois qui mettaient ma mère hors d'elle, comme les avantages fiscaux pour les investisseurs dans des opérations pétrolières en Alaska et des réductions d'impôts pour les propriétaires de ces 4 × 4 gros consommateurs de carburant.

D'autant plus de raisons pour m'interroger non seulement sur le choix, mais aussi le timing des invitations que ma mère avait envoyées à chacun d'entre nous. Une invitation, me rappelai-je, qui m'avait été adressée au moment même de la mort du « collègue » de Basil à Londres, Taras Petrossian, celui-là même qui avait organisé le match, il y avait dix ans en Russie, durant lequel mon père avait trouvé la mort.

Mon regard fit le tour des invités de ma mère réunis à cette table. Sage Livingston, qui draguait Vartan Azov, Galen March, qui prêtait une oreille attentive à Key, Rosemary Livingston, qui chuchotait à l'oreille de son petit mari, et Lily Rad qui donnait des morceaux de viande à Zsa-Zsa, assise sur ses genoux.

S'il fallait en croire Lily, si une partie de plus grande envergure, un Jeu dangereux, était en cours, je n'arrivais pas encore à distinguer les pions des pièces. Le scénario autour de la table me semblait être un patchwork de parties à l'aveugle contre des adversaires inconnus, qui avançaient à couvert. Je savais qu'il était temps de commencer à tailler dans les fourrés pour changer d'angle de vue. Et brusquement, je crus comprendre exactement par où commencer.

Sur les huit personnes assises à cette table, il y en avait une qui n'avait *pas* été invitée par ma mère. Je l'avais invitée moi-même… comme ma mère se doutait que je le ferais. Elle avait été ma seule et ma meilleure amie depuis l'âge de douze ans. Sans jeux de mots, je me rendis compte qu'elle allait peut-être me donner la *clé*[1] de ce dilemme.

1. Key. Litt. : « clé ». *(N.d.T.)*

J'avais douze ans. Mon père était mort.

J'avais été retirée de mon école de New York par ma mère pendant les congés de Noël et laissée dans une autre école au milieu des montagnes Rocheuses, loin de tout et de tous ceux que j'avais connus.

Il m'était désormais interdit de jouer aux échecs, voire seulement de mentionner le mot.

Dès le premier jour dans ma nouvelle école, une petite blonde dynamique à queue-de-cheval m'avait abordée dans le hall.

— Tu es nouvelle. (Puis d'une manière qui donnait à entendre que tout dépendait de ma réponse, elle ajouta :) À l'école où tu es allée avant, tu avais du succès ?

En douze ans – ni à l'école ni au cours de mes voyages dans le monde pour les championnats d'échecs – on ne m'avait jamais posé cette question. Je ne savais pas quoi répondre.

— Je n'en sais rien, dis-je à mon examinatrice. Tu veux dire quoi, par « succès » ?

Elle resta un moment sidérée par ma question autant que je l'avais été par la sienne.

— Avoir du succès, ça veut dire que les autres enfants ont envie d'être tes amis, m'expliqua-t-elle. Ils copient ce que tu fais ou ce que tu portes, et ils font ce que tu leur dis de faire parce qu'ils veulent faire partie de ton groupe.

— Tu veux dire : mon équipe ? demandai-je, paumée.

Puis je me mordis la langue. Je ne devais pas parler des échecs.

J'avais participé à des compétitions depuis l'âge de six ans. Je n'avais pas de groupe et la seule équipe que je connaissais, c'était mes entraîneurs d'échecs, des adultes comme mon père, ou mes « secondants » qui m'aidaient à rejouer les parties. Rétrospectivement, si je m'étais donné la peine de poser la question aux élèves de mon école du centre de Manhattan, ils m'auraient sûrement prise pour une parfaite débile.

— Ton équipe ? Tu fais du sport, alors. Tu as l'air de quelqu'un qui gagne. Donc, tu devais avoir du succès. Je suis Sage Livingston. Je suis celle qui a le plus de succès dans cette école. Tu peux être ma nouvelle amie.

Cette rencontre avec Sage dans le couloir allait marquer un grand moment dans nos rapports, qui ne tarderaient pas à aller de mal en pis. Le catalyseur de cette chute précipitée serait mon amitié inattendue avec Nokomis Key.

Tandis que Sage sautillait de-ci de-là en pom-pom girl ou une raquette de tennis à la main, Key m'apprit à monter à cru un Appaloosa et me montra quand les champs de névé, la neige d'été, étaient prêts pour faire des glissades, activités que ma mère approuvait bien davantage que ma présence aux pince-fesses du gratin de Denver, organisés par Sage au Cherry Creek Country Club.

Son père, Basil, avait beau être riche comme Crésus. Sa mère, Rosemary, avait beau figurer en bonne place sur tous les carnets mondains de Denver à Washington, Sage n'aspirait qu'à une chose qui lui avait toujours échappé, la porte du paradis à ses yeux. Elle rêvait d'avoir une carte de membre des *Daughters of the*

*American Revolution*, les DAR, ces « Filles de la Révolution américaine » qui se disaient descendre en droite ligne des héros de la Révolution américaine. Leur siège à Washington, y compris le DAR Constitution Hall, occupait tout un pâté à deux pas de la Maison-Blanche. Un siècle, plus ou moins, après leur fondation, elles s'étaient acquis davantage d'influence à Washington que les descendants du *Mayflower* ou tout autre groupe pouvant revendiquer un prestigieux héritage.

Et là se trouvait vraiment le *hic*, ou du moins ce qui prenait vraiment Sage Livingston à la gorge concernant Nokomis Key. Pendant que Key se payait ses études à coup de petits boulots dans les hôtels ou les stations de ski en étant tour à tour femme de chambre ou *ranger* dans les parcs nationaux, chaque fois que Rosemary et Sage allaient à Washington, ce qui était fréquent, leur nom figurait toujours en tant que coprésidentes de bonnes œuvres et généreuses donatrices à diverses éminentes institutions.

Alors que Key était à elle seule une institution, même si peu de gens, il est vrai, le savaient dans la région. La mère de Key descendait d'une longue lignée de tribus d'Algonquins et d'Iroquois remontant au chef Powhatan, autrement dit les vrais « Premiers Américains ». Et son père descendait d'une des premières familles les plus célèbres de Washington, celle de Francis Scott Key, l'auteur des paroles de notre hymne national, *La Bannière étoilée*.

À la différence de nos deux mondaines, s'il prenait un jour à Key l'idée de se rendre dans notre capitale, les DAR dérouleraient pour elle le tapis rouge à travers le pont et jusque dans le minuscule parc, lesquels portaient tous deux le nom de son célèbre ancêtre, un pont et un parc qui, par hasard, vous feraient atterrir exactement sur le pas de ma porte.

*Washington.*

Je ne sais pas comment cela m'est venu à cet instant précis. Ce n'était pas seulement le « facteur Key », mais un tout pléthorique : l'affairisme de Basil « dans le cénacle de Washington », les aspirations mondaines de Rosemary, l'obsession de Sage pour la généalogie et mon propre séjour interminable dans cette ville sur ordre de mon oncle Slava, lui-même étant, d'après Lily, un joueur clé dans le Grand Jeu. Tout cela était franchement suspect.

Mais si ma mère voulait que je focalise mon attention sur Washington, pourquoi nous avoir tous fait venir dans le Colorado ? Y avait-il un rapport entre les deux ? Je ne voyais qu'un endroit pour vérifier cela.

Peut-être ma première hypothèse était-elle fausse.

M'excusant, je quittai la table et m'approchai du foyer pour agiter quelques braises. Tandis que je remuais le feu à l'aide du tisonnier, je glissai la main dans ma poche et touchai la Reine noire et les bouts de papier encore fourrés à l'intérieur.

Je savais déjà par certaines de nos découvertes – la pièce d'échecs, le carton, le dessin de l'ancien échiquier – et par ce que j'avais appris à leur sujet, qu'il y avait deux Reines noires et une partie plus importante qui se disputait. Un Grand Jeu dangereux.

Dans mon esprit, je passai en revue tout ce que j'avais découvert depuis le matin :

Le faux numéro de téléphone avec deux chiffres manquants

Le puzzle qui m'avait conduite aux échecs dans le piano

La Reine noire échangée avec la bille huit dans le triangle sur le billard

Le message caché à l'intérieur de la Reine et qui provenait de mon dernier match en Russie

L'antique dessin de l'échiquier que nous avions trouvé planqué dans le bureau de ma mère

Tout cela paraissait clair et net, tout à l'image de ma mère. Mais j'étais convaincue sans l'ombre d'un doute qu'ils devaient être la clé pour autre chose…

Et là, bien sûr, je compris.

Bon sang, comment avais-je pu rater ça ? N'avais-je pas fait mes dents de bébé sur ce type de devinettes ? J'aurais voulu me battre, taper des pieds, m'arracher les cheveux, ce qui eût été parfaitement déplacé compte tenu des circonstances et des convives attablés dans la salle.

Mais n'était-ce pas précisément la toute première énigme que j'avais eu à résoudre, avant même de pouvoir entrer dans la maison ? Les chiffres manquants de ce prétendu « numéro de téléphone » : 64 ?

64 était non seulement le nombre de cases sur l'échiquier, c'était aussi le dernier code pour la combinaison du coffre dans lequel notre mère avait caché la clé de notre chalet.

*L'échiquier est la clé !*

Comme la mer Rouge qui se divise, j'eus enfin l'impression de pouvoir plonger mon regard dans la longue, très longue file qui conduisait au cœur même de la partie. Et si ce premier message comportait plusieurs niveaux de sens, il en était de même des autres, j'en étais sûre.

Comme j'étais sûre, malgré le choix apparemment paradoxal des invités effectué par ma mère, que nous avions tous un rapport. Mais lequel ? J'avais besoin d'arriver à le comprendre et vite, tant que les joueurs étaient encore rassemblés autour de la table.

Je me glissai de l'autre côté de la cheminée, où je serais en partie cachée par la hotte en cuivre, et sortis de ma poche le seul message de ma mère écrit de sa main. Il disait :

WASHINGTON
LUXURY CAR
VIRGIN ISLES
ELVIS LIVES
CE QUI EST EN HAUT EST COMME CE QUI EST EN BAS

Washington, D.C., figurait tout en haut de la liste. Aussi, peut-être, comme l'échiquier m'avait donné la clé de notre maison, ce code me donnerait-il la clé pour le reste. Je me creusai la cervelle et me torturai encore un peu, mais j'avais beau faire, les voitures de luxe et les îles Vierges ne m'inspiraient pas. Je savais que les trois premiers indices – DC-LX-VI – formaient un total de 666, le nombre de la Bête. Je considérai les choses sous un nouveau jour en passant à une autre étape. Et pan ! dans le mille.

ELVIS LIVES

Il y avait seulement deux autres anagrammes qu'on pouvait former à partir de Velis, le nom de ma mère : c'était *evils* (esprits malins) et *veils* (voiles). La Révélation ou l'Apocalypse, où la Bête apparaît, est le livre dans lequel l'apôtre Jean révèle ce qui arrivera à la fin des temps. Et de mon enfance passée à jouer avec les mots, je savais qu'il était également un dérivé d'un mot très proche de ces deux façons d'écrire le nom de ma mère : apocalypse, *apokaluptein*, qui signifie « découvrir ». Ou révéler, de *revelare*, qui signifie « retirer le voile ».

Quant à la dernière ligne – « Ce qui est en haut est comme ce qui est en bas » –, c'était le facteur décisif. Et si j'avais vu juste, cela n'avait pas grand-chose à voir avec le jeu d'échecs caché dans le piano. C'était juste une ruse pour attirer mon attention… et elle avait réussi.

À vrai dire, il était clair que si je n'avais pas tiré des conclusions trop hâtives sur les capacités limitées de ma mère à inventer des rébus, je l'aurais vu immédiatement. En effet, cela expliquait d'abord pourquoi ma mère nous avait invités dans le Colorado, en un lieu appelé Four Corners, les Quatre Coins, perché au sommet des Rocheuses, au cœur même des quatre montagnes qui marquent pour les anciens Navajos le lieu de naissance du monde. Un échiquier cosmique, s'il y en eût jamais.

Le message dans son entier, une fois les parties rassemblées, devait se lire ainsi :

*L'échiquier est la clé*
*Retire le Voile des Esprits malins*
*Ce qui est en haut est comme ce qui est en bas*

Et si l'échiquier donnait la clé pour retirer ce voile, comme le donnait à entendre le message de ma mère, ce que je révélerais ou découvrirais, ici sur ces sommets – comme cette ancienne carte que nous avions trouvée –, devait être lié, comme je l'avais soupçonné, avec l'échiquier terrestre d'« en bas ».

Car pour autant que je sache, il n'y avait qu'une seule ville dans toute l'histoire qui avait été créée spécialement pour ressembler au carré parfait de l'échiquier, la ville qui était devenue la mienne.

Et c'était là que le prochain coup de cette partie allait se jouer.

# LE VOILE

*Écrirons-nous sur des sujets mystérieux ?*
*Et révélerons-nous des secrets fermés à tous*
*Et ineffables ?*

L'empereur Julien, *Sur la Mère des dieux*[1]

LE HAREM ROYAL
DAR EL-MAKHZEN
FÈS, MAROC
SOLSTICE D'HIVER, 1822

Haidée serra son voile tandis qu'elle traversait hâtivement la vaste cour intérieure du harem royal. Elle était escortée par deux eunuques solidement charpentés qu'elle n'avait encore jamais vus avant ce matin-là. Avec le reste des pensionnaires du harem, elle avait été réveillée à l'aube, tirée de son sommeil par un escadron de la garde du palais qui leur avait intimé l'ordre de s'habiller et de se préparer le plus vite possible à évacuer les lieux.

1. Œuvres complètes de l'empereur Julien, présentées par Eugène Talbot, Plon, 1863. *(N.d.T.)*

Haidée avait été mise à l'écart d'autorité par le chef de la garde, qui lui avait notifié qu'elle était convoquée immédiatement dans la cour extérieure qui reliait le harem au palais.

Il y avait eu un grand tohu-bohu, bien sûr, quand les femmes avaient compris le motif de cet ordre terrifiant. Car le sultan Moulay Suleyman, descendant du Prophète et fléau de la foi, venait d'être frappé d'apoplexie. Son neveu, Abdul-Rahman, lui succédait, et il allait sûrement avoir son propre harem et ses courtisanes à installer dans son sérail. Comme chacun le savait, dans les premiers temps de la succession, il y avait toujours d'importantes ventes publiques de chair humaine, voire un carnage pour éliminer toute menace de la part de la cour du prince sortant.

Ainsi, tandis que concubines, odalisques et eunuques s'étaient habillés dans le chaud cocon du harem – enveloppés par les senteurs familières d'eau de rose, de lavande, de miel et de menthe dans le seul foyer que la plupart d'entre eux eussent jamais connu –, l'imagination allait bon train concernant ce que ce terrible bouleversement réservait à chacun d'entre eux. Quoi qu'il en fût, ils ne pouvaient guère avoir d'espoir.

En tant que captive sans relations avec la famille royale, Haidée n'avait pas besoin de chercher ce que le destin lui réservait. Pourquoi l'appelait-on dans la cour extérieure, et elle seule parmi tous les occupants du harem ? Cela ne pouvait signifier qu'une seule chose. Ils avaient probablement découvert qui elle était… et, pis, ce que le gros morceau de charbon noir était, lequel avait été découvert en sa possession et saisi par le sultan, onze mois plus tôt.

À présent, comme elle traversait la cour à ciel ouvert, encadrée par son escorte musclée, ils dépassèrent les fontaines d'eau chaude qui giclaient dans les bassins comme toujours en hiver pour protéger les réservoirs à poissons. Le filigrane blanc finement ouvragé des portiques mauresques autour de la cour avait pu conserver, disait-on, la solidité de leur dentelle pendant six cents ans parce que le plâtre d'origine avait été mélangé aux ossements pulvérisés d'esclaves chrétiens. Haidée espérait que ce n'était pas le sort qui lui était réservé en cet instant critique entre tous. Elle sentit son cœur cogner d'excitation et de peur devant l'inconnu.

Depuis près d'un an, Haidée avait été retenue en tant qu'odalisque, ou chambrière, dans une obscure captivité, entourée par les eunuques et les esclaves du sultan. Dar el-Makhzen, le palais royal, s'étendait sur près de quatre-vingts hectares pleins de somptueux jardins et de pièces d'eau, de mosquées et de casernes, de harems et de hammams. Cette aile du palais, avec ses chambres et ses bains reliés par des cours et des jardins ouverts sur le ciel d'hiver, pouvait loger un millier de femmes et de concubines, de même qu'un énorme personnel chargé de subvenir à leurs besoins.

Mais en dépit de ces vastes espaces à découvert, l'endroit lui avait paru plus étouffant qu'on ne saurait l'imaginer. Enfermée parmi des centaines d'autres dans le harem derrière ses grilles, ses portes et ses fenêtres aux volets clos sur le monde, Haidée était isolée mais jamais seule.

Et Kauri, le seul protecteur et ami qu'elle eût sur terre, la seule personne qui aurait pu la retrouver, emprisonnée dans cette forteresse enclavée, avait été emmené par des marchands d'esclaves avec tout son équipage, dès l'instant où leur bateau avait été capturé et halé jusqu'au port. Elle gardait un souvenir vivant de l'horreur de ce moment.

Au large de la côte adriatique, juste avant Venise, leur bateau longeait le port de Pirene – « Le Feu » – où un ancien phare se dressait depuis l'époque romaine pour éloigner les bateaux de la pointe rocheuse. C'était là que les derniers corsaires, les tristement célèbres pirates de Pirene, exerçaient encore leur odieux commerce, qui consistait à vendre des esclaves européens en terre musulmane, où on les appelait l'Or blanc.

Dès qu'ils avaient réalisé dans quelle affreuse situation ils se trouvaient, que leur bateau avait été éperonné par des pirates slovènes, Kauri et elle avaient parfaitement compris que ce tournant inattendu pouvait leur réserver une horreur sans bornes.

Le bateau allait être pillé, le petit équipage et les deux jeunes passagers prisonniers seraient forcément vendus aux enchères au marché aux esclaves. Les jeunes filles comme Haidée seraient vendues pour être livrées au mariage ou à la prostitution, mais le destin d'un jeune garçon comme Kauri pouvait être encore moins enviable. Les marchands d'esclaves conduisaient ces adolescents dans le désert où ils étaient castrés au couteau, puis enterrés dans le sable chaud pour arrêter l'hémorragie. Si le garçon survivait, il serait hautement convoité et plus tard, vendu avec prime comme eunuque, gardien de harem dans l'Empire turc ou même dans les États du Pape, où on lui apprendrait l'art des castrats.

Leur seul espoir avait été que la côte barbaresque du nord de l'Afrique, après des décennies de canonnade par les Anglais, les Américains et les Français, était maintenant fermée à ce type de négoce. Cinq ans plus tôt, en vertu d'un traité, quatre-vingt mille esclaves européens, disait-on, avaient été délivrés de leur servitude en Afrique du Nord, ouvrant à nouveau les voies maritimes à un commerce normal en Méditerranée.

Mais il existait encore un endroit qui acceptait ce genre de butin humain, le seul pays méditerranéen qui n'était jamais tombé sous la coupe de l'Empire ottoman ou de l'Europe chrétienne : le sultanat du Maroc. Terre totalement isolée, avec sa capitale cachée à Fès, loin du littoral, entre le Rif et les montagnes de l'Atlas, le Maroc avait souffert pendant trente ans sous la férule du sultan Moulay Suleyman.

Après les mois qu'elle avait passés en captivité dans son harem, Haidée l'avait vu gouverner d'une main de fer, ce qui était loin de calmer ses constantes frayeurs.

Bien qu'il descendît du Prophète, Suleyman avait épousé de bonne heure la cause du réformateur de l'islam sunnite, Mohammed Ibn Abd al-Wahhab d'Arabie. Les partisans wahhabites avaient réussi à aider le roi de l'Arabie, Ibn Séoud, à récupérer promptement de grandes étendues de territoires aux mains des Ottomans.

Bien que ce triomphe eût été de courte durée, le zèle wahhabite avait allumé un feu dans le cœur de Moulay Suleyman, sultan du Maroc, qui avait purgé impitoyablement sa maison, au-dedans comme au-dehors. Il avait interrompu tout commerce avec les Turcs décadents et les Français athées avec leur Révolution de malheur qui avait accouché d'un Empire. Il avait supprimé le culte des saints parmi les chiites et démantelé les confréries soufies.

À vrai dire, il n'y avait qu'un peuple que Moulay Suleyman avait été incapable de soumettre ou d'éliminer au cours des trente années de son règne, le peuple des Berbères soufis de l'autre côté des montagnes.

C'était ce qui terrifiait le plus Haidée durant les mois de son emprisonnement. Et depuis la révélation de ce matin, elle craignait le pire. Car si jamais l'on avait appris qu'il était berbère et soufi, Kauri n'aurait pas été mutilé ni vendu. Il aurait été tué.

Et Haidée, qui avait pieusement veillé sur le secret qu'Ali Pacha lui avait confié, n'aurait pas même eu un semblant d'espoir de revoir un jour le monde extérieur et la liberté. Elle n'aurait pu savoir où se trouvait la Reine noire qu'on lui avait prise, la reprendre et la mettre entre les bonnes mains.

Malgré son désespoir momentané, comme elle remontait davantage son voile et passait avec son escorte par la longue galerie à ciel ouvert qui conduisait à la cour extérieure, elle ne put s'empêcher de s'accrocher à la pensée qui n'avait cessé de lui tourner dans la tête durant ces onze derniers mois.

Quand Kauri et elle avaient compris où on avait conduit leur bateau, juste avant qu'ils n'accostent le sol marocain, pour être séparés à jamais peut-être, Kauri lui avait confié qu'il n'y avait qu'un seul homme au Maroc qui pourrait les aider s'ils arrivaient à le joindre, un homme très estimé par le Baba Shemimi lui-même, un maître de la *Tariqa*, la Voie secrète. C'était un ermite soufi appelé le Vieil Homme de la Montagne. Si l'un ou l'autre parvenait à échapper à leurs ravisseurs, il devait se mettre à sa recherche.

Alors Haidée priait le ciel que, durant les brefs instants qu'elle serait autorisée à passer en dehors de ce lieu cloîtré, elle pourrait penser et agir promptement. Sinon tout serait définitivement perdu.

## Le massif de l'Atlas

Shahin et Charlot parvinrent au pied de la pente de la dernière chaîne de montagnes alors que le soleil levant atteignait la cime du Zerhoun couronné de neige dans le lointain. Il leur avait fallu trois mois pour accomplir le difficile voyage à travers le désert hivernal depuis le Tassili au cœur du Sahara jusqu'à Tlemcen. Là, ils avaient échangé leurs chameaux contre des chevaux, plus adaptés au climat et au terrain montagneux qui les attendait en Kabylie, pays des Berbères kabyles du Haut Atlas.

Charlot, comme Shahin, portait le voile indigo des Touaregs, que les Arabes appelaient *Muleth Themin*, les hommes voilés, et les Grecs *Glaukoi*, les hommes bleus, en raison de la teinture bleu pâle sur leur peau claire. Shahin était un noble touareg de la tribu des Kel Rela, qui contrôlait et entretenait, depuis des millénaires, les routes qui traversaient l'immensité du Sahara. Ils creusaient les puits, conservaient des pâturages pour le bétail et assuraient une protection armée. Depuis les temps anciens, les Touaregs avaient été les plus hautement vénérés des habitants du désert, par les commerçants autant que par les pèlerins.

Et le voile, ici, dans les montagnes comme dans le désert, avait protégé les deux hommes contre bien davantage que les rigueurs du climat. Grâce à lui, les deux voyageurs étaient toujours restés *dakhilak*, sous la protection des Amazighes, comme les Arabes appelaient les Berbères.

Durant leur voyage de mille cinq cents kilomètres à travers un terrain inhospitalier, Charlot et Shahin avaient reçu, chemin faisant, beaucoup plus auprès des Amazighes que du fourrage et des montures fraîches. Ils avaient aussi trouvé des renseignements, assez pour les amener à modifier leur trajet prévu au nord vers la mer et à aller vers l'ouest, en direction des montagnes.

Car il n'y avait qu'une seule terre où le fils de Shahin et son compagnon pouvaient avoir été conduits, c'était le Maroc, et un seul homme qui pouvait les aider dans leur quête, un grand maître soufi, s'ils parvenaient à le trouver. Il s'appelait le Vieil Homme de la Montagne.

Ici, sur le promontoire, Charlot immobilisa son cheval auprès de celui de son compagnon. Puis il déroula son voile indigo et le plia dans sa sacoche, comme le fit Shahin de son côté. Si près de Fès, il valait mieux se montrer prudent au cas où on les apercevrait. Le chèche qui avait servi de protection dans le désert et le massif montagneux pouvait représenter un grand péril maintenant qu'ils avaient franchi le Haut Atlas pour arriver en terres sunnites.

Les deux hommes regardèrent par-delà la vaste vallée, abritée par les hautes montagnes, et les oiseaux qui tournaient en contrebas. Ce lieu magique se situait au carrefour d'une rare confluence de cours d'eau : des ruisseaux, des cascades, des sources, des rivières. Sous eux, entouré par la végétation, s'étendait un océan de toits de tuiles vernissées, luisant et scintillant sous la lumière hivernale oblique, une cité submergée par le temps. Ce qu'elle était en effet.

C'était Fès, la ville sainte des Chorfa, les véritables descendants du Prophète, et un lieu sacré pour les trois branches de l'islam, mais surtout pour les chiites ; ici, sur la montagne, se trouvait la tombe d'Idris, l'arrière-petit-fils de Fatima, la fille de Mahomet, et le premier de la famille du Prophète à atteindre le Maghreb, les terres occidentales, il y avait de cela plus de mille ans. Une terre d'une grande beauté et aux sombres présages.

— Il y a un proverbe en *tamazight*, en langue kabyle, dit Shahin. C'est *Aman d'Iman* : l'eau est la vie. L'eau explique la longévité de Fès, une cité qui est presque une fontaine sacrée. Il y a de nombreuses grottes creusées par les eaux et qui conservent d'anciens mystères, le lieu idéal pour abriter ce que nous cherchons. (Il s'interrompit, puis ajouta, serein :) Je sens avec certitude que mon fils est ici.

Les deux hommes étaient assis auprès du feu dansant dans la grotte béante au-dessus de Fès, où ils avaient trouvé refuge à la nuit tombante. Shahin avait posé à l'écart son bâton de *talac*, qui marquait son rang dans la confédération des Kel Rela, et il avait retiré son double baudrier, avec les bandes de peau de chèvre frangées que les Touaregs portaient entrecroisées sur chaque épaule. Ils avaient dîné d'un lapin qu'ils avaient attrapé et fait rôtir.

Mais ce qui était resté inexprimé, aujourd'hui comme tout au long de leurs longues pérégrinations, se trouvait toujours sous la surface et chuchotait comme les sables mouvants.

Charlot savait qu'il n'avait pas complètement perdu le don, mais il ne le maîtrisait plus. En traversant le désert, il avait souvent senti la Vision réclamer son attention comme un nain en guenilles s'accrochant à l'ourlet de son burnous. À ces moments-là, il était capable de dire à Shahin quels hommes sur le marché étaient dignes de foi, lesquels étaient des rapaces, lesquels avaient une femme et des enfants à nourrir, lesquels avaient une hache à aiguiser. Tout cela lui était possible, comme cela l'avait été depuis sa naissance.

Mais de quelle valeur était cette prescience limitée face à la tâche écrasante qui les attendait ? Quand il s'agissait de retrouver le fils de Shahin, la Vision était arrêtée par quelque chose. Non qu'il ne pût rien voir… c'était plutôt une illusion d'optique, une palmeraie chatoyante dans le désert, là où on savait qu'il n'y avait pas d'eau. Quand il s'agissait du jeune Kauri, Charlot pouvait entrevoir une vision étincelante, mais il savait que ce qu'il voyait n'était pas réel.

À présent, à la lueur du feu dansant, tandis qu'ils regardaient les chevaux mastiquer le fourrage sorti des sacoches, Shahin parla.

— T'es-tu demandé pourquoi les hommes touaregs portaient le voile indigo, alors que les femmes ne sont pas voilées ? demanda-t-il à Charlot. Notre voile est une tradition plus ancienne que l'islam ; les Arabes eux-mêmes étaient surpris de trouver cette coutume quand ils sont arrivés dans nos terres. Certains pensent que le voile nous assure une protection contre le sable du désert ; d'autres croient que c'est contre le mauvais œil. Mais le voile est très significatif pour l'histoire de notre confédération du tambour. Dans les temps anciens, on disait que le tambour de commandement était la bouche du Mal.

— La bouche du Mal ?

— Cela concerne d'anciens mystères : « Ces choses qu'aucune bouche ne doit prononcer. » Ces mystères ont existé de tous temps, en tous lieux et dans toutes les cultures, expliqua Shahin. Cependant, parmi les initiés, ces mystères peuvent être transmis par le tambour.

De Shahin, Charlot savait que les tribus touaregs, appelées la confédération du tambour, descendaient d'une génitrice, une femme. Et chaque chef de tambour, qui était souvent aussi une femme, gardait le tambour sacré de la tribu et était censé être doté de pouvoirs mystiques.

Les Touaregs, comme les janissaires soufis qui tenaient la plupart des terres ottomanes, avaient utilisé pendant des centaines d'années le langage secret du tambour pour envoyer des signaux à travers les vastes étendues de leurs territoires. Cette langue du tambour était si puissante que, dans les terres qui possédaient des esclaves, le tambour leur était interdit.

— Et ces anciens mystères des Touaregs – la bouche malfaisante et le voile – ont-ils un rapport avec votre fils ? demanda Charlot.

— Tu ne le vois toujours pas ? remarqua Shahin.

Bien qu'il dît cela le visage impassible, Charlot pouvait l'entendre penser : *alors même qu'il est si proche ?*

Charlot secoua la tête, puis frotta ses mains sur son visage et passa les doigts dans ses cheveux roux, cherchant à stimuler son cerveau embrouillé. Il leva les yeux vers le visage de Shahin, sculpté comme un bronze ancien. Ses yeux dorés étaient braqués sur lui dans la lueur des flammes. Et attendaient.

— Parlez-moi de lui, dit Charlot en s'obligeant à sourire. Peut-être que cela nous aidera à le retrouver, comme de faire sentir l'odeur de l'eau au chameau assoiffé dans le désert. Votre fils s'appelle Kauri. C'est un nom inhabituel.

— Mon fils est né sur les falaises de Bandiagara, dit-il. En pays dogon. Kauri est le mot dogon pour « cauri », un mollusque originaire de l'océan Indien, un coquillage que nous utilisons comme monnaie en Afrique depuis des millénaires. Mais parmi les Dogons, ce petit coquillage, le cauri, est également doté d'un sens et d'un pouvoir secrets. Il est relié à la signification cachée de l'univers, symbolisant pour les Dogons l'origine des nombres et des mots. Ma femme a choisi ce nom pour notre enfant.

Quand il vit les yeux bleus sombres de Charlot l'observer avec stupéfaction, il ajouta :

— Ma femme – la mère de Kauri – était très jeune quand je l'ai épousée, mais elle détenait déjà de grands pouvoirs parmi son peuple. Elle s'appelait Bazou, ce qui en langue dogon signifie « la Femme Feu », car elle faisait partie des maîtres du feu.

Une femme forgeron !

Charlot éprouva un choc en réalisant ce que voulait dire cette révélation. Partout dans le désert et ailleurs, les forgerons étaient une profession ostracisée, même s'il était vrai qu'ils détenaient d'énormes pouvoirs. Ils étaient appelés les maîtres du feu, car ils fabriquaient des armes, des poteries, des outils. Ils étaient redoutés, car ils possédaient un savoir-faire secret et parlaient une langue secrète connue seulement des leurs ; ils maîtrisaient les connaissances cachées des initiés et des pouvoirs diaboliques attribués aux esprits des anciens.

— Et elle a été votre femme ? La mère de Kauri ? insista Charlot, stupéfait. Mais comment s'est-il fait que vous ayez rencontré une pareille femme et que vous l'ayez épousée ?

*Et sans que je le sache !* Charlot se sentit accablé de fatigue en entendant ces révélations.

Shahin fut un moment plongé dans le silence, ses prunelles dorées se voilèrent.

— Tout avait été prédit, exactement comme cela s'est passé : mon mariage et la naissance de notre fils, de même que la mort prématurée de Bazou, ma femme.

— Prédit ? répéta Charlot.

Sa terreur rampante était revenue en force.

*Je l'ai prédit. Et je ne puis m'en souvenir.*

Charlot le regarda fixement. Il avait la bouche asséchée par la peur.

— C'est pourquoi, quand je t'ai trouvé il y a trois mois dans le Tassili, j'ai été saisi d'une terrible tristesse, expliqua Shahin. Il y a quinze ans, quand tu n'étais qu'un enfant de l'âge de Kauri, sur le point de devenir un homme, tu as vu ce que je viens de te raconter. Tu as dit que j'engendrerais un fils qui devrait rester caché, car il descendrait des maîtres du feu. Il serait formé par ceux qui possèdent la grande sagesse des anciens mystères, ces mystères qui résident au cœur du jeu d'échecs que nous appelons le Jeu de Montglane, un secret dont il est dit qu'il détient le pouvoir de créer ou de détruire des civilisations. Quand al-Jabbir Ibn Hayyan a conçu ce jeu il y a un millier d'années, il l'a appelé le Jeu de la *Tariqa*. La voie soufie, la Voie secrète.

— De qui votre fils a-t-il appris ces mystères ? s'enquit Charlot.

— Dès l'âge de trois ans, quand sa mère est morte, Kauri a été élevé sous la tutelle et la protection du grand Pîr soufi bektachi, le Baba Shemimi. J'ai appris que, quand les Turcs ont attaqué Janina en janvier, on a fait appel à mon fils pour aider à sauver une pièce importante du jeu d'échecs détenue par Ali Pacha. Quand Janina est tombée, Kauri a mis les voiles vers la côte avec un compagnon inconnu. Nous sommes sans nouvelles depuis.

— Vous devez me dire ce que vous savez de l'histoire de ce jeu, demanda Charlot. Dites-le-moi maintenant, avant que nous quittions la montagne à l'aube pour trouver votre fils.

Charlot s'assit, les yeux fixés sur le feu, contemplant la chaleur en fusion pendant qu'il s'efforçait de plonger en lui-même. Et Shahin entreprit son récit.

## Le récit de l'homme bleu

En l'an 773, d'après le calendrier occidental, il y avait huit ans que al-Jabbir Ibn Hayyan travaillait à une œuvre difficile. Assisté par des centaines d'habiles artisans, il créait le Jeu de la *Tariqa* pour al-Mansur, le premier calife de la cité nouvelle de Bagdad. Nul ne connaissait les mystères qu'il contenait, nul en dehors d'al-Jabbir. Ils étaient fondés sur son grand traité de l'alchimie soufie, *Les Livres de l'Équilibre*, dédié à son défunt maître, l'imam Jafar as-Sadiq, le véritable père de l'islam chiite.

Jabbir se croyait sur le point d'achever son chef-d'œuvre. Mais durant l'été de cette même année, le calife al-Mansour fut surpris par l'arrivée d'une importante délégation indienne venue des montagnes du Cachemire, une délégation qui avait été manifestement envoyée pour ouvrir des routes commerciales avec la dynastie abbasside nouvellement établie à Bagdad. En fait, ces hommes étaient en mission spéciale dans un but que personne n'aurait pu deviner. Ils avaient apporté avec eux le secret d'une ancienne sagesse, dissimulé sous le voile de deux découvertes de la science moderne. En tant que savant, al-Jabbir fut invité à la présentation de ces trésors. Cette expérience allait tout changer.

Le premier cadeau était un ensemble de tables astronomiques indiennes qui rapportaient les mouvements des corps planétaires au cours des dix derniers millénaires, des événements célestes qui étaient minutieusement enregistrés dans les plus anciens textes sacrés de l'Inde tels que les Veda. Le deuxième présent laissa tout le monde perplexe sauf al-Jabbir Ibn Hayyan, le chimiste officiel de la cour.

Il y avait des « nombres nouveaux », nouveaux pour l'Occident. Entre autres innovations, ces nombres indiens avaient une notation positionnelle, autrement dit, au lieu que deux traits ou deux cailloux représentent le nombre « deux » s'ils étaient placés côte à côte, ils représentaient un plus dix, c'est-à-dire « onze ».

Encore plus habile, un symbole que nous avons appelé *cifra* en latin, de l'arabe *sifr*, qui veut dire « vide », et que les Européens appellent maintenant zéro. Ces deux innovations numériques, baptisées aujourd'hui « chiffres arabes », allaient révolutionner la science islamique. Même si elles ne parvinrent en Europe par l'Afrique du Nord que cinq siècles plus tard, elles existaient en Inde depuis plus d'un millénaire.

L'enthousiasme de Jabbir fut sans limites. Il comprit instantanément le rapport entre ces tables astronomiques et les nouveaux nombres qui permettent des calculs avancés et complexes. Et il comprenait les deux du fait d'une autre invention ancienne des Indiens qui avait déjà été intégrée par l'Islam : le jeu d'échecs.

Al-Jabbir mit deux ans de plus, mais à la fin, il fut en mesure d'intégrer ces secrets mathématiques et astronomiques originaires du Cachemire dans le Jeu d'échecs de la *Tariqa.* À présent, le jeu contenait non seulement la sagesse alchimique et la voie secrète des soufis, mais aussi *awa'il* – « au commencement », ou la science pré-islamique – l'antique philosophie sur laquelle tout reposait depuis les premiers temps. Ce serait, espérait-il, un guide pour ceux qui chercheraient la Voie dans les temps à venir.

En octobre de l'an 775, quelques mois seulement après qu'al-Jabbir eut présenté l'ensemble du jeu devant la cour de Bagdad, le calife al-Mansur mourut. Son successeur, le calife al-Mahdi, décida de recruter dans la puissante famille des Barmakides ses vizirs, les Premiers ministres de son règne. Les Barmakides, une lignée de prêtres zoroastriens adorateurs du feu originaires de Balkh, ne s'étaient que tardivement convertis à l'islam. Al-Jabbir les persuada de relancer l'*awa'il*, la science ancienne, en faisant venir des spécialistes de l'Inde pour traduire en arabe les premiers textes sanskrits.

Au faîte de cette brève renaissance, al-Jabbir dédia ses *112 Livres* aux vizirs barmakides. Mais les ulémas, les savants religieux, et les principaux conseils de Bagdad protestèrent. Ils voulaient revenir aux principes fondamentaux en brûlant tous ces livres et en détruisant le jeu d'échecs qui, dans sa représentation des formes animales et humaines, semblait proche de l'idolâtrie.

Cependant, les Barmakides comprenaient l'importance du jeu et de ses symboles. Ils le voyaient comme une *imago mundi*, une image du monde, une représentation de la manière dont la multiplicité est issue de l'Unité – de l'Un – dans le cosmos.

La disposition même de l'échiquier reproduisait en partie les premières formes consacrées au mystère de la transformation de l'esprit et de la matière, du ciel et de la terre. Parmi elles figurait le dessin des autels du feu védiques et persans, et celui de la grande Kaaba[1], antérieure à l'islam, construite par Abraham et son premier fils, Ismaël.

Craignant qu'une somme aussi puissante de la sagesse ne soit détruite pour des raisons séculaires ou politiques, la famille Barmakide prit avec al-Jabbir les dispositions nécessaires pour le faire transporter clandestinement en lieu sûr, à Barcelone, au bord de la mer pas trop loin du Pays basque. Là, ils espéraient que le gouverneur mauresque Ibn al-Arabi, un Berbère soufi, le protégerait. Il était temps, car les Barmakides furent chassés du pouvoir peu après, de même qu'al-Jabbir.

Ce fut Ibn al-Arabi qui envoya de Barcelone le jeu à la cour de Charlemagne, trois ans seulement après l'avoir reçu.

C'est ainsi que le plus grand instrument qui ait jamais su réunir les anciennes sagesses de l'Orient arriva entre les mains du premier grand souverain de

1. Une structure en pierre cubique, recouverte d'un tissu noir, qui se trouve au centre de la Grande Mosquée de La Mecque. *(N.d.T.)*

l'Occident, lequel ne s'en est jamais vraiment laissé déposséder depuis un millénaire.

Shahin s'interrompit et scruta Charlot à la lueur déclinante du feu, qui s'était réduit à quelques charbons ardents. Bien que Charlot fût assis droit et les jambes repliées sur le sol, ses paupières restaient closes. Il faisait presque noir à présent dans la grotte, même les chevaux dormaient. Devant l'entrée, la pleine lune jetait une lueur bleutée sur la neige.

Charlot ouvrit les yeux et regarda son mentor avec une extrême attention, une attention que Shahin connaissait bien car elle annonçait souvent une intuition prophétique du jeune homme, comme s'il s'efforçait de voir quelque chose qui était en partie caché derrière un voile.

— Sagesse sacrée et puissance séculaire ont toujours été en conflit, n'est-ce pas ? prononça Charlot comme s'il cherchait son chemin à tâtons. Mais c'est le *feu* qui me paraît particulièrement obsédant. Al-Jabbir fut le père de l'alchimie islamique. Le feu doit figurer l'élément essentiel dans ce processus. Et si ses propres protecteurs à Bagdad, les Barmakides, descendaient de prêtres zoroastriens, ou mages, leurs ancêtres devaient sans doute entretenir jadis des autels avec le feu perpétuel. Le mot qui existe dans presque toutes les langues, qui désigne tous ces métiers – le forgeron, le chaman, le cuisinier, le boucher, de même que le prêtre qui procède au sacrifice et brûle l'offrande sur l'autel –, toutes ces fonctions, dans le sacrifice et le feu, dans l'ancien temps, n'en formaient qu'une, ce mot est *Mageiros,* le Mage, le Grand Maître, le Maître « Trismégiste », « trois fois très grand », des mystères.

« Ces autels du feu, tout comme les nombres indiens, les tables astronomiques, les sciences anciennes dont vous m'avez parlé, de même que le jeu d'échecs, provenaient du nord de l'Inde, du Cachemire. Mais quel rapport existe-t-il entre eux ?

— J'espère que ton don pourra nous donner une réponse à cela, dit Shahin.

Charlot posa sur lui, cet homme qu'il considérait comme son seul père, un regard grave.

— Peut-être ai-je perdu ce don, avoua-t-il enfin, reconnaissant pour la première fois cette idée qu'il n'avait pas même laissée pénétrer dans les confins de son esprit.

Shahin secoua la tête lentement.

— Al-Kalim, tu sais que ta venue avait été prédite parmi nos nations. Il était écrit qu'un jour un *nabi*, ou prophète, viendrait de Bahr al-Azraq – la mer d'Azur – qui pourrait parler avec les esprits et suivre la *Tariqa*, la voie mystique vers la connaissance. Comme toi, il serait un *za'ar*, qui a la peau claire, les yeux bleus et les cheveux roux ; il serait né sous les yeux de la « déesse », la silhouette peinte sur les falaises du Tassili que mon peuple appelle la Reine blanche. Pendant huit mille ans, elle a attendu… car tu es l'instrument de sa juste vengeance, comme cela a été prédit. Il est écrit : *Je m'élèverai à nouveau tel un phénix de ses cendres le jour où les rochers et les pierres commenceront à chanter… où le sable du désert pleurera des larmes rouges de sang… et ce sera un jour de vengeance pour la terre…*

« Tu sais ce que dit de toi la prédiction et ce que tu as présagé au sujet des autres, poursuivit Shahin. Mais il y a une chose qu'aucun homme ne peut savoir, une chose qu'aucun prophète, si grand soit-il, ne peut voir. Et cette chose, c'est sa propre destinée.

— Ainsi vous croyez que ce qui a influencé ma vision pourrait avoir à faire avec mon propre destin ? demanda Charlot, surpris.

— Je pense qu'un seul homme peut lever ce voile, répondit Shahin. Nous irons le chercher demain dans le Rif. Il se nomme Moulay ad-Darqawi, c'est un grand cheikh. C'est lui qu'on appelle le Vieil Homme de la Montagne.

*Toute chose se cache dans son contraire : le gain dans la perte, le don dans le refus, l'honneur dans l'humiliation, la richesse dans la pauvreté, la force dans la faiblesse… la vie dans la mort, la victoire dans la défaite, la puissance dans l'impuissance, et ainsi de suite. Par conséquent, si un homme désire trouver, qu'il soit content de perdre…*

Moulay AL-ARABI AD-DARQAWI, *Rasa'il*

L'ERMITAGE DE BOUBERI
LE RIF, AU MAROC

Le Vieil Homme de la Montagne, Moulay al-Arabi ad-Darqawi, le grand cheikh de l'ordre soufi de la Chadhiliyya, se mourait. Il serait bientôt au-delà de ce voile d'illusion. Il attendait la mort depuis des mois. En fait, il la souhaitait.

À vrai dire, jusqu'à ce matin. Aujourd'hui tout était changé.

C'était l'ironie de Dieu, comme le Moulay lui-même devait le comprendre mieux que quiconque. Alors même qu'il se préparait à mourir en paix, à se fondre dans le sein d'Allah ainsi qu'il y avait toujours aspiré. Mais Dieu en avait décidé autrement.

Pourquoi cela devrait-il le surprendre ? Le Moulay était soufi depuis assez longtemps pour savoir qu'en ce qui concernait les voies d'Allah, il fallait toujours attendre l'inattendu.

Et ce que le Moulay attendait à présent, c'était un message.

Il était étendu sous la mince courtepointe sur la plaque de pierre qui lui servait de lit, les mains croisées sur la poitrine pendant qu'il attendait. Auprès de ce socle se trouvait un grand tambour en peau avec une seule baguette attachée sur le côté. Il avait demandé qu'on le lui apporte pour le cas où il en aurait la nécessité soudaine, comme cela ne pouvait manquer d'arriver.

Allongé sur le dos, il leva les yeux au plafond vers l'unique fenêtre, la lucarne de son ermitage, sa *zaouïa* – une « cellule » ou un « coin » – cette minuscule bâtisse de pierre chaulée juchée au sommet de la montage qui lui avait si longtemps servi de lieu d'habitation isolé de tous. Elle deviendrait son tombeau, songea-t-il avec ironie, quand il se serait lui-même transformé en sainte relique.

Dehors, ses disciples attendaient déjà. Des centaines de fidèles étaient à genoux dans la neige et priaient en silence. Allons, qu'ils attendent. C'est Dieu qui établit les horaires ici, pas moi. Pourquoi Dieu laisserait-il ainsi traîner un vieil homme si la cause n'était importante ?

Et pourquoi sinon les aurait-Il fait venir dans la montagne ? D'abord, Kauri, l'initié bektachi, qui avait trouvé refuge en ces lieux depuis qu'il avait échappé aux marchands d'esclaves. Le garçon avait soutenu, durant tous ces mois, qu'il était le détenteur d'un des plus grands secrets, de même qu'une jeune fille qui avait disparu. D'après le jeune garçon, elle avait été capturée par les soldats du sultan Moulay Suleyman, ce qui rendait difficile, voire impossible, de la retrouver. Fille d'Ali Pacha Tebeleni, elle s'était vu confier cette relique par le Baba Shemimi, le grand Pîr bektachi en personne, presque un an plus tôt. Une relique dont le Moulay avait toujours imaginé qu'elle n'était sans doute qu'un mythe.

Mais ce matin-là, couché sur ce qui serait bientôt son lit de mort, le Moulay ad-Darqawi avait compris enfin que toute l'histoire était forcément vraie.

À présent, le sultan Suleyman était mort. Les gens de sa cour seraient bientôt dispersés comme feuilles au vent. Il fallait retrouver la jeune fille avant qu'il fût trop tard.

Et qu'était-il advenu de la relique qui lui avait été confiée ?

Le cheikh ad-Darqawi savait que, par la volonté d'Allah, il lui incombait à lui et à lui seul de répondre à ces questions ; et de rassembler ses forces pour accomplir cette ultime tâche exigée de lui. Il ne devait pas faillir.

Mais pour réussir, il avait d'abord besoin du signe.

Par l'ouverture du toit, le Moulay pouvait entrevoir les nuages qui filaient dans le ciel. Ils avaient l'air d'une écriture, *la Plume mystique de Dieu*, se dit-il. « La Plume » avait longtemps figuré parmi les sourates préférées du Moulay dans le Coran sacré, une sourate qui aidait à expliquer pourquoi le Prophète avait été choisi pour l'écrire. Car de même que toutes choses sont connues d'Allah, le très miséricordieux et le très compatissant, Il n'était pas sans savoir que Mahomet – *que la paix soit sur lui* – ne savait ni lire ni écrire.

Malgré ce fait, ou peut-être précisément en raison de cela, il était le Mahomet illettré que Dieu avait choisi comme messager de Ses révélations. Parmi Ses premiers commandements au Prophète, il y avait « Lis ! » et « Écris ! » Dieu nous met toujours à l'épreuve, songea le Moulay, en exigeant une chose qui peut nous paraître à nous-mêmes totalement impossible.

Il y avait bien longtemps, quand Moulay ad-Darqawi était un jeune disciple de la voie soufie, qu'il avait appris à séparer la vérité de la vanité, le grain de l'ivraie. Qu'il avait appris comment on sème ici-bas dans la douleur et la misère afin de récolter une moisson de joie et de richesses dans l'autre monde. Et après de nombreuses années à affiner cette patience et cette intuition, il avait enfin découvert le secret.

Certains l'appelaient un paradoxe, tel un voile, une illusion que nous avons créée pour nous-mêmes : une chose de grande valeur que nous ne pouvons voir, bien que cela se trouve juste sous nos yeux. Les disciples de 'Isa de Nazareth l'appelaient « la Pierre que les Bâtisseurs ont repoussée ». Les alchimistes en parlaient comme de la *Prima Materia* : la Première Matière, la Source.

Chaque maître qui avait trouvé la Voie avait tenu les mêmes propos : une découverte d'une grande simplicité et, comme beaucoup de choses simples, qui vous coupait le souffle par son ampleur. Cependant, elle était également enveloppée de mystère, car le Prophète ne disait-il pas : *« Inna lillahi la-sab'ina alfa hijabin min nurin wa zulmatin* » ? Dieu a soixante-dix milles voiles de lumière et de ténèbres.

Le Voile ! Oui, c'était à cela que ressemblaient les troupeaux de cumulus qui couraient dans le ciel au-dessus de sa tête ! Il plissa les paupières, pour mieux examiner les nuages. Mais à cet instant, alors que les nuages clairsemés là-haut allaient traverser le ciel par-delà sa lucarne ouverte, ils se séparèrent. Et là, dans le ciel, il crut voir un grand triangle équilatéral composé de nuages, duveteux, comme un énorme arbre pyramidal avec de nombreuses ramifications.

En un éclair, le Moulay ad-Darqawi saisit le sens de cette image. Derrière le voile se tenait l'Arbre de l'Illumination.

Derrière *ce* voile, comme le Moulay le comprenait à présent, se trouvait l'illumination de la Tariqa, la Voie secrète qui était cachée dans le jeu d'échecs créé par al-Jabbir Ibn Hayyan il y avait de cela plus de mille ans, et la pièce en quête de laquelle se trouvaient à présent ses frères soufis. La pièce que Baba Shemimi avait protégée.

Le jeune garçon, bien qu'il l'eût tenue dans ses mains, ne l'avait jamais vue, car elle était voilée d'une matière noire. Étant en confiance, il avait révélé au cheikh Darqawi que, d'après ce qui lui avait été signifié, c'était une pièce d'une extrême importance qui pouvait être la clé de tout, la Reine noire.

Grâce à cette vision, le Moulay croyait à présent savoir à quel endroit précis cette pièce avait été cachée par le sultan Suleyman ou ses troupes. Comme la *Prima Materia*, comme la Pierre secrète, elle devait être visible aux yeux de tous, mais elle était voilée. S'il mourait maintenant avant de partager cette vision, le secret millénaire mourrait avec lui.

Le vieil homme rassembla ses forces pour repousser la courtepointe, se soulever du socle et se mettre debout sans aide, pieds nus sur la pierre froide. De ses mains frêles et tremblantes, il saisit la baguette du tambour aussi fermement qu'il put et prit une profonde inspiration. Il lui faudrait toute sa force pour battre le rappel des soufis de la Chadhiliyya.

Le Moulay recommanda son âme aux mains d'Allah.

Puis il commença à battre le tambour.

Kauri entendit un son qu'il n'avait pas entendu depuis qu'il avait quitté la Terre Blanche : le tambour des soufis battant le rappel. Cela signifiait qu'il se passait quelque chose d'une grande importance. La foule des fidèles l'entendit aussi ; un à un, ils levèrent les yeux, interrompant leurs prières.

Comme Kauri était agenouillé dans la neige aux côtés de centaines d'autres qui s'étaient rassemblés pour attendre la mort du cheikh Darqawi, il tendit l'oreille pour distinguer le faible son du tambour en tentant de découvrir le sens du message. Mais ce fut peine perdue, car cela ne ressemblait à aucune cadence qu'il connût. De même que chaque tambour avait sa propre voix, Kauri savait que chaque rythme avait un sens différent qui ne pouvait être vraiment appréhendé que par l'oreille qui avait été initiée à en saisir le sens spécifique.

Mais plus déroutant que le son de ce roulement de tambour incompréhensible, c'était le lieu d'où il provenait. Il émanait de la *zaouïa*, la cellule de pierre du cheikh Darqawi, où le saint était en train d'agoniser. Un murmure étonné monta de la foule. Cela ne pouvait être que Darqawi lui-même qui battait le rappel. Kauri pria pour que cela signifie qu'il restait quelque espoir.

Depuis dix mois, depuis qu'il avait échappé aux marchands d'esclaves qui l'avaient mis aux fers sur les docks, Kauri avait cherché en vain à connaître le sort de Haidée et de la pièce d'échecs appelée la Reine noire. Tous ses efforts, de même que ceux des soufis de Chadhili et du cheikh, n'avaient pas permis de retrouver sa trace. C'était comme si la jeune fille et cette clé essentielle de l'héritage sacré d'al-Jabbir avaient été englouties par la terre.

Comme Kauri tendait l'oreille, il lui sembla que les battements du tambour devenaient de plus en plus fermes et sonores à l'intérieur de la cahute. Puis il remarqua une légère agitation aux confins de la foule massée au-dehors. Un à un, les hommes se mettaient debout pour libérer le passage devant quelque chose qui s'avançait dans leur direction. Bien que Kauri ne parvînt pas encore à distinguer ce que c'était, il entendait chuchoter.

— Deux cavaliers, articula son voisin d'une voix étranglée par l'effroi. Ils disent que ce sont peut-être des anges. Le saint fait entendre le roulement sacré de la *Plume* !

Kauri considéra l'homme, stupéfait, mais celui-ci regardait au loin. Kauri jeta un œil par-dessus son épaule vers l'endroit où la foule se fendait pour laisser passer ce qui venait vers eux.

Un homme de haute taille à califourchon sur un cheval clair se frayait un chemin dans la foule, avec un autre homme derrière lui. Quand Kauri aperçut la djellaba blanche du désert, les cheveux roux oscillant sur ses épaules, cela lui rappela les icônes interdites de « Ésus le Nazaréen », que les prêtres conservaient dans le monastère fortifié de Saint-Pantaléon, sur l'île des Pins, lieu où la Reine noire avait été cachée.

Mais le cavalier qui suivait le sidéra absolument. Il portait le voile indigo !

Kauri bondit sur ses pieds et se précipita en avant avec les autres.

C'était Shahin, son père !

LA MOSQUÉE QUARAOUINE
FÈS, AU MAROC

Les feux du couchant avaient quitté les cieux ; l'obscurité était tombée. Les toits de tuiles laquées de la mosquée Quaraouine luisaient à la lueur des flambeaux de la cour. Les arcs mauresques qui ceignaient celle-ci étaient déjà plongés dans l'ombre quand Charlot, seul, traversa la vaste surface de sol carrelé de blanc et de noir tandis qu'il se rendait à *Isha*, la dernière prière du soir.

Il était arrivé le plus tard possible, mais avec encore suffisamment de temps pour aller à la mosquée avec le dernier groupe de fidèles. Entre-temps, Shahin et Kauri, déjà à l'intérieur, avaient dû se trouver une cachette comme prévu. Shahin avait jugé plus prudent que Charlot arrive séparément, après la tombée de la nuit. Car bien que ses cheveux cuivrés soient à présent complètement dissimulés sous un turban et une longue djellaba, ses yeux couleur de bleuet risquaient d'éveiller les soupçons dans la journée.

Quand Charlot atteignit la cour de la fontaine, les derniers traînards effectuaient leurs ablutions avant d'entrer dans le sanctuaire. À leur côté auprès de la vasque, il retira promptement ses chaussures en veillant à garder toujours les yeux baissés. Quand il eut fini de se laver les mains, le visage et les pieds, il fourra subrepticement ses chaussures dans la poche sous son vêtement pour qu'on ne les remarque pas une fois que tout le monde aurait quitté la mosquée pour la nuit.

S'attardant pour laisser les autres entrer, il poussa les grandes portes sculptées de la mosquée et s'enfonça dans le silence ombreux. Une multitude de piliers blancs s'alignaient dans toutes les directions, des centaines aussi loin que l'œil pouvait porter. Entre eux, les fidèles étaient déjà prosternés sur les tapis de prière, tournés vers l'est.

Charlot s'arrêta devant la porte pour reconnaître les lieux d'après le croquis de la mosquée que le cheikh leur avait donné.

Malgré la chaleur de ses vêtements et la lumière sourde que procuraient les lampes à huile dans la grande salle, il ne put s'empêcher de sentir un terrible frisson le parcourir. Il tremblait, car ce qu'il faisait n'était pas seulement très dangereux ; c'était interdit.

La mosquée Quaraouine était l'une des plus anciennes et des plus sacrées, fondée près de mille ans plus tôt par Fatima, une femme fortunée originaire de la cité du même nom, Kairouan en Tunisie, la quatrième ville sacrée de l'Islam après La Mecque, Médina et Jérusalem.

Quaraouine était un lieu tellement sacré que pour un *giaour*, un infidèle comme lui, le simple fait d'y pénétrer était passible de mort. Bien qu'il eût été élevé par Shahin et qu'il connût bien la foi de celui-ci, il était difficile d'oublier que sa mère était novice au couvent et son père naturel un évêque de l'Église de France.

En vérité, à tous égards, passer la nuit à l'intérieur de cette enceinte sacrée, comme l'avait recommandé le cheikh, était impensable. Ils seraient pris au piège ici comme des oiseaux dans un sac, sans recours possible à leur élément naturel.

Mais le cheikh al-Darqawi leur avait assuré, d'un ton altier, comme s'il était déjà versé dans la langue des anges, qu'il tenait de la plus haute autorité que la pièce d'échecs serait retrouvée à l'intérieur de la grande mosquée de Quaraouine et qu'il savait où elle était cachée.

— Derrière le voile, à l'intérieur d'un arbre. Suivez la parabole du verset de la Lumière et vous la trouverez forcément.

*Dieu guide vers Sa lumière qui Il veut.*
*Dieu propose aux hommes des paraboles ;*
*et Dieu est Omniscient.*

Le Coran,
verset de la Lumière, XXIV, 35

— Le verset de la Lumière fait partie d'une célèbre sourate du Coran, chuchota Kauri à Charlot.

Ils étaient cachés derrière une lourde tapisserie dans l'annexe funéraire de la mosquée, où ils étaient assis par terre tous les deux, cachés avec Shahin durant ces longues heures, depuis que la prière d'*Isha* était finie et que la mosquée avait été verrouillée pour la nuit.

D'après le cheikh al-Darqawi, le seul occupant de la vaste mosquée jusqu'à l'aube serait le *muwaqqit*, le gardien du temps. Mais celui-ci ne quittait pas de la nuit son logis perché en haut du minaret, se reposant sur des instruments complexes – un astrolabe et une pendule, présents de Louis XIV à la fameuse mosquée – pour faire son important calcul : l'instant précis du *Fajr*, la prochaine des cinq prières canoniques prescrites par le Prophète, qui devait se situer entre le point du jour et le lever du soleil. Ils devraient être en sécurité dans cette alcôve jusqu'à cet instant où les portes s'ouvriraient. Ensuite, ils pourraient se mélanger aux fidèles du matin et partir.

Kauri continua à chuchoter, bien qu'il n'y eût personne alentour à portée de voix.

— Le verset de la Lumière commence par affirmer qu'il doit être entendu comme une parabole, une sorte de code secret concernant « la lumière divine ». Il donne cinq clés : une niche, une lampe, un verre, un arbre et de l'huile. D'après mon maître, le Baba Shemimi, ce sont les cinq niveaux vers l'illumination si nous pouvons en déchiffrer le sens, bien que les érudits aient débattu de ce sens pendant des centaines d'années sans arriver vraiment à le résoudre. Je ne sais pas comment le cheikh Darqawi a pensé que cela nous conduirait à la mosquée ou nous aiderait à trouver la Reine noire…

Kauri s'arrêta en remarquant le changement d'expression brutal chez son interlocuteur, comme si Charlot avait été submergé par une émotion soudaine. Son visage était blême ; il semblait avoir du mal à respirer dans l'espace cloîtré. Sans prévenir, il bondit sur ses pieds et repoussa la lourde tenture. Kauri jeta un rapide coup d'œil à son père pour savoir comment se comporter, mais Shahin s'était également levé et avait saisi Charlot par le bras. Il semblait aussi bouleversé que Charlot.

— Que se passe-t-il ? s'enquit Kauri en s'avançant pour ramener les hommes derrière la tapisserie avant qu'on ne les découvre.

Charlot secoua la tête, le regard rembruni, tandis qu'il considérait Shahin.

— Ma *destinée*, disiez-vous, n'est-ce pas ? demanda-t-il à Shahin avec un petit sourire amer. Peut-être que ce qui embarrassait ma vision n'avait rien à voir avec Kauri. Mon Dieu, comment cela se peut-il ? Et pourtant, je ne le vois toujours pas.

— Père, de quoi s'agit-il ? répéta Kauri, toujours à voix basse.

Shahin se tourna vers son fils.

— Ce que tu viens de nous dire doit être impossible. Le paradoxe le plus complet. Car la pièce que nous sommes venus chercher cette nuit dans la mosquée, la pièce d'échecs que tu as rapportée d'Albanie il y a onze mois, ne peut être la Reine noire d'al-Jabbir Ibn Hayyan. Car c'est nous qui possédons la Reine noire. Elle a appartenu jadis à la Grande Catherine. Elle fut reprise à son petit-fils Alexandre il y a plus de quinze ans, avant que le père de Charlot, le prince Talleyrand, se la procure pour nous. Comment aurait-elle pu être en la possession d'Ali Pacha également ?

— Mais le Baba Shemimi affirmait que les Bektachis d'Albanie et Ali Pacha possèdent cette pièce depuis plus de trente ans ! s'exclama le jeune garçon. Haidée a été choisie par le Baba parce que son père naturel, Lord Byron, avait joué un rôle dans l'histoire de cette pièce. Nous devions la lui confier pour qu'il la mette en lieu sûr.

Charlot déclara à Kauri :

— Il nous faut retrouver cette jeune fille immédiatement. Son rôle peut être d'une importance capitale pour l'avenir. Mais d'abord, as-tu le moyen de déchiffrer cette parabole ?

— Je crois que je l'ai peut-être déjà fait, répondit Kauri. Nous devons commencer sur le lieu de prière.

Quand il fut presque minuit et qu'ils pensèrent que le *muwaqqit* devait être profondément endormi, Shahin, Charlot et Kauri se faufilèrent en bas des marches, quittant l'alcôve dans la galerie de la mosquée funéraire.

La Grande Mosquée était déserte. La surface sous ses cinq dômes voûtés était plongée dans le silence comme une mer immense sous un ciel étoilé.

Kauri avait dit que le seul endroit de la mosquée qui « portait un voile », ce voile sur lequel le cheikh avait insisté, était l'alcôve où se situait la niche de prière, la niche elle-même étant le premier pas dans la parabole du verset de la Lumière.

À l'intérieur de la même niche était posée la *lampe* à la flamme perpétuelle, laquelle à son tour était contenue dans le *verre* qui l'entourait « tel un astre, accroché à un *arbre* béni ». L'arbre de la sourate était un olivier, qui produisait une douce clarté à partir d'une *huile* qui brûlait sans cesse, une huile magique dans ce cas, car « le feu l'effleurait à peine ».

Les trois hommes longèrent sans bruit les colonnades de marbre et se dirigèrent vers la niche de prière à l'autre extrémité de l'édifice. Quand ils eurent écarté le rideau qui la tenait isolée, ils restèrent figés devant la niche, les yeux rivés sur la lampe à l'intérieur de son verre étincelant.

Enfin, ce fut Charlot qui parla.

— Tu as dit que l'étape suivante dans le verset coranique était un arbre, mais je ne vois rien de tel ici.

— Nous devons écarter le voile, déclara Shahin en montrant le rideau protecteur qu'ils venaient de franchir. L'arbre doit être de l'autre côté, à l'intérieur de la mosquée.

Quand ils repoussèrent la draperie pour retourner à l'intérieur de la mosquée, ils aperçurent ce qui ne leur était pas apparu auparavant comme la clé ultime. Devant leurs yeux, accroché à sa lourde chaîne dorée au dôme central de la grande mosquée Quaraouine, était suspendu l'énorme lustre, rutilant de la lumière de milliers de lampes à huile, avec une multitude d'étoiles et de soleils découpés. Depuis leur poste d'observation, ainsi accroché au dôme central, il ressemblait à une représentation ancienne de l'Arbre du Monde.

— L'arbre et l'huile ensemble… le signe, prononça Shahin. Ce n'est peut-être pas l'illumination que le Baba Shemimi recherche pour mon fils. Mais au moins, nous avons toutes les lumières nécessaires pour découvrir s'il y a une autre Reine noire là-haut.

Ils eurent la chance que le train d'engrenage du lustre fût bien huilé ; ils l'actionnèrent en silence. Cependant, ils durent unir leurs forces dans un effort extraordinaire afin de l'abaisser par la chaîne, pour se rendre compte finalement qu'il descendait juste assez bas pour permettre aux préposés de la mosquée de remplir ou rallumer les lampes avec de longues bougies fines ou des becs au bout d'une perche. Quand ils furent arrivés au bout de la chaîne, le lustre restait suspendu à trois mètres au-dessus du sol.

Comme le soleil avançait inéluctablement vers son lever, les difficultés de leur situation les remplirent d'appréhension. Comment parvenir là-haut, à l'intérieur de l'« arbre » ? Ils parvinrent enfin à tomber d'accord.

Kauri, le plus léger des trois, retira ses habits, ne gardant que son kaftan pareil à une tunique et, avec l'aide de Charlot, se hissa sur les épaules de son père. Le garçon grimpa dans les lourdes branches du lustre en prenant soin de ne pas déranger les multiples coupelles vacillantes remplies d'huile lumineuse.

Shahin et Charlot observaient d'en bas tandis que, en silence et avec une grande dextérité, Kauri grimpait dans l'arbre, une branche après l'autre. Quand il modifiait trop sa position, l'énorme suspension oscillait légèrement, menaçant de renverser de l'huile. Charlot retenait son souffle. Il fit un effort sur lui-même pour calmer son pouls affolé.

Kauri parvint au niveau supérieur du lustre qu'ils avaient descendu, il était à une vingtaine de mètres du sol, plus qu'à mi-hauteur du dôme. Il abaissa les yeux vers Charlot et Shahin qui attendaient tout en bas. Puis il secoua la tête pour indiquer qu'il n'y avait pas de Reine noire.

*Mais il faut qu'elle y soit !* songea Charlot au comble de l'angoisse et du doute. *Comment pouvait-elle ne pas être là ?* Ils en avaient tellement vu. Leur périple à travers le grand désert et les montagnes. La capture de Kauri, qui avait échappé de peu à l'esclavage ; les épreuves endurées par la jeune fille, quel que fût le lieu où elle se trouvait. Et puis, ce paradoxe.

La vue du Moulay ad-Darqawi était-elle devenue aussi faible que la sienne ? Y avait-il quelque erreur ? Le cheikh s'était-il mépris sur le message ?

Et alors, il la vit !

Le regard levé vers le lustre gigantesque, Charlot crut voir quelque chose qui n'était pas parfaitement aligné. Il se mit exactement au centre de la structure et regarda de nouveau en l'air. En plein milieu, il distingua une ombre.

Levant la main, il fit signe à Kauri, accroché tout là-haut. Le garçon commença sa descente mal assurée, bien plus périlleuse, et de loin, que la montée, procédant, pas à pas, en contournant les milliers de coupelles d'huile brûlante.

Shahin se tenait sous l'arbre, aux côtés de Charlot, et observait la descente de son fils. Quand Kauri eut atteint le niveau inférieur du lustre, il se balança à deux mains au dernier cercle du lustre et Shahin referma ses bras autour des jambes du garçon pour le retenir. À part Shahin reprenant brusquement son souffle, tout avait été effectué dans un silence total.

Assis par terre, ils levaient les yeux vers le centre creux du lustre, où le morceau de charbon avait été introduit. Ils devaient l'en retirer, et le plus vite possible, afin de pouvoir remonter le lustre bien avant l'appel du muezzin à la prière du matin.

Charlot fit signe à Shahin, qui se tint, les jambes bien plantées sur le sol et forma de ses mains un étrier pour que Charlot grimpe dessus. Celui-ci grimpa sur les épaules de Shahin et se mit debout, dans une position précaire, pour plonger la main à l'intérieur du lustre. Ses doigts effleurèrent la pièce sans pouvoir vraiment s'en saisir. Il indiqua à Kauri de s'approcher et lui tendit la main. Kauri escalada le corps des deux hommes et se balança une nouvelle fois au premier cercle, jusqu'à se trouver au-dessus de la pièce d'échecs. Plantant la main au cœur du lustre, il poussa le morceau de charbon. Il réussit à le déloger et à le déplacer vers le bas en le faisant glisser le long du corps central vers la paume tendue de Charlot.

Au même instant, un carillon pareil au bruit d'un gong brisa le silence de la vaste salle. Il paraissait provenir de tout en haut, du côté de l'entrée. Charlot tressaillit, retira la main qu'il avait levée pour rétablir son équilibre, quand tout se trouva, brusquement, sens dessus dessous. Kauri, qui faisait un geste vers le morceau de charbon au-dessus pour essayer d'empêcher sa chute, n'y réussit pas. Shahin chancela sous le poids déséquilibré et Charlot tomba de son perchoir en roulant sur le côté tandis qu'un lourd morceau de charbon s'écrasait entre eux, tel un météore, sur le tapis qui recouvrait le dallage de marbre après une chute de trois mètres.

Charlot bondit sur ses pieds et ramassa la pièce, affolé, tandis que le tintamarre continuait de se répercuter contre les colonnades de marbre, amplifié par la voûte creuse des hautes coupoles. Kauri se balança sur le dernier cercle du lustre oscillant et se laissa tomber par terre sous une douche d'huile chaude.

Ils s'apprêtaient à prendre la fuite.

C'est alors que le carillon s'arrêta.

La salle était à nouveau plongée dans le silence.

Charlot regarda ses deux compagnons, figés sur place. Puis quand il comprit, il partit d'un éclat de rire malgré le danger qui planait toujours dans l'air.

— Douze coups, non ? demanda-t-il tout bas. Il doit être minuit. J'avais oublié la fichue horloge comtoise du *muwaqqit* !

Après la prière qui précédait le lever du jour, Charlot et ses compagnons, mêlés aux autres fidèles, franchirent le portail de la cour et gagnèrent les rues de la ville de Fès.

Le jour avait commencé. Le soleil miroitait tel un disque en filigrane à travers le voile argenté du brouillard qui commençait à se dissiper. Pour atteindre les portes les plus proches dans les remparts, ils devaient traverser la médina, où déjà s'affairaient des marchands de légumes et de victuailles dans l'air chargé d'arômes exotiques, embaumant l'eau de rose et l'amande, le bois de santal, le safran et l'ambre gris. La médina de Fès, connue pour être le souk le plus grand et le plus complexe du Maroc, formait un labyrinthe inextricable dans lequel, comme chacun le savait, il était facile de se perdre sans espoir de retour.

Avec cette pièce d'échecs cachée dans sa poche ventrale sous ses vêtements, Charlot ne se sentirait pas en sécurité tant qu'il n'aurait pas quitté les murs d'enceinte de cette ville qui les tenaient prisonniers, qui ne cessaient de ressurgir autour d'eux, pareils aux remparts d'une forteresse médiévale. Il devait en sortir, au moins le temps de reprendre son souffle.

En outre, il savait qu'ils devaient trouver très vite un endroit où cacher la pièce, ne serait-ce que le temps qu'ils aient retrouvé la piste de la jeune fille qui détenait peut-être la clé du mystère.

À l'intérieur de la médina, non loin de la mosquée, se trouvait la célèbre madrassa Attarine, vieille de cinq cents ans, un des plus beaux centres religieux du monde avec ses portes de cèdre sculpté et ses grilles, ses murs richement ornés de décors en céramique et de calligraphie dorée. Le Moulay Darqawi les avait prévenus que le toit de la madrassa, qui était ouverte au public, offrait une vue imprenable sur toute la médina. Cela leur permettrait de se repérer et de trouver la sortie.

Et par-dessus tout, Charlot se sentait attiré par cet emplacement. Quelque chose l'attendait là-haut, bien qu'il ne pût voir ce que c'était.

Appuyé au parapet avec ses compagnons, il contempla la médina en essayant de s'orienter. À leurs pieds se déployait le lacis des ruelles parsemées d'échoppes et de souks, de maisons aux murs safran entourées de petits jardins, de fontaines et d'arbres.

Mais de son poste d'observation, Charlot possédait une vue remarquable sur le souk d'Attarine au pied des murs de la madrassa. *La* vue. La vision qu'il attendait. La vision qui avait entravé toutes les autres.

Et quand il comprit ce que c'était, son sang se figea.

C'était le marché aux esclaves.

Il n'en avait jamais vu de sa vie, cependant comment pourrait-il se tromper ? En dessous de lui se tenaient des centaines de femmes parquées dans d'énormes enclos tels des animaux dans une basse-cour, enchaînées les unes aux autres au moyen de bracelets de cheville. Elles se tenaient immobiles, tête baissée, les yeux fixés sur le sol comme honteuses de voir la plate-forme vers laquelle on les conduisait. La plate-forme où les marchands exposaient leurs marchandises.

Mais l'une d'elles leva les yeux. Elle planta son regard dans le sien, semblait-il, des yeux d'argent liquide, comme si elle s'attendait à le voir là.

Ce n'était qu'un petit brin de fille, toute menue, mais d'une beauté saisissante. Et il y avait autre chose. Car Charlot comprenait à présent pourquoi il avait perdu la mémoire. Il savait que, dût-il lui en coûter la vie, dût-il lui en coûter le Jeu, il devait la sauver, il devait la sauver de cette fosse d'iniquité. Finalement, il comprenait tout. Il savait qui elle était et ce qu'il devait faire.

Kauri avait empoigné Charlot par le bras avec insistance.

— Mon Dieu ! La voilà ! C'est elle ! dit-il à Charlot, la voix tremblante d'émotion. C'est Haidée !

— Je sais, répondit Charlot.

— Tu dois la sauver ! insista Kauri en s'accrochant à son bras.

— Je sais, répéta Charlot.

Mais tandis que son regard restait plongé dans celui de la jeune fille sans qu'il puisse le détourner, Charlot savait autre chose dont il ne pouvait parler à personne avant d'avoir compris, lui-même, le sens de tout cela.

Il savait que c'était précisément Haidée qui avait entravé sa vision.

Après s'être brièvement consulté avec Shahin auprès du parapet, ils avaient établi leur plan, le plus simple qui se pût concevoir dans un délai aussi court, bien que, même ainsi, il présentât de multiples dangers.

Ils savaient qu'ils étaient dans l'incapacité d'organiser l'enlèvement ou la fuite de la jeune fille au milieu d'une pareille foule. Shahin, convinrent-ils, partirait derechef pour récupérer leurs montures en vue de leur départ, tandis que Charlot et Kauri, se faisant passer pour un riche colon français marchand d'esclaves accompagné de son serviteur, achèteraient Haidée à n'importe quel prix et iraient le retrouver à la bordure occidentale de la médina, un secteur isolé non loin de la porte nord-ouest, d'où leur sortie de la ville serait moins remarquée.

Comme Charlot et Kauri descendaient dans la foule des acheteurs qui attendaient la première fournée d'êtres humains qu'on préparait pour la vente, Charlot ressentit une tension et une peur croissantes qu'il pouvait à peine contenir. Pendant qu'il se glissait parmi la foule dense des hommes, sa vision des enclos fut entravée pour un temps. Mais il n'avait pas besoin de voir les visages de celles qui étaient retenues là comme du bétail attendant d'aller à l'abattoir. Déjà il sentait leur peur.

Sa propre peur l'atteignait presque autant. Ils avaient commencé par la vente des enfants. Comme chaque groupe de jeunes était conduit depuis les enclos jusque sur l'estrade, par lots de cinquante, où on pouvait les voir, ils étaient déshabillés, puis les marchands examinaient leurs cheveux, leurs yeux, leurs oreilles, leur nez et leurs dents, et un prix plancher était mis sur la tête de chacun. Les plus jeunes enfants étaient vendus par groupe de dix ou vingt, et ceux « à la mamelle » étaient vendus avec leur mère, pour être revendus, sans doute, dès qu'ils auraient été sevrés.

Charlot était presque submergé par une révulsion et une horreur croissantes. Mais il savait qu'il devait rester maître de ces émotions jusqu'à ce qu'il arrive à savoir précisément où se trouvait Haidée. Il jeta un regard à Kauri, puis hocha la tête en direction d'un homme en caftan rayé, qui se trouvait juste à côté d'eux dans la foule.

— Seigneur, dit Kauri à l'homme en arabe. Mon maître est un commerçant d'une importante plantation de sucre du Nouveau Monde. Des femmes sont nécessaires dans nos colonies pour la reproduction et pour les planteurs sans enfant. Mon maître a été envoyé de ce côté-ci pour acquérir de bons éléments aptes à la reproduction. Mais nous connaissons mal les coutumes des enchères dans ces contrées. Peut-être auriez-vous l'amabilité de nous éclairer sur vos usages. Car nous avons entendu dire que la vente d'aujourd'hui pouvait comporter une grande qualité d'or noir et blanc.

— Ce que vous avez entendu est parfaitement exact, confirma l'autre, apparemment ravi de savoir quelque chose que ces étrangers ignoraient. Ces lots proviennent directement de l'intérieur du sérail du sultan Moulay Suliman récemment décédé, c'est une chair de premier choix. Et certes, les usages et les prix sont ici très différents des autres marchés aux esclaves… même de celui de Marrakech, le plus grand marché aux esclaves du Maroc, sur lequel cinq ou six mille humains sont vendus chaque année.

— Différents ? En quoi ? s'enquit Charlot, qui recouvrait des forces dans la colère que suscitait en lui l'insensibilité du personnage.

— En Occident comme à Marrakech, expliqua-t-il, vous verrez que des mâles robustes et en bonne santé sont en plus grande demande pour être transportés sur les plantations comme les vôtres dans les colonies des métropoles européennes. Alors que pour l'exportation vers l'Orient, ce sont les jeunes eunuques qui rapportent les meilleurs prix, car ils ont la faveur comme concubins des riches Turcs ottomans. Mais ici, à Fès, les garçons entre cinq et dix ans ne rapporteront guère plus que deux ou trois cents dinars, alors que les jeunes filles de cet âge valent plus que le double de ce montant. Et une fille qui a atteint l'âge de procréer, si elle est séduisante, pubère mais encore vierge, peut atteindre une valeur de quinze cents dinars, plus de mille livres françaises. Comme ces filles sont de premier choix et très recherchées par ici, si vous avez l'argent, vous n'aurez pas longtemps à attendre. Elles sont toujours vendues en premier, juste après les enfants.

Ils remercièrent l'homme pour ses renseignements. Désespéré par ces paroles, Charlot avait pris Kauri par l'épaule et le poussait maintenant en marge de la foule pour qu'ils puissent rapidement avoir un meilleur aperçu de la plate-forme des enchères.

— Comment allons-nous y arriver ? gémit Kauri.

Car il était clair qu'il était à présent trop tard pour se procurer une pareille somme, même s'ils avaient su comment.

Comme ils s'écartaient de la foule, Charlot articula entre ses dents :

— Il y a un seul moyen.

Kauri leva des yeux ronds, interrogateurs. Oui, il y avait un moyen, comme ils le savaient tous les deux, pour se procurer cette somme tout de suite, sans tenir compte de ce qu'une pareille décision pourrait leur coûter en fin de compte. Mais avaient-ils vraiment le choix ?

Il n'y avait pas de temps à perdre. Presque comme si la main du destin s'était emparée de lui, Charlot sentit la terreur l'envahir. Il se tourna en sursautant vers la plate-forme pour voir la fine silhouette qu'il savait être celle de Haidée, sa nudité dissimulée seulement par son abondante chevelure, tandis qu'avec une rangée d'autres jeunes filles, enchaînées les unes aux autres par un bracelet d'argent fixé au poignet et à la cheville gauche de chacune, elle était conduite sur la plate-forme.

Comme Kauri montait la garde, bloquant la vue des autres, Charlot se pencha sous sa robe comme s'il retirait simplement sa djellaba. Mais il se contenta de plonger une main sous le caftan qu'il portait en dessous et retira la Reine noire de sa pochette de cuir pour pouvoir la regarder. Ayant dégainé son *bousaadi*, il gratta un peu de charbon. Puis, il dégagea de l'or pur, mou, une unique pierre précieuse. Elle tomba dans sa main : une émeraude de la taille d'un œuf de rouge-gorge. Il remit la Reine noire dans son enveloppe, dénoua la sacoche qu'il portait à la taille, rabattit sa djellaba et tendit la pochette en cuir à Kauri.

Avec la pierre lisse toujours serrée dans son poing, Charlot s'avança tout seul devant la foule pour se poster directement sous la plate-forme des femmes nues et terrifiées. Mais quand il leva les yeux, il ne vit que Haidée. Et dans le regard qu'elle posait sur lui, il n'y avait nulle peur, seulement la confiance.

Ils savaient tous les deux ce qu'il devait faire.

Charlot avait peut-être perdu sa vision, mais il savait par-delà le doute que ce qu'il faisait était bien.

Car il savait que Haidé était la nouvelle Reine blanche.

# LE FOYER

*Chaque cité grecque avait son prytanée… Sur ce foyer brûlait un feu perpétuel. Le prytanée était consacré à Hestia, la déesse qui personnifiait le foyer… La question qui subsiste est celle-ci : pourquoi accordait-on autant d'importance au fait d'entretenir un feu perpétuel ?… L'histoire remonte à l'état embryonnaire de la civilisation humaine.*

James George FRAZER, *Le Prytanée*

WASHINGTON, CAPITALE DES ÉTATS-UNIS
AVRIL 2003

Mon taxi me déposa sur M Street, au cœur de Georgetown, alors que les cloches de l'église des Jésuites à l'autre coin de rue annonçaient la fin du sommeil dominical.

Mais Rodo avait laissé sur mon portable tellement de messages pour que je vienne ranimer les feux que, malgré mon épuisement et bien que je sache que Leda couvrirait mes arrières, j'avais déjà décidé de ne pas rentrer directement chez moi. Plutôt faire un crochet d'abord par les cuisines, situées une rue plus loin, pour préparer le nouveau feu pour la semaine, comme je le faisais toujours.

Dire que j'étais épuisée serait l'euphémisme du millénaire. Le départ du Colorado ne s'était pas passé exactement comme prévu.

Le temps que la famille Livingston se décide à prendre congé, le vendredi soir, nous étions tous sur les genoux. Lily et Vartan étaient encore à l'heure londonienne. Key dit qu'elle s'était levée avant l'aube et qu'elle avait besoin de rentrer chez elle pour se mettre au pieu. Et après les émotions brutales et les traumatismes divers que j'avais subis dès l'instant où j'avais débarqué sur le plateau du Colorado, mon esprit était tellement encombré par tous les coups et contrecoups éventuels que je n'arrivais plus à distinguer l'échiquier des pièces.

Lily, après avoir survolé nos visages hagards, décréta qu'il était temps qu'on se retire pour la nuit. Nous reprendrions la séance à la première heure le lendemain, où nous serions en meilleur état pour élaborer une stratégie.

D'après elle, cela se traduirait par une combinaison d'attaques à fronts multiples. Elle-même allait fouiner pour en apprendre davantage sur les activités de Basil Livingston dans le monde échiquéen et Vartan allait cuisiner ses contacts russes pour glaner ce qu'il pourrait sur la mort suspecte de Taras Petrossian. Nokomis essaierait de découvrir quelles routes d'évasion ma mère avait prises après avoir quitté le chalet à Four Corners pour voir si elle pouvait retrouver sa piste. Pour ma part, je me voyais attribuer la tâche ingrate de contacter mon oncle insaisissable pour apprendre ce qu'il savait de la disparition de ma mère et quel

« cadeau » il avait envoyé ici, à en croire son mystérieux message. Nous étions tous convenus que retrouver ma mère était la priorité absolue, et que j'appellerais Key lundi pour faire le point.

Key était au téléphone avec son équipe et vérifiait où en était la voiture de Lily qui avait été remorquée à Denver par dépanneuse. C'est alors qu'il apparut que nous allions devoir modifier tous nos plans.

— Et zut ! lança-t-elle en m'adressant un regard sombre, le téléphone toujours collé à l'oreille. L'Aston Martin a été transportée à Denver comme une fleur, mais on annonce l'arrivée d'une tempête de neige venue du nord. Elle est déjà dans le sud du Wyoming. Elle devrait arriver ici demain avant midi. L'aéroport de Cortez est bouclé pour le week-end et pour le reste, je ne te dis pas.

J'avais déjà été dans cette galère, et je connaissais donc la marche à suivre. Même si on n'était que vendredi et que mon vol de retour pour Washington n'était prévu que pour dimanche, il suffisait que la tempête nous balance suffisamment de neige demain pour que je rate ma correspondance à Denver. Pire encore, et au-delà de ce qui était envisageable, nous pouvions rester en rade dans les montagnes pendant des jours avec un seul lit à partager et un stock d'aliments instantanés pour toute nourriture. Nous allions donc devoir quitter la montagne dès la première heure, tous les trois, avec Zsa-Zsa et les bagages, bien avant la tempête, et faire les huit cents kilomètres de randonnée à travers les Rocheuses dans ma voiture de location, que je pourrais laisser à l'aéroport de Denver.

À l'étage, j'attribuai à tante Lily et sa compagne, Zsa Zsa, le seul vrai lit, le lit en laiton de ma mère, installé dans une des alcôves semi-privées de la galerie octogonale. Elles dormaient avant d'avoir posé la tête sur l'oreiller. Vartan m'aida à déplier les futons et les sacs de couchage, et me proposa de m'aider à faire la vaisselle qui attendait.

Mes invités avaient dû remarquer que les conditions d'accueil dans l'octogone de ma mère étaient assez sommaires. Mais j'avais omis de mentionner que le chalet n'offrait qu'une petite salle de bains, au rez-de-chaussée, sous la cage d'escalier, dépourvue de douche, avec seulement une baignoire sur pieds de griffon et un grand lavabo en fonte émaillée à l'ancienne. Comme une longue expérience me l'avait appris, c'était aussi l'endroit où l'on faisait la vaisselle.

En partant, Key jeta un œil par la porte ouverte de la salle de bains où Vartan, les manches de son pull en cashmere relevées au-dessus des coudes, faisait tourner les assiettes autour du lavabo et les rinçait dans la baignoire. Il me passa une assiette mouillée par la porte pour que je l'essuie.

— Désolée de ne pouvoir te recruter. On manque de place, dis-je en indiquant l'espace encombré.

— Rien de plus sexy qu'un homme supercanon en train de barboter dans un lavabo d'eau chaude et savonneuse rempli d'assiettes, nous lança-t-elle avec un large sourire.

J'éclatai de rire pendant que Vartan faisait la grimace.

— Enfin, même si ça vous amuse tous les deux, poursuivit-elle, ne restez pas debout toute la nuit à faire des bulles. Vous avez une route difficile qui vous attend demain.

Puis elle disparut dans la nuit.

— C'est vrai que c'est amusant, fit Vartan dès qu'elle fut partie. (Il me passait à présent les tasses et les verres par la porte.) J'avais l'habitude d'aider ma mère comme ça en Ukraine quand j'étais petit, ajouta-t-il. J'adorais être dans la cuisine et sentir l'odeur du pain dans le four. Je l'aidais pour tout, moudre le café et écosser les petits pois… on ne pouvait pas me faire partir. Les autres enfants disaient que j'étais attaché à ma mère, comment vous dites ça ? Aux cordons de son tablier ? J'ai même appris à jouer aux échecs sur la table de la cuisine pendant qu'elle faisait à manger.

Je dois reconnaître que j'avais du mal à imaginer le petit prodige des échecs arrogant, impitoyable, de ma dernière rencontre, sous les traits du petit garçon à sa maman dont il faisait le portrait. Plus étrange encore, l'écart entre nos deux cultures me sauta aux yeux.

Ma mère savait construire un feu, mais quand il s'agissait de faire la cuisine, c'est tout juste si elle était capable de mettre un sachet de thé dans l'eau chaude. Les seules cuisines que j'avais connues enfant étaient loin d'être agréables. Deux plaques chauffantes dans notre appartement de Manhattan, à côté de l'énorme cuisinière à bois et la cheminée monumentale de l'oncle Slava dans son manoir de Long Island, où on pouvait faire la cuisine pour un rassemblement de troupeau. Encore que, comme c'était un solitaire, il n'en fît jamais. Et il était difficile de dire que ma propre éducation aux échecs avait été aussi idyllique.

— Tes souvenirs d'enfance dans la cuisine de ta mère, c'est super-émouvant pour un cuistot comme moi, dis-je à Vartan. Mais qui t'a appris à jouer aux échecs ?

— Ça aussi, c'est ma mère. Elle m'a acheté un petit jeu et m'a appris à jouer… j'étais tout petit, dit-il en me faisant passer les derniers couverts. C'était juste après que mon père avait été tué.

Quand Vartan me vit sursauter, il prit mes mains qui tenaient encore les couverts dans le torchon.

— Je m'excuse, je croyais que tout le monde le savait, se hâta-t-il de dire. (Il me retira les couverts qu'il posa.) C'est dans tous les articles sur les échecs depuis que je suis passé grand maître. Mais la mort de mon père n'a rien à voir avec celle du tien.

— C'était *quoi* ?

J'étais au bord des larmes. J'étais prête à tomber par terre d'épuisement. Je ne pouvais plus réfléchir correctement. Mon père était mort, ma mère avait disparu. Et maintenant, cela.

— Mon père a été tué en Afghanistan, quand j'avais trois ans, expliqua Vartan. Il a été appelé sous les drapeaux au plus fort de la guerre. Mais il n'a pas servi longtemps, de sorte que ma mère n'a pas pu toucher de pension. Nous étions très pauvres. C'est pourquoi elle a fini par faire ce qu'elle a fait.

Les yeux de Vartan étaient braqués sur moi. Il avait repris mes mains dans les siennes et maintenant les serrait fermement.

— Xie, tu m'écoutes ? m'exhorta-t-il d'une voix que je n'avais encore jamais entendue, si pressante que c'était presque un ordre pour réclamer mon attention.

— Attends une minute, dis-je. Vous étiez raides, ton père est tombé au champ d'honneur. Jusque-là, je te suis ? (Mais justement, je sortis de ma torpeur.) Alors qui a fait quoi ?

— Ma mère, reprit Vartan. C'était plusieurs années avant qu'elle comprenne à quel point j'étais fort aux échecs… à quel point je pouvais être fort. Elle voulait m'aider le plus possible. J'ai eu du mal à lui pardonner, mais je savais qu'elle croyait bien faire en l'épousant.

— En épousant qui ? demandai-je même si j'avais compris avant qu'il le dise.

Bingo. L'homme qui avait arrangé le tournoi au cours duquel mon père avait été tué, celui qui était le complice de Basil Livingston, qui s'était fait trucider par les *siloviki* deux semaines plus tôt à Londres. Ce type ne pouvait être que le beau-père de Vartan Azov…

— Taras Petrossian.

Il va sans dire que nous ne dormîmes guère, Vartan et moi, jusqu'à l'aube. Son enfance échiquéenne à l'époque soviétique faisait apparaître celle de mon père – du moins le peu que j'en connaissais – comme joyeuse en comparaison.

L'élément crucial tenait au fait que Vartan ne supportait pas le nouveau beau-père qu'il s'était acquis à l'âge de neuf ans, mais qu'il s'en remettait à lui pour le bien-être de sa mère et pour sa propre formation et son entraînement aux échecs. À partir du moment où il avait décroché le titre de grand maître après la mort de sa mère, Petrossian ayant alors choisi l'exil hors de la Russie, Vartan avait eu peu de contacts avec lui. Jusqu'à ce dernier tournoi, deux semaines plus tôt, à Londres.

Cependant… pourquoi n'avait-il pas fait état de ces relations quand nous discutions, plus tôt, de nos stratégies ? Si cela se trouvait « dans tous les papiers sur les échecs », Lily était-elle au courant ?

Maintenant que nous étions assis côte à côte enfouis dans les coussins auprès de la clarté déclinante du feu, je me trouvais trop épuisée pour protester ou même parler, mais toujours trop désemparée pour me retirer à l'étage et prendre un peu de repos. Vartan nous avait versé un cognac déniché au fond du buffet. Entre deux gorgées, il tendit la main et me frotta la nuque.

— Je regrette. Je croyais que tu savais tout ça, dit-il avec autant de douceur que possible, en pétrissant les tendons noués dans ma nuque. Mais si nous sommes vraiment embarqués dans ce Grand Jeu, comme le dit Lily Rad, je crois qu'il y a trop de coïncidences dans nos vies pour que nous ne joignions pas nos forces.

*À commencer par quelques assassinats suspects dans la famille*, me dis-je. Mais je gardai le silence.

— C'est dans cet esprit de coopération, ajouta Vartan en souriant, que j'aimerais t'offrir un de mes talents dans un domaine où je suis encore meilleur qu'aux échecs.

Sa main quitta ma nuque pour se loger sous mon menton et renversa mon visage vers le sien. J'étais sur le point de m'insurger quand il ajouta :

— Ce talent est aussi quelque chose que ma mère m'a appris quand j'étais tout petit. Quelque chose dont je crois que tu auras besoin avant que nous partions d'ici demain matin.

Il se leva et alla dans le sas de l'entrée, d'où il revint avec ma grosse parka en duvet, qu'il jeta sur mes genoux. Puis il se dirigea vers le piano. Je me redressai dans les coussins, affolée de le voir soulever le couvercle et plonger la main à l'intérieur. Il en sortit le dessin de l'échiquier que, dans mon état de stupeur, j'avais presque totalement oublié.

— Tu avais projeté de l'emporter, non ? demanda-t-il. (Puis, comme je hochai la tête, il poursuivit :)

Alors tu devrais te féliciter que ta parka soit assez épaisse pour le cacher à l'intérieur du duvet. Et remercie le ciel que ma mère m'ait appris à coudre !

J'avais fait bien des fois ces douze heures de trajet éreintantes et, malgré tout, je passai la journée du samedi à me battre avec le volant, devançant de peu les vents rageurs annonciateurs de la tempête. Cependant, il était réconfortant de savoir que je portais une épaisseur isolante supplémentaire provenant du dessin d'un échiquier vieux de deux cents ans dissimulé à l'intérieur de la doublure en duvet de ma parka. Auquel s'ajoutait un autre réconfort, celui d'avoir pris une décision de dernière minute consistant à attraper l'enveloppe de coussin dans laquelle j'avais logé le jeu d'échecs pour la fourrer dans mon sac à dos. Au cas où il y aurait un autre message que j'aurais négligé.

Au moment où le blizzard frappait Denver, je déposai l'entourage de Lily et ses bagages devant l'entrée du Brown Palace, et laissai le portier prendre la voiture. Nous eûmes notre premier repas du jour à la Ship's Tavern, juste avant la fermeture. Nous convînmes de nous concerter de nouveau dans la semaine. Et je m'accordai quelques heures de sommeil, m'effondrant sur la banquette dans la suite de Lily. En fin de compte, ce serait la dernière fois que je pourrais manger et dormir en vingt-quatre heures.

À minuit, dans Georgetown, comme je descendais l'escalier de pierre raide et traversais la passerelle en bois qui enjambait le canal vitreux et miroitant, je pouvais voir à mes pieds le Sutalde, le Foyer, le restaurant de Rodo de réputation internationale, sur le faible promontoire qui surplombait le fleuve.

Le Sutalde était un lieu exceptionnel, même pour un endroit aussi imprégné d'histoire que Georgetown. Ses bâtiments de pierre érodés par les intempéries, qui remontaient au début du XVIII^e siècle, figuraient parmi les plus anciens de Washington, et il en émanait un charme irrésistible.

J'ouvris la porte d'entrée du restaurant et coupai l'alarme antivol. Bien que les lumières intérieures fussent sur extincteur automatique, je ne me préoccupais jamais de les allumer quand j'allais au Sultade, même en pleine nuit. De l'autre côté de la vaste salle, là où se trouvaient à l'origine les portes de grange, il y avait à présent un mur de fenêtres à petits carreaux dominant le canal et le Potomac. Tandis que j'avançais parmi les tables drapées de nappes damassées, fantomatiques dans la pénombre, j'avais une vue panoramique sur la surface vert céladon de Key Bridge illuminé par ses hauts réverbères élégants sur toute la largeur du fleuve. Sur l'autre rive, les lumières des tours de Rosslyn se réfléchissaient dans les eaux nocturnes scintillantes du vaste fleuve.

Depuis ces fenêtres jusqu'au bureau du maître d'hôtel, prolongeant la longueur du mur à gauche de la salle, se trouvait une étagère presque aussi haute que moi sur laquelle étaient alignés des pichets de cidre basque en céramique artisanale originaires de toutes les provinces. Cela formait une sorte de corridor qui permettait aux serveurs et aux convives préférés de mon patron d'atteindre leur destination sans être obligés de louvoyer entre les tables. Rodo était très fier de cet arrangement : du cidre, de la présentation et de la petite note d'intimité et de classe que cela apportait. Je plongeai derrière le présentoir et descendis l'escalier à vis en pierre conduisant aux cuisines. Ici se trouvait un vieux caveau, un lieu magique créé par Rodolfo Boujaron, dans lequel pratiquement tous les soirs des convives privilégiés, s'ils avaient du temps à perdre et *beaucoup d'argent**, pouvaient suivre à travers une énorme cloison vitrée comment les huit plats de leur menu à prix fixe étaient mitonnés sur le feu et la braise par un personnel affairé et des grands chefs étoilés.

À côté des vastes fours de pierre, Leda la Lesbienne était juchée sur le tabouret haut d'où elle surveillait les feux. Apparemment calme et détendue, elle lisait un livre en fumant une de ses habituelles cigarettes turques roulées à la main dans son porte-cigarette en laque noire avec, à portée de main, un Pernod, sa boisson préférée.

Les fours, estimai-je d'un œil connaisseur, avaient eu le temps de se refroidir et elle les avait nettoyés en vue de ma tâche de la semaine à venir, ce qui me ferait gagner du temps ce soir.

Rodo avait raison sur un point. Leda était bien un cygne, une créature *soignée** qui affichait force et détachement. Mais elle préférait qu'on l'appelle Leda la Lesbienne, autant par fierté pour revendiquer sa vocation de lesbienne que pour garder les convives à bout de bras. Je pouvais comprendre ses inquiétudes. Je me soucierais, moi aussi, de la longueur des bras qui se tendaient inopinément si j'avais l'air aussi désinvolte et aguichante que Leda.

La courbe de son cou de cygne était accentuée par une tignasse blond platine taillée court, comme la coupe en brosse d'un équipage de porte-avions. Sa peau translucide, ses sourcils artificiellement arqués, ses lèvres parfaitement soulignées d'un trait rouge sang et le porte-cigarette laqué, tout cela contribuait à lui donner l'air d'une illustration stylisée façon art nouveau. Sans oublier que son costume de préférence, quand le temps le permettait, était ce qu'elle portait ce jour-là, à minuit auprès de la cheminée refroidie : des rollers étincelants, un T-shirt constellé de strass et un boxer d'homme en satin. Comme disent les Français, Leda, « elle est comme ça ».

Elle se retourna avec soulagement quand elle m'entendit dans l'escalier. Je laissai tomber mon sac à dos sur le sol, retirai ma veste fourrée, la repliai avec soin et la posai dessus.

— L'enfant prodigue est de retour, le ciel soit loué ! s'exclama-t-elle. Ce n'est pas trop tôt. « *Missié* Rodolpho *Legree*[1] » nous fait grimper aux rideaux depuis ton départ.

Rodo en maître d'esclaves était une vision partagée par tous ceux qui devaient s'occuper des fours. Comme pour les soldats à l'exercice, la discipline devenait une seconde nature.

La preuve, c'est que, malgré la fatigue et la faim, je fonçai droit sur la pile de bois. Leda reposa sa cigarette et son verre, se laissa glisser de son tabouret et, sur ses rollers silencieux qui faisaient bruisser l'air derrière moi, me suivit jusqu'au mur du fond où chacune tira un fagot de bois sec pour que je puisse commencer à construire un nouveau feu dans chacun des quatre foyers.

— Rodo a dit que si tu rentrais cette nuit, je devais rester pour t'aider, précisa-t-elle. Il a dit qu'il fallait que le feu soit bien préparé ce soir. C'est superimportant.

1. Allusion à Simon Legree, le cruel planteur dans *La Case de l'oncle Tom*, de Harriet Beecher Stowe. *(N.d.T.)*

Comme si cette injonction familière allait aider mes yeux larmoyants ou mon cerveau embrouillé, me dis-je. Sans parler de mon estomac qui grondait.

— Quoi de neuf, à part ça ? demandai-je comme elle m'aidait à mettre en place les deux énormes « bûches de chenets » dans le premier foyer, qui serviraient à soutenir les autres. Écoute, Leda, je n'ai pratiquement pas fermé l'œil depuis des jours. Je vais faire partir les feux partout, ils vont mettre quelques heures à s'installer avant qu'on puisse faire la cuisine. Alors, si tu veux bien surveiller les foyers, je pourrai rentrer chez moi et récupérer un peu. Je serai de retour avant le lever du soleil pour commencer à faire le pain, promis juré.

J'avais fini d'empiler le triangle des bûches supérieures sur les chenets, et je bourrai le papier froissé dessous.

— D'ailleurs, on ne va pas en faire un fromage si on a un peu de retard sur les horaires établis par notre sergent instructeur, ajoutai-je. Après tout, la boîte ferme toujours le lundi…

— Tu es complètement à l'ouest, justement, me coupa Leda, l'air inhabituellement soucieux tandis qu'elle me tendait une autre pile de papier. Rodo donne une énorme *boum** demain soir pour une brochette de grosses légumes, ici même dans le caveau. C'est du supergratin. Aucun de nous n'est invité, pas même pour préparer les tables. Rodo dit qu'il ne veut que toi pour l'aider à la cuisine et en salle.

Ça se mit à clignoter dans mon cerveau : en effet, ça ne tournait pas rond. J'essayai de me calmer tandis que je fourrais un peu plus de papier froissé sous les feux naissants. Mais le moment choisi par Rodo pour cette soirée impromptue ne me plaisait pas, au lendemain de celle organisée par ma mère dans le Colorado, une fête dont Rodo avait été au courant, comme me l'avait appris son message.

— C'est quoi, au juste, cette teuf ? Tu sais ? maugréai-je. Tu as une idée de qui sont ces « grosses légumes » ?

— J'ai cru comprendre que ça pourrait être de hautes personnalités du gouvernement. Personne ne sait vraiment, dit-elle. (Elle s'accroupit sur ses rollers en me faisant passer d'autres feuilles de papier froissé.) Ils ont pris toutes les dispositions directement avec Rodo, sans passer par le responsable du service traiteur. Ils font ça un soir où le restaurant n'est même pas ouvert. C'est ultraconfidentiel.

— Alors, comment tu as fait pour savoir tout ça ?

— Quand il a découvert que tu avais joué les filles de l'air pour le week-end, Rodo a failli avoir une attaque… c'est là que j'ai appris qu'il te voulait là, toi et toi seule, demain soir, expliqua Leda. Mais pour la *boum**, on savait tous qu'il y avait une soirée privée. Ça fait deux semaines que le caveau a été réservé…

— Deux semaines ? l'interrompis-je.

Même si je tirais des conclusions trop hâtives, cela me semblait être plus que du synchronisme. La réflexion de Vartan me revint à l'esprit : *Il y a trop de points communs entre nos deux vies pour que ce soit des coïncidences*. Je commençais à avoir l'horrible conviction qu'il n'y avait aucune coïncidence dans la façon dont ma vie se déroulait ces derniers jours.

— Mais pourquoi Rodo m'aurait-il choisie, moi, pour sa fiesta ? demandai-je à Leda qui était agenouillée à côté de moi pour bourrer le papier journal. Enfin, quoi, je ne suis même pas un cuistot chevronné, tout juste une apprentie. Il s'est passé des choses ces derniers temps qui auraient pu susciter cet intérêt subit pour ma carrière ?

Leda leva les yeux. Ses paroles confirmèrent mes pires craintes.

— Eh bien, justement, il y a un mec qui est venu au restaurant un certain nombre de fois ce week-end et qui te cherchait. Peut-être qu'il a un rapport avec le cirque de demain soir.

— C'est qui, ce gusse ? demandai-je en essayant de réprimer cette familière poussée d'adrénaline.

— Il ne m'a pas donné son nom ni laissé de message, me dit-elle en se relevant et en s'essuyant les mains sur son short. Le genre plutôt distingué, grand et élégant, avec un trench-coat supercool. Mais assez mystérieux aussi. Il portait des verres bleutés, de sorte qu'on ne pouvait pas bien voir ses yeux.

Génial. J'avais bien besoin de ça en ce moment, un homme mystérieux dans ma vie. J'essayais de fixer Leda, mais mes yeux partaient en vrille. Je titubais presque après quatre jours de privation de nourriture, de boisson, de sommeil. Au diable les coïncidences, les hasards heureux ou non, j'avais besoin de rentrer chez moi. J'avais besoin de me coucher dans un lit.

— Où tu vas ? m'interpella Leda tandis que je me dirigeais en trébuchant dans le brouillard vers les marches.

— On voit ça demain matin, parvins-je à articuler tandis que je ramassais en passant ma veste et mon sac à dos restés par terre. Les feux vont marcher. Rodo survivra. Cet étranger énigmatique reviendra peut-être. Et ceux qui vont mourir te saluent.

— Cool, je reste ici, confirma Leda. Et fais attention à toi.

Je grimpai les marches, les jambes flageolantes et trébuchai dans l'allée déserte. Je jetai un œil à ma montre. Presque deux heures du matin et pas un chat à l'horizon. Le chemin étroit, pavé de briques, était un vrai tombeau. C'était tellement silencieux qu'on pouvait entendre dans le lointain les flots du Potomac qui clapotaient contre les piles de Key Bridge.

Au bout de l'allée, je tournai le coin vers ma petite terrasse en ardoise qui borde le canal. Je fouillai dans mon sac à dos à la recherche de ma clé, sous l'éclairage rosé de l'unique réverbère posté à l'entrée du chemin ombragé qui descend vers le Francis Scott Key Park. Seule la rampe métallique des vélos qui bordait la terrasse vous empêchait de basculer dans le vide par-dessus le rocher et le mur de soutènement qui plongeait à pic vers la surface immobile de C & O Canal, vingt mètres plus bas.

Mon habitation sur l'escarpement offrait une vue imprenable sur toute la largeur du Potomac. Beaucoup de gens auraient tué pour avoir une vue pareille et l'avaient probablement fait dans le passé. Mais au fil des ans, Rodo avait refusé de vendre la bâtisse érodée du fait de sa proximité avec le Foyer. Exténuée, je humai profondément l'air du fleuve et sortis ma clé.

Il y avait en fait deux portes, deux entrées séparées. Celle de gauche conduisait au rez-de-chaussée avec des barres métalliques et des fenêtres aux volets clos, où Rodo conservait des documents et des dossiers importants pour son empire sur feu de bois dansant. J'ouvris l'autre, où dormait l'esclave, qui restait ainsi commodément à portée de main pour l'entretien desdits feux.

Comme j'allais entrer à l'intérieur, mon pied trébucha sur quelque chose que je n'avais pas remarqué et qui se trouvait sur la marche. C'était un sac en plastique transparent avec *The Washington Post* à l'intérieur. Je ne m'étais jamais abonnée au *Post* de ma vie et il ne pouvait appartenir à aucun des riverains de l'allée. J'étais sur le point de larguer le sac, le journal et le reste, dans la première poubelle publique venue quand, sous la lumière rose limpide du réverbère, je remarquai un papillon jaune que quelqu'un avait collé dessus avec un message à la main : « Voir page A1. »

J'allumai mes lampes et entrai chez moi. Laissant tomber mon sac sur le sol de la cheminée, je tirai le journal de son enveloppe et le dépliai sans ménagement.

Les titres semblèrent me sauter à la figure malgré le temps et l'espace. J'entendis le sang battre dans mes oreilles. Je pouvais à peine respirer.

7 AVRIL 2003
LES BLINDÉS PRENNENT D'ASSAUT LE CENTRE
DE BAGDAD.

Nous avions pris la ville à six heures du matin, heure locale… seulement quelques heures plus tôt, juste à temps pour passer l'information dans le quotidien du jour. Dans mon état d'abrutissement, je pus à peine assimiler le reste.

Tout ce que j'entendais, c'était la voix de Lily qui hantait les recoins de ma mémoire :

*Ce n'était pas la partie d'échecs que ta mère craignait, mais bien un tout autre Jeu… Le Jeu le plus dangereux qui se puisse imaginer… qui se joue avec un échiquier et des pièces rares et précieuses originaires de Mésopotamie…*

Pourquoi n'avais-je pas fait le rapport tout de suite ? Étais-je aveugle ?

Que s'était-il passé deux semaines plus tôt ? Deux semaines plus tôt, quand Taras Petrossian avait rencontré une mort mystérieuse à Londres ? Deux semaines plus tôt, quand ma mère avait envoyé toutes ces invitations pour son anniversaire ?

Deux semaines plus tôt, le matin du 20 mars, les troupes américaines envahissaient l'Irak. Lieu d'origine du Jeu de Montglane. Deux semaines plus tôt, la partie avait commencé. Le Grand Jeu avait recommencé.

# DEUXIÈME PARTIE

## *L'Œuvre au noir : Nigredo*

*Il faut chercher l'origine des choses et s'efforcer de comprendre comment le procédé de reproduction et de résurrection s'accomplit par le biais de la décomposition, et comment toute vie est produite par la corruption... elle doit périr et se putréfier ; de nouveau, sous l'influence des astres, qui œuvrent à travers les éléments, elle reprend vie et devient à nouveau une chose céleste qui réside dans la plus haute région du firmament.*

Basile VALENTIN, *La Huitième Clef*

# LE RETOUR

*Brusquement, je me mis à saisir, en chair et en esprit, que je n'étais plus prisonnier, ni condamné à mort… Au moment de m'endormir, deux mots latins assaillirent sans raison ma mémoire :* magna, mater. *Le lendemain matin, en me réveillant, je les retrouvai et compris leur sens… Dans l'ancienne Rome, les candidats au culte secret de* magna mater *devaient passer à travers un bain de sang. S'ils survivaient, ils naissaient une seconde fois.*

Louis PAUWELS et Jacques BERGIER,
*Le Matin des magiciens* (1960)

*C'est réellement cette mort et cette résurrection initiatiques qui consacrent le chaman.*

Mircea ELIADE, *Le Chamanisme*
*et les techniques archaïques de l'extase* (1951)

## Dolena Geizerov, Duhlyikoh Vahstohk (la Vallée des Geysers, dans l'Extrême-Orient russe)

*Il eut l'impression qu'il s'élevait depuis une grande profondeur, flottait vers la surface d'une mer obscure. Une mer sans fond. Ses yeux étaient fermés, mais il pouvait sentir l'obscurité sous lui. Comme il s'élevait vers la lumière, la pression sur lui semblait grandir, une pression qui lui rendait la respiration difficile. Avec effort, il glissa la main vers sa poitrine. Contre sa peau se trouvait un doux morceau d'étoffe, un vêtement ou une couverture fine qui ne pesait rien.*

*Pourquoi ne pouvait-il respirer ?*

*S'il se concentrait sur sa respiration, il trouvait que cela lui venait plus facilement, d'une façon rythmique. Le bruit de sa propre respiration était une chose étrange et nouvelle, comme s'il ne l'avait jamais entendu clairement auparavant. Il écoutait le bruit monter et redescendre en une cadence douce, tranquille.*

*Les paupières toujours closes, dans son imagination, il pouvait presque distinguer une image qui tournait autour de lui, une image qui semblait très importante, si seulement il parvenait à la saisir. Mais il n'arrivait pas à la voir vraiment. C'était assez vague, et flou sur les bords. Il fit un effort pour mieux voir : peut-être était-ce une figurine quelconque. Exactement, c'était la silhouette sculptée d'une femme, miroitant dans une lumière dorée. Elle était assise à l'intérieur d'un pavillon aux rideaux à demi fermés. Était-il le sculpteur ? Était-il celui qui l'avait sculptée ? Cela semblait très important. S'il arrivait à repousser les draperies par la force de son esprit, il pourrait voir à l'intérieur. Il pourrait voir la forme.*

*Mais à chaque fois qu'il essayait de se représenter cette tâche, sa tête était submergée par une lumière brillante, éblouissante.*

*En faisant un effort supplémentaire, il réussit finalement à ouvrir les paupières et tenta de fixer son attention sur ce qui l'entourait. Il se trouvait dans une sorte d'espace indifférencié rempli d'une étrange lumière, avec une lueur incandescente qui vacillait autour de lui. Au-delà, il y avait des ombres brunes épaisses, impénétrables, et dans le lointain, un bruit qu'il ne put identifier, comme de l'eau qui coulait à grande vitesse.*

*À présent, il pouvait voir sa main toujours posée sur sa poitrine, flétrie tel un pétale. Elle semblait irréelle, comme si elle bougeait de sa propre volonté, comme si elle appartenait à quelqu'un d'autre.*

*Où était-il ?*

*Il tenta de se redresser, mais il découvrit qu'il était trop faible pour seulement essayer. Il avait la gorge sèche et rêche ; il ne pouvait avaler.*

*Il entendit des voix qui chuchotaient à proximité, des voix de femmes.*

*— De l'eau, essaya-t-il d'articuler.*

*Le mot put à peine franchir ses lèvres desséchées.*

– Yah nyihpuhnyee mahyoo, *dit une des voix. « Je ne te comprends pas. »*

*Mais il l'avait comprise.*

– Kah tohri eechahs ? *demanda-t-il en direction de la voix dans la même langue qu'elle avait utilisée pour lui parler, bien qu'il fût encore incapable de dire ce que c'était. « Quelle heure est-il ? »*

*Et bien qu'il ne pût encore discerner les formes ni les visages dans la pénombre tremblotante, il vit une fine main de femme qui venait vers lui pour se poser doucement sur la sienne, laquelle reposait toujours sur sa poitrine. Puis la voix, une voix différente de la première – une voix familière – parla tout à côté de son oreille. Elle était grave, liquide et aussi apaisante qu'une berceuse.*

*— Mon fils, dit-elle. Te voilà de retour.*

# LE CHEF

*Quelque part que l'homme soit né, il faut qu'il mange ; c'est à la fois la grande préoccupation de l'homme sauvage et de l'homme civilisé.*

Alexandre DUMAS,
*Le Grand Dictionnaire de cuisine*

*Qui sait comment manger en sait assez.*

Proverbe basque

WASHINGTON, CAPITALE DES ÉTATS-UNIS
7 AVRIL 2003

Le lundi matin à 10 h 30, j'étais au volant de la Volkswagen Touareg de Rodo sur River Road, roulant dans le crachin et la brume en direction de Kenwood, au nord de l'État, et de la somptueuse villa de mon boss, baptisée *Euskal Herria*, « Le Pays basque ».

J'étais – bien malgré moi – le livreur chargé d'assurer que les victuailles arrivent en bon état. Conformément aux ordres que Rodo avait laissés sur mon répondeur, j'étais allée prendre les crustacés mis dans la glace chez Cannon's Seafood à Georgetown et les légumes frais à Eastern Market sur Capitol Hill. Ils avaient été préalablement lavés, grattés, tranchés, débités en cubes, en rondelles, en quartiers, en lanières, émincés, râpés, hachés ou passés à la moulinette sous l'œil implacable de Rodo par son escouade de sous-esclaves personnels installés à demeure pour la préparation du dîner « supertop » de ce soir au Sutalde.

Mais même si j'avais réussi à récupérer un peu de sommeil et si Leda m'avait déposé devant ma porte un café fraîchement mitonné au coin du feu, j'étais tellement à cran que je devais faire d'immenses efforts pour éviter d'aller dans le décor.

Tandis que je grimpais la route glissante et sinueuse avec les balais d'essuie-glaces qui cognaient contre la masse d'eau dégoulinante, je pris à côté de moi, sur le siège du passager, une poignée de groseilles à maquereau dans une cagette que j'avais chipée en pensant aux garnitures des plats de ce soir, et me les fourrai dans la bouche en les faisant descendre avec une gorgée du caoua sirupeux de Leda. C'était les premiers fruits frais que je mangeais depuis plusieurs jours. Je m'aperçus que c'était aussi la première fois en quatre jours que j'avais le temps, étant seule, de réfléchir. Et j'avais amplement de quoi me mettre sous la dent de ce côté-là aussi.

Je n'arrivais pas à me retirer de la tête, comme aurait dit Key, que « trop de cuisiniers gâtent la sauce ». Je savais que cette *bouillabaisse** de coïncidences invraisemblables et d'indices contradictoires contenait assez d'ingrédients empoisonnés pour en faire un sacré bouillon d'onze heures. Et il y avait trop de gens qui en remettaient une louche en douce.

Ainsi, si les Livingston et tante Lily connaissaient Taras Petrossian, l'organisateur du dernier match où mon père avait été tué, pourquoi personne au dîner – Vartan Azov compris – n'avait-il daigné mentionner ce détail qu'ils devaient tous connaître ? À savoir que le bonhomme qui venait de casser sa pipe à Londres était le beau-père de Vartan ?

Et si tous ceux qui avaient été impliqués dans le passé étaient désormais en danger ou morts – y compris la famille de Lily et la mienne –, pourquoi crachait-elle le morceau concernant le Jeu devant Vartan et Nokomis Key ? Lily pensait-elle qu'ils participaient aussi au Grand Jeu ? Et dans ce cas, qu'en était-il de la famille Livingston et de Galen March, qui avaient été invités par ma mère ? Quel danger représentaient-ils exactement ?

Mais indépendamment de l'identité des joueurs ou de la partie en cours, je me rendais compte à présent que j'étais celle qui tenait dans sa main quelques éléments de l'énigme. Aux échecs, cela s'appelle un « avantage matériel ».

Premièrement, pour autant que je sache, j'étais la seule personne – avec mon défunt père – à avoir découvert qu'il pouvait y avoir non pas une, mais deux dames noires dans le Jeu de Montglane. Et deuxièmement, en dehors du mystérieux visiteur qui avait déposé le *Washington Post* sur le seuil de ma porte à deux heures du matin, je pouvais être la seule à avoir établi le rapport entre le jeu d'échecs incrusté de pierreries créé à Bagdad il y a douze siècles et les événements dramatiques qui se déroulaient dans cette ville en ce moment même, voire la partie en cours, dangereuse entre toutes.

Et pour ce qui était du Grand Jeu, j'avais à présent acquis une certitude. Lily s'était trompée, dans le Colorado, quand elle avait dit qu'il nous fallait un schéma directeur. D'après mes connaissances, il était trop tôt pour décider une stratégie. Nous en étions encore aux ouvertures – à « la Défense » – comme l'avait souligné Lily.

Dans toute partie d'échecs, bien qu'on ait besoin d'une vue d'ensemble de l'échiquier – un plan élargi, une stratégie à long terme –, à mesure que la partie se développe, le panorama se modifie rapidement. Pour rester en équilibre, pour être capable de retomber sur ses pieds, il ne faut jamais laisser la perspective à long terme détourner votre attention des menaces immédiates qui rôdent alentour, des corps à corps dans une mer toujours changeante avec des attaques dangereuses et des contre-attaques défensives ou offensives qui clapotent autour de vous de toutes parts. Pour cela, il faut de la tactique.

C'était la partie du jeu que je connaissais le mieux. Celle que j'aimais, quand tout était encore possible, quand des éléments comme la surprise et la prise de risque pouvaient se révéler payants.

Quand je tournai pour faire passer la Touareg sous le grand portail de pierre de Kenwood, je savais exactement d'où le danger risquait de surgir dans un proche avenir, et où cette approche tactique pourrait se révéler bientôt fort utile. À moins de trois cents mètres d'ici, en haut de la côte, à la villa *Euskal Herria*.

Avant d'arriver à Kenwood, j'avais oublié que cette semaine avait lieu la fête des Cerisiers en fleur à Washington, où chaque année, des centaines de milliers de visiteurs se pressaient dans le National Mall pour prendre des photographies du plan d'eau dans lequel se reflétait l'image inversée des cerisiers japonais.

En revanche, les cerisiers en fleur de Kenwood, moins célèbres, n'étaient apparemment connus que des Japonais. Des centaines de touristes japonais étaient agglutinés là et se mouvaient tels des spectres sous la pluie à l'abri de sombres parapluies, longeant la rivière sinueuse et herbue. Je grimpai la côte auprès d'eux sous la voûte étonnante des branches noires de cerisiers, des arbres si vieux et si noueux qu'ils semblaient avoir été plantés un siècle plus tôt.

Au sommet de la colline, quand je baissai la vitre devant le portail de Rodo pour entrer le code de l'interphone, le brouillard pénétra en tourbillonnant dans la voiture comme une vapeur froide. Il était imprégné de l'arôme entêtant des fleurs de cerisier qui fait un peu tourner la tête.

À travers le brouillard, je pouvais voir, de l'autre côté des hautes grilles, les centaines d'hectares de ses chers *xapata*, des cerisiers basques qui produisaient une abondante récolte de cerises noires chaque année à la Saint-Jean. Et par-delà le brouillard, flottant au-dessus d'une mer d'écume de pétales rose magenta, s'étalait la villa tentaculaire *Euskal Herria*, munie de son toit de tuiles romaines et de ses larges terrasses. Avec ses volets peints en *rouge basque** brillant – appelé aussi sang de bœuf – et l'enduit des murs couleur flamant rose dégoulinant de bougainvillées vermillon, elle faisait penser à une peinture fauve. En fait, *Euskal*

*Herria* avait un air irréel et étrange… surtout ici, si près de Washington. La villa semblait tombée du ciel de Biarritz.

Quand les grilles s'ouvrirent, j'empruntai l'allée circulaire conduisant à l'arrière de la maison où se trouvaient les cuisines avec leur alignement de portes-fenêtres. Par temps clair, depuis la monumentale terrasse carrelée, on pouvait admirer toute la vallée. Eremon, le gardien aux cheveux argentés de Rodo, m'y attendait déjà avec son équipe pour vider la voiture, une douzaine de gars musclés entièrement vêtus de noir, avec foulards et *txapelas*, des bérets noirs. La brigade basque. Tandis qu'Eremon m'aidait à sortir de la Touareg, ils se mirent silencieusement en devoir de décharger les cageots de produits frais, les œufs et les crustacées dans la glace.

J'avais toujours trouvé intéressant que Rodo – qui avait grandi comme une chèvre sauvage sur les cols des Pyrénées ; dont les armoiries familiales comprenaient un arbre, un mouton et quelques cochons ; qui continuait à tisonner le feu pour gagner sa vie, et fabriquait son propre compost – menât un train de vie comportant plusieurs villas, une flopée de serviteurs à demeure et un gardien à plein temps.

La réponse était simple. Ils étaient tous basques. Aussi n'étaient-ils pas vraiment employés, ils étaient frères.

D'après Rodo, les Basques sont frères indépendamment de la langue qu'ils parlent, français, espagnol ou euskara, la langue basque. Et indépendamment de l'endroit d'où ils viennent, que ce soit l'une des quatre provinces appartenant à l'Espagne ou l'une des trois qui font partie de la France, ils pensent que les régions basques forment un seul et même pays.

Comme pour renforcer ce point important, juste au-dessus des portes-fenêtres, le dicton basque préféré, sinon le credo personnel du maître des lieux, avait été incrusté dans l'enduit du mur sous forme de carreaux peints à la main.

MATHÉMATIQUES EUSKARA

4 + 3 = 1

Nous entrâmes, Eremon et moi, dans l'énorme cuisine par les portes-fenêtres et la brigade commença à empiler avec efficacité les cageots dans la pièce.

Le dos tourné, le corps trapu, musclé, penché avec concentration sur la table de cuisson, Rodo tournait une grande cuiller en bois dans une casserole. Ses longs cheveux noirs, habituellement brossés en arrière comme une crinière de cheval pour qu'ils retombent sur son col, étaient aujourd'hui relevés en queue-de-cheval, avec son inévitable béret rouge à la place de la toque pour éviter qu'ils ne tombent dans la nourriture. Il était habillé en blanc comme à l'ordinaire, pantalon et chemise ouverte au cou, et des espadrilles avec de longs rubans noués autour des chevilles… une tenue habituellement portée pour les fêtes agrémentée du mouchoir rouge vif autour du cou et de la large ceinture d'étoffe de même couleur. Ce matin, il était enveloppé d'un large tablier blanc de boucher.

Rodo ne se retourna pas quand nous entrâmes. Il brisait en morceaux une grosse plaque de chocolat amer de Bayonne, qu'il jetait dans le bain-marie sans cesser de tourner la cuiller. Je présumai donc que ce soir, nous allions déguster sa spécialité, une version de *Txapel Euskadi*, le Béret basque, un gâteau qu'il fourrait de chocolat noir liquide et de cerises à l'eau-de-vie. J'en avais déjà l'eau à la bouche.

Sans lever les yeux de son ouvrage, il grommela :

— Ah ça ! La *neskato geldo* daigne rentrer au nid après avoir passé la nuit à danser la *jota* avec le prince ! (Sa chère petite cendrillon, le surnom qu'il aimait me donner.) *Quelle surprise* !* Elle rentre enfin à la cuisine pour nettoyer les cendres ! Tiens !

— Je n'ai pas exactement dansé la *jota* là-bas, lui assurai-je. (La *jota* est une de ces danses folkloriques exubérantes que Rodo adore, avec des sauts basques, les poings sur les hanches, et tout le monde qui bondit en l'air.) J'ai failli être bloquée par une tempête de neige au milieu de nulle part. J'ai roulé en pleine tempête pour rentrer à temps à cause de votre *boum** surprise de ce soir. J'aurais pu me tuer ! C'est vous qui devriez m'être reconnaissant !

Je fulminais, mais il y avait de la méthode dans mes invectives. Pour ce qui était des rapports avec Rodo, je savais d'expérience qu'il fallait combattre le feu par le feu. Et que celui qui jetait la première allumette dans le tas avait généralement le dessus.

Mais peut-être pas cette fois-ci.

Rodo laissa tomber sa cuiller dans le chocolat et il se tourna vers Eremon et moi. Ses sourcils noirs tumultueux étaient rassemblés comme un nuage noir qui grossit avant l'orage tandis qu'il agitait frénétiquement la main en l'air.

— Tiens ! Le *hauspo* se prend pour le *su* ! cria-t-il : le soufflet se prend pour le feu. (Je n'arrivais pas à comprendre comment je supportais ça d'habitude.) N'oublie pas à qui tu dois ton emploi ! N'oublie pas qui t'a tirée de…

— La CIA, je sais, complétai-je à sa place. Mais peut-être que vous, c'est pour l'*autre* CIA que vous travaillez, la vraie, la Central Intelligence Agency ?

Sinon, comment vous auriez su que j'étais invitée à une fête ? Peut-être que vous pourriez m'expliquer aussi pourquoi j'ai dû revenir ici ventre à terre ?

Cela ne lui fit perdre ses moyens qu'un court instant. Il récupéra vite et, avec un grognement, arracha son béret rouge qu'il jeta spectaculairement sur le sol. Une technique bien rodée quand les mots lui manquaient, ce qui n'arrivait pas souvent.

Cela fut suivi par un flot en euskara, dont je ne pus saisir qu'un petit nombre de mots. Ce flot s'adressait avec force à Eremon, le gardien aux cheveux argentés et plein de dignité qui, debout à côté de moi, n'avait pas dit un mot depuis que nous étions entrés.

Eremon hocha la tête en silence, puis se dirigea vers la cuisinière, éteignit le gaz et retira la cuiller en bois que Rodo avait oubliée dans le chocolat fondu. C'était un vrai gâchis. Après avoir remis précautionneusement l'ustensile sur son support, le gardien repartit en direction des portes-fenêtres qui donnaient sur l'extérieur. Il se retourna comme s'il s'attendait que je le suive.

— Je dois vous ramener tout de suite pour le *geldo*, me dit-il, faisant allusion aux braises, que j'étais apparemment censée préparer pour la cuisine du soir. Après, quand les hommes auront fini de nettoyer les légumes, monsieur Boujaron dit qu'il reviendra lui-même avec la voiture et apportera tout pour que vous puissiez l'aider à préparer le dîner de ce soir.

— Mais pourquoi moi ? gémis-je en me tournant vers mon patron pour avoir une explication. Qui diable sont les fameuses « grosses légumes » de ce soir pour qu'on ait besoin de tous ces micmacs ? Pourquoi personne n'a-t-il le droit de les voir à part vous et moi ?

— Aucun mystère, affirma Rodo en éludant ma question. Mais tu es en retard à ton travail. Eremon t'expliquera en route tout ce que tu as besoin de savoir.

Il disparut de la cuisine, ulcéré, et referma la porte intérieure sur ses talons.

Mon audience avec le maître semblait suspendue. Je suivis donc le noble gardien sur la terrasse et montai en voiture côté passager puisqu'il conduisait.

Peut-être était-ce un effet de mon imagination ou seulement ma connaissance limitée de la langue, mais j'étais sûre que j'avais saisi deux mots qui étaient sortis ensemble dans la récente diatribe de Rodo. Et si j'avais raison, ces deux mots particuliers n'avaient rien pour me rassurer. Loin de là.

Le premier était *arisku*, un mot que Rodo utilisait tout le temps auprès des fours. Cela voulait dire « danger ». Je ne pouvais manquer de me rappeler le même mot inscrit en russe sur une carte qui se trouvait toujours, en cet instant précis, dans ma poche. Mais le deuxième mot en basque qui avait emboîté le pas à celui-ci, *zortzi*, était encore pire, même s'il ne signifiait pas « prends garde au feu ».

En euskara, *zortzi* veut dire « huit ».

Tandis qu'Eremon pilotait la Touareg sur River Road en direction de Georgetown, ses yeux ne quittaient pas un instant la route ni ses mains le volant, déployant la dextérité d'un chauffeur non citadin qui a négocié toute sa vie des virages de montagne en épingle à cheveux… ce qui était probablement le cas. Mais cette concentration assidue n'allait pas m'empêcher de faire ce que je comptais faire sans tarder, à savoir lui tirer les vers du nez. N'était-il pas chargé, comme Rodo l'avait vaguement laissé entendre, de m'expliquer en route tout ce que j'avais « besoin de savoir ».

Je connaissais Eremon, bien sûr, depuis que j'étais entrée comme apprentie chez M. Rodolfo Boujaron. Et même si j'en savais beaucoup moins sur les conseillers que je n'en savais sur le seigneur, je savais une chose : Eremon pouvait jouer le rôle du chambellan aux cheveux argentés et du factotum du domaine seigneurial de Rodo. Mais loin de son job officiel, Eremon était un Basque pur jus avec tout ce que cela impliquait. Autrement dit, il avait un sens de l'humour complètement loufoque, savait apprécier les femmes (en particulier Leda) et avait un goût inexplicable pour le *sagardoa*, cet atroce cidre basque que même les Espagnols n'arrivent pas à avaler.

Leda disait toujours que le *sagardoa* lui rappelait la pisse de bouc, bien que je n'aie jamais su ce qui lui donnait le droit de formuler un pareil jugement gastronomique. Néanmoins, nous nous étions mises au cidre pour une raison évidente : des verres de jus de pomme amer, pétillant et fermenté en compagnie d'Eremon, de temps à autre, étaient la seule façon que nous avions trouvée d'aller à la pêche concernant notre patron commun, le type que Leda aimait appeler « le maestro des menus ».

Et tant qu'à rester coincée en voiture pendant au moins une demi-heure avec Eremon, ce qui était le cas présent, je sentais que, comme aurait dit Key, il fallait battre le fer quand il était chaud.

Imaginez donc ma surprise quand ce fut lui qui rompit la glace le premier et de la façon la plus inattendue.

— Je veux que vous sachiez que E.B. n'est pas fâché contre vous, déclara Eremon.

Eremon appelait toujours Rodo « E.B. », les initiales de « Eredolf Boujaron », une blague pour initiés basques qu'il avait partagée avec Leda et moi au cours d'une de nos nuits de beuverie où le cidre avait généreusement coulé. Apparemment il n'y a pas de noms ni de mots en basque qui commencent par R. D'où le prénom d'Eremon – Ramon en espagnol, Raymond en français. Et « Rodolfo », ça faisait presque italien. Cette particularité linguistique pouvait prêter à Rodo un air un peu *« basq-tard »*.

Mais le simple fait qu'il puisse traiter à la légère un tyran volcanique comme Rodo montrait qu'ils avaient un rapport plus étroit que celui de maître et serviteur. Eremon était le seul, à mon sens, qui pouvait avoir une idée de ce que Rodo était en train de mijoter.

— Alors s'il n'est pas en pétard contre moi, soulignai-je, pourquoi le chocolat cramé, le béret par terre, le coup de gueule en euskara, la porte claquée, le bouton éjectable instantané pour *moi* ?

Eremon haussa les épaules et fit un sourire énigmatique. Tout le temps, ses yeux restèrent scotchés sur la route.

— E.B. ne sait jamais comment s'y prendre avec vous. (Il se laissa séduire par cette idée.) Vous êtes différente. Il n'a pas l'habitude d'avoir affaire à des femmes. Au moins, pas professionnellement.

— Leda est différente aussi, soulignai-je à propos de sa violoncelliste préférée. Elle dirige toute la partie bar. Elle travaille comme un chien. Elle fait la fortune du Sutalde. Rodo ne lui conteste sûrement pas ça.

— Ah, le Cygne. Elle est magnifique, s'extasia Eremon, le regard vacillant légèrement. (Puis il éclata de rire.) Mais il me dit toujours : avec elle, j'aboie toujours après le mauvais cheval.

— Je pense que l'expression, c'est : « aboyer après le mauvais arbre ».

Eremon écrasa le frein. Nous étions arrivés aux feux de croisement sur River Road et Wisconsin. Il se tourna vers moi.

— Comment peut-on aboyer après un arbre ? demanda-t-il avec une logique imparable.

Contrairement à mon amie Key, je n'avais jamais vraiment réfléchi à ces dictons. Au temps pour la sagesse populaire.

— Alors peut-être que vous aboyez après le mauvais cygne, admis-je.

— On n'aboie pas après les cygnes non plus, affirma Eremon. Et surtout pas un cygne dont on est amoureux. Et moi, je suis amoureux de celui-là, je le crois vraiment.

Oh non ! Ce papotage ne prenait pas exactement la tournure que j'avais escomptée.

— Je crains que, pour l'observation de la nature humaine, Rodo ait raison pour cette fois, soulignai-je. Le Cygne préfère la compagnie des femmes, me semble-t-il.

— Foutaises. Ce n'est que… comment vous dites ? Une passade. Comme ces roulettes qu'elle aime porter aux pieds. Ça changera… ce besoin de succès, ce pouvoir sur les hommes. Elle n'a rien à prouver à personne, insista-t-il.

Ah, me dis-je, encore cette vieille lune ! Sous-entendu : elle n'a jamais connu un homme comme moi.

Mais au moins, j'avais amené Eremon à me parler, peu importe ce qui le branchait. Quand les feux changèrent, il commença à m'accorder un peu plus d'attention qu'à la route. Je savais que les quelques kilomètres qui nous séparaient encore de notre destination représentaient sans doute ma dernière chance d'apprendre ce qui se tramait vraiment en coulisses.

— À propos de prouver des choses, dis-je d'un ton aussi détaché que possible, je me demande pourquoi M. Boujaron n'a pas demandé à Leda ou quelqu'un d'autre de venir travailler ce soir. Après tout, si ces convives sont si importants, ne voudra-t-il pas faire ses *preuves*, lui aussi ? Pour que tout marche comme sur des roulettes ? Rodo est un perfectionniste, tout le monde sait ça. Mais on aura du mal à être partout à la fois, lui et moi, pour remplacer à nous deux tout le personnel. Si on se base sur la quantité de victuailles que je viens de livrer à Kenwood, on peut s'attendre à une certaine affluence ce soir.

J'avais sondé avec autant de détachement que possible… jusqu'à ce que je remarque que nous avions dépassé la bibliothèque municipale de Georgetown sur notre gauche. Nous n'allions pas tarder à arriver au Sutalde. Il était temps de mettre la pression. Mais heureusement, ce ne fut pas nécessaire.

Eremon avait bifurqué, prenant une rue secondaire pour éviter la circulation sur Wisconsin. Il s'arrêta aux feux du premier carrefour et se tourna vers moi.

— Non, au plus ils seront une douzaine, je crois, me dit-il. Je sais que c'est une soirée privée, qui exige beaucoup de E.B… on lui a commandé un repas hautement gastronomique avec de nombreuses spécialités à préparer à l'avance. C'est pourquoi on doit faire tous ces préparatifs à *Euskal Herria* pour que E.B. puisse tout superviser. Et c'est pourquoi aussi il était tellement anxieux d'être sûr que vous seriez de retour à temps, que les feux seraient bien mis en marche hier soir… pour qu'on puisse commencer le méchoui.

— Un *méchoui* ? dis-je, médusée.

Il fallait compter au moins douze heures pour rôtir un méchoui, autrement dit un chevreau ou un agneau farci d'herbes aromatiques et fixé au tournebroche, un plat hautement prisé dans les pays arabes. Or, cette viande ne pouvait se cuire que dans l'énorme cheminée du Sutalde. Rodo devait y avoir envoyé une équipe avant le lever du jour pour mettre la cuisson en route pour ce soir.

— Mais qui sont ces mystérieuses « grosses légumes » ? demandai-je une fois de plus.

— Si on se fonde sur le menu, j'imagine que ce sont des dignitaires originaires du Moyen-Orient, répondit-il. Et j'ai entendu parler d'un tas de mesures de sécurité. Quant à savoir pourquoi vous êtes la seule employée de service ce soir, je n'en sais rien. Mais E.B. nous a assuré que tout était fait conformément aux ordres qu'il a reçus.

— Des *ordres* ? répétai-je, incrédule. Des ordres de qui ? Quel genre de mesures de sécurité ?

Même si j'essayais de demeurer imperturbable, mon palpitant s'était mis à jouer des castagnettes. Trop c'est trop. Des parties d'échecs dangereuses avec des coups mystérieux, des assassinats russes et des disparitions familiales, de mystérieuses « grosses légumes » moyen-orientales et l'invasion de Bagdad. Et moi, qui avais eu moins de huit heures de sommeil réparateur au cours des dernières quarante-huit heures.

— Je ne sais rien de sûr, poursuivit Eremon. Toutes les dispositions ont été prises par E.B. personnellement. Mais avec autant de mesures de sécurité au-dessus de la norme, on le devine. Je soupçonne que ce dîner a été organisé par le bureau Ovale.

Une soirée privée pour la Maison-Blanche ? On se foutait de moi. C'était la goutte d'eau. Quelles difficultés supplémentaires les « ordres » de mon difficile patron allaient-ils m'imposer ? Si l'idée n'avait pas été aussi absurde, j'aurais été dans une colère noire.

Mais comme l'aurait dit Key : « Si tu ne supportes pas la chaleur, sors de la cuisine. »

Je pensais que j'étais sur le point d'entrer dans la cuisine que j'avais moi-même chauffée, à peine dix heures plus tôt. Mais dans le crachin, comme je descendais les marches de pierre abruptes conduisant au pont sur le canal, certains changements, intervenus depuis ma précédente visite quelques heures plus tôt, me sautèrent aux yeux.

Un muret de béton barrait maintenant l'entrée de la passerelle qui traversait le canal et une petite guérite en bois, pas plus grande que des latrines de chantier, avait été installée juste à côté. Comme je m'en approchais, deux hommes surgirent brusquement de l'habitacle. Ils portaient costume et manteau noir, et (curieusement, étant donné le ciel plombé) des lunettes de soleil encore plus noires.

— Veuillez indiquer le motif de votre visite, déclara le premier homme d'un ton impersonnel, officiel.

— Pardon ? demandai-je, effarée.

La sécurité, avait dit Eremon. Mais ce barrage surprise qui avait poussé comme un champignon sur le chemin de halage paraissait plus que bizarre. Je devenais de plus en plus nerveuse.

— Et il nous faut vos nom, date de naissance et une photo d'identité, précisa son jumeau de la même voix monocorde, en tendant la main, paume ouverte, vers moi.

— Je me rends à mon travail. Je suis sous-chef de cuisine au Sutalde, bredouillai-je en indiquant les bâtiments en pierre de l'autre côté du pont.

J'essayai de prendre l'air complaisant pendant que je fouillais dans mon sac à bandoulière bourré d'objets disparates pour trouver mon permis de conduire. Mais je me rendais compte brusquement à quel point cette partie broussailleuse du chemin était isolée et inaccessible. Des femmes avaient été assassinées ici, dont une pendant son jogging matinal. Et quelqu'un avait-il signalé les avoir entendues crier ?

— Et comment je saurais qui *vous* êtes ? leur demandai-je.

J'avais élevé la voix, davantage pour calmer mes nerfs que pour réclamer de l'aide alors qu'aucune ne semblait à ma portée.

Numéro un plongea la main dans sa poche poitrine et, vif comme l'éclair, m'agita sa carte d'identité sous le nez. Seigneur, les services secrets ! Cela semblait confirmer le pressentiment d'Eremon concernant la soirée. Les « donneurs d'ordres » devaient vraiment faire partie du dessus du panier pour pouvoir réquisitionner les échelons supérieurs des forces de sécurité et faire installer un barrage pour filtrer les invités à l'occasion d'un dîner.

Mais à présent, je fulminais. J'étais surprise qu'ils ne détectent pas les vapeurs d'indignation qui me sortaient par les oreilles. J'allais tuer Rodo dès qu'il daignerait se montrer pour ne pas m'avoir prévenue que je devais passer par Checkpoint Charlie[1] après le mal que je m'étais donné ces deux derniers jours pour être ici ce soir.

Je finis par mettre la main sur mon permis et l'agitai à mon tour sous le nez des deux brutes. *Montrez-moi le vôtre et je vous montrerai le mien.* Numéro un retourna au kiosque pour vérifier mon nom sur sa liste. Il hocha la tête vers la porte à l'adresse de numéro deux, qui me fit passer par-dessus l'obstacle en béton, sauta derrière moi, m'escorta à travers le canal et me laissa à l'autre bout de la passerelle.

Quand j'entrai au Sutalde, je reçus un autre choc. D'autres gusses rôdaient dans la salle à manger à l'étage, une demi-douzaine peut-être, en chuchotant dans des micros reliés à des talkies-walkies. Quelques-uns fouinaient sous les tables couvertes de nappes, tandis que leur chef explorait derrière la longue étagère qui rassemblait la pittoresque collection de pichets artisanaux de Rodo.

Les « jumeaux du kiosque » avaient dû passer un coup de fil pour les prévenir de mon arrivée puisque personne dans la vaste salle ne parut m'accorder un regard. Finalement un des hommes en civil vint me parler.

— Mes hommes vont dégager dans un moment, dès qu'on aura fini de tout passer au peigne fin, m'informa-t-il sèchement. Maintenant que vous avez passé le contrôle d'admission, vous n'êtes pas autorisée à quitter les lieux sans contrôle préalable à la fin de la nuit. Et nous devons fouiller votre sac.

1. Point de contrôle entre Berlin-Est et Berlin-Ouest pendant la guerre froide. *(N.d.T.)*

Génial. Ils passèrent en revue mes affaires et me retirèrent mon téléphone portable en me disant qu'il me serait rendu plus tard.

Je savais qu'il était stupide d'argumenter avec ces types-là. Après tout, étant donné ce que je venais d'apprendre au cours des quatre derniers jours concernant ma famille et mon cercle d'amis, qui pouvait savoir si quelques petites mesures de sécurité imprévues ne seraient pas utiles ? En outre, même si j'avais une furieuse envie de tout plaquer sur-le-champ, vers qui aurais-je pu me tourner pour demander de l'aide contre les services secrets du gouvernement des États-Unis ?

Quand les hommes en noir furent partis, je plongeai derrière l'étagère des pichets de cidre, dévalai l'escalier de pierre en spirale conduisant au caveau et me retrouvai agréablement seule. À part, faut-il préciser, l'énorme cadavre de mouton qui tournait silencieusement sur la broche de la cheminée centrale. Je rassemblai les braises sous le méchoui qui tournait lentement pour bien répartir la chaleur. Puis je vérifiai le feu dans toutes les cheminées et dans les fours, et j'apportai du bois supplémentaire et du petit bois pour les retouches. Mais comme je plaçais de nouvelles bûches, je me rendis compte j'avais une faim à dévorer un bœuf.

Les riches effluves épicés de la viande rôtie qui embaumaient l'air autour de moi me faisaient presque pleurer. Depuis quand n'avais-je rien avalé de substantiel ? Je savais que cette carcasse n'était pas assez cuite, et qu'elle serait gâtée si je piquais dans la viande trop tôt. Mais pour autant que je sache, Rodo n'allait pas se montrer avant des heures avec le reste des plats ou quelque chose à me mettre sous la dent. Et aucun autre pourvoyeur de nourriture n'avait reçu, à ma connaissance, l'autorisation d'entrer dans la forteresse. Je me maudis de ne pas avoir demandé à Eremon de s'arrêter quelque part sur la route, ne serait-ce que dans un fast-food, pour que je puisse m'acheter au moins un sandwich.

J'envisageai de fouiller dans les garde-manger au fond du caveau où nous rangions les réserves, mais je savais que ce serait inutile. Le Sutalde était réputé pour la fraîcheur de ses produits et de ses plats faits maison, son arrivage quotidien de fruits de mer et ses viandes provenant d'élevages triés sur le volet. Nous gardions principalement sur place ce qu'on ne pouvait pas se procurer au détail, comme les citrons marinés, les bâtons de vanille et les pistils de safran, rien qui ressemblât à des aliments solides pouvant passer instantanément du congélateur au micro-ondes. À vrai dire, Rodo avait banni des lieux congélateurs et micro-ondes.

À présent, je pouvais entendre ces groseilles acides que j'avais eu la sottise d'avaler se battre bruyamment pour avoir le dessus sur les acides de mon estomac. Je savais que je ne tiendrais pas jusqu'au dîner. J'avais besoin de manger. J'avais en tête l'image implacable, atroce du prisonnier de Zenda[1] mourant de faim dans son propre caveau avec, sous les yeux, la savoureuse viande parfumée tournant lentement sur sa broche.

Je considérais les bûches que je venais de placer sous le méchoui quand j'entrevis une lueur métallique

1. *Le Prisonnier de Zenda*, roman d'aventures d'Anthony Hope, 1894. Porté à l'écran en 1937 par John Cromwell, puis en 1952, par Richard Thorpe. *(N.d.T.)*

derrière les cendres. Je me penchai pour glisser un œil sous le tournebroche. Incontestablement il y avait une boule de papier d'argent à peine visible derrière les charbons, à moitié recouverte de cendres. Je pris le tisonnier et sortis l'objet des cendres : un gros paquet ovale que je reconnus instantanément. Je tombai à genoux et commençai à le prendre avec les mains avant de me rendre compte de ce que je faisais. J'attrapai les gants en amiante, m'emparai de ce trésor et le débarrassai de l'épaisse enveloppe d'aluminium. Je n'avais jamais été si heureuse ni si reconnaissante de ma vie.

C'était un cadeau de Leda. Je reconnaissais non seulement son style mais son goût.

Un plat réconfortant : une pomme de terre écrasée et recuite, farcie à la viande, aux épinards et au fromage.

Celui ou celle qui n'a jamais connu la faim n'imagine pas à quel point une pomme de terre farcie peut avoir un goût parfaitement exquis. J'en dévorai chaque miette et ne laissai que le papier.

Je voulus appeler Leda puis me souvins qu'elle avait assuré le service de nuit à ma place et préférai la laisser dormir. Mais je décidai de lui acheter un magnum de Perrier-Jouët dès que je serais sortie de cette taule.

Maintenant que j'avais trouvé un regain d'énergie grâce à la pâtée que j'avais avalée, mes idées commencèrent à sortir du potage.

D'abord, Leda et Eremon en savaient plus qu'ils ne le disaient à propos de ce dîner, comme il apparaissait.

Après tout, l'un étant mon chauffeur et l'autre ma pourvoyeuse de pomme de terre, ils savaient donc à quel moment j'allais débarquer et que je n'aurais pas eu le temps de manger. Mais ce n'était pas tout.

La nuit dernière, tandis que je construisais les feux, j'étais trop épuisée pour relever les commentaires de Leda concernant Rodo. De quoi s'agissait-il ? Il avait eu une attaque en apprenant que j'avais quitté la ville sans prévenir, avait-elle dit. Il avait fait travailler le personnel comme des esclaves « depuis que j'étais partie ». Il organisait un mystérieux dîner pour des « gros bonnets du gouvernement » et moi seule pouvais et devais l'assister à ce dîner. Il avait insisté pour que Leda reste sur place jusqu'à mon retour dans la nuit afin de « m'aider à démarrer les feux ».

Puis, ce matin, à peine avais-je mis les pieds à Kenwood avec les provisions qu'Eremon m'avait ramenée à toute allure au restaurant.

Qu'avait dit exactement Rodo après avoir piqué sa crise ce matin, juste avant de claquer la porte sur ses talons ? Il avait dit qu'il n'y avait aucun mystère. Que j'étais en retard à mon travail. Et qu'Eremon m'expliquerait en route tout ce que j'avais besoin de savoir.

Mais que m'avait expliqué exactement Eremon sur le trajet ? Que Rodo n'était pas du tout le maître d'œuvre de ce dîner, alors que mon boss avait toujours détesté ne pas être aux manettes. Qu'il y aurait peut-être des clients originaires du Moyen-Orient. Qu'il y avait des mesures de sécurité. Que du début à la fin, cette soirée était organisée aux échelons les plus élevés de la sphère politique.

Ah oui ! Et qu'il était amoureux de Leda le Cygne.

Ces détails apparaissaient comme une manœuvre de diversion destinée à distraire ma vision d'une attaque latérale rampante. Ce n'était pas le moment de rater le tableau d'ensemble, ni de succomber à un nouvel épisode d'*amaurosis scacchistica*, Pas ici, enfermée au fond d'un caveau à attendre que le couperet tombe.

Et là, je percutai.

Quand exactement, ce matin, Rodo avait-il piqué son coup de sang ? Quand précisément avait-il jeté son béret par terre, sorti son laïus en basque, m'avait-il jetée hors de sa vue ? Cela n'avait-il pas un rapport avec une chose à laquelle Leda et Eremon avaient fait allusion en se gardant d'en parler explicitement ?

Car ce n'était pas mes interrogations concernant la soirée qui l'avaient fait sortir de ses gonds. C'était quand j'avais demandé comment il avait découvert que j'étais allée à une autre fête. Après que je lui eus dit que j'avais dû traverser le blizzard pour rentrer. Après que je lui eus demandé comment il avait pu apprendre où j'étais allée.

Même si j'avais eu dans le Colorado une première lueur de ce qui allait me tomber dessus, j'avais raté l'essentiel jusqu'à ce que ça me rattrape et m'éclate à la figure.

Ce qui allait se passer ce soir dans ce caveau, c'était le coup suivant. La partie continuait.

# TACTIQUE ET STRATÉGIE

*Alors que la stratégie est une chose abstraite qui se fonde sur la définition d'objectifs à long terme, la tactique est concrète et se fonde sur le prochain coup à jouer.*

Garry KASPAROV, *La vie est une partie d'échecs*

*La tactique consiste à savoir ce qu'il faut faire quand il y a quelque chose à faire.*
*La stratégie consiste à savoir ce qu'il faut faire quand il n'y a rien à faire.*

Savielly TARTAKOWER (Xavier Tartakover),
*Grand maître franco-polonais*

C'est en forgeant qu'on devient forgeron, tel était le credo de Key.

J'avais passé la moitié de ma vie à faire la cuisine dans les grands fours à bois de mon oncle et son immense cheminée de Montauk Point, sur Long Island. Et à présent, j'avais eu presque quatre ans d'apprentissage supplémentaire au Sutalde, sous la férule rigoureuse, voire parfois écrasante, du Napoléon basque, monsieur Boujaron.

Aussi pourrait-on penser qu'au moins à la cuisine, j'étais à présent capable de faire la différence entre une vraie flambée et des bûches artificielles.

Cependant, jusqu'à cet instant, je n'avais pas vraiment remarqué que ça ne tournait pas rond dans ce scénario. Bien sûr, mon attention avait été un peu perturbée par la privation de nourriture et de sommeil, par des crises de nerfs intempestives et des agents des services secrets. Mais ce qui aurait vraiment dû me mettre la puce à l'oreille, c'était le méchoui.

Avec un peu d'expérience, ça vous sautait aux yeux. Après tout, le tournebroche mécanique pivotait avec la précision d'une horloge ; le feu que j'avais allumé donnait une chaleur bien répartie, constante ; et l'agneau, qui tournait à une hauteur parfaite au-dessus des braises, était bien ficelé, de sorte que quand il tournait, il était uniformément exposé à la chaleur émanant de la fosse. Mais il manquait la lèchefrite pour recueillir les jus. La graisse, au lieu de tomber dans un récipient pouvant contenir le liquide servant à mouiller la viande, éclaboussait le carrelage en dessous et se figeait en une croûte noirâtre depuis des heures. Ce serait l'enfer pour récupérer ce gâchis.

Jamais un chef digne de ce nom n'aurait installé la rôtissoire de cette façon, moins encore Rodo. Il serait furieux. Et Leda, même si elle était assez forte pour la monter, n'était pas cuisinière. Pourtant, il fallait bien que quelqu'un l'ait fait puisque cela n'existait pas quand j'avais quitté le caveau à deux heures du matin.

Je me jurai de tirer l'affaire au clair dès que Rodo arriverait. Entre-temps, je pris le plus long plat en céramique que je pus trouver et le plaçai sous la bête, puis versai un peu d'eau et sortis le siphon pour pouvoir enduire la viande.

Le mystère du fonctionnement de cette cheminée me ramena à l'esprit celle que j'avais laissée derrière moi dans le Colorado, lequel me parut à des années-lumière. Ce qui me remit également en mémoire mes arrangements avec Key, que je devais appeler lundi pour voir si elle avait réussi à apprendre quelque chose sur la disparition de ma mère.

Je ne savais jamais précisément où on pouvait trouver Key, étant donné les endroits reculés où son travail pouvait la conduire, de sorte qu'elle gardait toujours avec elle un téléphone par satellite. Cependant, alors que je m'apprêtais à prendre mon portable, je me rappelai que les services secrets me l'avaient provisoirement confisqué.

Il y avait un téléphone avec une ligne extérieure près de l'entrée du restaurant, derrière le bureau du maître d'hôtel, donc je montai à l'étage pour m'en servir ; je pouvais appeler et faire porter les frais sur ma carte. Cela m'était égal d'être entendue ou enregistrée par les agents des SS, même s'il était évident que l'endroit était truffé de micros. Depuis notre enfance, nous étions passées maîtres, Key et moi, dans l'art de communiquer en langue codée. Dans le feu de l'action, il nous arrivait parfois d'avoir du mal à nous comprendre l'une l'autre, et parfois nous-mêmes.

— Key des brumes, répondit-elle au téléphone. Tu me reçois ? Parle maintenant ou garde le silence à jamais.

C'était notre code pour dire qu'elle savait que c'était moi qui appelais et demander si la côte était dégagée.

— Cinq sur cinq, dis-je. Encore que ça me rentre par une oreille et que ça me sorte par l'autre. (Laissant entendre que d'autres oreilles suivaient probablement notre conversation.) Alors quoi de neuf, docteur ?

— Oh, tu me connais, fit Key. Pierre qui roule n'amasse pas mousse, comme on dit. Mais tu sais comment c'est, le temps s'envole quand on rigole.

Cela voulait dire qu'elle avait quitté le Colorado dans son avion de brousse de collection, Ophelia Otter, et était déjà de retour dans le Wyoming pour reprendre son boulot à Yellowstone National Park, avec lequel elle faisait la navette à l'époque du lycée et de l'université. Elle avait étudié les phénomènes géothermiques – geysers, mares de boue et panaches de fumées appelés fumeroles – chauffés par le magma en fusion de Yellowstone Caldera, le vaste chaudron de Yellowstone formé par le supervolcan très ancien qui dormait à présent à des kilomètres sous la croûte terrestre.

Quand Key ne glandouillait pas dans son satané coucou pour aller participer à des rencontres où les pilotes de brousse s'amusaient à surfer sur des icebergs touchés par le réchauffement climatique, par exemple, elle était une des meilleures spécialistes dans le domaine thermique. Et très demandée récemment, étant donné le nombre grandissant de « points chauds » sur notre planète.

— Quoi de neuf chez toi ? demanda-t-elle.

— On fait aller, dis-je en collant à notre schéma habituel. Tu me connais, d'abord tout feu tout flamme, je m'emballe. C'est ça le problème avec les cuistots, on aime trop jouer avec le feu. Mais mon boulot, c'est d'obéir aux ordres. Comme on dit : « Il n'y a pas à répondre, pas de raison, de pourquoi, il n'y a qu'à faire ou mourir[1]... »

Il y avait si longtemps que nous faisions notre numéro de « parler navajo » que j'étais sûre que Key connaissait déjà la phrase suivante de *La Charge de la brigade légère* – « Jusque dans la vallée de la Mort/ Les six cents chevauchèrent… » – et comprendrait que je fonçais tête baissée en cet instant vers le fameux ravin. Et de toute évidence, elle avait saisi l'allusion concernant mon travail et mon boss, mais elle me réservait de son côté une surprise.

— À propos de ton job, me reprit-elle d'un ton réprobateur. Dommage que tu aies dû te tirer de cette façon. Tu aurais dû rester. Il suffisait de patienter un peu et tu aurais été servie, tu sais. Si tu étais restée un peu plus longtemps, tu n'aurais pas raté cette réunion du Jardin botanique, dimanche soir. Enfin, tu n'as rien raté… j'y étais pour toi.

— Toi ? m'exclamai-je, sidérée.

Nokomis Key frayant avec les Livingston après mon départ du Colorado ?

— En coulisses, en quelque sorte, précisa Key d'un ton détaché. Je ne fais pas exactement partie du club, si tu veux. Tu sais que ça n'a jamais été le grand amour entre moi et la présidente, Miss Brightstone. Tu reconnaîtras qu'elle n'a pas inventé la poudre, comme on dit, mais elle est capable d'éclairer ta lanterne. Le dimanche soir t'aurait paru

1. *La Charge de la brigade légère*, poème écrit en 1855 par Alfred Lord Tennyson et dédié à la charge héroïque des cavaliers britanniques pendant la guerre de Crimée l'année précédente. *(N.d.T.)*

intéressant. Le sujet était exactement ton rayon : les liliacées et les plantes médicinales de Russie.

Fichtre ! Sage avait rencontré Lily et Vartan ? Incontestablement, ça ressemblait à… mais comment, puisque j'avais laissé ces deux-là à Denver ?

— Le club a dû changer d'adresse, remarquai-je. Tout le monde a pu s'y rendre ?

— Il a été transféré chez Molly, affirma Key. Le service était réduit, mais Mr Skywalker a tout de même réussi à venir.

« Chez Molly » était notre code habituel pour parler de la millionnaire extravagante de l'époque de la ruée vers l'or dans le Colorado, l'insubmersible Molly Brown, et son ancien terrain de jeux, Denver. Sage était donc là-bas ! Et ce Mr Skywalker ne me demandait pas non plus un gros effort d'imagination. Ce ne pouvait être que Galen March, le mystérieux acheteur de Sky Ranch.

Que faisaient ces deux bêcheurs, Sage Livingston et lui, à Denver (apparemment juste après mon départ) avec Vartan et Lily Rad ? Et comment Key avait-elle appris l'existence de cette mystérieuse assemblée de sorcières ? Tout cela paraissait bien suspect.

Décidément, les sous-entendus devenaient trop complexes pour ma réserve limitée d'aphorismes. De plus, Rodo risquait de surgir à tout moment et d'entrer dans la danse. J'avais besoin de savoir très vite quel était le rapport entre ceci et le sujet qui nous préoccupait, à savoir la disparition de ma mère. Aussi je jetai pardessus bord toute notre panoplie de citations familières pour aller droit au but.

— Écoute, je suis au boulot, et j'attends mon boss d'une minute à l'autre, expliquai-je. Je t'appelle sur le téléphone du restaurant ; il ne faut pas je le mobilise trop longtemps. Mais avant qu'on raccroche, dis-moi comment ton boulot avance : rien de nouveau du côté de… de la source chaude de Minerva, ces temps-ci ?

Key était à Yellowstone et c'est le seul nom qui me vint à l'esprit sur le coup. Minerva était une célèbre source chaude en terrasse ou « en escalier » dans le parc, un lieu qui pouvait se vanter de posséder plus de dix mille caractéristiques géothermiques, le plus grand groupe du monde. Minerva, une cascade enveloppée de vapeur aux couleurs de l'arc-en-ciel qui était d'une splendeur à vous couper le souffle, avait été une des premières attractions de Yellowstone. Je dis cela au passé, puisque ces dix dernières années, Minerva s'était mystérieusement tarie, l'énorme source chaude et la cascade avaient purement et simplement disparu. Exactement comme ma mère.

— Intéressant que tu poses la question, répliqua Key sans se démonter. Je me suis penchée sur ce problème hier encore. Dimanche. On dirait que le Yellowstone Caldera se réchauffe. Ça pourrait provoquer une nouvelle éruption là où on l'attend le moins. Quant à Minerva, notre ancienne source d'eau chaude, je crois qu'elle pourrait faire son retour plus tôt que prévu.

Cela voulait-il dire ce que je croyais comprendre ? Mon cœur cognait très fort.

J'allais poser une autre question. Mais à cet instant précis, la porte d'entrée du restaurant s'ouvrit brusquement et Rodo entra à toute pompe avec un gros poulet fourré sous chaque bras et un des types à lunettes noires des services secrets à la remorque, transportant une pile de conteneurs.

— *Encore bonjour**, *neskato geldo*, me lança Rodo en indiquant d'un geste au type qu'il devait poser le tas de victuailles sur une table proche, le traitant comme un vulgaire sous-fifre.

Pendant que le gars avait le dos tourné, Rodo passa devant le bureau où je me trouvais.

— Je prie le ciel que tu n'aies pas à regretter d'avoir utilisé ce téléphone, siffla-t-il entre ses dents. (Puis d'une voix forte, il ajouta :) Bien, la Cendrillon, descendons jeter un œil à notre *gros mouton** !

— On dirait que tu dois rencontrer un type avec un mouton, chuchota Key à mon oreille. (Elle poursuivit tout haut :) Je vais t'envoyer par Internet mes notes sur le Club botanique et les résultats de notre étude géothermique. Tu vas trouver tout ça passionnant, tu verras.

Et nous raccrochâmes.

Bien sûr, Key et moi n'utilisions jamais Internet. Cela voulait simplement dire qu'elle me recontacterait dès que possible sans passer par l'informatique. Ce ne serait jamais trop vite.

Comme je suivais Rodo dans l'escalier conduisant au caveau, je ne pus chasser deux questions de mon esprit.

Que s'était-il passé à cette réunion clandestine à Denver ?

Nokomis Key avait-elle réussi à retrouver la trace de ma mère ?

Rodo soupesa les grosses volailles l'une après l'autre et les accrocha par la ficelle dans la cheminée. Contrairement au méchoui, il n'était pas nécessaire d'arroser ces volatiles étant donné qu'il les faisait simplement rôtir. Les poulets devaient être minutieusement séchés à l'intérieur et à l'extérieur, saupoudrés de gros sel, puis troussés en utilisant son propre dispositif : ligotés par une cage en treillis métallique et ficelés sur une longue broche traversant chaque bestiole de part en part. De la sorte, l'oiseau se balançait librement au-dessus du feu à partir de lourds crochets encastrés dans le manteau de pierre. La chaleur des braises faisait d'abord pivoter la volaille en sens inverse des aiguilles d'une montre, puis dans l'autre sens, dans un mouvement sans fin comme le pendule de Foucault.

Quand j'eus fini d'arroser l'agneau et retournai au rez-de-chaussée pour m'occuper des aliments, sur l'ordre de Rodo, je m'aperçus que nos austères gardiens du pont avaient été réquisitionnés pour des tâches plus terre à terre. Un vaste étalage de containers s'entassaient juste devant la porte, chaque boîte arborant un sceau d'aspect très officiel. Rodo n'était pas du genre à laisser passer l'occasion de faire travailler quelques gros bras, mais là, c'était absurde.

Je comptai les boîtes. Il y en avait trente, comme prévu, puis je verrouillai solidement les portes extérieures conformément aux ordres que j'avais reçus, et commençai à transporter le chargement au sous-sol pour le Dictateur du Caveau.

Pendant plus d'une heure, nous travaillâmes ensemble sans dire un mot, mais cela faisait partie du rituel. La cuisine de Rodo se faisait toujours dans un silence religieux. La propreté, le détail et la précision étaient de rigueur ; une précision et une adresse qui m'étaient indispensables, comme au jeu d'échecs. Ainsi, un soir habituel au Foyer, avec des dizaines d'employés aux cuisines, le seul bruit qu'on entendait pouvait être le cliquetis du couteau tranchant les légumes ou, de temps à autre, la voix étouffée du sommelier à l'interphone pour passer une commande depuis la salle du restaurant du rez-de-chaussée.

Heureusement, aujourd'hui, tout le travail de préparation avait déjà été effectué en amont, sinon nous n'aurions pas réussi à être prêts à temps. Avant même que j'aie fini de transporter le dernier lot de containers au sous-sol, Rodo avait déjà mis à baigner dans le jus de viande, telle une splendide corne d'abondance, les petits artichauts poivrade, les minuscules aubergines violet et blanc, les courgettes nains vert et jaune et les tomates cerises.

Mais je ne pouvais m'empêcher de me demander comment nous allions pouvoir assurer le service à nous deux seulement. Un lundi comme celui-là, quand le restaurant était fermé, était habituellement une journée de travaux pratiques pour les serveurs. Ils apprenaient à disposer correctement les couverts et les verres, de même que ce qu'il fallait faire si un convive (ne jamais parler de « client ») renversait son verre ou un peu de sauce sur la nappe. Si cela se produisait, et fût-ce au milieu du repas, une demi-douzaine de serveurs et d'aides se rassemblaient promptement autour de la table, enlevaient tout sans déranger les convives, retiraient et remplaçaient la nappe, et remettaient tout en place, y compris le verre et l'assiette devant chacun, comme dans un tour de passe-passe. Rodo vérifiait, chronomètre à la main. L'ensemble de l'exercice ne devait pas prendre quarante secondes.

Observer maintenant Rodo tandis qu'il allait et venait en silence entre les feux en me donnant à faire des tâches subalternes était en soi une formation que je n'aurais trouvée dans aucune école. Il fallait le voir à l'œuvre. Et seul un vrai perfectionniste avec une longue expérience pouvait illustrer la devise préférée de Key.

Si difficile que fût Rodo, je n'avais jamais regretté d'être venue chez lui faire mon apprentissage.

Jusqu'à ce soir, s'entend.

— *Neskato !* annonça Rodo comme j'étais à genoux en train de retourner les légumes avec des pinces. Je veux que tu montes au rez-de-chaussée maintenant, que tu débranches l'interphone et le téléphone, et que tu me les rapportes ici.

Comme je lui jetais un regard intrigué, il donna un coup du plat de la main contre le mur de pierre de la cave et m'accorda un de ses rares sourires.

— Tu vois ces pierres ? dit-il.

Pour la première fois, je scrutai de près les roches taillées à la main du mur, probablement travaillées et mises en place depuis plus de deux cents ans. Elles étaient d'un blanc laiteux et veinées d'abricot, une teinte assez inhabituelle.

— Du cristal de quartz, c'est originaire de cette région, poursuivit Rodo. Il a d'excellentes propriétés pour la transmission des ondes sonores mais interfère avec les communications à moins qu'elles ne soient – comment vous dites ? – câblées.

D'où le fait de retirer de la circulation le téléphone et l'interphone. Et de verrouiller les portes. Rodo n'était pas né d'hier. Il avait visiblement quelque chose à me dire, mais même si je brûlais de l'entendre, je ne pouvais empêcher mon estomac de savoir que les échelons les plus élevés des forces de sécurité américaines s'affairaient de l'autre côté de la porte, au-dessus de nos têtes.

— Je veux que tu t'assoies sur ce tabouret pendant que je te raconte une petite histoire, me dit-il.

— J'espère que ça va répondre à quelques-unes des questions que je vous ai posées ce matin, répondis-je. Enfin, à condition que vous soyez sûr que personne ne pourra nous entendre.

— Impossible, c'est aussi pour cette raison qu'on a organisé le repas de ce soir au sous-sol. Cependant, ce coup de téléphone que tu as passé plus tôt, et dans ma maison, à *Euskal Herria*, c'est une autre affaire. On en reparlera plus tard, coupa-t-il. Il y a autre chose à voir d'abord, de plus important… la raison pour laquelle on est ici. Tu connais l'histoire d'Olentzero ?

Quand je fis signe que non en me hissant sur le haut tabouret, il ajouta :

— Avec un nom comme Olentzero, il ne pouvait être que basque. C'est une légende qu'on rejoue chaque année le jour des Rois. J'ai souvent dansé moi-même dans le rôle du fameux Olentzero, pour lequel il faut faire de grands sauts. Je te ferai voir un jour.

— Entendu, dis-je en pensant. *Mais où diable cela nous mènera-t-il ?*

— Tu sais, reprit Rodo, que l'Église catholique nous raconte que le petit Jésus a été découvert par trois mages, des adorateurs du feu zoroastriens qui venaient de Perse. Mais nous croyons que cette histoire n'est pas tout à fait vraie. C'est Olentzero, un Basque, qui le premier a vu l'enfant Jésus. Olentzero était un – comment vous dites ? – un *charbonnier**, quelqu'un qui bat la campagne, coupe le bois et le brûle pour vendre du charbon de bois qui servira à faire à manger et à se chauffer. C'était notre ancêtre. C'est pourquoi nous autres Basques, nous sommes célèbres pour notre gastronomie…

— Super ! dis-je. Vous m'avez tirée du Colorado par un blizzard d'enfer… et traînée ici dans ce caveau sans manger ni dormir… pour que je sois toute seule avec vous et que vous puissiez me raconter l'histoire d'un danseur basque mythique qui vendait du charbon de bois il y a deux mille ans ?

Je rageais, mais j'essayais de me maîtriser car je n'étais pas encore sûre qu'on ne pouvait pas nous entendre.

— Pas tout à fait, rétorqua Rodo, imperturbable. Tu es ici parce que c'est le seul moyen que j'aie trouvé pour te parler seul à seul avant le dîner de ce soir. Et il est très important qu'on le fasse. Tu te rends bien compte que tu cours un grand danger ?

Danger.

Ça y est. Encore ce mot. J'eus l'impression d'avoir reçu un coup dans l'estomac. Je le fixai, bouche bée, incapable de parler.

— Ça, c'est mieux, approuva-t-il. Pour une fois que tu fais un effort d'attention.

Il se pencha sur la cheminée et remua un moment la *bouillabaisse**, puis se retourna vers moi, le visage grave.

— Alors vas-y, pose tes questions maintenant, me somma-t-il. Je vais te répondre.

Il fallait que je me ressaisisse. C'était maintenant ou jamais. Je grinçais des dents.

— Ça va. Pour commencer, comment vous avez fait pour savoir que j'étais dans le Colorado ? demandai-je. C'est quoi, ce dîner, ce soir ? Et pourquoi vous pensez que je cours un danger à ce sujet ? *Et qu'est-ce que j'ai à voir dans tout ça ?*

— Peut-être que tu ne sais pas exactement qui sont les Charbonniers ? dit Rodo en changeant de sujet, même si je remarquai qu'il en avait parlé au présent et non pas au passé.

— Qu'est-ce que ça peut faire ? coupai-je. Comment cela répondrait-il à mes questions ?

— Ça pourrait répondre à toutes tes questions. Et à quelques autres auxquelles tu ne penses pas encore, me rétorqua Rodo le plus sérieusement du monde. Les Charbonniers, en Italie, on les appelait les *Carbonari*… ils forment une société secrète qui existe depuis plus de deux cents ans, bien qu'ils se disent beaucoup plus anciens que ça. Et ils affirment avoir un énorme pouvoir. Comme les Rose-Croix, les Francs-Maçons, les Illuminati, ces Charbonniers disent posséder une sagesse secrète connue seulement des initiés comme eux. Mais ce n'est pas vrai. Ce secret était connu en Grèce, en Égypte, en Perse et même plus tôt encore, en Inde…

— Quel secret ? demandai-je même si je craignais de savoir déjà ce qui allait suivre.

— Un savoir secret qui fut finalement écrit, il y a plus de douze siècles, poursuivit-il. Ensuite, il courut le danger de ne plus rester un secret. Bien que personne ne pût en déchiffrer le sens, il fut caché au vu et au su de tous dans un jeu d'échecs créé à Bagdad. Puis, pendant un millier d'années, il fut enseveli dans les Pyrénées, les montagnes du Feu, *Euskal Herria*… la terre des Basques qui aidèrent à le protéger. Mais à présent, il a refait surface, il y a quelques semaines seulement, ce qui pourrait te mettre en grand danger… à moins que tu ne comprennes *qui tu es* et le rôle que tu joueras ici ce soir…

Rodo me regarda comme si cela devait en effet répondre à toutes mes questions. On était loin du compte.

— Quel rôle ? Je suis qui, moi ?

Je me sentais vraiment mal. J'avais envie de ramper sous mon tabouret et de pleurer.

— Comme je te l'ai toujours répété, m'expliqua Rodo avec un étrange sourire. Tu es la Cendrillon, ou *neskato geldo*, la petite fille des cendres, celle qui dort dans les cendres derrière le fourneau. Puis elle surgit des cendres pour devenir la reine, comme tu vas peut-être le découvrir dans quelques heures. Mais je serai là, avec toi. Car ce sont eux qui viennent dîner ce soir avec tout ce mystère. Ce sont eux qui m'ont demandé que tu sois présente et ce sont eux qui savaient que tu étais allée dans le Colorado. J'ai seulement appris ton départ trop tard.

— Mais pourquoi moi ? J'ai peur de ne toujours pas comprendre, dis-je, alors que je craignais beaucoup plus encore de ne comprendre que trop bien.

— Celui qui a organisé ce repas te connaît parfaitement… pour autant que je sache, remarqua Rodo. Il s'appelle Livingston.

BASIL LIVINGSTON.

C'était un joueur, bien sûr. Pourquoi cela devrait-il me surprendre ? Mais ne pouvait-il pas être encore davantage, étant donné ses rapports suspects et prolongés avec Taras Petrossian, récemment assassiné.

J'étais toutefois étonnée de me trouver moi-même ici, enterrée dans ce caveau avec mon patron basque fou, qui semblait en savoir encore plus long que moi sur les dangers que représentait ce Grand Jeu encore plus fou.

Je résolus d'en entendre davantage. Et aussi exceptionnel que ce fût, pour une fois, Rodo semblait plus que prêt à s'ouvrir.

— Tu connais peut-être la *Chanson de Roland** ? me demanda-t-il comme il installait une douzaine de pots d'argile dans le foyer. Cette histoire médiévale sur la fameuse retraite de Charlemagne au col de Roncevaux, dans les Pyrénées. Elle contient la clé de tout. Tu connais bien la *Chanson* ?

— Je ne peux pas dire que je l'ai lue, dus-je avouer. Mais je sais de quoi elle parle. La défaite de Charlemagne par les Sarrasins, comme on appelait les Maures. Ils ont écrasé l'arrière-garde pendant que son armée se repliait d'Espagne en France. Son neveu Roland, héros du poème, fut tué dans le défilé, non ?

— Oui, c'est du moins l'histoire qu'on nous raconte, m'assura Rodo. Mais caché là-dessous, il y a le vrai mystère, le véritable secret de Montglane.

Il avait trempé les doigts dans l'huile d'olive et enduisait à présent l'intérieur des moules.

— Alors quel rapport la retraite de Charlemagne et ce fameux « secret de Montglane » ont-ils avec la mystérieuse assemblée de ce soir ? Ou avec ce jeu d'échecs que vous avez mentionné ? m'enquis-je.

— Tu comprends, Cendrillon, ce ne sont pas les Maures qui ont anéanti l'arrière-garde de Charlemagne ou qui ont tué son neveu Roland, m'expliqua-t-il. Ce sont les Basques.

— Les Basques ?

Il sortait maintenant des boules de pâte de leur tissu humide et en déposait soigneusement une au fond de chaque moule. Je lui tendais la pelle à long manche pour pousser les pots dans la fosse.

Dès que Rodo eut entassé les cendres autour des moules, il se tourna vers moi et ajouta :

— Les Basques avaient toujours contrôlé les Pyrénées. Mais la *Chanson de Roland* a été écrite des centaines d'années après les événements dont elle parle. Au moment de la retraite à travers le défilé de Roncevaux, en 778, Charlemagne n'était pas encore puissant ni célèbre. Il était simplement Karl, roi des Francs, une bande de bouseux venus du Nord. C'était plus de vingt ans avant qu'il soit sacré empereur du Saint Empire romain germanique – « Carolus Magnus » ou *Karl der Grosse*, comme l'appelaient les Francs, défenseur de la Foi – par le pape. Karl le Franc est devenu Charlemagne parce qu'à cette époque, il était déjà le détenteur et le défenseur d'un jeu d'échecs qu'on appelait le Jeu de Montglane.

Je savais que nous étions indéniablement sur une piste. Cela confirmait l'histoire du jeu légendaire et de ses pouvoirs fabuleux, que m'avait racontée Lily. Mais les ajouts de Rodo ne répondaient pas encore à toutes mes questions.

— Je croyais que le pape avait couronné Charlemagne empereur du Saint Empire pour qu'il l'aide dans la défense de l'Europe chrétienne contre les incursions des musulmans, dis-je en me creusant la cervelle pour ratisser la moindre bribe d'histoire médiévale qui me revenait en mémoire. Dans le seul dernier quart de siècle avant l'arrivée de Charlemagne, l'Islam n'avait-il pas conquis la majeure partie du monde, y compris l'Europe occidentale ?

— Exact, convint Rodo. Autrement dit, quatre ans seulement après la défaite de Charlemagne à Roncevaux, le bien le plus précieux de l'Islam était tombé entre les mains du pire ennemi de l'Islam.

— Mais comment Charlemagne a-t-il réussi à mettre la main si vite sur ce jeu d'échecs ? questionnai-je.

Captivée, j'avais provisoirement oublié que j'avais un boulot à faire et que nous serions bientôt envahis par une horde de « convives » indésirables. Mais Rodo ne perdait pas le nord. Il me passa la boîte d'œufs et une pile de bols en cuivre tout en poursuivant.

— On dit que le Jeu de Montglane lui a été envoyé par le gouverneur maure de Barcelone, mais pour des raisons encore non élucidées, m'expliqua Rodo. Ce n'était sûrement pas pour le « coup de main » de Charlemagne contre les Basques, qu'il n'a jamais battus et qui, de toute façon, n'opéraient pas dans le voisinage de Barcelone.

« Il est plus probable que le gouverneur, Ibn al-Arabi, avait lui-même une bonne raison de vouloir cacher le jeu le plus loin possible de l'Islam, et justement la cour franque à Aix-la-Chapelle, ou Aachen, se trouvait à plus de mille kilomètres au nord, à vol d'oiseau.

Rodo s'interrompit pour rectifier ma façon de séparer les jaunes d'œuf des blancs. Il exigeait toujours que ce soit fait d'une seule main, le jaune et le blanc tombant dans deux bols distincts, tandis que les coquilles atterrissaient dans un troisième. (Pour le tas de compost, car « rien ne se perd, rien ne se crée », aurait dit Key.)

— Mais pourquoi un dirigeant musulman espagnol aurait-il voulu envoyer un tel cadeau à un monarque chrétien situé à plus de mille kilomètres de là, juste pour l'écarter des mains des musulmans ? demandai-je.

— Tu sais pourquoi on appelle ces échecs le Jeu de Montglane ? répliqua-t-il. C'est un nom révélateur. Car, à l'époque, dans les Pyrénées basques, il n'y avait pas d'endroit qui s'appelait Montglane.

— Je croyais que c'était une forteresse et plus tard, une abbaye, dis-je.

Et je me mordis la langue, car je me rappelai que c'était Lily qui me l'avait dit et non pas Rodo.

Je me repris juste à temps. Dans cet instant de distraction, j'avais failli laisser tomber un flocon de jaune dans les blancs et gâché toute la fournée. Je jetai la coquille – avec le jaune – dans le bol à compost et essuyai mes mains moites de sueur sur mon tablier de boucher avant de reprendre ma tâche. Quand je levai un œil pour voir si Rodo avait remarqué mon faux pas, je fus soulagée de voir qu'il rayonnait de contentement.

— On dit que les femmes ne peuvent pas se concentrer sur deux choses à la fois, commenta-t-il. Mais tu as réussi ! J'en suis heureux pour l'état futur de ma fameuse meringue.

Rodo était la seule personne à ma connaissance qui pouvait essayer de faire un soufflé ou même une meringue dans une cheminée. Mais son plat de résistance, le *Béret basque**, un riche gâteau au chocolat, exigeait les deux. Rodo ne se laissait jamais impressionner par ces « petits défis », qui le titillaient plutôt.

À présent, j'avais mon propre défi à relever : comment revenir au sujet ? Mais Rodo me prit de court.

— Ainsi, tu connais un peu cette histoire, remarqua-t-il. Oui, Charlemagne a appelé l'endroit Montglane et il a aussi fondé la forteresse avec son titre de noblesse. Mais tout ça était fort éloigné de Barcelone et de la

Méditerranée dans le Sud, et aussi de sa capitale dans le Nord, à Aix-la-Chapelle.

« Il préféra donc choisir le terrain impénétrable du Pays basque sur la cime d'une haute montagne. Et curieusement, ce lieu n'était pas situé très loin du point précis de sa retraite désastreuse. Et il nomma l'endroit où il éleva cette forteresse Montglane, *Le Mont des Glaneurs*. Un nom qui fait penser aux glaneuses du célèbre tableau de Millet, non ?

Rodo esquissa un geste de ses mains comme s'il tenait une faux.

— Vous voulez parler des glaneuses ou des faucheuses ? dis-je. Le mont des glaneuses ou des faucheuses ? Pourquoi l'aurait-il appelé comme ça ?

J'avais posé mon bol de cuivre avec les jaunes pour pouvoir battre les blancs. Mais Rodo me prit les blancs, trempa son doigt dedans et secoua la tête… pas encore prêt. Il fallait que ce soit à la bonne température. Il reposa la coupe.

— Chaque chose en son temps, me dit-il. C'est dans la Bible. C'est vrai pour tout, y compris les blancs d'œuf. Et aussi l'autre chose, à propos des glaneuses. Il est dit : « La semence que tu sèmes sur la terre, tu la… enfin, tu moissonnes. » Mais je sais le dire beaucoup mieux en latin : *quod severis metes*.

— Tu récolteras ce que tu auras semé ? avançai-je.

Rodo approuva d'un geste. Cela réveilla un étrange écho au fond de ma mémoire. Mais ce n'était pas le moment.

— Ça vient comme un cheveu sur la soupe, affirmai-je. Qu'est-ce que le fait de semer et de moissonner a à voir avec Charlemagne et ce foutu jeu d'échecs ? Pour quelle raison quelqu'un veut-il ce jeu s'il est si dangereux ? Quel est le rapport entre cette histoire et les Basques, et avec ce soir ou avec la raison pour laquelle je suis, moi, censée être ici, ce soir ? Je n'y pige rien.

— Si, tu « piges » sûrement, soutint Rodo. Tu n'es pas *complètement folle** !

Puis tâtant promptement les blancs du bout du doigt, il hocha la tête, jeta dedans une poignée de sucre et me passa le bol avec le fouet.

— Réfléchis ! m'exhorta-t-il. Il y a plus d'un millier d'années, ce jeu d'échecs a été envoyé dans un lieu isolé. Ceux qui le possédaient ont veillé jalousement dessus… ils comprenaient et redoutaient son pouvoir. Il est resté enterré dans le sol comme les graines, car ils savaient qu'un jour, il donnerait sûrement des fruits, des bons ou des mauvais.

Il tint une coquille d'œuf devant mon visage.

— Et maintenant, l'œuf est éclos. Et de même que la moisson glanée sur les hauteurs de Montglane, il s'est relevé tel un phénix de ses cendres, acheva-t-il avec une certaine emphase.

Je laissai tomber la métaphore.

— Mais pourquoi *moi* ? m'obstinai-je, bien que conserver mon calme me parût au-dessus de mes forces.

Nous entrions enfin dans le vif du sujet.

— Parce que, mon cher Oiseau de feu, répliqua Rodo, que ça te plaise ou non, tu t'es relevée, il y a deux semaines, en même temps que le jeu d'échecs. Je connais la date de ton anniversaire, tu vois, et les autres aussi la savent. Le 4 octobre, exactement l'inverse de la date pour la *boum** d'anniversaire de ta mère t'annonçant la sienne.

« C'est ce qui t'a mise en danger. C'est pour cette raison qu'ils veulent t'observer ce soir, et qu'ils croient savoir qui tu es véritablement.

De nouveau la même expression. Mais cette fois, elle me donna une peur bleue, tel un pieu s'enfonçant dans mon cœur.

— Et qui suis-je ? répétai-je d'une voix bêlante.

— Moi, je n'en sais rien, répondit mon boss, l'air pas fou du tout. Tout ce que je sais, c'est ce que les autres croient. Et eux s'imaginent que tu es, toi, la nouvelle Reine blanche.

# LA PYRAMIDE

*Les cendres de Shelley furent transportées plus tard à Rome et ensevelies à l'endroit où elles se trouvent aujourd'hui, sur la pente du cimetière protestant à l'ombre de la grande pyramide grise de Caius Cestius, un lieu de pèlerinage pour tous les anglophones du monde depuis plus de deux siècles.*

Isabel C. CLARKE, *Shelley and Byron*

*La pyramide de Cestius, située à Rome, un monument funéraire massif en brique et en pierre, plaqué de marbre blanc. Elle fait une hauteur de 37 mètres, et chaque côté de la base mesure 30 mètres... La pyramide date de l'époque d'Auguste.*

*The Century Dictionary*

*Le mausolée de Caius Cestius... inspira les fabriques de jardin, ou folies, du dix-huitième siècle y compris les pyramides du Désert de Retz et du parc Monceau, de même que la pyramide maçonnique qui apparaît sur le billet vert américain.*

Diana KETCHAM, *Le Désert de Retz*

## CIMITERO ACATTOLICO DEGLI INGLESI, ROMA (CIMETIÈRE PROTESTANT DES ANGLAIS, ROME) 21 JANVIER 1823

La « Maria anglaise » se tenait debout dans le brouillard glacial auprès du mur de pierre, dans l'ombre de l'énorme pyramide égyptienne vieille de deux mille ans, tombeau du sénateur romain Caius Cestius. Vêtue de son costume de voyage et de sa cape d'un gris uni, elle contemplait la scène, un peu à l'écart du reste de l'assistance, qu'elle connaissait à peine, tandis qu'on déposait la petite urne dans son tombeau peu profond.

Ce lieu ancien et sacré semblait avoir été fait pour recevoir les cendres de Percy Shelley en ce jour. L'auteur du *Prométhée délivré* avait été le poète du Feu par excellence, n'est-ce pas ? Or, ce 21 janvier était le jour de fête préféré de Maria, la fête de sainte Agnès, la martyre que le feu avait épargnée. En cet instant encore, les larmes lui montaient aux yeux, non pas à cause du froid mais en raison des multiples petits feux qui brûlaient sur la colline de l'Aventin pour honorer la mémoire de la sainte, et leur fumée se mélangeait avec le brouillard froid et humide qui montait du Tibre en contrebas. En Angleterre, la veille de la Sainte-Agnès, les jeunes filles allaient se coucher sans manger, jeûnant dans l'espoir d'apercevoir en rêve leur futur mari comme dans le poème romantique de John Keats.

Cependant, bien que Maria eût longtemps vécu en Angleterre et fût accoutumée aux usages de ce pays, elle n'était pas anglaise, même si on l'appelait la *pittrice inglese*, la « peintre anglaise », depuis qu'à l'âge de dix-sept ans, elle était entrée à l'Accademia del Disegno de Florence. En effet, elle était originaire d'Italie, née à Livourne il y avait plus de soixante ans de cela, et se sentait plus chez elle en Italie qu'elle ne le serait jamais en Angleterre, la patrie de ses parents.

Et bien qu'elle ne fût pas revenue en ce lieu sacré depuis plus de trente ans, Maria connaissait, peut-être mieux que quiconque, le mystère tapi sous la fine couche de terre « anglaise » à la surface de la colline la plus méridionale, située aux portes de l'ancienne Rome. Car ici, à Rome, où sainte Agnès avait été martyrisée et où on allait bientôt célébrer sa fête, reposait un mystère infiniment plus ancien que les ossements de la sainte ou la pyramide funéraire de Caius Cestius. Un mystère peut-être plus ancien que la fondation de Rome.

L'endroit sur l'Aventin, où Caius Cestius avait érigé sa prétentieuse pyramide à l'époque de Jésus et de l'empereur Auguste, était un lieu sacré depuis les temps les plus reculés. Il se trouvait en bordure du Pomerium, la « ligne de la pomme », une limite de démarcation ancienne mais invisible à l'extérieur de l'enceinte fortifiée de la cité, au-delà de laquelle il était interdit de prendre les *auspicia urbana*, les auspices pour la protection de la cité. Les *auspicia*, de *avis specere,* « observer les oiseaux », ne pouvaient être consultés que par un groupe de prêtres définis qui étaient compétents pour étudier les augures du ciel, tels que le tonnerre et les éclairs, les mouvements des nuages, le vol et les cris des oiseaux. Mais au-delà du Pomerium, un autre pouvoir exerçait son empire.

Au-delà de cette ligne se trouvaient les *horrea*, les greniers qui nourrissaient Rome. Et ici, sur le mont Aventin aussi, se dressait le célèbre temple dédié au culte de Cérès, la déesse du blé et des moissons. Son nom, *Kher*, signifiait la croissance, et elle partageait son temple avec Liber et Libera, le dieu et la déesse de la Liberté, de la Virilité, les sucs de la vie. Ils étaient l'équivalent des anciens Janus et Jana, le dieu à deux faces dont la ville de Janina en Albanie, site d'un de ses plus anciens sanctuaires, tenait son nom. Mais ici, l'organisation des deux grandes fêtes de Cérès échappait au contrôle des édiles : les *Feriae Sementivae*, les fêtes des semailles, qui commençaient en brûlant le vieux chaume dans les champs avec d'énormes feux durant le mois dédié à Janus ; et les *Cerialia*, la fête des moissons ou des récoltes, qui survenait durant le mois nommé d'après l'empereur Auguste, dont le nom de naissance, Octavius, signifiait « huitième ».

Les feux allumés pour Cérès dans le premier mois, d'après les anciens, présageaient de ce qu'on récolterait au huitième mois, *quod severis metes*, comme il était écrit au fronton de son temple : Tu récolteras ce que tu as semé.

Le mystère derrière cela était si profond et si ancien qu'il coulait dans le sang. Il était inutile de consulter les auspices sous l'autorité des magistrats ou des prêtres, ou d'avoir des augures officiels ; cela se faisait hors les murs, en dehors de la cité.

C'était un Ordre éternel.

Maria savait que ce jour-là, le souvenir du passé et la divination de l'avenir étaient liés, comme ils l'étaient depuis des milliers d'années. Car ce jour – la

Sainte-Agnès, le 21 janvier – était celui de la divination par le Feu. Et ici, à Rome, la Ville éternelle, ce jour serait peut-être aussi celui où le secret que Percy Shelley avait emporté avec lui dans sa tombe six mois plus tôt, le secret de cet Ordre, se relèverait de ses cendres.

Du moins était-ce ce que le cardinal Joseph Fesch, l'ami et le mécène de Maria, espérait découvrir. C'était aussi pourquoi sa sœur, Letizia Bonaparte, et lui l'avaient fait venir ce jour-là. Après plus de trente ans, l'artiste anglo-italienne Maria Hadfield Cosway était rentrée au bercail pour de bon.

PALAZZO FALCONIERI
ROME

*J'ai empêché les mortels de prévoir la mort (…)*
*J'ai mis en eux d'aveugles espérances (…)*
*Et je leur ai aussi apporté le feu.*

ESCHYLE, *Prométhée enchaîné*[1]

George Gordon, Lord Byron, arpentait péniblement le salon du palazzo Falconieri, propriété du cardinal Joseph Fesch. Malgré sa fortune personnelle, Byron se sentait déplacé dans ce mausolée somptueux dédié à un empereur défunt. Car bien que Napoléon Bonaparte, neveu du cardinal, fût mort depuis deux ans, les richesses qu'il avait dispensées aux membres de sa famille s'étalaient ici ostensiblement. Les murs damasquinés de la chambre ne faisaient pas exception,

1. Trad. Leconte de Lisle. *(N.d.T.)*

tapissés d'un bout à l'autre de toiles des plus grands maîtres d'Europe, d'autres étant empilées sur les sols, y compris les œuvres de Mme Cosway, la protégée de longue date du cardinal, à la demande expresse de laquelle ils avaient tous été conviés ici. En apparence, du moins.

La missive avait mis un certain temps à le joindre, car elle avait été adressée d'abord à Pise. Le matin où elle était parvenue à sa nouvelle villa de Gênes, la casa Saluzzo, qui surplombait Portofino et la mer, Byron était parti à la hâte avant même de s'installer. Il avait abandonné sous son toit ses amours, sa famille et les importuns, et toute sa ménagerie, singes, paons, chiens et oiseaux exotiques, à peine débarqués de sa flottille en provenance de Pise.

Car il était clair qu'un événement d'importance venait de se produire. Ou était sur le point de survenir.

En dépit des fièvres et des douleurs qui ne cessaient de lui déchirer les entrailles, comme celles qui tourmentaient Prométhée, Byron avait chevauché à un train d'enfer cette dernière semaine afin d'arriver à Rome, de sorte qu'il avait à peine pris le temps de se baigner ou de se raser dans ces méchantes auberges où il s'était arrêté avec Fletcher, son valet. Il se rendait compte qu'il devait faire peur à voir, mais dans les circonstances actuelles, cela n'avait guère d'importance.

Quand il eut été introduit dans le palais, l'excellent bordeaux du cardinal lui ayant été versé dans un verre en cristal pour remettre son estomac d'aplomb, Byron jeta pour la première fois un regard circulaire sur le salon superbement décoré et se rendit compte, au même instant, que non seulement il se sentait déplacé, mais que son odeur était également déplacée. Il portait encore sa tenue d'équitation, couverte de poussière :

une veste militaire bleue ajustée, des bottes maculées de boue et le long pantalon de nankin qui recouvrait son pied déformé. Avec un soupir, il reposa le verre de vin rubis et déroula l'écharpe enturbannée qu'il portait habituellement à l'extérieur pour protéger sa peau claire du soleil. Malgré son envie de s'en aller sans attendre, d'envoyer quérir Fletcher, de trouver un endroit pour prendre un bain et se changer, il savait que c'était impossible.

Parce que tout était une question de temps. Et de combien de temps disposait-il vraiment ?

Quand Byron était très jeune, une diseuse de bonne aventure lui avait prédit qu'il ne dépasserait pas ses trente-six ans, ce qui lui avait paru une éternité. Mais demain, le 22 janvier, Byron en aurait trente-cinq. Dans quelques mois, il quitterait l'Italie pour aller se battre pour la Grèce et financer la guerre d'Indépendance pour le déclenchement de laquelle son ami, Ali Pacha, avait sacrifié sa vie.

Mais bien sûr, Ali avait sacrifié encore davantage.

Ce qui ne pouvait être que le sens de ce message.

Car bien que le message envoyé à Byron par Letizia Bonaparte fût clairement une réponse à la question voilée qu'il lui avait adressée à propos de Shelley, la signification du message qu'elle avait rédigé dans un langage polyglotte n'aurait pu être plus claire :

*À signor Gordon, Lord Byron*
*Palazzo Langranchi, Lung'Arno, Pisa*
*Cher Monsieur,*
*Je vous invite à un vernissage de la pittrice inglese, Mme Maria Hadfield Cosway, date : le*

*21 janvier ; lieu : Palazzo Falconieri, Roma.*
*Nous attendons votre réponse.*
*Les sujets des peintures sont les suivants :*

*Siste Viator.*
*Ecce Signum*
*Urbi et Orbi.*
*Ut supra, Ut infra*

C'était donc une invitation au vernissage d'une exposition des tableaux de Mme Cosway, une femme dont il connaissait bien la réputation, étant donné la renommée de son défunt mari qui avait été le peintre officiel du prince de Galles. Et elle était, de son côté, la protégée non seulement du cardinal Fesch, mais avait été aussi, pendant des années à Paris, celle du grand peintre David.

Cependant, ce n'était pas tant l'invitation en elle-même que le sens du message qui avait retenu l'attention de Byron et précipité son départ de Gênes. D'abord, les « sujets » des « peintures » de Mme Cosway dans l'ordre où ils étaient présentés étaient des thèmes rarement choisis par les artistes. Mais surtout, ils prenaient tout leur sens quand on lisait entre les lignes.

*Siste viator*, « Arrête-toi, voyageur » : une phrase qui figurait sur les tombes en bord de route dans la Rome ancienne.

*Ecce signum*, « Voici le signe » : cela était suivi d'un petit triangle.

*Urbi et orbi*, « À la ville et au monde » : la devise de Rome, la Ville éternelle.

*Ut supra, ut infra*, *« Ce qui est en haut est comme ce qui est en bas »* : un des principes de l'alchimie.

Et cela ne pouvait pas être une coïncidence que cette invitation soit fixée le jour et à l'endroit mêmes des funérailles du pauvre Percy Shelley, lesquelles, grâce à un Dieu miséricordieux, avaient eu lieu quelques heures avant l'arrivée de Byron à Rome. Il ne regrettait pas de les avoir ratées. Malgré tous ses efforts, il ne pouvait oublier ce qu'il avait enduré le jour de la crémation de Shelley, il y avait bien des mois, ni les craintes que la mort lui inspirait désormais.

Ce message était clair : « Arrête de chercher et vois ce que nous avons trouvé : le signe, le triangle, la fameuse pyramide funéraire égyptienne à Rome qui a été adoptée comme signe de reconnaissance par les *Carbonari*, les francs-maçons, et d'autres groupes similaires. Elle représentait un ordre nouveau reliant l'esprit et la matière, le monde d'en haut et le monde d'en bas. »

C'était le message que Percy Shelley avait tenté de lui faire parvenir juste avant d'être tué. À présent, Byron comprenait ce qu'il voulait dire, bien qu'il en fût glacé jusqu'à l'os. Car même si Letizia Bonaparte et son aréopage savaient quelque chose du mystère, ou de la Reine noire disparue, comme l'invitation le donnait à entendre, comment auraient-ils pu deviner ce mot-là ? Le seul mot qui pouvait ramener Byron à Rome, faute de mieux. Celui que Letizia Bonaparte avait utilisé pour clore sa lettre.

Le nom préféré de Byron, qui lui avait servi de mot de passe avec une seule personne au monde. Ali Pacha, lequel était mort désormais.

Mais comme ce nom lui revenait en mémoire, il entendit la porte s'ouvrir et une voix douce lui parvenir depuis l'autre bout de la pièce.

— Père, je suis Haidée, votre fille.

*Il avait une fille unique appelée Haidée,*
*La plus riche héritière des îles orientales,*
*Et, de plus, d'une si rare beauté*
*Que son douaire n'était rien auprès de son sourire.*

Lord BYRON, *Don Juan*, Chant II, 128[1]

Byron ne put se contenir. Il ne pouvait pas même penser à la pièce d'échecs qu'elle devait porter sur elle, car il était transporté de joie. En pleurant, il serra d'abord son enfant sur sa poitrine, puis l'écarta pour la contempler, secouant la tête, incrédule, tandis qu'il sentait les larmes chaudes creuser leur sillon dans la poussière qui lui couvrait le visage.

Seigneur ! Elle était l'image même de Vasiliki, qui n'avait guère que quelques années de plus quand Byron était tombé amoureux d'elle à Janina. Elle avait les mêmes yeux argentés que Vasia, qui semblaient être des miroirs lumineux, bien que Haidée eût également hérité des traits de son père, cette fossette au menton et cette peau pâle, translucide qui lui avait valu le surnom d'« Alba », qui signifie « blanc ».

*Quelle bénédiction !* songea-t-il. Car d'une manière ou de l'autre, ses autres filles lui avaient été enlevées par la mort, la séparation, le scandale ou l'exil. La petite Ada, l'enfant légitime qu'il avait eue avec sa femme Annabella, devait avoir sept ans à présent. Il ne

1. Trad. M. Paulin, Paris, de la Bibliothèque du Roi, Dondey-Dupré père et fils, 1830. *(N.d.T.)*

l'avait pas revue depuis sa naissance à cause du scandale qui avait conduit le poète à l'exil durant toutes ces années, Lady Byron ayant fait courir le bruit que Medora, qui avait huit ans, était la fille d'Augusta et de son demi-frère, Lord Byron.

Ensuite, il y avait la fille qu'il avait eue avec Claire Clairmont, la demi-sœur de Mary Shelley, qui était tellement folle de lui qu'elle l'avait suivi depuis Londres pour sillonner l'Europe en long et en large avec lui jusqu'à ce qu'elle ait atteint son but, avoir un enfant du grand poète. C'était la chère petite Allegra, qui était morte l'an passé à l'âge de cinq ans.

Mais maintenant, ce don des dieux, aussi précieux qu'un joyau, cette incroyable beauté, Haidée, une fille de Vasiliki, peut-être la seule femme qu'il eût jamais aimée. Une femme qui n'avait jamais rien exigé de lui, qui n'avait rien réclamé et lui avait tout donné.

Et Byron comprenait que ce petit bout de femme n'était pas une enfant ordinaire. Même si elle ne faisait que porter le nom d'Ali Pacha, Haidée semblait posséder une force intérieure que Byron avait rarement rencontrée et depuis longtemps oubliée. Comme les braves soldats d'Ali Pacha, ces *palikhari* aux yeux gris des montagnes albanaises. Comme Arslan le lion, Ali Pacha lui-même.

De quelle force le pacha et Vasia avaient su témoigner, quelle présence d'esprit avait été la leur pour qu'ils songent, en ces ultimes instants, à envoyer leur propre fille à Byron pour la mettre à l'abri et à lui confier la précieuse Reine ! Byron espérait qu'il saurait se montrer à la hauteur pour assumer la tâche qui lui incombait désormais. Mais il savait aussi mieux que quiconque ce que cela impliquait. Non seulement pour lui-même, mais certainement pour Haidée.

Maintenant qu'il venait de découvrir sa fille, était-il prêt à la perdre si vite, comme il avait perdu les autres ?

Mais Byron voyait autre chose : le pacha avait dû prévoir cette rencontre depuis fort longtemps, probablement depuis la naissance de Haidée. Car n'avait-il pas donné pour nom à l'enfant leur code secret, le surnom affectueux que Byron donnait à Vasiliki, sa mère ? Et cependant, il n'avait jamais connu l'existence de sa fille, ni le rôle pour lequel elle avait été choisie, voire formée, depuis le début.

Mais quel était ce rôle précisément ? Pourquoi Haidée se trouvait-elle ici, et aujourd'hui justement, le jour du Feu ? Qui étaient les autres ? Quel rôle jouaient-ils ? Pourquoi avaient-ils leurré Byron avec leurs codes secrets au lieu de conduire chez lui Haidée et la pièce du jeu d'échecs ?

Était-ce un piège ?

Et de façon tout aussi urgente, tandis qu'il tenait son rôle d'« Alba », il lui fallait découvrir, et sans tarder, le rôle qu'il jouait à présent dans ce Grand Jeu.

Car s'il échouait maintenant, tout espoir pourrait être perdu pour l'équipe des Blancs.

PORTO OSTIA, ROME
LE 22 JANVIER 1823

Haidée pouvait à peine contenir les dizaines d'émotions contradictoires qui se déchaînaient en elle. Elle s'était efforcée de résoudre ce problème depuis ce matin-là, des semaines plus tôt, quand elle avait revu pour la première fois le visage de Kauri à côté des autres, regardant du haut de la terrasse à Fès, le matin où elle avait su, contre tout espoir et contre toute attente, qu'il l'avait enfin retrouvée et qu'elle serait sauvée. Elle était enfin libre à nouveau, transportée dans une région inconnue dont elle avait ignoré jusqu'à l'existence, Rome, et auprès d'un père dont le mode de vie lui paraissait parfaitement excentrique et étrange.

Cependant, la nuit précédente, en raison de la fatigue due au voyage long et difficile de Byron, et à son effet sur son état de santé fragile, sans parler de la proximité d'une compagnie nombreuse séjournant au palazzo, il s'était retiré pour dormir dans des chambres que son valet Fletcher s'était procurées. Il était entendu qu'au petit matin, avant de rejoindre les autres à l'heure prévue à la pyramide, Haidé se faufilerait hors du palais pour venir le retrouver sous la protection de Kauri.

À présent, Lord Byron serrant la main de sa fille dans la sienne, ils parcouraient tous les trois les rues désertes dans le brouillard argenté du point du jour. Étant donné tout ce qu'elle avait appris au cours de leur fuite du Maroc, étant donné tout ce que Charlot et Shahin leur avaient raconté à bord du bateau, Haidée savait que Lord Byron pouvait être le dernier être vivant à détenir la clé du mystère de la Reine noire d'Ali Pacha. Et elle savait que la rencontre en tête à tête ce matin-là avec ce nouveau père pouvait être pour elle l'unique occasion d'apprendre ce qu'elle avait désespérément besoin de savoir.

Comme le trio s'écartait du centre-ville en passant devant les thermes et se dirigeait vers les abords de Rome où se dressait la pyramide, les jeunes gens, à la demande de Byron, lui racontèrent comment la Reine noire avait été récupérée dans sa cachette en Albanie, de même que l'arrivée du Baba Shemimi par les cols de la montage, lui confièrent l'important récit du vieil homme concernant la véritable histoire de la création du Jeu de la Tariqa par al-Jabbir et enfin, les dernières paroles d'Ali Pacha, ainsi que les actes de bravoure du monastère de Saint-Pantaléon, juste avant l'arrivée des Turcs.

Byron prêta une oreille attentive jusqu'à la fin de leur récit. Puis, sans lâcher la main de sa fille, il serra l'épaule du garçon pour le remercier aussi.

— Ta mère s'est montrée très brave, dit-il à Haidée, en te faisant partir au moment même où le pacha et elle affrontaient la mort.

— La dernière chose que ma mère m'a dite, c'est qu'elle vous aimait profondément, lui répondit Haidée, et le pacha m'a dit de même. Quel qu'en fût le prix, père, ils vous faisaient tous deux entièrement confiance pour que la pièce du jeu d'échecs ne tombe pas entre de mauvaises mains. De même que le grand Baba qui a chargé Kauri de nous protéger, la pièce et moi.

« Et malgré tous ces plans minutieux, poursuivit-elle, les choses ne se sont pas passées comme prévu. Kauri et moi avons pris la mer, avec l'intention de vous retrouver à Venise. Nous ne pensions pas avoir une longue route à faire, mais nous faisions erreur. Au large de la pointe de Pirene, notre bateau a été capturé par des pirates qui l'ont détourné sur le Maroc, où Kauri a été emmené par des marchands d'esclaves dès qu'il a mis le pied sur le quai. Il a disparu de ma vie, pour toujours, croyais-je. La Reine noire m'a été enlevée par les hommes du sultan, et l'on m'a envoyée dans le harem royal à Fès. J'étais seule et terrifiée, entourée d'étrangers, sans personne à qui je pouvais me fier. Je fus sauvée d'un sort funeste, je pense, seulement parce qu'ils ne savaient pas qui j'étais. Ils suspectaient que cette boule de minerai noir, si ce n'est moi, pouvait avoir quelque valeur qui n'était pas visible à la surface.

— Et comme ils avaient raison ! remarqua Byron, l'air sombre, en passant son bras autour des épaules de sa fille. Tu as été très forte face à de pareils dangers, mon enfant. D'autres sont morts en raison du secret que tu protégeais, dit-il en pensant à Shelley.

— Haidée s'est montrée très brave, renchérit Kauri. Même si j'ai réussi à m'échapper et à rechercher la protection des montagnes, j'ai vite compris que malgré ma relative liberté, elle avait disparu pour moi comme j'avais disparu pour elle. Nous ne pouvions retrouver sa trace. Puis, quand le sultan est mort, il y a seulement quelques semaines, et qu'elle risquait d'être revendue comme esclave avec le reste du harem, Haidée a conservé le silence. Elle a refusé de révéler qui elle était ou la mission qui lui était confiée. Elle était déjà sur l'estrade du marché quand nous l'avons retrouvée.

Haidée ne put retenir le frisson qui la parcourut à ce souvenir. Byron le sentit passer dans sa mince épaule.

— Cela me paraît être un miracle que vous ayez survécu, tous les deux, et qu'en plus, vous ayez réussi à sauver la pièce d'échecs, dit-il d'une voix grave en la serrant contre lui pendant qu'ils marchaient.

— Mais Kauri ne m'aurait jamais retrouvée, nous ne serions jamais arrivés jusqu'ici, expliqua encore Haidée, nous n'aurions pu accomplir la mission que le pacha et le Baba nous avaient confiée… sans l'aide du père de Kauri, Shahin. Et de son compagnon, un homme aux cheveux roux qu'on appelle Charlot…

Haidée adressa un regard interrogatif à Kauri, de l'autre côté de Byron. Le garçon hocha la tête.

— C'est de Charlot que Haidée aimerait vous parler ce matin avant que vous le rencontriez avec les autres à la pyramide. C'est pourquoi nous souhaitions avoir un tête-à-tête avec vous pour discuter de l'implication très intime de cet homme avec la Reine noire.

— Mais qui est ce Charlot dont vous parlez ? demanda Byron. Et qu'a-t-il à voir avec la pièce du jeu d'échecs ?

— Kauri et moi ne parlons pas ici du jeu d'échecs, corrigea Haidée. La véritable Reine noire, la Reine noire vivante, est Mireille, la mère de Charlot.

Byron se sentit mal, et pas seulement en raison de ses troubles digestifs. Il s'arrêta, car à l'instant où le soleil venait de poindre, ils atteignirent les grilles du cimetière protestant et se trouvèrent à proximité du lieu de rendez-vous, à quelques minutes de là. Il s'assit sur le muret de pierre et considéra Kauri et Haidée d'un air grave.

— Pourriez-vous m'expliquer cela, je vous prie.

— D'après ce que Charlot nous a expliqué sur le bateau, reprit Haidée, sa mère, Mireille, était une des religieuses de Montglane quand le jeu a été ramené au grand jour après un millénaire. Elle fut envoyée auprès de Shahin, le père de Kauri, dans le désert. Là, son fils Charlot est né sous les yeux de la Reine blanche, comme cela avait été prédit dans l'ancienne légende.

— C'est mon père qui l'a élevé, précisa Kauri. Il nous a dit que Charlot possédait un don de seconde vue, comme cela avait été également prédit pour celui qui devait aider à rassembler les pièces et à résoudre le mystère.

— Mais Charlot prétend que sa mère détient un autre objet qui a un pouvoir extraordinaire, reprit Haidée. Un objet qui fait que toute notre mission paraît… impossible.

— S'il est le fils d'une religieuse de Montglane, dit Byron, nul besoin d'un don de seconde vue pour savoir ce que vous avez à me dire. Ce Charlot dont vous me parlez croyait que sa mère et lui étaient en possession d'une chose dont il vient d'apprendre qu'en fait, c'est nous qui la possédons. Une chose pour laquelle vous avez risqué vos vies afin de l'apporter par-delà les montagnes et les mers. N'en est-il pas ainsi ?

— Mais comment serait-ce possible ? demanda Haidée. Si sa mère a creusé de ses mains nues la terre à l'abbaye de Montglane pour retrouver les pièces ; si elle est allée ensuite rechercher les pièces aux quatre coins de la terre ; si elle a reçu la Reine noire du tsar de toutes les Russies, le petit-fils de la Grande Catherine… comment peut-il y avoir une seconde reine ? Et si cela était, pourquoi celle que possédaient les soufis bektachis serait-elle la bonne ?

— Avant d'essayer de répondre à cette question, remarqua Byron, je propose que nous écoutions avec la plus grande attention et la plus grande prudence les propos qui vont être prononcés ici. Et par qui ! Letizia Ramolino Bonaparte, le cardinal Fesch et même Mme Cosway, des descendants d'une Église qui, après tout, a conservé ces pièces dans des mains chrétiennes depuis l'époque de Charlemagne.

— Mais, père, insista Haidé, avec un coup d'œil à Kauri pour réclamer son soutien, ce doit être sûrement l'explication, la véritable raison pour laquelle nous sommes tous réunis ici ! D'après Charlot, sa mère, la sœur Mireille, a été envoyée il y a trente ans auprès de Shahin, le père de Kauri, dans le Sahara, par quelqu'un qui doit être l'anneau manquant : Angela-Maria di Pietra Santa. Une grande amie de l'abbesse de Montglane et aussi la mère de nos hôtes ici aujourd'hui, Letizia Ramolino Bonaparte et aussi, d'un père différent, le cardinal Fesch. Angela-Maria était la grand-mère de Napoléon ! Vous ne voyez pas, père ? Ils font partie de l'équipe adverse !

— Mon enfant, protesta Byron en attirant sa fille contre lui et en la prenant dans ses bras. C'est sans importance, cette affaire d'équipes. Ce qui compte, c'est le jeu d'échecs, les pouvoirs qu'il détient, et non pas cette folle partie. C'est pourquoi les soufis ont cherché si longtemps à récupérer les pièces pour les retourner entre les mains de ceux qui les protégeront et ne les exploiteront pas pour en tirer un pouvoir personnel. Seulement pour le bien de tous.

— Charlot n'est pas de cet avis, précisa Haidée. Nous sommes les Blancs et ils sont les Noirs ! Et je crois que Shahin et lui sont de *notre* côté.

### La Pyramide, Rome
### Le 22 janvier 1823

Une lampe à huile sourde brûlait dans la crypte où ils s'étaient rassemblés, à la demande de Letizia Bonaparte, le matin qui suivait les funérailles de Shelley. Tout le reste à l'intérieur de l'énorme pyramide était englouti dans les ténèbres, qui offraient à Charlot la première occasion de réfléchir depuis leur départ de Fès.

Letizia les avait fait venir, expliqua-t-elle, parce que l'artiste, Mme Cosway, avait une importante information à leur communiquer. Et quel meilleur endroit que cette pyramide qui contenait l'essentiel du secret que Maria, après tant d'années, consentait à révéler.

Madame Mère allumait à présent les bougeoirs qu'elle avait apportés et les disposait auprès du tombeau de Caius Cestius. Leur lumière tremblotante jetait des ombres sur la haute voûte de la crypte.

Charlot observa les visages qui faisaient cercle autour de lui. Les huit que Letizia Bonaparte et son frère avaient réunis à Rome, sur l'ordre de Shahin, étaient tous présents. Et chacun jouait un rôle crucial, comme Charlot le comprenait à présent : Letizia et son frère, le cardinal Fesch ; Shahin et son fils, Kauri ; Lord Byron et la femme peintre, Mme Cosway ; Haidée et Charlot.

Ce dernier savait qu'il n'avait plus besoin d'une lumière extérieure pour identifier les dangers qui l'entouraient. À quelques jours de là seulement, sur la place du marché de Fès, sa vision lui avait été rendue dans toute sa vigueur, une situation totalement inattendue, un état aussi exaltant et effrayant que s'il s'était brusquement retrouvé au milieu d'une averse météorique. Le passé et l'avenir étaient de nouveau ses compagnons de route, le contenu de son esprit illuminé tel un soleil de dix mille étincelles tournoyant dans le ciel nocturne.

Seule une chose demeurait obscure pour lui : Haidée.

— Il y a une chose qu'aucun prophète, si grand soit-il, ne peut voir, lui avait dit Shahin dans la grotte au-dessus de Fès. Et c'est son propre destin.

Mais dès l'instant où Charlot avait plongé le regard dans la médina du haut du parapet et aperçu la jeune fille sur le marché aux esclaves en contrebas, il avait entrevu pendant un instant redoutable où le destin pouvait le conduire. Il n'en avait parlé à personne, pas même à Shahin.

Bien qu'il ne pût voir encore précisément comment son propre destin était entrecroisé avec le sien, Charlot savait que sa prémonition concernant Haidée était juste. De même que, trois mois plus tôt, il avait été poussé à quitter la France, à parcourir plus de mille kilomètres jusqu'aux grottes du Tassili, pour trouver la Reine blanche, l'ancienne déesse dont l'image était peinte en haut des falaises, dans le creux de la grande paroi rocheuse.

Et maintenant qu'il l'avait trouvée en chair et en os, incarnée dans cette jeune fille, il comprenait autre chose. Peu importait ce que Mme Cosway avait à révéler, peu importait le rôle que les autres jouaient, c'était Haidée qui se tenait au centre de l'échiquier, la Reine noire à la main, et Charlot devait se trouver à ses côtés.

Le cardinal Joseph Fesch jeta un regard circulaire dans la crypte illuminée sur son auditoire dont les membres, pensa-t-il, serraient les rangs tel un cortège funèbre.

— Beaucoup d'entre vous connaissaient jusqu'à aujourd'hui Mme Maria Hadfield Cosway de réputation si ce n'est en personne, commença-t-il. Ses parents, Charles et Isabella Hadfield, dirigeaient les célèbres auberges de Florence, « Carlo's », lesquelles pourvoyaient aux besoins des voyageurs anglais qui effectuaient leur traditionnel tour d'Europe, tels l'historien Edward Gibbon et le biographe James Boswell. Maria a grandi entourée par l'aristocratie des arts et des lettres, avant de devenir à son tour une grande artiste. À la mort de son mari, Isabella a fermé les auberges et est rentrée avec ses enfants en Angleterre, où Maria a épousé le célèbre peintre Richard Cosway.

« Bien que ma sœur Letizia et moi-même n'ayons fait la connaissance de Maria Cosway qu'après l'accession de Napoléon au pouvoir, nous sommes devenus depuis lors des amis très proches. Je parraine l'école de jeunes filles qu'elle a fondée un peu au nord d'ici, à Lodi. Nous avons demandé à Maria de raconter une histoire au sujet de la pyramide dans laquelle nous sommes assis en ce moment et de son rapport avec son défunt mari, Richard Cosway, récemment décédé à Londres. L'histoire qu'elle va nous livrer, elle ne l'a jamais racontée intégralement à quiconque… pas même à nous. Elle se situe en 1786, il y a donc une trentaine d'années, lors d'un voyage qu'elle a fait avec son mari à Paris. Et il s'est alors produit un événement qui pourrait s'avérer extrêmement préoccupant pour chacun de ceux qui sont présents dans cette salle.

Le cardinal regagna sa place et céda la parole à Maria.

Comme si elle ne savait par où commencer, celle-ci retira ses gants de moleskine qu'elle déposa à côté d'elle. Du bout du doigt, elle cueillit une goutte de cire chaude sur le bougeoir le plus proche et la pétrit entre le pouce et l'index.

— *Ma chère Madame**, dit le cardinal Fesch, et il posa sa main sur la sienne pour l'inciter à poursuivre.

Maria sourit et hocha la tête.

— C'était en septembre 1786, dit-elle dans un italien légèrement accentué. Mon mari et moi venions de traverser *la Manche** après avoir quitté Londres. Nos réputations nous avaient précédés. Nous étions deux peintres décorés et notre salon de Londres était connu pour être le plus recherché. Richard avait une importante commande en France pour peindre les enfants du duc d'Orléans, cousin de Louis XVI, et grand ami du mécène de mon mari, le prince de Galles d'alors, devenu le roi George IV. À Paris, nous fûmes fêtés tant par les artistes que par la noblesse. Notre collègue et ami, le peintre Louis David, organisa notre présentation au roi et à la reine Marie-Antoinette à Versailles.

« Je dois dire ici un mot de Richard, mon mari. Il faisait à Londres beaucoup d'envieux qui pensaient depuis longtemps du mal de lui, car il était né dans la pauvreté et avait gravi tous les échelons. Richard ne faisait rien pour apaiser ses ennemis, car il se comportait tout le temps avec extravagance et ostentation. Il portait une veste de satin couleur de mûre brodée de fraises, une grande épée qui traînait au sol, des chapeaux lourdement chargés de plumes d'autruche et des chaussures à talons rouges. Dans la presse, on l'appelait « macaroni » – un bellâtre – et son allure était comparée à celle de son singe, dont certains disaient malicieusement qu'il était son enfant naturel.

« Mais seuls des proches savaient que Richard était aussi un grand virtuose, un arbitre du goût, un connaisseur et un collectionneur d'antiquités rares et précieuses. Non seulement il possédait les fameuses tapisseries des Gobelins, mais aussi trente-six pièces remplies d'objets rares : une momie égyptienne, des reliques de saints, des ivoires chinois, des œuvres ésotériques rares en provenance de l'Arabie et des Indes, et même ce qu'il croyait être la plume d'une queue de phénix.

« Richard avait un penchant mystique, il était un adepte des premiers théosophes comme Emmanuel Swedenborg. À Londres, avec mon frère George, étudiant en architecture, nous avions assisté aux conférences privées de Thomas Taylor, un « néoplatonicien », qui avait récemment traduit la doctrine secrète des premiers auteurs ésotériques grecs pour des souscripteurs avides de ces mystères, tels que Ralph Waldo Emerson et William Blake.

« Ce contexte est important. Car il apparaît qu'à mon insu, mon mari avait découvert, par le truchement du duc d'Orléans, une chose impliquant un grand mystère qui était resté enterré pendant près d'un millier d'années en France, un mystère qui était sur le point de refaire surface, peu de temps après notre arrivée en France ce matin-là, il y a trente ans.

« Je me souviens de ce jour. C'était le dimanche 3 septembre 1786, un matin doré qui nous fit projeter, Richard et moi, une promenade à la *Halle au blé**, le grand marché aux grains de Paris, une gigantesque coupole où se vendaient blé, pois, seigle, lentilles, avoine et orge. La Halle a été détruite depuis par un incendie, mais elle passait pour un des plus beaux édifices de la capitale, avec des escaliers doubles tournants, une haute coupole dont les châssis vitrés inondaient l'arène de lumière tel un palais féerique qui voguait dans le ciel.

« C'est là, dans cette lumière magique, argentée, que nous avons rencontré la personne qui allait tout changer. Mais à cet instant, il y a si longtemps, j'aurais pu difficilement prévoir comment ma vie et celle de mes proches allaient être bouleversées par les événements qui venaient de se mettre en marche.

« Le peintre américain John Trumbull venait de descendre, en compagnie de son ami, un grand homme au teint pâle et aux cheveux cuivrés, à la résidence sur les Champs-Élysées des personnes chez qui Trumbull était attendu. L'hôte de Trumbull, comme nous l'apprîmes bientôt, était le délégué de la toute jeune République américaine à la cour de France, un ambassadeur dont la notoriété n'allait pas tarder à éclipser la nôtre. Il s'appelait Thomas Jefferson.

« Selon toute apparence, Mr Jefferson était totalement subjugué par la Halle au blé ; il ne tarissait pas d'éloges sur les beautés de sa conception et fut transporté d'enthousiasme quand John Trumbull évoqua les travaux d'architecture de mon frère George, qui est membre de la Royal Academy de Londres.

« Mr Jefferson insista pour nous accompagner pendant toute la journée. Après notre rencontre à Paris tous les quatre, nous avons passé l'après-midi à Saint-Cloud, où nous avons dîné. Puis nous avons annulé tous nos projets du soir et sommes allés à Montmartre, dans le jardin des Ruggieri, la famille d'artificiers, qui avaient prévu un gigantesque spectacle. On jouait *Le Triomphe de Vulcain*, une pièce sur les mystères de cette grande figure du monde souterrain que les Grecs nommaient Héphaïstos, le dieu de la Forge.

« C'est cet étalage extravagant des mystères de l'au-delà qui poussa mon mari Richard, semble-t-il, à parler aussi ouvertement à Mr Jefferson des grandes pyramides et des temples du feu qui ressemblent à ceux de l'Égypte et qui furent édifiés en pleine nature dans des jardins de plaisance aux abords de Paris, tels ceux du parc Monceau, le fameux domaine de notre mécène français, le duc d'Orléans. Mon mari partageait avec le duc un grand intérêt pour la connaissance des choses cachées.

« Et tout comme Jefferson avait succédé à Benjamin Franklin comme ambassadeur en France, le duc d'Orléans avait succédé à Franklin comme Grand Maître des Francs-Maçons de Paris. Leur initiation avait souvent lieu dans les grottes et les ruines classiques de ses jardins.

« Mais ce qui intriguait surtout Thomas Jefferson, c'était l'allusion de Richard à un autre endroit mystérieux, plus éloigné de Paris, en direction de Versailles, et qui avait été créé par Nicolas Racine de Monville, un grand ami du duc. À en croire le duc – d'après ce que mon mari nous révéla ce soir-là –, son parc de trente-cinq hectares peuplé d'étranges symboles mystiques dissimulait un secret aussi vieux que les pyramides. En vérité, ce parc pouvait se glorifier de posséder une pyramide qui était une réplique exacte de celle-là. *La Flûte enchantée* de Mozart avait été donnée en ce lieu.

« Il y avait quelque chose d'encore plus déconcertant à propos de ce lieu, au point que Mr Jefferson abandonna séance tenante ses fonctions officielles pour organiser une équipée dans la campagne, quelques jours plus tard, avec moi seule, pour voir ce jardin secret.

« Depuis l'histoire du premier jardin perdu dans la Bible, nous autres humains semblons toujours apprécier davantage les choses une fois que nous ne les avons plus. Dans le cas de M. Racine de Monville, alors que l'aube de la Révolution française se profilait à l'horizon, il n'allait pas tarder à perdre sa fortune en même temps que ses jardins. Le duc d'Orléans allait payer beaucoup plus cher. Prenant le nom de Philippe

Égalité, il se rangea aux côtés de la Révolution, vota la mort de son cousin le roi, mais fut à son tour guillotiné par les révolutionnaires.

« Quant à Thomas Jefferson et moi, nous avons fait ce jour-là une découverte dans le jardin de Monville, une découverte que nous n'attendions ni l'un ni l'autre : la clé d'une ancienne sagesse perdue. Ce fut le jardin qui nous donna la clé.

« Cela s'appelait le Désert de Retz. En ancien français, cela voulait dire : « la solitude du Roi ». Autrement dit, le domaine perdu.

## L'histoire de l'artiste et de l'architecte

*Mais les jardins existent aussi dans notre inconscient collectif. Le jardin fut le premier domaine de l'homme et, au fil des siècles, il lui a attribué une quantité de noms signifiant le Paradis terrestre, l'Éden. Les jardins suspendus de Babylone étaient une des Sept Merveilles du monde (…) Nos tentatives pour le recréer resteront toujours des œuvres d'imagination.*

Olivier CHOPPIN DE JANVRY, *Le Désert de Retz*

*Je ne puis m'empêcher de penser qu'il cherchait à imiter la tour de Babel.*

Thomas BLAIKIE, jardinier royal,
*parlant du Désert de Retz*

Nous quittâmes Paris ce vendredi 8 septembre, avec l'élégant équipage de chevaux gris de Mr Jefferson, et traversâmes le fleuve pour pénétrer dans la campagne radieuse. Mais rien ne pouvait être plus radieux que notre destination, le Désert de Retz.

On abandonna le carrosse pour pénétrer à pied dans le parc en passant par une grotte ouvrant sur un paysage enchanté qui ressemblait à un Watteau aux couleurs de la fin de l'été, des violets, des mauves et des rouilles vaporeux. Les collines douces et les chemins sinueux traversant le parc étaient parsemés de boqueteaux de hêtres pourpres, de grenadiers, de mimosas, voisinant avec des sycomores, des érables, des tilleuls et des charmes bicentenaires, tous ces arbres ayant une signification pour un œil initié.

À chaque tournant dans ce panorama, des édifices intéressants avaient été érigés qui semblaient surgir comme par un tour de passe-passe, se laissant entrevoir, cachés dans un bosquet ou sortant d'un lac par magie.

La pyramide de pierre fut accueillie par Jefferson avec le même enthousiasme que celui qu'il avait manifesté quand il avait fait la découverte de la Halle au blé.

— Sur le modèle du tombeau de Caius Cestius, dit-il. Je la reconnais d'après son original, ce fameux édifice romain qui a la forme d'une pyramide égyptienne, une « montagne de feu » dont votre compatriote, Piranèse, a fait des gravures si recherchées.

Après un moment de silence, il ajouta :

— L'original à Rome possède des propriétés inhabituelles. La base carrée mesure quatre-vingt-dix sur quatre-vingt-dix, un nombre qui a une grande signification, car il donne un total de trois cent soixante, le nombre de degrés du cercle. La « quadrature du cercle » ! C'était l'énigme la plus difficile et la plus importante pour les anciens, qui cachait plusieurs sens. Ils ne cherchaient pas seulement à découvrir des formules mathématiques sèches qui leur permettraient de convertir la superficie d'un cercle en celle d'un carré, mais beaucoup, beaucoup plus. Pour eux, la quadrature du cercle signifiait une forme de transformation profonde. Il s'agissait de transformer le cercle qui représente le royaume céleste en un carré, c'est-à-dire le monde matériel. Apporter le ciel sur la terre, si l'on peut dire.

— Le « mariage alchimique »... l'union de l'esprit et de la matière, convins-je. Ou, pourrait-on dire aussi, l'union de la tête et du cœur. Mon mari, Richard, et moi étudions des anciens mystères de cette espèce depuis de longues, longues années.

Jefferson éclata de rire, l'air légèrement embarrassé par sa propre diatribe spontanée.

— Si longtemps que ça ? demanda-t-il avec un sourire irrésistible. Mais vous semblez n'avoir pas plus de vingt ans, un âge où une jolie jeune femme ne saurait être impressionnée par les péroraisons affligeantes d'un vétéran de la politique de mon espèce.

— Vingt-six ans, rectifiai-je en lui rendant son sourire. Mais Mr Cosway a précisément votre âge. Aussi me suis-je accoutumée à tirer au quotidien parti de cette sagesse qui pousse à la réflexion ! J'espère que vous m'en direz plus.

Jefferson parut tout à fait enchanté d'entendre ces paroles et il passa mon bras sous le sien tandis que nous poursuivions notre promenade dans le parc.

— Une union de la tête et du cœur, dites-vous ? (Il répéta ma remarque, abaissant vers moi un regard toujours souriant, un peu ironique, du haut de sa haute taille.) L'ancienne sagesse, peut-être, chère madame.

Mais je trouve ma propre tête et mon cœur occupés à se chamailler l'un avec l'autre plus souvent qu'à se préparer à aller à l'autel dans la félicité conjugale.

— Quelle préoccupation ces deux organes peuvent-ils bien avoir qui sème à ce point la discorde entre eux ? demandai-je, fort amusée.

— Ne pouvez-vous l'imaginer ? me demanda-t-il de façon tout à fait inopinée.

Je secouai la tête en espérant que l'ombre de mon chapeau cachait le rouge qui m'était monté au front.

Heureusement, ses paroles suivantes me soulagèrent considérablement.

— Alors je vous promets de vous écrire toutes mes pensées sur la question un très prochain jour.

Il s'interrompit un instant.

— Mais pour le moment du moins, reprit-il, comme la tête est aux commandes de tous les problèmes de la mathématique et de l'architecture concernant la clef de voûte d'une arche ou la quadrature du cercle, elle m'informe que ce carré de neuf sur neuf de notre pyramide a une autre signification, plus importante. Quand nous consultons Hérodote, nous découvrons que ce même rapport apparaissait dans la disposition de l'ancienne cité de Babylone, une ville de neuf *miles* sur neuf. Cela rappelle une énigme mathématique passionnante dont vous n'avez peut-être pas entendu parler, le « carré magique », dans lequel chaque case d'une matrice carrée de neuf sur neuf comporte un nombre, de telle sorte que la somme de chaque rangée, de chaque colonne et de chaque diagonale soit égale.

« Celui qui m'a précédé dans mes fonctions d'ambassadeur des États-Unis d'Amérique en France, Benjamin Franklin, était un spécialiste des carrés magiques. On les rencontre dans les cultures de la

Chine, de l'Égypte et de l'Inde, je crois. Il s'amusait à les remplir pendant qu'il siégeait au Congrès. Il pouvait en inventer un, disait-il, aussi vite qu'il pouvait noter les nombres dans les cases, et il apportait de nombreuses solutions ingénieuses pour les formules.

— Le docteur Franklin a-t-il découvert une formule pour le carré de Babylone ? demandai-je, soulagée de me retrouver sur un chemin plus ferme que celui sur lequel nous semblions nous être égarés un moment plus tôt.

Je dois avouer cependant que j'étais réticente à mentionner la véritable raison de mon intérêt. J'avais fait moi-même des copies, pour la collection d'œuvres ésotériques rares de Richard, de la célèbre gravure sur cuivre avec le carré magique d'Albrecht Dürer comportant le chiffre 1514, lequel présentait un rapport avec le nombre d'or de Pythagore et les *Éléments* d'Euclide.

— Franklin a fait encore mieux ! s'exclama Jefferson que ma question enchantait. Le docteur Franklin croyait qu'en recréant les formules anciennes pour tous ces carrés, il parviendrait à prouver que toute cité bâtie sur une telle grille avait été créée pour invoquer les pouvoirs particuliers de cette formule en même temps que son nombre, sa planète, ou son dieu spécifique.

Franklin était franc-maçon, bien entendu, comme le général Washington, et un peu mystique aussi. Mais en vérité, cette idée n'a pas grand-chose de mystique. Toutes les grandes civilisations de l'ancien temps, de la Chine aux Amériques, bâtissaient une nouvelle cité après s'être donné des règles. C'est ce que veut dire « civilisation », après tout... *civitas*, de la cité, en provenance du sanskrit *çi*, « s'installer, s'étendre, prendre racine », par opposition au sauvage ou au nomade qui installe des abris qu'il peut démonter et emporter avec lui, et qui sont souvent circulaires. En fondant des cités sous la forme d'un carré ayant ces propriétés magiques, les anciens civilisés espéraient invoquer l'ordre d'un nouveau monde, un ordre qui ne peut être créé que par des peuples sédentaires… architectes de l'ordre, si vous voulez.

— Mais dans ce cas, qu'en est-il des villes conçues d'après un plan circulaire, telles que Vienne, Karlsruhe ou Bagdad ? demandai-je.

Ma question allait recevoir une réponse inattendue, car à cet instant, comme nous traversions un bosquet de vieux tilleuls, le sous-bois s'écarta et nous vîmes la tour. Nous restâmes paralysés, muets de saisissement.

La *Colonne détruite**, une colonne tronquée et ruinée, a souvent été décrite par ceux qui l'ont vue, et de nombreux dessins et gravures existent. Mais aucun d'entre eux n'a rendu justice à l'émotion qui vous étreint quand on tombe dessus au sortir du bois.

C'était une maison bâtie en forme de colonne, un gigantesque pilier crénelé de couleur crème, faisant presque quatre-vingts pieds de haut, avec un sommet déchiqueté qui lui donnait l'apparence d'avoir été frappé par la foudre et brisé en deux. Sur le pourtour de l'édifice se trouvaient des fenêtres carrées, rectangulaires et ovales. Quand nous entrâmes, nous vîmes que le centre du vaste espace était dominé par un escalier à spirale inondé par la lumière du jour, et qui semblait s'envoler vers le ciel. Des corbeilles de fleurs de serre exotiques entremêlées à la vigne sauvage surplombaient les balustrades.

Tandis que je gravissais l'escalier devant Jefferson, nous fûmes émerveillés par l'ingéniosité des espaces intérieurs. Chaque étage circulaire était divisé en pièces de forme ovale avec des salons en éventail intercalés entre elles. Il y avait deux étages au sous-sol plongés dans l'obscurité et quatre au-dessus, entourés de fenêtres. Encore au-dessus de ceux-ci, à l'étage supérieur, se trouvait une mansarde coiffée d'un vasistas conique, qui inondait tout le sol en dessous d'une lumière argentée. Comme nous visitions les pièces, nous contemplâmes la vue par les fenêtres ovales, y compris la pyramide, les ruines gothiques, les temples aux divinités, un pavillon chinois et une tente tartare. Durant tout ce temps, nous ne prononçâmes pas un mot.

— Étonnant, déclara Jefferson, quand nous eûmes fini notre visite et descendîmes rejoindre le rez-de-chaussée, revenant sur terre, pourrait-on dire. Exactement comme les cités circulaires sur lesquelles vous m'interrogiez plus tôt, mais plus proches d'une citadelle, d'une forteresse… de *la* forteresse, car c'est une tour de sept étages en ruine, comme celle de la Bible qui fut édifiée jadis comme un autel, une échelle vers Dieu.

— Ce voyage tout entier a une apparence symbolique, convins-je. Du point de vue de l'artiste, c'est comme une histoire qu'on aurait peinte sur la terre : l'histoire de Babylone à travers la Bible. D'abord, son aspect légendaire comme une succession de jardins des merveilles, l'Éden sur le Tigre et l'Euphrate, ou les Jardins suspendus de Babylone, une des Sept Merveilles du monde. Puis sa conjonction avec les quatre éléments. La Terre, le carré magique que vous m'avez décrit dans la pyramide. Ensuite, ces catastrophes bibliques jumelles, la destruction de la tour de Babel, qui symbolise l'air, le ciel, le langage, la voix… et le déluge en Mésopotamie, qui signifie l'eau. Et enfin, bien sûr, dans l'Apocalypse, la destruction finale de la cité jadis puissante. Sa destruction par le feu.

— En effet, approuva Jefferson. Mais quand Babylone, l'Éden de l'Orient, sera détruite, elle sera remplacée, d'après l'apôtre Jean dans le Livre de l'Apocalypse, par un autre carré magique, une matrice de douze sur douze qui descendra du ciel : la Nouvelle Jérusalem.

Quand Maria Cosway eut achevé cette histoire, son regard fit le tour de la pièce, puis elle inclina la tête en silence. Personne ne parla pendant un long moment.

Mais il y avait quelque chose d'étrange dans son récit, comme le savait Haidée. Elle jeta un coup d'œil à Kauri qui approuva d'un hochement de tête. Finalement, Haidée, qui était assise, muette, entre Kauri et Byron, se leva et fit le tour de la pièce pour aller se placer au côté de Maria. Elle posa la main sur l'épaule de la femme vieillissante.

— Madame Cosway, dit Haidée, vous nous avez raconté une histoire très différente de ce que chacun ici était porté à croire. Nous comprenons tous que votre récit est censé faire allusion à cette autre matrice, de huit sur huit : l'échiquier. Et cependant avant même que Mr Jefferson ait pu entendre parler du Jeu de Montglane, avant même que celui-ci ait pu être sorti du sol, il avait eu l'idée que c'était véritablement l'échiquier lui-même – la matrice, comme il l'appelle – plutôt que les pièces, qui pourrait être l'élément le plus important. A-t-il dit d'où il tenait cette idée ?

— Chacun sait, répondit Maria, qu'après son séjour européen, Thomas Jefferson est devenu secrétaire d'État, puis vice-président, avant de devenir le troisième président des États-Unis d'Amérique. Certains croient qu'il était également franc-maçon, mais je sais que ce n'était pas le cas. Il ne tenait pas à rejoindre des ordres inventés par d'autres ; il préférait créer lui-même un ordre nouveau.

« Il est aussi de notoriété publique que Jefferson était un grand savant et qu'il étudiait l'architecture, en particulier les dessins de ce Vénitien du XV^e^ siècle, Andrea della Gondola, surnommé « Palladio » en hommage à Pallas Athéna, la protectrice d'Athènes. L'homme qui, durant la Renaissance, a permis à l'architecture à l'antique de renaître, retrouvant les préceptes de l'architecture romaine classique. Ce qui est moins connu mais plus important, c'est que Jefferson était aussi un lecteur assidu des œuvres de Vitruve, le grand maître de Palladio, un architecte romain du Ier siècle avant J.-C., dont les œuvres, *Les Dix Livres d'architecture*, venaient d'être découvertes à l'époque de Palladio. Ces livres sont essentiels pour comprendre les origines de l'architecture classique et sa signification, aussi bien pour Palladio que pour Jefferson, et l'influence de ces livres se révèle dans tout ce que l'un et l'autre ont construit.

« Vitruve explique l'importance de la symétrie et des proportions dans la construction d'un temple par rapport au corps humain. De l'emplacement d'une cité et de la conception du plan des rues relativement aux huit directions des vents. L'effet du zodiaque, du soleil, de la lune et des planètes sur la construction d'un nouveau site religieux ou civil.

— Je ne saisis pas comment cela répond aux questions de ma fille, intervint Byron. Qu'est-ce que les œuvres de Palladio, et plus encore de Vitruve, il y a deux millénaires, ont à voir avec l'importance de l'échiquier dont nous sommes venus parler ici ? Avez-vous une réponse ?

— L'échiquier ne donne pas la réponse, fut le propos laconique de Maria. Il donne la clé.

— Ah, prononça Haidée avec un regard à Byron. L'architecte Vitruve vivait lui aussi à Rome à l'époque de Jésus et d'Auguste… et de Caius Cestius, de ce fait. Vous voulez dire, madame, que c'est Vitruve qui a dessiné cette pyramide avec ses proportions cosmiques. « La quadrature du cercle »… qui apporte le ciel sur la terre ici à Rome !

— En effet, approuva Maria Cosway avec un sourire. Et Jefferson, qui avait beaucoup étudié l'architecture, comprit la signification de chaque chose dès l'instant où il mit le pied au Désert. Dès que cela lui fut possible, Jefferson se rendit dans chaque ville d'Europe pour en étudier le plan et il acheta des gravures coûteuses et précises des plans de chacune. À l'aube de la Révolution française, il quitta l'Europe pour rentrer chez lui et je ne le revis jamais, même s'il est vrai que nous avons entretenu une correspondance par intermittence.

« Mais il échangeait des confidences avec une autre personne, précisa-t-elle. Un architecte italien décoré, membre de la Royal Academy, qui avait étudié à Londres et à Rome, et qui se passionnait pour l'œuvre de Palladio et de Vitruve, un spécialiste de l'architecture classique. C'était aussi un camarade de classe et un ami intime de notre collègue John Trumbull, qui nous avait présentés à Jefferson à la Halle au blé ce fameux jour. Jefferson et Trumbull réussirent à attirer cet homme en Amérique avec une importante commande en architecture. Il y demeura jusqu'à sa mort. C'est par son intermédiaire à lui que j'ai appris une grande partie de ce que je vous ai dit aujourd'hui.

— Qui était cet architecte dont Jefferson se sentait si proche, en qui il plaçait une telle confiance ? questionna Byron.

— George Hadfield, mon frère, répondit Maria.

Le cœur de Haidée cognait à présent si fort qu'elle pensait que tout le monde pouvait l'entendre. Elle savait qu'elle s'approchait de la vérité. Bien qu'elle fût toujours aux côtés de Maria, elle vit, dans le regard de Kauri, une mise en garde.

— Quelle est la commande que votre frère a reçue ? demanda Haidée à l'autre femme.

— En 1790, répondit Maria, dès que Jefferson fut rentré d'Europe et au moment même où George Washington fut élu premier président des États-Unis, Jefferson persuada celui-ci de faire acheter par le Congrès un morceau de terrain ayant la forme d'un carré pythagoricien, autrement dit fondé sur le nombre dix.

« Au cœur de ce carré coulaient trois rivières qui se rejoignaient au centre pour former un Y, un symbole pythagoricien. Dès qu'on eut trouvé un dessinateur, Pierre l'Enfant, Jefferson lui remit toutes les cartes des villes d'Europe qu'il avait collectionnées. Mais dans la lettre de Jefferson à l'Enfant, il y avait un avertissement : *« Aucune cependant n'est comparable à l'ancienne Babylone. »* Mon frère, George Hadfield, fut engagé par Jefferson et Trumbull pour achever le plan – de même que le dessin et la construction du bâtiment du Capitole – de cette grande cité nouvelle.

— Stupéfiant ! s'exclama Byron. L'échiquier, la cité biblique de Babylone et la nouvelle cité bâtie par Jefferson et Washington sont tous basés sur le même plan ! Vous avez expliqué la signification de leur dessin en tant que « carrés magiques » et le sens plus profond qui pourrait s'ensuivre. Mais qu'en est-il de leurs différences ? Il se peut que celles-ci soient importantes, elles aussi.

Elles l'étaient certainement, comme Haidée l'avait compris en un clin d'œil.

Alors elle comprit l'importance de l'histoire de Baba Shemimi. Elle comprit le sens du regard de Kauri, car c'était là sans doute ce que les soufis avaient redouté de tous temps. *L'échiquier était la clé.*

Le carré de l'échiquier d'al-Jabbir, de huit cases sur huit – comme l'avait souligné le Baba dès le départ – possédait vingt-huit cases sur son périmètre, le nombre de lettres de l'alphabet arabe.

Le carré de neuf sur neuf de la pyramide égyptienne, de l'ancienne cité de Babylone, avait un périmètre de trente-deux cases : les lettres de l'alphabet persan.

Mais un carré de dix sur dix contiendrait trente-six cases sur le pourtour, représentant non les lettres d'un alphabet, mais plutôt les 360 degrés d'un cercle.

La nouvelle cité que Jefferson fit édifier sur trois rivières, la cité qu'il occupa le premier en tant que président en exercice des États-Unis, avait été conçue pour amener le ciel sur la terre, pour unir la tête et le cœur. La quadrature du cercle.

Cette cité était Washington, D.C.

# LA REINE AVANCE

*Il fallut plus longtemps pour qu'une femme [la reine] apparaisse sur l'échiquier russe aux côtés du roi que dans tout autre pays non musulman, y compris la Chine.*

Marilyn YALOM, *Birth of the Chess Queen*

La Reine blanche ? Comment pouvais-je être la Reine blanche du Grand Jeu alors que ma mère, s'il fallait en croire la version de tante Lily, était la Reine noire ? Bien que nous n'ayons pas toujours été dans les meilleurs termes, ma mère et moi, nous pouvions difficilement être de côtés opposés, surtout si le Jeu était aussi dangereux que celui-ci prétendait l'être. Et que diable nos anniversaires venaient-ils faire là-dedans ?

J'avais un besoin urgent de parler à Lily pour défaire ce nœud imprévu. Mais avant que je commence à le démêler, une autre Reine entra en scène, la dernière personne au monde que j'espérais voir en cet instant, bien que j'aurais probablement dû m'en douter. C'était la Reine mère et la Reine des Abeilles sous un seul et même masque, Rosemary Livingston.

Même si j'avais vu la mère de Sage noyée dans son halo de fourrures quelques jours plus tôt, je restai bluffée quand je la vis apparaître ce soir-là. Et je ne parle pas seulement de son arrivée.

Rosemary fit sensation, comme toujours, quand elle descendit au milieu d'un cortège d'hommes la volée de marches de pierre conduisant au caveau. Certains membres de son escorte exotique portaient la djellaba blanche du désert et d'autres, comme Basil, d'élégants costumes. Quant à Rosemary, elle était vêtue d'une longue robe de soie chatoyante couleur bronze qui était le reflet exact de ses yeux et de ses cheveux, lesquels étaient en partie couverts d'un châle d'une soie si fine et opalescente qu'il semblait d'or filé.

Rosemary avait l'habitude que les têtes se retournent sur son passage, mais jamais autant qu'en cet instant, dans son élément naturel, environnée d'un troupeau de mâles aux yeux exorbités. Je me rendis vite compte que ce n'était pas un public ordinaire. Je reconnus plusieurs visages entrevus sur la liste des 500 plus grosses fortunes américaines. Si on jetait une bombe à cet instant dans le sillage de Rosemary, me dis-je, la nouvelle ferait chuter la Bourse de New York de douze cents points dès l'ouverture.

Il était inutile de chercher à mettre le doigt sur ce qui donnait à Rosemary cette présence irrésistible, comme celle d'un parfum capiteux, et plus encore de vouloir l'imiter. Pourtant, j'avais souvent tenté, dans ma tête, de le cerner.

Il y avait des femmes comme ma tante Lily qui arboraient un air de glamour flamboyant, lequel faisait partie intégrante de leur célébrité. Il y en avait d'autres, comme Sage, qui fignolaient leur joliesse naturelle jusqu'à se donner la perfection d'une reine de beauté qui a trouvé la foi. Ma mère avait toujours semblé posséder une autre espèce d'aura, un don inné. Elle avait la beauté saine et la grâce d'une créature sauvage, naturellement adaptée à la vie en forêt ou dans la jungle, d'où elle tenait peut-être son surnom, Cat, le chat. En revanche, Rosemary Livingston avait réussi à amalgamer de façon presque alchimique des fragments de chaque type pour exercer un ascendant très différent, une sorte de majesté souveraine qui, au premier regard, vous coupait presque le souffle et vous laissait reconnaissant d'avoir été effleuré par l'éclat radieux de cette créature dorée.

Enfin, jusqu'à ce que vous appreniez à la connaître.

Tandis que Basil lui retirait son étole de l'autre côté de la cloison de verre arrondie qui séparait la salle à manger de la cheminée, Rosemary fit une mimique vers moi, quelque chose d'incertain à mi-chemin entre la *moue** et le baiser.

Même si Rodo s'était montré loquace, au moins suffisamment pour me dresser les poils sur la nuque, je regrettais comme une folle de ne pas avoir eu le temps de lui soutirer davantage d'informations concernant le dîner. Je ne pouvais m'empêcher de me demander ce que fabriquaient exactement les Livingston en recevant ainsi cet étrange aréopage de milliardaires. Mais étant donné les rapports que j'avais établis récemment entre les échecs, le Grand Jeu et Bagdad, il ne me semblait pas être de bon augure que plusieurs convives fussent des personnalités éminentes du Moyen-Orient.

Et bien qu'en tant que serveuse, je ne leur aie pas été présentée en bonne et due forme, je savais qu'ils n'étaient pas seulement des « grosses légumes », comme l'avaient souligné Leda et Eremon, mais je croyais reconnaître en certains des cheikhs ou des princes de sang royal. Pas étonnant que les mesures de sécurité soient au niveau d'alerte maximale sur la passerelle !

Et derrière tout ce cirque, bien sûr, avec un malaise solidement ancré depuis que Rodo avait pris soin de m'édifier sur le rôle qui m'était attribué, je brûlais de savoir ce que cela avait à voir avec le Grand Jeu. Ou plus précisément, avec moi.

Mais ces réflexions furent coupées court, car Rodo m'avait empoigné le bras et me faisait avancer pour accueillir les nouveaux venus.

— Nous avons prévu, *mademoiselle** Alexandra et moi, un repas gastronomique exceptionnel, annonça Rodo à Basil. J'espère que vous vous êtes préparés, madame, de même que vos invités, à une expérience unique. Vous trouverez chacun le menu de ce soir à votre place.

Il me pressa le bras qu'il tenait sous le sien. Une façon pas très subtile de me faire savoir que je devais garder notre conversation précédente sous mon couvre-chef et lui obéir jusqu'à nouvel ordre.

S'étant assuré que chacun pouvait savourer de sa place le spectacle dans la cheminée, Rodo m'entraîna derrière la cloison en verre et me siffla à l'oreille :

— *Fais attention*. Ce soir quand tu sers les plats, tu dois être la… *entzula*. Pas la *jongleuse de mots, comme d'habitude** !

Autrement dit, je devais « écouter » au lieu de faire mon numéro habituel… peu importe ce qu'il entendait par là.

— Si ces types sont ce que je suppose, ils parlent tous français en plus, soufflai-je à mon tour. Alors pourquoi vous ne continuez pas à parler euskera ? De cette façon, personne ne vous comprendrait… pas même moi, avec un peu de chance !

Sur quoi, Rodo se ferma comme une huître et ne dit plus rien.

La bouillabaisse fut suivie par le *bacalao*, une énorme morue pochée dans une sauce basque au citron et aux olives, accompagnée d'une montagne de *boules** de pain du berger cuites sous la cendre, encore fumantes.

L'eau me montait à la bouche. Cette pomme de terre fourrée au déjeuner semblait avoir fait long feu, mais je tins bon et fis les allers-retours avec mon chariot, plantai les assiettes sur la table à chaque nouveau plat, les remportai à l'office où je les glissais dans le lave-vaisselle en attendant l'équipe du matin.

Il me vint bien à l'esprit que c'était presque la réplique inversée du dîner d'anniversaire de ma mère, où je m'étais déjà appliquée à glaner autant de renseignements que possible sur ce jeu meurtrier au milieu duquel je me retrouvais.

Mais bien que Rodo m'ait dit que je devais, là aussi, tendre l'oreille, je ne parvins pas à suivre la conversation autour de la table à cause de mes tâches. Tout le monde bavardait allègrement jusqu'à ce que j'entre dans la salle pour servir un nouveau plat. Et bien qu'ils ne tarissent pas d'éloges sur les talents culinaires de Rodo, la conversation semblait peiner quand je venais ramasser les assiettes et poser de nouveaux mets devant les convives.

Peut-être était-ce un effet de mon imagination – ou des propos sinistres de Rodo avant leur arrivée – mais ils ne semblaient pas se soucier que je puisse surprendre leur conversation. Ils semblaient *m'observer*.

Ce n'est qu'au moment du méchoui, le plat de résistance, que Rodo quitta la cheminée pour m'accompagner dans la salle à manger. Traditionnellement, l'agneau doit rester embroché, tout le monde étant rassemblé autour, debout, et chacun arrache avec les doigts des morceaux de la viande succulente, parfumée d'épices et d'aromates.

Je brûlais d'impatience de voir Rosemary se plier au rituel dans sa luxueuse robe en soie haute couture. Mais un des princes du désert s'avança promptement pour changer le cours des choses.

— Si vous permettez, dit-il. Les femmes ne devraient jamais être obligées de rester debout à côté des hommes à un méchoui !

Et faisant signe à Rosemary de rester assise, il remplit de sa main une petite assiette d'agneau que Basil lui apporta galamment à sa place.

Cela parut être l'occasion que la Reine des Abeilles attendait. Dès qu'elle fut seule à table, avec Rodo qui faisait tourner la broche pour les hommes rassemblés autour de l'agneau, elle me fit signe de lui apporter une carafe d'eau pour remplir son verre.

Même si je suspectais, compte tenu du regard de mise en garde que Rodo lança dans ma direction, que c'était une ruse, je me penchai sur la table et lui servis de l'eau. En dépit de son snobisme, Rosemary n'était pas du genre à se laisser décourager par les convenances. Tournant prestement autour de la table pour m'étreindre en embrassant le vide avec conviction, elle me tint à bout de bras et soupira bruyamment :

— Ma chérie ! Quand nous avons appris qu'on attendait cette affreuse tempête dans le Colorado, nous n'imaginions pas, Basil et moi, te voir si vite de retour. Enfin, nous sommes ravis ! Et nous espérons certainement que ta mère va régler ses problèmes… ou ce qui l'a retenue. Nous-mêmes, bien sûr, nous avons pris le Lear le soir même pour regagner la côte Est !

Rien d'étonnant. Je savais que les Livingston gardaient à disposition, sur leur petit aérodrome privé de Redlands, une écurie de pilotes et d'avions au décor design pour le cas où Rosemary serait prise d'une subite crise de mégashopping. Encore que, bien sûr, ils auraient pu aussi nous proposer de nous emmener au lieu de nous laisser en rade sur le passage de la tempête.

Comme si elle avait lu dans mes pensées, Rosemary ajouta :

— Tu penses bien que si nous avions su que vous alliez à Denver, nous nous serions fait un plaisir de vous déposer, toi et les autres, en même temps que Sage et notre voisin, Mr March.

— Oh, si j'avais su ! dis-je du même ton détaché. Mais je ne veux pas vous empêcher de manger ; le méchoui est une spécialité du Sutalde. Rodo n'en fait presque jamais ; il sera contrarié si mes bavardages avec les convives les obligent à manger froid avant même qu'ils aient pu y goûter.

— Allons donc, assieds-toi à côté de moi un instant, déclara Rosemary d'un ton presque enjôleur que je ne lui connaissais pas.

Elle se glissa à sa place et tapota avec un sourire le siège vide à côté d'elle.

J'étais soufflée par ce coup de canif à l'étiquette en présence de ces gens importants et cela, de la part d'une des femmes les plus snobs que j'aie jamais rencontrées. Mais les paroles qui suivirent me clouèrent sur place.

— Je suis sûre que ton employeur, *Monsieur** Boujaron, ne sera pas fâché si nous bavardons une minute, m'assura-t-elle. Je lui ai déjà dit que tu étais une amie de la famille.

Une « amie » ? Drôle de façon de voir les choses !

Je me frayai un chemin jusqu'à son côté de la table, remplis quelques verres d'eau au passage et jetai un coup d'œil rapide en direction de Rodo. Il haussa légèrement un sourcil comme pour me demander si tout allait bien.

— Bon, M. Boujaron regarde dans notre direction, signalai-je comme j'arrivais du côté de Rosemary. Je ferais mieux de retourner à la cuisine. Comme vous voyez sur le menu, il y a encore trois plats à venir. Et la cuisine est tellement superbe, ce serait dommage de tout gâter par la lenteur du service. Et puis, je doute que vous ayez envie de passer la nuit ici.

Rosemary me serra le bras comme dans un étau mortel et me tira sur la chaise à côté d'elle. Je fus tellement surprise que je faillis renverser l'eau de la carafe sur ses genoux.

— J'ai dit que je voulais te parler, gronda-t-elle, à voix basse mais avec une autorité impériale.

Mon cœur se mit à cogner. Pour l'amour du ciel, qu'est-ce qu'elle mijotait ? Pouvait-on se faire tuer au cours d'un dîner dans le salon d'un restaurant célèbre avec des services secrets qui grouillaient tout autour au-dehors ? Mais je ne pus m'empêcher de penser, avec angoisse, aux propos de Rodo sur l'absence de communication au sous-sol. Je posai donc mon pichet sur la table et hochai la tête.

— Entendu. J'imagine que je peux prendre une minute, concédai-je avec tout le calme dont je fus capable en détachant prudemment ses doigts de mon bras. Qu'est-ce qui a conduit Sage et Galen à Denver ?

Le visage de Rosemary se referma.

— Tu sais parfaitement bien ce qu'ils y faisaient, répliqua-t-elle. Ta petite copine métis Nokomis t'a déjà fait son rapport, non ?

Autrement dit, *tous* les murs ont des oreilles.

Là-dessus, le regard dur comme l'acier, elle laissa libre cours à l'aspect de sa personnalité que je connaissais le mieux.

— À qui crois-tu avoir affaire exactement, ma petite ? As-tu seulement la moindre idée de *qui je suis* ?

Je faillis répondre que j'avais assez de mal à comprendre qui j'étais moi-même. Mais étant donné la façon dont Rosemary venait de se comporter, sans parler de la composition du mystérieux groupe, je crus préférable pour tout le monde de mettre un bémol à mes répliques, comme avec ce téléphone cellulaire, à la porte.

— Qui vous *êtes* ? bégayai-je finalement. Vous voulez dire… en dehors de Rosemary Livingston ? Mon ancienne voisine ?

Rosemary poussa un énorme soupir d'impatience et pianota du bout des ongles sur l'assiette de méchoui devant elle, à laquelle elle n'avait toujours pas touché.

— J'ai dit à Basil que c'était de la sottise… un *dîner*, quelle folie ! Mais il n'a pas voulu m'écouter, dit-elle presque pour elle-même.

Puis elle se tourna vers moi, me scrutant entre ses paupières mi-closes.

— Tu sais qui est réellement Vartan Azov, bien sûr ? demanda-t-elle. À part que les échecs sont sa marotte et qu'il est un maître de classe internationale.

Je fis non de la tête, interloquée, et elle poussa son avantage.

— Naturellement, nous connaissons Vartan depuis son enfance. Il était alors le beau-fils de Taras Petrossian, l'associé de Basil qui vient de nous quitter à Londres. Vartan n'aime pas parler de leurs relations. Ni du fait qu'il est à présent l'unique héritier de la succession Petrossian, qui est plutôt conséquente.

Même si je souhaitais éviter de montrer ce que j'éprouvais en entendant cette révélation, je ne pus m'empêcher d'avoir l'air ébahi et me hâtai de détourner les yeux. Évidemment, Petrossian était riche. Il avait été un « oligarque » durant le bref âge d'or du capitalisme russe, n'est-ce pas ? Et d'ailleurs, Basil Livingston n'aurait sûrement pas fait équipe avec quelqu'un qui ne l'était pas.

Mais Rosemary n'avait pas tout à fait terminé. En fait, elle semblait distiller son venin avec une délectation peu commune.

— D'ailleurs, j'aimerais que tu m'expliques exactement, poursuivit-elle toujours à voix basse, comment Vartan Azov, un ressortissant ukrainien, a pu obtenir *in extremis* un visa pour les États-Unis uniquement pour assister à un dîner d'anniversaire ? Ou pourquoi Lily Rad et lui, s'ils étaient vraiment si pressés d'arriver au Colorado, ont décidé de traverser le pays ensemble en voiture ?

Je me donnais mentalement des coups de pied pour ma stupidité. Si Rosemary essayait de jeter la suspicion sur mes amis, elle y parvenait à merveille. Pourquoi ne m'était-il pas venu à l'esprit de poser de telles questions ?

Mais dès que je me les posai, je touchai une corde sensible et fus saisie de terreur. Heureusement que j'étais encore assise. Mon système limbique, siège de l'émotion, paraît-il, était en train de perturber mes réactions viscérales ; j'étais trempée de sueur froide.

Mais je ne pus m'empêcher d'entendre cette phrase précise, pareille à un clash entre des symboles dans mon esprit, la phrase qui rassemblait tout dans un mouchoir de poche d'une façon qui m'était insupportable : *Naturellement, nous le connaissons depuis son enfance.*

Si les Livingston connaissaient Vartan Azov depuis son enfance, s'ils le connaissaient depuis l'époque où il était le beau-fils de Petrossian, cela voulait dire qu'ils étaient intimement liés. Avant même que mon père et moi posions le pied en Russie.

Autrement dit, ils étaient tous impliqués dans cette toute dernière partie, celle qui avait coûté la vie à mon père.

La partie avait certainement progressé. Dans ces quelques mots en aparté, je l'avais vite compris, Rosemary n'avait pas seulement montré ses vraies couleurs, mais elle m'avait aussi apporté amplement matière à ruminer.

Tandis que je servais les trois plats suivants, daube forestière aux girolles, volaille aux légumes épicés et braisés, et le fameux *gâteau au chocolat** fourré de cerises basques à l'eau-de-vie, j'essayais de me faire toute petite pour avoir un meilleur aperçu de l'échiquier sur lequel se jouait la partie. Et j'appris beaucoup, ne serait-ce qu'à travers les sous-entendus.

Bien que Rodo vînt promptement me délivrer des griffes de la redoutable hôtesse de la soirée et me restituât à mon milieu plus naturel pour ratisser les cendres et servir les victuailles, je ne pouvais arrêter le refrain qui me tournait dans la tête. La plupart de ceux qui avaient été invités par ma mère, quelques jours plus tôt dans les montagnes du Colorado, se trouvaient finalement tous intimement liés les uns aux autres, et d'une façon qui donnait à penser qu'ils étaient aussi, de ce fait, liés de façon suspecte à la mort de mon père.

Ce qui voulait dire aussi qu'ils faisaient sûrement tous partie du Grand Jeu.

À présent, il me restait seulement à comprendre quel rapport existait entre eux et *moi*. Quel était *mon* rôle ? La question « à soixante-quatre cases », aurait dit Key, et comme Rodo, à sa manière, avait également essayé de me le faire comprendre. Je brûlais d'être seule avec lui après la fermeture, de lui tirer les vers du nez sur la véritable origine de ce festin. Qui en avait eu l'idée ? Qui l'avait organisé au départ ? Comment avait-il été ficelé, y compris avec tous ces personnages de haut vol et les forces de sécurité ?

Toutefois, malgré les questions sans réponse qui flottaient au premier plan de ma conscience, il y avait une chose que j'étais convaincue d'avoir déchiffrée, une chose qui restait tapie dans le tréfonds de ma mémoire.

Il s'était produit autre chose, dix ans plus tôt. En plus de la mort de mon père et de la décision de ma mère de m'arracher à mon école new-yorkaise pour s'installer avec moi dans le chalet octogonal, au cœur des Rocheuses. Une chose qui semblait être un coup d'échecs inexplicable dans une partie plus vaste.

Dix ans plus tôt, comme je m'en souvenais à présent, la famille Livingston avait quitté Denver pour devenir nos voisins à plein temps. Ils s'étaient installés dans leur ranch de Redlands, sur le plateau du Colorado.

Il était minuit sonné quand les Livingston partirent avec leurs derniers invités. Rodo et moi étions trop exténués pour prolonger la soirée. Il dit qu'il voulait me voir le lendemain matin et m'emmener dans un endroit discret où nous pourrions faire l'autopsie de ce qui s'était passé ce soir-là.

Cela me parut une bonne idée. L'étude de terrain avec Rodo m'épargnerait en outre l'ire des employés aux cuisines et de Leda – sans parler de l'équipe de la plonge – quand ils découvriraient le monceau de vaisselle et l'état des lieux que nous leur avions laissés.

Je transportai les bouilloires et les poêles à l'office, où elles pourraient rester à tremper quelques heures, mais quand je m'emparai de la lèchefrite, je vis les horribles gouttes de graisse brûlée collées au dallage en ardoise dessous. Je les montrai à Rodo.

— Qui a installé le tournebroche pour le méchoui ? demandai-je. En tout cas, celui qui l'a fait a vraiment salopé le boulot. Vous auriez dû m'en charger ou le faire vous-même. Qui doit venir ce matin pour faire le ménage… la brigade basque ?

Rodo hocha tristement la tête devant la graisse noire incrustée dans le carrelage. Il prit une carafe et l'aspergea de quelques gouttes d'eau, puis saupoudra un peu de bicarbonate de soude par-dessus.

— Oh, un ami, annonça-t-il simplement. Je m'en occuperai demain. Pour le moment, allons récupérer nos portables. Tu ferais bien d'aller te coucher et de dormir un peu.

Cela ressemblait si peu à mon boss – qu'on surnommait aux cuisines *Euskaldun Exterminator* – que j'en eus presque le souffle coupé. Le vrai Rodo aurait pointé son mépris comme un fusil d'assaut AK-47 sur quiconque pour une transgression moitié moins grave que cela. Sans doute un lapsus dû à la fatigue de la soirée, me dis-je.

J'étais pratiquement comateuse quand Rodo revint de la passerelle où la patrouille lui avait restitué nos portables. Quand il ferma le restaurant à clé derrière nous, la nuit était déjà bien avancée. Cela devenait une tradition chez moi. La passerelle était ouverte, les privés avaient levé l'ancre, tandis que leur guérite et leur barricade de béton avaient fort commodément disparu.

Nous nous séparâmes à l'extrémité du pont où Rodo me souhaita une bonne nuit et dit qu'il m'appellerait le matin pour venir me prendre. Il était plus d'une heure du matin quand je pris l'allée pour rejoindre mon *pied-à-terre** surplombant le canal.

Quand j'atteignis la terrasse à l'entrée noyée d'ombre de Key Park, il faisait aussi noir qu'à l'intérieur d'une chaussette de laine. Le réverbère était en panne, ce qui lui arrivait plus souvent qu'à son tour. Comme il faisait trop noir pour y voir, je cherchai à tâtons la bonne clé et finis par la repérer au toucher. Mais quand j'ouvris la porte de mon entrée, j'eus une mauvais surprise. Je remarquai une faible lumière qui semblait briller en haut de l'escalier.

Avais-je laissé une lampe allumée ce matin par erreur ?

Après tout ce qui m'était arrivé ces quatre derniers jours, j'avais le droit de m'inquiéter. Je sortis mon portable et composai le numéro de Rodo. Il ne pouvait être qu'à une ou deux rues, n'avait sans doute pas encore regagné sa voiture. Mais il ne répondit pas et je raccrochai. Je pouvais facilement appuyer sur « bis » si je tombais sur un os.

Je grimpai furtivement l'escalier jusqu'à la porte de mon appartement. La porte ne se fermait pas à clef, mais je prenais toujours soin de la refermer avant de partir. Maintenant elle était légèrement entrebâillée. Et il n'y avait aucun doute : une lampe était allumée à l'intérieur. J'étais sur le point de faire « bis » quand une voix familière me parvint.

— Où étais-tu, ma chérie ? Je t'ai attendue la moitié de la nuit.

Je poussai la porte et elle s'ouvrit en grand. Assis dans mon confortable fauteuil de cuir comme s'il était chez lui, la lumière éclairant ses boucles cuivrées, un verre de mon meilleur sherry dans une main et un livre ouvert sur les genoux, je découvris mon oncle Slava.

Le docteur Ladislaus Nim.

# LE MILIEU DE JEU

*Le milieu de jeu : le moment de la partie qui suit l'ouverture. C'est la phase la plus difficile et la plus belle, où une imagination vive a de grandes chances de créer de magnifiques combinaisons.*

Nathan DIVINSKY,
*The Batsford Chess Encyclopedia*

Nim me considéra avec son sourire narquois, mais un moment seulement. Je devais avoir l'air d'une épave. Comme s'il avait compris d'un seul regard tout ce qui s'était passé, il posa son verre et son livre, s'approcha de moi et, sans un mot, me prit dans ses bras.

Je ne me rendais pas compte à quel point j'étais à bout de nerfs. Mais dès l'instant où il m'étreignit, les vannes s'ouvrirent et je me retrouvai à pleurer comme un veau sans pouvoir m'arrêter. La peur que j'avais éprouvée quelques secondes plus tôt avait cédé la place au soulagement. Pour la première fois, aussi loin que remontaient mes souvenirs, je me trouvais sous la protection de quelqu'un en qui je pouvais avoir une confiance totale. Il me caressa la tête d'une main comme si j'étais son animal familier et je commençai à me détendre.

Mon père avait surnommé mon oncle « Slava », une sorte de mot russe à double sens, le diminutif de Ladislav, la bonne prononciation de son nom, mais aussi le mot russe pour désigner la « gloire », l'étoile à huit branches qui nimbe les personnages tels que Dieu, la Vierge ou les anges dans les icônes russes. Mon oncle Slava trônait dans sa propre gloire, y compris le halo de ses cheveux cuivrés. Et même si, maintenant que j'avais grandi, je l'appelais Nim comme tout le monde, je continuais de voir en lui mon ange gardien.

Il était le personnage le plus passionnant que j'aie jamais connu, sans doute parce qu'il avait conservé une vertu que beaucoup d'entre nous possèdent dans l'enfance mais que peu conservent en grandissant. Nim restait passionnant parce qu'il était toujours *passionné*, par une chose ou une autre. Son antienne résumait parfaitement sa philosophie : quand, étant enfant, je le cajolais pour qu'il m'amuse ou me divertisse, il me disait : « Seuls les gens embêtants s'embêtent. »

Qu'il parût passionnant ou mystérieux aux yeux des autres, Nim avait été l'élément le plus stable dans ma jeune vie. Après la mort de mon père et la brouille avec ma mère qui suivit mon retrait du monde des échecs, mon oncle m'avait fait deux cadeaux essentiels qui m'aidèrent à survivre, des cadeaux qui devinrent notre moyen de communiquer au fil de ces années de sorte que nous n'avions pas besoin de parler des sujets plus intimes qui, manifestement, nous étaient trop douloureux : l'art culinaire et le goût des énigmes.

Et mon oncle singulier était justement là ce soir, pour me faire don d'un troisième présent, un présent que je n'avais jamais espéré, ni recherché, ni même voulu.

Mais tandis qu'il me berçait dans ses bras en attendant que mes sanglots se calment, je me sentis sombrer dans l'oubli, trop épuisée pour poser mes innombrables questions, trop lourde de fatigue pour comprendre la réponse que mon oncle était venu m'apporter, ce « cadeau » qui était sur le point de tout changer : la connaissance de mon propre passé.

— Mais il ne te nourrit donc jamais, ton patron ? Quand as-tu mangé pour la dernière fois ? me demanda Nim avec irritation.

Malgré le ton caustique, il me considérait avec beaucoup d'inquiétude dans ses étranges yeux dissemblables, un bleu, l'autre marron, qui semblaient à la fois vous regarder et vous traverser. Le front plissé, les coudes appuyés sur la table de ma cuisine, il regardait chaque bouchée que j'avalais pendant que je dévorais ma deuxième assiette de la délicieuse soupe qu'il avait mijotée à partir de choses qu'il avait dénichées dans les placards vides de ma cuisine. Il avait fait rapidement cette soupe pour me ranimer après que j'avais tourné de l'œil apparemment dans ses bras et qu'il m'avait allongée, inconsciente, sur le sofa du séjour.

— Il faut croire que Rodo et moi avons négligé le fait que je n'ai pas eu le temps de me restaurer ces temps-ci, dus-je reconnaître. Les choses ont été tellement déroutantes ces derniers jours. Je crois que le dernier repas que j'ai pris est celui que j'ai préparé moi-même dans le Colorado.

— Le Colorado ! s'exclama Nim à mi-voix en lançant un coup d'œil rapide en direction de la fenêtre. (Puis il baissa encore la voix.) Alors c'est là que tu étais. Ça fait des jours que je te cherche. Je suis allé à ton restaurant plus d'une fois.

L'homme mystérieux au trench-coat qui rôdait autour du Sutalde, c'était donc lui.

Mais brusquement, sans prévenir, Nim frappa le plat de la main sur le comptoir de ma cuisine toute proche avec un bruit fort. Paf !

— Un cafard, annonça-t-il en levant sa paume vide, un sourcil légèrement relevé comme en guise d'avertissement. J'en avais remarqué un mais il peut y en avoir d'autres. Quand tu auras fini ta soupe, allons jeter ça dehors.

Je compris. Cette paume vide sous-entendait « les murs ont des oreilles ». Nous ne pouvions donc pas parler ici. Les yeux me brûlaient à cause de ma crise de larmes, le manque de sommeil me faisait mal à la tête. Mais affamée ou fatiguée ou pas, je comprenais aussi bien que lui l'urgence de la situation. Nous avions vraiment besoin de parler.

— Je suis déjà complètement nase, dis-je à mon oncle avec un bâillement que je n'eus pas besoin d'inventer. Allons-y tout de suite pour que ce soit fait. Ensuite je pourrai rentrer me coucher.

Je décrochai ma grande chope à café de sa place au-dessus de la plaque électrique et la remplis de soupe à ras bord. Je me dis que je devrais noter plus tard le mélange de saveurs que Nim avait réussi à concocter à partir de quelques boîtes de conserve poussiéreuses et de sachets qu'il avait rassemblés : une soupe crémeuse de palourdes au maïs avec du curry et du jus de citron, parsemée de noix de coco grillée, de chair de crabe et de piments *japaleño*. Stupéfiant. Une fois encore, mon oncle m'avait démontré ce dont il s'était toujours glorifié : créer un repas magique en fouillant simplement dans les rebuts d'un placard de cuisine ordinaire. Rodo aurait été fier de lui.

Nous enfilâmes nos manteaux. Je plongeai la cuiller dans ma tasse et le suivis en bas des marches obscures dans la nuit noire et humide. Le chemin de halage le long du canal en contrebas et le sentier sinueux conduisant à Key Park étaient noirs et déserts, de sorte que nous grimpâmes la côte vers M Street, où les réverbères faisaient chatoyer des flaques de lumière dorée dans la nuit. D'un commun accord, nous prîmes à gauche vers la travée éclairée de Key Bridge.

— Je suis content que tu aies apporté la soupe. Finis-la, je t'en prie. (Il fit un signe de tête vers la grosse tasse en passant le bras autour de mes épaules.) Ma chère enfant, je m'inquiète sérieusement pour ta santé. Tu as une mine de déterrée. Mais ce qui t'est arrivé – tu pourras m'expliquer tout plus tard – m'inquiète beaucoup moins que ce qui risque d'arriver. Quelle mouche t'a brusquement piquée pour que tu partes ainsi dans le Colorado ?

— Ma mère donnait une fête pour son anniversaire, dis-je entre deux gorgées de sa fabuleuse mixture. Tu étais invité, toi aussi. Ou, du moins, c'est ce que disait ton message sur son répondeur…

— Mon message ! s'exclama-t-il en retirant son bras de mon épaule.

— *Jawohl*, Herr Professor Doktor Wittgenstein, imitai-je. Tu déclinais l'invitation parce que tu devais filer en Inde pour assister à un tournoi d'échecs. J'ai entendu le message sur le répondeur de ma mère. Nous l'avons tous entendu.

— Tous ! vociféra Nim. (Il s'arrêta net au moment où nous atteignions le coin supérieur de Key Park et l'entrée du pont.) Peut-être qu'après tout, tu ferais mieux de me dire exactement ce qui s'est passé dans le Colorado. Qui d'autre était là ?

Ainsi, sous le réverbère en bordure du parc, alors que deux heures du matin carillonnaient à l'horloge, je décrivis rapidement, un par un, à mon oncle l'assemblée bigarrée et curieuse des invités de ma mère, et ce que j'avais appris sur chacun. Quelques noms le firent tressaillir, principalement ceux de Basil et Vartan. Mais il m'accorda toute son attention quand je lui rapportai l'histoire du Grand Jeu décrit par Lily, comme s'il essayait de reconstruire les coups d'une partie importante à laquelle ils avaient joué des années plus tôt. Ce qui était sans doute le cas.

J'étais presque arrivée à la phase cruciale concernant notre découverte de l'échiquier dans le tiroir et ce que Vartan m'avait révélé concernant la Reine noire russe et la mort de mon père quand, brusquement, mon oncle me coupa la parole avec une impatience à peine dissimulée.

— Et que fabriquait ta mère, pendant tout ce temps, pendant que tous ces « invités » arrivaient ? demanda-t-il. Ne t'a-t-elle rien dit qui aurait pu expliquer ses actes ? A-t-elle dit pourquoi elle avait pris stupidement le risque de donner une fête pour son propre anniversaire, malgré les dangers évidents ? Qui d'autre a-t-elle invité ? Qui n'est pas venu ? Seigneur… après tous ces noms que tu viens de me dire, je prie le ciel qu'elle ait eu la présence d'esprit de ne pas mentionner le présent que je lui ai envoyé.

J'étais encore tellement abrutie par le manque de sommeil que je n'étais pas sûre de l'avoir entendu correctement. Était-il possible qu'il ne le sache pas ?

— Mais ma mère n'était pas là du tout, lui dis-je. Il semble qu'elle ait quitté la maison peu avant mon arrivée. Elle n'est pas revenue. Elle s'est volatilisée. On espérait, tante Lily et moi, que tu aurais, toi, une idée de l'endroit où elle se trouve.

Je n'avais jamais vu une telle expression sur le visage de mon oncle : il semblait abasourdi, comme si je parlais une langue exotique qu'il ne pouvait comprendre. Finalement ses yeux bicolores se posèrent sur moi dans le halo de lumière.

— Disparue, dit-il. C'est nettement pire que ce que j'avais imaginé. Tu dois venir avec moi. Il y a quelque chose que tu dois vraiment apprendre.

Il ne savait donc pas que ma mère avait disparu. « C'est nettement pire que ce que j'avais imaginé », avait-il dit. Mais comment cela était-il possible ? Nim savait toujours tout. S'il ne savait rien, alors où était ma mère ?

À cet instant, seule avec mon oncle à Georgetown à un moment qui se situait entre minuit et l'aube, je me sentis brusquement tellement déprimée que j'eus l'impression de toucher le fond.

Nim et moi traversâmes la rue en direction du côté opposé à Key Bridge. Puis nous marchâmes sur le trottoir du pont jusqu'au milieu, au-dessus de l'eau. Nim me fit signe de m'asseoir à côté de lui sur la base en béton qui soutenait le garde-fou du pont couleur céladon.

Nous étions assis dans une flaque de lumière d'un rose laiteux projetée par les lanternes au-dessus de nous. L'éclat sinistre transformait en or les boucles cuivrées de mon oncle. De temps à autre, une voiture traversait le pont, mais les automobilistes ne nous voyaient pas, assis là, à quelques pieds d'eux, juste derrière la barrière protectrice.

Puis Nim jeta un coup d'œil à la tasse dans ma main.

— Je vois que tu n'as pas fini ta soupe, alors que tu en as sûrement besoin. Elle doit être froide maintenant.

Docile, je pris une autre cuillerée, elle était encore délicieuse, alors je portai la tasse à mes lèvres et la bus à grands traits.

Puis je regardai mon oncle, attendant la révélation.

— Je dois commencer par dire que ta mère en a toujours fait à sa tête. Le genre entêté.

Comme si c'était nouveau pour moi !

— Il y a seulement quelques semaines, poursuivit-il, peu avant que j'apprenne qu'elle voulait organiser cette folle confrontation qu'elle a l'effronterie d'appeler une fête d'anniversaire, je lui ai envoyé un paquet important. (Il fit une pause, puis précisa :) Un paquet très important.

J'étais à peu près sûre de savoir quel était le contenu de ce paquet. C'était probablement ce qui était caché dans la doublure de ma parka à cet instant même. Mais si Nim était prêt à parler, je n'allais pas interrompre son enchaînement d'idées par une futilité comme les talents d'aiguille de Vartan Azov. Mon oncle était peut-être le seul à posséder les pièces manquantes du puzzle qui me faisaient défaut dans cette partie des plus dangereuses.

Mais il y avait une précision qu'il me fallait savoir.

— *Quand* exactement as-tu envoyé ce paquet à ma mère ?

— Ça n'a aucun sens de demander *quand* je l'ai envoyé, répliqua Nim. Seulement *pourquoi*. C'est un objet d'une extrême importance, même si ça ne venait pas de ma part. Ça appartenait à quelqu'un d'autre… j'ai été surpris de le recevoir. Je l'ai simplement fait suivre à ta mère.

— Très bien, alors *pourquoi* ? demandai-je.

— Parce que Cat est la Reine noire, celle qui dirige, dit-il en m'adressant un regard impatient. Je ne sais pas dans quelle mesure Lily Rad s'est vraiment mise à table, puisque tu me dis qu'elle l'a fait. Mais son imprudence risque fort de nous mettre tous – et toi surtout – terriblement en danger.

Nim me retira ma tasse et la posa sur le trottoir. Puis il prit mes mains dans les siennes et poursuivit.

— C'était le dessin d'un échiquier, me dit-il. Il y a trente ans, quand ta mère est devenue la gardienne des autres pièces, cette partie du puzzle manquait, même si nous savions par un journal intime que la religieuse appelée Mireille s'en était emparée.

— Lili nous l'a dit. Lily dit qu'elle a lu le journal, expliquai-je. Elle a dit que la religieuse prétendait être toujours en vie, qu'elle s'appelait Minnie et que ma mère avait en quelque sorte pris sa place en tant que Reine noire.

Il me fallut plus d'une heure pour lui raconter tout ce qui s'était passé. Connaissant l'obsession de Nim pour le détail, j'essayai de ne rien négliger. Les énigmes que ma mère m'avait laissées, le message téléphonique avec la clef, les huit boules, le jeu dans le piano, la carte fourrée à l'intérieur de la Reine noire, le dessin de l'échiquier caché dans le bureau et, pour finir, la révélation par Vartan de ce qui s'était passé juste avant la mort de mon père et notre conviction mutuelle que sa mort n'était pas accidentelle.

Je me rendis compte que mon oncle était le seul avec lequel j'avais partagé mes déductions : la possible existence d'une deuxième Reine noire, qui avait pu conduire mon père à sa mort.

Durant tout ce temps, comme il suivait avec attention chacune de mes paroles, Nim ne dit rien et n'eut aucune réaction, même si je savais qu'il prenait note mentalement de tout ce que je disais. Quand j'eus fini, il secoua la tête.

— Ton histoire ne fait que confirmer mes pires frayeurs, et ma conviction que nous devons découvrir ce qu'il est advenu de ta mère. Je me tiens pour responsable de la disparition de Cat, ajouta-t-il. Il y a une chose que je ne t'ai jamais dite, ma chérie. Je crois que j'ai toujours été profondément amoureux de ta mère. Et c'est moi, bien avant qu'elle rencontre ton père, qui ai stupidement entraîné Cat dans ce Grand Jeu.

Quand Nim vit ma réaction, il posa une main sur mon épaule.

— Peut-être n'aurais-je pas dû te révéler mes sentiments, Alexandra, dit-il. Je t'assure que je n'ai jamais avoué à ta mère ce que j'éprouvais pour elle. Mais d'après ce que tu m'as dit, elle est sûrement en danger. Si nous espérons pouvoir l'aider, toi et moi, je me dois d'être aussi franc et direct avec toi que possible… même si c'est contraire à ma nature cryptographique.

Il m'adressa son habituel sourire narquois.

Je restai de marbre. La franchise était une chose, mais je commençais à en avoir soupé de ces surprises nocturnes qui me tombaient dessus de toutes parts.

— Alors il est temps de décrypter quelques éléments, sans attendre, lui dis-je sèchement en faisant mon possible pour oublier ma propre personne. Qu'est-ce que ces sentiments longtemps refoulés dont tu me parles auraient à voir avec la disparition de ma mère, et en plus avec le jeu d'échecs ou la Partie en cours ?

— Après l'aveu spontané que je viens de te faire, tu as le droit de me demander ce que tu veux. Et j'espère que tu le feras, m'affirma mon oncle. Dès l'instant où Cat a reçu mon paquet avec ce dessin de l'échiquier, qui est la dernière pièce du puzzle, une fois qu'on l'a décodé, elle a dû comprendre immédiatement que le Grand Jeu avait recommencé. Cependant, au lieu de consulter un spécialiste du décodage tel que moi, comme je l'espérais et y comptais, elle m'a annoncé qu'elle organisait cette fête stupide et ensuite, elle a disparu !

Voilà qui pourrait expliquer le « pourquoi » du précédent commentaire de mon oncle – pourquoi il avait envoyé à ma mère ce paquet discret. Manifestement, il espérait encore, dix ans après la mort de mon père, qu'il pourrait être son cryptographe, son confident. Voire davantage.

Pouvait-il y avoir une bonne raison pour qu'elle ne se soit pas tournée vers lui ?

— Après la mort de Sascha, poursuivit Nim, comme s'il lisait dans mes pensées, Cat ne m'a plus jamais fait confiance… elle n'a plus fait confiance à personne. Elle avait l'impression que nous l'avions tous trahie, trahi ton père et, par-dessus tout, que nous t'avions trahie, toi. C'est pourquoi elle t'a emmenée au loin.

— En quoi vous m'avez trahie ?

Mais je connaissais déjà la réponse. À cause des échecs.

— Je me souviens du jour où c'est arrivé, où elle a pris ses distances avec nous pour la première fois. C'était le jour où nous nous sommes brusquement rendu compte du curieux petit animal que nous protégions dans notre sein, dit Nim avec un sourire. Allons, viens, marchons pendant que je te parle, ça nous réchauffera.

Il se leva, me prit la main et me remit sur pied, fourrant ma tasse vide dans la poche de son trench-coat.

— Tu n'avais alors que trois ans, dit-il. On était chez moi, à l'extrémité de Long Island, Montauk Point… tous, nous y allions souvent en week-end pendant l'été. C'était le jour où nous avons découvert, ma chère enfant, qui tu étais et quoi. Le jour où a commencé la brouille avec ta mère.

Nous traversâmes donc le pont vers la Virginie tandis que le brouillard nocturne avançait vers l'aube rosée. Et Ladislaus Nim entreprit son récit…

## Le récit du cryptographe

Le ciel était bleu, l'herbe était verte. La fontaine jaillissait dans le bassin au bord de la pelouse et, dans le lointain, au-delà du croissant de la plage, aussi loin que l'œil pouvait porter, se déroulait le tapis des vaguelettes coiffées d'écume de l'Atlantique. Ta mère faisait quelques longueurs et fendait les vagues, aussi souple qu'un dauphin.

Sur l'épais gazon, Lily Rad et ton père étaient assis dans des fauteuils de jardin en rotin blanc à motif dentelé, avec une cruche de citron vert pressé additionné de glace et deux verres givrés. Ils jouaient aux échecs.

Sascha, ton père – le très grand maître Alexander Solarin –, avait renoncé à participer aux tournois peu après son arrivée en Amérique. Mais il avait besoin d'un job. Il y avait une clause spéciale que je connaissais, un raccourci pour obtenir la nationalité américaine quand on était doué en physique, ce qui était le cas de ton père.

Dès que ce fut réalisable, tes parents ont pris des emplois bien rémunérés mais discrets auprès du gouvernement américain. Puis tu es née. Cat pensait que les échecs de compétition étaient trop dangereux, surtout dès lors qu'ils avaient un enfant ; Sascha était d'accord, même s'il continuait d'entraîner Lily pendant les week-ends, comme ce jour-là.

Tu avais toujours paru fascinée par l'échiquier, ces petites pièces noires et blanches sur les cases noires et blanches. Parfois tu les portais à ta bouche et semblais très fière de toi.

Ce jour-là, tu avais trotté sur la pelouse dès qu'ils avaient commencé la partie. J'avais relevé mon dossier pour pouvoir la suivre et ta mère est aussitôt partie nager. Alexander et Lily étaient si concentrés sur leur jeu qu'aucun de nous ne fit vraiment très attention quand tu apparus brusquement, accrochée à un pied de la table pour te tenir debout, tes grands yeux verts fixés sur l'échiquier pendant qu'ils jouaient.

Je me souviens très nettement qu'ils en étaient au coup 32 de la défense nimzo-indienne. Lily, qui jouait les Blancs, s'était trouvée prise en quelque sorte entre une fourchette et un clouage. Même si je suis sûr que ton père aurait été capable de se tirer d'un piège pareil, il était clair, au moins pour elle, qu'elle n'était en mesure ni d'avancer ni de reculer.

Elle s'était tournée vers moi pour me demander de rafraîchir son verre en disant que cela lui rafraîchirait peut-être aussi les idées quand, brusquement, toujours pendue à la table, tu as avancé ta menotte enfantine et retiré le cavalier de l'échiquier. Sous mes yeux ahuris, tu l'as replacé en position pour mettre en échec le roi de ton père !

Tout le monde resta muet un long moment, disons plutôt frappé de stupeur, quand nous avons réalisé ce qui venait de se produire. Mais comme nous en prenions la mesure, avec les ramifications à long terme qu'un tel événement pouvait avoir, la tension autour de l'échiquier monta comme à l'intérieur d'une Cocotte-Minute.

— Cat va être furieuse, fut la première remarque de Sascha, tout bas et d'une voix complètement éteinte.

— Mais c'est incroyable, fit Lily, les lèvres pincées. Et si ce n'était pas un accident ? Si elle était vraiment un petit prodige ?

— Non, pas un *pudding*, déclara fermement la petite Alexandra au trio ébahi.

Tout le monde éclata de rire. Ton père t'a ramassée et posée sur ses genoux.

Mais dès que Sascha et Lily eurent retravaillé cette partie, des heures plus tard, comme ils le faisaient toujours après ces séances d'entraînement, ils virent que le coup effectué par cette gamine de trois ans était le seul valable pour permettre à Lily de s'en sortir.

On avait ouvert la boîte de Pandore. Et il ne serait plus jamais possible de la refermer complètement.

Nim fit une pause et me dévisagea dans la faible clarté. Je vis que nous avions atteint Rosslyn, le côté du pont qui se trouve en Virginie. L'endroit était sombre et isolé, avec des tours de bureaux où tout était éteint pour la nuit. Tendue comme je l'étais, je savais que je devais rentrer chez moi et me traîner jusqu'à mon lit. Mais mon oncle n'en avait pas encore fini.

— Cat est venue sur la pelouse en sortant de l'eau, reprit-il. Elle a essuyé le sable sur ses pieds et s'est séché les cheveux avec le bord de son peignoir. Puis elle nous a vus tous assis sur la pelouse autour de l'échiquier, avec toi, son innocente petite fille sur les genoux de son père. Une pièce d'échecs à la main.

« Personne n'a eu besoin de le lui dire, Cat a compris. Elle a tourné les talons et nous a quittés sans un mot. Elle ne nous a jamais pardonné de t'avoir introduite dans le Grand Jeu.

Enfin, Nim se tut. Je me dis qu'il était temps d'intervenir ou, du moins, de faire demi-tour pour que nous ne restions pas là toute la nuit.

— Maintenant que vous avez éclairé ma lanterne, tante Lily et toi, concernant ce Grand Jeu, dis-je, je comprends pourquoi ma mère ne faisait plus confiance à votre bande. Et pourquoi elle flippait tellement pour moi. Mais ça n'explique pas pourquoi elle a invité tous ces gens pendant qu'elle jouait les filles de l'air.

— Ce n'est pas tout, reprit Nim.

Alors quoi encore ?

— Ce n'est pas tout ce qu'il y avait dans le paquet que j'ai envoyé à Cat, poursuivit-il, lisant à nouveau dans mes pensées. Cette carte que tu as trouvée, le mauvais bristol avec l'image d'un phénix d'un côté, un oiseau de feu de l'autre, et quelques mots en russe. Une sorte de carte de visite dont quelqu'un a cru que j'allais la reconnaître. Mais même si je n'y ai rien compris, j'ai autre chose à te montrer. (Il me lança un regard soupçonneux.) Qu'est-ce qui se passe, maintenant ?

Je devais avoir l'air sur le point de tourner de l'œil à nouveau, mais cette fois, pas par manque de nourriture ou de sommeil. Je ne pouvais croire que je ne rêvais pas. Je plongeai la main dans la poche de mon pantalon, en retirai la carte et la tendis à mon oncle.

— « Danger – Prends garde au feu », lui dis-je. Cela ne signifiait peut-être rien pour toi, mais je peux te dire ce que ça signifie pour moi. Cette carte m'a été donnée juste avant la mort de mon père. Comment l'as-tu trouvée ?

Il resta, la tête penchée dessus, pendant un long moment là, sur le trottoir obscur. Puis il me regarda d'un air étrange et me rendit le morceau de carton.

— J'ai quelque chose à te montrer, me déclara-t-il.

Il plongea à son tour la main dans son trench-coat et en sortit un petit étui en cuir de la taille d'un portefeuille. Il le tint soigneusement dans sa main comme une relique, les yeux fixés dessus. Puis il ouvrit mes mains et y déposa l'objet. Il laissa un moment ses mains autour des miennes, puis finalement les libéra.

Quand j'ouvris l'étui, même dans la lueur faiblarde de Rosslyn, je pus deviner les détails d'une photo usée en noir et blanc qui avait été coloriée à l'aquarelle pour qu'elle ressemble à une photo en couleurs. Je crus distinguer une famille de quatre personnes.

Deux petits garçons d'environ quatre et huit ans étaient assis sur un banc de jardin. Ils portaient tous les deux des tuniques amples ceinturées à la taille avec des knickers ; leurs cheveux clairs formaient des boucles. Ils regardaient l'objectif bien en face avec un sourire mal assuré comme s'ils n'avaient encore jamais été pris en photo. Juste derrière eux se tenait un homme musclé, aux cheveux en désordre et aux yeux sombres fiévreux, avec un air protecteur farouche. Mais en regardant la femme qui se tenait auprès de lui, mon sang se figea.

— C'est ton père, le petit Sascha, et moi, articula Nim d'une voix étranglée que je ne lui connaissais pas. Nous sommes assis sur le banc de pierre de notre jardin à Krym, la Crimée. Et ceux-ci sont nos parents. C'est la seule photo qui existe de notre famille. Nous étions encore heureux. Elle a été prise pas très longtemps avant que nous apprenions que nous devions fuir.

Je ne pouvais arracher mes yeux de cette image. La peur étreignait mon cœur. Ces traits ciselés que je ne pourrais jamais oublier, les cheveux blond cendré de cette femme, encore plus pâles que ceux de mon père.

La voix de Nim parut venir de l'autre côté d'un tunnel à des milliers de kilomètres de là.

— Dieu sait comment cela a pu se faire, disait-il, mais je suis sûr qu'il y a une seule personne qui pouvait posséder cette photo après tout ce temps, une seule personne qui en aurait compris l'importance, qui aurait pu me l'envoyer avec cette carte et le dessin de l'échiquier. Une seule et unique.

Il s'arrêta et me considéra gravement.

— Ce que ça veut dire, ma chérie, c'est que, contrairement à ce que j'ai cru durant toutes ces années, et aussi impossible que cela me paraisse aujourd'hui encore… cette femme sur la photo, ma mère, est encore en vie.

Elle était certainement en vie. Je pouvais en témoigner.

C'était l'inconnue de Zagorsk.

## DEUX FEMMES

*Deux femmes nous ont donné les premiers exemples de la gourmandise :*
*Ève, en mangeant une pomme au paradis ;*
*Proserpine, en mangeant une grenade en enfer.*

Alexandre DUMAS,
*Le Grand Dictionnaire de cuisine*

Je fus réveillée par les trilles vigoureux d'un troglodyte mâle sous la fenêtre de ma chambre. J'avais l'habitude de la manœuvre. Le même gusse se présentait chaque printemps et chantait toujours la même rengaine. Il sautillait partout, très excité, en essayant de convaincre sa compagne de venir voir un emplacement intéressant pour installer un nid juste sous mon auvent, où il avait fourré des brindilles et des herbes dans un cagibi, et cherchait à l'amadouer pour qu'elle dispose les meubles pendant qu'il irait faire lever l'hypothèque avant que quelqu'un d'autre ne repère la bonne affaire : un des rares endroits sur le canal auquel les chats errants ne pouvaient accéder.

Mais brusquement, il me vint à l'esprit que si ce troglodyte était réveillé et chantait à tue-tête, c'est que le jour aussi devait être levé. Je m'assis dans mon lit pour regarder l'heure, mais mon réveil n'était pas à sa place. Quelqu'un l'avait retiré.

La tête me cognait. Combien de temps avais-je dormi ? Comment étais-je arrivée dans mon lit et quand avais-je mis mon pyjama ? Tout souvenir semblait avoir été effacé de ma mémoire.

Les événements de la veille revinrent goutte à goutte dans mon cerveau embrouillé.

Le comportement bizarre de Rodo, entre *Euskal Herria* et le Sutalde. Ce dîner, où la porte vous était ouverte par des représentants des services secrets et où vous étiez accueilli par mes deux personnalités préférées sur la planète, les Livingston. Finalement, la présence inattendue de Nim dans mon appartement et notre promenade nocturne de l'autre côté du pont. Quand il m'avait montré cette photo…

Tout me revint et me tomba dessus comme une masse.

Cette mystérieuse femme blonde à Zagorsk, la femme qui avait tenté de me prévenir… était donc ma grand-mère ?

C'était la dernière chose que je me rappelais avoir dite à mon oncle la nuit dernière avant de tirer ma révérence. La femme sur la photo de famille jaunie était celle qui m'avait donné ce bristol, il y a dix ans, quelques minutes avant la mort de mon père.

Cependant, en cet instant, le troglodyte piailleur sous ma fenêtre m'incita à m'occuper de questions plus pressantes. Je me rappelai brusquement que mon patron, Rodo, était censé m'appeler ce matin pour qu'on déjeune ensemble. Il pourrait ainsi me donner tous les renseignements urgents qu'il n'avait pas eu le temps de me communiquer la veille. Je ferais mieux de l'appeler…

Mais quand je regardai autour de moi, je vis que le téléphone de ma chambre avait également disparu !

J'étais sur le point de sauter du lit quand la porte s'ouvrit brusquement. C'était Nim, un plateau dans les mains et un sourire sur la face.

— Un Russo-Grec porteur d'offrandes, annonça-t-il. J'espère que tu as bien dormi. J'ai pris toutes les précautions. Oh ! Et… excuse-moi, j'avais arrosé ta soupe hier d'une demi-bouteille de grappa. Assez de raisin fermenté pour assommer un bœuf. Tu en avais rudement besoin. J'ai eu du mal à te ramener à la maison et à te faire monter l'escalier sans te porter, et ensuite à me faire mon lit sur cette banquette défoncée. Mais tu as besoin de te restaurer maintenant. Un bon petit déjeuner t'aidera à affronter ce qui t'attend.

Ainsi, j'étais au moins restée consciente la nuit dernière, même si j'étais inconsciente à présent de ce qui avait pu suivre dans la discussion.

Malgré le besoin pressant que j'avais de parler avec Rodo, sous mon nez, en cet instant se trouvait un pot de café fumant et un autre de lait chaud, un verre de jus de fruit et une pile des fameuses pancakes au babeurre de mon oncle avec un pot de beurre doux, un bol de myrtilles fraîches et une coupe de sirop d'érable tiédi. L'odeur me fit encore plus d'effet que la vue.

Comment Nim avait-il déniché tous ces ingrédients dans mon placard vide ? Je ne posai aucune question.

— J'ai échangé quelques mots avec ton patron, M. Boujaron, m'expliqua Nim. Il a téléphoné, tout à l'heure, mais j'avais retiré le téléphone de ta chambre. Je lui ai rappelé qui j'étais… celui qui te sert de référence sur le contrat qui vous lie. Et je lui ai expliqué qu'après la semaine pénible que tu viens de vivre, tu avais besoin de repos. Il en est venu à admettre qu'il serait sage de t'accorder un jour de congé. Et il a envoyé un sous-fifre avec les quelques ingrédients que j'avais demandés.

— On dirait que tu a su trouver des arguments convaincants, dis-je avec un large sourire en fourrant l'ample serviette dans le col de ma veste de pyjama.

C'était l'une des belles serviettes damassées de Sutalde. Le ciel le bénisse.

Ensuite, je me plongeai dans les mets succulents. Ma hâte d'entendre ce que Rodo avait à me dire à propos de la soirée d'hier commença à s'estomper. Les galettes d'avoine fort prisées de mon oncle avaient, comme toujours, cette fine croûte délicate qui empêchait le sirop de pénétrer, de sorte qu'elles ne devenaient jamais spongieuses, que l'intérieur restait plus léger qu'une mousse. Il refusait de me révéler son secret de fabrication.

Tandis que je dégustais ce plat, Nim demeura assis au bord de mon lit en silence, le regard fixé sur la fenêtre en attendant que j'aie fini mon repas et essuyé la dernière goutte de sirop sur mon menton. C'est alors seulement qu'il parla.

— J'ai beaucoup réfléchi, ma chérie. Après notre conversation de la nuit dernière sur le pont, durant laquelle tu m'as appris que tu avais vu effectivement la femme de la photo et que c'était elle qui t'avait donné la carte, j'ai pu à peine fermer l'œil. Mais je crois qu'avant l'aube, j'avais résolu beaucoup de choses. Non seulement ce qui a pu pousser ta mère à agir comme elle l'a fait concernant cette réception, mais plus important, je crois avoir découvert le secret derrière la réapparition de l'échiquier, de même que l'énigme de la seconde Reine noire.

Quand Nim vit l'inquiétude se peindre sur mon visage, il sourit et secoua la tête.

— J'ai commencé ce matin par inspecter ton appartement, m'assura-t-il, et j'ai retiré tous les micros. Ce sont des amateurs, ceux qui ont installé ces dispositifs... quelque-uns dans les téléphones et un autre dans ton réveil. Les premiers endroits auxquels on pense ! (Il se leva pour débarrasser le plateau du petit déjeuner et se dirigea vers la porte.) Heureusement nous n'aurons plus besoin d'aller dîner à minuit en plein air sur Key Bridge pour pouvoir nous parler librement.

— Il se peut que ces gars-là soient des amateurs, rétorquai-je, mais les mecs d'hier soir sur la passerelle qui gardaient le restaurant portaient des insignes des services secrets. Ce sont de vrais pros. Mon patron avait l'air plutôt copain avec eux, d'ailleurs, même s'il a veillé à ce qu'ils ne puissent pas nous entendre quand il m'a donné, juste avant le dîner, la version basque de l'histoire du Jeu de Montglane.

— Et c'était quoi, précisément ? demanda-t-il en s'arrêtant à la porte.

— Justement, il devait me raconter le reste ce matin, dis-je. Mais grâce à toi et à la grappa, j'ai eu une panne d'oreiller. Hier soir, j'ai eu droit à un scoop sur la *Chanson de Roland.* Figure-toi que ce sont les Basques et non les Maures qui ont taillé en pièces l'arrière-garde de Charlemagne au défilé de Roncevaux ; que les Maures ont offert le jeu d'échecs à Charlemagne pour le remercier, et qu'il l'a enterré à Montglane, au fin fond des Pyrénées, à un million de kilomètres de son palais à Aix-la-Chapelle. Rodo m'a dit que Montglane veut dire en réalité « le mont des Glaneuses ». Puis, juste avant que les autres n'arrivent, il m'a expliqué comment on sème et on fauche, et en quoi cela a un rapport avec le fait que mon anniversaire est à l'opposé de celui de ma mère…

Là, je m'arrêtai, car Nim avait brusquement un regard glacial et distant. Il se tenait toujours devant l'entrée, mon plateau à la main, mais il avait complètement changé.

— Pourquoi Boujaron a-t-il fait état de ta date de naissance ? demanda-t-il durement. Il te l'a expliqué ?

— Rodo a dit que c'était important, répondis-je, troublée par sa véhémence. Il a dit que j'étais peut-être en danger à cause de ça, que je devais ouvrir grands mes yeux et mes oreilles pour avoir des indices au cours du dîner d'hier.

— Mais il doit y avoir autre chose, insista-t-il. A-t-il dit ce que ça pouvait représenter pour ces gens-là ?

— D'après lui, les gens qui venaient hier soir savaient que ma date de naissance était le 4 octobre, l'inverse de l'anniversaire de ma mère et de la fête qu'elle a donnée le week-end passé. Et puis il m'a sorti quelque chose d'encore plus tordu, qu'ils pensaient savoir qui j'étais vraiment.

— Et c'était qui ? demanda Nim, d'un air tellement sombre que j'en tremblai presque.

— Tu es sûr que personne ne peut nous entendre ? chuchotai-je.

Il fit signe que non.

— Je ne suis pas sûre d'avoir bien compris moi-même. Mais Rodo a dit, va savoir pourquoi, qu'ils croyaient que j'étais, moi, la nouvelle Reine blanche.

— Bon Dieu, j'ai l'impression que je deviens complètement fou, ragea Nim. Ou peut-être qu'avec l'âge, je fais moins attention. Mais une chose est claire pour moi maintenant : si Rodolfo Boujaron t'a dit ça, c'est que *quelqu'un* en sait plus que je ne l'avais imaginé. En fait, ils ont réussi à rassembler beaucoup plus d'éléments que je n'y étais arrivé moi-même jusqu'ici.

« Cela dit, en combinant ce que tu m'as raconté avec ce que j'ai pu saisir hier soir, ajouta mon oncle, je crois qu'à présent, je comprends tout. Bien que cela nécessite encore des explications et des vérifications.

Quel soulagement, me dis-je. Au moins, quelqu'un comprend. Encore que je ne fusse pas sûre d'avoir envie d'en apprendre davantage.

Nim avait insisté pour que je m'habille et que j'avale encore une ou deux tasses de son caoua avant qu'il commence à me livrer les révélations qu'il avait eues depuis la nuit dernière. À présent, nous étions assis côte à côte sur le sofa de ma salle de séjour, sur lequel il avait passé la nuit. L'étui avec la photo délavée était ouvert entre nous. Nim effleura l'image du bout du doigt.

— Iosif Pavlos Solarin, notre père, un pêcheur grec, est tombé amoureux d'une jeune fille russe et il l'a épousée… Notre mère, Tatiana, me dit-il. Il avait construit une petite flotte de pêche sur la mer Noire et il souhaitait ne plus jamais s'en aller. Quand nous étions enfants, nous pensions, mon frère Sascha et moi, qu'elle était la plus jolie femme au monde. Bien sûr, à l'autre bout de la péninsule de Crimée où nous vivions, nous n'avions pas vu beaucoup de femmes. Mais ce n'était pas seulement sa beauté. Il y avait quelque chose de magique chez notre mère. C'est difficile à expliquer.

— Ce n'est pas la peine. J'ai fait sa connaissance à Zagorsk, lui rappelai-je.

Tatiana Solarin. En mon for intérieur, il m'était presque insupportable de regarder cette photographie coloriée. Son image suffisait à réveiller toute la souffrance de ces dix années passées. Mais maintenant que cette première question – qui était-elle ? – venait d'être résolue, cela laissait le champ libre à un flot irrépressible de nouvelles interrogations.

Que voulait réellement dire cet avertissement, ce jour-là ? « Danger – Prends garde au feu » ? Était-elle au courant pour la Reine noire que nous allions bientôt découvrir à l'intérieur du trésor ? Savait-elle le risque que mon père courrait dès qu'il aurait remarqué la pièce dans la vitrine ?

Mon père l'avait-il reconnue en ce lugubre jour d'hiver à Zagorsk ? Forcément… après tout, c'était sa mère. Mais comment pouvait-elle être la même, il y a seulement dix ans de cela, que sur la photographie jaunie devant moi, qui avait été prise quand mon père et mon oncle étaient encore des enfants ? En outre, si tout le monde avait cru qu'elle était morte durant toutes ces années, comme Nim me l'assurait, où se cachait-elle ? Et quel motif – ou sinon qui ? – l'avait incitée à refaire surface à ce moment-là ?

J'étais sur le point de comprendre.

— Quand Sascha avait six ans et moi dix, commença Nim, une nuit, dans notre maison isolée sur la côte de Krym, il y eut une tempête épouvantable. Nous, les enfants, étions endormis dans notre chambre au rez-de-chaussée, quand nous avons entendu frapper aux carreaux et avons vu une femme dans une longue cape noire qui se tenait dehors, dans la tempête. Après que nous l'avons fait entrer par la fenêtre, elle s'est présentée comme notre grand-mère, Minerva, venue d'une terre lointaine pour une mission urgente auprès de notre mère. Cette femme était Minnie Renselaas. Et dès l'instant où elle est entrée par la fenêtre, nos vies ont été bouleversées.

— Minnie… c'est celle qui, d'après tante Lily, prétendait être Mireille, dis-je. La religieuse française qui vivrait toujours.

Mais je jurai entre mes dents pour l'avoir interrompu, car Nim avait une révélation autrement plus importante à me faire.

— Minnie nous a dit que nous devions fuir tout de suite, poursuivit-il. Elle avait apporté trois pièces d'échecs, un pion en or, un éléphant en argent et un cavalier. Mon père fut envoyé en avant avec ces pièces dans la tempête, afin qu'il puisse préparer le bateau pour notre fuite. Mais les soldats arrivèrent à la maison avant que ayons pu partir et ils arrêtèrent ma mère, tandis que Minnie s'enfuyait avec nous deux par les fenêtres du haut. Nous nous cachâmes sur les falaises dans la pluie jusqu'au départ des soldats, puis essayâmes de retrouver le bateau de notre père à Sébastopol. Mais le petit Sascha ne put pas grimper assez vite. Je fus envoyé en éclaireur, seul, pour retrouver le bateau de mon père.

Nim me regarda d'un air grave.

— J'ai retrouvé le bateau de notre père à Sébastopol. Nous avons attendu des heures la venue de Minnie et de Sascha. Mais finalement, quand on ne les a pas vus apparaître, conformément à la promesse que mon père avait faite à ma mère, nous avons été forcés de partir pour l'Amérique. Plusieurs jours plus tard, Minnie dut mettre Sascha dans un orphelinat pour pouvoir repartir à la recherche de notre mère et la sauver. Mais tout semblait perdu.

Je savais, en effet, que mon père avait grandi dans un orphelinat russe, mais il avait toujours refusé de m'en dire davantage. Maintenant je comprenais pourquoi. Ma mère n'était pas la seule à avoir voulu me protéger du Grand Jeu.

— Cat est la seule à connaître également l'autre partie de notre histoire, me dit Nim. Sascha et moi – qui avons été séparés à cette époque en Crimée – ne l'avons su que beaucoup plus tard quand, grâce à ta mère, nous avons enfin été réunis et avons pu nous la raconter l'un à l'autre en même temps qu'à elle. Notre père est mort peu après que nous eûmes, lui et moi, atteint l'Amérique. J'avais perdu ma mère, mon frère et Minnie en une nuit, sans aucune possibilité de retrouver leur piste. Pendant des années, j'ai cru qu'aucun d'entre eux n'avait survécu.

— Mais maintenant, nous savons l'un et l'autre que votre mère est en vie, dis-je. Si elle a été arrêtée et emprisonnée comme tu le pensais, on comprend que vous soyez restés sans nouvelles durant toutes ces années. Mais elle était là à Zagorsk, il y a dix ans : elle m'a donné cette carte. Et maintenant, tu crois qu'elle t'a envoyé cet échiquier. Comment a-t-elle pu mettre la main dessus ? Et pourquoi attendre aussi longtemps ?

— Je n'ai pas encore toutes les réponses, reconnut Nim. Mais j'en ai une, je crois. Pour le comprendre, il faut connaître la fameuse fable de l'Oiseau de feu qui figure sur ta carte et ce qu'elle représente pour nous autres Russes.

— Que veut dire l'Oiseau de feu alors ? demandai-je, même si je pensais avoir ma petite idée.

— Cela pourrait expliquer pourquoi ma mère est toujours en vie et comment elle a survécu, m'expliqua mon oncle. (En voyant mon air surpris, il ajouta :) Et si Minnie avait réussi à localiser notre mère après avoir laissé Sascha dans cet orphelinat ? Et si Minnie l'avait retrouvée en prison comme nous l'avions tous supposé, prête à être sacrifiée par les autorités soviétiques comme une autre victime du Grand Jeu ? Et si Minnie avait procédé à un échange afin d'obtenir la libération de notre mère ?

Pas besoin de poser la question. Il n'y avait qu'un seul objet qui se trouvât, à ma connaissance, entre les mains des Russes.

— La Reine noire ! m'exclamai-je.

— Parfaitement, approuva Nim avec un sourire satisfait. Cela serait d'autant plus logique si Minnie a réussi à faire exécuter une reproduction de la reine et conservé l'original. Ce qui expliquerait le gambit des deux reines que tu as découvert.

— Mais alors, où votre mère a-t-elle disparu après sa libération ? Et comment a-t-elle découvert ce croquis de l'échiquier dont tu me disais qu'elle te l'avait envoyé ? demandai-je. Tu as dit que tu croyais avoir résolu cette énigme aussi.

— Le dessin de l'échiquier par l'abbesse de Montglane est un morceau du puzzle dont le journal de la religieuse Mireille nous a appris qu'elle l'a eu en sa possession, expliqua Nim. Mais ce croquis ne figurait pas parmi les autres pièces transmises à Cat. Il a donc fallu que Minnie le confie à quelqu'un d'autre pour le mettre en sécurité.

— À votre mère alors ! m'écriai-je.

— Peu importe où notre mère a passé toutes ces années, ajouta Nim, une chose est claire. Cette carte qu'elle t'a remise, à toi et à ton père, représentait un phénix et un oiseau de feu. Mais il y est dit aussi : Prends garde au feu. L'oiseau de feu n'a rien du phénix, qui se consume dans les flammes tous les cinq cents ans et renaît de ses cendres. Le phénix est l'histoire de l'esprit de sacrifice et de la renaissance.

— Alors, que signifie celle de l'oiseau de feu ? demandai-je, suffisamment oppressée à l'idée de ce que j'allais entendre pour craindre de tourner de l'œil une nouvelle fois.

— Il offre sa plume d'or, une chose d'une extrême valeur, comparable à la Reine noire de Minnie, afin de ramener à la vie le prince Ivan, qui a été tué par ses frères sans pitié. Quand l'Oiseau de feu apparaît, le message qu'il faut comprendre, c'est : *rappelé à la vie*.

# RAPPELÉ À LA VIE

*C'est un service secret en somme. Toutes mes références, mes introductions et mes notes de service sont comprises dans cette seule phrase : « rappelé à la vie ».*

Charles DICKENS, *Un conte de deux villes*

*Se souvenir, c'est pour ceux qui ont oublié.*

PLOTIN

## BRUMICH EEL, KYRIIN ELKONOMU (LA MONTAGNE DE FEU, SÉJOUR DES MORTS)

*Le bruit de l'eau tumultueuse semblait avoir été toujours présent, jour et nuit. Dolena Geizerov, la vallée des Geysers, lui avait dit la femme. Des eaux médicinales, formées par les feux souterrains. Des eaux qui l'avaient ramené à la vie.*

*Dans la prairie, sur le haut des montagnes, se trouvaient ces bassins fumants et silencieux, dans lesquels les anciens l'avaient baigné. Leurs eaux laiteuses, opaques, venues du tréfonds de la terre, des eaux diversement colorées par les couches d'argile dissoute, scintillaient de tons riches, vermillon, corail, ocre, citron, pêche, chacune possédant ses propres propriétés médicinales.*

*Tout en bas, sur le rocher nu de la falaise, l'eau bouillonnait à l'intérieur de la doline et devenait de plus en plus agitée… jusqu'à ce que, brusquement, Velikan le Géant éructe un panache de vapeur qui le surprenait toujours, crachant vers le ciel un puissant jet arc-en-ciel de trente mètres de haut couronné de brume. Puis, au fond de la vallée, aussi loin que l'œil pouvait porter, les éruptions explosives se succédaient, l'une après l'autre, comme réglées par l'horloge terrestre, et se répandaient sur les côtés en cascades d'eau bouillante qui dégringolaient les pentes pour se jeter dans une rivière impétueuse en contrebas et se ruer vers la mer. Le rugissement vibrant, assourdissant de ces eaux jaillissantes était néanmoins étrangement apaisant, se dit-il… Rythmé comme la vie, comme le souffle de la terre.*

*À présent, comme il grimpait en diagonale la pente irrégulière vers le sommet, il prenait soin de suivre les pas de la femme devant lui pour ne pas tomber. Il était difficile de garder l'équilibre sur les pentes boueuses et le rocher humide et glissant. Malgré ses bottes souples lacées, en peau d'ours pour offrir une meilleure prise et la fourrure huilée sur le dessus pour conserver la chaleur, la neige filtrait la pâle lumière. Les nuages de vapeur tumultueux venus d'en bas faisaient fondre les flocons avant même qu'ils touchent le sol, transformant les mousses humides et les lichens en une pâte collante.*

*Il avait parcouru ces ravins chaque jour pendant des mois pour trouver la force d'entreprendre ce voyage. Mais il se savait encore trop faible pour une expédition comme celle d'aujourd'hui. Ils avaient déjà effectué sept verstes à travers la vallée des Geysers et plus haut s'étendaient encore la toundra, les herbages et la taïga, un enchevêtrement de minces bouleaux, d'épicéas rabougris et des pins sylvestres. Ils avançaient maintenant en terre inconnue.*

*Comme ils laissaient derrière eux les eaux rugissantes et grimpaient de plus en plus haut dans les montagnes, s'enfonçant dans le silence d'un monde nouveau et couvert de neige, il sentit la peur commencer à l'étreindre, la peur qui vient avec le vide, l'incertitude face à l'inconnu.*

*C'était idiot de sa part d'éprouver cela, il le savait, quand en fin de compte, pour lui, tout faisait partie du néant, d'un inconnu plus vaste. Il y avait longtemps qu'il avait cessé de demander où il était ou depuis combien de temps il se trouvait là. Il avait même cessé de demander qui il était. Elle lui avait dit que nul ne pouvait lui donner de réponse, qu'il était important qu'il le découvre par lui-même.*

*Mais comme ils atteignaient l'extrémité du ravin abrupt, la femme s'arrêta et, côte à côte, ils regardèrent de l'autre côté de la vallée. Il le distinguait dans le lointain, par-delà le lit de la vallée : c'était leur destination. Un énorme cône au-delà de la gorge, couronné de neige, qui semblait venu d'ailleurs, telle une pyramide mystique s'élevant à l'extrémité d'une antique plaine. Le volcan avait de profondes fissures sur les flancs et le sommet était écrasé ; de la fumée en sortait comme s'il avait été récemment frappé par la foudre.*

*Il éprouva une sorte d'effroi devant cette vision, un mélange de terreur et d'amour, comme si une main vigoureuse venait de lui serrer le cœur. Et la lumière éblouissante ressurgit subitement quand il ne s'y attendait pas.*

*— En langue kamchadal, il s'appelle Brumich Eel, la Montagne de Feu, lui dit la femme à ses côtés. Il fait partie des deux cents et quelques volcans de cette péninsule, appelés apagachuch, les excitables, car beaucoup sont toujours en activité. Une seule explosion de l'un d'eux a duré vingt-quatre heures durant lesquelles il a déversé de la lave, détruit des arbres, et a été suivie d'un tremblement de terre et d'un raz-de-marée.*

*« Celui-ci, le mont Kamtchatka, Klyutchevskaya en russe, est entré en éruption il y a dix ans, faisant tomber une pluie de cendres et de braises de plus d'un vershok, une épaisse couche partout alentour. Les chamans chukchi plus au nord croient que c'est la montagne sacrée des morts. Ils disent que les morts vivent à l'intérieur du cône et jettent des pierres sur quiconque essaie de les approcher. Ils plongent sous la montagne, sous la mer. Le sommet est couvert des ossements des baleines qu'ils ont dévorées.*

*Il pouvait à peine distinguer l'autre versant de la vallée, tellement le feu dans sa tête était devenu éclatant, effaçant presque tout le reste.*

*— Pourquoi les anciens croient-ils que vous devez me conduire à cet endroit ? demanda-t-il en pressant ses paupières.*

*Mais la lumière était toujours là. Et alors, il commença à voir.*

*— Je ne t'y conduis pas, le reprit-elle. Nous y allons ensemble. Chacun de nous doit payer son propre tribut aux morts. Car chacun de nous a été rappelé à la vie.*

*Sur le sommet, tout au bord du cône affaissé, ils pouvaient plonger le regard dans le lac de lave en fusion qui clapotait et glougloutait à l'intérieur du cratère. Les vapeurs acides flottaient vers le ciel. Certains disaient qu'elles étaient toxiques.*

*Il leur avait fallu deux jours pour atteindre ce lieu, à cinq cents mètres au-dessus de la mer. Le crépuscule était tombé, et tandis que la lune se levait au-dessus des eaux de l'océan dans le lointain, une forme obscure s'insinuait lentement sur la surface blanche laiteuse.*

*— C'est pour cette éclipse de lune que nous sommes venus ici, lui expliqua la femme à côté de lui. C'est notre offrande aux morts, l'éclipse du passé pour ceux qui sont dans ce cratère, puissent-ils reposer en paix. Car ils n'auront plus jamais de présent ni d'avenir, contrairement à nous.*

*— Mais comment aurais-je un avenir… voire simplement un présent, demanda-t-il, effrayé, alors que je ne me souviens aucunement de mon passé ?*

*— Ne le peux-tu ? demanda la femme d'une voix douce. (Elle avait plongé la main à l'intérieur de sa veste doublée de fourrure et en avait extrait un petit objet.) Peux-tu te souvenir de ceci ? demanda-t-elle, en lui tendant la paume ouverte de sa main.*

*À cet instant, le reste de la lune fut englouti dans l'ombre et ils furent provisoirement plongés dans les ténèbres. Il y avait seulement cet affreux rougeoiement montant du cratère en contrebas.*

*Mais il avait revu cet éclair fulgurant dans sa tête, et il avait brusquement vu autre chose. La vision avait duré assez longtemps pour qu'il sache exactement quel était cet objet posé sur la paume de la femme.*

*C'était la Reine noire d'un jeu d'échecs.*

*— Tu étais là, dit-il. Là, au monastère. La partie allait commencer… et alors, juste avant…*

*Le reste, il ne pouvait s'en souvenir. Mais en un éclair, comme il contemplait la Reine noire, il entrevit aussi une bribe de son propre passé. Et brusquement, il sut une chose qui ne laissait pas de place au doute.*

*— Je m'appelle Sascha, dit-il. Et tu es Tatiana, ma mère.*

# LA CLÉ

*Il y a sept clefs pour le grand portail,*
*Formant huit en un et un en huit.*

Aleister CROWLEY, *Aha !*

Je n'arrivais toujours pas à trouver la clé, même si l'histoire de Nim, la nuit précédente, avait résolu quelques contradictions.

Si Minnie avait une copie de la Reine noire qui lui avait permis d'obtenir la libération de Tatiana quarante ans plus tôt, cela expliquait la présence de la seconde dame qui était apparue sous les yeux de mon père à Zagorsk.

Si Minnie avait remis à Tatiana le croquis de l'échiquier fait par l'abbesse pour qu'elle le protège, cela expliquait pourquoi cet élément important manquait dans la cachette où ma mère avait rangé les pièces.

Je ne pouvais oublier que cette même pièce essentielle du puzzle était actuellement cousue à l'intérieur de ma parka en duvet. Pas plus que je ne pouvais oublier le premier indice codé que j'avais reçu de ma mère dans le Colorado, celui que j'avais dû déchiffrer avant même de pouvoir rentrer à la maison, ces nombres au carré qui se réduisaient au message suivant : *L'échiquier est la clé.*

Cependant, malgré les solutions et résolutions présentées par mon oncle au cours de notre veillée, il restait encore trop de questions d'un côté et trop peu de réponses de l'autre.

Aussi, pendant que Nim s'occupait de la vaisselle matinale, je sortis rapidement papier et stylo pour noter ce que j'avais encore besoin de savoir.

Pour ouvrir le ban, il ne manquait pas seulement des réponses. Ma mère aussi manquait à l'appel, et apparemment, ma toute nouvelle grand-mère avait également disparu. Où étaient-elles ? Quel rôle chacune jouait-elle ? Et quel rôle tout ce petit monde jouait-il dans le Grand Jeu ?

Mais comme je considérais mes notes, je réalisai que je ratais encore un point majeur : à qui me fier ?

Par exemple, ma tante Lily. La dernière fois où je l'avais vue, elle proposait – comme « stratégie » – d'aller fouiner parmi les contacts de Basil Livingston dans le monde des échecs et, sans doute, dans le milieu… alors qu'elle semblait connaître ce monsieur autrement que de vue, ce qu'elle avait soigneusement omis de préciser. Après tout, Basil était un promoteur de tournois, non ? Et ces deux dernières années depuis la mort de son grand-père, où elle avait quitté New York, Lily avait vécu à Londres… où Basil était également chez lui. À présent, plusieurs jours après avoir quitté le Colorado, Lily ne m'avait toujours rien dit de cette mystérieuse rencontre nocturne, à Denver, avec Sage, la fille de Basil, dont j'avais été informée.

Ensuite, il y avait Vartan Azov, qui avait volontiers accepté de vérifier la filière Taras Petrossian, en signalant tardivement que la personne sur laquelle il devait « enquêter » n'était autre que son défunt beau-père. Si Petrossian avait bien été empoisonné à Londres, comme Vartan semblait le croire, il était curieux qu'il n'ait jamais mentionné ce que Rosemary Livingston m'avait appris ultérieurement : que Vartan était le seul et unique héritier de la succession du défunt.

Puis Rosemary, qui avait révélé davantage qu'elle ne m'avait soutiré la nuit dernière. Par exemple, qu'elle semblait passer autant de temps non seulement à Washington, mais aussi à Londres, que son cher petit mari. Qu'ils pouvaient disparaître discrètement d'un côté du globe pour reparaître ailleurs sans même avoir à se changer et moins encore à remplir un plan de vol. Qu'ils pouvaient organiser un dîner tout à fait officiel, y compris avec forces de sécurité, pour des invités appartenant aux cercles les plus fortunés et aux plus hautes sphères du pouvoir à l'échelle internationale. Et infiniment plus intéressant : qu'ils étaient à tu et à toi avec feu Taras Petrossian et son beau-fils, Vartan Azov, depuis que ce dernier était « tout petit ».

Enfin et surtout, il y avait ce Basque fougueux, mon patron, Rodolfo Boujaron, qui semblait en savoir plus long qu'il ne le disait sur tout et peut-être sur tous. Il y avait d'abord son incroyable pedigree en tant que Basque par rapport au Grand Jeu et au contexte de Montglane, dont personne d'autre n'avait fait état. Mais il y avait aussi sa connaissance anticipée de la fête donnée par ma mère et la signification qu'il avait évoquée de nos dates d'anniversaire, et la curieuse idée que personne n'avait encore avancée, qu'elle et moi pourrions appartenir, dans l'esprit de certains, à des équipes adverses.

En révisant ce que j'avais écrit pendant que Nim barbotait dans la cuisine, je griffonnai le nom de quelques personnages secondaires comme Nokomis et Sage ou Leda et Eremon… des gens que je connaissais bien, mais qui étaient probablement des pions sur l'échiquier, des figurants tout au plus.

Cependant, une inconnue se dégageait du tableau d'ensemble, elle crevait les yeux : la seule personne que ma mère avait invitée à son anniversaire et dont je n'avais jamais entendu parler avant la fête.

Galen March.

Mais alors, comme j'essayais de passer en revue les événements de cette journée, et son rôle là-dedans, quelque chose me frappa pour la première fois. En fin de compte, personne ne paraissait le connaître vraiment !

Il est vrai que les Livingston étaient arrivés avec Galen, qu'ils avaient présenté comme un « nouveau voisin », et qu'il avait ensuite profité de l'occasion pour se faire transporter en avion avec Sage jusqu'à Denver. Mais je me souvenais à présent que durant le dîner de vendredi dernier, il avait passé son temps à poser aux autres des questions, comme si c'était la première fois qu'il les rencontrait. En fait, à part son affirmation, rien ne prouvait qu'il eût déjà rencontré ma mère ! Quel était son rapport, s'il en avait, avec la mort récente de Taras Petrossian ? De plus amples recherches étaient certainement nécessaires sur l'invraisemblable propriétaire de Sky Ranch.

Bien sûr, quand j'en vins à Nim, je savais qu'au cours de ces dernières heures passées ensemble, mon oncle habituellement énigmatique avait ouvert pour moi son cœur et ses plaies, probablement plus qu'il ne l'avait fait de toute sa vie. Je n'avais pas besoin de lui demander comment il était entré chez moi la nuit dernière, car il avait dû s'y prendre comme il le faisait pour m'amuser dans mon enfance : il pouvait forcer n'importe quel coffre ou crocheter n'importe quelle serrure. Mais je devrais explorer d'autres directions. Il restait quelques questions en suspens auxquelles Nim était le seul à pouvoir apporter des réponses.

Même si mes recherches ne devaient me conduire qu'à une succession de fausses pistes, cela valait la peine de vérifier pour voir si l'une d'elles pouvait servir d'amorce. Par exemple :

Quand Nim avait-il entraîné ma mère dans le Grand Jeu, comme il me l'avait dit ? Et pourquoi ?

Qu'avait à voir la date de naissance de ma mère, ou la mienne, avec nos rôles ?

Quels étaient les emplois pour le gouvernement américain que mon oncle avait procurés, m'avait-il dit, à mes parents avant ma naissance ? Pourquoi n'avaient-ils jamais discuté de leur travail devant moi ?

Et, davantage en rapport avec un passé récent, revenons-en au Colorado : comment ma mère avait-elle élaboré tous ces indices et énigmes qu'elle m'avait laissés si Nim n'avait pas contribué à les concocter ?

J'étais sur le point de griffonner encore quelques idées sur ma liste quand Nim débarqua dans le séjour, se séchant les mains sur une serviette qu'il avait coincée à la taille.

— Maintenant au boulot, dit-il. J'ai consenti aux exigences de ton employeur de te remettre entre ses mains avant la tombée de la nuit, ajouta-t-il avec un sourire narquois. Tu fais partie de l'équipe du soir ou il y a du vampirisme par-dessus le marché ?

— Rodo est une sangsue, c'est juste, dis-je. Ce qui me fait penser : tu ne connais pas les gens du Sutalde, n'est-ce pas ?

— À part la jeune fille qui faisait les livraisons à domicile ce matin… une blonde platine en rollers qui a déposé les ingrédients pour ton petit déjeuner, me dit-il. Mais on ne s'est pas vus. Elle a tout laissé dans l'entrée au rez-de-chaussée et elle est repartie avant que je puisse lui offrir un pourboire.

— C'est Leda, elle s'occupe des cocktails. Mais personne d'autre ? insistai-je. Tu n'as jamais mis les pieds à l'intérieur et vu les fours en pierre ?

Nim secoua la tête.

— L'endroit a quelque chose de mystérieux, si je comprends bien ?

— Quelques éléments de l'intrigue qui restent en suspens, dis-je. Hier matin, en mon absence, quelqu'un y a installé le tournebroche de travers, de sorte que la graisse brûlée s'est incrustée dans le foyer. Ça n'était encore jamais arrivé, l'endroit est un véritable camp d'entraînement, et pourtant, Rodo n'a pas paru trop tourneboulé. Et la nuit d'avant, quand je suis rentrée chez moi après minuit, quelqu'un avait laissé le numéro du 7 avril du *Washington Post*, avec un mot, devant ma porte d'entrée. Ce n'était pas toi ?

Nim haussa un sourcil et retira l'essuie-mains.

— Tu as toujours ce message et le journal ? J'aimerais y jeter un œil.

Je fouillai dans un de mes paniers de livres et en sortis le *Post*, avec son papillon jaune toujours collé dessus.

— Tu vois ? dis-je. La note dit : *Voir page A1*. Je crois que la manchette est la clef : *Des troupes et des blindés attaquent le centre de Bagdad*. C'est un article sur l'entrée des troupes américaines dans Bagdad, le lieu même où le jeu d'échecs a été créé. Ensuite, on signale que l'invasion a commencé deux semaines plus tôt, le jour même où ma mère a téléphoné pour lancer ses invitations et où la Partie a redémarré. Je crois que la personne qui a laissé le journal chez moi essayait de souligner que ces deux éléments, Bagdad et le Grand Jeu, pouvaient avoir un point commun, peut-être parce que c'était précisément le cas il y a mille deux cents ans.

— Ce n'est pas tout, s'exclama Nim. (Il avait replié le journal pendant que je parlais et parcouru le reste du papier. Puis il me lança un coup d'œil.) Comme le dit le proverbe, je crois : le diable est dans les détails.

Il aurait fait un sacré numéro de duettiste avec Key, me dis-je.

— Tu peux broder un peu, répliquai-je tout haut.

— Cet article passe ensuite à la description de ce que les troupes d'invasion ont fait pour sécuriser le secteur. Il y a cependant une remarque intéressante plus loin concernant un « convoi de diplomates russes » quittant la ville. Le convoi a été accidentellement mitraillé par les forces américaines, ce qui a causé plusieurs blessés. Cependant, le commandement central américain affirme qu'aucune force américaine ou britannique n'opérait dans le secteur à ce moment-là, la question évidente étant…

Il haussa de nouveau le sourcil, guettant cette fois ma réponse.

— Hum… quelqu'un en avait-il après les Russes ? me risquai-je à formuler.

Sans répondre directement, Nim me tendit le *Post*, replié à la page 1.

— Ce n'est pas tout. Lis plus bas, suggéra-t-il, le doigt pointé sur un autre article que je n'avais pas remarqué : *À l'aéroport, une enquête conduit l'armée à une chambre secrète.*

Je le survolai rapidement. Dans un « salon pour V.I.P. » de l'aéroport de Bagdad, les soldats américains avaient apparemment trouvé ce qui « pourrait être, d'après eux, une cachette du président Saddam Hussein. Aménagé avec recherche, il y a une porte d'acajou sculpté, des appareils sanitaires plaqué or et une véranda ouvrant sur une roseraie. Mais sa particularité la plus curieuse est un bureau lambrissé avec une fausse porte qui conduit à une pièce au sous-sol ». Les soldats y avaient trouvé des armes. « Mais, poursuivait l'article, ils croient que ce n'est pas tout ; ce pourrait être une voie d'évasion. »

— Une aérogare secrète, une chambre secrète, avec une sortie secrète et un convoi de Russes dont l'origine des blessures est inexpliquée. Qu'est-ce que ça nous apprend ? demanda mon oncle quand il vit que j'avais fini de lire.

Je me souvins de mon oncle m'enjoignant, quand j'étais petite, de ne jamais négliger le point évident que tout ce qui avait été fait pouvait être défait, aux échecs comme dans la vie. Le « facteur vice versa », comme il aimait à l'appeler. Il semblait en cet instant évoquer ce même facteur.

— Ce qui sort peut aussi entrer ? demandai-je, hésitante.

— Tout à fait, répondit-il avec une expression qui était un mélange de satisfaction d'avoir découvert quelque chose d'important et d'inquiétude pour ce qu'il venait de mettre au jour par mégarde. Et quelle chose ou quelle personne aurait pu entrer, à ton avis, dans Bagdad par le biais de ce terminal secret, cette chambre secrète, cette sortie secrète… et aurait pu également partir par la même voie juste avant l'invasion ? Peu avant que ta mère ne lance ses invitations ?

— Tu veux dire que quelque chose est arrivé là en provenance de Russie ?

Nim confirma d'un geste et alla chercher son trench. Il tira de sa poche le même portefeuille qu'avant, mais cette fois, il l'ouvrit pour en tirer une feuille de papier pliée. Il la déplia et me la tendit.

— Je fais rarement des recherches sur Internet, commenta mon oncle. Mais grâce à la bêtise de ta mère concernant cette petite sauterie, j'ai eu l'impression que cette fois, il pouvait être important de le faire.

Le « facteur vice versa » de Nim, soutenu par trente ans de métier dans l'informatique, l'avait convaincu de ne jamais surfer sur la Toile.

— Si tu enquêtes sur eux, m'avait-il répété assez souvent, il y a des chances pour qu'ils enquêtent sur toi.

Le bout de papier qu'il m'avait donné était le tirage imprimé couvert de taches d'un communiqué de presse daté du 19 mars émanant d'une agence de presse dont je n'avais jamais entendu parler. Il annonçait le retour en Russie de « la mission de paix entre chrétiens et musulmans », rentrée de Bagdad. Le reste était tout à fait révélateur.

Parmi les sommités, lesquelles comprenaient les évêques de l'orthodoxie russe, un grand mufti et le chef du conseil des musulmans russes, figurait un nom que j'aurais pu connaître, si j'avais toujours évolué dans le monde échiquéen. En revanche, il était évident qu'à part moi, tout le monde devait le connaître ce soir-là chez ma mère : Kirsan Ilioumjinov, président de la République russe de Kalmoukie était, à quarante ans, un self-made man multimilliardaire.

D'une importance plus immédiate, cependant, et d'un intérêt non négligeable, Son Excellence, le président de la République trop méconnue de Kalmoukie, était aussi non seulement l'actuel président de la FIDE, la Fédération internationale des échecs, mais aussi le plus gros financier de l'histoire de ce jeu. Il avait parrainé les tournois de Las Vegas et fait construire dans sa ville natale une cité échiquéenne avec rues en damiers et immeubles en forme de pièces d'échecs.

Mon regard se fixa sur mon oncle et je restai sans voix. Ce type faisait apparaître Taras Petrossian et Basil Livingston comme deux débutants. Est-ce que c'était sérieux ?

— Ceux qui ont mitraillé ce convoi de diplomates hier ont fait leur numéro avec un temps de retard, dit Nim, sinistre. Ce qui a pu se trouver caché naguère à Bagdad a eu le temps d'en partir. Ta mère devait le savoir ; cela pourrait expliquer pourquoi elle a organisé cette fête avec la curieuse liste d'invités que tu m'a décrite. Celui ou celle qui a laissé ce journal devant ta porte lundi avant l'aube devait le savoir aussi. Je pense que nous ferions mieux de passer en revue d'un peu plus près la liste des invités de ta mère.

Je lui tendis mes notes et il les examina une à une. Puis il s'assit à côté de moi sur la banquette et passa à une nouvelle page de mon bloc-notes.

— Commençons par ce type, March, dit-il. Tu as écrit son prénom G-A-L-E-N, mais si tu prends l'orthographe celtique, ça marche pile-poil.

Il écrivit le nom en lettres d'imprimerie. Puis, au-dessous, il écrivit chaque lettre par ordre alphabétique, ainsi :

Gaelen March

Aa c ee g h l m n r

C'était un jeu auquel nous avions joué quand j'étais enfant, l'anagramme des noms. Mais aussi rompue que je fusse à l'exercice, je n'arrivais pas à la cheville de mon oncle. Dès qu'il eut décrypté l'anagramme en l'écrivant pour moi, je le regardai, horrifiée.

Il avait écrit : Charlemagne.

— Pas très subtil, hein ? fit Nim avec une grimace. Une façon de montrer ses cartes et ses intentions probables en donnant sa carte de visite.

Je n'y croyais pas ! Non seulement Galen March venait de grimper dans la liste des personnages suspects dans cette Partie, mais il venait d'atterrir carrément sur le haut de la pile !

Cependant Nim n'en avait pas fini.

— Naturellement, étant donné la saga médiévale que ton patron basque t'a débitée hier soir, ça donnerait à croire à quelque connexion entre lui et votre nouveau voisin, grommela-t-il en examinant plus attentivement ma page de notes. Et à propos de M. Boujaron, plus vite tu apprendras ce qu'il a à te dire, mieux ça vaudra. D'après les observations que tu as notées ici, je suspecte que tout ce qu'il pourrait savoir peut s'avérer très important. Puisque j'ai omis de te poser la question, va-t-il venir par ici ce soir pour discuter avec toi comme prévu ?

— J'ai oublié de te dire qu'étant donné que notre rendez-vous matinal a été reporté, je ne sais même pas si je le verrai aujourd'hui. Rodo fait normalement la cuisine avec l'équipe du soir et je m'occupe des feux avec l'équipe de nuit après son départ. C'est pourquoi il tenait à ce que je sois là ce soir. Je devrais l'appeler pour voir quand on peut reprendre rendez-vous.

Mais quand je regardai autour de moi, je m'aperçus que le téléphone du séjour semblait avoir disparu, lui aussi. J'allai chercher mon sac à bandoulière sur la table où je l'avais laissé et fourrageai dedans jusqu'à ce que je trouve mon portable pour appeler Rodo. Mais avant même que j'aie pu ouvrir l'étui pour l'allumer, Nim fonça sur moi et me l'arracha de la main.

— D'où tu sors ça ? aboya-t-il. Depuis quand tu l'as ?

Je le regardai, ébahie.

— Quelques années, je suppose, dis-je, troublée. Rodo tient à nous avoir toujours sous la main.

Mais Nim avait posé un index sur ses lèvres. Il alla récupérer le bloc-notes et griffonna quelque chose. Il me tendit le bloc et le crayon avec un regard aigu. Puis il examina mon téléphone qu'il tenait toujours dans sa paume.

« *Écris tes questions*, avait-il noté à la hâte. *Quelqu'un d'autre que toi a-t-il récemment manipulé cet appareil ?* »

Sur le point de secouer la tête, je me rappelai avec horreur exactement qui, et je me maudis intérieurement. « *Les services secrets*, bredouillai-je. *Hier soir.* »

Et ils l'avaient conservé pendant des heures. Bien assez longtemps pour y loger une bombe ou je ne sais quoi, me dis-je.

— Je ne t'ai donc rien appris, toutes ces années ? marmonna Nim à voix basse quand il eut lu mon message.

Puis il griffonna à son tour : *« T'en es-tu servie après qu'ils te l'ont rendu ? »*

Je m'apprêtais de nouveau à répondre par la négative quand je réalisai que si.

*« Une seule fois, pour appeler Rodo »*, écrivis-je avant de lui passer le bloc.

Nim posa brièvement la main sur ses yeux et secoua la tête. Puis il écrivit de nouveau sur le bloc. Cette fois cela prit si longtemps que je me sentis sur des charbons ardents. Mais quand je lus effectivement, mon petit déjeuner fit un bond rapide dans mon estomac et menaça d'atterrir dans ma gorge.

*« Alors, tu l'as activé. Quand ils l'ont pris, ils ont récupéré les numéros de téléphone, messages et codes. Ils ont tout en leur possession maintenant. Si tu l'as allumé ne serait-ce qu'une fois depuis, ils ont en plus suivi tout ce qui s'est dit dans cette pièce. »*

Bon sang, comment était-ce possible ?

J'étais sur le point d'écrire encore, mais Nim me prit le bras et me poussa vers l'évier de la cuisine, où il déchira toutes nos notes en morceaux, y compris mes réflexions antérieures, craqua une allumette et les brûla. Il fit passer les cendres dans le broyeur à ordures.

— Tu pourras appeler Boujaron dans une minute, dit-il tout haut.

Sans un mot, nous posâmes le téléphone sur la table, descendîmes l'escalier et sortîmes de la maison.

— C'est trop tard maintenant, me dit mon oncle. Je ne sais pas exactement ce qu'ils ont capté, mais on ne peut pas leur révéler qu'on se doute qu'ils ont pu nous entendre. Dorénavant, nous devons emporter avec nous hors de chez toi tout objet de valeur et trouver un endroit où on ne pourra pas nous entendre. C'est alors seulement que nous pourrons essayer de réévaluer sainement la situation.

Pourquoi n'avais-je pas pensé à ce téléphone en ouvrant les yeux, ce matin-là, à l'instant où il m'avait dit pourquoi il avait enlevé les autres ? Ce que nous avions dit sur le pont la nuit passée était hors de danger, peut-être aussi notre discussion au petit déjeuner, qui avait eu lieu dans une autre pièce. Mais qu'avions-nous dit ce matin à proximité du portable ? J'étais sur le point de craquer.

— Oh, dis-je au bord des larmes, je m'excuse, oncle Slava. C'est ma faute.

Nim passa un bras autour de mes épaules, m'attira contre lui et m'embrassa les cheveux comme il le faisait quand j'étais petite.

— Ne t'inquiète pas, dit-il doucement. Mais je crains que ça ne modifie quelque peu notre emploi du temps.

— Notre emploi du temps ? répétai-je en levant les yeux vers son visage devenu flou.

— Ça veut dire que peu importe de combien de temps on croyait disposer pour retrouver ta mère, maintenant on n'en a plus.

# TROP DE REINES

*De sombres conspirations, des sociétés secrètes, des rencontres nocturnes d'hommes aux abois, des intrigues impossibles... c'était l'ordre du jour.*

Duff COOPER, *Talleyrand*

VALENÇAY, VALLÉE DE LA LOIRE
LE 8 JUIN 1823

*Il n'y a qu'en France qu'on puisse connaître toute l'horreur de la vie provinciale.*

TALLEYRAND

Charles-Maurice de Talleyrand-Périgord, prince de Bénévent, était assis dans une petite charrette à poney, coincé entre deux petits enfants qui portaient des blouses de paysans en toile et des chapeaux de paille. Ils suivaient les serviteurs et le chef cuisinier de Talleyrand, fraîchement rentré, qui allaient devant eux dans l'herbe et les potagers avec des paniers et des cisailles de jardinier, pour que les enfants puissent aider à choisir les légumes et les fleurs pour le dîner du soir et la décoration de la table, comme ils le faisaient chaque matin. Talleyrand était accoutumé à ne jamais dîner avec moins de seize personnes à sa table.

Comme Carême pointait son sécateur vers divers buissons et plantes grimpantes, capucines et rhubarbe pourpre et jeunes artichauts et bottes de feuilles de laurier odorantes et courges naines colorées s'entassaient dans les paniers des servantes. Talleyrand sourit en voyant les enfants frapper dans leurs petites mains.

La gratitude de Maurice était sans limites envers Carême du fait qu'il avait accepté de venir à Valençay et pour quelques autres raisons. Mais c'était pure coïncidence si Carême avait son anniversaire ce même jour. Il avait dit aux enfants qu'il préparait une surprise spéciale pour le dessert du soir, pour lui-même aussi bien que pour eux, une *pièce montée**, une de ces constructions raffinées dont il avait dessiné l'architecture de sucre moulé et filé qui avait fait sa renommée internationale.

Antonin Carême était aujourd'hui le chef le plus célébré dans toutes les cours d'Europe, dont la réputation avait encore grandi avec la publication, l'automne précédent, de son livre, *Le Maître d'hôtel français*, davantage qu'un livre de cuisine par son érudition savante, car il y établissait « un parallèle entre les cuisines ancienne et moderne considérées sous le rapport de l'ordonnance des menus à servir selon les quatre saisons », dans le cadre des quatre capitales européennes où il avait exercé. Il tirait nombre d'exemples de ses douze années de jeunesse durant lesquelles il avait engrangé tant d'expérience en tant que chef des cuisines de Talleyrand, à Paris et surtout à Valençay, où il élaborait, avec l'étroite complicité du prince, un menu distinct pour chaque jour de chaque année.

Après avoir été, dans les années intermédiaires, au service des plus grandes tables d'Europe, au nombre desquelles figuraient celles du prince de Galles à Brighton, de Lord Stewart, l'ambassadeur britannique à Vienne, et d'Alexandre Ier, tsar de Russie, Carême était enfin de retour, à la demande expresse de Talleyrand, pour passer à Valençay quelques mois d'été à se soigner, pendant que ses nouveaux employeurs finissaient de restaurer leur hôtel particulier à Paris. Ensuite, en dépit de l'affection pulmonaire fort sérieuse dont il souffrait, à l'instar de tous les cuisiniers de son temps, il entendait assumer ses tâches de « chef de bouche » pour James et Betty de Rothschild, les seules personnes dont le train de maison leur permît de s'offrir ses services à plein temps.

La promenade de ce matin-là à travers les dix hectares de potagers avec Carême et les enfants n'était qu'un prétexte, évidemment, bien que ce genre d'excursion fût depuis longtemps une coutume bien ancrée à Valençay.

Mais ce matin-là était spécial à bien des égards, d'une part, parce que Maurice de Talleyrand, à près de soixante-dix ans, adorait passer du temps avec les enfants de ses proches, Charles Angélique, deux ans, l'enfant de Charlotte et de son neveu Alexandre, et Pauline (la petite Minette), fille d'Edmond et de Dorothée, qui avait presque trois ans et qu'il appelait son ange gardien.

Maurice n'avait pas d'enfants légitimes de son côté. Charlotte, mère du petit Charles-Angélique, était la fille adoptive bien-aimée, « née de parents inconnus », que Maurice avait mystérieusement ramenée, près de vingt ans plus tôt, de sa cure annuelle à la station thermale de Bourbon-l'Archambault, et qu'il avait élevée dès lors avec Mme de Talleyrand, la traitant comme sa propre enfant et la gâtant de son mieux. Ils habillaient Charlotte de déguisements, des tenues espagnoles, polonaises, napolitaines, et donnaient des *bals d'enfants** costumés dont on parlait dans tout Paris et où les enfants apprenaient à danser le boléro, la mazurka et la tarentelle.

Mais en vingt ans, combien tout avait changé, et surtout Maurice lui-même ! Durant ces années de royauté, de révolution, de négociations, de diplomatie et de fuite, il avait vu se succéder tant de gouvernements dont il avait fait partie : l'Ancien Régime, le Directoire, le Consulat et le Premier Empire sous Napoléon, puis il avait servi sous la Restauration et jusqu'à la monarchie de Juillet.

Pendant ce temps, le Grand Jeu avait connu autant de revers de fortune. Sa femme d'autrefois, la princesse de Talleyrand, l'ex-Mme Grand née Catherine Noël Verlée – la Reine blanche –, s'était envolée depuis longtemps. Il y avait presque huit ans, surprenant Talleyrand lui-même alors qu'il était retenu au congrès de Vienne avec d'autres dirigeants qui comptaient se partager l'Europe, Napoléon s'était évadé de l'île d'Elbe pour faire un retour triomphal à Paris et régner pendant l'infamie des Cent-Jours. Catherine avait alors fui à Londres avec son amant espagnol. Maurice lui versait une pension pour qu'elle ne s'approche jamais à moins de vingt kilomètres de Paris.

Le Grand Jeu était fini, mais avec l'aide de Maurice, l'équipe des Noirs avait pu s'emparer du plus grand nombre de pièces. Napoléon avait été détrôné et il était mort. Et les Bourbons – une famille, disait Maurice, qui n'avait rien appris et rien oublié – avaient repris le pouvoir sous Louis XVIII, un roi que séduisaient les ultras, des hommes sinistres qui souhaitaient faire un retour en arrière en révoquant la Constitution française et tout ce que la Révolution représentait.

Et à présent, Maurice était mis au rancart, congédié avec le titre de « grand chambellan de France », un titre dénué de sens, et un traitement, certes, mais écarté de la politique, exilé à deux jours de voyage de Paris, dans son somptueux château entouré de douze mille hectares de terre, une merveille qui s'apparentait aux châteaux de la Loire, cadeau, il y avait si longtemps, de l'empereur Napoléon.

Au rancart, certes, mais pas seul. Dorothée de Courlande, ancienne duchesse de Dino et une des femmes les plus riches d'Europe, dont il avait arrangé le mariage avec son neveu Edmond de Périgord quand elle avait tout juste seize ans, tenait sa maison depuis son séjour à Vienne. Mis à part, bien sûr, sa brève réconciliation publique avec Edmond, quelques mois seulement avant la naissance de Pauline.

Mais si Maurice avait accompagné les enfants aux potagers ce matin-là, c'était pour une tout autre raison, infiniment plus grave : le désespoir. Il était assis dans la charrette à poney entre les deux enfants, sa fille naturelle Pauline, « Minette », qu'il avait eue avec son « petit marmousin », sa chère Dorothée, duchesse de Dino. Et le petit Charles-Angélique, l'enfant de son autre fille naturelle, Charlotte. Et il éprouvait une émotion qu'il aurait eu du mal à décrire, même dans les confins de son esprit.

Il éprouvait cette impression depuis des jours, comme si quelque chose d'effrayant était sur le point d'arriver, de changer sa vie, une chose étrange. Un sentiment qui n'était ni la joie ni l'amertume, plutôt un sentiment de vide.

Et pourtant, cela pourrait être exactement l'inverse.

Maurice avait éprouvé de la passion dans les bras de beaucoup de femmes, y compris la sienne. Et il éprouvait un amour attentionné, presque une affection paternelle pour la mère de Pauline, Dorothée, à présent âgée de trente ans, qui partageait sa vie et son lit depuis huit ans. Mais l'impression de vide qui le tourmentait à présent, comme il le savait très bien, concernait la seule femme qu'il eût toujours profondément aimée. La mère de Charlotte.

Mireille.

Il avait dû cacher à sa chère Charlotte l'existence même de sa mère, en raison des dangers incessants… même maintenant que la ronde était finie. Il n'avait qu'un sentiment très flou de ce que cela aurait signifié si Mireille était restée, si elle avait renoncé à cette mission qui l'avait totalement absorbée, consumée. Si elle avait oublié le Jeu de Montglane, ce Jeu sanglant, horrible, destructeur de vies. À quoi aurait ressemblé sa vie si seulement elle était restée à ses côtés ? S'ils s'étaient mariés ? S'ils avaient élevé ensemble leurs deux enfants ?

Leurs *deux* enfants. Voilà. Cela était dit, enfin.

C'était pourquoi Maurice avait insisté, ce matin-là, pour emmener le petit Charles-Angélique et Minette faire une promenade en charrette à poney pour admirer les plantes et les fleurs. Une sortie ordinaire en famille, une chose que Maurice n'avait jamais faite, même quand il était enfant. Il se demandait ce qu'il aurait éprouvé si ces enfants avaient été leurs enfants. À Mireille et lui.

Il en avait seulement eu une vague idée une fois, la seule nuit, vingt ans plus tôt, où Mireille l'avait retrouvé dans la vapeur des thermes de Bourbon-l'Archambault. Cette nuit radieuse pour Maurice, quand il avait vu pour la première fois les deux enfants ensemble.

Cette nuit-là, vingt ans plus tôt, quand Mireille avait enfin accepté de lui remettre la petite Charlotte, pour que l'enfant puisse être élevée par son père naturel.

Cette nuit-là, vingt ans plus tôt, quand Mireille s'était séparée de son fils de dix ans, un garçon dont Maurice avait fini par croire qu'il ne le reverrait jamais sur cette terre.

Mais cette conviction avait été chassée, seulement deux nuits auparavant, quand il avait reçu une lettre par la poste de nuit.

Maurice plongea la main dans sa veste et en tira le papier, une lettre datée de trois jours plus tôt, en provenance de Paris.

*Monsieur,*
*Je dois vous voir pour une affaire de la plus extrême importance pour nous deux.*
*Je viens d'apprendre que vous ne résidez pas actuellement à Paris.*
*Je viendrai vous voir à Valençay dans trois jours.*
*Avec l'assurance de toute ma considération,*

*Charlot*

À Valençay, le corps de bâtiment aux nombreuses coupoles était construit à l'arrière des collines afin que les cuisines, au lieu d'être des caveaux, soient inondées de lumière et donnent sur les parterres de roses, dont les branches ondulent, chargées de pétales aux teintes pastel.

Maurice de Talleyrand s'assit dans un fauteuil de jardin, à proximité des portes, là où il pouvait humer le parfum des fleurs et observer le déroulement de ce qui se passait à l'intérieur. Pourtant, il avait si souvent vu Carême exercer sa magie dans le passé qu'il aurait presque pu décrire ses gestes les yeux bandés. Cela avait toujours été son spectacle préféré.

Maurice avait passé bien des heures avec beaucoup de chefs dans beaucoup de cuisines. Un de ses plus grands plaisirs avait toujours été d'organiser et de déguster un repas, particulièrement dans sa profession. Car ce diplomate aguerri considérait qu'un repas bien organisé était le meilleur lubrifiant pour une diplomatie réussie et bien huilée. Au congrès de Vienne, son seul message à son nouveau maître, Louis XVIII, demeuré à Paris, fut : « Ici nous avons plus besoin de casseroles que d'instructions. » Et Carême les avait toutes fournies.

Mais le repas de ce soir, comme Maurice l'avait compris, pouvait se révéler le plus ardu et le plus délicat à équilibrer de toute sa longue et brillante carrière. Ce soir, pour la première fois depuis près de vingt ans, il reverrait son fils Charlot, qui n'était plus un enfant. Ils auraient de nombreuses questions à se poser, et beaucoup de révélations à se faire.

Mais le seul qui pouvait avoir toutes les réponses, même aux questions les plus vitales, comme Maurice le savait, était l'homme qu'il avait tenu à faire venir à Valençay dès qu'il avait reçu cette missive. Un homme qui avait été choisi selon son cœur, et qui connaissait nombre de ces secrets. Un homme qui, enfant, après avoir été rejeté par les siens, avait poursuivi sa route vers une réussite prodigieuse, tout comme Maurice, à double titre. Un homme qui avait effectué dans l'ombre des missions pour Maurice durant ces nombreuses années dans les diverses cours d'Europe. Un homme qui était pour lui comme un fils... par l'esprit, si ce n'est par la chair.

C'était l'homme qui divertissait à présent le personnel des cuisines derrière ces fenêtres, tout en préparant ce qu'ils avaient projeté pour le dîner des enfants.

Il était le seul être vivant, à part Maurice, qui connût toute l'histoire.

C'était le célèbre chef de cuisine Marie Antoine, dit Antonin, Carême.

Le sucre fondu bouillonnait dans la casserole en cuivre sur le fourneau. Carême le remua doucement sous les yeux attentifs des enfants et du personnel de cuisine au nombre d'une bonne trentaine, fascinés par l'aura du grand maître queux. Avec seulement l'aide du jeune Kimberly, son apprenti de Brighton, Carême poursuivit. Il saupoudra un peu de crème de tartre sur le sucre fondu bouillonnant et les bulles devinrent plus grosses et poreuses, comme du verre.

C'était presque prêt.

Puis le *maître** fit quelque chose qui étonnait toujours ceux qui n'étaient pas familiers avec l'art de la pâtisserie. Il plongea sa main nue dans un bol d'eau glacée qu'il avait préparé à proximité pour la circonstance, puis il plongea rapidement la main dans le sucre volcanique, puis de nouveau dans l'eau glacée. Les enfants poussèrent des cris d'orfraie et beaucoup dans la troupe des marmitons restèrent ébahis.

Puis il prit également son couteau pointu, le plongea à son tour dans le sucre fondu, puis dans l'eau glacée et elle crissa sous la lame.

— *Bien !* déclara Carême devant son public ébahi. Nous voici prêts à filer !

Pendant plus d'une heure, le groupe regarda en silence pendant que le maître, auquel le jeune Kimberly tendait promptement les instruments, exécutait l'œuvre à la fois d'un chirurgien habile, d'un maître tailleur de pierre et d'un architecte.

Le sucre brûlant volait du bec de cuivre au moule en attente. Il tourbillonnait à l'intérieur du moule, qui avait été généreusement graissé au préalable afin que la forme refroidie s'en détache plus tard. Puis, quand les divers moules furent remplis et les formes nécessaires créées, le maître – à l'aide de fourchettes à fouetter qu'il avait conçues lui-même – projeta en l'air des rubans de sucre étincelants, tel un souffleur de verre vénitien, les entortilla pour former ces torsades appelées cheveux d'ange, et les coupa en longs fragments en forme de colonne.

Talleyrand observait par les fenêtres depuis la roseraie. Quand Carême eut fini la partie la plus difficile et la plus dangereuse du processus, dont il ne devait pas être distrait, et que les divers éléments eurent durci comme du cristal de roche, Maurice pénétra dans la cuisine et prit un siège près des enfants.

Il savait très bien, après toutes les années de Carême à son service, que le chef volubile ne pourrait pas résister longtemps, devant son large public, au plaisir de pontifier sur ses talents et son savoir, malgré la fatigue que ce périlleux exercice avait infligé à sa santé déjà éprouvée. Et Maurice voulait entendre ce qu'il avait à dire.

Maurice observa avec les autres pendant que Carême commençait à rassembler les pièces en faisant fondre l'extrémité de chaque section avec des charbons chauds tirés du brasier, de sorte qu'elle se collait aux autres parties par son propre sucre ramolli. Mais à chaque fois qu'il se penchait sur les charbons et inhalait la fumée, c'était à peine s'il pouvait contenir sa toux, ce fléau de sa profession. Il avait les poumons noircis par l'enfermement constant avec les fumées du charbon de bois. Kimberly versa du champagne, que Carême but à petites gorgées en poursuivant son travail. Et comme il assemblait la myriade de pièces, et que peu à peu une forme élaborée et merveilleuse se dégageait, le chef s'éclaircit la gorge pour parler au prince et à son personnel.

— Vous avez déjà entendu le récit de ma vie, commença Carême. Comment, pareillement à l'histoire de Cendrillon, mon parcours m'a conduit des cendres de l'obscurité aux ors des palais d'Europe. Comment l'enfant en guenilles abandonné à la barrière a été admis et remarqué par Bailly, le pâtissier en renom. Et comment j'en vins à servir sous l'égide du grand Bouchée, le chef de cuisine du prince Talleyrand, qui sortait de la maison de Condé.

Le seul nom de Bouchée (ou Bouchesec) avait toujours frappé d'admiration les cuisines d'Europe. Car tous connaissaient Bouchée qui avait été, jadis, le maître d'hôtel réputé du prince de Condé, descendant d'une des plus puissantes familles de France.

Succédant à une longue lignée d'officiers de bouche chez Condé, à commencer par le légendaire Vatel qui se suicida en se jetant sur son épée quand la marée n'arriva pas à temps pour le festin, Bouchée avait formé au fil des ans des marmitons et des chefs dans les cuisines de Condé à Paris et au château de Chantilly. Ces hommes devinrent par la suite des chefs éminents dans les plus grandes maisons d'Europe et d'Amérique, y compris le chef de Thomas Jefferson, James Hemings, un esclave qui apprit son métier sous la houlette de Bouchée pendant les cinq ans que le diplomate américain occupa ses fonctions en France.

Ensuite, quand Louis Joseph, prince de Condé, eut fui le pays pour prendre la tête de l'armée d'Autriche contre la France révolutionnaire, ce fut Talleyrand qui sauva son chef de cuisine, Bouchée, des fureurs de la populace et lui donna un emploi.

Et ce fut encore Bouchée qui, ayant découvert le jeune *tourtier** Carême dans la boutique de Bailly, pâtissier de renom de la rue Vivienne, le signala à l'attention de M. de Talleyrand.

— Cendrillon, en effet, conclut le chef. Et avec un nom comme le mien, Carême, diminutif de *quarantaine*, les quarante jours du carême qui commencent par le *dies cinerum*, le mercredi des Cendres, on aurait pu s'attendre que je sois plus intéressé par le sac et la cendre, c'est-à-dire l'ancienne tradition du jeûne, que par l'art de festoyer !

« Mais de chacun de mes grands maîtres et de mes mécènes, j'ai appris quelque chose de très mystérieux sur le rapport entre ces deux choses, le festin et le jeûne, ainsi que leur rapport avec le feu. Cependant, je brûle les étapes. Mais d'abord, c'est de cette création que je construis en ce moment, pour le prince, sa famille et ses invités de ce soir, que je désire vous entretenir.

Carême jeta un coup d'œil en direction de Talleyrand, qui lui fit signe de poursuivre. Le chef déroula un parchemin avec des signes étranges dessinés dessus, des arcs et des traits, et démoula dessus une des formes en sucre ayant la forme d'un octogone d'environ un mètre de diamètre. Puis un à un, il démoula progressivement les octogones plus petits et les empila les uns sur les autres, comme des marches d'escalier. Pour finir, avec ses pincettes, il souleva une des colonnes contorsionnées dont il toucha rapidement les charbons avant de poursuivre son travail d'assemblage et son récit.

— Ce fut de Bailly, le maître pâtissier, que j'appris en premier l'art merveilleux de l'*architecture** en cuisine, dit-il. En effet, il me facilitait mes sorties pour aller copier des monuments au cabinet des estampes. J'en vins à comprendre que les beaux-arts sont au nombre de cinq, à savoir : la peinture, la sculpture, la poésie, la musique et l'architecture, laquelle a pour branche principale la pâtisserie. J'appris à dessiner d'une main aussi sûre et exercée que celle d'un architecte et d'un géomètre chevronné ces édifices antiques – la Grèce, Rome, l'Égypte, l'Inde, la Chine – qu'un jour je créerais sous la forme de chefs-d'œuvre d'architecture en sucre filé, comme celui-ci.

« Voici le plus grand des premiers bâtiments, dont découle tout ce qui a inspiré Vitruve. Cela s'appelle la Tour des Vents, une célèbre tour à huit faces à Athènes, qui contient un planétarium et une horloge à eau – une clepsydre – complexe, construite par Andronikos de Kyrrhos un siècle avant Jésus-Christ et qui est toujours debout. Vitruve nous dit : « Certains tiennent que les vents sont au nombre de quatre… Mais des observateurs plus attentifs nous disent qu'ils sont huit. » Huit, un nombre sacré, car il se trouve à la base des dessins des temples les plus anciens de la Perse et de l'Inde depuis la plus haute Antiquité.

Chacun observa avec attention pendant que les doigts du maître allaient et venaient au-dessus du plateau de la table avec les éléments d'architecture qu'il avait miraculeusement fabriqués. Quand il eut fini de monter la structure, elle mesurait deux mètres de haut et les dominait tous, une tour octogonale travaillée dans ses moindres détails, y compris les ferronneries aux fenêtres et les dessins des fresques au sommet, donnant la représentation des huit vents. Tous applaudirent, y compris le prince.

Quand le personnel fut retourné à ses tâches, Talleyrand escorta le chef de cuisine dans les jardins.

— Vous avez réussi là une œuvre remarquable, comme toujours, déclara Talleyrand. Mais j'ai raté quelque chose, je crois, mon cher Antonin. Juste avant que vous commenciez la reconstruction extraordinaire de l'architecture de ce qui fut certainement un des monuments les plus remarquables de la Grèce antique, vous avez évoqué un mystère qui vous a incité à construire la Tour des Vents. Cela a à voir, je m'en souviens, avec le festin et la famine… le sac et la cendre du carême, n'est-ce pas ? Bien que je l'avoue, je ne voie toujours pas le rapport.

— Oui, Votre Excellence, dit Carême en s'arrêtant un instant pour regarder son mécène et mentor dans les yeux. (Car tous deux savaient ce que Talleyrand demandait secrètement à savoir.) Vitruve nous montre lui-même comment, en dressant un gnomon pour suivre la course du soleil et en utilisant un compas pour tracer un simple cercle, nous pouvons donner naissance à l'octogone, la figure la plus sacrée, comme le savaient les anciens, car il est l'intermédiaire divin entre le cercle et le carré.

« En Chine, l'octogone s'appelle le *ba'gua*, la forme la plus ancienne de la divination. En Inde, le polygone à huit faces s'appelle *ashtapada* – l'« araignée » – le jeu sur plateau le plus ancien à notre connaissance. C'est aussi la base du mandala sur lequel ont été construits les temples du feu hindous et persans. Ce qui est moins connu, mais que savait sûrement Vitruve, c'est que ceux-ci représentent les premières formes d'*autel* où s'effectuait le sacrifice, où les choses pouvaient devenir *autres*, où l'on faisait descendre le ciel sur la terre dans les temps anciens, comme l'éclair du ciel. Durant les huit festivités du feu qui avaient lieu chaque année, le sacrifice du feu à Dieu et le festin des hommes ne formaient qu'un.

Il reprit son souffle.

— C'est pourquoi le centre de la maison, le centre du temple et le centre de la cité étaient le *focus*, autrement dit le foyer. Les chefs de cuisine que nous sommes sont bénis. Car être un chef ou un mage, un maître du feu, du festin et du sacrifice, fut jadis la profession la plus sacrée.

Mais Carême ne put poursuivre. Malgré le grand air du jardin, ou peut-être à cause de lui, sa toux chronique était revenue le saisir à la gorge.

— C'est vous-même que vous sacrifiez à votre sainte profession et à vos charbons, mon ami, observa

Talleyrand, en levant une main pour appeler un serveur, qui accourut avec une autre coupe de champagne à la main qu'il donna au cuisinier. (Quand il fut reparti, Talleyrand dit :) Vous savez pourquoi je vous ai fait venir ici, bien sûr ?

Carême approuva en silence sans cesser de boire pour essayer de recouvrer son souffle.

— C'est aussi pourquoi je me suis hâté de répondre à votre appel, Excellence… encore que je n'eusse peut-être pas dû car, comme vous le voyez, je suis malade, réussit-il à articuler. C'est cette femme, non ? Elle est revenue, plus ou moins… la femme qui est venue à Paris cette nuit-là, il y a tant d'années de cela, alors que je venais d'entrer à votre service sous la tutelle de Bouchée, à l'hôtel Galliffet, rue du Bac. Cette femme qui s'est présentée plus tard à Bourbon-l'Archambault avec Charlotte. C'est pour elle que vous avez voulu que je récupère toutes ces pièces. Mireille…

— Vous ne devez pas parler de cela ouvertement, mon fidèle ami, l'interrompit Talleyrand. Nous sommes, vous et moi, les seules personnes sur terre à connaître l'histoire. Et bien que nous devions la partager avec quelqu'un d'autre bientôt… ce soir, en fait, je souhaite que vous économisiez vos forces pour cette rencontre. Vous êtes le seul qui puisse être en position de nous aider car, comme vous le savez, vous êtes le seul à qui j'aie osé confier toute la vérité.

Carême hocha la tête pour montrer qu'il était prêt, de nouveau, à servir l'homme qu'il avait toujours considéré comme son plus grand mécène. Et bien davantage que cela.

— La dame est-elle censée venir ce soir à Valençay ? s'enquit Carême.

— Non, c'est son fils qui vient, expliqua Talleyrand en posant une main sur l'épaule de son cuisinier avec une familiarité inaccoutumée. (Puis après avoir inspiré longuement, il ajouta à mi-voix :) C'est… son fils et le mien.

Maurice aurait voulu pleurer quand il regarda son fils pour la deuxième fois de sa vie. Cela ramena précipitamment le souvenir de toute l'amertume qui avait suivi leur séparation, il y avait si longtemps, à Bourbon-l'Archambault.

À présent que la maisonnée avait mangé et que les enfants étaient couchés, Maurice pouvait s'asseoir et contempler le couchant jusqu'à ce que le soleil s'engloutisse dans le crépuscule lavande, son heure préférée. Cependant son esprit était en proie à mille émotions contradictoires.

Carême les avait laissés seuls pour ces retrouvailles, mais était convenu qu'il viendrait bientôt les rejoindre armé d'un petit fût de vieux madère et de quelques réponses auxquelles ils aspiraient.

À présent, Maurice regardait de l'autre côté de la petite table de jardin que le cuisinier avait installée pour eux sous les branches d'un énorme tilleul dans le parc. Il examinait le jeune homme à l'allure romantique que sa propre passion avait fait naître il y avait plus de trente ans. La souffrance qu'il en éprouvait était déconcertante.

À peine arrivé de Paris et encore revêtu de ses habits d'équitation, Charlot avait juste pris le temps de secouer la poussière de la route et de passer une chemise propre et une cravate. Ses cheveux cuivrés ramenés en arrière étaient impeccablement noués sur la nuque, seules quelques mèches rebelles ayant réussi à s'échapper. Ce petit détail était évocateur à lui seul de la masse odorante des boucles rousses de sa mère, dans lesquelles Maurice se souvenait qu'il enfouissait son visage quand ils faisaient l'amour.

Avant qu'elle ne le quitte.

Mais dans tous les autres détails, quand il parvint à maîtriser ses réflexions, il put constater que Charlot ressemblait davantage à son père naturel : ces yeux bleus froids qui semblaient vous assurer qu'ils ne révéleraient aucune des pensées secrètes de leur propriétaire. Ce haut front, ce menton fendu d'un sillon et ce nez retroussé étaient les marques de la longue et noble lignée des Talleyrand-Périgord. Et ces lèvres étonnamment sensuelles… c'était une bouche qui dénonçait l'amateur de bons vins, de jolies femmes et de tous les arts voluptueux.

Mais son fils, comme Maurice avait tôt fait de le discerner, n'était rien de cela.

En ce qui concernait la lignée, c'était pour cette raison que Maurice avait suivi la demande précédente de Charlot… quand Charlot, qui n'était qu'un enfant, avait suggéré que son père marie Charlotte dans sa propre famille pour qu'elle ne partage pas le sort de son frère. Grâce pour une grande part à la folie de ses parents qui ne s'étaient pas mariés, l'enfant illégitime Charlot n'avait aucun droit de succession, pas même celui d'hériter des biens de son père. En fait – car Maurice n'y pouvait rien compte tenu de la loi française –, les traits de Charlot seraient probablement l'essentiel de ce qu'il hériterait de la noble lignée des Talleyand-Périgord.

Mais même les traits de Charlot semblaient se rebeller contre leur disposition innée. Si sa bouche donnait une impression de sensualité évidente, son expression montrait la détermination profonde qui s'était manifestée en le conduisant en ce lieu, depuis un pays lointain, pour quelque propos important, un propos qui, d'après l'expression de son visage, n'était pas celui de sa mère mais bien le sien.

Et ce regard qui, à première vue, avait paru si glacial et réservé. Dans leurs profondeurs indigo, Maurice lisait un secret, un mystère pour lequel – cela aussi était clair – il avait parcouru cette longue distance, prêt à le partager avec son père, et nul autre.

C'était ce qui donnait à Maurice une première lueur d'espoir que cette visite, cette réunion, ne se révélerait peut-être pas, après tout, telle qu'il l'avait imaginée et crainte, depuis vingt ans. Et Maurice savait que le moment était venu, pour lui aussi, de dévoiler un secret.

— Mon fils, commença-t-il, Antonin Carême va bientôt venir se joindre à nous, comme il le doit. Car, durant ces années où j'ai dû exécuter quelques tâches cruciales pour ta mère, Antonin est l'homme auquel j'ai confié ma vie… nos vies.

« Avant qu'il ne revienne, cependant, tant que nous sommes seuls, parlons franchement. Nous n'avons que trop attendu. Étant ton père naturel, je recherche et j'implore ton pardon. Si je n'avais pas l'âge que j'ai aujourd'hui, ni mon tempérament, je mettrais un genou à terre, à cet instant, et je baiserais ta main pour te supplier de…

Mais il s'interrompit car Charlot avait bondi et fait le tour de la table. Il força son père à se lever et, au contraire, lui baisa les mains. Puis il l'embrassa.

— Je vois ce que vous éprouvez, père, dit-il. Mais soyez rassuré, je ne suis pas venu ici pour ce que vous croyez.

Talleyrand le regarda, d'abord stupéfié, puis avec un sourire prudent.

— J'avais oublié ce talent particulier, dut-il admettre. Ton aptitude à lire les pensées ou à prophétiser.

— Je l'avais presque oublié moi-même, dit Charlot en lui rendant son sourire. Mais je ne ne suis pas venu en ce lieu pour rechercher ma sœur Charlotte, comme vous semblez le craindre en ce moment. Non, en ce qui me concerne, car je puis voir que vous aimez tendrement Charlotte et voulez la protéger, elle n'a pas besoin d'être informée pour nous deux. Et il est inutile, à l'avenir, qu'elle ait quelque rapport avec le Jeu de Montglane ou le Grand Jeu.

— Mais je croyais que la Partie était finie ! s'exclama Talleyrand. Cela ne peut pas recommencer. Pour empêcher cela, Mireille a accepté que la petite Charlotte soit élevée par mes soins, afin de la mettre en sûreté. Loin du jeu, loin des pièces… loin du Grand Jeu ! Et loin de la Reine noire, sa mère, car telle était la prophétie.

— La prophétie a fait erreur, déclara Charlot. (Il ne souriait plus même s'il tenait toujours les mains de son père dans les siennes.) Il semble que la Partie ait recommencé.

— Encore ! s'écria Talleyrand, horrifié. (Puis il baissa le ton, bien qu'il n'y eût personne à portée de voix.) Mais c'est toi, Charlot, qui as annoncé le premier la prophétie. « La Partie ne recommencera, disait la prédiction d'après toi, que lorsque l'opposé naîtra des cendres. » Comment peux-tu dire que ta sœur est en sécurité si tout recommence ? Tu sais que l'anniversaire de Charlotte, le 4 octobre, est l'inverse de celui de votre mère, la Reine noire. Cela ne veut-il pas dire que si une nouvelle Partie commençait, Charlotte deviendrait la Reine blanche… comme nous l'avons tous cru durant toutes ces années ?

— J'avais tort, affirma Charlot avec douceur. La Partie a recommencé. Les Blancs ont joué les premiers coups d'ouverture et une pièce noire importante a refait surface.

— Mais…, murmura Talleyrand. Je ne comprends pas.

Voyant son chef des cuisines traverser la pelouse dans leur direction, Talleyrand se laissa retomber dans son fauteuil et se tourna vers Charlot.

— Grâce à l'aide d'Antonin Carême, qui travaillait alors dans ces grandes familles et ces palais, nous avons pu récupérer presque toutes les pièces disséminées en Russie et en Grande-Bretagne ! Ma femme, *Madame* Grand, la Reine blanche, a été mise à l'écart, ses forces ont été dispersées ou anéanties ! Mireille se cache depuis des années où nul ne peut la retrouver ni retrouver les pièces. Et cependant, tu me dis que les premiers coups ont débuté ? Comment les Blancs pourraient-ils faire un mouvement sans mettre Charlotte en danger ? Quelle pièce noire importante l'autre équipe pourrait-elle posséder que nous n'ayons pas déjà prise ?

— C'est précisément ce que je suis venu découvrir avec vous et Carême, expliqua Charlot en s'agenouillant dans l'herbe à côté de son père. Mais je sais que cela est vrai, car je l'ai vu de mes propres yeux. J'ai vu la nouvelle Reine blanche, une toute jeune fille, mais avec un grand pouvoir en elle. J'ai tenu dans mes mains la précieuse pièce dont l'équipe des Blancs a réussi à s'emparer et qu'elle détient à présent. Cette pièce est la Reine noire du jeu de Montglane.

— Impossible ! rugit Talleyrand. C'est la pièce qu'Antonin a rapportée lui-même de la part d'Alexandre de Russie ! Elle appartenait à l'abbesse de Montglane en personne. Alexandre avait promis de la garder précieusement pour ta mère, Mireille, bien avant qu'il devienne tsar. Et il a tenu sa promesse !

— Je sais, dit Charlot. J'ai aidé ma mère à la cacher la première fois où on l'a fait sortir de Russie. Mais celle que l'équipe des Blancs a semble être restée cachée plus longtemps. C'est ce que je suis venu découvrir ici… dans l'espoir que Carême pourra nous aider à trouver un moyen de comprendre comment il peut y avoir deux Reines noires.

— Mais si la Partie a recommencé, comme tu dis, demanda Talleyrand, si les Blancs ont brusquement refait surface avec cette pièce puissante et opéré un premier mouvement, pourquoi t'ont-ils mis dans la confidence ? Pourquoi te l'ont-ils montrée à toi ?

— Ne comprenez-vous pas, mon père ? répondit Charlot. C'est ce qui n'allait pas dans mon interprétation de la prophétie. L'équipe des Blancs s'est relevée à partir des cendres de leur adversaire. Mais pas comme je l'avais imaginé. Je ne pouvais pas le voir parce que j'étais impliqué personnellement.

Quand Talleyrand le fixa, médusé, Charlot expliqua :

— Mon père, je suis le nouveau Roi blanc.

## LE FOUR SEASONS

Seminate aurum vestrum in terram albam foliatam.
*« Semez votre or dans la terre blanche feuillée. » L'alchimie, souvent appelée « agriculture céleste », emprunte de nombreuses analogies à l'agriculture… l'épigramme… insiste sur la nécessité d'observer, tel un « vivant miroir », le grain de froment qui lève… l'excellent traité* (Secretum), *publié à Leyde en 1599… comparait dans le détail les étapes de la culture du blé à celles de l'Œuvre alchimique.*

Stanislas KLOSSOWSKI DE ROLA, *Le Jeu d'or*

On était à court de temps, d'après Nim. À présent, l'ennemi – quel qu'il fût – tenait la corde. J'avais mis en danger ma mère portée disparue et moi-même. Et tout cela parce que j'avais été une crétine absolue qui n'avait pas réagi aux signaux avertisseurs aussi visibles que des sémaphores sur une piste d'envol, comme dirait Key.

Et que m'arrivait-il ? Pour la troisième fois en douze heures, grands dieux, j'éclatai en sanglots, essuyai mes larmes, me laissai aller contre mon oncle qui m'embrassait les cheveux et me disait que tout allait s'arranger, me comportant, généralement parlant, comme si j'avais toujours douze ans.

Sans compter que, quand j'avais effectivement douze ans, si ma mémoire est bonne, je m'en tirais mieux que ça : j'étais une jeune prodige aux échecs, championne internationale, qui avait vu son père assassiné sous ses yeux et qui avait réussi à survivre et à aller de l'avant. Qu'est-ce qui m'arrivait, grand Dieu ? J'avais la tête dans le sac et j'étais incapable de l'en retirer.

Mon comportement actuel ne pouvait avoir qu'une seule explication. Les années passées à mixer la recette de Miss Personnalité spécial Sage Livingston dans le shaker à cocktail Molotov des propos explosifs d'un Rodo Boujaron au coin du feu avaient dû réduire en beignets à la purée de banane ce que je considérais jadis comme ma cervelle.

Il fallait que je me secoue.

Au diable métaphores, comparaisons et hyperboles… on largue les torpilles, comme aurait dit Key encore une fois. « Et on met les gaz ! »

Nous entretînmes, Nim et moi, un flot constant de propos oiseux, un fond sonore pour détourner l'attention de nos espions pendant qu'il inspectait méticuleusement chaque objet dans mon appartement. Y compris moi. Il avait un petit laser de poche, de la taille d'un petit fouet de cuisine, qu'il passa sur tous mes vêtements, porcelaines, draps, livres, meubles, et le jeu d'échecs qu'il avait tiré de mon sac à dos et qu'il disposa sur la table du séjour. Je lui tendis la Reine noire manquante que j'avais conservée dans ma poche. Après l'avoir minutieusement examinée, il la posa à sa place sur l'échiquier.

Il attrapa mon sac à dos dans lequel il fourra des vêtements propres tirés de mon placard, et y ajouta également le premier cahier du *Post*. Puis il se tourna vers moi.

— Je crois qu'on a fait suffisamment de rangement ici pour le moment, dit-il tout haut. Ça te va comme ça ? On peut aller faire un tour maintenant ?

Je fis signe qu'il y avait autre chose. Je lui tendis ma parka de ski et, avec un regard expressif, je dis tout haut :

— Il faut que j'appelle Rodo pour les horaires de ce soir avant qu'on s'éloigne d'ici. Ce type est mon patron, quand même.

Nim était en train de palper le dos de la veste en duvet où le dessin de l'échiquier était encore planqué. C'était juste un peu plus raide qu'ailleurs. Il haussa un sourcil.

Je commençai à secouer la tête, puis j'eus une idée.

— En fait, le mieux serait que je téléphone à Rodo pendant la balade, dis-je. Il y avait des courses à faire. Je pourrais l'appeler quand on s'arrêtera pour être sûre que je n'oublie rien.

— Dans ce cas, allons-y, annonça-t-il en me tenant la veste pour que je l'enfile. Le carrosse de madame est avancé.

Juste avant de partir, il ramassa le traître – mon portable – là où nous l'avions laissé sur la table et le glissa entre les coussins de la banquette comme s'il s'y était logé accidentellement. Puis il m'offrit son bras.

Quand je baissai les yeux, je vis dans sa main son couteau de l'armée suisse. Il me le tendit avec un sourire.

— Pour une approche plus pénétrante, me dit-il en serrant ma veste autour de mes épaules d'un air entendu tandis que nous sortions.

Quand nous atteignîmes M Street, le cœur de Georgetown, l'endroit était saturé de touristes qui, venus assister à la fête des cerisiers en fleur sur le National Mall, se répandaient jusqu'ici. Ils étaient agglutinés sur le trottoir devant chaque restaurant, attendant, affamés, une table ou un espace dans un bar à huîtres. Nous dûmes slalomer dans les rues pour les dépasser. Les trottoirs de Georgetown représentent en eux-mêmes une course d'obstacles suffisante avec les déjections canines, les fruits glissants et malodorants des fameux ginkgos bilobas, des trous de plusieurs centimètres de profondeur dans la chaussée défoncée, les cyclistes qui se faufilent sur le trottoir afin d'éviter les taxis qui font des embardées, et les camions arrêtés en double file devant les portes métalliques ouvertes des sous-sols pour décharger leurs cageots de légumes et de bières dans les caves.

Mais les touristes étaient les pires, se conduisant comme si la ville de Washington leur appartenait. Et bien sûr, quand je prenais le temps d'y réfléchir, je me rendais compte que c'était le cas.

— Cet endroit fait apparaître Manhattan comme un havre de paix, commenta Nim, qui tenait toujours mon sac à dos dans une main et mon bras de l'autre tout en considérant le chaos autour de lui. Mais je t'emmène dans un endroit un peu plus civilisé pour le moment, où nous pourrons continuer notre conversation et envisager un plan.

— J'étais sérieuse, j'ai des courses à faire, lui rappelai-je. C'est vraiment urgent… et à seulement une rue d'ici à peu près.

— Chaque chose en son temps, dit-il. Je sais quand tu as mangé pour la dernière fois. Mais quand exactement as-tu pris ton dernier bain ?

Un bain ? Était-ce aussi évident ? J'essayai de me renifler, ici même, sur la voie publique, pour évaluer les dégâts. À vrai dire, je ne m'en souvenais pas, mais certainement pas depuis mon départ du Colorado, comme je le réalisai brusquement.

Malgré tout, j'avais autre chose en tête, quelque chose que je devais régler d'urgence. Il n'était pas question de reporter.

— Pourquoi tu ne m'as pas fait remarquer que tu étais un maniaque de l'hygiène avant qu'on quitte mon appartement ? demandai-je. J'aurais pu sauter sous la douche.

— Tu appelles ça un appartement ? Un campement a plus de confort, grogna-t-il. De plus, c'est trop dangereux d'y retourner. On peut faire ta course si c'est vraiment important... mais seulement si c'est sur la route de mon hôtel.

— Hôtel ? bredouillai-je en le fixant d'un air éberlué.

— Naturellement, dit-il, amusé. Je suis là depuis plusieurs jours, comme je te l'ai dit, à ta recherche. Où crois-tu que je sois descendu... dans ton logis rudimentaire ? Sur un banc public ?

En vérité, je ne sais pas à quoi je m'attendais. Mais j'avais du mal à imaginer quelqu'un d'aussi secret que Nim habitant dans un lieu public.

— Quel hôtel ?

— Tu vas voir, tu ne seras pas déçue, m'assura-t-il. Ça va te changer de ton appartement spartiate, criblé d'oreilles indiscrètes. Et au moins, tu seras propre. Il est doté, entre autres agréments, d'une piscine de compétition et des meilleurs thermes de la ville, sans parler de toute la discrétion souhaitable pour que nous puissions projeter notre prochaine partie de campagne. C'est juste au bout de cette rue, pas loin du tout. Le Four Seasons[1].

Peut-être parce que je descendais d'une lignée de *philosophes** méconnus, des maîtres de la théorie combinatoire abstraite tels que Slava, qui avaient toujours préféré les voies détournées conduisant à la Vérité, je n'avais jamais souscrit à l'idée que la première réponse ou la plus rapide à un problème était nécessairement la meilleure ; la logique du rasoir d'Occam, très peu pour moi, merci. Dans cette course à l'échalote, la vitesse paraissait essentielle, comme dans un blitz aux échecs, et la solution la plus simple semblait la meilleure. Tandis que nous marchions, j'exposai succinctement mon plan à Nim, qui me donna son aval.

Le Koppie Shoppe, dont la graphie phonétique datait des années soixante, était situé à mi-chemin du pâté de maisons suivant sur M Street. Il était coincé entre un petit restaurant de *dimsum* cantonais et une gargote à tapas dont la principale technique publicitaire se limitait à un ventilateur géant qui recrachait les vapeurs de cuisson dans la rue. Nous dûmes nous frayer un chemin entre les queues de touristes qui avaient l'estomac dans les talons pour atteindre notre destination et passer la porte.

1. Litt. « Les Quatre Saisons », Groupe hôtelier de luxe. *(N.d.T.)*

Le Shoppe vendait des fournitures de bureau dans le magasin de devant et avait une officine de photocopie avec des imprimantes dans l'arrière-boutique. C'était le seul endroit en ville à ma connaissance qui avait une machine assez large pour scanner toute une première page du *Washington Post*, sans parler d'un échiquier dessiné avec du sang.

C'était aussi, par hasard, le seul endroit dont le directeur du service de la photocopie, Stuart, raffolait des restes d'un certain restaurant basque quatre étoiles et de l'assistante du chef de cuisine qui pouvait les lui faire passer subrepticement à l'occasion… ainsi que de la copine aux longues jambes de ladite assistante qui pouvait le battre en rollers sur les pavés ronds de Prospect Street.

À Georgetown, comme dans toute autre communauté tribale isolée, on se méfiait des étrangers, auxquels on soutirait tout ce qu'on pouvait, sinon on les laissait crever dans la rue, comme ces touristes affamés dehors. Mais entre gens du cru, dont il était entendu qu'ils étaient des hommes d'honneur, il existait un système tacite de troc et d'échange qui s'appelle un prêté pour un rendu. En Russie, mon père appelait cela le *blat*. Dans les deux cas, cela fonctionne sur le principe de la réciprocité.

Dans mon cas, Stuart respectait mon besoin de discrétion. Quand il n'y avait personne, il me laissait reproduire moi-même mes propres documents, généralement pour le compte de Rodo, sur la grosse photocopieuse. Il me laissait aussi utiliser la salle de bains des employés, un gros avantage étant donné mon emploi du temps improvisé ce jour-là.

Je laissai Nim dans la boutique de devant parmi les fournitures de bureau pour qu'il choisisse des tubes d'emballage en carton de format postal, du ruban adhésif, des étiquettes et une petite agrafeuse indispensable pour exécuter mon plan. Pendant ce temps, je pris mon sac à dos, allai au service de la photocopie, fis bonjour de la main à Stuart qui effectuait un travail d'imprimerie très bruyant et puis me rendis aux toilettes, où je fermai la porte à clé.

Je sortis le *Washington Post* de mon sac à dos, étendis par terre les premières pages, retirai ma parka et, en la tenant à l'envers pour ne pas répandre le rembourrage en duvet, j'utilisai les ciseaux miniatures du couteau de l'armée suisse de Nim pour défaire soigneusement les points que Vartan Azov avait cousus.

Il était presque impossible de retirer l'échiquier sans mettre du duvet partout, mais je réussis en fin de compte à nettoyer suffisamment le dessin pour le glisser, sans le déplier, entre les premières pages du *Post*. Ayant roulé le tout ensemble, je les fourrai dans le sac. Puis je fis de mon mieux pour ramasser les plumes avec du papier toilette humide que je jetai dans la cuvette avant de tirer la chasse.

L'étape numéro un était terminée.

Le coup léger frappé à la porte de la salle de bains, comme convenu, me dit que Nim était prêt à jouer son rôle. Étape numéro deux.

J'ouvris la porte. Il tenait à la main son sac de fournitures qu'il venait d'acheter. J'échangeai ma veste en duvet contre le sac en plastique, puis je lui laissai ma place dans la salle de bains.

Tandis qu'il s'enfermait à l'intérieur pour pouvoir agrafer la doublure de ma veste, je retournai dans la salle de la photocopie avec mon magot. Le travail d'imprimerie faisait un vacarme assourdissant. Je m'en félicitai, car je pouvais ainsi me concentrer sur ce que j'avais à faire sans avoir à bavarder.

Stuart, avec de grands gestes, lança la grosse machine et me laissa prendre la suite. Je posai la une du *Post*, retournée sur la plaque, et réalisai quatre copies. Puis je passai à la page où j'avais glissé le dessin de l'échiquier. Il dépassait un peu, étant légèrement plus large que la page de journal qui était censée le dissimuler, mais mon copain de l'autre côté de la pièce semblait essentiellement occupé par son tirage.

Je retournai le dessin de l'échiquier et mis la feuille de journal par-dessus, puis j'effectuai quatre copies de cela aussi. Ensuite, pour faire bonne mesure, je fis quatre copies de l'autre page du *Post* où les articles de la première page avaient débordé. Quand j'eus terminé, je triai les grandes photocopies en quatre tas, l'échiquier étant fourré au milieu de chacun. Je tirai les tubes en carton du sac en plastique de Nim, roulai vite chaque liasse étroitement et commençai à les glisser, l'une après l'autre, à l'intérieur des emboîtages.

À cet instant précis, le boucan cessa brusquement.

— Génial ! Bourrage papier, annonça Suart. Alex, viens ici une seconde et tiens-moi ce plateau, tu veux ? Cette machine n'a pas arrêté de faire des siennes toute la journée et le réparateur n'arrive pas. Je vais devoir rester ici ce soir pour la vider et voir ce qui déconne.

Mon cœur cogna. Je n'avais pas envie d'interrompre mon travail au milieu, mais que faire ? Je roulai rapidement toutes les feuilles, y compris les originaux, et mis le tout dans le sac en plastique. Puis je vins l'aider à décoincer la photocopieuse.

— À propos, dit Stuart tandis que je soutenais le lourd plateau pour qu'il puisse dégager le papier accumulé, je ne suis pas sûr que ce que tu fais là-bas soit bien utile.

— Et je fais quoi ? demandai-je avec tout le calme dont je fus capable.

Comment savait-il ce que je fabriquais ?

— Je veux dire, poursuivit-il en se débattant pour extraire la feuille coupable, déchiquetée, maculée d'encre, de l'endroit où elle était coincée, et en tirant dessus. Si tu copies ça pour ton boss, M. Boujaron, il est déjà passé par ici ce matin avec un autre gusse. Ils m'ont fait faire des copies du même satané machin, la première page du journal d'hier, c'est ça ? Je ne pige pas. Enfin, quoi, un numéro entier coûte moins cher que quelques-unes de ces copies grand format. Quel est l'intérêt ?

Super ! Mon pouls grimpa comme un météore pendant que je m'efforçais de ne pas paniquer.

Sans compter que… quel était l'intérêt précisément ? Rodo était-il celui qui avait truffé mon appartement de micros, sans oublier mon portable ? Avait-il entendu notre conversation concernant le *Post* ? Qui était son acolyte ce matin ? Et pourquoi faisait-il des copies de cette une ?

Je savais que je devais parler pour apaiser la curiosité de Stuart. Mais il fallait aussi que je sorte d'ici rapidement. Nim attendait dans la boutique et il allait se demander, avec des sueurs froides, ce qui était arrivé à cette « course pressante ».

— Je ne suis pas certaine de savoir quel est l'intérêt. Tu connais mon boss, repris-je en l'aidant à reglisser le plateau à sa place. En ce qui me concerne, peut-être que Boujaron veut tapisser une pièce avec les gros titres d'hier. Mais il m'a envoyée faire quelques copies supplémentaires. Merci de me sauver la mise !

Je flanquai un billet de dix dollars en acompte sur le comptoir, empoignai le sac en plastique et mon sac à dos, et envoyai un baiser à Stuart tandis que je filais en direction de la porte.

Dehors, Nim prit le sac à dos d'un air soucieux.

— Qu'est-ce qui t'a retardée ? demanda-t-il pendant que nous replongions dans la foule.

— Ça me soûle, dis-je. Finissons-en simplement. Je te raconterai plus tard.

Sans un mot de plus, nous crapahutâmes jusqu'au bureau de poste de Georgetown à deux rues de là, juste au coin, avant de nous traîner en haut de l'escalier de pierre. Nim me procura un barrage défensif pendant que je me glissais derrière un comptoir, où je roulai le reste de mon magot dans les cylindres, les scellai avec le papier adhésif qu'il avait acheté et rédigeai les étiquettes : une pour tante Lily, une pour Nokomis Key, et les deux autres pour la boîte postale de Nim et celle de ma mère. Celle avec le dessin original de l'échiquier, je me l'envoyai à moi-même, ici même à la poste de Georgetown. Puis, pour plus de sécurité, je remplis une des grosses cartes jaunes et la signai, afin que le bureau de poste garde mon courrier jusqu'à nouvel ordre.

De cette façon au moins, me dis-je, tandis que je redescendais avec mon oncle les marches de la poste de Georgetown, quoi qu'il arrive à l'un de nous, le sacrifice consenti par une abbesse mourante, deux siècles plus tôt au fond d'une geôle russe, n'aura pas été vain.

Je pris une douche chaude bien mousseuse et me lavai la tête de trois jours de poussière du Colorado dans la plus élégante salle de bains en marbre que j'aie vue de ma vie. Puis, revêtue seulement de l'épais peignoir que j'avais trouvé dans la pièce et du maillot de bain haute couture gracieusement fourni par les services du Four Seasons, je descendis pour retrouver mon oncle au club d'athlétisme situé tout en bas de l'hôtel, où il m'avait fixé rendez-vous.

Pour commencer, je fis trente longueurs dans le couloir – sur réservation seulement – que Nim avait retenu pour moi dans le bassin privé. Puis je le rejoignis dans l'énorme baignoire en marbre avec jacuzzi qui, une fois vidée, aurait pu servir de dortoir à cinquante sumos de taille adulte.

Un point que je devais concéder à mon oncle : la richesse et le confort ont leur charme.

Mais je savais que si ce Grand Jeu dans lequel je me trouvais embarquée était aussi dangereux que tout le monde semblait le croire, il ne me restait pas beaucoup de temps pour en profiter. Surtout si je traînais trop longtemps à faire des ronds dans l'eau.

Comme si mon oncle avait lu dans mes pensées, il traversa le bassin d'eau chaude pour s'asseoir sur le rebord de marbre à côté de moi.

— Étant donné qu'on ne sait pas ce qui t'attend maintenant, dit-il, j'ai pensé que ce ne serait pas plus mal de commencer par un bon bain chaud et un repas correct.

— Un dernier vœu ? répliquai-je en souriant. Je n'oublierai jamais ça. Mon esprit fonctionne déjà mieux, je dois dire. Et j'ai appris quelque chose de vraiment important aujourd'hui.

— Au sujet de ton boss Boujaron, dans cette officine de photocopies. Tu m'en as parlé, dit-il. Ça soulève quelques questions, ce dont nous ne manquons pas. Mais il y a une chose…

— Non, j'ai découvert quelque chose qui pourrait être plus important que ça, dis-je. J'ai appris à qui je pouvais faire confiance.

Quand ses yeux bicolores se fixèrent sur moi avec curiosité, j'ajoutai :

— Au bureau de poste et même avant, je n'ai pas eu besoin de réfléchir une seconde avant de remplir ces étiquettes. Je savais à qui je pouvais confier ces copies de l'échiquier. Pas seulement toi et ma mère, qui l'aviez déjà, mais tante Lily et mon amie Nokomis Key aussi.

— Tiens ! remarqua Nim. Le prénom de ton amie Key, c'est Nokomis ? Voilà qui explique tout.

— Explique quoi ?

Et aussitôt, j'eus de nouveau la sensation désagréable que quelque chose venait vers moi que je n'avais pas du tout envie de savoir.

— Pendant que tu te baignais, je suis passé relever mes messages de la nuit dernière, dit Nim. Presque personne ne sait que je suis là… à part mon gardien. Pourtant, il y avait un fax qui m'attendait depuis hier soir, provenant d'une certaine « Selene Luna, la grand-mère de Hank Tallchap ».

Ma perplexité ne dura qu'une seconde, puis je vis que Nim souriait et je compris à mon tour.

— « Selene » et « Luna », les deux veulent dire « lune ».

*« Près des plages de Gitchee Gumee / Près des Grandes Eaux Scintillantes… »* récitai-je.

— « *Était planté le wigwam de Nokomis, Fille de la Lune, Nokomis* », continua-t-il à ma place. Alors, ton amie, elle ressemble vraiment à la grand-mère de Hiawatha dans le célèbre poème de Henry Wadsworth Longfellow[1] ?

— Seulement par sa façon de penser, lui dis-je. Elle pourrait éduquer toute seule un brave guerrier. Et tu serais bluffé parce que pour ce qui est de cuisiner des codes secrets, elle peut battre tout le monde… sauf toi, bien sûr. Elle appelle ça des signaux de fumée. Alors, à part chercher à savoir comment elle a fait pour retrouver ma piste, quel est son message ?

— Je reconnais que, pour une fois, j'étais largué, comme tu dis, reconnut Nim. Mais maintenant que je sais qui elle est, il est clair que c'était un code qui t'était destiné.

Il prit son peignoir à côté du bassin et en tira le fax, qu'il me tendit.

Il me fallut une minute. Mais quand je compris, je devins légèrement verte. Comment était-ce possible ? Personne n'avait vu ce message codé à part moi !

— De quoi s'agit-il ? s'enquit Nim inquiet, la main sur mon épaule.

*Kitty a eu un revers de fortune,* disait le message. *Elle revient des îles Vierges, elle a loué une voiture grand luxe, elle sera à D.C. demain. Elle dit que tu as son numéro et toutes ses coordonnées. Elle est toujours dans l'appartement A1.*

Le message était toujours le même : A1 signifiait que cela concernait les Russes et la chambre secrète à Bagdad. Mais le revers de fortune était incontestable-

1. Poète américain du XIXe siècle. *(N.d.T.)*

ment la clé : j'inversai le message dans mon esprit. Au lieu de DC-LX-VI en chiffres romains, qui revenaient à 6-6-6, cela donnait à présent : IV-XL-CD, ce qui revenait à 4-4-4. Trois nombres qui, remarquai-je, quand on les multipliait, donnaient 64, le nombre de cases sur l'échiquier !

*L'échiquier est la clé.*

Et si Kitty-Cat prenait une autre route que celle qu'elle avait laissée sur le piano dans le Colorado, cela voulait dire que ma mère était, peut-être en cet instant déjà, à Washington, D.C. !

J'avais trop traînassé ici. Je venais de me tourner vers mon oncle pour lui dire que nous devions y aller et j'avais commencé à monter les marches du bassin, quand, au même moment, je fus confrontée à une vision d'horreur sortie de mes pires cauchemars. Au fond de la salle venaient de surgir trois silhouettes que j'avais du mal à concevoir ensemble, surtout dans l'état où je me trouvais, vêtue d'un simple peignoir et n'ayant aucune possibilité de fuite.

Sage Livingston, Galen March et… Rodolfo Boujaron, mon boss.

# TROISIÈME PARTIE

## *L'Œuvre au rouge : Rubedo*

*Le proverbe arabe, « Le sang a coulé, le danger est passé », exprime de façon succincte l'idée au cœur de tout sacrifice : l'offrande apaise la puissance… Le moteur derrière le mécanisme du sacrifice, la caractéristique la plus puissante des implications symboliques du sang, le symbole astrologique de la Balance qui représente la légalité divine, la conscience intime de l'homme… par exemple, en alchimie, quand la matière passe du blanc* (albedo) *au rouge* (rubedo)…

J.E. CIRLOT,
*Dictionnaire des symboles : « le sang »*

*Le mythe de Prométhée est une illustration de la sublimation… qui confirme le rapport alchimique entre les principes volatiles et fixes… De même, la souffrance (comme celle de Prométhée) correspond à la sublimation à cause de son association avec le rouge, la troisième cou-*

*leur du Grand Œuvre alchimique, qui vient après le noir et le blanc.*

J.E. CIRLOT,
*Dictionnaire des symboles : « Prométhée »*

# UN FEU DANS LA TÊTE

*Dans le bois de noisetiers je m'en fus,*
*Car j'avais un feu dans la tête...*

W.B. YEATS, *Le Chant d'Aengus l'errant*

*L'Aengus de Yeats... avait le feu dans la tête, ce feu dans lequel tous les chamans du monde voient leur source de lumière, qui fait naître des visions d'autres réalités. Le voyage chamanique commence et finit dans l'esprit...*

Tom COWAN, *Un feu dans la tête*

## KORYAKSKOE RAYIRIN YAYAI (LA MAISON DU TAMBOUR, TERRE DES KORIAKS)

*À l'intérieur de la yourte, le chaman tambourinait doucement pendant que les autres étaient assis en cercle autour du feu et chantaient les rythmes magnifiques qu'Alexander avait appris à aimer. Il était assis devant la porte de la tente et écoutait. Il aimait le tambour des chamans car il tranquillisait ses pensées, créait une sorte d'harmonie qui semblait circuler dans son corps et aidait ses nerfs malades à guérir.*

*Mais souvent, quand ces rythmes s'arrêtaient, le feu revenait : le feu qui remplissait sa tête d'une lumière incandescente, cette douleur fulgurante, non pas physique, plutôt comme une chose qui émanait de son psychisme.*

*Il n'avait toujours aucune notion du temps. Il ne savait pas depuis combien de temps il était là – quelques jours, une semaine peut-être, ou plus – ni combien de temps ils avaient marché pour arriver en ce lieu, des kilomètres à pied à travers la taïga apparemment impénétrable. Vers la fin du voyage, quand ses jambes nouvellement raffermies l'avaient lâché dans la neige, quand il était devenu trop faible pour garder l'allure, ils avaient envoyé le traîneau avec les chiens pour le transporter sur le reste du chemin.*

*Les chiens étaient magnifiques. Il se souvenait de leur nom, les Samoyèdes. Il les avait observés avec intérêt pendant qu'ils traversaient allègrement les étendues enneigées devant le traîneau. Quand on les avait libérés du harnais pour la nuit, il les avait étreints, et ils lui avaient léché les mains et le visage. Avait-il eu un chien comme ça quand il était enfant ?*

*Mais il n'était plus le jeune Sascha, un petit garçon, l'être qu'il connaissait le mieux, le seul être qu'il connût vraiment. Il était à présent un adulte qui se souvenait de si peu que son passé paraissait être une terre étrangère, même pour lui. Elle lui avait révélé son nom.*

*Alexander Solarin.*

*Et celle qui l'avait conduit ici, cette femme blonde adorable qui était assise à ses côtés maintenant et attendait devant la tente que les autres les appellent quand ils seraient prêts à le soigner, cette femme était Tatiana, sa mère.*

*Avant qu'ils se mettent en route pour cette mission, elle lui avait dit ce qu'elle pouvait concernant son état.*

*— Au début, tu étais dans le coma, tu ne bougeais pas, tu pouvais à peine respirer. La chef des chamanes est venue du Nord pour aider à ton rétablissement dans les eaux minérales. Elle est de celles que les Chukchi appellent* qačkičheča, *« semblable à un homme », une femme chamane de la lignée d'origine, les* enenilit, *autrement dit « celles qui ont l'esprit », celles qui ont un grand pouvoir. Cependant, malgré des herbes fortes et des techniques éprouvées que les anciens ont utilisées pour guérir ta chair, la chef des chamanes a dit que tu ne recouvrerais tes esprits que si tu pouvais commencer la traversée – le voyage entre le peuple des morts,* Peninelau, *et l'emplacement des vivants – par l'effet de ta seule volonté.*

*« Après un long temps, tu es arrivé à ce stade que nous appellerons une torpeur, bien que pendant ce temps, disons un mois ou davantage, il y eût des moments où tu perdais conscience. Enfin, tu es devenu comme tu es à présent, en éveil et conscient, capable de manger, de marcher, de lire, et même de comprendre plusieurs langues... mais ce sont des talents que tu possédais déjà dans ta vie précédente. Nous devons nous attendre que le reste revienne plus lentement, car tu as subi un grand choc.*

*« La chamane dit que tu n'as pas seulement reçu une blessure de la chair, mais aussi de l'esprit. Il est dangereux de sonder cette blessure de l'esprit tant qu'elle continue de cicatriser, des choses te reviennent déjà par moments. Tu souffres parfois d'insomnies, de*

*crises d'angoisse ou d'hystérie provoquée par ce qui pourrait apparaître comme des peurs irrationnelles. Mais la chamane pense que ces peurs sont réelles... que tu dois permettre à ce qui a provoqué ce choc de revenir à la surface naturellement, même si cela doit prendre du temps et paraître difficile.*

*« Alors, quand ton corps sera suffisamment remis pour que tu entreprennes la partie physique du voyage, ajouta-t-elle, nous partirons vers le nord, pour entreprendre cet autre voyage qui guérira ton esprit. Car tu as vécu parmi les morts, tu as le feu dans ta tête. Tu as passé les tests pour devenir un* hetolatirgin, *celui qui examine, un chaman prophète.*

*Mais Solarin savait qu'il n'aspirait qu'à une chose : retrouver sa vie à lui. Plus les souvenirs lui revenaient, bribes par bribes, plus il se désespérait d'avoir perdu toutes les années de néant qui s'étaient écoulées entre-temps. Il ne savait pas combien il y en avait eu, il était incapable de s'en souvenir. Le plus dur à accepter pour lui, c'est qu'il ne pouvait retrouver la mémoire. Il ne pouvait se souvenir des êtres qu'il avait aimés ou haïs, maudits ou chéris.*

*Cependant, il y avait une chose dont il se souvenait.*

*Le jeu d'échecs.*

*Quand il songeait au jeu d'échecs – et surtout, à une partie en particulier –, le feu recommençait à enfler dans sa tête. Il savait que quelque chose concernant ce jeu devait être la clé : toute sa mémoire perdue, les traumatismes et les cauchemars, les espoirs et les peurs.*

*Mais il savait aussi que, tout comme sa mère et la chamane le lui avaient conseillé, il fallait d'abord observer et attendre. Car en précipitant les choses pour retrouver ses souvenirs chéris, il risquait de tuer la poule aux œufs d'or et de tout perdre.*

*Pendant leur voyage vers le nord, quand ils s'arrêtaient dans un endroit où ils pouvaient parler, il racontait à sa mère ce dont il pouvait se rappeler, une vapeur, rien, quelque chose qui montait comme une brume de son passé.*

*Ainsi, une nuit où il était enfant, quand Tatiana lui avait donné un verre de lait chaud et l'avait mis au lit. Il voyait sa chambre avec le figuier devant la fenêtre. C'était quelque part près des falaises et de la mer. Il pleuvait. Ils avaient dû fuir. Il s'était souvenu de cela tout seul. Le premier souvenir... un formidable sentiment de réussite et de soulagement.*

*Et à mesure qu'ils avançaient, tel un peintre qui place les couleurs dans un dessin resté à peine ébauché sur la toile, Tatiana lui donnait les détails qu'elle parvenait à retrouver pour lui sur cette partie de sa vie.*

*— Cette nuit dont tu te souviens est importante, lui dit-elle. C'était à la fin de décembre 1953, la nuit où notre vie a basculé. Il pleuvait, cette nuit-là, et ta grand-mère Minnie est arrivée dans notre maison, qui se trouvait sur une partie de la côte restée sauvage, à peine habitée, de la mer Noire. Bien qu'il fît partie de l'Union soviétique, cet endroit était une oasis protégée, loin de la terreur et des purges qui régnaient ailleurs... du moins le croyions-nous. Minnie avait apporté quelque chose que notre famille, à travers les âges, s'était juré de protéger.*

*— Je ne me souviens pas d'elle, dit Solarin, malgré un enthousiasme croissant, car il venait d'avoir une autre lueur. Mais je me souviens d'autre chose concernant cette nuit-là. Des hommes se sont introduits chez*

*nous ; j'ai couru dehors et je me suis caché sur la falaise. Je me suis échappé. Mais ils t'ont faite prisonnière... (Il la regarda, bouleversé.) Je ne t'ai plus revue avant ce jour, au monastère !*

*Tatiana hocha la tête.*

*— Minnie avait choisi ce moment pour venir avec un trésor qu'elle avait passé huit mois à rechercher dans toute la Russie. Car, huit mois plus tôt, Iossif Staline, qui avait dirigé la Russie pendant vingt-cinq ans d'une main de fer, était mort. Dans les mois qui ont suivi sa mort, le monde entier a changé en mieux ou en pire : l'Irak, la Jordanie et l'Angleterre ont acquis de jeunes dirigeants. La Russie s'est dotée de la bombe H. Et peu avant cette nuit où Minnie est venue chez nous, le chef de la police secrète soviétique, Lavrenti Beria, l'homme le plus redouté et le plus haï de toute la Russie, était passé devant un peloton d'exécution. En fait, la mort de Staline et le vide qu'elle laissa avaient poussé Minnie à ces huit mois de recherches frénétiques pour déterrer le plus de choses possibles concernant le trésor caché... trois pièces d'échecs précieuses, en or et argent, couvertes de pierreries, qu'elle nous a suppliés de cacher. Elle nous croyait en sûreté, avec un bateau tout proche à la disposition de ton père.*

*À la mention des pièces d'échecs, Solarin avait senti le feu recommencer à le consumer. Il lutta pour le retenir. Il y avait encore quelque chose qu'il avait besoin de savoir.*

*— Qui étaient ces hommes qui t'ont emmenée ? demanda-t-il d'une voix tremblante. Et comment as-tu réussi à disparaître pendant si longtemps ?*

*Tatiana ne répondit pas directement.*

*— Il a toujours été facile de disparaître en Russie, dit-elle calmement. Des millions l'ont fait, et rarement par choix.*

*— Mais si l'ancien régime était démantelé, insista Solarin, qui étaient ces hommes qui en avaient après le trésor ? Qui t'a emmenée ? Et où t'ont-ils emmenée ?*

*— Comme tout le monde, expliqua Tatiana. Au Glavny Upravlenie Lagerey, l'administration principale pour les camps, le goulag, autrement dit, ces camps de travaux forcés qui existaient depuis l'époque des tsars. L'« administration » dont il s'agit est toujours la police secrète, même si elle s'est appelée Okhrana sous le tsar Nicolas et la Tchéka, le NKVD, le KGB sous les Soviets.*

*— Tu es allée dans un camp ? demanda Solarin, sidéré. Mais comment diable as-tu fait pour t'en tirer en vie ? Je n'étais qu'un gamin quand ils t'ont prise !*

*— Je n'aurais pas survécu, dit Tatiana. Mais au bout d'un peu plus d'un an, Minnie a finalement découvert où on m'avait emmenée, un camp en Sibérie. Un lieu de désolation. Et elle a fait un sacrifice en échange de mon évasion.*

*— Elle t'a fait libérer, tu veux dire, la corrigea Solarin. Mais comment ?*

*— Non, je me suis évadée, insista sa mère. Car si le Politburo avait appris ma libération, nos vies seraient restées en danger durant toutes ces années. Minnie a acheté ma liberté d'une autre façon et pour une tout autre raison. Et depuis, je suis restée ici, cachée parmi les Koriak et les Chukchi. Grâce à quoi, j'ai été capable non seulement de venir au secours de ton corps brisé, mais de te sauver, toi, car je détiens de nouveaux pouvoirs que j'ai acquis au fil de ces années passées auprès des maîtres du feu.*

*— Mais comment m'as-tu secouru ? demanda-t-il à sa mère. Et qu'est-ce que Minnie a donné aux Soviétiques, ou aux gardiens du goulag, pour permettre ton évasion ?*

*Mais avant que la dernière question ait quitté ses lèvres, Solarin sut quelle était la réponse. Horrifié, il vit enfin, avec l'intensité d'une illumination, la forme scintillante qui avait hanté les confins de sa vision durant tous ces mois.*

*— Minnie leur a donné la Reine noire ! s'exclama-t-il.*

*— Non, corrigea Tatiana. Minnie leur a donné l'échiquier. C'est moi qui leur ai donné la Reine noire.*

# DJIHAD

*Sans l'Islam, l'Empire franc n'aurait sans doute jamais existé, et Charlemagne sans Mahomet serait inconcevable.*

Henri PIRENNE, *Mahomet et Charlemagne*[1]

Sage Livingston, Rodo Boujaron et monsieur « Charlemagne l'Anagramme » en personne, *alias* Galen March, mon douteux voisin de l'Ohio. C'était bien les dernières personnes sur la planète que je désirais voir à cet instant précis, surtout en bloc, alors que j'étais à moitié nue. J'avais l'impression d'étouffer. Mais je réussis à enfiler mon luxueux peignoir en velours et à nouer la ceinture, la seule idée qui me vînt à l'esprit quand je fus confrontée à ce trio inattendu de conspirateurs mal assortis.

Nim était sorti du bain romain fumant et avait plongé les bras dans son propre peignoir. D'un geste preste, il m'enleva le fax de Key, le rentra dans sa

1. In *Revue belge de philologie et d'histoire*, 1922. *(N.d.T.)*

poche et me tendit une serviette pour que je me sèche les cheveux.

— Tu connais ces individus, si je ne me trompe ? articula-t-il entre ses dents. (Je fis signe que oui.) Dans ce cas, des présentations en règle semblent s'imposer.

Mais je fus coiffée au poteau par la reine de l'école du charme.

— Alexandra ! s'exclama Sage, traversant l'espace avec les deux hommes à la remorque. Quelle surprise de te trouver justement dans l'hôtel où Galen est descendu. Et nous qui étions en train de fouiller Georgetown à ta recherche quand ton patron a eu la gentillesse de nous mettre dans la bonne direction ! C'est lui qui a eu l'idée que tu pourrais rendre visite à ton oncle au Four Seasons.

Avant que j'aie pu réagir ou répondre à cette drôle de réflexion, elle avait tourné son charme vers Nim, lui tendant une main manucurée et lui décochant un sourire encore plus ripoliné.

— Et vous devez être le docteur Ladislaus Nim, l'éminent scientifique dont nous avons tous tellement entendu parler. Je suis Sage Livingston, la voisine d'Alexandra dans le Colorado. Enchantée de vous connaître.

Entendre parler de *Nim* ? L'homme du mystère par excellence ? Sûrement pas par ma mère ou moi. En outre, comment Rodo avait-il réussi à nous localiser si vite sans utiliser un de ces appareils d'écoute dont je croyais que nous nous étions débarrassés ?

Nim distribuait des poignées de main avec toute la dignité dont on pouvait faire preuve dans un tel appareil. À cet instant, cependant, j'avais froid et je dégoulinais, sans oublier que je mourais d'envie de déchiffrer le reste du fax de Key concernant ma mère, lequel était maintenant planqué dans la poche de mon oncle. Je décidai de m'excuser et filai vers les vestiaires pour me sécher, avec l'espoir de pouvoir m'échapper par une porte dérobée afin de continuer d'étudier cette question et les autres avec Nim.

Mais il était dit que la championne des hôtesses avait une autre surprise dans sa manche.

— Docteur Nim, roucoula Sage *sotto voce*. Forcément, vous, plus que quiconque, devez savoir qui nous sommes et pourquoi nous sommes ici. Vous devez donc comprendre aussi pourquoi nous devons parler et pourquoi le temps presse.

Qui *nous sommes* ?

J'essayai de jeter un regard à mon oncle. Mais quoi… qu'est-ce qui se passait ici ?

Tout à coup, Sage tenait moins de la reine du bling-bling que j'avais toujours connue que de Mata Hari. Était-il possible que la Sage qui se tenait en ce moment devant moi, celle qui tripotait distraitement son « bracelet de tennis » – une « simple » rangée de diamants – à son poignet en faisant la moue, ait hérité d'autre chose que des champs de pétrole et des mines d'uranium des Livingston ? Pouvait-elle être également l'héritière de leurs déroutantes intrigues ?

Mais au moment où cette pensée concernant Sage me tomba dessus sans crier gare, l'ombre de sa mère dressa sa tête déplaisante. *À qui crois-tu avoir affaire exactement ?* m'avait lancé Rosemary ce soir-là au restaurant. *As-tu seulement la moindre idée de qui je suis ?*

Je décidai – au moins dans les circonstances froides et humides du moment – que le moment était venu de siffler la fin du match. J'en avais ras le bol.

— Que veux-tu dire exactement quand tu déclares à Nim qu'il doit savoir qui vous êtes ? demandai-je à Sage, très agacée. Voyons… en regardant de gauche à droite, vous m'avez tout l'air d'être mon oncle, mon patron, et deux voisins de ma mère…

Je m'interrompis car Sage, sans tenir compte de ma présence, avait soupiré avec une lassitude discrète, les lèvres closes et les narines légèrement dilatées. Avec un regard expressif en direction de la réception, elle chuchota directement à Nim :

— N'y a-t-il pas un endroit où nous pourrions nous entretenir en privé, tous les cinq ? Dès que vous aurez pris le temps de vous sécher et de vous changer, bien évidemment. Vous devez parfaitement savoir de quoi nous devons discuter.

J'étais sur le point d'objecter, mais Nim me prit par surprise.

— Dans ma chambre. Dans dix minutes, annonça-t-il en hochant brièvement la tête à l'adresse du gang des trois.

Puis il déchira un bout de la feuille qu'il avait dans la poche et griffonna le numéro.

À quoi diable pensait-il ? Il savait mieux que quiconque que ma mère était en danger, ici même, à Washington, et que je devais filer illico. Mais voilà qu'il fraternisait une fois de plus avec l'ennemi, prêt à donner une nouvelle réception. Je fulminais.

Quand Nim entra au vestiaire, je fis rapidement demi-tour pour empoigner Sage par le bras.

Galen et Rodo avaient une bonne longueur d'avance et se trouvaient déjà à mi-chemin de l'escalier conduisant à l'entrée privée du centre sportif. Avec un peu de chance, ils seraient hors de portée de mes questions.

Mais je me retenais depuis tellement longtemps que je crus que je ne pourrais jamais m'arrêter.

— Qui a organisé cette rencontre ? demandai-je à Sage. Est-ce toi ou Tom et Jerry, là-haut ? Pourquoi March et toi m'avez-vous cherchée partout aujourd'hui, dans Georgetown ? Et qu'est-ce que vous fichez à Washington, en fait ? Pourquoi vous avez foncé à Denver dimanche dernier aussitôt après mon départ ? Qu'est-ce que vous fichiez avec Vartan Azov et Lily Rad ?

La rencontre n'était manifestement pas un secret puisque j'étais au courant. Rosemary avait déjà vendu la mèche et fait savoir que Nokomis Key m'en avait informée.

À présent, Sage me considérait froidement avec cette expression hautaine, condescendante qui m'avait toujours donné envie de prendre un tampon Jex pour lui frotter la figure. Puis elle sourit et notre Miss Popularité bien connue fut de retour, avec double rangée de fossettes à volonté.

— Il faut vraiment que tu poses ces questions à ton oncle, pas à moi, me répondit-elle gentiment. Après tout, il a accepté qu'on se réunisse. C'est seulement dans dix minutes, comme il vient de le dire.

Sage recommença à monter l'escalier, mais de nouveau je l'attrapai par le bras. Elle me regarda avec stupéfaction. Bon sang ! Je me surprenais moi-même. Je devais presque montrer les dents dans ma rage.

J'avais peut-être déjà montré mon vrai visage à Sage, mais pour ma part, j'avais eu une semaine assez éprouvante avant même son entrée en scène et celle de ses horribles parents. Par-dessus le marché, je n'étais pas d'humeur à me faire rabrouer par une fille dont le seul exploit à ce jour, pour autant que je sache, était de se prendre une fois pour toutes pour la déesse du lycée. Quelqu'un était en danger. J'avais besoin de ces renseignements. Et tout de suite.

— Tu es là. On est seules. Et c'est à toi que je pose la question, rétorquai-je, à quoi me servirait d'attendre dix minutes de plus pour demander à mon oncle quelque chose que tu peux me dire maintenant.

— J'essayais seulement de rendre service, après tout, dit Sage. C'est ton oncle que nous sommes venus voir, comme tu dois t'en rendre compte. Galen voulait absolument qu'on le trouve. Il a dit que c'était urgent. C'est pourquoi nous sommes allés à Denver pour poser la question aux autres puisque ta mère était absente à ce dîner. Alors que même toi, tu ne semblais pas avoir la moindre idée de l'endroit où elle pouvait être...

Elle s'interrompit quand je regardai alentour pour voir si quelqu'un pouvait nous entendre. C'était plus que je n'en avais espéré. Galen March était à la recherche de Nim ? Mais pourquoi ? Je restai presque sans voix.

Puis je levai les yeux vers la longue volée de marches et aperçus Galen qui redescendait en fonçant sur nous. Je m'affolai et tirai Sage dans le vestiaire des dames, dans lequel il n'oserait pas nous suivre. Sans lui lâcher le bras, je vérifiai sous les portes des cabines pour m'assurer que nous étions complètement seules.

Quand je me retournai vers Sage, j'étais presque pantelante d'émotion. Je savais que je devais lui poser la question, même si j'étais véritablement terrifiée, je dois l'avouer, d'entendre sa réponse. Sage m'observait comme si elle s'attendait à voir de l'écume me sortir de la bouche. J'aurais pu rire si la situation n'avait pas été si grave.

Comme aurait dit Key, j'avalai la pilule.

— Et pourquoi Galen March court-il derrière mon oncle ? demandai-je. Après tout, ils ne s'étaient jamais rencontrés jusqu'à ce matin, dans ce club.

*Exact ?*

— Je ne lui ai pas vraiment posé la question, me rétorqua Sage avec son flegme coutumier.

Elle avançait prudemment, c'était sûr, de manière à ne pas m'exciter davantage, même si je m'aperçus qu'elle regardait en direction de l'alarme à incendie, située à proximité, comme si elle envisageait de briser le verre et de tirer la poignée pour appeler à l'aide.

J'étais sur le point de la relancer, mais Sage n'avait pas fini. Avec ce qu'elle dit ensuite, je faillis tourner de l'œil.

— J'ai simplement supposé qu'ils se connaissaient. C'est tout de même ton oncle qui a fourni les fonds pour l'achat de Sky Ranch.

Je n'avais encore jamais observé mon oncle à travers un verre de cognac, mais j'avais accepté ce remontant qu'il m'offrit dès que j'arrivai du club, débraillée et trempée.

À présent, séchée et ayant enfilé les vêtements propres qu'il avait précédemment emballés dans mon sac à dos, je l'observais à travers le fond du verre que je venais d'écluser, pelotonnée, pieds nus, dans un fauteuil douillet derrière un de ces bouquets exotiques dont le Four Seasons a le secret. J'essayai de me rappeler leurs noms : orange et violet ? des oiseaux du paradis, vert et blanc ? des yuccas, pourpres ? des fuschias, prune ? des cymbidiums… ou fallait-il dire cymbindia, au pluriel ? Le latin n'avait jamais été mon fort.

Nim fit le tour de la table et me retira le verre de la main.

— Ça suffit pour ce matin, déclara-t-il. C'était pour te détendre, pas pour t'abrutir. Et si tu tirais ton fauteuil pour venir te joindre à la compagnie ?

*La compagnie.*

Il faisait allusion à la fine équipe installée dans les fauteuils recouverts de riches brocarts qui étaient disséminés dans la suite somptueuse. Nim allait et venait à pas feutrés sur la luxueuse moquette en servant à boire.

Je n'en croyais pas mes yeux.

Je me sentis vraiment mal et ce cognac n'avait rien fait pour atténuer mon désarroi ou mon chagrin.

Je savais que je devais aller au fond des choses. Mais pour la première fois, je me sentais complètement et absolument seule.

Heureusement que j'avais parcouru ces trente longueurs dans la piscine ce matin avant que le ciel me tombe sur la tête !

Heureusement aussi que j'avais réussi à récupérer, à l'instant, le fax de Key dans la poche du peignoir de Nim dans la salle de bains.

Parce que mon cher oncle Slava, la seule personne à qui j'avais toujours confié mes secrets et ma vie, plus encore qu'à mes parents, mon cher oncle semblait avoir des tonnes d'explications à me fournir. Pour le moment, je n'étais pas sûre de ce qu'il était en mesure d'expliquer. Après tout, comme ma mère avait coutume de dire quand j'étais enfant : « Un mensonge par omission est tout de même un mensonge. »

Comme il me l'avait demandé, je tirai mon fauteuil de derrière le somptueux arrangement floral pour « rejoindre la compagnie » et saisis cette occasion pour récapituler rapidement les événements.

Combien de faits ou d'hypothèses avais-je moi-même présentés à Nim depuis la nuit dernière ?

Dans quelle mesure avait-il commis des « mensonges par omission »… plutôt que des mensonges délibérés ?

Je ne pouvais pas affirmer qu'il avait carrément menti, mais il m'avait certainement induite en erreur. Pour commencer, chacune de ses réflexions au cours des dernières vingt-quatre heures avait semblé impliquer qu'il n'avait jamais rencontré Rodo ni Galen. Jusqu'à ce matin, où il avait déchiffré le nom de code de ce dernier et souligné comment il pouvait avoir un rapport avec Charlemagne et le jeu d'échecs.

Cette image de totale ignorance changeait dès qu'on scrutait d'un peu plus près quelques points de détail qui, certes, ne sautaient pas aux yeux. Comme le fait que Rodo avait su exactement où Nim était descendu à Washington, quand personne d'autre ne le savait, pas même moi. Ou que Nim avait casqué plusieurs millions de dollars pour un ranch inintéressant dans le Colorado, lequel était censé appartenir audit Galen March.

Une fois qu'on commençait à lire les notes en pattes de mouche, on avait l'étrange impression que mon oncle connaissait plutôt bien – et depuis belle lurette – tous ceux qui se trouvaient dans ce salon. À l'exception, peut-être, de Sage Livingston.

À condition, bien sûr, que Sage ait dit la vérité.

— Manifestement, il semble que nous ayons protégé la mauvaise personne depuis le début, déclara Nim à la cantonade, quand tout le monde eut été servi en rafraîchissements. Cat a bluffé tout le monde en disparaissant de cette manière, bien que j'ignore pourquoi. Quelqu'un en a une idée ?

— Clairement, avança Rodo, elle n'avait pas confiance en nous pour la protéger, ni elle ni Alexandra. Pourquoi, sinon, aurait-elle pris ces questions très importantes entre ses propres mains, comme elle l'a fait ?

Mais pendant qu'il parlait, je savais que je ne supporterais pas cela une seconde de plus. J'étais sur le point d'exploser.

— Hum, je croyais que vous ne vous étiez encore jamais rencontrés ? susurrai-je tandis que je fusillais mon oncle du regard à l'autre bout du salon.

— En effet, dit-il, dégoûté. C'est la première fois. On nous a gardés isolés les uns des autres dans un but précis. C'était l'idée de ta mère, de A jusqu'à Z. Je dirais que tout a vraiment commencé dès l'instant de la mort de ton père. Voilà ce qui arrive quand une femme laisse son instinct maternel prendre le dessus sur ses facultés mentales. C'était un vrai génie avant ta naissance. Quel gâchis !

Super. J'étais donc responsable du plan fumeux que ces gens-là avaient pu concocter, pendant qu'on m'avait laissée complètement dans le brouillard.

— Tu peux peut-être éclairer un peu ma lanterne, dis-je à Nim en m'approchant de Galen. Es-tu le propriétaire de Sky Ranch comme Sage vient de me le dire ? Ou l'est-il ?

— Cat m'a demandé d'acheter cet endroit, répondit Nim. Une sorte de zone tampon contre les spéculateurs fonciers, comme elle me l'a expliqué. Elle avait quelqu'un qui devait lui servir de prête-nom pour faire illusion vis-à-vis des gens du cru et éviter qu'ils ne sachent que nous étions impliqués. Bien que je n'aie pas su qui c'était, je suppose maintenant qu'il s'agissait de Mr March. Apparemment, c'est Miss Livingston ici présente qui a permis de réaliser la vente avec discrétion.

Sage ? Pourquoi ma mère l'aurait-elle impliquée ? Elle avait en horreur toute la clique des Livingston. Bien que cela puisse expliquer comment Sage avait appris qui était le véritable propriétaire, plus on y réfléchissait, moins ce scénario tenait debout. Encore moins que de les avoir invités à ce fichu dîner. J'avais envie de hurler.

Et il manquait encore quelques gros morceaux. Mais je n'eus pas besoin de demander. Le Potemkine des Pyrénées se porta volontaire.

— Ta mère et moi sommes amis depuis des années, déclara Rodo. Je ne crois pas qu'elle aimerait que je discute ici de la nature précise de nos relations, puisqu'elle s'est donné tellement de mal pour nous maintenir à l'écart les uns des autres pendant tout ce temps. Cependant, je dirais qu'elle m'a demandé de t'engager, une fois que tu as décidé de quitter cette horrible CIA, et elle m'a dit qu'elle te donnerait d'excellentes recommandations. En ce qui concerne ta question précédente, c'est tout ce que je savais de ton oncle jusqu'à maintenant. J'espère que cela explique tout.

Cela expliquait une chose très clairement, peut-être trop. Si Nim avait raison et que ma mère avait été aux commandes durant tout ce temps, et si nous étions en danger, il serait certainement logique de garder les troupes dispersées dans la nature, ou du moins dans le noir, concernant sa stratégie globale. Si quelqu'un orchestrait en coulisses. Comme dans un jeu d'échecs.

Sauf que ma mère ne jouait pas aux échecs.

Mais moi, si.

Et je savais manifestement une chose mieux que quiconque dans cette pièce : une partie était en cours. Mais quelqu'un d'autre que ma mère tirait les ficelles. Il m'appartenait de découvrir qui c'était.

Aussi, pendant que « la compagnie » continuait à se concerter au sujet de ma mère absente en essayant de rassembler les pièces afin de pouvoir éclaircir ses motivations et modes de fonctionnement, je fis un peu de débroussaillage de mon côté.

Je commençai par réexaminer le petit paquet-cadeau où tout avait été proprement emballé. Un groupe de gens qui ne s'étaient jamais rencontrés, qui venaient de se découvrir des intérêts communs ici au Four Seasons. Ils avaient tous été sollicités par une femme – comme par hasard, absente – pour rendre divers services, acheter un terrain, embaucher sa fille et servir de « prête-noms ». Et emballez, c'est pesé !

Je me levai et m'approchai de Sage Livingston. Tout le monde s'arrêta de parler et se tourna vers moi.

— J'y suis, dis-je à Sage. Je ne sais pas pourquoi ça m'a pris si longtemps. Peut-être parce que mon patron, M. Boujaron, m'a induite en erreur en me disant que je jouais un rôle différent de celui qui est réellement le mien. Mais une nouvelle partie a bien démarré. Et je comprends que tous ceux que ma mère avait invités chez elle ce soir-là sont des joueurs, y compris chacun d'entre nous ici présent. Mais nous ne sommes pas tous du même côté, n'est-ce pas ? Par exemple, je pense que ta mère, Rosemary, est celle qui a relancé la Partie. Et malgré le fait que Rodo a dit que c'était moi, je crois que c'est elle, la Reine blanche…

Rodo m'interrompit.

— J'ai dit que les gens au dîner croyaient que tu l'étais, s'insurgea-t-il. Et comment Mme Livingston pourrait-elle croire que tu es une chose si, comme tu viens de nous l'affirmer, elle est elle-même cette même chose ?

— C'est forcé, lui assurai-je. Les Livingston sont venus s'installer à Redlands sur le plateau juste après la mort de mon père, quand ils ont appris qu'on venait s'y établir. Parce que Rosemary avait découvert qui était réellement ma mère…

— Non, tu te trompes, me coupa Sage. Nous savions qui vous étiez dès que vous êtes arrivées là-bas… c'est pourquoi ma mère m'a demandé d'être amie avec toi. Mais nous y habitions déjà. Rosemary a supposé que vous étiez venues dans le Colorado dans ce but précis… parce que nous y étions. Après tout, comme tu le sais déjà, c'est ta mère qui a pris secrètement ces dispositions pour acheter la terre mitoyenne avec notre propriété.

Ça ne tenait décidément pas debout. Cette sensation inconfortable recommençait à me titiller une fois encore.

— Pourquoi ma mère aurait-elle fait ça ? demandai-je. Et pourquoi ta mère t'a-t-elle demandé de me faire des avances ?

Sage me considéra avec une expression qui se situait entre la pitié et la stupéfaction totale devant mon ignorance.

— Comme Rodolfo Boujaron vient de te l'expliquer, ma mère a toujours cru que tu serais la nouvelle Reine blanche. Ton père étant mort, elle espérait pouvoir enfin forcer le bouclier et briser la défense. Comme je te l'ai dit, elle a su instantanément qui était ta mère et quel rôle elle jouait. Et surtout, elle savait ce que ta mère avait *fait*.

J'avais l'impression qu'une main m'avait saisie à la nuque et me tirait en arrière comme si j'étais au sommet d'une falaise dont j'étais sur le point de tomber. Mais c'était plus fort que moi. Il fallait que je sache.

— Qu'est-ce que ma mère a *fait* ? demandai-je.

Sage jeta un coup d'œil à l'assistance, qui semblait aussi sidérée que moi par le cours de la conversation.

— Je croyais que vous le saviez tous, dit-elle. Cat Velis a tué mon grand-père.

# LA QUESTION

*Ce qui compte, ce sont les questions. Trouver les questions, et les bonnes, est essentiel pour tenir le cap… Le flot d'informations menace d'obscurcir la stratégie, de la noyer sous les détails et les nombres, le calcul et l'analyse, la réaction et la tactique. Pour avoir une tactique solide, il faut avoir une stratégie solide d'un côté et un calcul précis de l'autre. Tous deux exigent de prévoir l'avenir.*

Garry KASPAROV, *La vie est une partie d'échecs*[1]

Je comprenais que les agences de renseignements et les réseaux d'espionnage aient des problèmes pour séparer le bon grain de l'ivraie, sans parler de séparer la réalité de la fiction. J'avais l'impression que je venais de passer de l'autre côté du miroir et que tout le monde marchait sur la tête.

Sage Livingston, mon éternelle bête noire depuis nos jours sombres sur les bancs de l'école, venait de

1. JC Lattès, 2007. *(N.d.T.)*

m'apprendre que sa mère, Rosemary, l'avait « lâchée » sur moi dès le premier jour. Et pourquoi ? Pour se venger de ma mère en raison d'un homicide hautement improbable et de « planter » quelqu'un comme moi – censée être une joueuse-née de l'équipe des Blancs – dans l'empire du mal que l'équipe des Noirs avait installé pratiquement à la porte des Livingston.

Inutile de le dire, j'avais quelques problèmes pour m'y reconnaître dans les détritus mythologiques qui semblaient encombrer ce scénario.

Entre autres débris, le fait que ma mère, une ermite reconvertie, s'était toujours refusée, d'après ce que j'avais vu ou entendu dire, à tout contact avec le clan Livingston depuis dix ans qu'elle habitait dans le Colorado.

Alors, comment aurait-elle pu les pourchasser, eux, tous azimuts ? On était loin du compte.

Et quant à encourager les amitiés enfantines, il me semblait que ça relevait plutôt du domaine de Rosemary. Ma mère avait toujours détesté Sage autant que moi.

Mais le plus dur à avaler dans son histoire, c'était sa dernière réflexion, dont mon oncle était en train de s'indigner. Il réagit instantanément.

— Comment diable avez-vous pu imaginer que Cat Velis a tué votre grand-père ? Elle ne ferait pas de mal à une mouche, grogna Nim avec dédain. J'ai connu Cat avant la naissance d'Alexandra, avant même son mariage ! C'est la première fois que j'entends exprimer une supposition aussi grotesque.

C'était exactement ce que je pensais. Et Galen et Rodo paraissaient également consternés par cette idée. Tous les regards convergeaient vers Sage.

Pour une fois que je la voyais en présence d'un public quasi exclusivement masculin, elle semblait ne pas trouver ses mots, assise d'un air guindé dans le fauteuil en brocart, tripotant encore ce stupide bracelet en diamants. Je remarquai qu'il y pendouillait une petite raquette de tennis sertie d'émeraudes. Je ne vous dis pas.

Quand il devint clair qu'elle ne répondrait rien, Rodo prit la parole :

— Mais je suis sûr que *mademoiselle* Sage Livingston ne voulait pas sous-entendre que la mère d'Alexandra avait fait du mal exprès à quelqu'un ? Si une telle chose est arrivée, c'est sûrement par accident ou une terrible malchance ?

— J'en ai peut-être trop dit, convint Sage. Je ne suis ici qu'en tant que messager et encore, pas le meilleur, semble-t-il. Après tout, comme vous venez de l'expliquer vous-mêmes, une nouvelle Partie vient de débuter avec de nouveaux joueurs. C'est pourquoi mes parents m'ont demandé d'aider Galen à retrouver Cat quand elle a disparu et nous ont envoyés à Washington pour rencontrer Alexandra. Ils étaient convaincus que vous vous rendriez à l'évidence, que vous connaissiez les actions passées de Cat Velis, que vous étiez opposés à ses projets… et surtout Alexandra. Après tout, ce n'est un mystère pour personne qu'elles ne se parlent plus depuis des années. Mais il faut croire que nous nous sommes trompés…

Sage laissa sa phrase en suspens pendant que son regard passait de l'un à l'autre, impuissant. J'aimerais dire ici que je ne l'avais jamais vue aussi vulnérable, mais à vrai dire, je n'avais jamais imaginé que ce mot-là fît partie de son vocabulaire. C'était probablement une ruse. Et même si je lui en voulais de se mêler de mes relations avec ma mère, j'imagine, comme elle l'avait dit, que ce n'était un mystère pour personne.

Mais surtout, si une nouvelle Partie avait débuté, comme tout le monde en convenait, et si la mère de

Sage n'était pas la Reine blanche, ni moi non plus, qui avait fait l'ouverture et lancé le mouvement ? Et où cela nous conduisait-il ?

Je me dis qu'il était temps de revenir sur quelques points restés à la traîne.

— Ce que Rodo et mon oncle essayaient de comprendre, me semble-t-il, c'est pourquoi Rosemary a cru ma mère responsable de la mort de son propre père, accidentellement ou non. Quand et où cela aurait-il pu arriver ? Après tout, Cat ne se déplace pas beaucoup ; elle a mené une vie plutôt recluse depuis…

— Ça ne l'a pas empêchée d'aller à Aïn Ka'abah, articula Sage, les lèvres serrées.

*Pardon ?*

— C'est un village de l'Atlas en Algérie. C'est là où ta mère et la mienne se sont connues, dans la maison de mon grand-père, dans la montagne. Mais c'est dans la maison qu'il avait à La Madrague, un petit port sur la Méditerranée, non loin d'Alger, qu'elle l'a tué.

La pièce était tellement silencieuse qu'on aurait cru une cellule capitonnée. On aurait entendu une épingle tomber sur l'épaisse moquette. Je sentis mon horreur grandir et se figer comme si j'avais été aspirée au fond d'un puits de mélasse.

Je connaissais cette histoire, bien sûr, et je me souvenais exactement où je l'avais entendue, et de qui : Lily Rad, dans le Colorado. Elle nous avait raconté qu'elle se trouvait en Algérie avec ma mère. Lily avait été enlevée dans ce port par un type qui en avait après les pièces d'échecs que les deux jeunes filles avaient récupérées dans le désert. Lily avait appelé ce dernier le Vieil Homme de la Montagne.

Elle nous avait dit qu'il était le Roi blanc.

*Mais ta mère*, avait raconté Lily, *est venue à ma rescousse avec des renforts et lui a tapé sur le crâne avec son sac bourré de pièces d'échecs.*

Était-ce ainsi que cela s'était passé ? Ma mère avait-elle pu tuer cet homme ? Se pouvait-il que le père de Rosemary Livingston ait été le Roi blanc ?

Mais il y avait autre chose : à propos du nom de cet homme, il y avait quelque chose qui semblait brusquement important et qui avait à voir avec les événements de ces derniers jours. Je me creusai les méninges mais mon activité cérébrale fut coupée net.

— El-Marad, claironna une voix parfaitement reconnaissable. (Elle venait du voisinage de la porte.) C'était le nom, ou plutôt un diminutif de Nimrod, m'a-t-on dit, le roi de Babylone qui a bâti la tour de Babel.

Devant la porte ouverte, dans la suite de mon oncle, venait de surgir Nokomis Key.

Elle planta son regard dans le mien.

— J'espère que tu as reçu mon message, chuchota-t-elle. Tu es dure à dénicher. Et crois-moi, ma belle, j'ai vraiment cherché.

Elle s'approcha et me prit par le bras pour que je me lève. Comme elle nous ramenait toutes les deux, à pas redoublés, vers la sortie, elle me chuchota à l'oreille :

— Il faut qu'on mette les voiles et fissa avant qu'ils pigent *qui je suis*.

— Nous savons déjà qui vous êtes, lança Sage.

Elle doit avoir des satellites à la place des oreilles, me dis-je.

Mais à cet instant se fit entendre une autre voix. Galen March, qui avait à peine prononcé un mot de tout ce temps.

— Alexandra, je vous en prie, stop ! Toutes les deux, dit-il d'un ton vraiment pressant. Vous ne devez pas partir, pas encore. Vous ne comprenez pas ? Nokomis Key est la nouvelle Reine blanche.

— « *Good Lawdy, miss Clawdie*[1] *!* » s'exclama Key en me poussant dehors.

Une fois dans le couloir, avant que les autres aient pu réagir, elle claqua la porte et cala dans la serrure un morceau de métal de la taille d'une carte de crédit. Rejetant sa masse de cheveux de satin noir d'un mètre de long sur son épaule, elle se tourna vers moi avec un large sourire.

— Ça devrait les retenir jusqu'à l'arrivée de la colonne de secours, dit-elle.

Les hôtels n'avaient pas de secrets pour Key ; elle avait payé ses premières années d'études en y faisant des intérims de ménage et comme bagagiste. Mais pour le moment, elle semblait n'avoir qu'une idée en tête, la SORTIE. Elle me pilota en direction de l'escalier d'incendie, soufflant comme une locomotive à vapeur.

Mais dans ma tête, j'étais toujours à l'intérieur de ce salon, et complètement dans le potage. Qu'avait voulu dire Galen ?

— Où tu m'emmènes ? demandai-je, et j'essayai de freiner son élan en enfonçant mes talons, mais sans résultat.

— Je croyais que c'était ça, ta devise… « Il n'y a pas à répondre, pas de raison, de pourquoi… », me

1. Titre d'une chanson de Lloyd Price, 1952, qui a connu une vingtaine d'interprétations. Un classique du jazz New Orleans et du rhythm and blues. *(N.d.T.)*

sortit-elle. Fais-moi confiance et continue d'avancer. Tu me remercieras de t'avoir tirée de là.

— Peu importe où on va, dis-je pendant qu'elle me poussait dans la cage d'escalier, je n'ai rien d'autre que ce que j'ai sur le dos. On a laissé mon sac à dos bouclé dans cette taule, avec mon pognon et mon permis de conduire…

— On t'en trouvera de nouveaux, dit-elle. Là où on va, ma biche, il te faudra un autre camouflage de toute façon. Tu ne piges pas ? Des méchants sont à tes trousses, fillette.

Elle m'avait fait descendre bruyamment le reste de l'escalier métallique jusqu'au rez-de-chaussée. Cependant, avant d'ouvrir la porte, elle se tourna vers moi un instant.

— Écoute, laisse tomber le numéro de Galen March sur la Reine blanche, dit-elle comme si elle lisait dans mes pensées. Si tu veux mon avis, ce Galen, il nous rejoue *Un espion dans la glu*. Ce type en pince pour moi. Il inventerait n'importe quoi pour retenir mon attention.

Elle n'était peut-être pas loin de la vérité, me dis-je, à en juger par l'attention excessive dont Galen l'avait entourée au dîner chez ma mère. Mais tout cela ne m'avançait pas beaucoup.

Je venais d'enfermer à double tour une brochette de gens qui m'avaient entraînée là par la ruse et m'avaient menti de diverses façons, chacun démentant le récit de l'autre, lesquels récits, dois-je préciser, avaient l'air de gros soufflés d'affabulations légèrement saupoudrés de quelques faits décoratifs.

Là-dessus débarque Key la toute-puissante, qui chamboule tout une fois de plus en me kidnappant avec autorité et en bloquant la porte. Si mes précédents ravisseurs n'avaient pas déjà réussi à s'évader grâce à l'adresse légendaire de mon oncle, ils avaient sûrement téléphoné à la sécurité de l'hôtel pour qu'on vienne les délivrer. Ils nous collaient peut-être au train en ce moment.

Ce qui soulevait un problème encore plus immédiat. N'y avait-il personne en qui je pouvais avoir confiance ?

Je dépassai Key en la bousculant, plaquai ma main contre la porte isolante du rez-de-chaussée et pris dans l'autre la poignée que je tins fermement.

— On ne va nulle part tant que tu n'auras pas répondu à quelques questions, déclarai-je. Pourquoi cette entrée théâtrale dans la suite de mon oncle ? Et qu'est-ce que tu fabriques ici, d'ailleurs ? Si tu n'es pas un joueur clé, qu'est-ce tu insinuais là-haut en me disant à l'oreille *« qui je suis »* ? J'ai besoin d'avoir des réponses. Et je crains de devoir insister.

Key haussa les épaules en souriant.

— Et moi, je crains d'être en service commandé, dit-elle. Écoute, on est invitées à rendre visite à la Reine des Chats[1].

— Ah, la bagnole ! soupira Key tandis que nous passions devant l'ancienne résidence de son ancêtre, Francis Scott Key, sur la Trente-Quatrième Rue. Comme au bon vieux temps !

1. Litt. en anglais : « *Queen of Cats* ». Jeu de mots sur le prénom de la mère d'Alexandra, Cat. *(N.d.T.)*

Après qu'elle eut tourné à gauche dans sa Jeep Cherokee de location vers le pont qui portait aussi son nom, elle ajouta :

— T'as la moindre idée de la galère que ça a été d'orchestrer et de mener à bien ton évasion ?

— Mon *évasion* ? Parle plutôt d'un enlèvement, pour moi, ça m'en a tout l'air, contestai-je sèchement. C'était vraiment nécessaire ? Et tu as vraiment retrouvé ma mère ?

— Je ne l'ai jamais perdue, rectifia-t-elle avec un petit sourire. Qui c'est, d'après toi, qui l'a aidée à organiser cette petite fête d'anniversaire ? Après tout, elle n'aurait pas pu le faire toute seule. « Aucune femme n'est une île », comme on dit.

Évidemment ! Je savais que *quelqu'un* avait dû aider ma mère. Au moins, pour qu'elle effectue cette difficile sortie.

J'avais penché la tête de côté pour regarder Key, attendant de plus amples détails. Mais elle se concentrait sur la route, avec toujours ce sourire énigmatique sur le visage.

— Je t'expliquerai tout quand on sera sur la route, m'assura-t-elle. Nous aurons amplement le temps, quelques heures au moins, avant d'arriver à destination. On prend la route panoramique, étant donné qu'on a de la compagnie, naturellement.

Je voulus jeter un œil dans le rétroviseur extérieur, mais résolus de la croire sur parole. Nous étions sur George Washington Parkway, maintenant, et foncions vers le sud en direction de l'aéroport. Et même si je mourais d'envie d'entendre ce que Key avait à dire de ma mère et de notre surprise-partie, il y avait plus urgent.

— Si on est filées, ils peuvent aussi avoir ces dispositifs d'écoute qu'on dirige sur la bagnole pendant que tu conduis ? remarquai-je. Ils ne peuvent pas suivre tout ce qu'on dit ?

— Exact, fit-elle. Comme cette charmante raquette de tennis en pendentif que tu as sûrement remarquée au poignet de la reine du bling-bling. Ça entre dans une oreille et ça sort par l'autre, comme on dit. Je me demande dans l'oreille de qui ce bavardage est arrivé.

Le bracelet en diamants de Sage. Seigneur, ça n'en finissait pas.

— Cela dit, ne t'inquiète pas pour la bagnole, dit Key. J'ai demandé à mes gars, mon habituelle équipe de mécanos, de vérifier qu'elle était clean et de mettre un écran dessus dès qu'ils l'ont prise à l'aéroport. Elle est propre comme un sou neuf. Personne ne pourra connaître nos pensées intimes ni nos paroles.

Où avais-je déjà entendu ça ? Mais je ne pouvais pas passer des heures sur l'autoroute enfermée dans une caisse sans savoir ce qui se passait vraiment.

— Pour ce qui est de ta copine Kitty, m'informa Key, un nuage a toujours son bon côté. C'est le vent mauvais qui n'apporte rien de bon à personne, comme on dit.

— À savoir ? demandai-je.

— À savoir qu'elle avait un problème, et qu'elle a pensé que j'étais la seule à pouvoir la tirer de là. Elle a donc dressé une liste d'invités et c'était à moi de rassembler le troupeau et de le mettre au corral. Mais elle voulait être sûre que tu resterais un passant innocent.

— Ce sont ceux qui se font descendre en premier, soulignai-je.

— Cela dit, tu as été super, poursuivit-elle sans se démonter. Tu as résolu toutes les énigmes en un temps record ; je t'ai chronométrée. Tu es entrée dans la maison moins d'une heure après avoir quitté l'aéroport de Cortez dans ta voiture de location. Juste à temps pour le coup de fil de Lily Rad qui t'apprenait qu'elle s'était perdue. On savait que tu m'appellerais pour que je la conduise puisque l'aéroport où je travaille est tout près. On s'est arrêtés pour manger et te laisser le temps de découvrir le reste. Et le temps qu'on arrive, tu avais apparemment résolu le puzzle que ta mère et moi avions laissé sur le piano, puisque tout à l'intérieur du piano avait été retiré et que la bille de billard était revenue à sa place dans le triangle. Même moi je ne savais rien du dessin caché de cet échiquier…

— Alors c'est toi qui as inventé toutes ces énigmes pour ma mère ! m'exclamai-je.

Ce n'était pas une question. C'était la seule réponse possible à ce qui me titillait depuis le début. Si ce n'était pas Nim, et je savais maintenant que ce n'était pas lui, qui avait inventé ces devinettes pour permettre à ma mère de communiquer avec moi, qui d'autre que Key aurait pu le faire ? Et si le moindre doute avait subsisté dans mon esprit, son fax récent l'aurait effacé.

Quelle idiote j'avais été, depuis le début ! Mais les choses commençaient enfin à se tenir. Les éléments se mettaient en place, exactement comme des pièces sur un échiquier.

À ce sujet…

— Où as-tu pris l'idée de la disposition du jeu que tu as planqué à l'intérieur du piano ? demandai-je.

— Apparemment, c'est Lily qui a eu l'idée d'utiliser cette partie-là. Elle savait que ça ferait tilt chez toi. Mais c'est Vartan qui a donné à ta mère la carte pour nous dire exactement comment on devait placer les pièces. Il avait l'air de savoir de façon précise où se situait le moment décisif de cette dernière partie… du moins, de votre point de vue.

Vartan aussi, alors ? Le salaud.

J'en étais malade. J'avais de nouveau envie de pleurer, mais à quoi bon ? Et pourquoi avaient-ils fait tout ça ? Pourquoi m'avoir ébranlée sur le plan affectif en évoquant la mort de mon père si ma mère voulait vraiment que je reste seulement un « passant innocent » ? Ça n'avait aucun sens.

— On n'avait pas le choix, trancha Key avant même que j'aie formulé ma question. On a tous été d'accord pour agir comme on l'a fait : laisser des messages téléphoniques, planquer des énigmes et des indices du genre qui te dirait quelque chose à toi et rien qu'à toi. On a même inventé l'histoire de la panne de bagnole pour que tu les raccompagnes. Tu parles de la théorie combinatoire ! Mais si on ne s'était pas donné tout ce mal, tu ne serais jamais venue, tu ne serais pas restée, tu n'aurais pas accepté de le rencontrer… Pas vrai ?

Lui.

Bien sûr, je savais exactement de qui elle parlait. Et bien sûr, je savais qu'ils avaient totalement raison.

Malgré tout, et en dépit de leurs basses manœuvres, j'avais été sur le point de jaillir de la pièce dès que j'avais vu Vartan Azov entrer dans les lieux, non ? Et pourquoi ne l'aurais-je pas fait ? Pendant dix ans, jusqu'à ce que nous ayons véritablement l'occasion de vider notre sac dans le Colorado, je les avais tenus, lui et cette satanée partie d'échecs, pour responsables de la mort de mon père.

Je devais toutefois reconnaître à ma mère qu'elle me comprenait mieux que je ne me comprenais moi-même. Lily Rad et elle avaient prévu exactement quelle serait ma réaction si on me proposait de revoir Vartan, sous quelque prétexte que ce fût.

Mais même si je comprenais à présent pourquoi elles avaient eu besoin de recourir à ces magouilles, la question évidente restait en suspens.

— Si vous teniez à ce point à organiser une rencontre entre Vartan et moi, répondis-je, pourquoi être allés aussi loin, et je ne parle pas que de la distance ! pour me rouler dans la farine ? Qu'est-ce que Vartan Azov avait à me dire qui ne pouvait être dit qu'au fin fond du Colorado et pas à New York ou même à Washington ? Et surtout, pourquoi inviter tous les autres à une sorte de surprise-partie bidon ? Ils étaient là pour quoi ? Pour brouiller les pistes ?

— Je vais tout t'expliquer dans les moindres détails dès qu'on se sera débarrassées de cette bagnole de location, m'expliqua Key. On va arriver dans une minute.

— Mais ça fait des kilomètres qu'on a dépassé l'aéroport, protestai-je.

— Tu sais que je ne prends *jamais* les lignes commerciales ! s'insurgea Key en roulant des yeux.

— Tu es venue dans ton propre avion jusqu'ici ? Mais tu t'es posée où alors ? Dans cette direction, il n'y a que les bases aériennes de l'armée comme Fort Belvoir et Quantico. La piste la plus proche en Virginie doit être carrément à Manassas.

— Il y en a trois juste de l'autre côté de l'eau, dans le Maryland, me dit-elle froidement. J'ai laissé l'avion là-bas.

— Mais on vient de passer le dernier pont, non ? objectai-je. (Nous étions presque à Mount Vernon, bon sang.) Comment comptes-tu transporter la bagnole de l'autre côté de l'eau pour passer dans le Maryland ?

Key poussa un énorme soupir, tel le bruit d'un ballon qui se dégonfle.

— Je croyais te l'avoir dit. On nous suit, m'expliqua-t-elle comme si elle parlait à un gosse de trois ans. (Comme je ne disais rien, elle ajouta avec un peu plus de retenue :) Alors, évidemment, je compte abandonner la bagnole.

Nous nous garâmes sur un parking privé du débarcadère entre deux 4 × 4 si hauts qu'ils semblaient soulevés par des palans.

— Parfait pour passer inaperçu, ma vieille, remarqua-t-elle.

Elle avait tordu sa masse de cheveux en une boucle, les avait fixés avec un chouchou et fourré le tout sous le col de sa saharienne. Puis elle tira un sac en toile du siège arrière, en sortit deux coupe-vent, deux paires de lunettes de soleil et deux casquettes de base-ball, et me tendit un de chaque.

Quand nous nous fûmes déguisées avec ces accessoires, nous mîmes pied à terre, Key verrouilla les portières avec soin et nous descendîmes jusqu'au bateau.

— Départ dans moins de cinq minutes, m'annonça-t-elle. C'est toujours mieux de ne pas dévoiler ses intentions trop tôt.

Nous allâmes près du bassin et Key tendit au contrôleur deux cartes d'embarquement qu'elle avait tirées de la poche de sa veste. Je remarquai qu'elle lui glissait également les clés de la voiture. Il hocha la tête sans un mot. Nous nous approchâmes de la passerelle et embarquâmes à bord du bateau qui tanguait. Il y avait peu de passagers et aucun à portée de voix.

— Tu as l'air de connaître beaucoup de monde, dis-je à Key. Tu fais confiance à ce passeur pour rapporter cette tire de luxe ?

— Et ce n'est pas tout, dit-elle. Pour quelques menus services supplémentaires, Bub a droit à quatorze cours de pilotage gratis comme *pourboire**.

Je l'avoue. Malgré ma fureur et mon dépit dix minutes plus tôt, la joueuse d'échecs que j'étais fondamentalement était épatée ; j'avais toujours adoré la façon dont Key exécutait ses coups. Elle avait prévu ce scénario avec infiniment plus de minutie que Lily Rad se préparant à ses parties d'échecs, et avait anticipé chaque coup et contrecoup.

C'est pourquoi Nokomis Key avait été ma meilleure amie et compagne de virée depuis l'école. Key m'avait appris très tôt que je n'aurais jamais à avoir peur tant que je voyais loin devant moi, tant que je connaissais la disposition du terrain.

Les braves savent comment pénétrer seuls dans les bois, même la nuit, me disait-elle. Ils prévoient leur chemin, mais ils ne passent pas en revue leurs peurs.

On avait dénoué la corde qui amarrait le ferry à l'embarcadère et relevé la passerelle. Nous étions dans le courant quand je vis un type avec des verres miroirs descendre d'un pas vif le passage en planches et s'adresser à l'employé. Il avait un air plus que familier.

L'employé secoua la tête et pointa le doigt en amont de l'autre côté du Potomac, en direction de Washington. L'homme aux lunettes de soleil plongea la main dans sa veste et en tira un téléphone.

J'eus de nouveau cette sensation angoissante. Nous étions au beau milieu du vaste fleuve sur une embarcation découverte, telle une pile d'aubergines attendant d'être débarquées.

— Les services secrets, signalai-je à Key. On a déjà fait connaissance. Je crois qu'on peut s'attendre à un comité d'accueil sur l'autre rive… ils doivent savoir où le bateau se dirige. À moins que tu n'aies prévu de nous faire descendre en plein milieu et nager ?

— Inutile, affirma Key. Ô, femme de peu de foi. Au moment où on va contourner la pointe de Piscataway, quand on sera hors de vue des deux rives, ce bateau va faire un arrêt bref et impromptu pour débarquer clandestinement deux passagères.

— La pointe de Piscataway ? (Ce n'était qu'une zone protégée de terres sauvages et de zones humides où les oies et autres gibiers d'eau étaient sous protection nationale et fédérale. Aucune route ne traversait la réserve, seulement des pistes de randonnée d'après la carte.) Mais il n'y a rien par là ! m'écriai-je.

— Eh bien, il y aura quelque chose aujourd'hui, m'assura Key. Je crois que tu vas trouver ça intéressant. Ce sont les anciennes terres et les lieux de sépulture sacrés des Indiens Piscataway, les premiers habitants de ce qui est devenu Washington, D.C. Les tribus ne vivent pas vraiment ici, maintenant que c'est une propriété fédérale, mais elles seront là aujourd'hui. Pour attendre notre venue.

# LES INSTRUCTIONS PREMIÈRES

*Dieu donne Ses instructions à chaque créature, selon Son dessein pour le monde.*

Mathew KING, *Noble Red Man*

*… Il nous appartient de suivre les instructions premières, celles dispensées par le Créateur. Chaque composante de l'univers, dans un concept indigène, doit respecter un ensemble d'instructions premières pour qu'un ordre équilibré soit préservé… Les gens vivaient conformément à leurs instructions premières, tempérées et réglées par le monde naturel alentour.*

Gabrielle TAYAC, fille de Red Flame TAYAC,
« *Observer les Instructions premières* »
– *Native Universe*

C'était incontestablement la route touristique, comme Key l'avait promis. Ou cette promesse était-elle une menace ?

Piscataway était d'une beauté à couper le souffle, même à cette distance. Des oiseaux sauvages de toutes sortes flottaient sur le courant tandis que les aigles s'élançaient dans le ciel et que quelques cygnes se posaient à la surface de l'eau. Le long des berges, de vieux arbres labouraient l'eau de leurs racines noueuses et des bouquets de joncs ourlaient le littoral.

Comme nous contournions la pointe, notre pilote se rabattit vers le rivage, puis coupa le moteur et se laissa porter par le courant. Quelques passagers sur le pont regardèrent en direction de la cabine de pilotage, l'air passablement surpris.

Sur la rive, je remarquai deux pêcheurs portant des chapeaux cabossés couverts de gadgets, assis sur un tronc d'arbre couché qui dépassait de la berge rocailleuse. Le fil de leurs cannes à pêche traînait dans le courant. L'un d'eux se releva pendant que notre embarcation s'approchait du bord et il se mit à enrouler sa ligne.

Le pilote annonça au mégaphone :

— Voilà, le fleuve est plutôt calme aujourd'hui, on va donc pouvoir débarquer quelques naturalistes dans la réserve. Ça ne prendra que deux minutes.

Un adolescent vint à bâbord et attrapa le rouleau de la haussière.

— Mais si vous regardez de l'autre côté, poursuivit le pilote, un peu en amont, vers le nord, vous aurez une vue sur Jones Point qu'on a rarement l'occasion d'admirer à partir d'ici. À droite se trouve l'endroit où a été posée la première borne, la plus au sud, par le géomètre Andrew Ellicott et l'astronome afro-américain Benjamin Benneker le 15 avril 1791, le jour où ils ont commencé à établir le plan de la capitale d'origine, destinée à devenir Washington, D.C. Ceux qui sont intéressés par l'histoire de la franc-maçonnerie dans notre capitale nationale seront ravis de raconter à leurs amis que cette pierre a été déposée avec tout le rituel maçonnique, l'équerre, le fil à plomb et le compas, et dûment arrosée de blé, d'huile et de vin… conformément à leur tradition…

Il se donnait tellement de mal pour détourner l'attention des passagers, captivés, de ce qui se passait dans leur dos que j'étais prête à parier que personne ne se souviendrait des deux passagères qu'il avait débarquées en douce à Piscataway. Je supposai que Key avait dû lui promettre une caisse de Chivas Regal en plus de ces kilomètres de pilotage.

Les pêcheurs en attente nous halèrent avec la haussière et nous aidèrent à nous hisser sur le gigantesque tronc. Puis ils dégagèrent le cordage et nous battîmes en retraite sur la rive pour nous mettre à l'abri des fourrés plus denses du rivage.

— Mieux vaut peut-être ne pas dire de noms, déclara le plus âgé des deux pêcheurs comme il prenait ma main pour m'aider à grimper sur les rochers. Vous pouvez simplement m'appeler Cèdre rouge, c'est mon totem de naissance qui m'a été donné par notre déesse la lune… et voici mon assistant, Mr Blague à tabac.

Il fit un geste en direction du jeune garçon râblé qui sourit en plissant les paupières. Ils avaient l'air tous les deux assez robustes pour se tirer d'affaire quelles que soient les mauvaises rencontres que nous pourrions faire. Key avait vraiment beaucoup de contacts dans le coin. Mais tandis que nous les suivions dans les broussailles denses, je n'avais pas la moindre idée de ce qui se tramait.

Je ne distinguais aucun sentier. La forêt était tellement envahie de plantes grimpantes et de jeunes pousses qu'il semblait impossible que nous puissions nous y frayer un chemin à quatre, même à la machette. C'était un véritable labyrinthe, mais Cèdre Rouge semblait en détenir la clé. Les sous-bois fondaient miraculeusement devant ses pas, il n'avait pas même besoin de les toucher, et se refermaient dès l'instant où nous les avions traversés derrière lui.

Enfin, les bois s'éclaircirent un peu. Nous nous trouvâmes sur un chemin de terre avec une vue sur le fleuve dans le lointain à travers les arbres tachetés de soleil qui déroulaient à peine leur jeune feuillage couleur de chartreuse. Cèdre Rouge abandonna sa place en tête de file. Nous pûmes marcher côte à côte sur le chemin et nous parler pour la première fois.

— Piscataway, c'est un lieu et c'est des gens, m'expliqua-t-il. Le mot signifie « là où les eaux vives se mêlent »… la confluence de l'eau et de la vie. Notre peuple descend des plus anciennes populations autochtones, les Lenni-Lenape, les grands-pères, qui remontent à plus de douze mille ans. Les Nacotchtanks et autres tribus locales rendaient hommage au chef Tayac, notre premier chef, bien avant l'arrivée des Européens.

Je dus paraître médusée devant cette leçon d'anthropologie impromptue en pleine classe verte, car il ajouta :

— Miss Luna dit que vous êtes son amie, que vous êtes en danger et qu'il était particulièrement important que je vous dise certaines choses avant que nous arrivions à Moyaone.

— Moyaone ? répétai-je.

— Les ossuaires, dit-il. (Puis il chuchota avec un clin d'œil :) *Où tous les ossements sont ensevelis !*

Là-dessus, il se mit à glousser vigoureusement avec Blague à tabac.

Voulait-il parler d'un cimetière ? Qu'y avait-il d'hilarant dans une pile d'os ? Je jetai un regard à Key, qui souriait secrètement.

— Tous les ossements et tous les secrets, renchérit-elle. (Puis elle suggéra à Cèdre Rouge :) Avant qu'on y arrive, si tu racontais à ma copine la cérémonie du Maïs vert, les deux vierges et la fête des Morts ?

Génial ! Je savais que Key avait un penchant pour l'ésotérisme, mais là, on s'enfonçait de plus en plus dans le bizarre, un soupçon de rituel païen avec un zeste de sacrifice de vierges sur les bords du Potomac… Enfin, de quoi s'agissait-il ?

Comme j'avançais dans les bois tachetés de lumière en regardant autour de moi, j'essayai de ne pas perdre de vue que les services secrets étaient encore à la chasse sur les bords du fleuve, que je n'avais pas de carte d'identité sur moi et que personne n'avait la moindre idée de l'endroit où je me trouvais. Même si je savais que nous n'étions qu'à quelques kilomètres de notre belle capitale, cela me faisait une drôle d'impression. Curieusement, ce lieu mystérieux semblait écarté, dans le temps et l'espace, de tout ce que je connaissais.

Et les choses allaient devenir encore plus bizarres.

— Ça concerne les instructions premières, annonça Cèdre Rouge. Tout vient au monde avec ses propres instructions… comme un prototype, un modèle ou une série de plans. L'eau devient toujours ronde, le feu forme un triangle, beaucoup de roches sont cristallines, l'araignée tisse une toile, les oiseaux font un nid, l'analemme correspondant au mouvement apparent du soleil et qui forme un huit…

Key lui effleura le bras pour l'inciter à allonger le pas ou à accélérer le rythme de son récit. Voire les deux, peut-être.

— Ainsi l'histoire des vierges commence il y a quatre cents ans, reprit Cèdre rouge, quand les colons anglais sont arrivés et ont fondé un établissement appelé « Jamestown », du nom de leur nouveau roi. Mais auparavant, au début du XVIe siècle, ils avaient déjà fait main basse sur un bon bout de terrain dans les parages, qu'ils avaient baptisé « Virginie », en hommage à Élisabeth Ire, la reine vierge, qui avait précédé ledit roi Jacques Ier d'Angleterre. James, en anglais.

— Je connais l'histoire, dis-je en essayant de ne pas trop laisser paraître mon impatience.

Où cela nous menait-il ?

— Mais vous ne connaissez pas *toute* l'histoire, insista Cèdre rouge. Une trentaine d'années après ces colons de Jamestown, les Anglais ont eu un autre roi, Charles, probablement un catholique inavoué. Il fit affréter par Lord Baltimore deux navires chargés de colons catholiques et de prêtres jésuites, *L'Arche* et *La Colombe*.

« Enfin, ces Anglais se livraient une bataille acharnée depuis des lustres pour savoir laquelle était la « vraie foi », qui possédait la croix avec tous ses pouvoirs. Quelques années plus tard, la guerre civile éclata à cause de ça et le roi Charles Ier fut décapité. Mais une chose sur laquelle tous les Européens étaient d'accord, et le sont encore, c'était la loi de la découverte : si vous découvriez un endroit et y plantiez votre drapeau, la place était à vous ! Si des autochtones y habitaient déjà et que vous les appeliez des barbares, tant pis pour eux ! Un décret de l'Église vous autorisait à les convertir de force ou à en faire des esclaves.

Je connaissais bien cette histoire-là aussi. La conquête de la terre, les traités rompus, les bébés indiens massacrés, les réserves, le génocide, la piste des Larmes...

les populations autochtones et les croisés conquérants se détestant cordialement, à mon sens.

Et cependant, une surprise m'attendait.

— Bref, pour finir, les Piscataway se sont convertis au catholicisme, conclut Cèdre rouge, parce que les instructions premières se trouvaient remplies par la fête de l'Assomption et par la fête des Morts.

— Pardon ? fis-je, les yeux fixés sur Key.

— Vous savez, reprit Cèdre rouge, que la fête des Morts, où nous honorons les ancêtres en novembre, tombe au moment où on célèbre, dans le calendrier catholique, la fête de la Toussaint et la commémoration des âmes défuntes. Mais le plus important, c'est le 15 août, la date où, selon le calendrier catholique, la Vierge Marie est montée au ciel… ce qui est la date de notre ancienne cérémonie du Maïs vert à l'occasion de la « première moisson » qui marque le commencement de la nouvelle année.

— Autrement dit, observai-je, les Piscataway se seraient convertis au catholicisme parce que ça leur permettait de conserver leurs propres croyances et rituels tout en se pliant en apparence au culte de l'Église officielle ?

— Pas exactement, intervint Key. Tu comprendras quand on sera à l'emplacement des sépultures. Mais ce que Cèdre rouge veut dire, la raison pour laquelle il fallait que tu les retrouves, lui et Blague à tabac, sans ingérence militaire, c'est à cause des instructions premières. Comme on dit, à partir de là, c'est à moi de prendre la relève… ici même, je veux dire à cet endroit.

— Très bien, alors, on s'arrête là, dis-je, exaspérée.

Je commençais à en avoir assez de cette « piste d'envol » qui ne menait nulle part. Mais je m'étais également arrêtée parce que nous étions à l'entrée d'une longue passerelle en bois qui enjambait les vastes marécages commençant à cet endroit. J'espérais qu'elle nous garderait les pieds au sec, car je n'avais qu'une seule paire de chaussures.

Je me tournai vers Key.

— Je ne comprends pas. Comment tout ce laïus sur les ancêtres et le rituel religieux que ton ami m'a déballé peut-il avoir un rapport avec le problème immédiat qui nous concerne, toi et moi ? lui demandai-je. Qu'y a-t-il de si important à propos des vierges, du blé et de dîner avec les morts ?

— Les Jésuites ont baptisé « Sainte-Marie » l'endroit où ils ont accosté, m'expliqua Cèdre rouge. Et plus tard, ils ont nommé « Mary Land », Terre de Marie, toute la région de ce côté du fleuve, prétendument d'après le nom de la femme du roi Charles, mais en réalité d'après la Vierge Marie, la mère de Jésus. De sorte qu'on avait deux vierges qui se faisaient face de part et d'autre de l'eau, l'une protestante et l'autre catholique ! Deux îles vierges de la chrétienté, pourrait-on dire, surnageant dans une mer de peuples indigènes…

Deux îles vierges. Pourquoi ces mots me rappelaient-ils quelque chose ?

Blague à tabac avait testé la longueur du pont et comme il semblait être suffisamment haut pour nous garder au sec, nous avançâmes, de nouveau en file indienne, à travers la mer mouvante des joncs.

Mais Key, qui avait quelque chose à ajouter, me rattrapa.

— Ce sont les tribus du Potomac de cette région, tels que les Piscataway, qui ont lancé les premières la « théorie des deux vierges » : un grain ne suffit pas.

Elles ont imaginé que si tu plantes deux grains ensemble dans la rangée, le maïs sera fécondé plus facilement. Tout ça fait partie des instructions premières. Et c'est ce qu'elles font depuis les temps anciens.

Même si Leda la Lesbienne aurait probablement adhéré à cette philosophie – l'idée que deux jeunes filles vierges étaient l'équivalent du yin et du yang –, j'étais encore larguée.

Mais décidément, ça me disait quelque chose.

Et soudain, ça a fait tilt dans mon esprit.

— C'est toi qui as inventé le code pour le message que ma mère m'a laissé sur le piano, dis-je doucement. Alors c'est quoi, ces « îles vierges » ?

Key eut un large sourire de connivence.

— Tout juste, approuva-t-elle. C'est pourquoi nous sommes venues ici, dès le départ, avant tout autre endroit. Les « îles vierges », c'est un code des autochtones pour désigner Washington, D.C. Et ici même à Piscataway, c'est l'endroit où les instructions premières ont été rédigées pour la capitale de notre nation.

— Je croyais que c'était George Washington qui avait donné les directives initiales pour la capitale, soulignai-je. Après tout, c'est lui qui a acheté la terre, qui a embauché les types qui ont tracé le carré, avec tout le cérémonial crétino-maçonnique que nous a servi ton autre pote, le pilote du ferry…

— D'où tu crois qu'il *tenait* ses instructions ? m'interrompit-elle.

Quand je ne dis rien, elle pointa le doigt à travers les marécages de l'autre côté du fleuve. Dans le lointain, au sommet d'une verte hauteur dans l'éclatant soleil matinal, se dressait le mont Vernon, où vécut George Washington.

— L'emplacement de la cité n'a jamais été choisi ni obtenu par hasard, m'expliqua Cèdre rouge par-dessus son épaule. Il a fallu beaucoup de manœuvres secrètes et de ruse de la part du président. Mais il a su d'emblée que ce lieu où nous sommes, Piscataway, était la clé de tout. La tradition vient d'une croyance autochtone, mais aussi de la Bible. Elle a pour nom la Cité sur la Colline, le Haut Lieu, la Nouvelle Jérusalem. C'est dans l'Apocalypse de saint Jean. L'endroit choisi pour ce site sacré doit être un lieu à la confluence de nombreuses rivières pour invoquer les puissances.

— Quelles puissances ? m'enquis-je, même si je commençais à saisir le message.

Nous avions quitté les marécages et étions arrivés à présent dans une prairie où les pissenlits et les fleurs des champs pointaient déjà le nez vers le printemps tandis que les oiseaux et les insectes gazouillaient, bourdonnaient, et bruissaient alentour.

— C'est la puissance qu'on est venus voir ici, dit Key en étendant le bras à travers les herbages. Voici Moyaone.

Comme nous traversions la prairie, je vis un arbre énorme à feuilles persistantes qui dominait le milieu du champ. Si je ne me trompais pas, et je ne me trompais pas, c'était un…

— Le cèdre rouge, confirma Key. Un arbre sacré. La moelle et la sève de l'arbre sont rouges comme le sang humain. Celui-ci a été planté par le dernier chef Piscataway, Turkey Tayac, dont la sépulture est également ici.

Nous traversâmes le pré et allâmes sur la tombe, où une petite image de Tayac, un bel homme à la peau cuivrée et revêtu de tous les insignes royaux, était fixée sur une plaque commémorative en bois. Il y était précisé que, par décision du Congrès, il avait été enterré ici en 1979.

Autour de la tombe quatre grands poteaux étaient plantés en terre, avec des guirlandes tressées qui faisaient le tour. L'arbre, au-delà, était orné de poches rouges fixées par des rubans rouges. Il y en avait des centaines et des centaines.

— Des blagues à tabac, commenta Key. Un hommage pour honorer les morts.

Pour la première fois de la matinée, Mr Blague à tabac prit la parole.

— Pour votre père, dit-il en glissant un petit bout d'étoffe rouge dans ma paume et il me montra le cèdre rouge.

Key avait dû le mettre au parfum.

Je m'approchai de l'arbre, la gorge un peu nouée, et cherchai un moment avant de trouver une branche disponible où je pus nouer mon offrande. Puis je humai l'odeur de l'arbre. Quelle tradition magnifique. Envoyer des ronds de fumée jusqu'au ciel.

Key s'était approchée derrière moi.

— Les poteaux des esprits avec ces guirlandes sont là pour protéger cet endroit contre le mal, me dit-elle. Ils marquent les quatre quartiers : les quatre points cardinaux. Tout se rejoint ici, tu vois, ici même à cet endroit.

Elle voulait parler, bien sûr, du plan précis de Washington, une ville dont la première borne avait été posée plein nord par rapport à cet endroit. Certaines choses commençaient à se faire jour. Les quatre coins, les quatre quartiers, quatre points cardinaux, la forme en échiquier des anciens autels, les anciens rites…

Mais il y avait une chose que j'avais absolument besoin de savoir.

— Vous m'avez dit que les « îles vierges », c'était un code pour parler de la ville de Washington, demandai-je à Key et aux autres. Je peux comprendre pourquoi George Washington, fondateur d'un nouveau pays, et étant un type assez religieux et peut-être aussi un franc-maçon, a voulu fonder une nouvelle capitale comme celle de la Bible. Pourquoi il l'a conçue de cette façon, en jetant un pont sur le fleuve, pour rapprocher l'un de l'autre les deux christianismes. Comme vous l'avez dit : deux reines vierges, les mains par-dessus le courant, deux graines dans une seule cosse.

« Mais il y a une chose que je ne comprends pas. Si votre mission est de suivre les « instructions premières », d'aller avec le courant, à quoi bon marcher contre l'ennemi ? Après tout, comme vous venez de le souligner, ça fait des siècles que toutes ces religions se bagarrent à cause de leurs symboles et de leurs rites. Comment le fait de s'engager dans ces opérations compliquées pourrait-il aider Mère Nature à filer des toiles d'araignée ou à faire pousser le maïs ? Est-ce une façon de dire « Si tu ne peux pas aller contre le courant, nage avec lui » ?

Key s'arrêta et me regarda sérieusement pour la première fois.

— Alexandra, ne t'ai-je rien appris pendant toutes ces années ?

Ses paroles firent mouche. Nim ne m'avait-il pas posé exactement la même question ?

Cèdre rouge me prit le bras.

— Mais ce sont là les instructions premières, insista-t-il. L'« ordre naturel », si vous préférez, montre que les choses ne grandissent et ne changent que de l'intérieur, en réalisant un équilibre naturel. Pas par l'effet d'une force extérieure.

Clairement, mes trois compagnons avaient fait abstraction de quelques souvenirs historiques personnels.

— Vous fécondez donc l'Église avec les préceptes des autochtones ?

— Nous démontrons simplement que le Maïs notre Mère et la Terre Mère, existaient longtemps avant toute autre vierge ou mère, rectifia Cèdre rouge. Et avec notre aide, elle leur survivra longtemps. Nous plantons le maïs et le récoltons, parce que c'est ainsi que le maïs est le plus heureux et produit le plus.

— Comme on dit toujours, tu récolteras ce que tu as semé, ponctua Key.

Où avais-je déjà entendu ça ?

Blague à tabac – qui venait de scruter le ciel – se tourna vers Key.

— Il devrait arriver maintenant, lui annonça-t-il en faisant un geste de l'autre côté de la prairie.

Key jeta un œil à sa montre et approuva.

— Qui doit arriver ? demandai-je en suivant son geste.

— Notre chauffeur, expliqua Key. Il y a un parking ici, près de la route secondaire. On doit venir nous prendre pour nous conduire à l'aéroport.

En effet, je vis un homme sortir du bouquet d'arbres à l'extrémité de la prairie, en face de l'endroit par où nous étions arrivés.

Malgré la distance, quand il avança à travers l'herbe haute, je le reconnus instantanément à sa haute silhouette élancée et sa démarche dégingandée. Sans parler de sa tignasse de boucles noires qui voletaient dans la brise.

C'était Vartan Azov.

# LES CENDRES

*Je suis cendres quand j'étais de feu,*
*Et le barde en mon sein est mort,*
*Ce que j'adorais jadis à présent je l'admire…*
*Et comme ma tête, mon cœur est gris.*

Lord Byron, *À la comtesse de Blessington*

*J'aime mieux mourir en faisant quelque chose plutôt que rien.*

Lord Byron, mars 1824

Missolonghi, golfe de Corinthe, Grèce
Dimanche de Pâques, 18 avril 1824

Il pleuvait ; cela faisait des jours qu'il pleuvait, et la pluie semblait ne devoir jamais cesser.

Un vent aussi chaud que le sirocco du Sahara s'était abattu sur la ville deux semaines plus tôt et avait frappé avec la force terrible d'un animal déchaîné, arrachant et déchirant les petites maisons de pierre sur la côte, laissant les plages rocailleuses jonchées d'odieux débris.

À l'intérieur de la maison de Capsali, où les Anglais et d'autres étrangers avaient pris leurs quartiers, le silence régnait comme l'avaient réclamé les docteurs Bruno et Millingen. Même la canonnade, pour la traditionnelle célébration du dimanche pascal, avait été transportée par la milice sur un emplacement à l'extérieur des fortifications de la ville, et on avait incité les habitants à s'y rendre malgré le temps inclément.

Maintenant, le seul bruit qu'on pouvait entendre à l'intérieur de la maison vide était le vacarme frénétique de la tempête infatigable.

Byron était étendu sous les couvertures de son sofa turc au dernier étage. Même son grand terre-neuve, Lyon, était étendu tranquillement à côté de la couche, la tête entre les pattes. Et son valet Fletcher attendait en silence à l'autre extrémité de la pièce, versant au besoin de l'eau pour diluer le contenu de l'inévitable carafon de cognac.

Byron observait les murs et le plafond du grand salon, qu'il avait décoré lui-même à son arrivée – y avait-il seulement trois mois de cela ? – avec des pièces de son propre arsenal. L'étalage d'épées, pistolets, yatagans, fusils, tromblons, baïonnettes, trompettes et casques n'avait pas manqué d'impressionner ses gardes du corps privés souliotes, violents et turbulents, qu'il avait engagés et qui campaient au rez-de-chaussée… et ce jusqu'à ce qu'il ait fini de régler la solde de ces dangereux brigands et les ait envoyés sur le front.

À présent, comme le vent cognait contre les persiennes, Byron eût aimé, dans un de ses rares moments de lucidité, avoir encore la force de se lever et de traverser la pièce, d'ouvrir les fenêtres pour laisser entrer la tempête en furie.

Mieux valait mourir dans la furieuse étreinte des éléments déchaînés, se disait-il, que ce lent tarissement de l'étincelle de vie avec des applications répétées de sangsues et de cataplasmes. Il avait pourtant fait de son mieux pour s'opposer à ces saignées. Il n'avait jamais supporté l'écoulement du sang. Plus de vies avaient été perdues du fait de la lancette que de la lance. Ne l'avait-il pas suffisamment répété à cet imbécile de docteur Bruno ?

Mais avant que Lucca Vaya, le médecin d'Alexandros Mavrokordatos, qui commandait la résistance grecque dans la ville, ait réussi à braver la tempête pour atteindre la plage de Missolonghi, hier seulement, Byron avait subi plus qu'il ne le pouvait supporter des poussées de fièvre et de frissons depuis plus d'une semaine. En fait, depuis cette chevauchée du 9 avril, où les éléments l'avaient rattrapé et où il était tombé malade.

Et pour finir, « Bruno le boucher » en avait fait à sa tête, ouvrant les veines de Byron à plusieurs reprises pour en extraire une pinte de sang après l'autre. Juste ciel ! Cet homme était pire qu'un vampire !

À présent, tandis que sa force vitale déclinait à chaque instant, il restait juste assez conscient pour savoir que, dans les jours passés, il avait déliré plus que la moitié du temps. Et il avait l'esprit suffisamment clair pour se rendre compte que cette maladie ne devait rien à une bonne grippe ou à des engelures.

C'était, selon toute vraisemblance, la même « maladie » qui avait emporté Percy Shelley.

On le faisait mourir à petit feu.

Byron comprit que s'il ne réagissait pas promptement, s'il ne révélait pas ce qu'il savait à la seule personne qui avait besoin de le savoir, et à qui il pouvait se fier, ce serait peut-être trop tard. Et tout serait définitivement perdu.

Son valet Fletcher était à son chevet et attendait avec le flacon de cognac dilué qui procurait à Byron son seul répit. Fletcher qui, rétrospectivement, avait peut-être été le plus clairvoyant depuis le début. Il avait été longtemps réticent à accompagner son maître en Grèce, et avait supplié Byron de se demander s'il ne servirait pas mieux la cause de l'indépendance de la Grèce en procurant des fonds comme le réclamaient les insurgés, mais sans s'impliquer personnellement dans la guerre. Après tout, ils avaient déjà vu Missolonghi, juste après leur visite, une quinzaine d'années plus tôt, à Ali Pacha.

Et neuf jours plus tôt, quand Byron était « tombé malade », victime de ce mal mystérieux, incurable, Fletcher, d'ordinaire si flegmatique, s'était effondré. Les serviteurs, militaires, médecins parlaient tous des langues différentes.

— Une vraie tour de Babel ! s'était écrié Fletcher qui s'arrachait les cheveux de rage.

Il avait fallu trois traductions pour obtenir, à la demande du patient, une simple tasse de bouillon avec un œuf battu.

Mais au moins, Dieu merci, Fletcher était là en cet instant. Et, pour une fois, ils étaient seuls. À présent, bon gré mal gré, son fidèle valet devrait accomplir un dernier devoir.

Byron toucha le bras de Fletcher.

— Du cognac, monsieur ? demanda ce dernier, la mine si grave et si peinée que Byron aurait ri si cela ne lui avait pas demandé un tel effort.

Byron agita les lèvres et Fletcher approcha son oreille.

— Ma fille, souffla Byron.

Mais il regretta aussitôt ces paroles.

— Vous désirez me dicter une lettre personnelle pour Lady Byron et la petite Ada à Londres ? s'enquit Fletcher, redoutant le pire.

Car cette sorte de révélation n'aurait pu que refléter le dernier vœu d'un mourant. Le monde savait que Byron avait sa femme en horreur et ne lui envoyait que des communications privées, auxquelles elle répondait rarement.

Mais Byron secoua faiblement la tête contre les oreillers.

Il savait que son valet comprendrait et que cet homme, qui avait été son serviteur pendant tant d'années et dans l'adversité, le seul qui connût leur véritable relation, ne révélerait à personne cette dernière requête.

— Va me chercher Haidée, chuchota-t-il. Et ramène aussi le garçon.

Haidée fut peinée de voir son père ainsi étendu, si blême et si affaibli, plus blanc – comme l'en avait avertie Fletcher avant qu'ils entrent dans la pièce – que le duvet sous l'aile d'un jeune poussin.

À présent, comme elle se tenait avec Kauri devant le sofa turc en lambeaux, sur lequel Fletcher avait entassé des coussins, elle avait envie de pleurer. Elle avait déjà perdu Ali Pacha, dont elle avait toujours cru qu'il était son père. Et à présent, celui-ci, qu'elle connaissait depuis un peu plus d'un an, se vidait de ses forces sous ses yeux.

Au cours de l'année qu'ils avaient vécue ensemble, comme Haidée le savait bien, Byron avait pris tous les risques et usé de tous les subterfuges pour la garder auprès de lui tout en conservant le secret de leur relation.

Pour appuyer ce subterfuge, quelques mois plus tôt, à l'occasion de son trente-sixième anniversaire, Byron lui avait dit qu'il avait écrit à sa femme, « Lady B. », comme il l'appelait, pour lui dire qu'il avait fait la connaissance d'une enfant grecque charmante et pleine de vitalité, « Hayatée », à peine plus âgée qu'Ada, leur fille, et que la guerre avait rendue orpheline. Il aimerait l'adopter et l'envoyer en Angleterre, où Lady B. pourrait veiller à ce qu'elle reçoive une bonne éducation.

Bien entendu, il n'avait reçu aucune réponse sur la question. Mais les espions qui avaient ouvert sa correspondance, comme il l'expliqua à Haidée, prendraient cette fausse adoption pour une autre des célèbres lubies d'un grand seigneur.

Le « rapport » de Haidée avec Byron avait à présent été établi par la rumeur qui, en Grèce, ne ment jamais. Et maintenant qu'il était en train de mourir, à un moment où ils avaient un besoin pressant de se parler, ils savaient l'un et l'autre qu'il était d'une importance vitale que nul ne soupçonne la raison véritable pour laquelle elle avait été conduite à son chevet.

La Reine noire était cachée dans une grotte sur une île au large de la côte de Maino où Byron avait dit jadis à Trelawney qu'il aimerait être enseveli, la grotte où il avait écrit *Le Corsaire*. Ils étaient seuls tous les trois – Haidée, Kauri et Byron – à savoir où la retrouver. Mais à quoi cela servirait-il désormais ?

Car la guerre d'indépendance de la Grèce, qui avait commencé par une insurrection trois ans plus tôt, allait à présent de mal en pis. Le colonel Alexandre Ypsilantis, qui avait pris la tête de la Filiki Etéria, une société secrète dont le but était l'indépendance de la Grèce, avait mené la charge mais avait été trahi par son ancien maître, le tsar Alexandre Ier de Russie, et il était maintenant en train de pourrir au fond d'une geôle autrichienne.

Les factions grecques se querellaient sans cesse, rivalisant pour avoir la suprématie, tandis que Byron, qui était peut-être leur dernier espoir, agonisait dans une chambre sordide à Missolonghi.

Pis encore, Haidée pouvait lire l'angoisse sur le visage de son père, pas seulement à cause du poison qu'on lui avait sans doute administré, mais aussi de l'angoisse de quitter cette terre, de la laisser elle, sa fille, alors que leur mission n'était pas encore accomplie.

Kauri restait assis en silence auprès du lit, une main sur la tête de Lyon, tandis que Haidée, debout au chevet de son père, tenait sa main affaiblie dans la sienne.

— Père, je sais que vous êtes gravement malade, dit-elle doucement. Mais je dois connaître la vérité. Quelles sont à présent nos espérances de sauver la Reine noire… ou le jeu d'échecs ?

— Comme tu peux le voir, chuchota Byron, c'était parfaitement vrai, tout ce que nous redoutions. Les batailles et les trahisons de l'Europe ne s'achèveront pas avant que *tous* soient libres. Napoléon a trahi ses alliés de même que le peuple français, et même pour finir, son idéal, quand il a marché sur la Russie. Et le tsar Alexandre, en détruisant tous les espoirs d'unir les Églises orientales contre l'Islam, a trahi l'idéal de sa grand-mère, la Grande Catherine. Mais à quoi sert l'idéalisme quand votre idéal est faux ?

Cependant, le poète s'était adossé contre les oreillers, les paupières closes, comme incapable de poursuivre.

Il agita faiblement la main et Haidée prit spontanément la tasse de thé fort que Fletcher, à la demande de son maître, avait préparée avant de s'éloigner. Haidée vit que le valet avait laissé également un narguilé, dont le tabac brûlait déjà et qui devait insuffler à Byron la force dont il aurait besoin pour dire ce qui lui tenait à cœur.

Byron but une gorgée de thé dans la tasse que Haidée tenait pour lui, puis Kauri glissa le tuyau du narguilé entre les lèvres du poète. Enfin, Byron put rassembler suffisamment de forces pour poursuivre.

— Ali Pacha était un homme avec une grande mission, déclara-t-il d'une voix faible. Il ne s'agissait pas seulement d'unifier l'Est et l'Ouest, mais d'unifier les vérités sous-jacentes. Faire sa connaissance ainsi que celle de Vasiliki a changé ma vie, à une époque où je n'étais guère plus vieux que vous deux. À cause de ça, j'ai écrit beaucoup de mes plus grandes histoires d'amour : la passion de Haidée et de Don Juan ; *Le Giaour*[1], « l'Infidèle », l'amour du héros non musulman pour Leila. En fait, le mot turc *giaour* ne voulait pas dire « infidèle » à l'origine. Le sens ancien, *gabr*, vient du persan *gawr* et désigne un guèbre, un adorateur du feu, un zoroastrien. Ou un parsi des Indes, qui adore Agni, le dieu du feu.

« Voilà ce que j'ai appris du pacha et des Bektashis, la flamme sous-jacente qui est présente dans toutes les

1. *Le Giaour*, fragment d'un conte turc. Poème de Lord Byron. *(N.d.T.)*

grandes vérités. De ta mère, Vasiliki, j'ai appris l'amour.

Byron leur fit signe pour qu'ils lui approchent de nouveau le thé et le tabac afin de lui redonner les forces dont il manquait. Quand ce fut fait comme il l'entendait, Byron ajouta :

— Peut-être ne vivrai-je pas assez longtemps pour voir une autre année, mais au moins je verrai l'aube de demain. Assez longtemps pour partager avec vous le secret de la Reine noire que le pacha et Vasiliki ont jadis partagé avec moi, il y a tellement d'années. Vous devez savoir que la Reine actuellement en votre possession n'est pas la seule. Mais c'est la vraie. Approche-toi, mon enfant.

Haidée fit comme il le lui avait demandé et Byron lui parla d'une voix si chuchotée que Kauri dut véritablement tendre l'oreille pour saisir au vol ses paroles.

## Le récit du poète

À la fin du XVIe siècle, dans la ville de Kazan, au centre de la Russie, vivait une jeune fille appelée Matrona qui rêvait sans cesse que la Mère de Dieu venait à elle pour lui parler d'une ancienne icône ensevelie sous les décombres et qui possédait d'extraordinaires pouvoirs. Après avoir suivi les nombreux signes envoyés par la Vierge, elle retrouva l'icône à l'intérieur d'une maison incendiée, dans les cendres sous le fourneau, enveloppée d'une étoffe.

On l'appela la Vierge noire de Kazan. Elle devait devenir l'icône la plus célèbre de l'histoire de la Russie.

En 1579, peu après sa découverte, le couvent de Bogoroditsa fut construit à Kazan pour héberger l'icône, Bogodoritsa signifiant « celle qui a porté Dieu, » de Bogomater, Mère de Dieu, le titre de toutes ces figurines sombres liées à la terre.

La Vierge noire de Kazan protégea la Russie durant deux cent cinquante ans. Elle accompagna les soldats qui libérèrent Moscou des Polonais en 1612 et même contre Napoléon aussi tardivement que 1812.

Au début du XVIIIe siècle, Pierre le Grand l'emporta de Moscou, son deuxième foyer, vers Saint-Pétersbourg, sa nouvelle capitale. Elle devint la sainte patronne et la protectrice de la cité.

Dès que la Reine noire du ciel fut installée à Saint-Pétersbourg en 1715, Pierre Ier déploya son maître plan : chasser les Turcs hors d'Europe. Il se vit attribuer le titre de « Petrus primus, Russograecorum Monarcha », et se promit d'unifier les Églises orthodoxes grecque et russe. Bien qu'il ne réussît pcas dans cette quête, son ambition inspira à un de ses successeurs, presque cinquante ans plus tard, un zèle similaire pour la même cause.

Il s'agissait de la tsarina Ekaterina II, impératrice de toutes les Russies, que nous appelons la Grande Catherine.

En 1762, quand avec l'aide de son amant, Grigori Orlov, Catherine renversa son mari, le tsar Pierre III, à la suite d'une révolution de palais, elle rejoignit promptement les frères Orlov à la cathédrale de Kazan Bogoroditski pour se déclarer officiellement impératrice.

Pour commémorer l'événement, elle fit fondre un médaillon la représentant à l'image de cette autre vierge, Athéna (ou Minerve), et elle commanda une copie de l'icône de la Vierge noire de Kazan, avec une *riza*, une protection réalisée par le maître orfèvre Iakov Frolov, et ornée de pierreries, qui devait être accrochée dans le Palais d'hiver au-dessus du lit de l'impératrice.

L'Église russe apporta une contribution impressionnante – elle possédait plus du tiers de la terre et des serfs de la Russie – aux projets de Catherine qui aspirait à repousser l'Islam hors des frontières orientales du continent et à unifier les deux Églises chrétiennes. Elle participa avec enthousiasme au financement de l'exploration, de l'expansion et de la guerre. Grigori Shelikov, une sorte de Christophe Colomb russe, fonda la première colonie russe en Alaska, un comptoir commercial au Kamtchatka, et dressa la carte de la Russie orientale, d'une partie de l'Ouest américain et d'une enfilade d'îles entre les deux.

L'Empire russe avait commencé à se lancer dans ses revendications de tous ordres.

Catherine avait prévu que ce domaine serait dirigé par son petit-fils, Alexandre, auquel elle avait donné le nom du grand conquérant de l'Orient.

Lors de la première guerre russo-turque de 1768, Catherine avait obtenu une importante concession, passant le petit orteil par la porte du grand empire ottoman. C'était un traité reconnaissant à la Russie, si la situation l'exigeait, le droit de protéger les sujets chrétiens de la Sublime Porte.

Peu après, le nouveau favori de Catherine, Grigori Potemkine, l'aida à rédiger dans le plus grand secret un projet d'une ambition à vous couper le souffle. Ils l'appelèrent le « projet grec ». Ce n'était ni plus ni moins que le rétablissement de tout l'Empire byzantin dans sa configuration avant la conquête musulmane. Le gouvernement en serait confié à l'autre petit-fils de

Catherine qui avait reçu le nom du fondateur de l'Église d'Orient : Constantin.

Pour exécuter ce plan, Potemkine leva un « Bataillon sacré » de deux cents étudiants grecs, la Compagnie des Croyants étrangers, qui devaient recevoir une instruction militaire russe pour la technologie et le savoir-faire en prévision d'un retour dans leur pays natal où ils seraient le fer de lance de la lutte pour la libération du joug ottoman. Ce groupe représentait les premières graines de la Filiki Etéria, la « Société des Compagnons » qui s'était fixé pour but l'indépendance de la Grèce. Il allait jouer un rôle déterminant pour tout ce qui nous intéresse aujourd'hui.

Avec sa stratégie bien en main, et quelques pions ayant été planqués derrière les lignes ennemies, les pièces de Catherine étaient en position pour un coup de maître. Ou du moins le croyait-elle.

La seconde guerre russo-turque commencée en 1787, seulement deux ans avant la Révolution française, connut un succès encore plus grand que la première. Potemkine, en tant que commandant en chef, obtint la domination de la Russie sur la majeure partie de la mer Noire et s'empara d'Ismaïl, la grande forteresse turque réputée imprenable située à l'entrée du Danube.

Catherine était sur le point de lancer le grand « projet grec » destiné à démembrer l'empire ottoman et à s'emparer de Constantinople, quand Potemkine – non seulement le commandant en chef de Catherine et un brillant stratège politique mais, aux dires de certains, son mari qu'elle aurait épousé secrètement – fut saisi d'une fièvre mystérieuse alors qu'il revenait de signer le traité. Il mourut, comme un chien, au bord de la route de Nikolaïev, en Bessarabie, au nord de la mer Noire.

La cour de Saint-Pétersbourg fut en deuil en apprenant la nouvelle et Catherine égarée par la douleur. Ses nobles aspirations et tous ses plans complexes semblaient être mis entre parenthèses pour une durée indéfinie, relégués dans la tombe avec le cerveau qui non seulement avait aidé à les concevoir mais aussi à les exécuter.

C'est alors qu'une vieille amie arriva de France au Palais d'hiver, une amie qui s'appelait Hélène de Roque, l'abbesse de Montglane. Elle apportait avec elle une pièce importante du jeu de Montglane, ce jeu d'échecs qui avait jadis appartenu à Charlemagne. C'était peut-être la pièce la plus importante du jeu : la Reine noire.

La Grande Catherine, impératrice de toutes les Russies, en conçut l'espoir que, malgré tout, ses efforts et les fruits éventuels du fameux « projet » n'étaient pas définitivement perdus.

Catherine mit la pièce en sécurité tout en gardant un œil sur son amie l'abbesse pour tenter de savoir où les autres pièces du jeu étaient cachées. Il se passa plus d'une année avant que son fils Paul, qui détestait sa mère, saisisse une conversation entre les deux femmes au cours de laquelle l'impératrice révélait à son amie qu'elle comptait déshériter Paul en faveur du fils de celui-ci, Alexandre. Mais quand Catherine comprit que Paul avait appris l'existence de la précieuse pièce d'échecs cachée dans sa cassette personnelle à l'Hermitage, elle décida de passer à l'action.

À l'insu de tous, l'impératrice, se méfiant des intentions de Paul, commanda secrètement au maître orfèvre Iakov Frolov – qui avait fait pour elle une copie parfaite de la Vierge noire de Kazan plus de vingt ans plus tôt – de réaliser pour elle une copie tout aussi indétectable de la Reine noire. En désespoir de cause, Catherine fit passer en Grèce la pièce originale par le truchement de sa « Compagnie des Croyants étrangers ». Elle plaça la copie « parfaite » dans sa cassette à l'Hermitage, où elle resta jusqu'à sa mort, trois ans plus tard. C'est là que Paul la retrouva et passa outre au testament de sa mère en montant sur le trône.

Il tenait alors dans ses mains l'objet auquel sa mère était le plus attachée, croyait-il.

Mais quelqu'un savait tout.

Quand la Grande Catherine mourut et que le nouveau tsar Paul Ier trouva la Reine cachée dans sa cassette, croyant que c'était l'original, il montra l'objet à l'abbesse de Montglane juste avant les funérailles de sa mère, pour tenter de lui arracher, par la menace ou par la force, son aide pour rechercher les autres pièces. Il dévoila suffisamment son jeu pour convaincre l'abbesse que, indépendamment de ce qu'elle dirait ou ferait, elle serait jetée en prison. En réponse, elle tendit la main vers la pièce. « Cela m'appartient », déclara-t-elle à Paul.

Il refusa de la lui donner, mais elle en vit assez, même à cette distance, pour savoir qu'il y avait quelque chose d'étrange. La pièce semblait à tous égards être fondue dans le même or massif, couverte de gemmes en cabochon et soigneusement polies tels des œufs de rouge-gorge. En vérité, à tous égards, elle était identique à l'autre. Elle représentait un personnage vêtu de longues robes et assis dans un petit pavillon aux tentures ouvertes.

Mais une seule chose manquait.

L'Église se vantait de posséder nombre de pierres comme celles-ci, de l'époque de Charlemagne ou plus anciennes, qui n'étaient pas taillées en facettes, mais polies à la main avec ce type de forme, ou roulées avec du silicium à grain fin comme les galets sont roulés dans le lit de la mer, ce qui leur donnait une surface lisse comme le verre qui contribuait à en augmenter le chatoiement ou l'astérisme, cette étoile à l'intérieur de la pierre. Tout au long de la Bible, de pareilles gemmes sont décrites, en même temps que leur sens caché.

C'est pourquoi l'abbesse put comprendre d'un coup d'œil que cette pièce n'était pas la Reine noire qu'elle avait rapportée de France, cinq années plus tôt.

Car, de peur qu'il n'arrive une chose de ce genre, l'abbesse avait mis une marque secrète sur l'original, une marque que nul ne pouvait détecter à part elle. À l'aide du diamant à facettes de son anneau abbatial, elle avait gratté la forme d'un huit sur un rubis flamboyant en cabochon tout à la base du pavillon.

Une marque qui ne s'y trouvait plus !

Il n'y avait qu'une explication à cela. La tsarina Catherine avait fait exécuter une copie parfaite de la Reine noire pour la placer dans sa cassette, alors qu'elle s'était débarrassée de la vraie. Au moins était-elle à l'abri des mains de Paul !

L'abbesse n'avait qu'une seule possibilité. Aux funérailles de l'impératrice, elle devait faire passer une lettre codée à quelqu'un du monde extérieur… par l'intermédiaire de Platon Zubov, le dernier amour de la tsarine, qui ne tarderait pas, comme le lui avait notifié Paul, à être envoyé en exil.

C'était son seul espoir de sauver la Reine noire.

Quand Byron eut achevé ce récit, il se renversa à nouveau contre les oreillers, le teint plus pâle que jamais en raison du manque de sang, et il ferma les yeux. Il était clair que les faibles forces qu'il avait réussi à rassembler au début l'avaient complètement abandonné. Haidée savait qu'il fallait agir sans tarder.

Elle tendit la main à Kauri, qui lui donna le narguilé de même qu'une petite balance avec une petite dose de tabac déchiqueté. Elle souleva le couvercle du foyer et déposa le tabac sur les charbons. Quand la chaleur monta dans la pipe, elle rabattit les fumées vers son père.

Byron toussa légèrement et souleva les paupières. Il regarda sa fille avec des yeux pleins d'amour et de chagrin.

— Mon père, dit-elle, je dois vous demander comment cette information a pu atteindre Ali Pacha, ma mère et Baba Shemimi, pour qu'ils puissent vous raconter cela ?

— Elle est parvenue à quelqu'un d'autre, chuchota Byron d'une voix à peine audible. C'était la personne qui nous avait conviés à nous rassembler tous à Rome.

« L'hiver qui suivit la mort de la Grande Catherine, la guerre faisait toujours rage en Europe. Le traité de Campo Formio fut signé, qui accordait à la France les îles Ioniennes et plusieurs villes sur la côte albanaise. Le tsar Paul et les Anglais avaient signé un traité avec le sultan à Constantinople, lequel traité trahissait toutes les promesses que sa mère l'impératrice avait faites à la Grèce.

« Ali Pacha unit ses forces avec la France contre ce vil triumvirat. Mais Ali avait résolu de jouer les uns contre les autres. Car à présent, il avait appris – par le biais de Letizia et de son ami Shahin – qu'il détenait la vraie Reine noire.

— Et qu'en est-il de la véritable Reine noire ? demanda Haidée, en écartant la pipe à eau, quoique dans son état de préoccupation, elle tînt encore le petit plateau en cuivre. Si nous devons la protéger, Kauri et moi, au service de qui devons-nous la mettre parmi toutes ces traîtrises ?

— Au service de Dame Justice, dit-il dans un souffle, avec un petit sourire entendu à Kauri.

— Dame Justice ? répéta Haidée.

— Nulle autre que toi, affirma son père. C'est elle qui tient la Balance dans ses mains.

## L'ORIFLAMME

**Flamme**… ‹L. *flamma*, flamme, flamber, flamboyer, feu dévorant, orig. *Flagma*, radical *flag* dans *flagrare*, brûler, flagrant, *flagrans*, brûlant, enflammé.
**Flagrant**… radical *flag* = Gr. *phlegein*, brûler = Skt. radical *bhraj*, briller avec éclat…
**Brûlant**, enflammé ; d'où, éclatant ; radieux.

*The Century Dictionary*

Vartan avait un charme étonnant, parfaitement détonnant chez un joueur d'échecs professionnel, de classe internationale, fréquentant les clubs les plus huppés.

Tandis qu'il traversait la prairie pour venir à notre rencontre, la brise jouant dans ses cheveux, les premières réflexions de Key sur lui, dans le Colorado, me revinrent en mémoire. Il arborait un pull-over rayé de couleurs printanières, bleu ciel et jaune électrique, saisissant au milieu du champ parsemé de fleurs sauvages. Cette vision me fit oublier un instant que j'étais pourchassée par tous les fous dangereux de la planète à part ma tante Fanny.

Je me demandai si Vartan s'était endimanché de la sorte à mon intention.

Il s'approcha et salua Cèdre rouge et Blague à tabac, lequel échangea quelques mots en aparté avec Key. Puis ils serrèrent la main à tout le monde et repartirent par où nous étions venus.

Vartan éclata de rire quand il s'aperçut que j'examinais son pull-over étonnant.

— J'espérais que mon pull-over te plairait, s'étonna-t-il comme nous repartions avec Key en direction de l'endroit où il avait garé la voiture. (Elle marchait devant nous d'un pas rapide.) Je l'ai fait faire spécialement. C'est le drapeau de l'Ukraine. Les couleurs sont magnifiques, à mon avis, et aussi très symboliques.

« Le bleu, c'est le ciel et le jaune, les champs de blé. Le blé représente tout pour nous. Il y a de profondes racines affectives à cela. Il est souvent difficile de se rappeler qu'avant que Staline ait provoqué ces famines par l'agriculture collectiviste forcée, tuant des millions de gens, on appelait Kiev la mère de la Russie et que l'Ukraine était le grenier à blé de l'Europe. Il y a une merveilleuse chanson sur l'Amérique que j'ai entendue et qui parle des mêmes choses, le ciel et les champs de blé doré : *« O skies so beautiful, with amber fields of waving grain*[1] », essaya-t-il de fredonner.

— Oui, j'ai déjà entendu ça quelque part, dis-je. Et si Key avait eu la moindre influence sur son illustre

1. Chant patriotique, dont les paroles exactes sont : *« O beautiful, for spacious skies, For amber wave of grain [...] America ! America ! »* (Si belle, avec tes cieux immenses, l'océan des blés couleur d'ambre… L'Amérique !) Le poème a été écrit par Katherine Lee Bates en 1893 à l'occasion d'un voyage dans le Colorado. *(N.d.T.)*

famille, elle en aurait fait notre hymne national… au lieu de cette ballade d'arrière-salle sur les fusées et les bombes de Sir Francis Scott Key, dont elle porte le nom.

— Oh, ça revient au même, assura Vartan pendant que nous traversions la prairie, Key toujours en tête. Notre hymne national ne brille pas par son optimisme non plus : « L'Ukaine n'est pas encore morte. »… Mais je veux que tu regardes autre chose, ajouta-t-il. Je l'ai cousu sur l'envers de mon pull-over.

Il le retourna sans s'arrêter pour exhiber les armoiries brodées sur l'envers également en jaune vif et bleu, avec une fourche sculptée à trois dents plantée au milieu, d'allure assez gothique.

— Les armes de l'Ukraine, m'expliqua-t-il. Les armoiries de Volodimir, notre saint patron, mais le trident remonte à avant l'époque romaine. En fait, le premier était porté par Agni, le dieu du feu indien. Cela veut dire qu'on renaît des cendres, la flamme éternelle. « Nous ne sommes pas morts », et tout ça…

— Puis-je souligner, lança Key par-dessus son épaule, que si on ne continue pas ce cirque sur la route, et fissa, je ne donne pas cher de notre peau ?

— J'en parlais seulement pour expliquer pourquoi je portais le pull-over. À cause de l'endroit où on va maintenant, précisa Vartan.

Key lui avait lancé un regard écœuré. Elle accéléra l'allure et Vartan l'imita.

— On fait quoi ? dis-je en forçant le pas pour la rattraper. Tu ne veux pas dire qu'on va dans un endroit comme l'Ukraine ?

Je n'étais même pas sûre de savoir où c'était !

— Ne sois pas ridicule ! me rembarra-t-elle.

Son démenti m'apporta peu de réconfort car, pour Key, une excursion d'une journée pouvait comprendre l'escalade du flanc d'un glacier avec les ongles. Avec elle aux commandes, comme elle semblait l'être à présent, nous pouvions mettre le cap n'importe où. Et à ce stade, après avoir été attaquée ou kidnappée à deux ou trois reprises depuis le petit déjeuner, rien ne pouvait plus me surprendre.

— Non, ne t'inquiète pas, dit Vartan en me prenant par le bras quand, un peu essoufflée, je finis par les rattraper. Je ne suis pas sûr moi-même de notre destination.

— Alors pourquoi tu as dit « là où nous allons » ?

— On ne va pas tarder à le savoir, me lança de nouveau Key. Mais quant à savoir si on va y aller en arborant le drapeau ukrainien sur la poitrine, c'est une autre affaire.

— En fait, je l'avais juste mis pour toi, me confia Vartan sans tenir compte de son irritation évidente. J'ai pensé que ça te plairait, parce que tu es en partie ukrainienne.

Qu'entendait-il par là ?

— Krymsky… la Crimée, où ton père est né, tu sais que ça fait partie de l'Ukraine. Mais tiens… voilà enfin la voiture.

Notre voiture était la seule garée sur le parking de terre et de gravier, une berline grise discrète. Quand nous l'atteignîmes, Key tendit sa paume sans un mot et Vartan y posa la clé. Elle lui ouvrit la portière arrière et la lui tint. Pendant qu'il se glissait à l'intérieur, j'aperçus deux sacs de sport déjà en place. Je m'assis sur le siège du passager et on prit la route, Key au volant.

Ces petites routes de campagne conduisant hors du parc étaient poussiéreuses et sinueuses ; elles ne cessaient de bifurquer dans tous les sens, parfois sans panneau indiquant le croisement.

Key prenait les virages sans visibilité à toute allure, faisant monter ma tension, et j'espérais qu'elle savait où elle allait.

Mais je savais une chose avec certitude. À cet instant, elle était carrément en boule.

Mais pour quelle raison ? Une jalousie de petite fille à cause des attentions de Vartan à mon égard semblait davantage dans le style de Sage.

En outre, Vartan Azov, en dépit de son charme indéniable, n'était absolument pas le genre de Key, comme j'étais bien placée pour le savoir. Il avait une intelligence du genre analytique, intériorisée, alors que Key aimait quelqu'un davantage en rapport avec la biosphère. Pour Key, un mâle acceptable devait pouvoir distinguer à cent pas un sérac d'une moraine, faire une demi-douzaine de nœuds en quelques secondes, et cela dans le noir glacial, en portant des moufles, et il ne partait nulle part sans une collection complète de pitons, crampons et mousquetons.

Alors quel était le problème ? La mâchoire dure, la tension au volant ? Je voyais que Key s'obligeait à un silence rageur. Mais avec Vartan sur le siège arrière, capable de suivre toute la conversation, je devais sonder mes cellules grises pour essayer de trouver une maxime à portée réduite.

Comme toujours, Key me coiffa au poteau.

— Deux têtes valent mieux qu'une, articula-t-elle du coin des lèvres. Cela dit, trois, c'est toujours un de trop.

— Je croyais que ta devise avait toujours été : « Plus on est de fous, plus on s'amuse. »

— Pas aujourd'hui.

Après tout, Key avait fait faire tout ce trajet à Vartan à travers la cambrousse pour nous dépanner. Cela voulait-il dire qu'elle comptait maintenant le laisser en rase campagne ?

Mais en regardant le paysage lugubre et désert alentour, les boqueteaux vides, sans l'ombre d'une ligne téléphonique ou d'une pompe à essence, je me demandai où il était même possible de larguer un grand maître russe qui était de trop et dont on voulait se débarrasser.

Key quitta la route vers un boqueteau, coupa le contact et se tourna vers le siège arrière.

— Où sont-ils planqués ? demanda-t-elle à Vartan.

Je suis sûre que j'avais l'air aussi ahuri que Vartan.

— D'où nous observent-ils ? demanda-t-elle avec plus de virulence. Écoute, mon pote, ne tire pas trop sur la corde en jouant l'immigré ignorant. Tu dois savoir que je gagne ma vie en volant dans les airs.

Puis Key se tourna vers moi.

— Entendu, on va rejouer ce scénario, d'accord ? proposa-t-elle, l'air totalement écœurée, en comptant sur ses doigts à chaque explosion de fureur. On quitte, toi et moi, Washington, en échappant de peu aux mâchoires affamées des gars qui, comme tu me l'as dit toi-même, font partie des services secrets ! On met des vêtements camouflés et on se fait déposer dans un endroit où personne ne peut mettre le pied ! On traverse un marécage et une forêt qui ont été passés au peigne fin par les anciens de Piscataway ! On s'organise pour faire venir une bagnole par une route que personne ne pouvait connaître à l'avance ! Tu me suis jusque-là ?

Elle se tourna vers Vartan et lui enfonça l'index dans la poitrine.

— Et ce type se pointe et traverse la toundra sur presque un kilomètre, en arborant des couleurs fluo comme s'il essayait d'attirer l'attention dans un numéro de nuit du Copacabana !

Elle répéta :

— Alors ils sont où ? En avion ? En planeur ? En ballon ?

— Tu crois que j'ai mis ce pull pour attirer l'attention de quelqu'un ? demanda Vartan.

— Donne-moi une autre raison, proposa-t-elle en croisant les bras. Et tâche d'être convaincant. Il y a quasiment dix kilomètres d'ici à la plus proche station de taxis, mec.

Vartan la fixa un moment comme s'il avait perdu l'usage de la parole. Il avait le teint légèrement plus rouge, mais Key restait inébranlable. Finalement, il eut un sourire gêné.

— Tu as raison, je voulais attirer l'attention.

— Alors où sont-ils ? grogna-t-elle.

Vartan me montra du doigt.

— Ici, dit-il.

Une fois qu'on eut percuté ce qu'il voulait insinuer, il ajouta :

— Je m'excuse. Je croyais m'être bien expliqué. Je voulais qu'Alexandra fasse le rapport entre son père et notre patrie. Je n'avais pas compris ce... cette histoire de camouflage. Je me rends compte maintenant que c'est comme un mat à l'étouffée. Mais je ne voudrais jamais vous mettre en danger, Alexandra ou toi. Je t'en prie, crois-moi.

Key ferma les yeux et secoua la tête, comme si elle ne pouvait pas croire qu'on puisse être aussi niais.

Quand elle les rouvrit, Vartan Azov était assis sur le siège arrière, torse nu.

— Si nous avons autant de malentendus, et cela, dès le départ, remarquait Vartan pendant que Key reprenait la route (et après que nous l'avions convaincu d'enfiler un autre pull à la place du modèle bariolé qu'il avait quitté), cela va rendre le reste de nos problèmes encore plus compliqués qu'ils ne l'étaient pour commencer.

Bien dit et bien vu. Mais il y avait un problème qui ne risquait plus de me tourmenter désormais. Tenter d'imaginer Vartan Azov torse nu.

Je savais ce que c'était. Cela s'appelle la malédiction de l'ivrogne : le fait qu'on te dise, quand tu es complètement bourré, que tu ne dois pas imaginer un éléphant rose. Même si tu n'as jamais vu un éléphant rose de ta vie, tu n'arriveras pas à te sortir de la tête l'image de ce crétin.

Cependant, en tant que joueuse d'échecs, j'étais un as de la mémoire et de la perception. Et je savais qu'une fois qu'on a vraiment vu quelque chose, contrairement à ce qui se passe quand on l'a imaginé – comme les deux secondes d'intuition qu'on a en milieu de partie aux échecs, ou les douze secondes sur les pectoraux de Vartan Azov –, l'image restera, reposant pour l'éternité dans votre coffre fort mental. Une fois formée, l'image devient inaltérable et vous aurez beau faire, elle ne pourra s'effacer.

J'aurais voulu me battre d'être aussi débile.

Cet Azov. Une semaine plus tôt, je voulais le frapper, ou le réduire en bouillie, ou le détruire… une position saine, agressive, qui a sauvé bien des joueurs de la ruine. Mais je savais que ce qu'il y avait entre lui et moi ne serait pas seulement un duel à mort.

Je savais que Vartan avait eu raison, dans le Colorado, quand il avait dit qu'il y avait trop de coïncidences entre nos deux vies et que nous devions joindre nos forces. Mais était-ce vraiment une coïncidence ? Après tout, si Key avait raison, c'était ma mère qui avait véritablement multiplié les loopings pour arriver à nous faire nous rencontrer.

Je me tenais au bord du gouffre, sans savoir à qui je pouvais me fier : à ma mère, mon oncle, mon patron, ma tante, voire ma meilleure amie. Alors pourquoi devrais-je faire confiance à Vartan Azov ? Avais-je confiance en lui ?

Cool.

Je savais à présent que Vartan Azov était de chair et de sang. Et pas seulement parce qu'il avait retiré son pull-over.

Il attendait quelque chose de moi, quelque chose que j'avais vu ou que je savais, peut-être même sans le savoir. D'où tout ce laïus au sujet de l'Ukraine, des couleurs, des symboles, de l'océan de blé de la couleur de l'ambre…

Et là, brusquement, ça fit tilt. Tout cadrait parfaitement.

Je me retournai vers l'endroit où Vartan était assis à l'arrière. Il me fixait de ses prunelles violettes, insondables, au fond desquelles se consumait une flamme.

Tout à coup, je sus qu'il savait exactement ce que je savais.

— Taras Petrossian n'était pas seulement un oligarque russe typique et un fondu d'échecs, n'est-ce pas ? dis-je. Il possédait une chaîne de restaurants très chicos, genre le Sutalde à Washington. Il était financé par Basil. Il était partout. Et il t'a tout laissé.

Du coin de l'œil, je vis la bouche de Key se contracter légèrement, mais elle n'essaya pas de m'interrompre. Elle continua à rouler.

— Tout cela est vrai, confirma Vartan, qui me fixait toujours avec la même intensité, comme si j'étais un pion sur son échiquier. Tout sauf une chose.

— Je sais quelle est cette chose, dis-je.

Je me creusais la tête depuis la nuit où j'étais allée sur le pont avec Nim. Mais j'avais beau tourner et retourner le scénario, il était impossible que j'aie inventé que sa mère Tatiana était revenue dans la cour, rentrée à l'intérieur du trésor – et même dans ma poche – pour en sortir le bristol avec l'oiseau de feu après que mon père avait été assassiné ce jour-là.

Mais celui qui avait eu le carton et l'avait envoyé à Nim, lequel l'avait remis à ma mère d'après son propre aveu, avait envoyé également un objet dans le même paquet.

— L'échiquier, dis-je. Celui qui l'a envoyé à mon oncle devait nécessairement être à Zagorsk ce jour-là. Ce ne pouvait être que Taras Petrossian. C'est pourquoi on l'a tué.

— Non, Xie, me reprit-il. J'ai envoyé moi-même à ton oncle le dessin de l'échiquier et la carte de visite. Exactement comme ta mère m'avait demandé de le faire.

Il m'observa un moment, comme s'il hésitait à poursuivre.

Puis il ajouta :

— Mon beau-père a été assassiné quand il lui a envoyé la Reine noire.

# LE VOYAGE EN AVION

*Vol, voler. Transcendance : dépassement de l'esprit au-delà des limites de la matière ; libération de l'esprit des morts... Accéder à un état supérieur. La capacité des sages à voler ou à « voyager sur le vent » symbolise la libération et l'omniprésence de l'esprit.*

J. C. COOPER,
*An Illustrated Encyclopaedia of Traditional Symbols*

— Essaie de faire attention, s'il te plaît, m'exhorta Key pendant que nous traversions la piste en quittant le minuscule hangar pour embarquer dans l'avion qui nous attendait. Comme nos professeurs nous disaient à l'école : certaines choses que nous allons voir aujourd'hui feront partie de l'examen.

Le chargement de quelques données importantes aurait pu se révéler utile, mais je n'allais pas la provoquer en posant de nouvelles questions. Après le micmac des récits et renseignements contradictoires de ce matin, j'avais enfin appris à me taire, à écouter, et à garder mes idées pour moi.

Comme nous grimpions dans l'avion avec les sacs de sport que nous avions pris dans la voiture, je remarquai que je n'avais encore jamais vu cet avion-là chez Key, un monomoteur Bonanza d'époque. Je savais que pour les avions, elle avait un faible pour les appareils de collection. Mais ses goûts allaient en général à des avions rudimentaires qui pouvaient rester en vol à quatre-vingts kilomètres heure.

— Un nouveau trophée ? demandai-je prudemment quand nous eûmes tous les trois bouclé nos ceintures et commencé à rouler sur la piste.

— Non, lâcha-t-elle. La plaie de Washington, D.C. : des pistes tronquées. Quand tu veux te poser dans le coin, tu te retrouves systématiquement à atterrir sur un timbre-poste. Ce petit chéri est un emprunt, plus lourd donc avec moins de portance qu'un avion à aile haute, ce qui permet d'atterrir sur une distance plus courte. Cela dit, comme c'est un moteur à injection – donc très rapide –, on va arriver très vite à destination.

Je me gardai bien de demander laquelle. Non que cela ne titillât pas ma curiosité, mais après notre petite virée sur les routes secondaires, il me semblait suffisamment clair que, même si Key et Vartan étaient des recrues de l'équipe de ma mère, Key ne lui faisait pas suffisamment confiance pour parler librement en sa présence.

Et je dois le reconnaître, après la bombe que Vartan venait de lâcher concernant la Reine noire, l'échiquier et cette affichette de Zagorsk, j'attendais moi-même quelques développements. De sorte que, faute de choix, je décidai de suivre le courant.

Le Bonanza sentait le vieux cuir et la fourrure de chien humide. Je me demandais où elle avait déniché cette relique. Key poussa les moteurs ; l'avion vibra et descendit la piste en frémissant comme s'il se demandait s'il y arriverait ; mais au tout dernier moment, il monta en chandelle et brusquement s'envola vers le ciel avec une facilité surprenante. Une fois que nous eûmes atteint notre altitude et fûmes écartés du gros du trafic aérien, Key repoussa quelques boutons et se tourna vers Vartan et moi.

— Laissons Otto faire le boulot, d'accord ? Pendant qu'on continue notre petite discussion ?

Otto était, dans le jargon des pilotes de brousse, une façon de parler du pilotage *otto*-matique.

Je me tournai aussi vers Vartan.

— Tu as toute notre attention, lui dis-je gentiment. Si je ne me trompe, quand on s'est arrêtés au dernier épisode, ton beau-père, Taras Petrossian, était en train d'embrasser la Reine noire.

— J'aimerais expliquer tout ce que vous voulez savoir, nous assura Vartan. Mais vous devez comprendre que ce sera une très longue histoire, qui remonte dix ans en arrière et plus. Il est impossible de la raconter de façon simple.

— Pas de problème, répondit Key. Avec les pannes de fuel et tout, on a au moins douze heures devant nous pour t'écouter.

Nous la regardâmes fixement.

— C'est ce que tu appelles arriver très vite ? protestai-je.

— J'étudie la théorie d'Einstein, dit-elle en haussant les épaules.

— Eh bien, relativement parlant, dis-je, j'aimerais savoir relativement où on va ?

— Jackson Hole, dans le Wyoming. Pour prendre ta maman au passage.

À vol d'oiseau, Jackson était à trois mille cinq cents kilomètres. Et puisque les avions ne sont pas des oiseaux, comme l'avait déjà souligné Key, ils ne peuvent s'arrêter pour refaire le plein dans le premier champ de blé venu.

Je n'arrivais pas à y croire.

La dernière fois que j'avais eu de ses nouvelles, ma mère avait mis le cap – au moins métaphoriquement parlant – sur Washington depuis les îles Vierges. Que fichait-elle à Jackson Hole ? Comment allait-elle ? Et quel était le taré qui avait eu l'idée que nous devrions mettre plus d'une demi-journée pour nous rendre là-bas dans cette vieille carlingue ?

Je me demandais désespérément pourquoi je n'avais pas pensé à apporter mon parachute, ou si je pouvais me faire la belle à la prochaine pompe et rentrer en stop, quand Key interrompit le cours sinistre de mes pensées.

— Diviser pour régner, voilà de quoi il s'agit, déclara-t-elle, me donnant une explication *a minima*. Ta mère n'est peut-être pas une grande joueuse d'échecs, mon chou, mais Cat Velis sait mesurer la gravité d'une situation. As-tu seulement une idée depuis que la partie est en cours, du nombre de perturbations qu'elle a causées, avant de siffler la fin de partie ?

— Siffler ? demandai-je en essayant de tenir bon malgré ce changement de direction apparent.

Ce fut Vartan qui prit la parole.

— Ce que dit Nokomis est exact, intervint-il. Ta mère a peut-être compris quelque chose d'important, d'absolument crucial, auquel personne d'autre n'avait pensé en douze siècles.

À présent, j'étais tout ouïe.

— C'est… je ne sais pas exactement comment le dire, poursuivit Vartan. Au bout de tout ce temps, semble-t-il, ta mère a peut-être été la toute première de ce Grand Jeu à comprendre la vérité, la véritable intention cachée, du Créateur…

— Le *Créateur* ? couinai-je pratiquement.

Génial. On allait où, là ?

— Vartan veut parler du créateur du jeu d'échecs, corrigea Key avec un énorme dédain. Il s'appelait al-Jabbir ibn Hayyan… tu te souviens ?

*D'accord. Je savais au moins ça.*

— Et quelle était exactement l'intention cachée véritable de Mr Hayyan ? parvins-je à articuler. Je veux dire, bien sûr, d'après la théorie de ma mère qui a l'air d'avoir vos faveurs ?

Ils me dévisagèrent pendant une minute interminable, pendant laquelle je sentis les remous de l'air sous nos ailes ; j'entendais la vibration du moteur bourdonner à un rythme hypnotique.

Ils semblaient en venir à la même conclusion.

Ce fut Vartan qui brisa la glace.

— Ta mère a vu que, peut-être, depuis le début, le Grand Jeu était une illusion. Qu'il n'y avait peut-être pas de Grand Jeu…

— Attends, le coupai-je. Tu veux dire que des gens ont été assassinés durant tout ce temps… ont été incorporés ou se sont engagés volontairement dans un jeu au cours duquel ils savaient qu'ils risquaient d'être tués… tout ça pour une illusion ?

— Des gens meurent pour des illusions tous les jours, prononça Key, notre infatigable philosophe.

— Mais comment autant de gens ont-ils pu être impliqués dans un Jeu dangereux pendant tout ce temps si celui-ci n'existait pas ? insistai-je.

— Oh, il existe, m'assura Vartan. Nous en faisons tous partie. Tout le monde en a toujours fait partie. Et les enjeux sont très élevés, exactement comme Lily Rad nous l'a dit. Mais ce n'est pas ce que ta mère a découvert.

J'attendais toujours.

— Ce que ta mère a découvert, reprit Key, c'est que ce « Jeu » pourrait être une ruse destinée à nous entraîner dans la mauvaise direction. Tant que nous jouons, nous restons à l'intérieur de la boîte ; nous sommes victimes de notre propre myopie ; nous sommes des ennemis en noir et blanc qui se battent sur un échiquier de notre propre fabrication. Nous ne voyons pas l'ensemble du tableau.

Une « ruse » qui avait tué mon père, me dis-je.

— Et c'est quoi, exactement, le « tableau » ? m'enquis-je tout haut.

Key eut un large sourire.

— Les Instructions premières, déclara-t-elle.

Ma vie semblait pleine à ras bord de nouvelles découvertes.

La première – et en termes de priorités, peut-être la plus pressante – était que nous étions à la première étape d'un trajet de deux mille cinq cents kilomètres dans un avion dépourvu de toilettes.

La question vint sur le tapis quand Key sortit le mélange de fruits secs et de boissons énergétiques nécessaires pour nous permettre de tenir pendant le voyage. Elle nous conseilla cependant de ne pas trop forcer sur la nourriture ou la boisson avant d'être en vue de notre premier arrêt près de Dubuque. Allez savoir où c'était.

Je passerai sur les détails pour me contenter de signaler que la logistique semblait requérir soit l'extrême continence à laquelle étaient entraînés les pilotes de ce type d'appareil soit le maniement excessivement prudent d'un bocal à cornichons. Comme il n'y avait pas même un placard à balais dans ce coucou où on pouvait espérer trouver une once de solitude, j'optai, forcément, pour la première option et refusai les rafraîchissements.

Ma deuxième découverte devait se révéler, fort heureusement, un peu plus gratifiante.

C'était la révélation par Vartan du vrai rôle que feu Taras Petrossian avait joué dans ce Jeu dangereux, si illusoire fût-il.

— Taras Petrossian, l'homme qui devint mon beau-père, descendait d'ancêtres arméniens qui avaient vécu en Crimée depuis des générations et, comme tous les Arméniens, dans la région de la mer Noire depuis des temps reculés, nous raconta Vartan. (Il ajouta avec un sourire ironique :) Quand l'URSS s'est effondrée, il y a dix ans, cela a mis mon beau-père dans une situation inhabituelle et intéressante. Du moins, du point de vue d'un joueur d'échecs.

« Pour comprendre ce que j'entends par là, vous devez connaître un peu le contexte historique de la région dont je parle : la Crimée n'est pas seulement la terre natale du père d'Alexandra, mais cette péninsule, presque une île, et les environs, abritent de nombreuses légendes. Je crois que ce n'est pas par hasard qu'une grande partie de l'histoire que je vais vous raconter se concentre sur cet emplacement sur la mer Noire.

## Le deuxième récit du grand maître

Au fil des siècles, *Krym* a changé plusieurs fois de dirigeants. Au Moyen Âge, il y a eu la Horde d'Or de Gengis Khan, et les Ottomans y régnèrent aussi. Au XVe siècle, la Crimée était le plus grand marché aux esclaves de la mer Noire. Elle ne tomba dans l'escarcelle des Russes que quand Potemkine s'en empara pour la Grande Catherine au cours de la première guerre russo-turque. Puis, au milieu du XIXe siècle, pendant la guerre de Crimée, elle fut disputée par la Russie, qui tentait toujours de démembrer l'Empire ottoman, contre les Anglais et les Français… qui participaient tous au « Grand Jeu », comme on l'appelait. Dans le siècle qui suivit, la Crimée fut occupée et dépeuplée par une puissance après l'autre, durant les deux guerres mondiales. Ce n'est qu'en 1954 que Khrouchtchev, Premier secrétaire de l'Union soviétique, plaça la Crimée sous l'autorité de l'Ukraine. Ce qui crée aujourd'hui encore des problèmes.

Les Ukrainiens ne peuvent pas oublier comment Staline a provoqué la famine dans les années trente pour affamer des millions d'Ukrainiens et tuer des centaines de milliers de Tatares de Crimée, descendants de Genghis, les envoyant en exil en Ouzbékistan.

Les Ukrainiens détestent la Russie et la majorité russe de Crimée déteste l'idée d'être intégrée à l'Ukraine.

Mais personne n'aime beaucoup les Arméniens. Bien qu'ils fassent partie des premiers chrétiens de l'époque d'Eusèbe – leurs anciennes églises existent encore, malgré que la plupart soient condamnées, sur les côtes de la mer Noire –, ce sont des gens à part. À une époque plus récente, ils se sont souvent rangés aux côtés de la Russie ou de la Grèce contre les Turcs musulmans, ce qui a conduit à de nombreux massacres au cours du dernier siècle. Mais lors de ces purges, ce courant du christianisme a souvent été laissé sans protection, aussi bien par les Russes que par les Grecs et les Églises romaines. Ce qui a abouti à l'exode des Arméniens de la région.

Mais cette fuite, cette *diaspora*, un mot grec à l'origine pour parler de « la dispersion » des graines, avait en fait commencé dans les temps anciens, et elle joue un rôle vital dans notre récit.

C'était cet aspect de l'histoire qui allait se révéler bientôt d'une grande valeur pour Taras Petrossian, de même que pour d'autres, comme je vais l'expliquer.

Les Minni[1] faisaient partie des cultures les plus anciennes, ils furent les premiers commerçants à occuper le haut plateau arménien pendant des milliers d'années. Le massif montagneux tombe au nord jusqu'à la mer Noire et au sud, il s'incline jusqu'aux basses terres de la Mésopotamie, où les Minni avaient descendu aisément, pendant des millénaires, le Tigre et l'Euphrate jusqu'au cœur de Babylone, de Sumer et de Bagdad.

1. Le nom de l'Arménie aurait pour origine, selon certains, Har-Minni : la région montagneuse des Minni. *(N.d.T.)*

Trois empires « modernes » finirent par s'emparer de ce vaste plateau et se le partager : c'étaient les royaumes du tsar de Russie, du sultan de Turquie et du shah d'Iran. Ils se rencontraient au milieu, là où se dresse le mont Ararat, volcan d'obsidienne de 5165 mètres de haut – appelé aussi Koh-i-Noh, la « montagne de Noé », l'endroit où l'Arche se posa sur la terre ferme, lieu sacré au cœur même de l'ancien monde, à la croisée de l'est et de l'ouest, du nord et du sud.

Taras Petrossian connaissait très bien cette histoire. Et il percevait comment un ancien héritage puissant pouvait être invoqué pour atteindre des puissances encore plus énormes dans les temps modernes.

Taras était jeune – la trentaine seulement, beau, intelligent et ambitieux – quand, à la fin des années quatre-vingt, Mikhaïl Gorbatchev accéda au pouvoir en Union soviétique, sa politique radicale de la *glasnost* et la *perestroïka* apportant un souffle d'air frais. Cela se transforma bientôt en une bourrasque assez forte pour balayer, telles des feuilles mortes emportées par le vent, l'infrastructure pourrie et branlante d'un Politburo vieillissant, de même que ses idées décrépites et ses plans vermoulus.

L'URSS tomba rapidement en poussière. Mais il n'y avait pas de nouvelle structure pour la remplacer.

C'est dans ce vide que se sont engouffrés ceux qui avaient des projets en tête et qui souvent possédaient les bons contacts professionnels, ou disposaient déjà de fonds mal acquis, pour les réaliser. Les gangsters et le marché noir apportaient une « protection » rémunérée ; les fonctionnaires appauvris et les scientifiques fauchés vendaient les secrets commerciaux et des matériaux pour la fabrication d'armes ; la mafia tchétchène a asséné le coup de grâce, en 1992, en escroquant la Banque de Russie de 325 millions de dollars.

Et il y avait aussi une nouvelle classe d'opportunistes. Des hommes d'affaires appartenant à la nouvelle oligarchie, comme Taras Petrossian.

Taras Petrossian a épousé ma mère quand j'avais neuf ans. J'étais déjà connu depuis longtemps dans l'arène échiquéenne : la veuve d'un brave combattant russe élève seule un jeune prodige des échecs. Ce genre de choses.

Petrossian, grâce aux fonds fournis par son commanditaire, Basil Livingston, avait monté sa chaîne de restaurants design et de clubs huppés à travers toute la Russie. Mon beau-père comprenait bien l'appétit insatiable des Russes pour davantage que la nourriture, pour un aperçu du vrai luxe après tant de décennies sinistres sous l'empire soviétique. Et il comprenait comment commercialiser ces appétits. Il ne contredisait jamais, par exemple, ceux qui imaginaient qu'il descendait de cette longue lignée de fournisseurs de la cour des tsars, et il s'assurait qu'il y avait toujours des coupes de caviar à toutes les tables dans toutes ses boîtes de nuit.

Les décors à thème de ces lieux étaient habilement conçus pour évoquer des endroits d'où les Arméniens étaient originaires ou vers lesquels ils avaient émigré au fil des siècles. À Saint-Pétersbourg, par exemple, il ouvrit un bar à vin et à champagne très cher qui servait des produits de la Central Valley de Californie. À Moscou, la Toison d'Or proposait un menu grec, avec des outres de résiné qui évoquaient la nourriture que Jason et les Argonautes avaient pu consommer en traversant la mer Noire de Colchis à Tomis.

Mais le plus recherché de ces lieux était le club privé très sélect de Moscou, dont la carte de membre était inabordable et disponible sur invitation seulement, appelé le Bagdaddy's. Ce club seul aurait suffi à procurer à Taras Petrossian les ressources qu'il dépensa rapidement pour me donner à moi, son jeune beau-fils, les meilleurs professeurs et formateurs d'échecs que l'argent pouvait offrir.

Cela lui permit aussi de payer de sa poche de nombreux tournois. Il le fit pour des raisons qui vous apparaîtront bientôt clairement avec mon récit.

Le Bagdaddy's n'était pas seulement une boîte huppée. Il offrait une cuisine moyen-orientale dans un cadre exotique composé de plateaux de cuivre, de selles de chameaux et de samovars, avec un échiquier rare disposé à côté de chaque divan. À l'entrée, un vaste portrait du grand calife Harun al-Rachid accueillait les clients, avec cette maxime écrite dessous :

*Bagdad, il y a mille ans, berceau des échecs de compétition.*

Car il est de notoriété parmi les passionnés de l'histoire des échecs qu'al-Rachid, cet illustre calife abbaside – qui était capable, disait-on, de jouer deux parties simultanées à l'aveugle –, transforma les échecs en un modèle d'entraînement à l'art de la guerre, les retirant ainsi du domaine du jeu ou de la divination et en améliorant leur image dans les limites du Coran.

L'aspect le plus intéressant de ce club que possédait mon beau-père était sa collection privée de pièces d'échecs précieuses qu'il avait glanées de par le monde et qui étaient installées dans des niches éclairées dans les murs. Taras Petrossian tenait à ce qu'on sache qu'il était acheteur d'autres pièces pour agrandir sa collection et qu'il était toujours prêt à surenchérir sur ses concurrents du marché des antiquités quel que soit le prix.

Il y avait, bien entendu, un jeu parmi ces pièces qui l'intéressait plus particulièrement. Et avec l'effondrement de l'Union soviétique, suivie par l'attaque terroriste du 11-Septembre et l'entrée imminente de l'armée américaine à Bagdad – tous ces événements intervenant en dix ans seulement –, quelqu'un ayant besoin d'une rapide injection de fonds et en situation de mettre la main sur quelque chose à troquer pouvait être plus que disposé à se séparer d'une pièce du Jeu de Montglane.

Quand le gouvernement prit des mesures de répression à l'encontre des mercantis, mon beau-père se débarrassa promptement de ses affaires et fuit la Russie pour Londres. Mais il est évident qu'en ce qui concerne le jeu d'échecs, pour lui comme pour son bailleur de fonds sans doute, sa mission restait identique. Peut-être étaient-ils même sur le point d'arriver à leurs fins.

Car je crois qu'il y a à peine plus de deux semaines, quand Taras Petrossian a été assassiné à Londres, un objet qu'ils recherchaient venait de disparaître de Bagdad.

Quand Vartan eut terminé son récit, Key secoua la tête en souriant.

— Je crains de vous avoir vraiment sous-estimé, monsieur, dit-elle avec une petite tape amicale sur le bras. Quelle enfance ! Élevé par un type qui semble avoir été obnubilé et sans scrupules au point d'épouser ta mère dans le seul but de mettre la main sur toi. Toi qui lui as donné un passeport pour sa mission malfaisante et permis de devenir un gourou des échecs qu'on porte aux nues !

J'étais sûre que Vartan allait rétorquer vertement à cette sortie balancée par une femme qui, somme toute, le connaissait à peine et n'avait jamais rencontré Petrossian. Mais il se contenta de lui sourire.

— On dirait que je t'ai sous-estimée, moi aussi, répondit-il simplement.

Mais j'avais une question plus importante et qui m'avait tannée tout le temps où j'avais écouté le récit de Vartan, une question qui avait ramené ce martèlement derrière mes yeux, des coups que le ronronnement du moteur du Bonanza ne faisaient qu'exacerber. Même si je ne voyais pas comment me résoudre à la poser. J'attendis que Key reprenne en main les manettes d'« Otto » et vérifie notre position. Là, je respirai à fond.

— J'imagine, dis-je à Vartan, la voix tremblante, que si la « mission » de Petrossian… et de Basil Livingston… était de rassembler d'autres pièces du Jeu de Montglane, cela devait inclure celle que mon père et toi avez vue ensemble à Zagorsk ?

Vartan hocha la tête et m'observa attentivement. Puis il fit un geste tout à fait inattendu. Il prit ma main dans la sienne, se pencha et m'embrassa le front comme si j'étais encore une enfant. Je sentis la chaleur de sa peau se communiquer à la mienne au niveau de ces deux points de contact, comme si nous étions mis à la terre. Presque à contrecœur, il me laissa aller.

J'étais tellement prise au dépourvu que je sentis ma gorge se durcir et les larmes me monter aux yeux.

— Je dois tout te raconter d'un bout à l'autre, reprit-il d'une voix calme. Après tout, c'est pourquoi nous sommes ici. Mais tu crois que tu vas pouvoir le supporter ?

Je n'en étais pas sûre. Je hochai la tête malgré tout.

— Ce tournoi à Moscou, ce match entre toi et moi… je n'étais moi-même qu'un enfant, donc je n'ai rien compris à l'époque. Mais d'après les éléments que j'ai pu rassembler, je ne vois qu'une seule raison pour laquelle cet événement a été organisé au départ. Vous attirer, ton père et toi, en Russie. Comme ta mère protégeait ton père, ils n'auraient pas réussi à le faire revenir là-bas de son plein gré. Tu me suis ?

Absolument. J'avais envie de hurler et de m'arracher les cheveux. Mais je savais que ce qu'il avait dit était parfaitement exact. Et je savais exactement ce que cela voulait dire.

En un sens, c'était moi qui avais tué mon père.

Sans mon obsession enfantine de devenir le plus jeune grand maître international, et sans cette occasion en or et irrésistible d'accomplir cet objectif, mon père ne serait revenu à aucun prix sur sa terre natale.

C'était exactement ce que ma mère avait redouté.

C'était pour cela qu'elle m'avait fait renoncer aux échecs quand il avait été tué.

— Avec tout ce qu'on vient d'apprendre concernant le Grand Jeu, continua Vartan, cela tient parfaitement debout. Quiconque était un joueur savait certainement qui était ton père. Pas seulement le grand maître exceptionnel Alexander Solarin, mais une des grandes figures du Grand Jeu… et le mari de la Reine noire. Mon beau-père l'a attiré là-bas pour lui montrer qu'ils possédaient cette pièce majeure, peut-être dans l'espoir de passer un quelconque marché…

Vartan s'interrompit et me dévisagea comme s'il voulait me prendre dans ses bras et me réconforter. Mais il avait l'air tellement éperdu qu'il semblait avoir lui-même besoin de réconfort.

— Xie, tu ne comprends pas ce que ça veut dire ? s'exclama-t-il. Ton père a été sacrifié… et j'étais l'attraction qui a servi à vous attirer tous les deux dans le piège !

— Ce n'est pas vrai, dis-je, posant une main sur son bras comme Key l'avait fait un instant plus tôt. Je voulais te battre ; je voulais gagner ; je voulais être le plus jeune grand maître international… tout comme toi. On n'était que des gamins, Vartan. Comment on aurait pu deviner alors que c'était davantage qu'un jeu d'échecs ? Comment on le saurait aujourd'hui… si Lily ne nous l'avait pas expliqué ?

— Eh bien, nous savons aujourd'hui parfaitement ce que c'est, répliqua-t-il. Mais j'aurais dû, moi, le savoir plus tôt. Il y a un mois seulement, Taras Petrossian m'a demandé de venir à Londres, alors que je ne l'avais pas vu depuis une éternité, depuis qu'il avait émigré. Il voulait que je participe à un vaste tournoi qu'il organisait. Pour décrocher mon consentement, il n'a pas pu s'empêcher de me rappeler que, s'il ne m'avait pas généreusement doté de professeurs et autres formateurs durant les années où il m'avait servi de père de substitution, je n'aurais peut-être jamais obtenu mon titre de grand maître. Je lui étais redevable, comme il me l'a rappelé alors en termes on ne peut plus clairs.

« Mais peu avant le tournoi, dès mon arrivée à l'hôtel Mayfair où mon beau-père résidait, j'ai appris qu'il attendait de moi quelque chose de très différent, de beaucoup plus important, pour que je règle mes dettes. Il m'a demandé de lui rendre un service. Et il m'a montré une lettre qu'il avait reçue de ta mère…

Vartan s'était interrompu, car on devait lire sur mon visage comme dans un livre ouvert. Je secouai la tête et lui fis signe de poursuivre.

— Comme je disais, Petrossian m'a montré une lettre de Cat Velis. En gros, il semblait qu'il possédait divers objets qui avaient appartenu à ton défunt père. Il voulait que je les remette entre les mains de ta mère le plus vite possible. Mais elle ne voulait pas que mon beau-père les lui envoie lui-même, ni qu'il les fasse passer à Lily Rad au cours du match. L'un et l'autre semblaient être, aux yeux de ta mère… « imprudents » est le mot qu'elle a utilisé, je crois. Elle proposait que Petrossian me recrute plutôt pour envoyer ces objets de façon anonyme à Ladislaus Nim.

*Le dessin de l'échiquier.*
*La carte.*
*La photo.*

À présent, tout se mettait en place. Mais même si Petrossian avait pris le bristol dans la poche de mon manteau à Zagorsk, comment fichtre avait-il mis la main sur le dessin de l'échiquier, que Nim croyait être en possession de Tatiana, et plus encore de « la seule photo existante » de la famille de mon père ?

Mais Vartan n'avait pas tout à fait fini.

— La lettre de ta mère m'invitait aussi à me joindre à Lily et Petrossian après le tournoi pour venir dans le Colorado, ce que j'ai accepté. Nous pourrions ainsi discuter de tout, disait-elle.

Il s'interrompit un instant.

— Mais comme tu le sais, mon beau-père a été tué, lui aussi, avant la fin du tournoi de Londres. Lily et moi nous sommes retrouvés discrètement quelque part dans la ville. Nous ne savions pas vraiment dans quelle mesure nous pouvions divulguer l'un à l'autre ce que ta mère avait dit à chacun de nous, puisque Lily n'avait pas réussi à la joindre. Mais nous nous méfiions tous les deux de Petrossian et de Livingston. Et nous sommes convenus que l'implication de Petrossian, associée aux invitations sibyllines de ta mère à son anniversaire adressées à chacun de nous, semblait indiquer que la mort de ton père à Zagorsk ne devait pas être accidentelle. Comme j'étais la seule autre personne à avoir été présente à Zagorsk au moment de sa mort, j'étais intimement convaincu que les objets que je lui avais expédiés pouvaient avoir un rapport.

« Dès l'instant où nous avons appris, Lily et moi, la mort prématurée et suspecte de mon beau-père, nous avons décidé de quitter le tournoi. Et afin de moins attirer l'attention sur nos faits et gestes, nous sommes convenus de prendre l'avion pour New York et d'aller dans le Colorado dans la voiture personnelle de Lily.

Vartan s'arrêta et me regarda gravement de ses yeux sombres.

— Bien sûr, à partir de là, tu connais le reste de l'histoire, conclut-il.

Pas vraiment.

Même si Vartan ne savait comment Petrossian était entré en possession du dessin de l'échiquier et des deux autres objets dans le paquet que ma mère l'avait chargé d'envoyer à Nim, il manquait encore une explication primordiale.

— La Reine noire, dis-je. Tu nous as dit, à Key et à moi, quand on était dans le Maryland, que c'était toi qui avais envoyé de ta main le dessin de l'échiquier à Nim. Tu viens de nous expliquer le comment et le pourquoi. Or, tu as dit que tu croyais que Taras Petrossian avait été tué parce qu'il avait envoyé la Reine noire à ma mère.

« Mais tu m'avais dit aussi plus tôt que la dernière fois que tu avais vu cette pièce, c'était il y a dix ans, derrière la vitrine au trésor de Zagorsk. Alors, comment Petrossian a-t-il pu s'en emparer ? Et comment – et surtout *pourquoi* – aurait-il envoyé quelque chose d'aussi précieux et d'aussi dangereux à ma mère, quand il savait qu'elle avait peur ne serait-ce que de le voir communiquer directement avec elle ?

— Je ne le sais pas avec certitude, reconnut Vartan, mais étant donné les événements de ces derniers jours, j'ai commencé à avoir de sérieux doutes. Il m'est venu à l'esprit – si curieux que ça puisse paraître – que Taras Petrossian avait peut-être déjà cette pièce en sa possession il y a dix ans quand nous étions tous à Zagorsk.

« Après tout, c'est lui qui a pris les dispositions pour organiser notre dernière rencontre dans ce lieu écarté ; c'est lui qui m'a dit qu'il venait de découvrir la pièce dans la cave de l'Hermitage et qui m'a appris combien elle était célèbre ; et c'est lui qui m'a dit qu'elle avait été apportée à Zagorsk uniquement pour être exposée là à l'occasion de notre tournoi d'échecs. Alors, pourquoi ne serait-il pas possible que ce soit Taras Petrossian, celui qui vous a attirés en Russie, qui ait placé la pièce d'échecs dans cette vitrine… peut-être dans l'espoir que, quand Alexander Solarin la verrait… ?

Mais il s'arrêta net car visiblement, pas plus que moi, il ne trouvait ce que Petrossian avait pu avoir en tête. Peu importe ce qu'il avait espéré de toutes ces combines et magouilles, il semblait que cela n'avait rien apporté à personne. À part la mort.

Vartan pétrit son crâne couvert de boucles car, même pour lui, cela n'avait rien de logique.

— Nous avons supposé, remarqua-t-il en avançant à tâtons, qu'ils jouaient dans des équipes différentes. Mais admettons que non ? Et si durant tout ce temps, mon beau-père avait essayé d'entrer en contact avec tes parents ? Et s'il avait toujours fait partie de leur équipe, mais qu'ils ne l'aient pas su ?

Et là, ça fit tilt.

Et à cet instant précis... pour Vartan aussi.

— Je ne sais pas comment Petrossian a mis la main sur le dessin de l'échiquier, dis-je, et il a pu fouiller dans ma poche pour prendre cette affichette... encore qu'il semble peu probable qu'elle ait eu un sens pour quiconque à part mon père et moi. Mais il y a une chose que je sais avec certitude. Il n'y a qu'une personne au monde qui aurait pu lui donner cette photo que tu as mise dans le paquet que tu as envoyé à mon oncle. Je crois que c'est la même personne qui nous a avertis avec cette carte à Zagorsk.

Je pris une profonde inspiration et essayai de me concentrer pour voir où cela nous menait exactement. Même Key, qui était aux commandes, était tout ouïe à présent.

— Je crois, poursuivis-je, que la personne qui a donné au départ à Taras Petrossian cette pièce d'échecs, il y a dix ans, et peut-être même celle qui l'a aidé à nous faire venir à Moscou, était la même qui lui a donné cette photo, pour qu'elle soit mise dans le paquet destiné à ma mère et que tu as finalement envoyé à Nim, afin de crédibiliser l'histoire de Petrossian.

« Cette personne est ma grand-mère ! La mère de mon père ! Vous avez soulevé l'idée, Key et toi, en répétant que pour ma mère, le Grand Jeu pourrait ne pas exister, que nous pourrions être du même bord. Et si c'était ma grand-mère, derrière tout ça, cela voudrait dire…

Mais comme Vartan et moi nous regardions, complètement sidérés, je ne pus me convaincre d'affronter ce que j'étais sur le point de dire. Malgré tout ce que nous avions dû affronter jusque-là, cela dépassait l'imagination.

— Ce que ça veut dire, nous lança Key par-dessus son épaule, c'est ce qui fait que ta mère se cache. C'est la raison pour laquelle elle a donné cette fête, la raison pour laquelle elle m'a envoyée te chercher.

« Autrement dit, ton père est toujours en vie.

# LE CHAUDRON

*Ainsi, dans presque toutes les mythologies, il y a un vase miraculeux. Parfois il dispense la jeunesse et la vie, d'autres fois, il possède le pouvoir de guérir, et quelquefois… on peut y puiser une force et une sagesse stimulantes. Souvent, en particulier sous la forme d'une marmite, il opère des transformations ; c'est sous cette fonction qu'il a connu l'exceptionnelle renommée du* Vas Hermetis *de l'alchimie.*

Emma JUNG et Marie-Louise von FRANZ,
*La Légende du Graal*

Vivant.

Bien sûr.

J'avais l'impression de me trouver sur une autre planète qui tourbillonnait à travers le temps et l'espace.

Et sous cet angle nouveau, les événements les plus fous et les plus absurdes de ces derniers jours – les fêtes improvisées, les paquets mystérieux envoyés depuis des terres étrangères, la disparition de ma mère, la façon dont Key m'avait enlevée –, brusquement, tout cela prenait un sens.

Le choc que me causa cette révélation fut peut-être la goutte d'eau en trop. Sinon, je ne sais pas comment j'ai fait pour m'endormir après ça. Cependant, quand je m'éveillai, j'étais carrément dans le cirage, allongée de tout mon long dans le noir à l'arrière du fuselage sur un lit improvisé fait de sacs de sport.

Mais je n'étais pas seule.

À côté de moi il y avait quelque chose de chaud. Et qui respirait.

Il me fallut un moment pour me rendre compte que le moteur était silencieux. Key était invisible. Il était bien après minuit, l'heure à laquelle nous avions débarqué pour notre deuxième arrêt mécanique près de Pierre, dans le Sud Dakota. C'est alors que Key nous avait annoncé qu'elle avait besoin de faire un somme et qu'on devrait en faire autant avant d'attaquer les montagnes.

En ce moment, j'étais à moitié vautrée sur le corps ferme de Vartan Azov, lequel était allongé dans mon dos avec un bras par-dessus moi, qui bougeait vaguement, le visage enfoui dans mes cheveux. Je pensai à me dégager de cette étreinte désordonnée, mais je craignis de le réveiller et me dis qu'il avait sans doute autant besoin de repos que moi.

En plus, c'était vraiment agréable.

Que se passait-il entre Vartan et moi ? me demandai-je.

Et si j'attendais que Key ait fini de faire le plein ou autre chose, cela pourrait me laisser un peu de temps pour réfléchir avec les vibrations des moteurs en moins sans compter le traumatisme de ces émotions fortes à répétition. Avec seulement à l'oreille le bruit paisible de la respiration régulière d'un joueur d'échecs en train de roupiller.

Je savais que j'avais du pain sur la planche côté réflexion, surtout, malheureusement, pour essayer de déchiffrer l'écheveau entortillé de l'absolument inconcevable. Après tout, cela faisait à peine quelques heures que j'avais appris pourquoi ma mère se cachait, pourquoi elle avait battu le rappel des troupes et nous avait attirés chez elle pour finalement nous laisser choir dans le noir. Tous, en fait, à part Nokomis Key.

J'avais réussi à comprendre ce qui s'était passé quelque part entre notre premier arrêt aujourd'hui à Moyaone, aux ossuaires de Piscataway, et notre première étape pour faire le plein à Duluth – quatre heures de passées, pas mal – quand j'avais finalement affronté Key et qu'elle avait reconnu le rôle qui était le sien.

Elle était bien la Reine blanche.

— Je n'ai jamais prétendu que Galen ne disait pas la vérité, avait protesté Key quand je lui rafraîchis la mémoire et lui rappelai ses dénégations dans la cage d'escalier au Four Seasons. Tout ce que j'ai dit, c'est : ne l'écoute pas ! Après tout, ces idiots ont eu leur chance à ce Jeu. Maintenant, c'est le tour de quelqu'un d'autre de faire tourner les tables. C'est ce que ta mère et moi comptons faire.

Ma mère et Nokomis Key. Même si j'avais du mal à visualiser ces deux-là associées de cette façon, si je devais être tout à fait franche avec moi-même, je devais reconnaître que depuis toujours, depuis notre enfance, Key était vraiment la fille de ma mère.

La Reine noire et la Reine blanche étaient donc de mèche.

J'avais un refrain qui me tournait dans la tête, une des chansons d'*Alice au pays des merveilles*, quelque chose du genre : *Me ferez-vous l'honneur de prendre le thé, ma foi, Avec la Reine rouge, la Reine blanche, et moi* ?

Mais j'avais beau sentir tintinnabuler sous mon crâne, j'avais, pour ma mère, une reconnaissance sans bornes d'avoir décidé de « siffler la fin de partie », pour reprendre l'expression de Key au début de notre expédition, et de joindre les forces, peu importe ce que cela impliquait.

Je me battais l'œil à présent de ce qui avait pu amener ma mère à couper les ponts avec mon oncle, ou de la raison pour laquelle Key avait bouclé à l'intérieur de l'hôtel certains qui pouvaient bien faire partie de l'équipe des Blancs. J'en trouverais la raison plus tard. Pour le moment, j'étais simplement soulagée.

Parce que je venais enfin de comprendre pourquoi Key gardait ce sourire ironique et pourquoi elle avait fait ces réflexions sibyllines concernant la sépulture à Piscataway. Et en fait, pourquoi nous avions justement visité l'ossuaire de Moyaone. *Tous les ossements et tous les secrets*, avait-elle commenté.

Car en fin de compte, si mon père était en vie, comme Key l'avait dit, et si ma mère l'avait appris, ce n'était pas moi que ma mère avait protégée durant tout ce temps, ni elle. C'était lui, depuis toujours, qui avait été en danger immédiat.

Et à présent, je savais aussi pourquoi ma mère avait eu si peur durant toutes ces années, voire avant Zagorsk. C'était elle qui l'avait mené là. Les secrets du Jeu de Montglane n'étaient pas ensevelis avec les ossements à Piscataway, pas plus que les pièces du Jeu ne l'étaient.

Ils étaient ensevelis dans l'esprit de mon père.

De tous ceux qui avaient été impliqués dans le Grand Jeu, Alexander Solarin était le seul à savoir où se trouvaient les pièces. S'il était vivant – et j'étais sûre que Key et ma mère ne se trompaient pas à ce sujet –, nous devions le trouver avant que quelqu'un d'autre ne le fasse.

Je priais le ciel. Pourvu que nous arrivions à temps.

Key ne plaisantait pas quand elle m'avait demandé, tandis que nous traversions la réserve de Piscataway, si je me doutais seulement du mal qu'ils avaient eu à organiser mon enlèvement en chambre. Comme le ciel virait au mauve, elle mit les gaz et le Bonanza s'élança au-dessus des Black Hills et du mont Rushmore, en direction des Rocheuses. Et elle donna quelques détails techniques. Elle était venue dans un avion dont les papiers n'étaient pas à son nom et elle n'avait pas déposé de plan de vol, de sorte qu'il serait difficile de nous suivre. Voire de deviner notre destination.

Tant que le personnel des aéroports privés vous connaissait, nous expliqua-t-elle, il n'y avait rien à craindre. Elle ne s'était posée pour faire le plein que dans des endroits où elle était sûre de pouvoir contacter à l'avance par radio quelqu'un qu'elle savait se trouver sur place, même la nuit, quand l'équipe de l'aérodrome s'était absentée. Comme son ami, le mécanicien de la Réserve sioux qui nous avait fait le plein la nuit dernière à Pierre, de sorte que nous avions pu décoller avant l'aube.

À présent, emmitouflés dans notre équipement isotherme qu'elle avait apporté dans les sacs de sport, nous volions au sommet du monde.

— L'aube ! lança Key vers les montagnes. Une vraie révélation ! Il faut voir ça !

Voler à quatre mille cinq cents mètres au-dessus des Rocheuses dans un petit avion au soleil levant est toujours à vous couper le souffle. Les montagnes étaient seulement à quelque trois cents mètres au-dessous de nous. Avec le soleil levant derrière nous qui dorait nos ailes, le petit avion découpait en lambeaux les nuages roses, tel un rapace planant dans le ciel. Nous pouvions voir en détail tout ce qui se trouvait en dessous : le rocher escarpé, violacé, veiné de neige argentée ; les pentes abruptes couvertes de pins et d'épicéas ; le ciel turquoise, étincelant.

Bien que j'eusse fait des douzaines de balades en montagne comme celle-là avec Key, je ne m'en lassais pas. Vartan en bavait presque sur la vitre, le regard scotché sur le paysage époustouflant. Le pays de Dieu, disaient les habitants du cru.

Atterrir à Jackson Hole, quatre heures plus tard, c'était une autre affaire. Key traversa les défilés comme une flèche, les montagnes se profilant presque à portée de main, des deux côtés. C'était toujours troublant. Puis elle descendit vers le fond de la vallée avec précision. En fait, la précision était une condition *sine qua non* quand on posait un avion dans le « Hole[1] » sans fond.

La matinée était déjà bien avancée quand nous nous posâmes, aussi nous attrapâmes les sacs, les char-

1. Litt. : « Trou ». *(N.d.T.)*

geâmes dans la Land Rover qu'elle gardait toujours à l'aéroport et, d'un commun accord, allâmes chercher de quoi nous sustenter.

Comme je me bourrais d'œufs au bacon, de toasts et de marmelade, de pommes sautées, fruits frais et jus de fruit, le tout arrosé de litres de caoua noir, je réalisai brusquement que c'était la première fois que j'avalais quelque chose depuis le petit déjeuner d'hier matin dont m'avait régalée mon oncle Slava.

Il fallait vraiment que j'arrête de m'empiffrer une fois par jour.

— Où notre ami doit-il nous retrouver ? demandai-je à Key quand nous eûmes payé la note et quitté le restaurant. À l'appartement ?

— Tu verras bien, répondit-elle.

Key gardait un pied-à-terre au Racquet Club pour ses escales, afin que ses pilotes de brousse, qui allaient dans le Nord, puissent toujours disposer d'un bain et d'un lit. J'y avais séjourné quelques fois. L'immeuble en copropriété avait été conçu par un architecte naval pour un usage maximum d'un espace minimum, et l'ensemble était à la fois douillet et grandiose. Il y avait même des courts de tennis et une salle de sport pour les obsédés.

Ma mère n'était pas là. Key nous dit de poser les sacs de sport. Puis, après avoir évalué d'un coup d'œil la taille de Vartan, elle tira d'un placard trois combinaisons thermiques légères et nous dit de les enfiler, de même que des après-skis imperméables à fermeture Éclair, puis nous remontâmes en voiture. Elle reprit la route sans autre explication.

Mais au bout d'une demi-heure, quand nous eûmes passé l'entrée de Teton Village et le lac Moran, je savais que nous quittions ce qu'on appelait la civilisation. Je me sentis gagnée par une certaine anxiété.

— Je croyais que tu avais dit qu'on allait chercher ma mère pour qu'on puisse arriver à retrouver mon père, remarquai-je. Mais cette route ne conduit qu'au parc national de Yellowstone.

— Exact, confirma Key, le regard sarcastique. Mais pour emmener ta mère, on doit d'abord la trouver. Elle se cache, ça ne t'a pas échappé.

Quand j'eus le temps de réfléchir clairement au déroulement des événements, je l'avoue, je dus reconnaître que Key s'en était très bien tirée. L'organisation de la mission avait été impeccable d'un bout à l'autre. Je n'aurais pu concocter une meilleure cachette pour ma mère, qui lui permette de passer inaperçue, qu'un hiver dans le parc national de Yellowstone. Et c'était vraiment l'hiver ici, peu importe si le calendrier officiel pouvait vous amener à croire qu'il en allait autrement.

Alors qu'à Washington, le début avril évoquait la fête des Cerisiers en fleur et la saison touristique, dans le Nord Wyoming, des repères jaune et rouge de quatre mètres de haut jalonnaient les congères sur le bas-côté de la route à partir de la mi-septembre. Et l'hiver pouvait s'attarder encore dans les parages pendant deux mois supplémentaires. Impossible d'aller camper avant le mois de juin.

Le parc était interdit à tous les véhicules sauf aux autoneiges et aux scooters des neiges, et ces derniers sur réservation seulement, depuis le premier novembre jusqu'à la mi-mai. D'ici l'hiver prochain, même les motoneiges seraient interdites par un nouveau décret fédéral dans notre tout premier parc national historique. En ce moment, la route principale, la Grande Boucle, une route de 225 kilomètres qui tourne et forme un grand huit, serait encore fermée sur une bonne partie de son parcours dans le nord.

Mais rien n'était complètement interdit aux gardes forestiers et à l'équipe des chercheurs tels que Key, dont certains menaient leurs travaux les plus importants durant cette période de l'année. C'était ce qu'il y avait de brillant dans cette opération clandestine, bien que, je le reconnais, je n'eusse pas encore vu le « tableau d'ensemble », comme elle disait.

Quand nous parvînmes à l'entrée du parc, Key prit trois tickets avec son laissez-passer, et nous sautâmes tous dans la motoneige, une espèce de camionnette Econoline avec des autochenilles à la place des roues et ce qui ressemblait fort à des skis plantés devant pour nous empêcher de nous enfoncer dans la neige.

Il y avait déjà quelques personnes à bord qui semblaient faire partie du même groupe et poussaient toutes des *oh* et des *ah*, pendant que notre guide intarissable nous montrait quelques-unes des dix mille caractéristiques géothermiques du parc, « juste ici sur la gauche et à notre droite », et bombardait tout le monde avec l'histoire méconnue de l'Ouest, y compris les premiers temps du parc.

Vartan paraissait véritablement fasciné. Mais quand le guide commença à nous régaler de statistiques sur les chiffres des explosions du geyser Old Faithful, comment une éruption de deux minutes et trente-six mètres représentait un intervalle plus court de peut-être cinquante-cinq minutes jusqu'à la prochaine éruption, alors qu'une éruption de cinq minutes jouxtant les trente-sept mètres se traduisait par environ soixante-dix huit minutes d'attente jusqu'à la prochaine… je vis les yeux de mes voisins se ternir, et la mâchoire de Key se crisper.

On mit pied à terre quand on eut atteint Old Faithful Inn. Key prit alors deux scooters des neiges dûment réservés aux gardes forestiers, de même que trois paires de raquettes légères qui pourraient, faute de mieux, se fixer à nos bottes si jamais on tombait en panne.

Elle grimpa sur un scooter des neiges avec moi derrière, Vartan enfourcha l'autre et nous suivit. Comme nous filions vers le nord, je pus entendre notre guide et les touristes compter très fort : « Dix, neuf, huit, sept, six… »

Quand nous fûmes au sommet de la montée, Key quitta la route une minute et pointa le doigt derrière nous. Vartan se rangea à côté de nous et se retourna pour regarder Old Faithful qui explosait, projetant un jet de vapeur à plus de trente mètres dans le ciel désolé de l'hiver.

— Il explose, même là, dans ce froid ? demanda-t-il avec stupéfaction.

— Ils sont chauffés, à plusieurs kilomètres sous la surface de la terre, à plus de six cents degrés, expliqua Key. Mais le temps qu'ils remontent jusqu'ici, ils se fichent de savoir le temps qu'il fait. C'est un soulagement de sortir de là.

— Qu'est-ce qui les chauffe ? insista-t-il.

— C'est bien le *hic*, dit Key. On se tient au-dessus du plus grand chaudron volcanique connu au monde. Il pourrait exploser et détruire tout le continent nord-américain en un rien de temps. Nous ne sommes pas sûrs du moment précis où il explosera. Et il n'est pas notre seul souci.

« On était convaincus que la caldeira de Yellowstone était unique. Mais maintenant, on pense qu'il est possible que ce chaudron soit en fait connecté à travers l'Idaho jusqu'au mont Saint Helens, dans l'État de Washington, et à la région pacifique… à ce cercle de failles plus grand sur la bordure de l'océan Pacifique et qu'on appelle la ceinture de feu.

Vartan la considéra un moment. Peut-être était-ce un effet de mon imagination. Il semblait y avoir entre eux une entente tacite, comme s'ils se demandaient s'ils devaient partager la chose avec moi.

Mais en un instant, leur regard changea.

Cela devait faire une bonne demi-heure que nous avancions quand Key s'arrêta de nouveau.

— Maintenant, on va faire du hors-piste, annonça-t-elle. Ce n'est qu'à une courte distance, mais on a besoin des deux motoneiges pour transporter notre amie et ses affaires derrière. (Elle s'interrompit.) Si vous voyez s'approcher un grizzli trop curieux, coupez le moteur, couchez-vous dans la neige et faites le mort, ajouta-t-elle.

*Tu parles ! Fastoche.*

Key traversa un bois superbe, puis longea un champ de geysers fumants qui projetaient des volutes argentées vers le ciel. Nous dépassâmes les mares de boue que nous visitions quand nous étions petites. Elles bouillonnaient comme un chaudron de sorcière, explosaient et sifflaient avec un bruit impossible à imiter.

Au fond du vallon, en contrebas, se trouvait une des petites huttes chauffées disséminées dans les bois. On y sert généralement du café ou du chocolat chaud pour les skieurs et les raquetteurs, mais celle-ci était un peu à l'écart des sentiers battus.

Key sortit son émetteur-récepteur de garde forestier et annonça :

— On arrive. À toi.

Et que je sois pendue si ce n'est pas la voix de ma mère qui répliqua dans le talkie-walkie :

— Qu'est-ce qui vous a pris tout ce temps ?

Je n'avais pas vu ma mère depuis cinq ans.

Et pourtant, elle n'avait pas changé d'un cheveu : on aurait cru qu'elle venait de se baigner dans un élixir magique.

Ayant moi-même passé ma jeunesse plongée dans rien de plus stimulant que le jeu d'échecs, je soupçonne que ce doit être cette énergie vitale, cette puissance animale brute qui lui sortait par tous les pores, qui avait rendu tous les hommes de notre vie complètement gagas et m'avait toujours intimidée quand j'étais en sa présence.

Mais pour le moment, j'étais complètement sidérée. Dès l'instant où nous pénétrâmes dans l'abri, ma mère – sans tenir compte de Vartan et Key – jeta les bras autour de moi dans un geste d'émotion inaccoutumé, m'enveloppant dans le parfum familier de ses cheveux, mélange de bois de santal et de sauge, et quand elle s'écarta, il y avait de vraies larmes dans ses yeux. Après tout ce que j'avais appris ces derniers jours sur elle et que j'avais toujours ignoré, tout le mal qu'elle s'était donné pour sauvegarder non seulement ce terrible jeu d'échecs, mais aussi protéger mon père et moi, j'étais terriblement bouleversée de la retrouver ainsi.

— Dieu merci, tu vas bien, articula-t-elle en me serrant de nouveau dans ses bras, plus fort, comme si elle pouvait à peine y croire.

— Ça ne va pas durer, intervint Key, à moins qu'on ne passe à la suite des opérations et fissa. N'oublie pas qu'une mission plus importante nous attend.

Ma mère secoua la tête comme si elle recouvrait ses esprits et me libéra. Puis, se tournant vers Key et Vartan, elle les embrassa rapidement.

— Je vous remercie, dit-elle. Je suis tellement soulagée.

Nous allâmes chercher les sacs dans la cabane et ma mère grimpa sur le scooter derrière Key. Le visage plissé par un large sourire, elle fit un signe de tête vers Vartan qui allumait le contact de son engin.

— Je suis contente que vous ayez enfin pu vous voir les yeux dans les yeux, ajouta-t-elle.

Je montai derrière Vartan et nous partîmes à travers les bois derrière Key.

Quand nous fûmes assurés que l'horizon était dégagé, nous retournâmes sur la route. Une demi-heure plus tard, nous regagnâmes le portail ouest vers l'Idaho, où la clôture était fermée pour stopper la circulation en direction de la forêt nationale de Targhee. Key arrêta son scooter des neiges et descendit, ramassant les bagages de ma mère.

— Que se passe-t-il ? leur demandai-je pendant que Vartan coupait le contact.

— On a rendez-vous avec la destinée, répliqua Key. Et elle conduit une Aston Martin.

Rien n'aurait pu paraître plus incongru que Lily et Zsa-Zsa, emmitouflées dans leurs plaids en fourrure et attendant discrètement dans une Vanquish d'un demi-million de dollars garée sur le parking de Targhee. Heureusement, il n'y avait personne alentour pour les observer. Mais comment étaient-elles arrivées ici alors que la forêt était fermée pour l'hiver ? Key devait compter tous les gardes forestiers de la planète parmi ses copains, me dis-je.

Elles sortirent de la voiture pour nous saluer, tandis que Key commençait à charger les sacs de ma mère à l'arrière. Zsa-Zsa, tendant le cou dans les bras de Lily, réussit à me faire un baiser mouillé. Je l'essuyai sur ma manche. Lily alla embrasser ma mère.

— J'étais tellement inquiète, dit Lily. J'ai attendu dans cet affreux motel, sans un mot pendant des jours. Mais tout paraît s'être bien passé jusqu'ici, au moins tout le monde est là et on n'a oublié personne. (Elle se tourna vers Key.) Alors quand est-ce qu'on s'en va ?

— Et où est-ce qu'on s'en va ? répliquai-je.

Je semblais être la seule à barboter dans le potage.

— Je ne pense pas que ça va te plaire, me répliqua Key, mais je le dis quand même. Comme je te l'ai dit, ça n'a pas été facile à organiser, mais on a tout planifié. On a élaboré un plan de notre mieux, quand on s'est trouvés seuls à Denver. Ensuite nous sommes allés te prendre, Vartan et moi, en avion sur la côte Est. Donc, pour le moment, nous allons retourner à Jackson Hole tous les trois comme si on avait simplement fait une balade à scooter et on va se taper un bon dîner là-bas ce soir. On va roupiller chez moi et sauter dans le premier vol demain matin. Ta mère et Lily vont y aller par la route. Elles nous retrouveront à l'autre bout. Je crains que le lieu de rendez-vous le plus commode ne soit Anchorage…

— Anchorage ! m'écriai-je. Je croyais qu'on allait retrouver mon père. Tu ne veux pas dire qu'il est en Alaska ?

Key me regarda de nouveau l'air exaspéré.

— Je t'ai déjà dit que ça n'allait pas te plaire. Mais non, ce n'est pas là qu'on va. C'est là où ta mère et Lily prendront ton père à notre retour. En fait, pour des raisons de sécurité, ta mère et moi sommes les seules à savoir précisément où est ton père… et, dans mon cas, seulement parce que j'étais celle qui devait trouver comment le ramener de là-bas.

J'attendis la chute, mais elle ne vint pas. Ce fut ma mère qui s'en chargea.

— Quant à savoir où est « là-bas », intervint Cat, je crois qu'on appelle habituellement cette région « la ceinture de feu ».

# LA CEINTURE DE FEU

*Le feu est semblable à un être vivant.*

PLUTARQUE[1]

*L'opération [alchimique] commence par le feu*
*et finit par le feu.*

Ibn BISHRUN

*Le feu qui éclaire*
*et le feu qui consume ne font qu'un.*

Henri-Frédéric AMIEL

*Contre le feu se changent toutes choses*
*et contre toutes choses le feu.*

HÉRACLITE[2]

1. Jacques Boulogne, *Plutarque*, *Œuvres morales*. Paris, CUF, 2002. *(N.d.T.)*
2. *Fragments d'Héraclite*, traduction de Paul Tannery, 1887. *(N.d.T.)*

— La fosse des Aléoutiennes de l'Alaska, attaqua Key quelque part entre l'apéritif et la soupe, elle divise l'océan Pacifique et la mer de Béring. Elle faisait jadis partie de la Russie, à l'époque de la Grande Catherine. On l'appelle la ceinture de feu parce qu'elle présente la plus grande collection de volcans actifs dans le monde. J'en appelle un certain nombre par leur prénom, Pavlof, Shishaldin, Pogromini, Tulik, Korovin, Tanaga, Kanaga, Kiska. Il y a même une jeune caldeira que j'ai découverte moi-même et que j'essaie de faire baptiser « Modern Millie. ».

Et elle précisa :

— Ils représentent une bonne partie de ma thèse sur la calorimétrie, James Clerk Maxwell, Joseph Fourier, *La Théorie analytique de la chaleur*, et d'autres dans le genre. Mais comme tu le sais, ce qui m'a toujours le plus intéressée, c'est d'observer le comportement de la chaleur sous une pression extrême.

J'essayai de ne pas remarquer quand Vartan me jeta un bref coup d'œil, avant de replonger le regard dans sa soupe. Mais je ne pouvais m'empêcher de me demander si, dans l'avion, il avait lui aussi senti passer ce courant électrique entre nous quand il m'avait touchée. Je dois l'avouer, j'avais du mal à l'oublier.

Nous avions pris possession de la petite salle à manger privée à l'Auberge de Hole, dont Key connaissait les responsables. Cela nous permettait, dit-elle, de nous empiffrer à notre aise tout en jouissant de l'isolement dont nous avions besoin pour parler de ce que demain nous réservait. Et demain me semblait déjà génial, à commencer par un vol charter pour Seattle et Anchorage que Key nous avait réservé dès l'aube.

— Mais tu as dit que mon père n'était pas en Alaska, insistai-je. Alors que vient faire la ceinture de feu avec l'endroit où on va réellement ?

— Il faut suivre la route de briques jaunes[1], commenta-t-elle, sibylline. Je t'expliquerai quand on nous aura servi la bouffe.

Key et Vartan étaient tombés d'accord pour partager le canard rôti croustillant, assez gros pour deux, farci au foie gras, une spécialité de la maison, tandis que j'optais pour une entrecôte. Rodo n'en préparait jamais au Sutalde.

Cependant, comme les plats se succédaient, de la soupe à la salade, j'eus malgré moi une pensée pour ceux que j'avais enfermés dans la chambre d'hôtel à Georgetown. Mon oncle Slava, mon patron, et probablement tout espoir de faire jamais carrière dans ses cuisines.

Enfin, demain était un autre jour, comme Ms Scarlett O'Hara, Key pour les intimes, aurait pu le dire. Et même si je l'avais voulu, je n'y pouvais pas grand-chose, alors que je me trouvais moi-même reléguée au rôle obscur de pion isolé laissé dans le noir et poussé au centre de l'échiquier par Key et Cat, cet incroyable duo de reines.

J'étais en carafe, et j'avais du mal à le supporter.

L'estomac bien calé, nous commandâmes une bouteille de poire Williams et un soufflé au citron pour faire bonne mesure. Cela devrait occuper le personnel pendant une demi-heure minimum, à notre avis, le temps que les blancs d'œuf consentent à monter.

Dès que nous fûmes sûrs d'être seuls, Key me dit :

1. Dans *Le Magicien d'Oz*, roman de L. Frank Baum. *(N.d.T.)*

— Tu sais, ta mère a essayé de te garder en dehors du circuit tant qu'elle l'a pu, pour ta sécurité… en partant du principe que moins on en sait, mieux on se porte.

« Mais elle m'a autorisée à te raconter maintenant tout ce que je sais sur ce qui s'est passé, sur notre destination de demain, de même que ce que nous serons amenés à faire une fois que nous serons sur place. Quand j'aurai fini, si quelqu'un veut tirer l'échelle, libre à lui. Mais je ne crois pas que ce sera le cas. Chacun de nous est impliqué d'une manière qui m'a étonnée moi-même, comme vous allez vous en apercevoir.

Key repoussa son assiette à salade et rapprocha de Vartan le reste du canard rôti. Puis tenant à deux mains son verre élégant de verdicchio, elle commença son récit.

## Le récit de la Reine blanche

Il y a dix ans, quand le père d'Alexandra a été abattu en Russie et que tout le monde l'a cru mort, Cat s'est rendu compte qu'il était arrivé quelque chose de presque pire que de perdre son mari : alors qu'elle était convaincue depuis des années que le Grand Jeu était fini pour de bon, une autre partie avait dû débuter.

Mais comment cela était-il possible ?

Les pièces avaient été ensevelies, et seul Alexander Solarin savait où elles se trouvaient. Les joueurs de la dernière ronde, trente ans plus tôt, avaient tous abandonné le terrain ou étaient morts.

Alors qui pouvait avoir pris l'initiative ? Malheureusement, elle n'eut pas besoin d'attendre longtemps pour l'apprendre.

Après la « mort tragique » de son mari à Zagorsk, l'ambassade américaine fit en sorte que la petite Alexandra soit rapatriée de Moscou en Amérique sous protection diplomatique, et elle prit également les dispositions nécessaires pour faire transférer la dépouille de son père par le même avion.

Évidemment, le cercueil était vide.

Le Russe qui s'était chargé de la coordination des opérations, nous le savons à présent, était Taras Petrossian. Le coordinateur pour le compte de l'ambassade américaine était un solitaire millionnaire : Galen March.

Dès qu'Alexandra fut de retour à New York auprès de sa mère, Galen prit contact de son côté avec Cat. Quand ils se rencontrèrent, il l'informa aussitôt qu'il était impliqué dans le Grand Jeu, lequel avait effectivement redémarré avec la mort de son mari, et qu'il lui apportait un message important qui n'était destiné qu'à elle. Mais elle devait accepter de ne pas l'interrompre avant qu'il lui ait transmis la totalité de ce qu'il était venu lui dire.

Cat s'y engagea, car ses propos confirmaient les soupçons qu'elle nourrissait déjà à propos du Grand Jeu.

Galen n'y alla pas par quatre chemins. Il révéla à Cat que Solarin n'était pas mort, mais avait été si grièvement blessé que, pour le moment, il ne valait guère mieux.

Dans le désordre qui avait suivi les coups de feu à Zagorsk, le corps ravagé de Solarin, comateux et baignant dans son sang, avait été discrètement écarté des lieux avec la complicité de celui qui avait organisé le tournoi, Taras Petrossian. Et il avait été remis entre les mains de la femme qui avait en fait tiré les ficelles en coulisses : Tatiana, la propre mère d'Alexander Solarin.

Cat était évidemment bouleversée d'apprendre tout cela. Elle demanda immédiatement à Galen de lui révéler comment il avait pu apprendre une telle chose. Comment la mère de Solarin avait-elle réussi à survivre alors que ses deux fils la croyaient morte depuis longtemps ? Cat insista pour savoir où son mari avait été conduit. Elle voulait aller en Russie pour retrouver immédiatement Solarin, quel que fût le danger de l'entreprise.

— Vous avez mon accord pour tout, et je vous aiderai davantage encore, lui assura Galen March. Mais d'abord, comme vous en êtes convenue vous-même, vous devez entendre le reste de ce que je suis venu vous dire.

Tatiana Solarin, poursuivit Galen, attendait depuis des dizaines d'années l'occasion d'entrer en contact avec son fils perdu de vue depuis si longtemps. En fait depuis le moment où la partie précédente s'était achevée et où, comme nous l'a raconté Lily, Minnie avait quitté la scène et disparu de l'échiquier, laissant Cat en possession des pièces et du sac.

Mais même s'il était possible de prendre un nouveau départ, Tatiana savait qu'une stratégie complexe serait nécessaire pour pouvoir ramener son grand maître de fils en Russie, comme elle devait le faire, et pour le ramener dans la partie. Elle chercha comment unir ses forces non seulement avec lui, mais avec sa femme, Cat, qui était à présent la Reine noire. Elle mit au point une stratégie d'ensemble.

Mais Tatiana dut attendre la chute du mur de Berlin et la désintégration de l'Union soviétique. À ce moment-là, il se produisit un événement qu'elle n'aurait osé imaginer. En effet, la fille d'Alexander Solarin, la petite Alexandra, était devenue à son tour une joueuse d'échecs prometteuse. S'il ne venait pas en Russie pour lui-même, il viendrait pour sa fille.

Galen March s'était engagé à aider Tatiana autant qu'il le pourrait dans cette mission – au sens profond du terme, elle avait été choisie pour cela – et pour une raison fondamentale.

Tatiana était la nouvelle Reine blanche.

— C'était vraiment la grand-mère d'Alexandra ? demanda Vartan, ahuri.

Key se contenta de confirmer en silence car notre soufflé venait d'arriver.

Après que tout eut été installé sur la table et que les serveurs furent repartis avec la carte de crédit de Key pour payer l'*addition**, celle-ci coupa le soufflé. Elle s'apprêta à répondre à la question de Vartan.

Mais j'avais d'abord une ou deux questions, moi aussi.

— Comment Tatiana pourrait-elle être la Reine blanche alors que Galen m'a dit que c'était toi... et que tu l'as reconnu ? Qui est ce type, ce Galen, d'ailleurs ? Tu me dis qu'il a fait du gringue à ma mère pendant plus de dix ans et je n'étais pas au courant ? Allez, déballe.

— J'ai eu le temps d'apprendre à connaître Galen March, admit Key. Il semble qu'il jouait en coulisses depuis un bon bout de temps. Quand j'ai confronté son histoire avec celle que ta mère m'avait déjà racontée, tout est devenu clair.

« Mais laisse-moi finir avec New York. Dès que Galen a révélé ce scénario à Cat, elle a compris que sa petite fille était aussi en danger. Et elle savait exactement à cause de qui – ce n'était certainement pas à cause de ta grand-mère, mon chou. Et même d'où venait le danger. Quelqu'un était en train de rafler des quantités d'hectares près de vos terres ancestrales, à Four Corners…

— Le Club botanique, dis-je, et Key approuva en silence.

Brusquement, tout devint clair.

Pourquoi nous avions déménagé dans le Colorado au départ.

Pourquoi elle avait convaincu Nim de faire l'acquisition du ranch voisin au nom de Galen.

Pourquoi la fête de ma mère, avec ces joueurs particuliers, devait avoir lieu précisément sur place, dans l'octogone.

Ce que cela voulait dire.

*L'échiquier est la clé.*

Cool…

— Rosemary Livingston *était* la Reine blanche, dis-je. Mais elle a trahi sa propre équipe par vengeance personnelle. Elle s'est arrangée pour faire exécuter mon père à Zagorsk quand elle a su que l'équipe des Blancs avait prévu de le retrouver là-bas. Elle voulait rendre la monnaie de sa pièce à ma mère pour la mort de son père, El-Marad. De sorte qu'ils ont dû la… la *débarquer* et la remplacer par Tatiana. Et maintenant, par toi. Elle ne le sait pas encore. C'est pourquoi elle et ses potes ont cherché à savoir si j'étais, moi, la nouvelle Reine blanche !

Key eut un petit sourire de connivence.

— Ça y est, tu chauffes, ma grande, dit-elle. Mais il y a encore un tas de choses à savoir concernant les joueurs. Par exemple, tu m'as posé une question sur Galen.

« Il semble que dans les années cinquante, Tatiana a été enlevée par les Soviétiques. Ils l'ont envoyée au goulag, pendant que son jeune fils Alexander était confié à un orphelinat par sa « grand-mère », Minnie Renselaas, d'une jeunesse éternelle, tandis que le mari grec de Tatiana et son autre fils, Ladislaus, s'enfuyaient en Amérique avec certaines pièces du jeu d'échecs. Ce fut Galen qui découvrit où Tatiana avait été emmenée. Il persuada Minnie que les types du KGB ne la libéreraient jamais à moins qu'on ne leur fasse une offre qu'ils ne pourraient refuser. Minnie échangea le dessin de l'échiquier, que nous possédons maintenant, contre la liberté de Tatiana. Mais maintenant que certains membres de la famille s'étaient évadés avec certaines pièces, il était clair que Tatiana ne serait jamais en sécurité à moins qu'elle n'entre complètement dans la clandestinité. Galen lui donna lui-même la Reine noire, celle que tu as vue à Zagorsk. Puis il cacha Tatiana dans un endroit où personne ne songerait à la chercher. En dehors de cette brève incursion à Zagorsk avec la Reine, cela fait près de cinquante ans qu'elle se terre.

Key fit une pause.

— C'est notre destination de demain, ajouta-t-elle. Ton père se trouve là.

— Mais tu as parlé d'abord de Seattle et de l'Alaska, puis de quelque chose à propos de la ceinture de feu. protestai-je. Et c'est quoi, cette histoire de route de briques jaunes ?

— Non, déclara Vartan brusquement, prenant la parole pour la première fois.

Je lui jetai un coup d'œil. Il avait le visage comme figé dans le granit.

— Je crains que ce ne soit un « oui » pour demain matin, rétorqua Key.

— Certainement pas, s'insurgea Vartan. L'endroit dont tu parles fait plus de mille cinq cents kilomètres de long et il n'y a pas pire sur terre. Enfoui dans le brouillard et la neige tout l'été, des vents qui soufflent à cent vingt kilomètres heure, des vagues de treize mètres de haut… ce qui représente un immeuble de quatre étages !

— Comme on dit chez moi, répliqua Key, le mauvais temps, ça n'existe pas, il y a seulement de mauvais habits.

— Entendu, tu pourras peut-être voler au-dessus, lui concéda Vartan. Mais pas le traverser ni le franchir, contrairement à ce que tu crois.

— C'est où, cet endroit ?

— J'ai tout vérifié, je t'assure, affirma Key avec exaspération. C'est la seule façon de se rendre là-bas sans attirer l'attention de toute la marine américaine et des gardes-côtes des États-Unis, et sans donner l'alerte à tous les sous-marins russes en dessous du cercle polaire. Mais comme je le disais, il n'est pas trop tard pour tirer ta révérence si ça te tente.

— C'est où, là-bas ? répétai-je.

Vartan me fusilla du regard.

— Elle veut prendre un petit avion privé… demain, pour se rendre illégalement au Kamtchatka, en Russie, gronda-t-il. Et ensuite, va savoir comment… si on vit assez longtemps nous-mêmes, ce qui est parfaitement improbable… elle propose qu'on revienne ici avec ton père.

— Tu ne te mouches pas du coude. On peut avoir besoin de ça, remarqua Key quand Vartan sortit du cash, le tendit au serveur, fourra la bouteille de poire sous son bras et partit en direction de la porte.

— Les Ukrainiens ne boivent pas comme les Russes, lui déclara Vartan. Malgré tout, j'espère être vraiment soûl ce soir.

— C'est un plan qui se tient, convint-elle en le suivant. Dommage que je ne puisse pas en faire autant, mais j'ai un avion à prendre demain matin.

De retour à l'appartement, nous vidâmes rapidement les placards et fourrâmes dans les sacs que nous avions apportés tout l'équipement thermique que nous trouvâmes.

— Mieux vaut prévenir que guérir, commenta Key.

Sans blague.

L'appartement était non seulement conçu par un architecte naval, mais on s'y croyait à l'intérieur d'un bateau. La salle de bains était longue, étroite, couverte de glaces, construite comme une coquerie, avec une large cabine de douche là où le fourneau se serait trouvé ; l'unique chambre à coucher comme une petite cabine de luxe ; les hauts murs de la salle principale hachurés de longues bandes de chêne disposées en chevrons, et des lits escamotables encastrés dans le mur.

Key espérait que ça ne nous ennuierait pas mais, dit-elle, comme elle allait tenir le manche à balai sur tout le trajet, elle avait besoin d'une bonne nuit de repos sans interruption. Elle se réserva donc pour elle seule le lit double dans l'unique chambre, et nous laissa camper, Vartan et moi, sur les couchettes dans la cale.

Quand elle se fut retirée pour la nuit et eut refermé la porte de la chambre sur ses talons, Vartan se tourna vers moi, le sourire large.

— Tu préfères habituellement être dessus ou dessous ? demanda-t-il avec un geste en direction des lits.

— Tu ne crois pas qu'on devrait attendre de se connaître un peu mieux avant de se poser la question ? répondis-je en riant.

— J'aime autant te dire, ajouta-t-il plus sérieusement, que si nous allons vraiment demain là où ton amie Nokomis le dit, cette nuit risque d'être la dernière que toi et moi passerons ensemble… ou même, que nous passerons sur terre. Cette route qu'elle a choisie est la pire de toutes sur la planète. Soit elle est le meilleur pilote du monde, soit elle est complètement siphonnée. Et bien sûr, nous sommes fous tous les deux d'aller avec elle.

— D'après toi, on a le choix ?

Vartan haussa les épaules et secoua la tête, l'air résigné.

— Alors un homme qui va sûrement mourir bientôt peut-il espérer se voir accorder un dernier vœu ? demanda-t-il d'un ton qui ne semblait pas contenir une once d'ironie.

— Un vœu ? répétai-je.

Mon cœur cognait dans ma poitrine. Mais que pouvait-il bien souhaiter – et que je pouvais avoir en tête – quand Key dormait dans la pièce voisine et qu'il savait fort bien que nous devions tous être prêts à décoller demain avant l'aube ?

Vartan sortit vivement la bouteille de poire Williams avec un petit verre qui rappelait curieusement ceux du restaurant. Puis, tenant l'un et l'autre d'une main, il me prit par le bras et se dirigea vers la salle de bains.

— Je m'aperçois que je suis brusquement saisi d'un désir forcené d'en savoir davantage sur les propriétés thermiques du comportement de la chaleur sous l'effet d'une énorme pression, commenta-t-il. Si nous laissons couler la douche très longtemps... quelle chaleur crois-tu qu'on pourra atteindre là-dedans ?

Il ferma la porte de la salle de bains derrière lui et s'adossa contre elle. Il remplit le verre, en prit une gorgée, me le tendit et reposa la bouteille. Puis, sans me quitter des yeux un instant, il tendit la main et ouvrit le robinet de la douche. Je restai presque sans voix.

Presque... mais pas complètement.

— Ça peut devenir très chaud là-dedans, convins-je. Tu es sûr de vouloir en savoir autant ce soir sur la combustion des calories ? Enfin, avec cette mission importante qui nous attend demain ?

— Je crois que nous avons plutôt bien intégré tous les deux les règles de ce Jeu jusqu'ici, dit Vartan en se penchant vers moi. Il semble qu'il n'y ait *rien* de plus important que de comprendre les véritables propriétés du feu. Peut-être devrions-nous en apprendre davantage sur celles-ci.

Il effleura d'un doigt le bord du verre dans ma main, puis passa le liquide sur mes lèvres, où l'alcool brûla. Puis il posa ses lèvres sur les miennes et je me sentis traversée par ce courant de chaleur. La pièce se remplissait de vapeur.

Vartan me regarda, toujours sans sourire.

— Je crois que nous sommes parvenus à la bonne température pour entreprendre toute expérience qu'il nous plaira. Mais ne l'oublions pas, quand il s'agit d'alchimie, tout est question de tempo.

Il m'attira à lui et m'embrassa à nouveau. Je sentais la chaleur à travers ma combinaison… mais pas pour longtemps. Vartan ouvrit la fermeture à glissière du mince Mylar et me le retira. Puis il commença à m'enlever mes vêtements. Le temps qu'il se défasse de ses propres habits, mon cœur battait si fort que je croyais que j'allais m'évanouir du fait d'un afflux de sang… pas entièrement dirigé, je l'avoue, vers mon cerveau.

— Je vais te montrer une chose de toute beauté, me dit Vartan, dès qu'il fut dévêtu.

Cool !

Il me conduisit vers le long mur tapissé de glaces, essuya un grand cercle de vapeur, se plaça derrière moi et me montra le miroir. Tandis que la vapeur recommençait à envelopper nos images dans le brouillard, je fixais les yeux de Vartan dans la glace.

Mon Dieu, je ne pouvais penser à rien tellement j'avais envie de lui.

— C'est vrai, tu es superbe, articulai-je quand j'eus recouvré ma voix.

Il éclata de rire.

— Je parlais de toi, Xie. Je voulais que tu te voies un instant telle que je te vois.

Nous contemplâmes nos images qui s'effaçaient de nouveau dans la vapeur. Puis il me tourna vers lui.

— Peu importe ce que nous faisons ici ce soir, me dit-il, et qu'importe si nous nous brûlons tous les deux, je peux t'assurer d'une chose. Nous suivrons *précisément* les Instructions premières. Telles qu'elles ont été prescrites.

# ÉMOI ET EFFROI

*Mais nous devons d'emblée établir ici une distinction entre trois choses… les forces armées, le pays et la volonté de l'ennemi. Il faut anéantir les forces… Il faut conquérir le pays… Mais ces deux choses fussent-elles faites, la guerre ne peut être considérée comme… finie tant que l'on n'aura pas fait plier également la volonté de l'ennemi.*

Carl von CLAUSEWITZ, *De la guerre*, 1832

*La guerre contre les nomades du désert ne peut jamais être poursuivie : ils répondent à des forces écrasantes par une large dispersion et une tactique de guérilla. Une armée ne peut les briser davantage qu'un poing contre un oreiller.*

E.W. BOVILL, *The Golden Trade of the Moors*[1]

Si je devais continuer à faire équipe avec Nokomis la Magnifique, je devrais m'habituer à dormir sur des

1. Oxford University Press, 1968. *(N.d.T.)*

sacs de sport. Notre « vol charter » prop-jet pour Anchorage était un avion-cargo dépourvu de sièges à l'arrière.

— Quand on est coincé, on prend ce qu'on trouve, annonça Key.

Je me sentais coincée moi-même entre les piles de caisses retenues seulement par des filets de pêche en corde de chaque côté. J'espérais que notre lest ne bougerait pas.

Le vol fut sans incident mais absolument interminable. Près de cinq mille kilomètres de Jackson à Anchorage, avec une escale à Seattle pour décharger, recharger et refaire le plein – pour nous comme pour l'avion – douze heures en tout. Mais à ce stade, j'aurais mis ma main à couper que personne, absolument personne, même dans ses rêves les plus fous, n'essaierait de nous suivre dans cette équipée.

Nous nous posâmes à l'aéroport international d'Anchorage juste avant l'aube. Vartan et moi dormions à poings fermés au milieu de la cargaison et ne sentîmes pas même le train d'atterrissage écraser les gravillons. Key nous arracha aux bras de Morphée et nous dit d'attraper les sacs ; ça devenait une habitude avec elle. Elle remercia les pilotes et, juste en dehors de la piste, nous sautâmes dans une fourgonnette où était écrit : Lac Hood.

Comme nous roulions avec un bruit de ferraille sur le tarmac, Key déclara :

— On aurait pu se poser sur un petit aérodrome plus discret. J'ai choisi cet endroit non seulement parce que c'est le plus pratique pour le rendez-vous prévu (elle haussa un sourcil en direction de Vartan) mais parce que le lac Hood est la base d'hydravions la plus grande et la plus active du monde. Elle est équipée pour des vols de toutes natures. On y a creusé un canal pendant la guerre, dans les années quarante, pour relier le lac Hood au lac Spenard. Dans les années soixante-dix, on y a fait paver une piste de cinq cents mètres avec de multiples canaux d'amarrage supplémentaires pour que l'appareil ne soit pas emporté, et maintenant, le port est capable d'accueillir tout ce qui peut atterrir, que ce soit sur roues, sur flotteurs standard ou avions amphibies. Et même en hiver, des avions sur skis. Et vous savez, étant donné les prévisions météo aujourd'hui, les skis auraient pu se révéler utiles !

« J'ai appelé par radio, ajouta-t-elle, pour demander qu'on nous prépare Becky, qu'on la mette à l'appontement, prête à démarrer.

— Becky ? dis-je. Je croyais que tu préférais Ophelia.

Key se tourna vers Vartan pour lui donner des explications.

— De Havilland fabrique les meilleurs avions de brousse du monde. Ils aiment leur donner des noms d'animaux, comme « Chipmunk[1] », « Caribou »... mon avion dans les Tetons s'appelle Ophelia Otter[2]. Et Betsy, que tu vas bientôt rencontrer, est un Beaver[3], un avion de brousse qu'on trouve sous toutes les latitudes et qui fait référence. Quel que soit l'aéroport où tu atterris, même avec des Learjet et des Cessna Citations sur la piste, c'est toujours celui-là que les pilotes viennent voir... Raison de plus pour décoller d'un endroit comme le lac Hood, où on se fondra dans la foule déchaînée.

1. Litt. : tamia, petit écureuil nord-américain. *(N.d.T.)*
2. *Otter* : en français, une loutre. *(N.d.T.)*
3. Litt. : castor. *(N.d.T.)*

On peut dire d'elle ce qu'on voudra, Key pensait à tout.

Mais il y avait une chose à laquelle je n'avais pas pensé avant qu'elle en parle.

— Des pontons ? m'étonnai-je. Je croyais hier soir que tu parlais d'aller à saute-mouton d'une île à l'autre.

— Exact, dit Key, avec une pointe de sinistrose façon Vartan. Je suis d'accord, c'est comme ça que tout le monde se déplace dans les parages… un saut de puce d'une heure, avant de barboter sur ces gros pneus spécial toundra. C'est ce que je fais d'habitude. Mais comme je te l'ai dit, j'ai dû m'y reprendre à plusieurs fois pour réfléchir et mettre sur pied tout ce scénario. Et à la fin de *notre* route de briques jaunes, on risque de faire un grand plongeon dans la flotte.

Le temps que Key ait fini de faire le plein, de vérifier les jauges et les réservoirs de secours, le soleil était bien au-dessus de l'horizon du lac Hood. Elle nous avait fait revêtir nos gilets de sauvetage et nous avait pesés tous les trois avec notre matériel pour calculer le carburant au plus juste.

Quand nous nous débarrassâmes enfin des cordages et remontâmes le canal en ahanant dans l'attente de l'autorisation de décoller, je vis en contrebas l'écume qui bouillonnait au-dessus de nos flotteurs. Key se tourna enfin vers moi.

— Je m'excuse, le carburant, c'est une obsession, mais les pilotes privés comme moi sont incapables de penser à autre chose, c'est une question de vie ou de mort. Au cours des soixante dernières années, des tas d'avions à sec ont été récupérés sur des rochers qu'ils survolaient. Même s'il y a une demi-douzaine d'aéroports ou de pistes d'atterrissage disséminés sur cette chaîne, ils ne peuvent pas tous te ravitailler près du rivage, certains sont dans les terres. Notre Becky possède trois réservoirs à carburant, plus ses réservoirs de bout d'aile – autrement dit, le circuit au bout des ailes – mais ça ne représente tout de même que cinq cents litres. En quatre heures, on sera déjà en train de siphonner le carburant de notre deuxième et dernier bout d'aile, et l'estomac de Becky va commencer à gargouiller.

— Et alors ? demanda Vartan en se retenant manifestement d'ajouter : « Je te l'avais bien dit. »

— Et *alors* ? répéta Key. Eh bien, il y a une bonne et une mauvaise nouvelles. En prévision du fait que nous ne pourrons peut-être pas nous ravitailler exactement quand et où nous voudrons, j'ai emporté de l'avgas 100LL, de l'essence aviation très raffinée, dont j'ai bourré autant de jerricanes de vingt litres que j'ai pu. J'ai déjà refait le plein en haute mer de cette façon. Ce n'est pas infaisable… tu te tiens sur les flotteurs pour le faire.

— Et c'est quoi, la mauvaise nouvelle ? demandai-je.

— La galère, dit Key, c'est que tu dois d'abord trouver un endroit suffisamment tranquille pour te poser.

Malgré toutes les sinistres implications, imprécations et complications matérielles de ces dernières vingt-quatre heures, une fois que nous fûmes en l'air, direction ouest-sud-ouest, j'étais contente simplement de voler et de faire quelque chose. Pour la première fois – ayant surmonté l'émotion que j'avais éprouvée en revoyant ma mère et assimilé le choc après avoir appris que mon père était vivant –, j'étais capable de me concentrer sur l'idée ahurissante que nous allions le retrouver.

C'était peut-être pourquoi je ne voyais pas les perspectives de cette expédition sous un jour aussi sombre que Vartan et Key. En fait, j'étais presque exubérante. Ce sentiment était accentué du fait que j'adorais vraiment ces petits avions. Si fragiles qu'ils puissent paraître de l'extérieur, une fois que vous êtes dans les airs, vous vous y sentez plus en sécurité que quand vous êtes ligoté dans un de ces gros-porteurs pataudes.

Becky le Castor était spacieux et plein de lumière. L'arrière du fuselage était conçu comme une minicamionnette pour accueillir sept passagers ; les sièges arrière, disait Key, pouvaient être retirés en défaisant deux boulons et il y avait un hamac qu'on pouvait sortir du sol en cas de besoin. Key avait laissé tous les sièges parce qu'elle n'était pas sûre de l'état dans lequel serait mon père pour le vol de retour. Pour le cas où il y en aurait un.

Nous avions déjà refait deux fois le plein avant de traverser le détroit de Shelikof, en Alaska, et d'atteindre le bout de la péninsule où les îles Aléoutiennes commencent. Nous volions encore si bas que je voyais les nuées d'oiseaux tournoyant le long du littoral à notre droite et, dans le lointain, juste au-delà, des champs de lumière scintillante qui ressemblaient à des résilles de diamants étincelants jetés à la surface de la mer.

Vartan finit par lever les yeux de la carte qu'il examinait d'un air obsédé depuis que nous avions décollé. Il semblait également fasciné par le panorama changeant juste en dessous de nous et quand il me prit la main, il parut avoir perdu aussi un peu de son pessimisme slave concernant notre expédition.

— C'est franchement magnifique, dit-il à Key d'un ton que je ne pus pas comprendre. Je n'ai jamais vu un endroit aussi sauvage. Et nous venons juste de dépasser l'île Unimak, donc il nous reste moins de deux mille kilomètres avant d'atteindre les eaux russes et la péninsule.

Key lui coula un regard en biais.

— D'après mes calculs, à l'allure où nous allons, ajouta-t-il, il nous faudra encore dix heures et deux ou trois ravitaillements. Ça nous laisse peut-être assez de temps pour que notre pilote veuille bien consentir à nous informer de notre destination précise. Encore que ça ne changerait pas grand-chose, puisque ni Alexandra ni moi ne sommes capables de prendre le manche à balai. S'il t'arrive le moindre pépin, nous n'y arriverons jamais de toute façon.

Key prit une profonde inspiration et poussa un très long soupir. Elle brancha Otto pour qu'il dirige lui-même notre bâtiment. Puis elle se tourna vers nous.

— Entendu, les enfants, je passe aux aveux. On va tous batifoler dans mon bac à sable personnel. Le grand maître Azov aura sans doute entendu parler de cet endroit. Il s'appelle – excusez mon accent – Klioutchevskaïa Sopka.

— C'est où ?

— Le père d'Alexandra est à Klioutchi ? s'exclama Vartan en me lâchant la main. Mais comment est-il possible que nous arrivions jusque là-bas ?

— C'est où, *là-bas* ? demandai-je avec l'impression d'être une sorte de perroquet écervelé.

— On ne va pas *là-bas*, poursuivit Key comme si je n'avais rien dit. On attendra sur l'eau avec le bateau. Mes collègues et moi avons déjà établi notre propre contact par ondes courtes, pour des raisons professionnelles, et leur campement est tout près de la base de Klioutchi Sopka. Ils nous amèneront Solarin par le fleuve jusqu'à la baie et on refera le plein là-bas. Vous comprenez maintenant, j'espère, pourquoi il était d'une absolue nécessité de s'entourer de tout ce luxe de précautions. C'était le seul moyen pour arriver jusque-là... même si on peut et on va repartir par une autre route.

— C'est absolument remarquable, affirma Vartan qui se tourna vers moi. Je dois m'excuser. Je crois avoir sous-estimé encore une fois ton amie Nokomis. Dans sa profession, elle doit connaître cet endroit aussi bien, voire mieux, que n'importe qui.

Je faillis redemander : « Quel endroit ? », mais il consentit enfin à éclairer ma lanterne.

— Le groupe volcanique du Klioutchevskoï est célèbre. C'est sûrement la concentration de volcans les plus hautement actifs de Russie, peut-être de tout le nord de l'Asie, et le Klioutchevskaïa Sopka est lui-même le sommet le plus haut, de près de cinq mille mètres. Ce volcan a eu une éruption en août 1993, juste avant que nous arrivions tous à Zagorsk ce jour de septembre. Mais si ton père avait été conduit dans cette région à ce moment précis, ç'aurait été excessivement dangereux, car le volcan déversait encore de la lave et projetait des roches vers le ciel.

— D'après les informations de Cat sur ce qui s'est passé, intervint Key, Solarin a d'abord été caché parmi les Koriaks du Kamtchatka, mais il a été guéri par les fameux chamans tchouktches, plus au nord. La vallée des geysers de la péninsule du Kamtchatka est la deuxième au monde après Yellowstone et, comme les nôtres, leurs eaux ont la réputation de posséder d'importantes propriétés curatives. D'après nos propres informations, il y a seulement quelques mois que Solarin a été transporté plus au nord, dans les environs du campement des volcanologues, quand on a pensé qu'il avait suffisamment récupéré pour voyager et quand Cat a pu enfin organiser les choses pour que nous venions tous les trois le sortir d'ici.

— Alors, dis-je, tes fameuses sources dignes de confiance, ce sont…

— Enfin quoi, ta grand-mère Tatiana, d'une part, répondit Key, comme si c'était l'évidence même. Et Galen March, bien sûr.

Encore ce nom : Galen March. Pourquoi n'arrêtait-on pas de le sortir du chapeau comme s'il était le top du top plutôt que le cœur d'une conspiration meurtrière dans laquelle personne ne semblait capable de séparer le bon grain de l'ivraie ?

J'étais sur le point d'approfondir le rôle de Mr Charlemagne avec une ardeur renouvelée quand, brusquement, nous entendîmes un boum effrayant, non identifié, sur le côté de la carlingue.

Key retomba aussitôt sur terre et reprit rapidement les commandes à Otto. Mais je craignais sérieusement que nous n'ayons raté un important test d'aptitude intellectuelle à jaspiner sans faire davantage attention à ce qui nous entourait.

La bouillie gris acier qui s'était brusquement refermée sur nous n'avait rien d'engageant.

— Je vais descendre, annonça Key.

— On ne devrait pas plutôt grimper au-dessus ? suggéra Vartan.

— À mon avis, aucune chance, rétorqua Key. Mais il faut que je descende pour me rendre compte du terrain et voir si, au besoin, on pourrait atterrir et redécoller. Par-dessus le marché, pour autant qu'on sache, ce brouillard peut continuer sur mille ou quinze cents mètres de haut. On ne tient pas à se trouver là-haut à tirer la langue s'il y a un *williwaw*, un vent froid qui descend des montagnes dans ces régions. Ça pourrait carrément nous plaquer contre le flanc d'un volcan.

— Un *williwaw* ? ânonnai-je.

Key me fit une grimace sombre.

— C'est propre à ces îles. C'est un courant d'air froid qui a la force d'une bourrasque, comme ce que notre ami évoquait plus tôt, qui peut refouler du ciel un 747 ou retourner un porte-avions comme une crêpe et le plaquer sur les rochers comme un chewing-gum. On dit que, pendant la Seconde Guerre mondiale, on a perdu plus d'avions et de bateaux à cause des *williwaws* dans les îles Aléoutiennes qu'à cause des Japonais.

Génial.

Les *bangs* crépitaient comme autant de billes contre la carlingue, et Becky descendait comme si elle dévalait une volée de marches raides.

— Et si tu n'arrives pas à voir l'eau ? interrogea Vartan d'une voix tendue.

— Le radioaltimètre fonctionne jusqu'à sept mètres, répondit Key. Mais l'œil est par définition le GPS préféré du pilote de brousse aguerri. C'est d'ailleurs le principal avantage de faire cette expédition avec Becky : on peut passer sous le rideau, même si on n'a que dix mètres de visibilité. Elle est lente – et c'est vrai qu'elle risque de mettre du temps à nous transporter là où on veut aller – mais elle peut continuer à voler à quatre-vingts kilomètres heure. Sur skis, on peut même poser ces petits chéris sur des glaces flottantes ou sur le flanc d'un glacier. Bien sûr, ce ne sont pas des surfaces *mouvantes* d'habitude.

Le brouillard de couleur anthracite s'ouvrit en dessous et nous pûmes voir les flots qui déferlaient avec force sur la grève rocailleuse à trente mètres.

— Putain ! s'exclama Key. Tant pis, c'est peut-être notre meilleure chance avant longtemps, alors on va se poser. Je n'ai pas envie de me crasher dans la flotte. Malgré nos gilets de sauvetage et le canot pneumatique, on ne tiendrait pas longtemps. La température de l'eau dans les parages est proche de zéro. J'aimerais juste arriver à y voir un peu pour pouvoir descendre.

Vartan examina de nouveau la carte.

— Ce n'est pas une des îles des Quatre-Montagnes ? demanda-t-il à Key. Il est indiqué ici que l'une d'elles fait deux mille mètres d'altitude.

Elle jeta un coup d'œil à l'écran du GPS et son œil s'éclaira.

— Chuginadak, répondit-elle. Et au-delà, le volcan Carlisle qui a été le berceau des populations aléoutiennes, l'endroit où il existe encore les grottes avec des momies.

— Alors, poursuivit Vartan. Ce bras de mer entre elles, il est bordé par les montagnes ?

Vartan se montra de meilleure composition dans cette équipée que je ne l'aurais imaginé. Malgré nos vêtements thermiques imperméables, nous fûmes vite trempés, à rester debout dans l'eau jusqu'aux cuisses pour amarrer Becky parmi les roches dans un endroit suffisamment abrité. Nous nous essuyâmes de notre mieux quand nous fûmes de retour dans l'avion et enfilâmes tout ce qui nous tomba sous la main.

La tempête – modérée, d'après Key – ne dura que six heures. Durant tout ce temps, nous fûmes enfermés dans la cabine au milieu des vents déchaînés, des vagues de cinq mètres, bombardés de galets, de sable, d'herbe de la toundra qui hurlaient pour entrer à l'intérieur. Mais cela nous donna l'occasion de réfléchir à deux fois. Si nous faisions demi-tour vers une île que nous venions de dépasser, nous pourrions remplir à fond nos réservoirs de carburant sur la piste de Nikolski près du bord de l'eau. Et vivre ainsi sous le volcan avait donné à Key l'occasion de se rendre compte que si nous nous trouvions de nouveau dans le pétrin, elle pourrait daigner renoncer à notre couverture. Au moins le temps d'appeler à la rescousse par radio un volcanologue ou un botaniste.

— Pourquoi je n'ai pas pensé à cet endroit plus tôt ? se demandait Key tout haut après qu'on eut décollé de Nikolski le samedi matin.

C'était le seul village de la région, comme Vartan et moi venions de l'apprendre, à être resté intact depuis une loi de 1971, appelée Alaska Native Claims Settlement Act, qui avait restitué des terres aux populations autochtones. Et Key, qui descendait manifestement d'une tribu quelconque, avait surgi juste avant l'aube, descendant du ciel dans une poussière d'étoiles latentes tel un oiseau rare et depuis longtemps disparu du coin, qui avait surpris tout le monde en survivant à son extinction.

Non seulement nous eûmes droit à un petit déjeuner copieux et à des cadeaux de la part des gens du cru, avec beignets d'anguilles et petits mâts de totem peints à la main et sculptés avec nos totems personnels. Mais Key reçut également une carte faite à la main et indiquant toutes les ancres cachées avec escales techniques privées au bord de l'eau, réservées aux trappeurs, chasseurs et pêcheurs locaux, d'ici à Attu à l'autre bout de l'archipel.

À présent Key était *exubérante* et Vartan l'étreignit juste avant de décoller.

Cinq heures plus tard, après une deuxième et dernière escale ravitaillement, commença l'étape la plus épineuse du voyage. Attu, situé juste de l'autre côté de la ligne de changement de date par rapport aux eaux russes, qui devaient grouiller de bateaux et de gardes-côtes, de patrouilleurs et de sous-marins, de balises flottantes et de sonars, qui n'arrêtaient pas de balayer la mer ou de pointer vers le ciel.

Mais comme Key le souligna, tel Zeus enfant se balançant dans un arbre, personne ne s'attend jamais à voir quelque chose franchir les limites du ciel ou de la terre. Elle coupa donc notre GPS et notre radar pour augmenter nos chances de ne pas nous faire repérer, puis réduisit notre altitude à vingt mètres au-dessus du niveau de la mer. Nous passâmes à travers la membrane illusoire qui *semble* séparer l'est de l'ouest, la mer des cieux.

Il était deux heures, le samedi 12 avril, quand nous laissâmes l'Amérique derrière nous et traversâmes la ligne de changement de date internationale. Et brusquement, il fut midi le dimanche 13 avril, et l'eau et le ciel entre lesquels nous volions étaient russes.

Vartan me considéra, ébahi.

— Tu te rends compte de ce que nous venons de faire ? demanda-t-il. S'ils obligent l'avion à atterrir et s'emparent de nous, je serai abattu pour trahison et vous serez jetées en prison comme espionnes américaines.

— Allons, pourquoi tant de pessimisme ? remarqua Key. C'est comme si on y était.

Manifestement, elle était encore grisée par l'euphorie éprouvée ce matin-là, où une conspiration tribale lui avait confié ses routes de navigation secrètes sur l'eau et sur la terre, car elle ajouta :

— Quels totems vous ont-ils donnés à vous deux ? Moi, j'ai le corbeau et le castor, ce qui, j'imagine, se rapproche le plus de Becky Beaver, et je suis arrivée et repartie ce matin ; l'oiseau magique de la lune et l'animal qui connaît le mieux les routes d'évasion à partir de l'étang. Et qu'est-ce qu'il a eu, notre traître clandestin ?

Vartan sortit de sa poche le petit animal qu'on lui avait donné.

— Les miens sont l'ours et le loup, annonça-t-il.

— Les insignes d'un maître échiquéen-né, approuva Key. L'ours hiverne dans sa grotte et passe la moitié de sa vie dans le silence, la méditation et l'introspection. Le loup vient de Sirius, la constellation du Grand Chien, adorée dans de nombreuses cultures. Même s'il est un loup solitaire, c'est lui qui enseigne à agir de concert et avec une attention concentrée, qui apprend comment diriger tous les efforts vers le but que la meute veut atteindre.

Je considérai mes propres totems : une baleine et un aigle peints de quatre couleurs vives, rouge, jaune, turquoise et noir.

— L'aigle est l'oiseau-tonnerre, non ? fis-je observer à Key. Et la baleine, c'est quoi ?

— L'oiseau-tonnerre, c'est aussi l'oiseau de feu, ou l'éclair, précisa-t-elle. Il signifie l'équilibre parce qu'il s'élance vers le ciel et touche le Grand Esprit, mais il apporte aussi le feu et l'énergie du ciel sur la terre au service de l'homme.

— Ils sont très forts pour ça, non, cette façon d'attribuer des totems ? remarqua Vartan. Mon loup et l'oiseau-tonnerre d'Alexandra… ce sont les deux animaux qui viennent à la rescousse du prince Ivan dans notre célèbre conte russe et qui le ramènent à la vie. (Il me sourit et ajouta pour Key :) Et pour la baleine d'Alexandra ?

— Et ça, c'est le totem le plus mystérieux de tous, répondit-elle, les yeux toujours fixés devant elle tandis que nous nous élancions à travers les flots vastes et vides du Pacifique. La baleine est un mammifère ancien qui possède une mémoire génétique. Personne ne sait depuis combien de temps elle se déplace là-dessous, seule, sous la surface que nous survolons en ce moment, enfouie dans les fonds marins. Comme une énorme bibliothèque d'une sagesse génétique ancienne. Comme le roulement du tambour du chaman. Comme un battement de cœur transportant le plus vieux savoir de l'ancienne sagesse…

Elle nous adressa un sourire espiègle, comme si elle savait ce que nous pensions tous les deux.

— Comme les Instructions premières ? avança Vartan en lui rendant son sourire.

— Va savoir, répliqua Key. Il semble qu'on ne va pas tarder à le découvrir.

Elle fit un geste en direction de la mer qui s'ouvrait devant nous. À l'horizon s'étalait une longue côte verte avec de hautes montagnes blanches au-delà.

— Je crois que la formule consacrée, c'est : terre devant ! s'exclama Key.

# LE RETOUR DU HUIT

*L'âme est ceinte par la cité du Huit, qui réside dans l'esprit, l'intelligence et le moi, et consiste à faire surgir les cinq éléments subtils de la perception sensorielle.*

*Stances sur la vibration*, de VASUGUPTA[1]

*Quel est cet univers intermédiaire ? C'est le... monde imaginal, totalement objectif et réel, où tout ce qui existe dans le monde sensoriel a son équivalent, qui échappe à la perception sensible, dans le monde qui est appelé [en islam] le « huitième climat ».*

Henry CORBIN, *Swedenborg and Esoteric Islam*

*Toutes choses font huit.*

Thomas Taylor,
citant une maxime pythagoricienne

1. *Spandakarika, stances sur la vibration*, de Vasugupta. Publications de l'Institut de civilisation indienne. Série in-8°, n° 58. Paris, 1996. *(N.d.T.)*

UST KAMTCHATSK
PÉNINSULE DU KAMTCHTKAN

*Une neige légère passait à travers la lumière du soleil tamisée au-dessus de la rivière. La journée était magnifique.*

*Alexander Solarin savait qui il était. Il était capable de se souvenir en partie de ce qui se trouvait derrière lui et avait appris encore davantage sur ce qui pouvait se trouver devant.*

*Il savait aussi que c'était peut-être la dernière fois qu'il admirait ce panorama, la rivière par laquelle il était arrivé et qui dévalait la pente depuis la haute vallée, ces montagnes d'obsidiennes luisantes, couronnées de neige, projetant leurs fumerolles rosées toxiques vers le ciel.*

*Il se tenait au côté de sa mère, Tatiana, à bord de son bateau qui était ancré dans la baie, et il attendait son avenir, l'avenir qui allait l'emporter bientôt dans un autre monde, un monde et un avenir dans lesquels elle ne viendrait pas avec lui. Il l'avait perdue une fois, quand il était enfant ; cette scène était vivante dans sa mémoire. La nuit, la pluie, son père, son frère, sa grand-mère, et les trois pièces du jeu d'échecs. Il se souvenait de tout comme si une énorme lumière illuminait chaque instant et chaque détail.*

*Et il se souvenait d'avoir joué aux échecs. Il pouvait sentir la surface fraîche et lisse des pièces, se représenter l'échiquier. Il se souvenait des parties qu'il avait disputées, si nombreuses. C'était ce qu'il était, ce qu'il avait toujours été : un joueur d'échecs.*

*Mais il y avait un autre jeu, différent, une sorte de partie secrète, presque comme un plan, où les pions et les pièces étaient cachés, pas sur l'échiquier, là où il fallait avoir une sorte de vision spéciale, un certain art de la mémoire pour être capable de regarder sous la surface et les voir. Il avait même commencé à pouvoir se représenter où certaines se trouvaient...*

*Mais il n'arrivait toujours pas à se représenter le jour où cela s'était produit. Quand il y pensait, l'explosion se reproduisait avec la même force. La souffrance seulement.*

*Qu'en était-il de sa fille ? Elle s'appelait Alexandra, Tatiana le lui avait dit. Et de sa femme ? Il allait bientôt les retrouver. Alors il saurait sûrement.*

*Mais il y avait une chose qu'il savait.*

*Elles comptaient pour beaucoup dans sa souffrance.*

Key ne manquait jamais de me surprendre.

Il y avait presque sept cents kilomètres entre Kamtchatsky et notre point de départ à Chuchotskiy pour traverser la mer de Béring, mais si mal en point que parût notre chalutier rouillé et cabossé, Key affirma qu'il ferait la traversée en moins de six heures.

Nous avions trouvé le chalutier, un ancien bateau de pêche au chalut reconverti en navire de recherche océanographique, qui avait jeté l'ancre dans le port de Ust-Kamtchatsky pour nous attendre, amarré de telle sorte qu'il était impossible de voir Becky Beaver depuis le port quand notre coucou s'approcha en soufflant depuis notre point d'amerrissage. Nous nous glissâmes par l'ouverture à l'arrière du bateau, par laquelle les pêcheurs remontaient leurs filets chargés de poissons.

— J'ai l'impression que tu commences à piger ce que je te disais au début, me lança Key. Organiser cette petite sauterie n'a pas été de tout repos. Même si la glasnost a été jetée avec l'eau du bain dans ces régions-ci, et même si les voleurs ont leur honneur, comme on dit, je tiens à te préciser que la coopération parmi les botanistes, les biologistes, les volcanologues et les populations autochtones a atteint un point record, sans parler des niveaux de complexité et de risques hallucinants. Si jamais je me porte de nouveau volontaire pour permettre une réunion de famille, tire-moi plutôt une balle dans le pied, histoire que j'y réfléchisse à deux fois le temps de la convalescence.

J'avoue que, maintenant que j'étais véritablement sur le point de revoir mon père, je me faisais tout bas une multitude de réserves. Mon cœur semblait vibrer comme le moteur de Becky. Je ne savais rien sur son état, à quel point il avait été malade durant tout ce temps ni à quel point il s'était rétabli. Se souvenait-il même de moi ? Comme s'ils avaient lu dans mes pensées, Vartan et Key posèrent chacun une main sur mon épaule pendant que nous montions ensemble sur le pont.

À l'autre extrémité, se tenait une grande femme blonde, les cheveux striés de mèches d'argent, en laquelle je reconnus la grand-mère que je n'avais jamais rencontrée. Et à ses côtés se tenait un homme que j'avais cru, pendant dix ans, ne jamais revoir.

Mon père nous regarda traverser le pont sur toute sa longueur. Malgré la distance, une dizaine de mètres, je pouvais distinguer combien il était amaigri, son visage et sa mâchoire qui se détachaient nettement dans la pénombre, le col ouvert de son caban. En m'approchant, je ne pus m'empêcher de remarquer que ses cheveux pâles, hirsutes, même s'ils retombaient sur son front, cachaient à peine la cicatrice.

Quand nous arrivâmes, ses yeux gris-vert, de la couleur du verre à bouteille, se fixèrent sur moi.

Et je me mis à pleurer.

Mon père ouvrit les bras et je me réfugiai contre lui sans un mot.

— Xie, dit-il, comme s'il se souvenait de quelque chose de capital qu'il croyait avoir oublié à jamais. Xie, Xie, Xie.

Là où Chukotskiy Poluostrov, la péninsule chukchi, s'enfonce entre la mer des Tchouktches et la mer de Béring, si on regarde plein ouest de l'autre côté du détroit de Béring, on a l'impression d'être si près qu'un chat pourrait cracher et que ça retomberait sur notre bonne vieille Amérique.

Notre chalutier était en mission de reconnaissance avec des océanographes tchouktches qui s'inquiétaient du déclin des populations de cormorans sur les rivages septentrional et oriental. Nous cinq n'étions là que pour la balade. Tatiana retournerait avec les Kamtchatkans et retrouverait les chamans tchouktches quand nous aurions été largués, avec notre avion, dans un endroit convenable pour décoller sans tambour ni trompettes. Une fois qu'on aurait regagné les eaux américaines, dit Key, on se ravitaillerait à Kotzebue en Alaska afin de pouvoir regagner Anchorage avec mon père.

Le crépuscule tombait vite à cette époque de l'année. Nous nous assîmes sur le pont autour d'un petit brasero que les copains de Key nous avaient installé. Nous bûmes du kvas, nous fîmes rôtir des pommes de terre et cuire sous la braise des morceaux de viande de renne marinée, ce qui était la nourriture de base dans ces régions, sur des brochettes en bois que nous disposâmes parmi les charbons. Mon père avait passé un bras autour de mes épaules. Il me regardait de temps à autre pour être sûr que j'étais toujours à côté de lui. Presque comme s'il avait peur que je ne m'envole dans le ciel nocturne comme un oiseau

Ma superbe grand-mère, Tatiana, était très typée et d'une éternelle jeunesse, avec ses pommettes hautes, son costume de peau de renne agrémenté de broderies et de franges et ses cheveux blond cendré à la lumière du feu devant nous. Mais elle ne pouvait nous parler que dans un mauvais anglais avec un fort accent slave, de sorte que Vartan proposa de servir d'interprète. Elle prit la parole pour nous dire ce que nous brûlions tous d'entendre.

— J'ai été prise à Krym une nuit de l'automne de 1953 et transportée par bateau au goulag. On ne peut imaginer ce que c'était. Beaucoup sont morts sur ces bateaux, privés d'eau et de nourriture et même de chaleur, et si j'avais été transportée pendant l'hiver, je serais morte de froid, comme des milliers d'autres. Le système du camp de travail forcé a tué l'un dans l'autre dix millions de personnes.

« Je ne sais pas combien de temps je suis restée au goulag, à manger de la pâtée, à boire de l'eau infecte, à travailler le permafrost pour construire des routes jusqu'à ce que la peau de mes mains soit à vif et en sang. Moins d'un an. Mais j'ai eu de la chance, car on a payé mon évasion. Et une chance plus grande encore… car bien que les tribus locales du Kamtchatka et de la Koriakie aient été massacrées avec leurs enfants dans le passé quand on a découvert qu'ils abritaient des « prisonniers politiques » de mon espèce, j'ai trouvé un refuge dans un groupe plus au nord. Ils avaient eux-mêmes été pourchassés presque jusqu'à l'extinction. La plupart de ceux qui avaient survécu étaient des femmes, des femmes chamans tchouktches. Ce sont elles qui ont sauvé la vie de Sascha aussi. L'homme à qui nous devons notre salut se fait appeler Galen March.

Une fois qu'il eut fini de traduire ses paroles, Vartan lui demanda :

— Il se fait appeler ?

— Si tu l'écris avec l'orthographe gaélique, intervins-je, c'est un acronyme de Charlemagne. (Mais j'ajoutai alors à l'adresse de Tatiana :) Je ne comprends pas. Comment Galen a-t-il pu te venir en aide à toi aussi… il y a cinquante ans… alors que l'homme que j'ai rencontré n'a pas trente-cinq ans ?

Vartan traduisit.

Tatiana se tourna vers moi et me répondit, dans son anglais limité.

— Non, il est plus vieux. Son nom n'est pas Charlemagne, pas Galen March. Je te donne quelque chose de lui qui explique tout… comme vous dites ? Toutes les choses.

Elle plongea la main dans ses habits en peau de renne et en sortit un petit paquet. Elle le tendit à Vartan en lui faisant signe de me le donner.

— Il écrit ça pour toi, toi la prochaine Reine noire, et…

J'avais senti le bras de mon père se contracter autour de moi, trembler presque, quand il s'interposa.

— Que veux-tu dire ? l'interrompit-il.

Tatiana hocha la tête et parla rapidement à Vartan dans une autre langue que je ne connaissais pas, en ukrainien peut-être. Au bout d'un moment, il opina, mais quand il me regarda, il avait une expression que je ne sus comment interpréter.

— Tatiana tient à ce que je te dise, Xie, que ce paquet de Galen, il est important que tu nous le lises tout de suite et c'est particulièrement capital pour toi et moi. Elle dit que Galen March est le Roi blanc, mais ne le restera pas longtemps. Il semble qu'il espère me voir prendre sa place. Mais le point crucial, dit-elle, c'est la raison de son départ. Il ne peut accomplir sa mission, d'après elle… nous seuls le pouvons.

Vartan nous considéra tous les trois, apparemment désemparé. Puis il se tourna vers mon père.

— Peut-être que cela ne signifie pas grand-chose pour vous, monsieur, tant que vous n'avez pas recouvré davantage votre mémoire. Mais Tatiana, votre mère, dit que l'homme dont nous parlons, Galen March, est en fait votre ancêtre. Il est le fils de Minnie Renselaas, la religieuse qui s'appelait Mireille. Et son vrai nom est Charlot de Rémy.

— Ta mère l'a sans doute toujours su, m'affirma Key. C'est pourquoi elle a fait confiance à Galen de cette façon depuis l'instant où elle l'a rencontré, elle a accepté de retourner vivre à Four Corners, avec lui en renfort en cas de besoin. Je suppose que le besoin s'est fait sentir quand elle a appris que ton père pouvait se rappeler des choses. Cela aurait pu vous mettre tous en danger si « quelqu'un que nous connaissons » avait découvert où il se trouvait et lui avait mis la main dessus avant nous. C'est alors qu'elle a décidé de mettre Galen en place physiquement comme tampon dans le Colorado, et qu'elle nous a embarqués dans le même train, Vartan et moi.

« Et c'est logique que Cat ait voulu te garder dans le noir le plus longtemps possible, de même que ton oncle et Lily Rad, à propos de ce qu'elle savait et de ses plans. Ils ont disputé la partie précédente, et il s'agit là d'une toute nouvelle ronde. En outre, vous êtes de vraies têtes brûlées aux échecs, tous les trois, exactement comme ton père, et elle craignait probablement que tu ne partes comme un boulet de canon. Alors elle a tout organisé elle-même. C'est une coriace, cette nana.

*Et comment !* me dis-je.

Il fut convenu que ce serait plus simple si Vartan et moi lisions d'abord la liasse de feuilles, nous pourrions ensuite donner toutes les précisions nécessaires aux autres. Nous nous assîmes donc à la lueur du brasero, dépliâmes le paquet et lûmes le récit de Charlot de Rémy.

## Le conte du Roi blanc

Je n'avais pas sept ans quand je rentrai d'Égypte à Londres avec mon mentor, Shahin, qui m'avait élevé depuis ma tendre enfance non pas comme un père, mais véritablement comme père et mère. Il avait été prédit que je serais celui qui résoudrait le mystère, et ma mère, Mireille, le croyait. Le Grand Jeu s'était emparé de sa vie avant ma naissance, quand il avait privé Valentine, son amie intime, sa bien-aimée cousine, de la sienne.

Arrivés à Londres, nous apprîmes, Shahin et moi, que pendant notre absence, ma mère avait passé des mois à Paris avec mon père, dont elle avait reçu sept pièces du service prises à l'équipe des Blancs… avec la promesse qu'il y en aurait d'autres si mon père pouvait les obtenir.

Comme nous l'apprîmes peu avant notre retour d'Égypte, un des effets de cette exceptionnelle rencontre qui eut lieu entre mes parents fut la naissance de ma petite sœur, Charlotte. Pendant quatre ans, tandis que Charlotte devenait une enfant robuste, nous nous consacrâmes, ma mère, Shahin et moi, à l'étude des papiers d'Isaac Newton dans les salles de Cambridge surplombant les jardins potagers qui avaient jadis été les siens. C'est là que je fis une découverte : le secret pour lequel chacun s'était battu depuis des siècles était davantage que la transmutation des métaux vils, c'était le secret même de l'immortalité : *al-Iksir*, comme l'appellent les Arabes, l'élixir de longue vie. Mais je ne savais pas tout encore.

J'avais dix ans et Charlotte presque quatre quand nous rencontrâmes pour la première fois notre père, Charles-Maurice de Talleyrand, aux bains de Bourbon-l'Archambault. Ma mère, résolue à aller jusqu'au bout du Grand Jeu qui s'était emparé d'elle, nous avait amenés avec elle pour peser sur la promesse de notre père de se procurer d'autres pièces.

Après cette nuit aux bains de Bourbon, quand j'avais dix ans, je ne devais plus revoir mon père pendant trente ans. Bien qu'il eût réussi à persuader ma mère de le laisser élever Charlotte comme sa fille adoptive – et ma mère en tomba d'accord –, elle ne pouvait se résoudre à se séparer de moi. J'étais le prophète qui avait été prédit, disait-elle. J'étais né sous les yeux de la déesse dans le désert. J'étais celui qui résoudrait le mystère du Jeu de Montglane.

Et sur ce point précis, elle avait raison.

Pendant près de vingt ans, nous nous acharnâmes, d'abord à Londres, puis à Grenoble, mais pendant des années, nous ne fîmes guère de progrès au-delà de cette découverte initiale sur ce que le secret était vraiment.

À Grenoble se trouvait l'académie Delphinale, dans la fondation de laquelle Jean-Baptiste-Joseph Fourier, auteur de *La Théorie analytique de la chaleur*, avait joué un rôle clé. C'était avec Fourier que Shahin et moi avions passé tellement de temps durant notre incursion en Égypte dans la campagne de Napoléon, quand j'étais encore enfant, une expédition qui avait permis de rapporter la pierre de Rosette qu'il avait fallu autant de temps pour déchiffrer que notre projet concernant le Jeu de Montglane en avait exigé… Et qui n'allait pas tarder à lui être rattachée de la plus importante façon.

En 1822, Fourier était déjà célèbre pour les grandes œuvres qu'il avait écrites sur les multiples découvertes scientifiques qui affluaient d'Égypte. Il avait personnellement soutenu à l'académie de Grenoble un jeune homme qui avait une grande facilité pour les langues anciennes et que nous apprîmes à connaître extrêmement bien. Il s'appelait Jean-François Champollion.

Le 14 septembre 1822, Jean-François fila à travers les rues pour se précipiter dans les bureaux de son frère en criant : *« Je tiens l'affaire* ! »* Après avoir trimé pendant plus de vingt ans sur le problème, presque depuis l'enfance, il fut le premier à déchiffrer le mystère de la pierre de Rosette. La clé tenait en un mot : *Thoth*.

Ma mère était aux anges. Car Thoth, comme l'on sait, était le grand dieu de l'Égypte, que les Romains assimilaient à Mercure et les Grecs à Hermès, père de l'alchimie. La terre d'Égypte, aux temps anciens, s'appelait al-Khem. Nous étions convaincus, tous y compris Fourier, que Jean-François avait décelé la clé des anciens mystères, dont l'un, le Jeu de Montglane, reposait entre les mains de ma mère.

Je sentais moi-même que nous étions au bord d'une grande découverte, et j'y tenais précisément le rôle auquel ma mère me croyait destiné. Mais malgré tous mes efforts, je n'arrivais pas vraiment à l'atteindre.

C'est donc à l'instigation de ma mère que je laissai Fourier et Champollion œuvrer pour le progrès de leur découverte scientifique capitale, et ma mère et Shalin avec le Jeu de Montglane. Et je partis seul dans le désert à la recherche des anciennes écritures sur les rochers encore plus anciens où j'avais vu le jour.

Ma mère était convaincue que pour mettre fin au Grand Jeu, une fois pour toutes, il fallait qu'une équipe, voire une seule personne, rassemble suffisamment de pièces pour résoudre le puzzle, créer la formule et la boive.

Dans cette croyance, elle se méprenait gravement.

Cette erreur devait anéantir sa vie.

De même que la mienne.

Quand nous fûmes parvenus, Vartan et moi, à ce stade du manuscrit, il retint ma main sur la page.

— Nous continuerons cette lecture dans un moment, murmura-t-il. Mais je crois que nous connaissons déjà probablement, toi et moi, la réponse concernant ce qui, d'après lui, a détruit sa vie, si ce n'est celle de sa mère. Et pourquoi il semblait aussi important qu'il agisse comme il l'a fait, et qu'il ait écrit cela pour nous.

Je levai les yeux vers le regard sombre de Vartan dans la lumière rougeoyante des charbons. Et je sus qu'il avait raison.

— Parce qu'il est toujours en vie, dis-je.

Vartan hocha lentement la tête.

— Et celle qu'il aime ne l'est plus, ajouta-t-il.

# LA CITÉ DU FEU

*Au jour du jugement le monde sera jugé par le feu, et ce qui a été fait de rien, sera par le feu réduit en cendre, de cette cendre renaîtra un Phénix, car en icelle est caché le vrai tartre [...] Après l'embrasement général, il se fera une nouvelle terre, et de nouveaux cieux, et un homme nouveau, bien plus splendide et glorieux qu'il n'était lorsqu'il vivait au premier monde, parce qu'il sera clarifié.*

Basile VALENTIN, *Tripus Aureus*[1]

*Dieu a donné à Noé l'arc-en-ciel,*
*Il n'y aura plus d'eau, la prochaine fois, le feu !*

James BALDWIN, *La prochaine fois, le feu*[2]

1. In *Les Douze Clefs de Philosophie*, de Frere Basile Valentin, Religieux de l'Ordre Sainct Benoist. Traictant de la vraye Medecine Metalique. Plus l'Azoth, ou le moyen de faire l'Or caché des Philosophes. Traduction francoise. À Paris, Chez Pierre Moët, Libraire juré, proche le Pont S. Michel, à l'Image S. Alexis. M.DC.LIX. *(N.d.T.)*
2. Gallimard, coll. Folio, 1996. *(N.d.T.)*

*Il faut frapper quelques cailloux ensemble pour avoir du feu.*

Garry KASPAROV, *La vie est une partie d'échecs*[1]

Il est vrai que la route était longue et sinueuse, mais magnifique, pour retourner à la radieuse Cité dans la Montagne que j'appelais « chez moi ».

Premièrement, Key avait pris les dispositions nécessaires (avec Lily, le chauffeur attitré de cette équipée) pour que nous nous retrouvions tous en un lieu plus discret que le lac Hood, dans une petite base d'hydravions privés sur un lac un peu au nord d'Anchorage. Un endroit où les gens ne savaient peut-être même pas ce qu'était une Aston Martin en série limitée, et où elle pouvait même passer inaperçue. Mais comment avaient-ils réussi à faire venir cette voiture depuis le Wyoming, avec plusieurs milliers de kilomètres dans la toundra ?

— Laisse-moi deviner, dis-je à Lily. Ma mère et toi, vous vous êtes relayées au volant jour et nuit sur la route de l'Alaska en chantant *Night and Day*. Ou comment fichtre avez-vous fait le trajet ?

— Ma technique habituelle, répliqua Lily en effleurant le bout laqué de ses doigts avec l'ongle laqué du pouce dans un geste intemporel qui signifiait « le fric ». Naturellement, après avoir examiné le terrain qui se présentait, j'ai compris que je devrais opter pour la voie maritime par des ferries privés.

Puis un grand silence tomba quand Vartan aida mon père à descendre de l'avion et que celui-ci aperçut ma

1. JC Lattès, 2007. *(N.d.T.)*

mère pour la première fois depuis dix ans. Même miss Zsa-Zsa resta bouche cousue.

Bien sûr, nous savons tous l'essentiel de ce qu'il faut savoir sur la façon dont nous sommes arrivés sur cette planète : un spermatozoïde danse avec un œuf. Certains croient que Dieu donne l'étincelle qui enclenche le mécanisme, d'autres le considèrent davantage comme une transformation chimique. Mais le tableau que nous avions sous nos yeux était totalement différent, et nous le savions. À présent, j'étais heureuse que Vartan nous ait fait nous tenir devant la glace embuée pour que je puisse me voir telle qu'il me voyait. En cet instant, en voyant mes propres parents se regarder pour la première fois depuis dix ans, je compris comment j'étais, moi, arrivée là.

Quelle que fût la façon de considérer la chose, c'était une espèce de miracle.

Les mains de mon père étaient dans les cheveux de ma mère et quand leurs lèvres se rejoignirent, leurs corps parurent se fondre l'un dans l'autre. Nous les observâmes pendant un long moment.

À côté de moi, Key chuchota.

— Ils ont dû lire *toutes* les Instructions. (Elle réfléchit un instant, puis ajouta :) À moins qu'ils n'aient écrit le livre eux-mêmes.

Je sentais les larmes me monter aux yeux. Si cela devenait une habitude, j'aurais besoin d'une nappe à la place d'un mouchoir.

Comme ils restaient enlacés, mon père tendit lentement un bras vers nous. Lily me dit.

— Je crois que c'est toi qu'il veut.

Quand je m'approchai d'eux, il enroula son bras autour de moi et ma mère fit de même, de sorte que nous étions tous serrés en un bloc compact. Mais avant que je commence à me dire que ça faisait vraiment eau de rose, mon père dit quelque chose qu'il s'était efforcé de m'expliquer pendant le vol.

— C'était ma faute, Alexandra. Je m'en rends compte maintenant. C'est la seule fois où je me suis opposé à Cat. Je veux que tu saches que je ne l'ai pas fait pour *toi*… je l'ai fait pour moi.

Bien qu'il me parlât, il ne quittait pas des yeux le visage de ma mère.

— Quand je suis arrivé en Amérique et que j'ai découvert que je devrais abandonner une de mes passions pour l'autre – sacrifier les échecs en échange de la vie que j'avais choisie avec Cat –, cela a été trop dur. Trop dur. Alors, quand j'ai su que ma fille pouvait jouer, qu'elle voulait jouer le noble jeu… (il tourna ses yeux vert argenté vers moi. *Mes yeux*, me dis-je), j'ai su que toi, ma fille, Xie, tu pouvais être mon substitut. D'une certaine façon, je me suis servi de toi, comme un de ces parents qui mettent leurs enfants en avant… comment vous appelez ça ?

— Les mères abusives ? suggéra ma mère avec un petit rire, rompant un peu avec l'angoisse existentielle slave. (Elle posa la main sur la tête de mon père et repoussa ses cheveux de la cicatrice pourpre qui ne sortirait plus jamais de nos vies. Avec un sourire triste, elle dit :) Mais tu as payé pour ton crime, me semble-t-il.

Puis ma mère se tourna vers moi.

— Je ne veux pas devenir ton Raspoutine à la place de ton père, dit-elle. Mais il nous faut parler de cet autre Jeu, et je crains que nous ne devions le faire tout de suite. J'ai eu peu de temps pour me rendre compte de ce que tu sais. Mais tu as été capable de déchiffrer tous les messages que je t'ai laissés, non ? En particulier le premier ?

— L'échiquier est la clé, dis-je.

Puis elle fit une chose étrange. Elle libéra mon père, passa les bras autour de moi pour me serrer contre elle et me dit à l'oreille :

— Quoi qu'il arrive, c'est un cadeau que je te fais.

Puis elle me lâcha et fit signe aux autres de venir se joindre à nous.

— Lily a un endroit au bord de l'eau, dans l'île de Vancouver, nous expliqua-t-elle. Nous allons nous y rendre quelque temps… tous les trois. Avec Zsa-Zsa. (Elle ébouriffa la tête du chien et Zsa-Zsa se tortilla dans les bras de Lily.) Nokomis a accepté de nous y transporter et d'expédier par bateau dans l'Est la voiture de Lily. Entre-temps, seuls ceux ici présents sauront où nous sommes, jusqu'à ce que nous soyons sûrs de l'état de santé de mon mari. Et Lily contactera Nim pour lui en parler, en personne, dès qu'elle sera rentrée à New York.

Puis ma mère se tourna vers Vartan et moi.

— Vous avez pu lire les documents de Galen ?

— On a tout lu, répondit Vartan. Comment il a aidé à sauver la jeune fille, comment il a reçu d'elle la vraie Reine noire des soufis, comment il s'en est servi pour aider sa mère à découvrir la formule et comment, à la fin, il a bu lui-même l'élixir. Quand on associe ça à ce que Lily nous avait déjà raconté à propos de Mireille, la mère de Charlot, c'est vraiment affreux. Vivre à jamais, en permanence dans le danger et la peur. En ayant conscience que vous serez pour toujours seul à savoir que c'est vous, vous-même, qui avez créé…

— Mais ce n'est pas tout, l'interrompit ma mère. Je viens juste de donner à Xie la clé pour tout le reste. Si vous devenez le Roi blanc à la place de Galen, et si Alexandra accepte de prendre ma place, peut-être alors serez-vous capables tous les deux de proposer la solution à ceux qui comprendront comment il convient d'agir.

Puis elle s'adressa à moi.

— Souviens-toi d'une chose, ma chérie : la carte que Tatiana Solarin t'a donnée, il y a si longtemps, en Russie. D'un côté figure la liberté. De l'autre, l'éternité. Tout est une question de choix. (Puis comme Key acheminait les autres vers l'avion, ma mère nous dit avec un sourire, le regard un peu embrumé :) Mais vous saurez toujours où me trouver, tous les deux, si vous avez des questions à poser sur les instructions.

Les vents favorables d'ouest en est réduisirent notre durée de vol d'une façon impressionnante. Trois heures pour Seattle et quatre heures et demie de là jusqu'à Washington, D.C. Aussi, même si nous perdîmes trois heures avec le changement de fuseau horaire, c'était pratiquement l'heure du dîner, lundi soir – une semaine après cette « nuit à Bagdad » – quand nous arrivâmes, Vartan et moi, dans mon appartement.

Il laissa tomber par terre l'unique sac de sport contenant nos affaires et me prit dans ses bras.

— Je me fiche de ce qui arrivera demain, murmura-t-il dans mes cheveux. Ce soir, on va se mettre à étudier sérieusement ces instructions dont tes parents nous ont donné l'exemple. J'ai l'impression que c'est vraiment quelque chose que j'ai envie d'apprendre.

— On dîne d'abord, déclarai-je. Je ne sais pas ce que j'ai chez moi, mais je ne veux pas que tu t'effondres d'inanition quand on va se mettre aux travaux pratiques.

J'allai dans la cuisine et sortis des boîtes de conserve et des paquets de pâtes.

— Spaghettis, claironnai-je en me penchant par la porte.

Debout dans la salle de séjour, Vartan considérait l'échiquier que Nim avait laissé sur ma table de chêne ronde.

— N'as-tu jamais eu de regrets concernant cette finale ? m'interrogea-t-il. (Il leva les yeux vers moi.) Oh, je ne pensais pas à ton père, bien sûr, ni à ce qui est arrivé après. Je parle de regrets du fait que nous n'avons jamais eu la possibilité, toi et moi, de jouer cette partie.

— Si je l'ai regretté ? Amèrement, admis-je avec un sourire. Le jeu a été ma dernière occasion de te réduire en omelette.

— Alors allons-y, proposa-t-il.

— Où ça ?

— Jouons-la maintenant. Je sais que tu manques d'entraînement, mais ça pourrait te faire du bien de jouer juste cette fois.

Il prit les deux dames, la noire et la blanche, sur l'échiquier et les mélangea dans son dos. Puis il tendit les deux poings vers moi, les reines cachées à l'intérieur.

— C'est dingue, dis-je.

Mais je donnai un coup sur sa main droite et ressentis des picotements me parcourir le corps.

Quand il l'ouvrit, la dame blanche apparut. Vartan me la tendit. Puis il prit place de l'autre côté de la table, où les pièces noires se trouvaient, et il plaça sa reine sur l'échiquier.

— À toi de jouer, annonça-t-il en m'invitant à m'asseoir sur la chaise en face de lui.

Dès que je fus installée et eus posé la dame blanche à sa place sur l'échiquier, ce fut comme si quelque chose reprenait vie au fond de moi. J'oubliai que je ne m'étais pas assise devant un échiquier depuis plus de dix ans. Je sentis une énergie m'envahir, vibrante de potentialités, mon cerveau calibrant tout exactement comme la transformée de Fourier et les équations de Maxwell pour Key, et calculant ces vagues de chaleur et de lumière et de sons et de lasers et de vibrations infrarouges que personne ne peut voir ni entendre et qui déferlent sans fin.

Je pris le cavalier et le posai sur d4.

Je regardais l'échiquier depuis un moment quand je m'aperçus que Vartan n'avait pas répondu. Je levai les yeux et vis qu'il m'observait avec une expression étrange que je ne pus interpréter.

— À toi, fis-je observer en indiquant le plateau.

— Ce n'était peut-être pas une si bonne idée.

— Si, au contraire, insistai-je, avec l'impression d'être complètement beurrée. Allez, vas-y.

— Alexandra. Depuis dix ans, je joue en compétition, tu sais. Mon Elo est largement au-dessus de deux mille six cents. Tu ne pourras jamais me battre avec l'Indienne du roi, si c'est ce que tu as en tête.

Comme j'avais toujours eu un faible pour cette ouverture, aucun de nous n'eut besoin de préciser : Tu t'es déjà plantée la dernière fois.

— Je me fiche de savoir si je vais te battre ou comment, affirmai-je. (Je mentais.) Si tu préfères, réponds par une autre défense.

Je trouvais incroyable qu'on discute au lieu de jouer.

— Je crains que je ne sache même pas comment perdre, expliqua Vartan avec un petit sourire gêné, comme s'il se rendait compte brusquement de la situation. Et moins encore, si je serais beau joueur dans ce cas. Tu sais que je ne peux pas faire exprès de perdre, même pour toi, même si je le voulais.

— Très bien… alors tu pourras piquer une crise de nerfs quand je t'aurai battu, affirmai-je. Tais-toi et joue.

Il déplaça son cavalier avec réticence et la partie débuta.

En fait, pour son coup suivant, il adopta une défense différente de celle qui était prévue. Il déplaça un pion en e6 : l'Indienne de la *Reine* ! J'essayai de ne pas laisser voir mon état d'excitation. Car c'était exactement ce que nous avions, mon père et moi, prévu et espéré et élaboré et répété, quand je devais jouer les Blancs à Zagorsk !

Et comme toute réaction possible à cette défense avait été gravée dans mon cerveau depuis mon enfance, j'étais prête à sortir l'artillerie lourde si quelqu'un l'utilisait contre moi. Vartan ne m'avait-il pas dit, dans le Wyoming, que tout était une question de tempo, non ?

Eh bien, c'était maintenant ou jamais.

La vie imite l'art. La réalité imite les échecs.

Au neuvième mouvement, je portai un coup très dur au dispositif de Vartan. Je fis passer le pion-cavalier de g2 en g4.

Vartan leva sur moi un regard étonné et laissa échapper un rire bref. Il avait manifestement oublié qu'on jouait pour de vrai.

— Tu n'as jamais fait ce mouvement de ta vie, commenta-t-il. Pour qui tu te prends… un petit Kasparov ?

— Non, répondis-je en m'appliquant à garder un visage impassible. Je suis une petite Solarin. Et je crois que c'est à toi.

Il hocha la tête, riant toujours… mais désormais, l'échiquier retenait plus son attention que moi.

Le jeu d'échecs ne cesse de vous donner des leçons sur le fonctionnement de l'esprit humain. Je savais, par exemple, que Vartan, l'esprit bourré à craquer par dix années de variantes dont je n'avais jamais entendu parler, avait nécessairement l'avantage. Au cours de ces dix ans, il avait joué contre les meilleurs sur le terrain et il avait gagné plus souvent qu'à son tour.

Mais si faible que fût ma situation à cet égard, je savais que je pouvais compenser par la surprise. Quand Vartan s'était assis devant l'échiquier, il croyait qu'il allait jouer contre la gamine de douze ans, traumatisée, dont il était tombé amoureux, qui avait abandonné le jeu et qu'il voulait éviter de blesser davantage. Mais avec un coup qu'il n'attendait pas, il venait de découvrir qu'il disputait une partie que, s'il ne se concentrait pas sur le jeu et vite, il risquait fort de perdre

C'était génial.

Mais je savais que je devais enterrer vite fait mon euphorie si je voulais tenir le choc. Après tout – et j'en aurais donné ma tête à couper, comme aurait dit Key –, avec sa mémoire encyclopédique et son immense expérience (ce qu'on appelle la « connaissance implicite » aux échecs), Vartan pouvait se rappeler instantanément toutes les variantes sur le coup que je venais d'effectuer, comme sur les autres. Mais on sait que les maîtres ont tendance à se focaliser sur ce qui est anormal et à se souvenir de ce qui est la norme. Je devais donc lui jeter de la poudre aux yeux pour ébranler cette intuition extraordinairement affinée.

Je n'avais qu'un tour dans mon sac qui pût encore sauver ma tête et que mon père m'avait appris, une technique qu'il n'avait confiée à personne pour autant que je sache. Et je savais que cela ne faisait pas partie, *stricto sensu*, de la boîte à outils de la formation classique. Pendant des années, j'avais en fait eu peur d'en faire usage à cause de ce fameux *amaurosis scacchistica*, qui m'avait terrassée pendant le tournoi. En fait, je m'étais demandé si ce n'était pas cette technique de mon père qui avait pu provoquer mon aveuglement aux échecs à cause de sa façon de tout chambouler.

*Comme tout le monde sait*, me disait mon père depuis que j'étais petite, *si une de tes positions est menacée, tu as le choix entre deux réponses possibles : la défense ou l'attaque. Mais il y a une autre option à laquelle personne ne pense jamais : demander aux pièces leur opinion sur la situation dans laquelle elles se trouvent.*

Pour un enfant, c'était d'une logique imparable. Il voulait dire que, même si chaque position peut avoir ses points faibles ou ses points forts en termes de défense ou d'attaque par rapport à l'ensemble de l'échiquier, en ce qui concernait les *pièces*, la situation était complètement différente. Pour une pièce d'échecs, ces forces et ces faiblesses font partie intégrante de sa nature même, de son identité. Elles sont son mode opératoire, avec à la fois sa liberté et ses limites quant à sa façon de se mouvoir à l'intérieur de son monde en noir et blanc apparemment clos.

Dès que mon père m'eut expliqué cela, je pus rapidement voir, par exemple, que si une reine menaçait un cavalier, celui-ci ne pouvait pas la menacer à son tour. Ou que si une tour attaquait un fou, le fou n'était pas en position d'attaquer la tour. Même la dame, la pièce la plus importante de l'échiquier, ne peut se permettre de s'éterniser sur une case en diagonale se trouvant sur le parcours d'un humble pion qui vient en sens inverse sous peine de clouage. La faiblesse de chaque pièce, en fonction de ses limitations naturelles, de la façon dont elle pouvait être piégée ou attaquée, devenait sa force quand elle en attaquait une autre.

Ce qui plaisait à mon père, c'était de trouver des situations où on pouvait exploiter de concert ces traits innés en bombardant tous azimuts dans une opération offensive généralisée, une véritable révélation pour une gamine de six ans qui n'avait pas froid aux yeux. Une contre-attaque que j'espérais pouvoir utiliser aujourd'hui. De toute façon, j'avais toujours été d'abord une joueuse tactique de proximité, dans le corps à corps. Et je savais que pour faire une *nulle* avec Vartan Azov, eh bien, je devais avoir quelques autres surprises dans ma manche.

Après ce qui me parut un temps interminable, je levai les yeux. Vartan me regardait d'un drôle d'air.

— Stupéfiant ! constata-t-il. Mais pourquoi tu ne l'as pas dit ?

— Pourquoi tu ne joues pas ? demandai-je.

— Très bien, convint-il. Je vais donc opérer le seul mouvement qui m'est possible.

Vartan tendit un long doigt et renversa son roi.

— Tu n'as pas annoncé que j'étais mat, remarqua-t-il.

Je fixai l'échiquier. Je mis quinze bonnes secondes à comprendre.

— Tu ne l'avais pas vu ? demanda-t-il, sidéré.

J'étais comme prise de vertige.

— Je suppose qu'il me faut encore un peu d'entraînement avant de retourner parmi les grands.

— Alors, comment tu as fait ? s'enquit-il.

— C'est une certaine technique pour regarder le jeu que mon père m'a enseignée quand j'étais petite, dis-je. Mais ça semble parfois avoir un effet boomerang quand ça me rentre dans les synapses.

— Peu importe ce que c'est, approuva Vartan avec un sourire grandissant, je crois que tu devrais m'enseigner à *moi* cette « technique ». C'est la seule fois de ma vie que je ne l'ai pas vraiment vue venir.

— Moi non plus, avouai-je. Et quand j'ai perdu cette finale contre toi à Moscou, c'était la même chose… *amaurosis scacchistica.* Je n'ai jamais voulu en discuter avec personne, mais je dois reconnaître que ce n'était pas la première fois que ça m'arrivait.

— Écoute, Xie, dit Vartan en faisant le tour de la table pour me prendre les mains. (Il me fit me mettre debout.) Tous les joueurs savent que cet aveuglement aux échecs peut frapper n'importe qui, n'importe où et n'importe quand. À chaque fois que ça se produit, tu te maudis. Mais c'est une erreur de croire que c'est une malédiction particulière des dieux qui n'est réservée qu'à toi. Malheureusement, tu as abandonné le jeu avant de pouvoir t'en apercevoir.

« Regarde cet échiquier, reprit-il. Ce que tu viens de faire ici est très fort et ce n'est pas un effet du hasard. Peut-être pas une stratégie très sophistiquée non plus.

En fait, je n'avais encore jamais vu ça. On dirait une tactique qui part dans tous les sens à la fois, comme des éclats d'obus. Ça m'a pris complètement au dépourvu. (Il attendit d'avoir toute mon attention.) Et tu as *gagné*, ajouta-t-il.

— Mais si je ne me souviens pas *comment*…

— Vas-y, dit-il. C'est pour cette raison que je veux que tu restes assise à cette table et que tu prennes le temps qu'il te faudra pour reconstruire la partie jusqu'à ce que tu saches comment tu es arrivée là. Sinon, ce sera comme quand on tombe de cheval. Si tu ne remontes pas tout de suite, tu auras peur de recommencer.

J'avais eu peur de remonter pendant plus de dix ans d'angoisse et de culpabilité accumulées, depuis Zagorsk et peut-être même avant. Mais je savais que Vartan avait raison. Je resterais à jamais couchée dans la poussière derrière ce cheval en fuite si je n'arrivais pas à comprendre.

Il sourit et m'embrassa le bout du nez.

— Je vais préparer le dîner, annonça-t-il. Dis-moi quand tu auras trouvé la réponse. Je ne veux pas te distraire à un moment aussi important. Mais je te promets sans trop m'avancer que quand tu auras fini, tu auras droit à une jolie récompense. Un grand maître va dormir dans ton lit et te faire un tas de choses délicieuses toute la nuit.

Il était à mi-chemin de la cuisine quand il se retourna vers moi.

— Tu as bien un lit, non ?

Vartan feuilleta mes notes de partie, la reconstruction décrite que j'en avais faite, tout en engloutissant les spaghettis qu'il avait préparés dans ma cuisine qui était lamentablement vide. Mais il ne se plaignit pas, pas même du menu.

Je regardai son visage en face de moi. De temps à autre, il hochait la tête. Une fois ou deux, il rit tout haut. Pour finir, il me dévisagea.

— Ton père est une espèce de génie autodidacte, constata-t-il. Tu peux être sûre que ce n'est pas au cours de cette longue peine qu'il a purgée, enfant, au « Palais des Jeunes Pionniers » qu'on lui a appris ces idées que tu as développées ici. C'est de lui que tu tiens ces techniques de blitz ? On pourrait croire une invention de Philidor, mais en utilisant les pièces à la place des pions. (Il s'interrompit.) Pourquoi tu n'as pas utilisé ça contre moi avant ce jour ? Ah oui, ton *amaurosis*.

Puis il me regarda comme s'il venait d'avoir une véritable révélation.

— Ou peut-être que nous avons été aveugles tous les deux, ajouta-t-il.

— Aveugles à quel sujet ? demandai-je.

— Où est ce bristol que Tatiana t'a donné à Zagorsk ?

Quand je le retirai de la poche du pantalon où je l'avais laissé, il le retourna plusieurs fois pour le regarder des deux côtés. Puis il me regarda fixement.

— *Je tiens l'affaire**, s'exclama-t-il, citant Champollion découvrant la clé des hiéroglyphes. Tu le vois ? C'est pour ça que ça dit ici « Prends garde au feu ». Le phénix est le feu, l'éternité dont ta mère a parlé… la mort et la renaissance perpétuelles dans les cendres et les flammes. Mais l'oiseau de feu ne meurt pas dans le feu ni les cendres ni rien. Ses plumes magiques nous apportent la lumière éternelle. Je crois que c'est la liberté dont ta mère parlait. Et le choix. Et cela expliquerait ce qu'elle a découvert concernant le jeu d'échecs en tant que tel… pourquoi Mireille et Galen n'ont pu parvenir au sens véritable, pas plus que ta mère en les aidant tous les deux. Ils avaient déjà bu l'élixir, peu importe pour quels motifs. Ils ont tiré profit pour eux-mêmes du Jeu de Montglane, et non dans le but initial de celui qui l'avait conçu.

— Tu veux dire que c'est comme un mécanisme de sécurité intégrée ? (J'étais éberluée.) Et qu'al-Jabbir l'avait conçu de telle sorte que celui qui utiliserait le Jeu à des fins personnelles ne pourrait pas avoir accès aux pouvoirs supérieurs.

Une solution géniale, me dis-je. Mais cela semblait nous laisser avec le même problème sur les bras.

— Mais c'est quoi, ces pouvoirs supérieurs ?

— Ta mère a dit qu'elle t'avait donné la clé pour le reste, dit Vartan. Que t'a-t-elle dit ?

— Rien, en fait. Elle m'a seulement demandé si j'avais compris tous les messages qu'elle m'avait laissés dans le Colorado… surtout le premier : *l'échiquier est la clé*. Elle m'a dit que ce message m'était destiné à moi en particulier, son cadeau personnel.

— Comment cela pouvait-il être son cadeau personnel, puisque nous avons tous vu ce dessin de l'échiquier, comme elle devait sûrement s'en douter ? Elle devait parler d'un autre échiquier qui était la clé.

Je fixai la planche toujours posée sur la table devant nous, le mat encore disposé dessus. Le regard de Vartan suivit le mien.

— Je l'ai trouvé à l'intérieur du piano de ma mère dans le Colorado, expliquai-je. Il était disposé avec notre finale de Moscou, la tienne et la mienne, exactement à l'endroit où j'avais foiré. Key m'a dit que tu avais fourni toi-même à ma mère la position des pièces…

Mais Vartan s'occupait déjà de débarrasser la table de nos assiettes de spaghettis et de nos verres de vin, et il repoussa les pions et les pièces sur le côté.

Il se tourna vers moi.

— Ce doit être là-dedans… mais pas caché dans les pièces. Elle a parlé de l'échiquier.

Je considérai Vartan, et je sentis mon cœur cogner. Il tâtait minutieusement l'échiquier du bout des doigts comme il l'avait fait avec le bureau dans le Colorado. Je devais arrêter cela. Je n'avais jamais encore eu aussi peur de l'avenir qui m'attendait.

— Vartan, articulai-je. Et si nous finissions comme tous les autres ? Après tout, on est, toi et moi, des compétiteurs-nés, on a ça dans le sang. Encore maintenant, au cours de cette partie, je n'avais qu'une idée : te faire plier. Je n'ai pas pensé une minute au sexe ni à la passion ni à l'amour. Et si ça nous prenait aussi ? Et si finalement, comme eux, on était incapables de s'arrêter de jouer le Grand Jeu, même s'il devait nous opposer l'un à l'autre ?

Vartan m'observa et, au bout d'un moment, il sourit. Cela me prit au dépourvu… il avait un sourire radieux. Il se pencha pour me prendre le poignet et retourna ma main pour déposer un baiser là où mon pouls battait plus fort qu'à l'accoutumée.

— Les échecs seront certainement le seul « jeu » que nous disputerons l'un contre l'autre, Xie, m'assura-t-il. Et tous ces autres jeux doivent s'arrêter aussi.

— Je sais, murmurai-je en posant mon front sur sa main qui tenait encore mon poignet.

J'étais trop épuisée pour réfléchir.

Il mit son autre main sur mes cheveux un moment, puis me fit relever la tête pour que je le regarde bien en face.

— Quant à savoir comment nous « finirons », ajouta-t-il. J'ai dans l'idée que ce sera plutôt comme tes parents. C'est-à-dire si nous avons beaucoup, beaucoup de chance. Mais tous les joueurs d'échecs connaissent la célèbre phrase de Thomas Jefferson : « Je crois à la chance et je trouve que plus je travaille, plus j'en ai. »

« Alors au travail, ajouta-t-il. Et espérons que la chance nous sourie.

Il me prit la main et la posa sur l'échiquier. Puis, avec sa main posée sur la mienne, il glissa son index sous le mien jusqu'à ce qu'on entende un déclic. Il souleva ma main du plateau, où une partie de la surface s'était ouverte. À l'intérieur se trouvait une feuille de papier enveloppée dans un film en plastique lâche. Vartan le sortit et me le passa pour que nous puissions l'étudier tous les deux.

C'était un minuscule dessin d'un échiquier. Je voyais que beaucoup de pions et de pièces étaient reliés à des petits traits qui se prolongeaient ensuite jusqu'au bord de la feuille, où un ensemble de chiffres différents était écrit au-dessus de chaque ligne. Je comptai ; il y avait vingt-six lignes en tout, le nombre exact de pièces que, d'après Lily, ma mère avait réussi à prendre, lors de la dernière ronde du Grand Jeu. Certaines paraissaient regroupées comme des bouquets de brindilles.

— Ces nombres, ce doit être des sortes de coordonnées géodésiques, avança Vartan. Peut-être une région sur une carte où chacune des pièces a été cachée.

Alors, de deux choses l'une : soit ton père n'était pas le seul à connaître ces éléments, soit il avait pris la décision de les écrire, finalement, malgré le risque… Mais des nombres comme ceux-là, ajouta-t-il, ne nous donnent qu'une idée générale, pas un endroit précis.

— Sauf peut-être celui-ci, là, signalai-je car je venais de remarquer quelque chose. Regarde, il y a un astérisque imprimé à côté de ces nombres.

Nous remontâmes ce trait jusqu'au dessin de l'échiquier pour voir à quelle pièce ces coordonnées pouvaient correspondre.

Elles conduisaient à la Reine noire.

Vartan retourna la feuille. Sur l'envers se trouvait en petit le plan d'un endroit qui paraissait très familier, avec une minuscule flèche en bas, pointant vers le nord, comme pour indiquer : commencer ici. À présent j'entendais mon cœur cogner tellement fort dans mes oreilles que le bruit était assourdissant. J'attrapai Vartan par le bras.

— Tu veux dire que tu reconnais l'endroit que ce dessin représente ? demanda Vartan.

— C'est ici même, à Washington, articulai-je en m'efforçant de déglutir péniblement. Et étant donné la pièce vers laquelle ce trait est pointé sur le revers, ça doit être à cet endroit, ici même dans Washington, que ma mère a caché la véritable Reine noire !

Une voix familière retentit à l'autre bout de la pièce.

— Je n'ai pas pu m'empêcher d'entendre, ma chère petite.

Mes cheveux se dressèrent sur ma tête !

Vartan se leva d'un bond, le dessin de l'échiquier encore dans la main.

— Qui est-ce, bon sang ? articula-t-il, les dents serrées.

Là, dans l'encadrement de la porte – horreur et stupéfaction ! – se tenait Rodolfo Boujaron, mon patron.

— Allons, allons, s'exclama Rodo, reprenez donc vos places, je vous en prie. Je ne veux pas vous *déranger** quand vous êtes juste sur le point de finir votre dîner.

Il entra néanmoins dans la pièce et tendit la main à Vartan.

— Boujaron, dit-il. Le patron d'Alexandra.

Vartan avait lâché furtivement le plan sur mes genoux tandis qu'il s'avançait pour serrer la main de Rodo.

— Vartan Azov, dit-il. Un ami d'enfance d'Alexandra.

— Oh, infiniment plus que ça maintenant, j'en suis sûr, affirma Rodo. N'oubliez pas que j'ai surpris votre conversation. Je n'avais pas l'intention de mettre mon nez dans vos affaires. Mais je crains, Alexandra, que tu n'aies laissé ton téléphone portable sur les coussins de la banquette avant de partir. Galen et moi et nos compatriotes ne l'avons utilisé que pour surveiller qui pouvait venir ici prendre quelque chose en ton absence. Tu vois, ta mère était la seule à savoir où elle avait caché sa liste, et elle ne faisait confiance qu'à toi pour la récupérer. Mais avec ta façon de faire ces derniers jours, d'aller et venir, de rebondir partout comme la balle à la pelote basque, enfin quoi, on avait tous l'impression qu'on ne serait jamais trop prudent par les temps qui courent. Vous en conviendrez tous les deux, j'en suis sûr.

Il s'approcha et tira le téléphone d'entre les coussins là où Nim l'avait laissé, ouvrit la fenêtre et le jeta dans le canal en contrebas.

Je m'étais encore laissé prendre avec mon téléphone. Qu'est-ce qui clochait chez moi ? Je me sentis mal à l'idée de tout ce qu'il avait pu entendre… notamment, bien sûr, quelques privautés que nous avions échangées, Vartan et moi.

Mais à cet instant, je pensai qu'il serait idiot de prendre l'air naïf et de dire : « Une liste ? Quelle liste ? » J'optai donc pour une autre réplique.

— C'est qui, ce « *nous* » ? Qui sont ces « *compatriotes* » ?

— Ces hommes là-bas à *Euskal Herria*, nous assura Rodo en prenant un siège à la table et en nous invitant à suivre son exemple. Ils aiment mettre des bérets et des ceintures rouges et ils se font passer pour des Basques, encore que des derviches puissent apprendre à faire très bien les grands bonds de la *jota*.

Il avait sorti une flasque d'une poche et récupéra des petits verres dans l'autre.

— Du cherry brandy basque. (Il remplit les verres et les distribua.) Ça va vous plaire, précisa-t-il.

Ayant bien besoin d'un verre, je goûtai son eau-de-vie. Elle était magnifique, acidulée et fruitée, et me descendit dans le gosier comme du feu liquide.

— La brigade basque, ce sont en fait des derviches ? demandai-je même si j'avais déjà commencé à comprendre.

— Ça fait longtemps qu'ils attendent, les soufis, depuis l'époque d'al-Jabbir, expliqua Rodo. Ça fait plus de douze siècles que mon peuple dans les Pyrénées travaille avec eux. La devise au-dessus de la porte de ma cuisine sur les mathématiques basques – 4 + 3 = 1 –

tu sais, ces chiffres font également huit, un jeu que ta mère connaît très bien. À ce moment-là, il y a dix ans, quand Galen lui a dit la vérité qui se cachait derrière la mort de ton père et le schisme que cette mort avait provoqué dans l'équipe des Blancs, elle est venue me trouver directement.

— Un schisme ? demanda Vartan. Vous voulez parler de celui que Rosemary Livingston a provoqué ?

— En un sens, c'est elle qui l'a déclenché, confirma Rodo. Quand son père a été tué, elle n'était qu'une enfant. La première fois que Rosemary, enfant, a rencontré ta mère, il semble que Cat lui ait donné une petite Reine blanche provenant d'un plateau perforé… ce qui a fait croire à son père, El-Marad, que Cat faisait partie de l'équipe des Blancs, bien qu'il ait vite compris son erreur. Dès que tu t'es mise à jouer aux échecs, bien que Rosemary n'ait jamais vraiment su quel rôle serait le tien, elle a commencé à se déplacer comme un prédateur qui file sa proie. Elle est encore jeune pour se montrer aussi implacable, encore que personne ne sache à quel point elle peut se montrer sans pitié.

« Quand Galen March, aidé de Tatiana Solarin, sa descendante qu'il avait sauvée, se rendit compte que la seule façon de rassembler les pièces, du moins pour respecter ce qu'al-Jabbir avait eu dans l'idée à l'origine, était de rassembler les joueurs, ils savaient que leur meilleure chance pour y arriver était de ramener Alexander, le fils de Tatiana, et à travers lui, sa femme, Cat, dans le Grand Jeu. Taras Petrossian a été l'instrument qu'ils ont manœuvré pour exécuter leur plan. Quand on a su que la finale du tournoi aurait lieu à Zagorsk, on a y transporté la Reine noire pour l'exposer. Personne ne s'est rendu compte que c'était justement l'occasion que Rosemary et Basil guettaient. Ils ont pris leur revanche et fait abattre Solarin avant qu'il ne puisse révéler ce qu'il savait, et ils se sont emparés de la Reine noire.

— Ce qui voudrait dire que mon beau-père, Petrossian, n'était pas impliqué dans leur complot ? s'enquit Vartan.

— Difficile à dire, reconnut Rodo. Tout ce que nous savons, c'est qu'il a contribué à sauver la vie du père d'Alexandra en l'éloignant. Mais Petrossian a été contraint de fuir la Russie peu après, bien qu'il semble que Livingston ait continué à soutenir au moins un de ses tournois d'échecs à Londres.

— Dans ce cas, demandai-je à Rodo, si les Livingston ont volé la Reine noire à Zagorsk, où l'ont-ils cachée pendant tout ce temps ? Comment Petrossian se l'est-il procurée pour pouvoir la remettre entre les mains de ma mère ?

— Galen March l'a fait sortir en fraude et remise à Petrossian pour qu'il l'envoie à ta mère, expliqua Rodo. C'est pourquoi ta mère a organisé cette *boum** d'anniversaire dans le Colorado dès qu'elle a appris que Petrossian avait été assassiné. Elle était acculée. Elle devait éloigner tous les joueurs de l'endroit où la pièce était désormais cachée jusqu'à ce qu'elle parvienne à entrer en contact avec toi. Et ce *Washington Post* que j'ai laissé devant ta porte il y a une semaine ? Ta mère voulait te mettre en garde, mais sans faire sonner la fanfare, quand les troupes US sont entrées dans Bagdad. Elle était convaincue que tu ferais le rapport. Mais quand on a entendu ta conversation avec ton oncle, on s'est rendu compte qu'on avait négligé un détail qui était signalé dans le journal : le convoi de diplomates russes qui s'est trouvé sous la mitraille en quittant Bagdad. Les Livingston savaient qu'ils avaient été trahis par quelqu'un, mais pas par qui. Galen et moi avons fait des copies de l'article pour l'envoyer à ceux qui avaient besoin de cette information capitale…

Il s'interrompit, car il s'aperçut que j'avais enfin trouvé la réponse à presque toutes mes questions.

— Mais bien sûr ! m'écriai-je. Rosemary avait planqué la Reine noire à Bagdad ! Cette chambre secrète à l'aéroport de Bagdad ! Les contacts russes de Basil ! Leur descente au Sutalde lundi dernier avec tous ces nababs du pétrole… ils ont dû organiser ça dès qu'ils ont su que la Reine avait disparu de Bagdad, que Galen avait pu s'en emparer, qu'elle était peut-être déjà entre les mains de ma mère. (Mais l'idée suivante me fit rire.) Rosemary a dû faire un aller-retour express entre ici et le Colorado pour repartir aussi vite si elle a cru que ma mère allait d'une façon ou d'une autre, à un moment ou à un autre, me remettre à moi cette pièce sulfureuse !

Mais ce fut comme une douche froide quand je compris exactement ce que cela voulait dire.

— Si Rosemary a fait assassiner mon père à Zagorsk pour pouvoir s'emparer de la Reine et empêcher mon père de révéler l'existence même de celle-ci, dis-je, et si, dix ans plus tard, quand elle a appris la trahison de Petrossian, elle l'a fait tuer pour exactement la même raison, pour l'empêcher de dire à quiconque au tournoi d'échecs où il avait envoyé la Reine avant que celle-ci n'arrive à destination…

Je regardai Vartan. À voir la mine sinistre qu'il faisait, et étant donné que nous connaissions tous les deux les parties du puzzle que je détenais – le dessin de l'échiquier et l'emplacement des pièces, à commencer par la Reine noire –, je n'avais pas besoin de dire ce qui sautait aux yeux.

*J'étais la suivante.*

Rodo m'épargna cet effort.

— Tu es en sécurité pour le moment, m'assura-il calmement en nous versant une autre rasade de cherry comme si tout danger était loin de cette pièce et appartenait au passé. Dès l'instant où cette farceuse de Nokomis, ta copine, nous a enfermés tous les quatre dans cette suite à l'hôtel, Nim a foncé sur la porte, le téléphone à la main, pour appeler la sécurité et a essayé de crocheter la serrure, mais Galen March l'a arrêté dans ces deux tentatives en posant une main sur son bras. C'est alors que Galen nous a dit.

— Il vous a dit ? répéta Vartan.

— Que tout ça avait été organisé par la mère d'Alexandra, poursuivit Rodo. Il avait déjà dit que Key était la nouvelle Reine blanche. Il a expliqué que c'était, comme on dit, une nouvelle manche, avec des règles complètement différentes. Qu'Alexandra avait un dessin de l'échiquier et qu'elle connaîtrait bientôt aussi l'emplacement des pièces.

— Il a dit ça ? suffoquai-je, tandis que du coin de l'œil je voyais tressaillir Vartan.

C'était pire que le pire que j'aurais imaginé ! Mr Galen March du Saint Empire romain germanique m'avait royalement monté le coup. Et il y avait autre chose, non ? Je me creusai la cervelle pour reconstituer la disposition de l'intérieur de la chambre au Four Seasons, à l'instant où je l'avais quittée : mon oncle Slava, Galen et Rodo…

Et Sage Livingston.

Sage Livingston assise à tripoter son bracelet en diamants.

— *Mais bien sûr**, dit-il avec un sang-froid inébranlable. Comment, sinon, ta mère aurait-elle pu te protéger pendant toutes ces années, et communiquer ce qu'elle voulait faire avaler aux Livingston, sans la participation involontaire de Sage ?

— Sa participation involontaire ? bégayai-je.

J'étais horrifiée. La mère de Sage l'avait incitée à me faire des avances et ma propre mère était passée par elle pour, entre autres choses, réaliser la transaction immobilière qui avait placé Galen March au centre de l'échiquier dans le Colorado. Et que voulait dire Rodo par « toutes ces années » ? Sage jouait-elle déjà les Mata Hari à l'école primaire ?

— C'est à cause de ça que Galen s'est trouvé contrarié, poursuivit Rodo. Quand ta mère a brusquement disparu et que Galen ne pouvait plus la contacter, il a projeté, avec Nokomis Key, de te retrouver en privé ainsi que ton oncle pour tout te dévoiler. Quand Sage a continué à lui coller aux talons comme un morceau de chewing-gum à la semelle, il a réclamé mon aide. Mais au Four Seasons, quand il t'a vue entraîner Sage dans les vestiaires pour l'interroger entre quatre yeux, il s'est inquiété et il a redescendu l'escalier du club. Il craignait que, sans le vouloir, l'une ou l'autre ne révèle des choses qui tomberaient dans des oreilles indiscrètes et que ça complique tout. Pour finir, quand Nokomis est arrivée et a vu que Sage était là, elle a pris les choses en mains. Galen a pensé que la seule solution était de ramener l'attention de Sage, de même que celle des inévitables agents de sécurité des Livingston, en direction du Grand Jeu. Loin du mystère que ta famille protégeait.

Je pouvais au moins deviner maintenant comment les « services secrets » aux longues oreilles avaient réussi si vite à nous pister, jusqu'à ce que Key réussisse à les semer en traversant la rivière. Mais si le clan Livingston disposait de toutes ces données, ma vie ne valait pas un clou.

— Comment pouvez-vous prétendre que je ne risque rien pour le moment ? demandai-je à Rodo en lui rappelant son affirmation précédente. Où se trouve exactement votre belle équipe d'affreux jojos en cette minute ?

Rodo ne se laissa pas démonter.

— Quand on a réussi à se débarrasser de Sage, Galen a révélé la vérité à propos de Solarin ; puis Nim et lui ont pu concocter un plan pour te protéger. J'étais autorisé à t'en informer dès votre retour ce soir. Ton oncle a réussi à t'éviter le souci de t'encombrer plus longtemps des Livingston. Après tout, Ladislaus Nim est un des plus grands spécialistes de l'informatique du monde. Dès qu'il a saisi la situation, si j'ai bien compris, il a fait en sorte, par le biais de réseaux antiterroristes compréhensifs, que les fonds des Livingston dans divers pays soient instantanément gelés dans l'attente de diverses enquêtes criminelles. À Londres, l'enquête sur l'assassinat d'un ancien ressortissant russe vivant sur le sol britannique. Un mandat d'arrêt a également été délivré, bien sûr, concernant la complicité d'un certain baron du pétrole et de l'uranium du Colorado avec l'ancien régime de Bagdad.

Rodo jeta un œil à sa montre.

— Quant à savoir où se trouvent les Livingston à cet instant précis… comme il n'y a qu'un seul pays susceptible de *refuser* de collaborer avec ces demandes d'extradition, j'imagine donc qu'ils sont en cet instant quelque part dans les airs au-dessus d'Arkhangelsk, en train de voler vers Saint-Pétersbourg ou Moscou.

De dépit, Vartan frappa sa paume sur la table.

— Et vous vous imaginez qu'en prenant les capitaux des Livingston et en les exilant en Russie, ça suffira pour protéger Alexandra ?

— Une seule chose la protégera, rétorqua Rodo. La vérité.

Et il se tourna vers moi.

— Cat s'est montrée plus réaliste, ajouta-t-il. Elle a su ce qu'il fallait faire pour te sauver. Elle ne t'a envoyée chez moi que quand elle a compris que c'était dans une cuisine, et pas sur un échiquier, que tu devais apprendre les leçons d'un alchimiste. Et elle s'est rendu compte que nous avons tous besoin d'une sorte de cocher pour bander nos forces, tel l'attelage ailé de Socrate, un cheval tirant vers le ciel, l'autre vers la terre, comme la lutte de l'esprit contre la matière. On le voit tout autour de nous : des gens qui prennent l'avion quittent le ciel pour se crasher sur des immeubles parce qu'ils détestent le monde matériel et veulent le détruire avant de le quitter ; d'autres méprisent tellement le spirituel qu'ils veulent le réduire à leur idée de la normalité. Ce n'est pas ce que nous appellerons être « bien équilibré ».

Jusque-là, je ne me doutais pas que Rodo avait des idées sur cette question – ou sur d'autres, même si je ne voyais pas clairement où ce thème des « opposés qui s'attirent » nous conduisait. Mais je me souvins alors de ce qu'il avait dit sur Charlemagne et la forteresse de Montglane.

— C'est pour ça que vous disiez que l'anniversaire de ma mère et le mien sont importants ? Parce que le 4 avril et le 4 octobre sont opposés dans le calendrier ?

Rodo nous adressa un large sourire à tous les deux.

— Voici comment les choses se présentent, expliqua Rodo. Le 4 avril se situe entre les premiers signes du zodiaque de printemps, le Bélier et le Taureau, quand doivent être semées les semences du Grand Œuvre d'après les livres d'alchimie. La moisson vient six mois plus tard, entre la Balance et le Scorpion, lequel signe est symbolisé par cet animal sous son aspect le plus humble, mais aussi par l'aigle ou l'oiseau de feu sous son aspect supérieur. Ces deux pôles sont décrits par le proverbe indien : *Jaisi Karni, Vaise Bharni*, nos résultats sont le fruit de nos actions. Tu récolteras ce que tu as semé. C'est ce dont traitent *Les Livres de l'Équilibre* d'al-Jabbir ibn Hayyan : semer le grain et récolter des moyens de trouver l'équilibre. Les alchimistes appellent cela le Grand Œuvre.

Il se tut un instant.

— L'homme que nous appelons Galen March, ajouta-t-il. Vous avez lu ses écrits, donc vous le savez, il a été le premier en mille ans à résoudre la première étape de ce mystère.

Je le regardai.

— Il a joué un rôle tellement important dans tout ça. Mais qu'est devenu Galen ?

— *En retrait** pour le moment, comme ta mère, dit Rodo. Il vous envoie ça à tous les deux.

Il me tendit un paquet qui ressemblait à celui que Tatiana nous avait remis, mais en plus petit.

— Vous pourrez le lire après mon départ ce soir. Je crois qu'il se révélera utile dans votre quête de demain. Et peut-être même après.

J'avais encore une foule de questions, mais quand Rodo se mit debout, Vartan ne le retint pas ni moi non plus.

— Puisque Cat vous a conduits à la première des pièces cachées, ici même à Washington, dit encore Rodo, je peux deviner – même si je n'ai pas vu ce plan que vous m'avez caché – où vous ferez votre moisson demain. (Quand il fut à la porte, il nous lança par-dessus son épaule :) Vous deux ensemble, c'est parfait. C'est le secret, vous savez. La mariage du noir et du blanc, de l'esprit et de la matière… on appelle ça « le mariage alchimique » depuis des temps immémoriaux. C'est la seule façon dont le monde survivra.

Je me sentis piquer un fard. J'étais incapable de regarder Vartan.

Puis Rodo passa la porte et s'enfonça dans la nuit.

Nous nous assîmes et je versai une nouvelle rasade de cherry pendant que Vartan coupait le lien de la lettre de Charlot et me la lisait tout haut.

## Le récit de l'alchimiste

C'est en l'an 1830 que je découvris le secret pour fabriquer la formule, exactement comme l'annonçait la prophétie.

Je me trouvais dans le Sud, vivant à Grenoble, quand la France fut à nouveau plongée dans les affres d'une Révolution qui avait commencé, comme toujours, à Paris. La France était en proie à l'agitation, comme elle l'avait été déjà au temps de ma conception, il y avait bien longtemps… quand ma mère, Mireille, avait fui les barricades pour se réfugier en Corse chez les Bonaparte, et que mon père, Maurice de Talleyrand, avait fui en Angleterre puis en Amérique.

Mais dans cette révolution, les choses allaient vite se révéler fort différentes.

En juillet 1830, Charles X, un Bourbon qui avait succédé à Louis XVIII sur le trône de France, après six ans au pouvoir, ayant révoqué les libertés civiles et licencié la garde nationale, avait encore une fois excité la fureur du peuple en modifiant la loi électorale et en abolissant la liberté de la presse. Ce mois de juillet, quand le roi quitta Paris pour aller chasser sur un de ses domaines, la bourgeoisie et le peuple de Paris firent venir le marquis de La Fayette, seul noble de la vieille garde qui semblait encore croire que la restauration de nos libertés était encore possible. Il fut chargé de reconstituer une nouvelle garde nationale au nom du peuple et de battre la campagne pour trouver d'autres soldats et d'autres munitions. Puis, avec rapidité, le peuple nomma régent le duc d'Orléans, vota pour restaurer la monarchie constitutionnelle et envoya une missive à Charles X pour lui enjoindre de renoncer à la couronne.

Mais pour moi, vivant heureux à Grenoble, aucun de ces soubresauts politiques n'avait de signification. Comme je prévoyais l'avenir, il me semblait que ma vie ne faisait que commencer.

Car à l'âge de trente-sept ans, l'âge que mon père avait précisément quand il avait fait la connaissance de ma mère, je baignais dans le bonheur, j'étais sur le point de me réaliser complètement. J'avais recouvré ma vision de même que mes pouvoirs. Et comme si le destin lui-même était intervenu, les choses prenaient forme d'une façon tout à fait extraordinaire.

Le plus étonnant de tout, c'est que j'étais follement amoureux. Haidée, qui avait à présent vingt ans et était d'une beauté encore plus éblouissante que lors de notre première rencontre, était à présent ma femme et attendait notre premier enfant. J'étais convaincu que nous connaîtrions bientôt cette vie idyllique et cet amour auxquels mon père avait tellement aspiré sa vie durant. Et je possédais un grand secret que j'avais conservé, même vis-à-vis de Haidée, comme une surprise. Si j'achevais ce grand œuvre, pour lequel je savais que j'étais né et auquel j'étais destiné, si impossible que cela parût, l'amour de Haidée et le mien pourraient survivre à la tombe.

Tout semblait parfait.

Grâce aux efforts de ma mère, nous possédions à présent le dessin de l'échiquier et l'étoffe incrustée de joyaux qui le recouvrait, deux objets que l'abbesse de Montglane avait sauvés pour nous, et nous avions les sept pièces d'échecs qui avaient été prises jadis par ma belle-mère, Mme Catherine Grand. Nous détenions aussi la Reine noire qui avait été transmise à Talleyrand par Alexandre de Russie, dont nous savions à présent, grâce au dernier communiqué de l'abbesse à Letizia Bonaparte et Shahin, qu'elle n'était qu'une copie commandée par la Grande Catherine, la grand-mère du tsar Alexandre. Ma mère, avec Shahin et Kauri, était toujours en quête des autres pièces, et cela depuis assez longtemps.

Mais je possédais aussi la véritable Reine noire, moins une émeraude, qui avait été protégée pendant tant de décennies par les Bektashis et Ali Pacha. Nous l'avions récupérée, Haidée et moi, avec l'aide de Kauri, là où Byron l'avait cachée, sur une île déserte et rocailleuse au large de la côte du Magne.

Tous mes après-midi à Grenoble, je les passais dans notre laboratoire avec Joseph Fourier, le grand physicien que je connaissais depuis mon enfance en Égypte.

Son protégé, Jean-François Champollion, était récemment allé voir, aux frais du duc de Toscane, ces antiquités égyptiennes déjà disséminées dans les collections à travers l'Europe, et ce n'était que l'année passée que Champollion était rentré d'une deuxième expédition en Égypte d'où il nous avait rapporté des informations essentielles.

C'est pourquoi, malgré le nombre limité d'éléments entre nos mains en cet instant, je prévoyais que j'étais au bord de la très grande découverte qui m'avait longtemps échappé : le secret de la vie éternelle.

Puis, vers la fin juillet, La Fayette nous a envoyé à Grenoble un jeune homme pour soutenir le soulèvement populaire qui avait eu lieu à Paris. Son émissaire était le fils du général Thomas Dumas, un grand militaire décédé, qui, sous Napoléon, avait été commandant en chef de l'armée au Pays basque.

Alexandre Dumas, son fils âgé de vingt-huit ans, devenu un écrivain populaire, avait une allure romantique à la Byron avec ses traits créoles et sa tignasse frisée, sa veste de coupe militaire agrémentée avec brio d'un long foulard flottant autour du cou. Il était censé avoir été envoyé jusque-là par La Fayette pour rapporter des chargeurs, de la poudre et du plomb. Mais en fait, il devait rapporter des informations.

Le savant *Monsieur** Fourier avait eu longtemps une réputation mondiale en tant qu'auteur de *La Théorie analytique de la chaleur*, qui avec le temps, avait conduit à améliorer la conception du canon et d'autres armes utilisant la poudre à canon. Mais son vieil ami et compagnon de route, La Fayette, avait eu vent d'un autre projet, semble-t-il. Le général, s'imaginant la France à l'aube d'une république restaurée ou d'une monarchie constitutionnelle, retrouva lui-même l'espoir d'une autre sorte de percée, qui n'avait rien à voir avec la guerre ou ses fournitures. Une découverte dont on parlait depuis des temps immémoriaux.

Cependant, Alexandre, le jeune émissaire de La Fayette, n'espérait pas trouver ce qui l'attendait à Grenoble. Comment l'aurait-il pu ? Personne ne pouvait se douter de ce que l'avenir nous gardait en réserve. Personne, à part moi.

Mais il y avait une chose que ma vision n'arrivait pas à englober.

C'était Haidée.

— Haidée ! s'exclama Dumas dès qu'il fut présenté à ma femme qui approchait de sa délivrance et était d'une extrême beauté. Ma foi ! Un prénom charmant ! Y a-t-il donc de vraies femmes qui portent le prénom d'Haidée en dehors des poèmes de Byron ?

Bref, il fut subjugué par ses charmes, comme tout le monde, et pas seulement les admirateurs des vers de son père ! Alexandre passa des jours, des semaines, dans l'adoration de ma délicieuse Haidée, buvant chacune de ses paroles. Elle partageait sa vie avec lui. Ils en vinrent à s'aimer en amis.

Nous étions si proches de la vérité.

Nous avions achevé le premier stade – la pierre philosophale, comme cela s'appelle en alchimie –, la poudre rousse qui conduisait à tout le reste, comme je l'avais cru depuis que j'avais dix ans. Cela allait créer l'être humain parfait, peut-être le premier pas en direction de la civilisation parfaite que le jeu d'échecs était destiné à créer. Nous avions enveloppé la pierre dans de la cire d'abeille et recueilli l'eau lourde au moment de l'année où il le fallait.

Je savais que le moment était arrivé. Je me tenais sur le point de prolonger mon présent parfait en un futur parfait infini.

Je pris la poudre.

Je bus.

C'est alors que tout commença à aller horriblement mal.

Je levai les yeux. Haidée se tenait à l'entrée du laboratoire, une main sur le cœur. Ses yeux argentés étaient immenses et lumineux. À côté d'elle, la tenant par la main, se trouvait la dernière personne que je m'attendais à voir : Kauri.

— Non ! s'écria ma femme.

— C'est trop tard, constata Kauri.

Il avait sur le visage une peur atroce que je n'oublierai jamais. Je les fixai tous deux de l'autre côté de la pièce. Il s'écoula une éternité, semblait-il, avant que je parvienne à parler.

— Qu'ai-je fait ? articulai-je d'une voix étranglée, tandis que je prenais peu à peu conscience de l'horreur de mon geste.

— Tu as détruit tout espoir, murmura Haidée.

Avant que je puisse comprendre ce qu'elle voulait dire, ses yeux clairs se révulsèrent et elle perdit connaissance. Kauri la retint et la déposa sur le sol, tandis que je fonçais à travers la salle pour venir à son aide. Mais à peine y étais-je arrivé que la potion eut raison de moi. Accablé de vertige, je m'assis par terre à côté de la forme silencieuse et prostrée de ma femme. Dans sa longue robe, Kauri s'accroupit auprès de nous.

— Personne n'a jamais imaginé que tu ferais cela, prononça-t-il, l'air grave. Tu es celui qui a reçu la prédiction, comme mon père le savait lui-même. Il croyait que toi et ta mère – le Roi blanc et la Reine noire –

accompliriez la tâche que *Les Livres de l'Équilibre* réclamaient. Mais à présent, je crains que tout ce que nous puissions encore espérer, c'est de pouvoir disperser les pièces… pour les protéger en les cachant de nouveau, au moins celles que nous avons. En attendant que quelqu'un d'autre apparaisse qui puisse mettre fin au Grand Jeu. Pas toi, tu ne peux plus le résoudre, maintenant que tu as bu, maintenant que tu as succombé à la faim intérieure qui terrasse la raison. Ce doit être quelqu'un qui est prêt à les protéger pour l'éternité, au besoin, sans espoir de récolter quelque compensation pour lui-même en échange de ce service.

— Une éternité ? dis-je, déconcerté. Tu veux dire que, si Haidée boit l'élixir comme moi, nous serons condamnés à errer sur terre à jamais pour protéger ces pièces jusqu'à ce que quelqu'un d'autre puisse trouver une réponse plus profonde à ce mystère ?

— Non pas Haidée, me répondit Kauri. Elle ne le boira jamais. Dès l'instant où elle a accepté cette mission, quand nous n'étions encore que des enfants, elle n'a commis aucun acte dans son propre intérêt, ni pour ceux qu'elle chérissait. Tout ce qu'elle a fait était destiné à servir cette mission supérieure au service de laquelle cela était destiné à l'origine.

Je le fixai tandis que l'horreur me gagnait. Mon vertige me donnait la nausée. Qu'avais-je fait ?

— Lui souhaiterais-tu cela ? demanda Kauri doucement. Cet avenir que tu dois affronter désormais ? Ou remettras-tu cette décision entre les mains d'Allah ?

Que ce fût Allah, le destin ou *kismet*, le choix ne m'appartenait plus. Car en moins d'un mois, ma mère et Shahin revinrent de toute urgence.

Mon fils, Alexandre Dumas de Rémy, était né.

Et trois jours plus tard, Haidée mourut.

Le reste, vous le savez.

Quand il eut fini sa lecture, Vartan reposa la lettre avec douceur comme s'il pouvait heurter le passé. Il leva les yeux sur moi.

J'étais encore un peu sous le choc.

— Seigneur, c'est affreux, dis-je. Découvrir quand tu baignes en plein bonheur que tu as inventé une formule qui produit la tragédie. Mais il a passé une très longue vie à essayer de racheter sa faute.

— C'est pourquoi Mireille a bu ce breuvage, elle aussi, bien sûr, nota Vartan. C'est ce que Lily nous a dit dès le départ dans le Colorado... c'était ce que Minnie avait révélé dans sa lettre à ta mère, que cela engendrait malheur et souffrance. Ta mère l'a appelé une obsession, disant qu'elle avait gâché la vie de tous ceux que Minnie avait connus ou touchés. Mais pardessus tout, celle de son propre fils, en le poussant pendant trente ans, depuis son enfance, à résoudre la mauvaise formule.

Je serrai Vartan dans mes bras.

— À ta place, je serais très prudent, lui dis-je. Tu as tiré un drôle de numéro... après tout, il semble que je sois liée à tous ces obsédés ! Peut-être que ces compulsions se transmettent par voie génétique.

— Alors nos enfants risquent de les avoir ? demanda Vartan avec un large sourire. Dans ce cas, autant s'y mettre tout de suite, comme ça, on sera fixé.

Il m'ébouriffa les cheveux.

Il ramassa les assiettes de spaghettis et j'emportai les verres dans la cuisine. Quand nous eûmes fini la vaisselle, il se tourna vers moi avec le plus beau sourire.

— « *Jaisi karni, vaise bharni* », déclara-t-il. Il faut que je m'en souvienne… « Les résultats sont le fruit de nos actions. » (Il jeta un œil à sa montre.) Il est presque minuit. Si nous voulons utiliser le plan de ta mère, il faudra se lever et partir avant l'aube, ce qui ne nous laisse que six heures. Combien de graines exactement pouvons-nous semer cette nuit, avant de pouvoir commencer la moisson ?

— Quelques-unes. Pour autant que je m'en souvienne, l'endroit où nous allons n'ouvre pas avant quatorze heures.

# LES LIVRES DE L'ÉQUILIBRE

*Des couples opposés qui fonctionnent de concert, c'est un thème de notre quête pour perfectionner la prise de décision. Calcul et évaluation. Patience et opportunisme, intuition et analyse, style et objectivité… stratégie et tactique, planification et réaction. La réussite vient de l'équilibre de ces forces et de l'exploitation de leur pouvoir intrinsèque.*

Garry KASPAROV, *La vie est une partie d'échecs*

En joueurs chevronnés, nous avions, Vartan et moi, utilisé efficacement notre temps à l'intérieur des contraintes imposées par nos horloges biologiques et chronologiques. Nous disposions de quatorze heures jusqu'à notre rendez-vous avec le destin, dont sept que nous passâmes « fructueusement », comme nous l'avait recommandé Rodo. Notre esprit de compétition se bornant alors à vouloir être celui qui donnerait le plus de plaisir à l'autre.

Quand je me réveillai enfin, le soleil était haut dans le ciel et la tête bouclée de Vartan reposait sur ma poitrine. Je sentais encore sur moi la chaleur de ses mains pendant la nuit, ses lèvres sur mon corps. Mais quand je finis par le tirer de son sommeil, nous n'étions pas plus prêts à voir l'aube se lever que Roméo et Juliette après leur première nuit d'amour. Il grogna, embrassa mon ventre et roula au pied du lit aussitôt après moi.

Quand nous eûmes pris un bain, changé nos vêtements et englouti des céréales avec du yaourt et du café, j'attrapai la précieuse liste des coordonnées d'échecs que m'avait donnée ma mère, la glissai dans un sac à dos vide accroché au portemanteau et nous descendîmes l'escalier.

Manifestement, quand ma mère disait que nous pourrions la contacter pour « des instructions complémentaires », elle ne pensait pas à des sujets aussi sensibles que ce qu'elle avait remis entre mes mains sous cette couverture à plusieurs niveaux. Quand on en venait à la Reine noire et aux multiples personnes toujours à sa recherche ainsi qu'à celle des autres pièces, il était clair que Vartan et moi étions livrés à nous-mêmes.

— Tu sais où on va ? demanda Vartan. Comment s'y rend-on exactement ?

— À pied. Curieusement, ce n'est pas très loin.

— Mais comment est-ce possible ? objecta-t-il. Tu as dit que c'était au sommet d'une hauteur et on est pour le moment au point le plus bas : le fleuve.

— Voilà. Le plan de la ville de Washington n'est pas conforme à ce qui s'est fait ailleurs, dis-je tandis que nous grimpions tout droit par le lacis de rues abruptes et tortueuses de Georgetown. Les gens croient toujours que Washington a été bâti dans des espèces de marais… beaucoup de livres le disent. Mais il n'y a jamais eu de marécages dans ces parages, sauf quelques terres humides couvertes de joncs qu'on a asséchées pour construire le Washington Monument. En fait, cela ressemble plutôt à la fameuse « Cité sur la Colline », ce lieu sacré dont Galen et les Piscataway parlaient... le haut lieu, l'autel, le sanctuaire, le temple de l'homme. La hauteur qu'on est en train de gravir faisait partie des premières concessions territoriales cédées par les Anglais dans ce coin, peut-être même la première, et elle a reçu le nom d'une célèbre bataille au Rocher de Dumbarton en Écosse. Le but de notre balade d'aujourd'hui, où la flèche pointe sur la carte laissée par ma mère, à une douzaine de rues d'ici, s'appelle Dumbarton Oaks.

— Je le connais, bien sûr ! s'exclama Vartan, ce qui ne manqua pas de me surprendre. Il est connu, m'assura-t-il. Tout le monde en Europe et dans le monde doit le connaître. C'est là que s'est tenue, avant la fin de la Seconde Guerre mondiale, la première réunion entre les États-Unis, l'Angleterre, l'URSS et la République de Chine... la conférence qui a posé les jalons pour les Nations unies. La rencontre qui a suivi a eu lieu à Yalta, en Crimée, tout près du lieu de naissance de ton père.

Quand il vit mon air absent, il me considéra avec prudence, comme si l'ignorance des Américains pour les grands événements de leur histoire pouvait se révéler contagieuse.

— Mais comment allons-nous entrer ? Un endroit pareil doit être sous haute surveillance.

— C'est ouvert au public la plupart du temps à partir de deux heures, déclarai-je.

Quand nous parvînmes au bout de la rue, à l'intersection de la 31e et de R Street, les hautes grilles métalliques de Dumbarton Oaks étaient déjà ouvertes sur le trottoir d'en face. L'allée s'élançait vers le sommet de la colline entre les chênes massifs en direction des marches raides qui conduisaient au manoir. De l'autre côté des grilles, sur la droite, à la guérite des tickets, nous achetâmes un plan du parc de plus de quatre hectares et un dépliant consacré à l'histoire des lieux, que je tendis à Vartan.

— Pourquoi ta mère a-t-elle eu l'idée de cacher quelque chose dans un endroit aussi fréquenté où on pouvait la voir ? chuchota-t-il.

— Je ne suis pas sûre que ce soit vraiment ici, lui rappelai-je. Le plan montre seulement une flèche qui pointe vers les grilles et conduit dans ces jardins. Cela me donne à penser que si elle a planqué quelque chose ici, ce doit être quelque part dans le parc plutôt que dans la villa ou un autre bâtiment.

— Peut-être pas, dit Vartan qui avait remarqué quelque chose sur le dépliant. Pourquoi ne jettes-tu pas un œil sur cette photo ?

À l'intérieur du rabat se trouvait l'illustration d'une tapisserie colorée avec la silhouette d'une femme entourée de ce qui semblait être des chérubins et des anges, la tête entourée d'une auréole. La femme au centre semblait tendre des cadeaux de Noël à la foule. Sous elle figurait une légende en grec.

— *Hestia Polyolbos*, lut Vartan avant de traduire : « Une multitude de bienfaits. »

— Hestia ? répétai-je.

— C'est la déesse grecque la plus ancienne, semble-t-il. La déesse du foyer. Elle est presque aussi ancienne qu'Agni en Inde. On dit ici que cette tapisserie est très rare, elle date de l'époque byzantine, fabriquée en Égypte au IVe siècle, c'est le chef-d'œuvre de cette collection… Mais elle est encore plus rare parce que Hestia n'est presque jamais représentée. Comme Jéhovah, on ne la représente que sous la forme du feu. Elle est l'« âtre », autrement dit le foyer domestique et, surtout, le feu de la cité.

Il leva les yeux vers moi d'un air éloquent.

— Entendu, dis-je. Entrons donc pour jeter un œil.

Le manoir, l'*orangerie** et la salle byzantine étaient complètement déserts. Bien que ce fût déjà l'après-midi, nous faisions figure de lève-tôt.

Le premier coup d'œil sur la tapisserie en laine vous laissait abasourdi. Elle mesurait environ un mètre huit sur un mètre deux et surabondait d'une richesse de couleurs : rouge, bleu, or et jaune, mais aussi des verts de toutes nuances allant du foncé au clair, du safran, de l'ocre, du bleu canard et du bleu nuit. Cette superbe reine antique était certainement connectée avec la Reine que nous cherchions, mais comment ?

Vartan lut tout haut le catalogue qui se trouvait à proximité : *Jeunes gens, louez Hestia, la plus ancienne des déesses…* c'était l'invocation à la divinité. Cela semblait être une représentation destinée au culte, comme la Vierge noire de Kazan sur laquelle nous avions lu des éléments. Nous apprîmes que Hestia était la déesse tutélaire de chaque prytanée : c'était le foyer où brûlait la flamme sacrée au cœur de chaque cité de tout l'ancien monde grec.

— La forme de cette tapisserie, dit-on ici… cette disposition avec les huit figures, six amours et deux serviteurs regardant en dehors du cadre à mi-distance vers le spectateur… ce n'est pas grec, mais beaucoup plus ancien. Cela vient de l'antique Babylone païenne, de l'Égypte et de l'Inde. Et il y a ici quelque chose d'autre écrit en grec… laisse-moi voir.

Je ne pouvais détourner les yeux de l'énorme tapisserie avec ses fleurs fraîches flottant à l'arrière-plan, la magnifique Reine du Feu couverte de pierreries extravagantes… comme dans le Jeu de Montglane. Quel rapport avait-elle avec celui-ci ? Ses deux serviteurs, un de chaque côté, semblaient être des anges. L'homme tenait une sorte de rouleau de parchemin dans sa main, tandis que la femme à droite tenait un livre avec un mot grec sur la couverture. Les présents que Hestia présentait aux chérubins qui l'entouraient semblaient être des couronnes sur lesquelles étaient écrits des mots.

Comme s'il lisait dans mon esprit, Vartan traduisit :

— Les couronnes sont les présents du feu, ce sont les « bienfaits »… la richesse, la gaieté, la louange, l'abondance, la valeur, le progrès. Son foyer dans le prytanée était l'endroit où les banquets se tenaient : elle était la patronne des cuisiniers ! Au Panathenaïa, la grande fête d'Athènes, il y avait des courses avec des torches où on emportait la flamme sacrée depuis son foyer pour revivifier la cité. Mais, attends… elle a un rapport avec Hermès, aussi. En tant que déesse du foyer, Hestia représente l'intérieur, le pouvoir du citoyen, *civitas*. Hermès est le dieu des voyageurs, des étrangers, des nomades, de la circulation des richesses. (Il me regarda.) Elle est le carré et il est le cercle… la matière et l'esprit.

— Et, lui rappelai-je, le récit de Galen dit qu'Hermès, dont Thot était l'équivalent en Egypte, était aussi le dieu de l'alchimie chez les Grecs.

— Et Hestia étant le feu, renchérit Vartan, elle est la source de toutes les transformations qui interviennent dans ce processus, indépendamment du lieu où elles se produisent. Il est indiqué que tout dans cette tapisserie est symbolique. Mais ta mère voulait sans doute que les symboles auxquels elle se référait aient un sens particulier pour toi.

— Tu as raison. La clé que ma mère évoquait doit se trouver quelque part dans le tableau.

Mais si cela m'était réservé, pourquoi Rodo avait-il dit qu'il avait deviné où nous allions ? J'examinai la tapisserie en me creusant la cervelle, essayant de me rappeler ce que nous avions appris en une semaine sur tout ce qui avait un rapport avec le feu et ce que cela aurait voulu dire pour al-Jabbir, un homme qui, il y a mille deux cents ans, avait inventé un jeu d'échecs qui contenait l'antique sagesse tutélaire, laquelle, utilisée à des fins personnelles, pouvait se révéler dangereuse pour soi et pour les autres et cependant, dans l'absolu, pouvait être bénéfique pour tous.

Hestia regardait en dehors de la tapisserie, le regard planté sur moi. Ses yeux étaient étranges, bleu-vert, pas du tout égyptiens. Ils paraissaient plonger au plus profond de mon être. C'était elle qui semblait me poser une question importante, et non l'inverse. J'écoutai un moment.

Soudain, je percutai.

*L'échiquier est la clé.*

*Tu récolteras ce que tu as semé.*

Je pris la main de Vartan.

— Partons, lui intimai-je, et nous quittâmes le bâtiment.

— Qu'y a-t-il ? chuchota-t-il dans mon dos tandis qu'il essayait de rattraper mon pas raide.

Je le ramenai vers les grilles que nous avions franchies un peu plus tôt, où j'avais remarqué un étroit sentier pavé qui semblait disparaître entre les buis. Je le pris et entraînai Vartan entre les buissons, derrière moi, sur un long sentier qui faisait le tour du terrain. Quand je fus assurée que nous étions loin de toute oreille indiscrète, bien que le silence fût tel qu'il semblait n'y avoir personne à des kilomètres, je m'arrêtai et me tournai vers lui.

— Vartan, ce n'est pas *où* ni *quoi* que nous devons chercher. C'est *comment*.

— Comment ? répéta-t-il, l'air déconcerté.

— Cette tapisserie d'Hestia ne te rappelle rien ? Je veux dire sa disposition ?

Vartan jeta un coup d'œil à la petite photographie sur son dépliant.

— Il y a huit figures autour d'elle, dit-il levant les yeux.

— L'échiquier, insistai-je. Ce n'était pas le dessin de l'échiquier par l'abbesse, ni l'échiquier dans mon appartement… c'était les trois, mais surtout celui-là. Et si tu prenais le petit dessin de l'échiquier de ma mère que j'ai là dans mon sac à dos pour le poser au beau milieu de cette tapisserie… sur les genoux d'Hestia ? (Il me regardait fixement.) Je crois que ma mère a déplacé les pièces, ou bien qu'elle les a enterrées depuis le début en respectant le thème de cette tapisserie. Combien de faisceaux de lignes sur ton plan ? Six. Combien de chérubins – ou quel que soit le nom qu'on leur donne – sur la tapisserie ? Six. Combien de cadeaux Hestia donne-t-elle aux petits garçons ? Six.

— Six-six-six, répéta Vartan. Le chiffre de la Bête.

L'autre partie du premier message codé de ma mère.

— Le premier cadeau qu'elle donne sur la tapisserie que tu as traduit du grec est la « richesse », repris-je. Et la première pièce d'échecs où ma mère a placé une étoile et une flèche pour qu'on vienne ici est la Reine noire, représentée par Hestia, qui est placée au centre du plateau. Quel endroit conviendrait mieux pour cacher la pièce la plus précieuse de toutes pour cet ordre supérieur… le berceau des Nations unies, la richesse des nations, pour ainsi dire.

— Alors, il doit y avoir dans ce parc un autre indice qui nous mettra sur la voie pour trouver la vraie Reine, suggéra Vartan.

— Exact, affirmai-je avec plus d'assurance dans la voix que je n'en avais réellement, ne sachant par où commencer.

Mais sinon, où serait-elle ?

Derrière le bâtiment, un escalier de pierres raide descendait le flanc de la colline. Le paysage à l'intérieur des quatre hectares de l'immense parc était magnifique et mystérieux, comme un jardin secret. Chaque fois que nous émergions d'une voûte de verdure, d'une ceinture d'énormes buissons, ou que tournions un coin, une surprise nous accueillait. Parfois, une haute fontaine jaillissante, d'autres fois, le spectacle d'un verger, d'une vigne ou d'une pièce d'eau qui surgissait sous nos yeux. Enfin, nous passâmes sous une arcade avec de hauts murs treillissés et d'anciens figuiers palissés de part et d'autre, qui se contorsionnaient sur dix mètres en direction du ciel. Quand nous eûmes passé la dernière arche, je compris que j'avais trouvé ce que je cherchais.

Devant nous s'étendait un énorme bassin d'eau tourbillonnante tapissé de rocaille et qui ressemblait à une rivière gazouillante, mais si peu profonde qu'on pouvait presque la traverser à pied sec. Le fond était couvert d'une multitude de galets ronds, lisses, disposés dans le ciment pour former des ondulations. À l'extrémité se trouvaient d'énormes fontaines avec des chevaux métalliques au galop qui semblaient jaillir de la mer en faisant gicler une dentelle d'eau jusqu'au ciel.

Nous marchâmes jusqu'à l'autre berge et considérâmes la vaste étendue en direction des fontaines. D'ici, ces ondulations de pierres sous l'eau peu profonde se confondaient, telle une illusion d'optique, pour former un motif qui devait être exactement ce que nous cherchions : une gigantesque gerbe de blé qui semblait s'agiter mollement dans une brise invisible juste sous la surface ridée de l'eau.

Nous restâmes un moment sans parler, puis il toucha mon bras et fit un geste en direction de l'endroit où nous nous tenions. À nos pieds, gravée dans le rocher en bordure du bassin apparaissait une devise :

*Severis quod metes*

Tu récolteras ce que tu as semé

Le haut de la gerbe de blé pointait en direction des chevaux de mer écumants de l'autre côté du bassin, plein nord. La même aiguille qui, à partir de Piscataway et du mont Vernon, était dirigée vers le point le plus élevé de Washington D.C.

— *Comment ?* répéta Vartan en me prenant la main et en plongeant ses yeux dans les miens. Tu veux dire que nous ne cherchons pas seulement la Reine ou même sa cachette. Le secret, c'est comment nous semons et récoltons. Pourquoi pas dans ce cas : comment on l'a cachée et comment on la récupère ?

Je fis oui de la tête.

— Alors, je pense que je sais dans quelle direction ta mère nous envoie avec cette gerbe de blé, et où nous allons, remarqua Vartan. (Il ouvrit rapidement le plan détaillé de Washington pour me l'indiquer.) On y va par un sentier qui passe à côté de ce parc et dessous, très raide… Dumbarton Oaks Park, on se croirait dans une vaste étendue sauvage. (Il me sourit.) C'est un très long sentier aussi, qui s'appelle le chemin des Amoureux… conçu pour notre projet alchimique, sans aucun doute. En attendant, si nous ne trouvons rien pendant que nous sommes là-dessous, peut-être que nous pourrons reprendre certaines de nos activités agricoles de la nuit dernière.

*Pour le moment, sans commentaires*, même si les cerisiers en fleur dans le verger que nous traversions chargeaient l'air de leur parfum lourd, sensuel, que je m'efforçais d'oublier.

Nous passâmes les grilles à gauche et descendîmes le chemin des Amoureux. Ici, les arbres sombres masquaient le ciel et un épais tapis de feuilles mortes couvrait encore le sentier de terre battue. Mais dans la prairie, à l'extrémité de l'enceinte de pierre, nous aperçûmes entre les arbres des jonquilles, des perce-neige et des petites étoiles de Bethléem qui pointaient déjà dans l'herbe nouvelle du printemps.

Au pied de la colline, où un ruisseau tumultueux coulait près de la route, notre chemin partait dans trois directions.

— L'un va vers l'observatoire naval, situé au point le plus élevé de Washington, dit Vartan en examinant sa carte. Le plus bas se situe près d'un cours d'eau. Celui-là, c'est… Rock Creek, un des points les plus bas, peut-être.

Rock Creek était le troisième cours d'eau, avec le Potomac et l'Anacostia, qui divisait la ville en un Y pythagoricien, comme nous le tenions des amis de Key, les Piscataway, et des journaux de Galen.

— Si ce qu'on cherche, c'est l'équilibre, dis-je, ce doit être le chemin du milieu.

Après environ une demi-heure, nous parvînmes à un promontoire qui dominait tout, la rivière ondoyante en contrebas, le haut rocher sur lequel étaient juchés l'observatoire et la résidence du vice-président. Dans le lointain, un énorme pont de pierre en arcade enjambait la rivière dans la lumière de l'après-midi, tel un aqueduc romain abandonné en pleine nature. C'était la fin de notre route.

Là où nous nous tenions, de vieux arbres se dressaient au-dessus de nous, sortant de falaises encore plus anciennes. Leurs racines tordues s'agrippaient au sol rocailleux. Tout était plongé dans une ombre profonde à part un unique rai de lumière venant de l'ouest, qui passait à travers une fissure dans le rocher derrière nous et formait une petite flaque de soleil sur le sol de la forêt. Debout à cet endroit, avec le bruissement de l'eau en contrebas et le gazouillis des oiseaux dans les jeunes feuilles des arbres, il semblait que la *civitas* fût à des milliers de kilomètres de là.

Je remarquai alors que Vartan m'observait. Sans prévenir et sans un mot, il me prit dans ses bras et m'embrassa. Je sentis le même flot d'énergie, chaud, radieux, me parcourir. Il m'attira à l'écart.

— On ne devrait pas perdre de vue que le but de cette mission, c'est aussi une question d'alchimie et d'êtres humains. Il ne s'agit pas que de sauver la civilisation.

— Si tu veux mon avis, j'aimerais que la civilisation nous lâche les baskets pendant une heure ou deux. En ce moment, elle me soûle un peu.

Il m'ébouriffa les cheveux.

— Mais ce doit être ici, insistai-je. On voit en haut et en bas. On est au bout de la route.

Je cherchai un autre indice. Mais je n'en vis aucun.

Puis mes yeux remontèrent lentement le long de la falaise qui s'élevait derrière nous. Ce n'était pas vraiment une falaise, plutôt un mur de soutènement sous de gigantesques rochers. Le soleil qui descendait était sur le point de passer sous la fente de la paroi et le peu de lumière que nous avions allait disparaître.

C'est alors qu'une chose me frappa.

— Vartan, dis-je rapidement. Le livre qu'al-Jabbir a écrit, *Les Livres de l'Équilibre*, les profonds secrets qu'il contient, les clés de cette ancienne voie, sont censés être cachés dans le jeu d'échecs, exact ? Tout comme le message que ma mère avait caché dans cette tapisserie ?

— Oui.

— Dans la tapisserie, le livre que l'ange tient dans sa main, de même que les « cadeaux » que distribue Hestia, ce livre porte également un mot écrit dessus, non ?

— *Phos*, confirma Vartan. Ce qui veut dire « lumière ».

Nous observions tous les deux la muraille abrupte de pierre taillée, où le soleil s'enfonçait.

— Tu sais escalader ? lui demandai-je.

Il fit signe que non.

— Moi, si, dis-je. J'en conclus que ce message n'est destiné qu'à moi.

Moins d'une heure plus tard, nous étions attablés, Vartan et moi, dans la grande salle du Sutalde du côté où les fenêtres donnaient sur le soleil déclinant qui dorait le pont et le fleuve. J'avais trois ongles cassés et soignais mon genou écorché, mais sinon, je ne me trouvais pas plus mal d'avoir escaladé le flanc de la falaise.

À côté de nous, sur une troisième chaise, était posé mon sac à dos que j'avais fait passer à Vartan du haut de la cachette. Il contenait toujours la liste des coordonnées sur la carte de chacune des pièces enterrées, mais aussi maintenant le cylindre postal avec le dessin de l'échiquier exécuté par l'abbesse, que nous avions récupéré au passage à mon bureau de poste quand nous avions descendu la côte.

Entre nous sur la table trônait une carafe de *châteauneuf-du-pape** avec deux verres à vin et, à côté, la lourde figurine d'une quinzaine de centimètres de haut, tout incrustée de pierreries sauf une émeraude. La Reine noire.

Et sur le rocher, scellé dans une boîte étanche, j'avais fait une autre découverte. Vartan le rapprocha pour que nous puissions l'examiner ensemble plus attentivement. C'était un livre écrit en latin, manifestement une copie de l'original, avec des illustrations intéressantes, même si celles-ci, d'après Vartan, semblaient plus tardives. C'était apparemment une traduction médiévale d'un ancien texte en arabe.

*Les Livres de l'Équilibre.*

Une annotation manuscrite du propriétaire sur le rabat intérieur indiquait simplement : *Charlot.*

— « *Ne te laisse pas entraver par le doute,* traduisait Vartan. *On introduit le feu et on l'applique à la température nécessaire, sans toutefois permettre que cette chose soit consumée par le feu... ce qui ajouterait à sa détérioration. De cette manière, le corps qui est soumis à l'action du feu atteint un équilibre et parvient à l'état désiré.* »

Il releva la tête.

— Al-Jabbir explique comment fabriquer l'élixir, dit-il. Mais il insiste sans arrêt sur l'équilibre, le juste milieu entre les quatre éléments, la terre, l'air, l'eau et le feu, l'équilibre en nous, et aussi entre nous et le monde naturel. Cela dit, je ne comprends pas pourquoi cette idée est dangereuse… Tu crois que ta mère t'a laissé ce livre parce qu'elle souhaite que non seulement tu trouves les pièces, mais aussi que tu résolves ce problème ?

— J'en suis convaincue, dis-je en remplissant nos verres. Mais comment pourrais-je voir aussi loin ? Il y a une semaine, j'avais rompu tout contact avec ma mère et je croyais que mon père était mort. Je te prenais pour mon pire ennemi et moi, pour une petite employée avec une vie toute tracée, sans surprise, incapable de jouer aux échecs, sa vie dût-elle en dépendre. Il semble aujourd'hui que ma vie en dépende justement. Mais je ne peux rien prédire dix minutes à l'avance. Tout ce que je croyais savoir a été mis sens dessus dessous. Je suis larguée, je ne comprends plus rien.

— Moi, si, répliqua Vartan avec un sourire. Et toi aussi.

Refermant le livre, il me prit les mains et pressa ses lèvres dans mes cheveux, avec une infinie tendresse. Il s'écarta.

— Comment aurais-tu pu affronter ton avenir sans avoir résolu ton passé ? Est-ce ta faute s'il s'est trouvé que toutes ces « résolutions » que tu prenais pour des vérités n'étaient en fait que des illusions ?

— Mais après tout, que puis-je croire maintenant ?

— Comme Rodo nous le disait hier soir, il semble qu'en ce qui concerne l'ancienne sagesse, il ne suffise pas de croire. On doit aussi découvrir la vérité. C'est le message que contient ce livre que ta mère t'a laissé, le message qu'al-Jabbir a caché dans le Jeu il y a douze siècles.

— Mais quel est exactement ce message ? demandai-je avec dépit. Disons qu'on a rassemblé toutes les pièces et qu'on les a mises ensemble. Que saurons-nous alors de plus que les autres ?

— Pourquoi ne mettons-nous pas ensemble les éléments que nous avons déjà en notre possession pour essayer de savoir ? proposa Vartan en me passant mon sac à dos.

Je sortis le cylindre en carton que je m'étais expédié à moi-même, avec l'échiquier dessiné par l'abbesse, et le tendis à Vartan pour qu'il le déplie. Puis je plongeai au fond de mon sac pour en sortir le petit croquis de ma mère, avec l'ensemble des coordonnées géographiques que j'avais fourrées là-dedans avant que nous quittions l'appartement et là, mon ongle accrocha un objet dur et froid au fond du sac.

Je restai pétrifiée.

Je craignais de savoir exactement ce que c'était. Avant même de le voir, je sentis mon cœur battre à coups redoublés.

C'était un bracelet de tennis en diamants.

Une raquette bordée d'émeraudes y était accrochée.

Je restai assise, le bracelet oscillant au bout de mon doigt. Vartan leva les yeux et le vit. Il le fixa un instant, puis leva les yeux vers moi, et je hochai la tête. Je me sentais mal. *Comment cet objet était-il arrivé ici ? Depuis combien de temps s'y trouvait-il ?*

Je me rendais compte à présent que c'était le même sac à dos que j'avais abandonné, cinq jours plus tôt, avec ma parka en duvet, dans la suite de mon oncle au

Four Seasons. Mais comment ce sac s'était-il retrouvé accroché innocemment au portemanteau de mon appartement, avec le bracelet de tennis « sur micro » planqué dans le fond ?

Et depuis combien de temps ce foutu bracelet se trimballait-il avec nous ?

— Tiens ! fit la voix chichiteuse de Sage depuis la porte à l'autre bout de la pièce. Nous voilà de nouveau réunis. Et je vois que tu as retrouvé mon bracelet. Je me demandais où je l'avais laissé tomber.

Elle entra et referma la porte derrière elle, traversa la pièce en passant entre la forêt de tables et tendit la main vers son souvenir. Je le laissai glisser dans mon verre de châteauneuf-du-pape.

— Ce n'est pas très gentil, se plaignit Sage en regardant son bijou barboter dans le vin.

*Depuis combien de temps nous écoutait-elle ? Que savait-elle au juste ?* Je devais imaginer le pire. Même si elle ne savait pas que mon père était en vie, pour le moins, elle savait maintenant le contenu et la valeur de tout ce qui se trouvait exposé sur la table.

Je me mis debout pour l'attaquer de front et Vartan en fit autant.

Mais alors je baissai les yeux.

Soudain, dans la main de Sage, venait d'apparaître un petit revolver à la crosse nacrée.

Super ! Et moi qui croyais que Key était la seule à aimer vivre dangereusement.

— Tu ne vas pas nous tirer dessus, dis-je à Sage.

— Sauf si tu m'y obliges, répondit-elle. (Son visage semblait avoir été taillé dans le granite du mont Rushmore de la condescendance. Puis elle actionna la sécurité de l'arme.) Mais s'ils entendent un coup de feu ici, mes collègues qui m'attendent dehors risquent de ne pas avoir les mêmes réserves.

Super cool ! Le retour des gros bras. Il fallait que je trouve quelque chose. Mais je n'avais qu'une seule idée en tête : que *fichait*-elle ici ?

— Je croyais que vous étiez tous partis, tes parents et toi, pour un long voyage ? dis-je.

— Ils sont partis sans moi, susurra-elle. Ils ne sont plus nécessaires. C'est pour ça que j'ai été choisie. Cette situation avait été envisagée, tu sais, pratiquement depuis ma naissance.

Tandis qu'elle tenait l'arme d'une main décontractée, elle examinait les ongles de l'autre comme si sa manucure de la veille commençait à être défraîchie. J'attendais de connaître la chute de l'histoire, quand elle leva les yeux sur nous.

— On dirait que décidément, vous n'avez pas la moindre idée de *qui je suis*.

Toujours ce refrain.

Mais cette fois, brusquement, je compris.

Lentement, l'horreur s'infiltra dans mon cerveau comme du vin rouge ou du sang, formant un voile derrière mes yeux, colora ma vision de la pièce, et Vartan, et Sage debout devant moi avec son revolver à la main, prête à tout moment à appeler l'escouade de la sécurité qui faisait le pied de grue devant la porte.

Elle n'avait pas besoin de leur aide pour m'anéantir. De nouveau je n'avais rien vu venir. Et je n'avais pas besoin d'une arme sur la tempe pour replacer les choses dans leur contexte.

N'avais-je pas eu l'impression, déjà, pendant cette réunion dans la chambre de mon oncle, que quelqu'un d'autre tirait les ficelles en coulisses ? Pourquoi n'avais-je pas compris, alors, que ce n'était pas Rosemary ni Basil… mais Sage, depuis le début ?

*Pratiquement depuis ma naissance*, avait-elle dit.

Comme c'était vrai !

N'était-ce pas Sage qui, quand nous étions encore enfants, avait essayé non pas de copiner avec moi, contrairement à ce que je croyais alors, mais de m'introduire dans sa sphère de contrôle, son cercle d'influence, de richesse et de pouvoir ?

De nouveau, c'était Sage qui avait rapidement levé le camp de Denver pour transférer ses activités mondaines à Washington, presque dès que je m'y étais installée moi-même. Bien que je l'aie à peine vue durant la majeure partie du temps, comment savais-je qu'elle m'observait ? C'était Sage, aussi, qui s'était imposée dans la transaction de Sky Ranch, alors qu'elle pouvait difficilement se faire passer pour un agent immobilier.

Pour qui d'autre s'était-elle fait passer ?

En fin de compte, la seule chose qu'on remarquait chez Sage, c'était son allure, son style évaporé. Elle était toujours bien installée dans un cocon de mondanités, camouflée par son entourage. Mais je m'apercevais brusquement que, telle une araignée dans sa toile d'intrigues, Sage s'était réellement trouvée au centre de tout, partout et avec tout le monde. En fait, ce n'était pas seulement le micro qu'elle avait réussi à planquer dans mon sac à dos, qui lui permettait de connaître les pensées et les actes de chacun. Elle avait été présente à chacune des discussions.

À l'anniversaire de ma mère à Four Corners.

Au Brown Palace à Denver, avec Lily et Vartan.

Au Four Seasons à Washington, avec Nim, Rodo et Galen.

Brusquement, je me souvins de sa remarque ce jour-là à propos de mes relations avec ma mère : *Il semble que nous nous soyons trompés.*

Je m'apercevais à présent que c'était cette façon d'être mondaine et sotte qui détournait l'attention de son véritable rôle. Et je comprenais aussi quel rôle lui avait été assigné depuis la naissance.

— Tu es *la* Sage Livingston, dis-je.

Elle sourit froidement, haussant un sourcil en hommage à ma tardive vivacité d'esprit.

Vartan me lança un regard de biais.

Je me tournai vers lui.

— Sage *Living Stone*, c'est en réalité « la sage pierre vivante ». Dans le récit de Charlot, il l'appelait la pierre philosophale, la poudre qui donne l'élixir de vie. Quand Sage a dit qu'elle avait été choisie depuis sa naissance, c'est ce qu'elle a voulu dire : elle a été élevée depuis sa naissance pour succéder à sa mère, la Reine blanche. Ses parents croyaient qu'ils avaient de nouveau la haute main sur l'équipe des Blancs et le Grand Jeu après avoir assassiné mon père et s'être emparés de la pièce d'échecs. Mais quelqu'un d'autre a repris les rênes sans qu'ils s'en aperçoivent. Ils n'ont pas su que Galen March et Tatiana, ou même ton beau-père, avaient changé de camp. Ils n'ont jamais compris dans quel but le Jeu avait été inventé.

Sage laissa échapper un grognement fort peu distingué qui me fit me redresser de toute ma hauteur. Je remarquai que l'arme, qu'elle tenait d'une poigne plus ferme, était braquée à présent sur une partie de mon corps dont je souhaitais qu'elle continuât de battre.

— Le véritable but du Jeu de Montglane, c'est le pouvoir, décréta Sage avec aplomb. Ça n'a jamais été autre chose. C'est totalement naïf de croire autre chose, indépendamment de ce que certains idiots ont pu vous faire avaler. Je ne suis peut-être pas une championne d'échecs, comme vous deux, mais moi, je sais de quoi je parle. À vrai dire, pendant toute ma vie, j'ai sucé le lait du pouvoir. Le vrai pouvoir, le pouvoir mondial, le pouvoir qu'aucun de vous ne peut imaginer. Et je n'en suis pas sevrée…

Et cætera.

Comme Sage continuait de divaguer sur la façon dont elle était née et avait grandi pour sucer le lait du pouvoir à la paille, j'éprouvais une peur croissante. Je percevais la tension de Vartan. Il devait être clair pour lui comme pour moi que miss « Philosophia de Stone » avait perdu le petit peu de cervelle qu'elle avait pu posséder. Mais nous n'avions pas la moindre idée sur la façon de nous y prendre pour lui sauter dessus à dix pas de là. Voire seulement pour interrompre son laïus.

Et il devenait encore plus évident que pour les drogués du pouvoir, la relative *proximité* de ce malheureux jeu d'échecs revenait à leur offrir une pilule de mégalomanie instantanée. En fait, Sage semblait en avoir ingurgité un flacon entier avant de venir aujourd'hui.

En outre, il apparaissait que notre chère petite Sage allait bientôt ne plus s'inquiéter de savoir si appuyer sur la détente risquait de lui gâcher sa nouvelle manucure. Je savais que nous devions sortir d'ici et vite. En emportant les coordonnées avec nous.

Mais comment ?

Je jetai un œil à Vartan. Il observait toujours Sage, comme s'il faisait exactement le même calcul. La Reine massive du Jeu de Montglane était placée entre nous sur la table, mais même si nous la prenions pour en faire une arme, nous ne pourrions la lancer assez vite pour éviter la balle qui nous atteindrait. Et même si nous arrivions à la maîtriser, nous ne pouvions espérer échapper à ces mercenaires dehors avec un petit revolver à crosse de nacre. Je devais trouver une idée. Je n'étais pas sûre de pouvoir interrompre le « laïus du lait » assez longtemps pour la raisonner, mais il fallait faire feu de tout bois.

— Sage, l'interrompis-je, en supposant que tu puisses ramasser toutes ces pièces, que comptes-tu en faire ? Tu n'es pas la seule à les rechercher, tu sais. Où irais-tu ? Où te cacherais-tu ?

Sage parut momentanément désemparée, comme si elle n'avait pas réfléchi aussi loin en bâtissant son château en Espagne. J'étais sur le point de pousser mon avantage quand le téléphone se mit à sonner sur le bureau du maître d'hôtel près de la porte d'entrée. Sage garda le revolver pointé sur moi pendant qu'elle reculait de quelques pas parmi les tables pour avoir une vue d'ensemble.

Puis je remarquai un autre bruit. Un bruit doux. Familier, tout proche, bien qu'il me fallût un moment avant de le reconnaître.

Le bruissement, *pfuitt,* de patins à roulettes sur la pierre.

Il parut passer furtivement à notre hauteur en direction de l'entrée, caché derrière l'étagère qui traversait la salle dans la longueur et sur laquelle était présentée la collection de cruches à cidre de Rodo. Malgré le vacarme incessant du téléphone, combien de temps faudrait-il à Sage pour repérer la présence de Leda, elle aussi ?

Du coin de l'œil, je vis que Vartan commençait à avancer imperceptiblement. Sage braqua l'arme sur lui et il s'arrêta net.

À cet instant, comme dirait Key, ça commença à chier des bulles. Et le cidre à couler.

Tout se passa en une poignée de secondes.

Une cruche de quatre litres de *Sagardeo* décolla d'une grosse niche dans le mur et alla s'écraser sur le sol dallé aux pieds de Sage, éclaboussant tout autour d'elle. Essayant instinctivement de protéger ses escarpins à six cents dollars, Sage recula à petits pas, mais comme Vartan s'apprêtait à lui sauter dessus, elle l'arrêta de nouveau avec son arme. À cet instant, une autre cruche s'envola du haut de la pile, juste au-dessus de sa tête. Sage plongea rapidement derrière une table proche tandis que la poterie fendait l'air et s'écrasait sur le sol à côté d'elle.

L'avalanche de céramiques remonta la rangée. Les cruches de *Sagardao* quittaient les casiers du haut tandis que Sage, accroupie derrière la table, le coude tendu comme un tireur d'élite, leur tirait dessus en plein vol comme sur des pigeons d'argile. Elle tira quelques balles au jugé, aussi, pour tenter d'abattre son adversaire invisible.

Au premier coup de feu, Vartan m'avait fait plonger derrière notre table, qu'il avait renversée, répandant le contenu – livres, précieux papiers, la reine et le châteauneuf-du-pape – sur le dallage. Nous nous tapîmes derrière. Les cruches s'écrasaient sur le sol et les balles fusaient pendant que le téléphone continuait de sonner à l'autre bout de la salle.

Vartan dit tout haut ce que je pensais.

— Je ne sais pas qui est notre sauveur derrière le comptoir à vin, mais il ne la retiendra pas longtemps. Il faut qu'on trouve un moyen d'arriver à elle.

Je jetai un œil sous la nappe. L'endroit empestait le jus de pomme fermenté.

Sage, dans une position relativement protégée, contrôlant le centre de l'échiquier, avait réussi à recharger plus vite qu'Annie du Far West. Je priai le ciel pour qu'elle se trouve à court de munitions avant que Leda se trouve à court de cidre. Malgré tout, je n'avais pas trop d'espoir, car les gros bras qui attendaient dehors, en entendant le tintamarre, n'allaient pas tarder à nous tomber dessus.

Brusquement, le téléphone arrêta de sonner. Un silence assourdissant remplit la pièce. Plus de vaisselle cassée, plus de coups de feu.

Mon Dieu, était-ce fini ?

Nous glissâmes un œil au-dessus de la table juste à temps pour voir la porte du restaurant s'ouvrir brusquement. Debout de profil par rapport à nous, Sage s'était tournée avec un petit sourire suffisant pour accueillir ses copains. Mais à leur place, une masse de pantalons blancs, ceintures rouges et bérets noirs se rua dans la salle, Rodo en tête, sa queue-de-cheval au vent, son téléphone à la main, et Eremon sur ses talons.

Les paupières de Sage se rétrécirent et elle pointa son revolver sur eux de l'autre côté de la salle.

À cet instant, au coin du comptoir à cidre, surgissant entre Sage et sa cible, toutes voiles dehors, apparut une sorte de large bassine en cuivre sur roulettes, d'un mètre de diamètre et tenue comme un bouclier. Elle fonça droit sur Sage, entre les tables. La bassine s'abaissa, prenant Sage en écharpe comme au bowling. Mais je vis que Leda avait également perdu ses billes. Elle était assise par terre. Avait-elle été touchée ?

Tandis que Vartan et les autres se ruaient sur le revolver et maîtrisaient Sage, je me remis debout pour aller voir si Leda n'était pas blessée, mais fus devancée par Eremon. Il l'aida avec élégance à se relever et fit un geste en direction de la bouteille de cidre sur le comptoir, de l'autre côté de la salle, qui avait reçu une balle et fuyait. Tandis que Vartan remettait le cran de sûreté, deux Basques relevèrent Sage et retirèrent leur ceinture en tissu pour lui ligoter les mains et les pieds. Puis, tandis qu'elle se tortillait avec fureur et indignation sans cesser de pérorer, ils l'évacuèrent par la porte.

Rodo sourit avec soulagement quand il vit que nous n'avions aucun mal. Je récupérai le bracelet de diamants dans la pagaille de verre brisé et les flaques de cidre et de vin sur le sol, et le tendis à Eremon. Il hocha la tête et le balança par la porte dans le canal.

— Quand le Cygne est venue travailler, elle a repéré sous la glycine de la pergola à Key Park des têtes qu'elle avait déjà vues. C'était la demoiselle Livingston, qui avait voulu que je l'aide à vous retrouver l'autre jour chez votre oncle, et les hommes de la sécurité du matin avant la soirée privée au Sutalde. Le Cygne a trouvé ça louche, de les voir ensemble à cet endroit, juste derrière ta maison. Alors quand elle est arrivée ici pour travailler, elle a appelé Eremon et moi. Nous aussi, on a trouvé ça suspect. Quand vous êtes arrivés tous les deux, elle était en bas pour préparer les feux pour ce soir et on était déjà en route. Mais elle m'a rappelé sur mon portable quand elle a entendu entrer une autre personne ici, elle est montée discrètement, et s'est aperçue que vous étiez vraiment en danger. Elle nous a dit que votre amie vous menaçait avec une arme et qu'il y avait des hommes postés devant la porte. On a imaginé un plan. Dès qu'on aurait désarmé les hommes dehors, j'appellerais sur le téléphone du restaurant. Ce serait le signal pour que le Cygne détourne l'attention, pour empêcher la Livingston de vous tirer dessus avant notre arrivée.

— Le Cygne a fait un numéro génial, dis-je à Leda en la serrant dans mes bras. Et c'était pile poil. Sage était tellement à cran que le coup aurait pu partir pour un rien. Mais comment vous avez fait pour désarmer les types, dehors ?

— Ils ont été déroutés par quelques coups de *jota* qui les ont pris au dépourvu. E. B. n'a rien perdu de ses sauts basques. Ces hommes ont été remis entre les mains du Département de la sûreté intérieure des États-Unis, qui les détient pour port d'armes prohibées dans le périmètre de Washington et pour usurpation d'identité, puisqu'ils se faisaient passer pour des agents des services secrets.

— Mais Sage Livingston ? demanda Vartan à Rodo. Elle a l'air folle. Et avec un objectif plutôt à l'opposé de celui qui vous avez développé devant nous hier soir encore. Que peut-il advenir de quelqu'un comme elle qui a été élevée pour détruire tout sur son passage ?

— Je recommande une *très* longue période dans une retraite spirituelle pour lesbiennes féministes dans un coin *très* reculé des Pyrénées, suggéra Leda. Vous croyez pouvoir arranger ça ?

— J'en suis certain, approuva Rodo. Mais nous connaissons quelqu'un qui souhaite se charger du cas de Sage. Je devrais dire qu'il y a deux personnes, pour des raisons différentes. *Quod severis metes*. Je crois que si vous y réfléchissez, vous allez comprendre de qui il s'agit. Pour le moment, vous connaissez le numéro de code de mon coffre. Quand vous aurez fini avec ce matériel, ne le laissez pas traîner par terre, faites comme vous avez fait précédemment, ajouta-t-il avec un clin d'œil.

Là-dessus, Rodo prit la porte en jetant des ordres en basque, à droite et à gauche, sur toute la longueur de la passerelle.

Eremon était à genoux et inspectait en claquant la langue les jambes de Leda, égratignées et meurtries pendant sa chute. Il se leva, passa le bras autour de ses épaules et l'escorta dans la cave « pour l'aider avec les grosses bûches », comme il dit. Peut-être y avait-il l'espoir d'une entente un peu plus alchimique entre eux.

Nous regagnâmes, Vartan et moi, notre place près des fenêtres où le soleil couchant effleurait à présent le sommet des tours de l'autre côté de la rivière, et nous commençâmes à rassembler notre précieux et terrible trésor qui baignait dans le vin et le cidre.

— Le code de son coffre ? demanda Vartan.

— Des mathématiques basques, répondis-je.

Je savais que Rodo n'avait pas de coffre, mais il avait une boîte postale au bout de la rue, comme moi. Le numéro était 431. Il laissait donc entendre que la solution la plus sûre était de se débarrasser de tout en le renvoyant par la poste, comme je l'avais déjà fait, et de se préoccuper du reste plus tard.

J'étais sur le point de remettre *Les Livres de l'Équilibre* dans leur boîte quand Vartan arrêta mon bras. Me dévisageant avec ses prunelles d'un violet sombre, il me dit :

— Tu sais, j'ai vraiment cru qu'elle allait te tuer.

— Je ne crois pas qu'elle en ait eu l'intention. Mais elle était tellement folle à l'idée de perdre, d'un seul coup, sa fortune, ses relations, son accès au pouvoir… Tout ce qu'elle a toujours cru vouloir.

— *Cru ?* s'exclama Vartan. Elle m'a paru parfaitement convaincue.

Je secouai la tête, car je pensais qu'il avait peut-être compris le message.

— Mais qui est-ce qui va finalement « se charger du cas » d'une personne pareille, comme disait Boujaron ? Son éducation lui a fait croire qu'elle était une sorte de divinité. Qui peut vouloir avoir affaire à un tel personnage ?

— Je n'ai pas besoin d'imaginer, répondis-je. Je le sais. C'est ma mère et ma tante Lily qui vont l'aider.

Il me regarda fixement de l'autre côté de la table.

— Mais *pourquoi* ? demanda-t-il.

— Ma mère, même si c'était pour se défendre ou pour défendre Lily Rad, a tué le père de Rosemary. Et Rosemary était convaincue qu'elle avait tué mon père, œil pour œil. On croirait que son éducation a fait de Sage une balle traçante, un missile téléguidé par infrarouge qui cherche la cible pour exploser. Ou imploser. Elle a bien failli le faire ici, dans cette pièce.

— Ça peut expliquer que ta mère veuille l'aider à s'en sortir, admit Vartan. Une façon de réparer. Mais Lily Rad ? Elle n'était même pas au courant des rapports entre ta mère et les Livingston.

— Mais Lily savait que son propre père était le Roi noir et sa mère la Reine blanche, soulignai-je. Elle savait aussi les ravages que cela avait causés dans sa vie. Elle sait ce qu'on éprouve de n'être qu'un pion dans sa propre famille.

C'était ce que ma mère m'avait épargné.

*Le Grand Jeu.*

Et maintenant, je savais précisément ce que je devais faire.

— Cet ouvrage, dis-je à Vartan, *Les Livres de l'Équilibre*, et le secret qu'al-Jabbir a caché à l'intérieur de ce jeu d'échecs attendent depuis plus de mille deux cents ans que quelqu'un vienne les délivrer. Je pense que c'est à nous de le faire. Je crois qu'il est temps.

Nous étions debout, près du mur dont les fenêtres dominaient le canal embrasé par les magnifiques flammes rose vif du couchant, et Vartan, qui se tenait derrière moi, passa ses bras autour de ma taille. J'ouvris le livre éclaboussé de taches de vin que je tenais toujours dans ma main. Vartan regardait par-dessus mon épaule pendant que je le feuilletais jusqu'à ce que je trouve une petite illustration d'une matrice carrée de trois sur trois avec un chiffre écrit dans chaque case. Cela me disait quelque chose.

| | | |
|---|---|---|
| 4 | 9 | 2 |
| 3 | 5 | 7 |
| 8 | 1 | 6 |

— Qu'est-ce que ça veut dire, juste là-dessous ? demandai-je à Vartan.

Il traduisit.

— « *Le carré magique très ancien, qui est représenté ici, existait il y a des milliers d'années en Inde et à Babylone sous les oracles chaldéens.* » (Il s'interrompit un instant.) J'ai l'impression que c'est un commentateur médiéval qui s'exprime, et non al-Jabbir. « *En Chine*, reprit-il, *ce carré représentait les huit provinces avec l'Empereur au centre. Il était sacré parce que chaque nombre avait une signification ésotérique. En outre, chaque ligne, colonne et diago-*

*nale faisait un total de 15, lequel se réduit lui-même au chiffre 6.* »

— 6-6-6, dis-je en jetant un œil à Vartan par-dessus mon épaule.

Il me lâcha et nous nous rapprochâmes de la fenêtre avec le livre.

— « Cependant, ce fut al-Jabbir ibn Hayyan, le père de l'alchimie islamique, poursuivit-il, qui fit la renommée de ce carré, dans *Les Livres de l'Équilibre*, pour ses autres propriétés importantes, celles des "bonnes proportions" qui donnent l'équilibre. Si les quatre carrés dans le coin sud-ouest sont gravés conformément à ce qui est indiqué ici, ils forment un total de 17, donnant l'ensemble 1:3:5:8 de la gamme pythagoricienne par laquelle, d'après al-Jabbir, "tout ce qui est dans le monde existe". Les chiffres restants de cette grille magique – 4, 9, 2, 7, 6 – font un total de 28, qui est le nombre de "maisons" ou de phases de la lune, et aussi des lettres de l'alphabet arabe. Voici les nombres les plus importants pour al-Jabbir : 17 donne 8, la voie ésotérique, qui donne le "carré magique du Mercure" fait de 8 cases sur 8. Cela est aussi le plan d'un plateau de jeu avec 28 cases sur le pourtour : la voie exotérique ou extérieure. »

— *L'échiquier est la clé*, rappelai-je à Vartan. Exactement comme ma mère me l'a dit. (Il approuva en silence.) Mais ce n'est pas fini. Al-Jabbir a placé cette ancienne sagesse sous le symbole du Mercure. Le Mercure est le seul symbole astronomique du « dessus » et le symbole alchimique du « dessous » qui contient les trois importants cachets pour les deux : le cercle représentant le soleil et le croissant représentant la lune de l'esprit, et la croix ou signe « plus » représentant les quatre aspects de la question ; quatre directions, quatre coins, quatre éléments, quatre aspects – feu, terre, eau, air – chaud, froid, humide, sec…

— Mets-les ensemble, dis-je, et tu auras les mathématiques basques… « quatre plus trois égale un ». Le carré de la terre plus le triangle de l'esprit égalent « Un ». L'Unité. N'était-ce pas le premier présent d'Hestia sur la tapisserie ?

— C'était la richesse.

— La richesse, répétai-je. En anglais, *wealth*, comme dans le « Commonwealth de Virginie ». *Wealth* ou *weal*, le bien public, qui veut dire « entier »… complet, intact, sain, sacré, holistique. Tout ça veut dire « Unité ». « Afin de former une union plus parfaite. » C'est ce que George Washington, Thomas Jefferson, Benjamin Franklin voulaient, ils le voulaient tous : le mariage du ciel et de la terre, ces « vastes cieux et ces vagues de grains ambrés ». Ce qu'al-Jabbir avait déjà construit à l'intérieur du Jeu de la Tariqa. C'est ça, l'illumination qu'ils cherchaient tous, cette Nouvelle Cité sur la Montagne. Il ne s'agit pas de *posséder* le pouvoir. Mais de *créer* l'équilibre.

— C'est ce que tu voulais dire plus tôt, à propos de ce que devait être le message, d'après toi ? demanda-t-il. Qu'il ne s'agissait pas de savoir quand ni où, mais comment ?

— Exactement. Ce n'est pas une chose qu'on possède et une fois que tu en as l'usage, ça te donne l'arme nucléaire, le pouvoir sur autrui, la vie éternelle. Ce qu'al-Jabbir a inscrit dans ce jeu d'échecs est en fait une méthode. C'est pourquoi il l'a appelé le Jeu de la Tariqa : la Clé de la Voie secrète. C'est cela, les Instructions premières, comme des repères le long du chemin, exactement comme les soufis et les chamans et les Piscataway l'ont toujours dit. Et si nous rassemblons toutes les pièces pour suivre les Instructions, rien n'est impossible. Nous pouvons déterminer, pour nous-mêmes et pour le monde, un meilleur chemin, une « voie » d'illumination et de joie. Mes parents ont risqué leur vie pour sauver ce jeu d'échecs afin qu'il puisse servir dans un but supérieur.

Pendant ce temps, Vartan avait posé le livre. De nouveau, il me prit dans ses bras.

— En ce qui me concerne, Xie, si la vérité est ce que nous cherchons… la vérité est que je ferai ce qui te paraît bien. La vérité est que je t'aime.

— Et moi aussi, je t'aime.

Et je savais qu'à cet instant, même si nous allions sans doute récupérer les pièces, je me fichais de ce que les autres voulaient, je me fichais du Grand Jeu, du prix que d'autres avaient dû payer pour lui dans le passé ou de ce qu'il pourrait nous apporter à l'avenir. Je me contrefichais du rôle que d'autres voulaient peut-être nous faire jouer, à Vartan et moi, le Roi blanc ou la Reine noire. Les surnoms dont ils nous avaient affublés étaient sans importance, parce que je savais que Vartan et moi étions dans le vrai. Le mariage alchimique que tous recherchaient depuis douze siècles sans être capables de le voir quand il était devant leurs yeux. Nous étions nous-mêmes les Instructions premières.

Et pour la première fois de ma vie, j'eus l'impression que ces cordes qui m'avaient tenue si longtemps venaient de se rompre. Je pouvais m'élancer dans le ciel tel un oiseau.

Un oiseau de feu, qui apporte la lumière.

# REMERCIEMENTS

Le cheminement d'un vrai livre ne se fait jamais sans heurts.

En tant que romancière qui ne remarquerait pas même un chemin trop facile s'il s'en trouvait un sur sa route, souvent, quand on se cogne le pied contre un caillou, on découvre sous ce caillou une pépite d'or qu'on n'aurait jamais vue si tout avait suivi son cours conformément à ce qui était prévu au départ. Je tiens à remercier ici ceux qui m'ont apporté ces pépites sous forme de passion dans leur travail, de surprises et de plus de connaissances extraordinaires que je ne pensais pouvoir en introduire dans un seul roman.

Ils sont rangés ci-dessous par ordre alphabétique et par thèmes.

ALBANIE : Merci à Auron Tare, directeur du Albanian National Trust, pour nos cinq années de discussions et de recherches sur Ali Pacha, Vasiliki, Haidée, Haji Bektash Veli, et l'ordre des soufis bektachis, l'arme secrète que Byron a fournie au pacha ; à son collègue, le professeur Irakli Kocollari, pour un synopsis de dernière minute et la traduction de son livre qui fait date, *The Secret Police of Ali Pascha*, basé sur les archives originales ; à Doug Wicklund, conservateur en chef, National Firearms Museum de la NRA, pour avoir mis la main sur le fusil à répétition Kentucky, qui est probablement l'« arme secrète » que Byron a envoyée à Ali.

AVIATION, ALÉOUTIENNES : Merci à Barbara Fey, une amie de trente ans, membre de l'Explorers Club et de la Silver Wings Fraternity (ceux qui ont volé plus de cinquante ans), qui a survolé en solo l'Atlantique Nord, l'Afrique, l'Amérique centrale et le Moyen-Orient, et a fait de l'héliski dans l'Himalaya… pour le Bonanza et tous les apports de première main sur les régions que j'ai survolées sans les avoir vraiment vues, et pour m'avoir trouvé Drew Chitiea, une femme pilote de brousse extraordinaire et entraîneur du National Outdoor Leadership School (et dont la mère, Joan, a participé à soixante-six ans à l'Iditerod, une course de chiens de traîneaux de plus de 1000 km en Alaska), qui m'a convaincue que ce devait être Becky Beaver et non pas Otter, et m'a donné toutes les précisions techniques, et les informations sur le carburant et le ravitaillement, le vol et l'atterrissage dans lesquelles Key se montre si calée ; à Cooper Wright, qui travaille à Attu, pour les cartes détaillées et les descriptions du vol dans les Aléoutiennes et pour le grand livre de Brian Garfield *The Thousand-Mile War*, qui décrit les conditions météorologiques pendant la Seconde Guerre mondiale.

BAGDAD : Un grand merci à Jim Wilkinson, directeur du personnel au Trésor, pour m'avoir confié au cours d'un déjeuner, un jour, alors que je me croyais dans la dernière ligne droite de l'écriture de ce livre, qu'il avait appris à jouer aux échecs à Bagdad alors qu'il faisait partie de l'avant-garde américaine dans cette ville en mars 2003. Ce que d'autres prennent pour un heureux hasard, les auteurs de fiction le prennent pour de la recherche sur le vif. La contribution précieuse de Jim est devenue un moment capital pour mon héroïne et pour son auteur. Merci aussi pour ces adresses sur Internet !

BASQUES : Merci au merveilleux Patxi del Campo, ancien président, World Congress of Music Therapy, pour m'avoir familiarisée avec les Pyrénées basques et les Basques que je croyais déjà connaître ; à Agustin Ibarrola, pour avoir peint tous ces arbres de la forêt d'Oma ; à Aitziber Legarza, pour nous avoir nourris et hébergés ; à feu ma grande amie Carmen Varela, pour m'avoir permis de passer tant de temps dans le nord de l'Espagne.

ÉCHECS : Merci au docteur Nathan Divinsky, ancien président de la FIDE (la Fédération internationale des échecs) Canada, pour avoir trouvé la partie d'échecs dont s'inspire ce livre (jouée par un jeune Russe de quatorze ans, devenu champion du monde) et pour avoir également trouvé cette partie précédente (qui correspond à l'époque) jouée par Rothschild dans mon livre *A Calculated Risk* ; Marilyn Yalom, pour des conversations concernant son livre *Birth of the Chess Queen* ; Dan Heinsman, pour son grand soutien en me tenant informée des événements récents dans le monde échiquéen et, quand *amaurosis scriptio* (la cécité de l'écrivain) m'a tenue dans le noir concernant l'un de mes personnages, pour m'avoir présenté Alisa Melekhina (douze ans à l'époque) qui m'a permis d'avoir une rare perception de ce que ressent une jeune participante aux championnats internationaux d'échecs.

CUISINE : Merci à feu Kim Young, qui a gagné le droit d'être la chef des cuisines de Talleyrand lors d'une vente de charité (où elle s'est présentée comme « la jeune Kimberly ») et qui est devenue une fidèle amie, qui m'envoyait des tonnes de notes sur des cuisines historiques qu'elle avait visitées, de Brighton à Curaçao ; Ian Kelly, pour des conversations sur son livre *Cooking for Kings* et sa pièce étonnante à un personnage sur Carême, le cuisinier de Talleyrand ; William Rubel, pour son excellente présentation à l'ambassade de France à Washington, ses conseils concernant la cuisine sur feu de bois et son merveilleux ouvrage, *The Magic of Fire*, le meilleur texte que je connaisse en anglais sur la question ; et mon ami Anthony Lanier, pour avoir rénové Cady's Alley, à Georgetown, et conçu un grand restaurant et un club qui (par un curieux hasard) ressemblent énormément au caveau en sous-sol du Sutalde.

INDIENS (Amérindiens) : Merci à Adam Fortunate Eagle, ancien chef du Conseil intertribal et ami de presque vingt ans, pour m'avoir fait découvrir la réalité indigène ; Rick West, directeur fondateur du National Museum of the American Indian (NMAI), et sa femme, Mary Beth, pour m'avoir mise en contact avec des tribus de Columbia District ; Karenne Wood, directrice de Virginia Indian Heritage Trail, pour m'avoir permis de me replonger dans dix mille ans d'histoire préeuropéenne en Virginie ; et Gabrielle Tayac (fille de Red Flame, petite-fille de Turkey Tayac), pour avoir traversé avec moi les anciens ossuaires de Piscataway et pour m'avoir fait découvrir, par ses écrits et nos conversations, Mathew King, *Noble Red Man*, et les Instructions premières, ancestrales.

ISLAM, MOYEN-ORIENT, EXTRÊME-ORIENT : Merci au professeur Fathali Maghaddam de Georgetown University pour nos nombreuses discussions, ses intuitions, et les articles et livres inédits sur la psychologie du terrorisme de l'avant et l'après 11-Septembre dans ces régions du monde ; à Mary Jane Deeb, directrice du Middle East and Africa Division à la bibliothèque du Congrès (et aussi romancière et amie) pour m'avoir procuré ma première carte de membre de la Library of Congress et de m'avoir aidée à mettre la main sur la correspondance complète de Byron ainsi que sur d'autres merveilles ; et à Subhash Kak, pour son aide pendant ces longues années pour tout ce qui concerne le Cachemire, et surtout *The Astronomical Code of the Rg Veda*, son rapport avec la cosmologie indienne et le foyer.

MATHÉMATIQUES, MYTHOLOGIE ET ARCHÉTYPES : Merci à Michael Schneider pour le *Beginner's Guide to Constructing the Universe*, et ses ouvrages ultérieurs (si je les avais eus quand j'étais enfant, je serais devenue mathématicienne), et surtout pour m'avoir trouvé les phénix islamiques qui correspondent avec les carreaux du « souffle de Dieu » en Iran ; Magda Kerenyi, pour m'avoir apporté autant d'« aide mythologique » au fil des ans et pour ses nombreuses intuitions concernant le travail de son défunt mari, Carl Kerenyi, le grand historien des mythes ; Stephen Karcher, l'auteur d'*Eranos I-Ching*, pour ses informations sur les profonds rapports est-ouest et la divination ; Vicki Noble, pour m'avoir fourni des données sur trois années de voyages et de recherches approfondies sur le chamanisme féminin, en particulier en Russie orientale ; au professeur Bruce McLennan de l'université du Tennessee, qui n'a jamais manqué, depuis vingt ans, de m'aider à convertir tout problème mathématique que j'aie rencontré, si obscur ou ésotérique fût-il, en quelque chose qui pourrait fonctionner de façon crédible dans un roman ; et surtout mon ami David Fideler, auteur de *Jesus Christ, Sun of God*, pour m'avoir dit, il y a des années, que 888 (mon nombre fétiche) est dans la numérologie grecque (un code numérique secret) le chiffre correspondant au nom de Jésus, de même que 666 est celui de l'humanité ; et mon ami Ernest McClain, pour *The Pythagoream Plato* et *The Myth of Invariance*, qui explorent les harmoniques de ces nombres dans les noms des anciens dieux égyptiens et grecs.

MÉMOIRE ET PERCEPTION : D'abord, merci au docteur Beulah McNab des Pays-Bas, pour m'avoir envoyé, en 1996, *Perception and Memory in Chess*, par de Groot & Gobet, qui reste à ce jour l'étude fondamentale et qui m'a ouvert l'esprit sur la façon dont les joueurs d'échecs pensent différemment de nous, simples mortels ; merci aussi à Galen Rowell, le défunt grand alpiniste et photographe, pour sa perspicacité, dans une lettre personnelle, concernant une intuition similaire concernant l'escalade ; et un merci particulier à mon compagnon, le docteur Karl Pribram, pour m'avoir expliqué (souvent sous la contrainte) ce que nous savons de la mémoire et de la perception au moyen de la recherche sur le cerveau et comment le passé et l'avenir s'interconnectent dans nos processus de pensée.

RUSSIE : Merci à Elina Igaunis pour avoir aidé les Américains que nous sommes à échapper aux moines de Zagorsk (et nous avoir prêté des pull-overs pendant l'« Été des Femmes » où le thermomètre était tombé en dessous de zéro) ; et à Richard Pritzker, beaucoup de mercis (partagés) pour avoir choisi ce restaurant moscovite où, pendant que nous dégustions des margaritas, nous avons assisté à un règlement de comptes au couteau. Merci à l'artiste Yuri Gorbachev, pour ma peinture magique, *L'Oiseau de Paradis*, et à son marchand d'art, Dennis Easter, pour l'icône russe et le livre *Russian Icon*, de David Coomler. Et un grand merci au défunt Alexander Romanovitch Luria et au professeur Eugene Sokolov, pour avoir emmené tous les deux Karl Pribram voir la première exposition d'art soviétique de Palekh – en 1955 à Moscou – et pour lui avoir présenté la collection de miniatures sur laque qui a inspiré la première scène de ce livre.

VOLCANS ET GEYSERS : Merci à la Yellowstone Society ainsi qu'aux gardes forestiers et aux historiens du parc pour leurs diverses mises à jour, depuis les mares de boue jusqu'aux volcans de mon cher vieux terrain d'aventure ; la Geyser Observation and Study Association (GOSA) et Frith Maier pour les recherches et le film sur les geysers du Kamtchatka ; et surtout à Stephen J. Pyne pour sa merveilleuse collection de livres qui fait date sur l'histoire du feu, laquelle n'a cessé d'inspirer ce roman, et à mon ami de vingt ans, le professeur Scott Rice, de San Jose State University, pour nous avoir présentés.

LE RESTE : Si je n'ai pas réussi à manger tout ce que j'avais mis sur mon assiette, Nokomis Key me dirait : « Tu as eu les yeux plus grands que le ventre. »

La plus grande partie des recherches extraordinaires que les gens m'ont apportées avec tant de générosité durant ces nombreuses années, a été malheureusement condamnée, étant donné les exigences de l'intrigue, à finir sur le sol de la salle de montage, au moins pour le présent ouvrage.

Thomas Jefferson's Poplar Forest : la directrice Lynne Beebe, les archéologues Travis McDonald et Barbara Heath, pour des décennies d'aide à la recherche.

Thomas Jefferson's Monticello : Daniel P. Jordan, le président de la Fondation ; William L. Beiswanger, Robert H. Smith, directeur de la Restauration ; Peter J. Hatch, directeur des Jardins et Domaines ; Andrew J. O'Shaughnessy, Saunders Director of the Robert H. Smith International Center for Jefferson Studies ; Gabriele Rausse, directeur associé des Jardins et Domaines ; Jack S. Robertson, bibliothécaire de la Fondation ; Mary Scott-Fleming, directrice des programmes pour adultes ; Leni Sorenson, historienne, spécialiste de l'histoire des Africains-Américains ; Susan R. Stein, Richard Gilder, conservateur en chef et vice-président du musée ; et surtout à Lucia Stanton, dite « Cinder », Shannon Senior Research Historian, pour ses nombreuses années de recherches et d'aide.

United States Capitol Historic Society : merci à tous les gens de la Fondation pour leur aide au fil des années et surtout à Sten Livengood pour une présentation approfondie du contexte et un grand tour du Capitole.

Virginia Foundation for the Humanities : merci au président Robert Vaughan ; à Susan Coleman, directrice, Virginia Center of the Book ; et à Nancy Coble Damon et Kevin McFadden, de Virginia Book.

Architecture ésotérique, astrologie, franc-maçonnerie et la conception de Washington : merci pour toutes ces années aux auteurs Robert Lomas et Christopher Knight ; aux astrologues Steve Nelson, Kelley Hunter et Caroline Casey ; et aux experts en architecture ésotérique Alvin Holm et Rachel Fletcher.

Dumbarton Oaks : merci à Stephen Zwirn, conservateur adjoint, collection byzantine ; et à Paul Friedlander pour *Documents of a Dying Paganism*, sur la tapisserie d'Hestia.

Merci à Edward Lawler Jr., historien de la Independence Hall Association, pour ses efforts considérables à la President's House de Philadelphie, qui a permis de sauver de l'obscurité et de la disparition le quartier des esclaves où Hercule, le cuisinier de Washington, Oney Judge et d'autres ont vécu.

# NOTE SUR L'ÉDITION

Dans les années 1980, je vivais perchée dans un arbre, dans une cabane de cinquante-cinq mètres carrés à Sausalito, en Californie. Au-dessus d'un océan d'acacias, j'avais une vue panoramique sur la baie de San Francisco, avec Tiburon et Angel Island dans le lointain ; les eucalyptus poussaient à travers ma véranda ; le jardin d'orchidées en terrasses de mon propriétaire couvrait la colline derrière moi ; une haie de dix mètres de haut de jasmin fleurissant la nuit bordait l'allée raide. C'est là que j'ai écrit *Le Huit*, la nuit et les week-ends, sur mon antique machine à écrire Selectric IBM (que j'ai toujours dans mon placard de souvenirs), tandis que je travaillais à la Bank of America.

« Vous ne trouvez pas que c'est le décor idéal pour écrire un roman de cape et d'épée qui fera un best-seller ? » demandais-je sans arrêt à mes amis. Ils pensaient probablement que c'était l'endroit idéal pour écrire un livre que personne ne lirait.

Mais mon premier agent littéraire, Frederick Hill, comprit dès qu'il a commencé à lire *Le Huit*, que ce roman était unique en son genre. Avec deux histoires entrelacées qui se situaient à deux cents ans de distance, soixante-quatre personnages, tous impliqués dans la partie d'échecs qui constituait l'intrigue, des récits dans le récit, un codage à la Sherlock Holmes, et des énigmes comme les nombres magiques du docteur Matrix, *Le Huit* évoquait plus une carte intergalactique des relations dans l'univers qu'un roman. Mais heureusement, Fred savait aussi que les éditeurs, chez Ballantine Books, la principale maison d'édition américaine en format de poche, cherchaient un projet littéraire pour lancer leur toute première collection de livres cartonnés. Ils voulaient quelque chose d'exceptionnel, ni le livre « littéraire » classique, ni le « best-seller » classique, quelque chose qui ne pouvait pas être facilement catalogué.

Les membres de l'équipe de Ballantine qui avaient cette vision étaient : Susan Peterson, la présidente ; Clare Ferraro, la vice-présidente du marketing, et le directeur Robert Wyatt. Ils achetèrent *Le Huit*, à moitié achevé, en 1987. Le 15 mars 1988, nous avons terminé, mon éditrice, Ann LaFarge, et moi, la mise au point du texte. Le livre fut présenté en mai à la convention de l'American Booksellers Association. Nous fûmes tous surpris par l'accueil qu'il reçut instantanément, de voir comment chacun s'en emparait comme si c'était sa propre découverte. Très rapidement, les droits furent acquis par onze pays ; le Club du Livre du Mois sélectionna le livre, des interviews de l'auteur furent effectuées par Publishers Weekly et Today Show. Tout cela avant même que le roman soit sorti aux États-Unis.

Cependant, personne ne savait comment le décrire. Les critiques parlaient d'un roman à énigmes, de science-fiction/fantastique, d'un roman d'amour, d'un thriller, d'un roman d'aventure, de littérature, d'un roman ésotérique et/ou d'un roman historique. En tant qu'auteur, je fus baptisée la Umberto Eco, Alexandre Dumas, Charles Dickens et/ou Stephen Spielberg au féminin. Au fil des ans, *Le Huit* est devenu un best-seller dans quarante ou cinquante pays, et il a été traduit dans plus de trente langues. En grande partie, à en juger d'après l'opinion des lecteurs, parce qu'il est unique.

Les lecteurs m'ont souvent demandé quand je reprendrai l'intrigue et les personnages. Mais étant donné la nature entrelacée de l'intrigue, le genre de surprises et de secrets révélés dans *Le Huit* concernant les personnages et le jeu d'échecs, je pensais que la seule façon pour le livre de rester unique était de ne *pas* écrire de suite ou de série. Mais mon livre, semble-t-il, avait sa propre idée ; il n'avait pas encore fini de raconter son histoire.

Alors que les événements dans la vie réelle se sont déroulés après 2001, qu'ils impliquaient plus d'éléments de l'intrigue de mon premier roman – le pétrole, le Moyen-Orient, le terrorisme, les Arabes, les Berbères, les Russes, le KGB, les échecs –, je sus que je devais revisiter la partie du monde où le Jeu de Montglane avait été « inventé » par al-Jabbir dans *Le Huit* : Bagdad.

En 2006, mes agents littéraires, Simon Lipskar en Amérique et Andrew Nurnberg pour l'étranger, réussirent à me persuader d'écrire les trois premiers chapitres de ce que je leur avais dit de l'intrigue et des personnages que j'envisageais pour la suite. Et l'équipe de Ballantine qui « craqua l'allumette » qui donna le jour au *Feu sacré* fut : la présidente de Random House Publishing Group, Gina Centrello ; l'éditrice Libby

McGuire, et la merveilleuse Kimberly Hovey, qui avait fait ses débuts vingt ans plus tôt en s'occupant de la publicité du *Huit*, qui a été directrice de la publicité pour mes autres livres chez Ballantine au cours des années suivantes, et qui est maintenant responsable du marketing chez Ballantine.

Enfin, j'aimerais porter au crédit de mon éditeur, Mark Tavani, d'avoir su tirer le tapis qui était sous mes pieds, en juillet 2007, en me disant que je ne pouvais pas simplement me reposer sur mes lauriers, et que je devais plonger plus loin et voler plus haut.

Ce que j'ai fait.

# La face cachée de l'Histoire

*(Pocket n° 12091)*

Idaho, 1989. Arielle Behm hérite de plusieurs manuscrits apparemment indéchiffrables, ayant appartenu à sa grand-mère Pandora. Secrètement conservés par sa famille depuis plusieurs générations, ils renfermeraient la clé pour agir sur le cours de l'Histoire… Arielle devient vite la proie d'inconnus prêts à tout pour mettre la main sur ces documents. Elle se penche alors sur leur contenu, tout en essayant de sauver sa vie, dans un long voyage de San Francisco à Moscou, et depuis l'aube du christianisme jusqu'au

Composé par Nord Compo
à Villeneuve-d'Ascq (Nord)

Imprimé en Espagne par
LIBERDUPLEX
à Sant Llorenç d'Hortons (Barcelone)
en mars 2010

POCKET – 12, avenue d'Italie – 75627 Paris cedex 13

N° d'impression : 17387
Dépôt légal : avril 2010
S17411/01